KB139587

밤은 부드러워

밤은 부드러워 Tender is the Night

1판 1쇄 인쇄 2021년 6월 7일
1판 1쇄 발행 2021년 6월 21일

지은이   F. 스콧 피츠제럴드
옮긴이   정선우
발행인   조은희
발행처   아토북

등록   2015년 7월 31일(제2015-000158호)
주소   (10261)경기도 고양시 일산동구 성현로659번길 143 103-101
전화   070-7537-6433
팩스   0504-190-4837
이메일   attobook@naver.com

* 값은 뒤표지에 있습니다.
* 잘못 만들어진 책은 구입하신 서점에서 바꾸어 드립니다.

ISBN 979-11-90194-04-4 03840

© 도서출판아토북, 2021

이 책은 저작권법에 따라 보호받는 저작물이므로 무단전재와 무단복제를 금하며, 이 책의 내용의 전부 또는 일부를 이용하려면 반드시 저작권자와 도서출판 아토북의 서면 동의를 받아야 합니다.

밤은
부드러워

F. Scott Fitzgerald

F. 스콧 피츠제럴드 지음

Tender is the night

Atto Book

이미 그대와 함께 있노라! 밤은 부드러워……

…… 하지만 이곳에는 빛이 없노라,

다만 푸른 어둠과 꾸불꾸불한 이끼 덮인 길을 통해

산들바람에 실려 온 하늘의 빛이 전부였노라.

— 「나이팅게일에게 부치는 노래」

제럴드와 사라에게 큰 영광을

차례

제1부

1

마르세유와 이탈리아 국경 사이의 중간쯤 되는, 프랑스 리비에라의 쾌적한 해안에는 크고 웅장한 장밋빛 호텔이 있다. 다소곳하게 줄지어 선 야자나무들은 붉은 호텔 정면을 시원하게 해 주었고, 그 앞으로는 짧고 눈부신 해변이 펼쳐졌다. 최근 이곳은 유명한 상류 계층 사람들의 여름 휴양지가 되었지만, 10년 전만 해도 영국 고객들이 4월에 북쪽으로 떠나고 나면 거의 버려졌던 장소였다. 지금은 이 근처에 많은 방갈로가 모여 있지만, 이 이야기가 시작되던 시기에는 고스 에트랑제 호텔과 5마일 정도 떨어진 칸 사이의 무성한 소나무 숲 속에 십여 채 정도 되는 오래된 별장의 둥근 지붕만이 수련처럼 썩어 가고 있을 뿐이었다.

호텔과 밝은 황갈색의 예배용 깔개 같은 해변은 하나였다. 이른 아침 바다에는 멀리 떨어진 칸과 분홍색과 크림색이 섞인 요새,

이탈리아를 경계로 한 알프스가 비쳤고, 표면은 맑고 얕은 곳에 있는 해초들이 보내온 잔물결과 동그란 파문에 의해 떨렸다. 8시가 되기 전 푸른색 목욕 가운을 입은 한 남자가 해변으로 내려와 차가운 물에 들어가기에 앞서 몸에 물을 적시더니, 큰 숨소리, 끙 앓는 소리와 함께 바다에 들어가 허우적거렸다. 그가 떠나자, 해변과 만은 한 시간 동안 조용했다. 상선들은 지평선을 따라 천천히 서쪽으로 향했고, 호텔 마당에서는 웨이터의 조수들이 큰 소리를 내고 있었으며, 소나무 위의 이슬은 말라 갔다. 또 한 시간이 지나자 무어산 아래쪽 구불구불한 길에서 자동차 경적이 들려왔는데, 그 길은 원래의 프로방스 지역과 해안 지역을 구분해 주는 길이었다.

바다에서 1마일 떨어진 지점, 소나무들이 먼지투성이인 포플러 나무들로 바뀌는 곳에는 외딴 기차역이 하나 있다. 1925년 6월의 어느 아침, 그곳에서 두 마리의 말이 이끄는 사륜마차가 모녀를 고스 호텔로 데려왔다. 어머니의 얼굴에는 아름다웠던 모습이 남아 있었지만, 곧 터진 핏줄로 뒤덮일 것 같았다. 그녀는 평온하면서도 상냥한 표정이었다. 그러나 빠르게 시선을 옮기면 그곳에는 사랑스러운 불꽃이라도 지펴진 듯 매력적인 핑크빛 뺨과 손바닥을 가진 딸이 있었는데, 마치 저녁에 차가운 물로 샤워한 뒤 떨고 있는 아이의 홍조 같았다. 그녀의 고운 이마는 부드럽게 경사졌고, 마치 문장(紋章)을 새긴 방패 모양으로 이루어진 옅고 진한 금빛 머리카락이 러브로크스와 웨이브, 컬 형태로 이어졌다. 그녀의 큰 눈은 밝고 선명했고, 촉촉하게 빛났으며, 뺨은 젊고 강한 그녀의

심장 박동이 피부 가까운 곳까지 올라와 흩어지면서 나타나는 색
이었다. 몸은 유년기의 맨 끝 가장자리에 우아하게 걸친 상태였다.
이제 열여덟 살이었기에 유년기가 거의 끝났지만, 여전히 이슬이
그녀에게 머무르고 있던 것이다.

그들의 아래로 바다와 하늘이 가늘고 뜨거운 선으로 나타나자
어머니가 말했다.

"뭔가 우리가 이곳을 좋아하지 않을 것 같은 기분이 드는데."

"어쨌든 전 집에 가고 싶어요." 소녀가 대답했다.

둘 다 쾌활하게 말했지만 방향이 분명하지 않은 것 같았고, 그
사실 때문에 지루했다. 게다가 아무 방향이나 잡는다 해도 별로
도움이 되지 않을 것이다. 그들은 강렬한 흥분을 원했는데, 싫증
난 신경을 자극하기 위해서가 아니라, 상을 타서 방학을 즐길 자
격이 있는 학생 같은 욕망이 타올랐기 때문이었다.

"여기서 사흘 동안 지내다가 집에 가자. 지금 연락해 증기선 표
를 예약할게."

호텔에서 딸은 프랑스어로 방을 잡았는데 자연스럽다기보단 마
치 무언가를 기억해 내는 듯 보였다. 두 사람이 1층에 방을 배정받
자 그녀는 빛이 들어오는 프렌치 윈도(뜰이나 발코니로 통하는 두 짝
으로 된 유리문—옮긴이)를 통해 호텔의 길이만큼 펼쳐진 석조 베란
다로 몇 걸음 나아갔다. 그녀는 발레리나처럼 조그만 허리를 굽히
지 않고 꼿꼿하게 걸어 다녔다. 밖으로 나가자 뜨거운 빛이 그녀
의 그림자에 닿았고 그녀는 뒤로 물러섰다. 너무 밝아 앞이 보이
지 않았다. 50야드 떨어진 곳에 있는 지중해는 강렬한 햇살에 매

순간순간 색을 잃었고, 난간 아래에 있는 빛바랜 뷰익은 호텔 진입로에서 달궈지고 있었다.

사실 이 지역 전체에서 오로지 해변만이 활기찬 움직임이 있었다. 영국인 보모 세 명이 해변에 앉아 정형화된 마법 주문을 외는 것처럼 수다를 떨면서 영국 빅토리아 시대의 옛 패턴으로 스웨터와 양말을 만들고 있었다. 각각 40년대, 60년대, 80년대식으로. 바다와 더 가까운 곳에는 열 명 정도의 사람들이 줄무늬 파라솔을 지키고 있었다. 그들의 아이들은 얕은 물가로 올라온 겁 없는 물고기를 쫓거나, 코코넛 오일을 발라 반짝이는 몸을 드러낸 채 햇볕을 쬐고 있었다.

로즈메리가 해변에 도착하자 열두 살짜리 소년이 환호성을 지르며 그녀 옆을 지나쳐 바다로 돌진했다. 그녀는 낯선 얼굴이 강렬한 눈길로 자신을 꼼꼼히 살피는 것을 느끼며 가운을 벗고 그 소년을 뒤따랐다. 그녀는 몇 야드 동안 엎드린 채 둥둥 떠다니다가 물이 얕다는 것을 알아차리곤 비틀거리며 일어나 마치 추처럼 가느다란 다리로 물의 저항에 맞서며 터벅터벅 걸어갔다. 물이 가슴 높이까지 올라오자 그녀는 해변을 힐끗 돌아보았다. 단안경을 쓴 대머리 남자가 타이츠를 입고, 털이 수북한 가슴을 내민 채 돌출한 배꼽과 함께 숨을 쉬며 그녀를 주의 깊게 바라보고 있었다. 로즈메리가 시선을 돌려 사내를 쳐다보자 그는 경박한 가슴털 사이로 단안경을 숨겨 버리고는 손에 든 병 속의 무언가를 한잔 따랐다.

로즈메리는 얼굴을 물에 담근 채 일렁이는 바다를 한 번에 네 차례씩 발길질하며 자유형으로 뗏목을 향해 나아갔다. 물이 닿자마자 부드럽게 열기가 식었으며, 머리카락과 몸 구석구석에 스며들었다. 그녀는 물속에서 빙글빙글 돌면서 물을 끌어안기도 하고 함께 뒹굴기도 하였다. 뗏목에 도달한 그녀는 숨이 턱까지 차올랐다. 햇볕에 몸이 까맣게 타고, 아주 하얀 치아를 가진 여자가 로즈메리를 내려다보았다. 그녀는 자신의 새하얀 몸을 의식하고는 바로 등을 돌려 해안까지 떠내려갔다. 그녀가 물에서 나오자 병을 들고 있던 털북숭이 사내가 말했다.

"제가 봤을 땐 저 뗏목 너머에 상어가 있는 것 같아요." 그는 국적을 쉽게 가늠할 수 없는 옥스퍼드식 영어로 천천히 말했다. "어제 걸프 후안에서 영국 해군 두 명이 잡아먹혔대요."

"어머나!" 로즈메리가 소리쳤다.

"해군이 버리는 쓰레기들 때문에 찾아온다고 하더군요." 게슴츠레한 그의 눈은 단지 경고하기 위해 말했을 뿐이라고 말하는 것 같았다. 그는 뒤로 두 걸음 물러나더니 다시 한잔을 따랐다.

이 대화를 하는 동안 자신에게 쏠린 사람들의 시선을 불쾌하지만은 않게 받아들인 로즈메리는 앉을 곳을 찾았다. 당연한 일이지만 각 가정들은 파라솔 바로 앞 모래에 앉아 있었다. 게다가 가족끼리 서로에게 다가가 대화를 주고받는 일이 많았기에 이러한 공동체 분위기에 개입하는 것은 주제넘은 일이 될 것 같았다. 더 멀리 자갈과 죽은 해초가 흩어져 있는 곳에는 그녀만큼 피부가 흰한 무리가 앉아 있었다. 그들은 해변에 있는 파라솔 대신 조그만 양산 아래 누워 있었는데, 확실히 이곳에 자리를 잡은 사람들은 아닌 것 같았다. 검은 사람들과 하얀 사람들 사이에 자리를 찾은 로즈메리는 모래 위에 자신의 수영 가운을 펼쳐 놓았다.

그렇게 누워 있으니 처음에는 사람들의 목소리가 들려왔고, 이어 사람들의 발이 그녀 주위를 지나쳐 가는 것과 그들의 형체가 해와 그녀 사이를 지나가는 게 느껴졌다. 호기심 많은 강아지의 따뜻하고 초조한 숨결이 그녀의 목에 불어왔다. 그녀는 그 숨결로 인해 자신의 피부가 뜨거워지는 것을 느꼈고, 쏴 하고 부서지는 파도 소리를 들을 수 있었다. 곧 그녀의 귀는 개개인들의 목소리를 구별하게 되었고, '그 노스 사내'라고 경멸적으로 불리는 사람이 칸에 있는 한 카페의 웨이터를 톱으로 두 토막 내기 위해 납치했다는 것을 알게 되었다. 이야기하고 있는 사람은 야회복을 입고 있는 백발 여성이었는데, 머리엔 여전히 티아라가 달려 있고 시든 난초가 어깨에 붙어 있는 것으로 보아 전날 저녁에 입었던 옷임이 확실했다. 그 여성과 주변 사람들에게 막연한 반감이 생긴 로즈메리는 고개를 돌렸다.

그녀와 가장 가까운 곳에 있는 반대편의 젊은 여성은 모래 위에 펼쳐 놓은 책을 보며 목록을 작성하고 있었다. 그 여성은 수영복을 어깨까지 내렸는데, 혈색 좋은 주황빛이 도는 갈색 등은 크림색 진주 목걸이 때문에 돋보였으며, 햇빛을 받아 빛났다. 얼굴은 매정했지만 사랑스러웠고, 가련했다. 그 여성은 로즈메리와 눈이 마주쳤지만, 로즈메리를 보고 있지 않았다. 그 여성 너머에는 기수 모자와 빨간 줄무늬 타이츠를 입은 멋진 남자가 있었고, 그 뒤로 뗏목에서 보았던 여성과 뒤를 돌아 그녀를 보고 있던 여성이 있었다. 그 뒤에는 파란 타이츠를 입은 채 모자를 쓰지 않고, 사자 같은 금발을 소유한 얼굴이 긴 남자가 검은색 타이츠를 입은 하릴없는 젊은 라틴계 남성과 매우 진지한 대화를 나누고 있었는데, 둘 다 모래 위에 있는 조그만 해초 조각들을 줍고 있었다. 로즈메리는 그들 대부분이 미국인이라고 생각했지만, 그녀가 최근에 알고 지낸 미국인들과는 사뭇 달랐다.

얼마 후 그녀는 기수 모자를 쓴 남자가 이 사람들을 위해 꽤 작은 공연을 하고 있다는 것을 알아챘다. 그는 갈퀴를 들고 진지한 표정으로 돌아다니며 자갈을 제거하는 척했지만, 그의 진중한 얼굴 때문에 소수만 알아들을 수 있는 풍자극을 하고 있었다. 그의 희미한 영향은 점점 재미있어지기 시작했고, 곧 그가 무슨 말을 하든 큰 웃음이 터져 나왔다. 로즈메리처럼 너무 멀리 떨어져 있어서 그의 말이 들리지 않는 사람들조차 그에게 집중하기 시작했으며, 해변에서 그에게 집중하지 않는 사람은 진주 목걸이를 메고 있는 젊은 여성밖에 없었다. 어쩌면 요란한 박수갈채가 터질 때마다 그녀는 목록 위로 허리를 구부림으로써 얌전히 반응하는 것 같았다.

병을 들고 있던 단안경을 쓴 사내가 로즈메리 위쪽으로 갑자기 나타나더니 말을 걸었다.

"수영을 매우 잘하시더군요."

그녀는 그 말에 반대했다.

"그렇다고 하죠. 저는 캠피온이에요. 저분들이 지난주에 소렌토에서 아가씨를 봤고, 아가씨가 누구인지 안다며 만나고 싶어 해

요."

로즈메리는 짜증스러움을 숨긴 채 주위를 둘러보다 피부가 타지 않은 사람들이 자신을 기다리고 있는 것을 보았다. 마지못해 그녀는 일어나서 그들에게 다가갔다.

"에이브럼스 부인—맥키스코 부인—맥키스코 씨—덤프리 씨—."

"우린 아가씨를 알아요." 야회복을 입은 여성이 말했다. "로즈메리 호이트 잖아. 소렌토에서 아가씨를 알아보고 호텔 직원에게 물어봤지. 우린 당신이 매우 대단하다고 생각해. 어째서 미국으로 돌아가서 또 다른 멋진 영화를 촬영하지 않는지 궁금하군."

그들은 그녀를 위해 자리를 옮기는 불필요한 행동을 했다. 그녀를 알아본 여자는 이름과 달리 유대인이 아니었다. 그녀는 '활동적인' 노인 중 한 명이었는데, 경험에 영향을 받지 않고 좋은 소화력으로 다른 세대와도 잘 어울리는 사람 중 한 명이었다.

"첫날부터 살이 탈까 봐 경고해 주고 싶었어." 그녀가 쾌활하게 말했다. "아가씨 피부는 중요하지. 이 해변은 너무 격식을 차리는 것 같아. 아가씨가 신경을 쓰는지 아닌지는 모르겠지만."

2

"우린 어쩌면 당신이 어떤 플롯에 들어가 있는 줄 알았어요." 맥키스코 부인이 말했다. 그녀는 화장이 바랜 눈에 상대방을 주눅 들게 하는 강렬한 인상을 가진 젊고 예쁜 여성이었다. "우리는 누가 플롯에 들어가 있는지, 들어가 있지 않은지 알 수 없으니까요. 내 남편이 특히 친절하게 대해 주었던 한 남자도 중요한 역할을 맡은 사람이더라고요. 사실상 조연이었죠."

"플롯이요?" 로즈메리가 반쯤 이해한 채 물었다. "무슨 플롯이 있나요?"

"우리도 그건 모르지." 에이브럼스 부인이 경련을 일으키며 건장한 여자처럼 낄낄거렸다. "우린 속해 있지 않으니깐. 우린 관객이 잖아."

행동이 여성스럽고 아마색 머리카락을 가진 젊은 남자 트럼피가 말했다. "에이브럼스 부인 자체가 하나의 플롯이죠." 그러자 캠피온이 그에게 단안경을 흔들며 말했다. "이봐, 로열, 그런 무시무시한 말 하지 말라고." 로즈메리는 어머니가 이곳에 함께 내려왔더라면 하고 생각하며 그들을 불편하게 바라보았다. 그녀는 이 사람들이 마음에 들지 않았다. 더욱이 이 해변의 반대편에서 그녀의 관심을 끌었던 사람들과 비교되는 상황이었다. 그녀의 어머니는 겸손하지만 다부진 사교적 재능을 가지고 있었기에 달갑지 않은 상황들을 빠르고 확실하게 빠져나오곤 했다. 하지만 로즈메리가 유명해진 건 불과 6개월밖에 되지 않았으며, 가끔 초기 청소년기에 배운 프랑스식 예절과 나중에 배운 미국식 민주적 예절이 뒤섞여 혼란을 일으키는 바람에 이러한 일들을 겪었다.

얼굴이 붉고 주근깨가 있는 서른 살의 매우 마른 남성인 맥키스코는 '플롯'이라는 대화 주제를 재미있어하지 않았다. 그는 계속 바다를 바라보다 아내를 빠르게 흘끗 보고는 로즈메리에게 공격적으로 물었다.

"이곳에 온 지 오래됐나요?"

"하루밖에 안 됐어요."

"오."

그는 완전히 주제가 바뀌었다고 느끼며 다른 사람들을 바라보았다.

"여름 내내 머물 건가요?" 맥키스코 부인이 천진스레 물었다. "만약 그렇다면 플롯이 진행되는 것을 볼 수 있을 텐데."

"제발, 바이올렛. 그 주제 좀 집어치워!" 그녀의 남편이 폭발했다. "새로운 농담 좀 하라고, 젠장!"

맥키스코 부인은 에이브럼스 부인 쪽으로 몸을 기울이더니 다 들리게 말했다.

"긴장해서 저래요."

"난 긴장한 게 아니야." 맥키스코가 반대했다. "원래 그렇다고. 전혀 긴장하지 않았어."

그는 눈에 띌 정도로 활활 타올랐다. 회색빛 홍조가 그의 얼굴에 번지면서 어떤 표정을 지어도 아무런 효과가 나타나지 않았다. 자신의 상태를 어렴풋이 의식한 그는 갑자기 바다로 들어가기 위해 일어났고, 부인이 뒤를 따랐다. 로즈메리도 기회를 놓치지 않고 뒤따라갔다.

맥키스코는 숨을 깊게 들이마시더니 얕은 물속으로 몸을 던진 후 뻣뻣한 팔을 펴 지중해를 매우 내려치기 시작했는데, 분명히 자유형을 하려는 듯 보였다. 그는 숨이 차자 일어서서 주위를 둘러보았다. 자신이 여전히 해안가를 벗어나지 못했다는 사실에 놀란 듯한 표정이었다.

"아직 호흡법을 배우지 못했어요. 도대체 사람들이 어떻게 호흡하는지 전혀 이해하지 못하겠어요." 그는 호기심 어린 눈으로 로즈메리를 바라보았다.

"물속에서 숨을 내뱉으세요." 그녀가 설명했다. "그리고 네 번째 발차기 때마다 고개를 들어 숨을 쉬시고요."

"제겐 호흡법이 가장 어려워요. 뗏목으로 갈까요?"

물결의 움직임에 따라 앞뒤로 기울고 있는 뗏목 위에는 사자머리를 한 남자가 몸을 뻗고 누워 있었다. 맥키스코 부인이 손을 뻗는 순간 뗏목이 갑자기 기울어져 그녀의 팔에 세게 부딪혔다. 남자는 일어나 그녀를 뗏목 위로 끌어 올렸다.

"뗏목에 부딪히실까 봐 걱정했습니다." 그는 느리고 수줍음이 많은 목소리였다. 그는 로즈메리가 본 얼굴 중 가장 슬픈 얼굴을 가지고 있었다. 광대뼈는 인디언처럼 높이 솟았고, 윗입술은 길며, 크고 움푹 들어간 눈은 짙은 황갈색이었다. 그는 마치 자신의 말이 불필요하게 관심을 끌지 않고 빙 돌아서 맥키스코 부인에게 전달되기를 바라는 듯, 입의 한쪽 구석으로 말했다. 잠시 후 그는 물에 뛰어들었고, 그의 긴 몸은 해변 쪽을 향해 아무런 움직임 없이 누워 있었다.

로즈메리와 맥키스코 부인은 그를 지켜보았다. 남자는 관성이 사라지자 갑자기 몸을 반으로 접었다. 얇은 허벅지가 수면 위로 솟아오르더니 거품 한 점 남기지 않고 완전히 사라졌다.

"수영을 잘하네요." 로즈메리가 말했다.

맥키스코 부인의 대답은 놀라울 정도로 공격적이었다.

"음, 저 사람은 형편없는 음악가예요." 그녀는 남편을 돌아보았다. 남편은 두 번의 시도 끝에 간신히 뗏목에 올라탄 뒤 균형을 잡으려고 몸을 움직였는데, 그 행동 때문에 더욱 비틀거릴 뿐이었다. "에이브 노스가 수영은 잘할지 몰라도 음악은 형편없다는 이야기를 하고 있었어요."

"그래." 맥키스코가 마지못해 동의했다. 그가 아내의 세계를 만들었으며, 그 안에서 그녀에게 약간의 자유를 허락한 것이 분명해 보였다.

"앤타일이 제 스타일이에요." 맥키스코 부인이 도발적으로 로즈메리에게 돌아서며 말했다. "앤타일과 조이스요. 할리우드에 있으니 이런 사람들에 대해 별로 들어 본 적이 없겠지만. 제 남편은 미국에서 처음으로 『율리시스』에 대한 비평을 썼어요."

"담배나 피웠으면 좋겠군." 맥키스코가 침착하게 말했다. "지금 나한테는 그게 더 중요해."

"조이스는 자신만의 생각이 있어요. 그렇다고 생각하지 않나요, 앨버트?"

그녀의 목소리가 갑자기 잦아들었다. 진주 목걸이를 찬 여성이 물속에 있는 두 아이와 합류하였는데, 이때 에이브 노스가 밑에서 마치 화산섬처럼 올라와 두 아이 중 한 명을 어깨에 태웠다. 아이는 두려움과 기쁨이 뒤섞인 소리를 질렀고, 여자는 미소 없이 사랑스러운 이 평화를 지켜보고 있었다.

"저 여자가 남자의 부인인가요?" 로즈메리가 물었다.

"아뇨, 저 사람은 다이버 부인이에요. 현재 호텔에 머무르지 않죠." 맥키스코 부인은 눈이 사진기라도 되는 양 그 여자의 얼굴에 고정하고 움직이지 않았다. 잠시 후 그녀는 맹렬하게 로즈메리 쪽으로 고개를 돌렸다.

"해외에 나가 본 적 있어요?"

"네. 파리에서 학교를 다녔어요."

"아! 그럼 이곳에서 즐거운 시간을 보내고 싶다면 프랑스 가족을 사귀는 게 중요하다는 것을 알겠군요. 저 사람들한데 여기서 뭘 얻을 수 있겠어요?" 그녀는 왼쪽 어깨로 해안 쪽을 가리켰다. "저 사람들은 작은 무리를 이루고 자기들끼리 붙어 다닐 뿐이에요. 물론 우리는 소개장이 있어서 파리에서 가장 뛰어난 프랑스 예술가들과 작가들을 만났죠. 그 점이 매우 좋았어요."

"그랬겠네요."

"있죠, 제 남편은 첫 소설을 마무리하고 있어요."

로즈메리가 말했다. "어머, 그러신가요?" 그녀는 어머니가 이 더위 속에서 잠들었는지 말고는 특별한 생각이 없었다.

"『율리시스』에서 아이디어를 얻었죠." 맥키스코 부인이 말을 이어 나갔다. "단지 저이의 경우 24시간이 아니라 100년에 걸친 이야기일 뿐이죠. 부패한 늙은 프랑스 귀족을 주인공으로 내세워 기계 시대와 대비하면서……."

"아, 제발, 바이올렛! 사람을 만날 때마다 그런 소리 좀 하지 마." 맥키스코가 따졌다. "책을 출판하기도 전에 내용이 세상에 퍼지는 걸 원치 않는다고."

로즈메리는 헤엄쳐 가운을 던져 놓은 해안으로 돌아가, 이미 따끔거리는 어깨에 가운을 걸치고 다시 햇볕 아래에 누웠다. 기수 모자를 쓴 남자가 파라솔을 돌아다니면서 손에 들고 있는 병과 조그만 잔을 나누어 주고 있었다. 곧 그와 그의 동료들은 활기를 띠며 가까이 모여들었고, 이제는 하나의 파라솔 아래에 다 같이 있었다. 그녀는 그중 누군가가 오늘 떠날 예정이라 해변에서 마지막으로 다 같이 술을 마시고 있다고 생각했다. 심지어 아이들까지도 그 파라솔 밑에서 신나는 일이 일어나고 있다는 것을 알아차리고는 그쪽으로 돌아섰다. 로즈메리가 생각하기엔 이 모든 것이 기수 모자를 쓴 남자에게서 시작된 것 같았다.

정오가 바다와 하늘을 지배하고 있었다. 심지어 5마일 떨어진 칸의 하얀 선조차 신선하고 서늘한 신기루가 되어 희미해졌다. 울새 가슴 빛깔을 띤 범선이 저 멀리 있는 어두운 바다를 끌고 돌아오고 있었다. 파라솔에 의해 여과된 햇빛 아래, 생기와 중얼거림 속에서 무엇인가 일이 벌어지고 있는 장소 이외에, 이 넓은 해안 어디에도 생명은 없는 것 같았다.

캠피온이 그녀에게 다가오더니 몇 피트 떨어져 섰다. 로즈메리는 잠든 척하기 위해 눈을 감았다. 잠시 후 그녀가 눈을 반쯤 뜨자 희미하고 흐릿한 기둥 두 개가 보였다. 그의 다리였다. 사내는 모래 빛깔 구름 속을 비집고 들어가려 했으나, 구름은 광활하고 뜨거운 하늘로 떠내려갔다. 로즈메리는 정말로 잠에 빠졌다.

땀에 흠뻑 젖은 채 잠에서 깨어나 주위를 둘러보니 마지막 파라솔을 접고 있는 기수 모자를 쓴 남자 말고는 아무도 해변에 없었다. 로즈메리가 누운 채로 눈을 깜박이자, 그가 다가오며 말했다.

"떠나기 전에 깨우려고 했어요. 그렇게 바로 살을 태우는 것은 좋지 않아요."

"고마워요." 로즈메리는 진홍색이 되어 버린 자신의 다리를 내려다보았다.

"맙소사!"

그녀는 그와 대화를 이어 나가려고 쾌활하게 웃었지만, 딕 다이버는 이미 텐트와 파라솔을 차로 옮기고 있었기에, 그녀는 땀을 씻어 내기 위해 바다로 향하였다. 그는 다시 돌아와 갈퀴와 삽, 체를 모아 바위틈에 넣어 두었다. 그는 해변을 이리저리 훑어보면서 혹시 남겨 둔 것은 없는지 확인하였다.

"몇 시인지 아시나요?" 로즈메리가 물었다.

"1시 반 정도 됐어요."

그들은 잠시 함께 바다의 경치를 보았다.

"나쁜 시간은 아니네요." 딕 다이버가 말했다. "하루 중 최악의 시간은 아니라는 뜻이에요."

그는 그녀를 바라보았다. 잠깐이지만 밝고 푸른 그의 눈동자에 그녀가 비쳤다. 이윽고 그는 마지막 남은 쓰레기를 어깨에 지고 차로 향하였다. 로즈메리는 물에서 나와 가운을 흔들어 털고 호텔로 걸어갔다.

3

두 사람이 식당에 들어갔을 때는 거의 2시였다. 바깥에 있는 소나무들의 움직임에 따라 짙은 광선과 그림자가 빈 테이블 위에서 흔들렸다. 두 웨이터는 접시를 쌓으면서 이탈리아어로 크게 떠들다가 그들이 들어오자 입을 다물더니 식어 버린 정식을 오찬으로 내왔다.

"해변에서 사랑에 빠졌어요." 로즈메리가 말했다.

"누구하고?"

"처음에는 친절해 보이는 사람들 전부 하고요. 그 뒤에는 한 남자에게 빠졌고요."

"그 사람이랑 대화는 해봤니?"

"조금이요. 꽤 잘생겼어요. 머리칼이 불그스름하고." 그녀는 허겁지겁 밥을 먹었다. "하지만 이미 결혼한 사람이에요. 대개 그렇듯이."

어머니는 그녀의 가장 친한 친구로서 모든 가능성을 고려하며 그녀를 이끌어 주었다. 영화계에선 그리 드문 일이 아니었지만, 엘시 스피어스 부인은 자신의 실패에 대한 보상을 받으려고 그렇게 행동하는 것도 아니었기에 오히려 더 특별했다. 그녀는 인생에 대한 개인적인 원통함이나 원망이 없었다. 두 번 만족스러운 결혼을 하고 두 번 과부가 되었는데, 그럴 때마다 쾌활한 극기심이 깊어졌다. 그녀의 첫 남편은 기병 장교였고 두 번째 남편은 군의관이었다. 두 사람 모두 로즈메리에게 무언가를 남겼고, 그녀는 로즈메리에게 그것을 온전히 물려주려고 노력하고 있었다. 그녀는 관대하게 행동하지 않음으로써 로즈메리를 단단하게 길렀다. 로즈메리에게 노력과 헌신을 아끼지 않았고, 이상주의를 심어 주었는데, 현재 그 이상주의가 자신을 향하고 있었으며, 로즈메리는 그녀의 눈을 통해서 세상을 보았다. 그래서 로즈메리는 '단순한' 아이였지만, 어머니의 갑옷과 자기 자신의 갑옷이라는 이중 갑옷으로 보호를 받았다. 로즈메리는 사소한 것과 안이한 것, 그리고 천박한 것에 깊은 불신을 품었다. 그러나 로즈메리의 영화가 갑자기 성공을 거두면서 스피어스 부인은 정신적으로 그녀를 떼어 놓을 때라고 느꼈다. 이 다소 활발하고 숨 가쁘며 급박한 이상주의가 자신을 제외한 다른 것에 초점을 맞추게 된다면, 그것은 그녀에게 고통보다는 기쁨이 될 것이었다.

"그럼 여기가 마음에 든 거니?" 그녀가 물었다.

"이 사람들을 알게 된다면 재미있어질지도 몰라요. 다른 사람들도 있지만, 그 사람들은 친절하지 않았어요. 절 알아봤고요. 우리가 어딜 가든 전부 〈아빠의 딸〉을 본 것 같아요."

스피어스 부인은 딸의 자기중심적인 불꽃이 가라앉기를 기다렸다가 사무적으로 말했다. "그 말을 들고 나니 생각났는데, 얼 브래디는 언제 만날 거니?"

"오늘 오후에 갈까 생각했어요. 어머니가 잘 쉬셨으면요."

"혼자 가. 난 가지 않을 거야."

"그럼 내일까지 기다리죠. 뭐."

"네가 혼자 갔으면 좋겠어. 가까운 거리잖아. 네가 프랑스어를 할 줄 모르는 것도 아니고."

"어머니, 제가 꼭 하지 않아도 되는 일은 없을까요?"

"음, 그럼 나중에 가렴. 하지만 떠나기 전에는 가야 해."

"알겠어요, 어머니."

점심 식사 후 두 사람은 조용한 외국 여행지에서 미국 여행객들이 겪는 갑작스러운 지루함에 압도되었다. 어떠한 자극도 없었으며, 그들을 부르는 사람도 없었고, 다른 사람의 마음에서 자신과 같은 생각의 파편을 찾을 수도 없었다. 제국의 떠들썩함이 그리운 두 사람에게 이곳은 마치 삶이 진행되지 않는 곳 같았다.

"이곳에선 3일만 머무르죠, 어머니." 로즈메리가 방으로 돌아왔을 때 말했다. 밖에서는 가벼운 바람이 더위를 이리저리 몰고 다니다 나무에 부딪히면서 약간 뜨거운 돌풍을 덧문에 보냈다.

"해변에서 만나 사랑에 빠진 남자는 어떡하고?"

"전 어머니 외에는 아무도 사랑하지 않아요."

로즈메리는 로비에 들러 가우스 노인에게 기차 시간을 물었다. 밝은 갈색에 가까운 카키색 옷을 입고 책상 옆에 느긋하게 서 있던 안내원은 그녀를 뚫어지게 쳐다보다가 문득 자신의 직책에 따른 예절을 떠올렸다. 그녀는 아부하는 웨이터 두 명과 버스를 타고 역으로 향하였는데, 그들의 정중한 침묵이 당황스러워 다음과 같이 말하고 싶었다. "자, 말 좀 하세요. 즐기세요. 전 상관없어요."

일등실은 숨이 막힐 지경이었다. 철도 회사들의 생생한 광고 카드들이―아를의 가르교, 오랑주의 원형 경기장, 샤모니 몽블랑의 겨울 스포츠―밖에 보이는 미동도 하지 않는 긴 바다보다 상쾌했다. 자신들의 강렬한 운명에 열중하고, 자신보다 빠르지 않고 숨차하지도 않는 다른 나라 사람을 경멸하는 미국 기차들과 달리 이 기차는 그저 지나가는 땅의 일부였다. 기차가 내뿜는 숨결은 야자나무 잎의 먼지를 휘저었고, 재는 정원의 마른 똥과 섞였다. 로즈메리는 창밖으로 몸을 기울이면 손으로 꽃을 딸 수 있을 거라고 확신했다.

칸역 밖에는 십여 명의 택시 기사들이 자신의 차 안에서 잠을 자고 있었다. 산책로에 있는 카지노와 멀끔한 상점, 그리고 멋진 호텔들은 텅 빈 철 가면처럼 여름 바다를 바라보고 있었다. 이런 곳에도 '시즌'이 있다는 것이 믿기지 않았다. 패션에 반쯤 관심이 있던 로즈메리는 소멸 직전인 것들에 대해 취향을 드러내는 것이 약간 의식되었다. 진짜 세상이 북쪽에서 천둥처럼 지나가고, 흥겨웠던 지난겨울과 흥겨울 다음 겨울 사이의 소강 국면인 지금, 어째서 그녀가 이곳에 왔는지 사람들이 의아해하는 것 같았기 때문이다.

약국에서 코코넛 오일을 한 병 사서 나오던 로즈메리는 한 여성을 알아보았다. 다이버 부인이었다. 그녀는 소파 쿠션을 가득 안고 길을 건너 길 아래 주차된 차로 향했다. 키가 작고 몸이 긴 검은 개가 그녀를 향해 짖자, 졸고 있던 운전기사가 잠에서 깨어났다. 다이버 부인은 차 안에 앉아 사랑스러운 얼굴을 유지하고 있었으며, 용감하고 주의 깊은 눈은 똑바로 정면을 바라보았지만 아무것도 주시하지 않았다. 드레스는 밝은 빨간색이었고, 갈색 다리는 맨살이었다. 숱 많은 금발은 차우차우 같았다.

로즈메리는 열차를 기다리는 30분 동안 크루아제트 거리의 '카페 알리에스'에 앉아 있었다. 나무들이 탁자 위로 초록빛 땅거미를 드리우는 곳이었으며, 오케스트라가 니스 카니발의 노래와 작년에 유행하던 미국 선율을 연주하며 상상 속의 다국적 대중에게 구애하고 있었다. 그녀는 어머니를 위해 〈르 탕〉과 〈새터데이 이브닝 포스트〉를 구매했다. 레몬수를 마시면서 〈새터데이 이브닝 포스트〉를 펼쳐 러시아 공주의 회고록을 읽다가 1890년대의 어렴풋한 관습이 프랑스 신문의 헤드라인보다 더 현실적이고 가깝게 느껴진다고 생각했다. 호텔에서 그녀를 억압했던 것과 같은 감정이었다. 희극이나 비극, 어느 한 쪽을 매우 강조하는 유럽 대륙의 삭막하고 기괴한 소식들을 접하는 것에 익숙해졌으나, 자신에게 필수적인 소식들을 구분하는 일에 훈련되어 있지 않은 그녀는 이제 프랑스에서의 생활이 공허하고 진부하다고 생각했다. 보드빌에서 곡예사를 위해 연주하는 우울한 노래를 연상케 하는 오케스트라의 슬픈 음악을 듣고 있으니 이러한 감정이 더욱 강해졌다. 그녀는 고스 호텔로 돌아가는 것이 기뻤다.

다음 날 로즈메리는 어깨가 너무 타서 수영을 할 수 없었다. 그렇기에 모녀는 차를 한 대 빌렸다. 프랑스 돈의 가치를 알게 된 로즈메리는 한참 실랑이를 벌인 끝에 차를 빌릴 수 있었다. 그 후 리비에라 지역에 있는 많은 강들의 삼각주 지역을 돌아다녔다. 러시아 황제 이반 4세처럼 생긴 운전기사가 가이드를 자처하니, 칸, 니스, 몬테카를로 같은 화려한 이름들이 둔한 위장막을 뚫고 빛나기 시작했다. 이 이름들은 이곳에 식사하러 왔거나, 이곳에서 숨을 거두었던 옛 왕들과 영국 발레리나에게 부처의 눈을 던진 인도의 왕자들, 캐비아가 없던 날 이곳의 주말을 발트해의 쇠퇴기로 만든 러시아 왕자들의 이름을 속삭였다. 무엇보다도 해안을 따라 러시아인들의 향기가 났다. 문을 닫은 그들의 서점과 식료품점들 때문이었다. 10년 전 4월, 시즌이 끝났을 때 그리스 정교회는 문을 닫았고, 그들이 선호하는 달콤한 샴페인은 그들이 돌아올 때까지 치워졌다. "다음 시즌에 돌아올게요." 그들은 이렇게 말했으나, 이 발언은 너무 섣불렀다. 그들은 더 이상 돌아오지 않았다.

늦은 오후 호텔로 돌아오는 길은 즐거웠다. 바다 너머로 보이는 하늘은 어린 시절 보았던 마노와 홍옥수 같은 신비로운 색이었다. 초록색 우유 같았고, 세탁물을 헹군 파란색이었으며, 포도주처럼 진한 색이었다. 문밖에서 식사하는 사람들 곁을 지나고, 시골의 작은 술집의 덩굴 뒤에서 들려오는 격렬한 기계 피아노 소리를 들으니 기분이 좋았다. 코르니슈 도르에서 방향을 틀어 초록 나무들이 빽빽이 들어선 경사지를 통해 가우스 호텔로 내려갈 때 달은 이미 폐허가 된 수도교 위를 맴돌았다…….

호텔 뒤편의 언덕 어딘가에서 댄스파티가 열리고 있었다. 로즈메리는 그녀의 모기장 사이로 들어오는 희미한 달빛을 통해 흘러드는 음악을 듣고선 어딘가에서 유쾌한 일이 일어나고 있다는 것을 깨달았고, 해변에서 만난 멋진 사람들을 생각했다. 그녀는 그들을 아침에 만날지도 모른다고 생각했지만, 그들은 분명히 자급자족할 수 있는 작은 그룹을 형성한 게 분명했다. 그들의 파라솔과 대나무 깔개, 개, 아이들이 자리를 잡으면 바닷가의 일부분에 말

그대로 울타리가 쳐진 것 같았다. 그녀는 어떤 경우에도 남은 두 번의 아침은 다른 쪽 사람들과 보내지 않겠다고 결심했다.

4

문제는 쉽게 해결되었다. 맥키스코 일행은 아직 해변에 나타나지 않았고, 로즈메리가 가운을 펼쳐 놓자마자 두 명의 남자가 무리에서 떠나 그녀에게 다가왔다. 기수 모자를 쓴 남자와 웨이터를 톱으로 두 토막 내 버린다던 금발의 남자였다.

"안녕하세요." 딕 다이버가 쪼그려 앉으며 말했다. "들어 보세요, 햇볕에 탔든 타지 않았든, 어째서 어제는 저희와 따로 떨어져서 보내신 거예요? 걱정했어요."

그녀는 일어나 앉았다. 행복한 작은 웃음으로 다가오는 그들을 환영했다.

"당신이 오늘 아침 우리에게 다가오지 않을까 궁금했어요. 우리는 파라솔 아래에서 먹고 마시니, 상당히 좋은 초대라고 생각해요." 딕 다이버가 말했다.

그는 친절하고 매력적으로 보였다. 그의 목소리는 그녀를 신경 써 주겠다고, 시간이 조금 지나면 그녀를 위해 완전히 새로운 세상을 열어 끝없는 가능성들을 보여 주겠다고 약속하고 있었다. 그는 그녀의 이름이 언급되지 않도록 조절해 가면서 사람들에게 소개하였다. 모든 사람이 그녀가 누구인지는 알지만 그녀의 사생활에 관해서는 완전히 존중한다는 것을 쉽게 알 수 있도록 해주었다. 로즈메리는 성공을 거둔 뒤로 같은 업계 사람들을 제외하고는 이런 예의를 대접받아 본 적이 없었다.

진주 목걸이 아래로 갈색 등을 드러낸 니콜 다이버는 치킨 메릴랜드의 조리법을 찾기 위해 요리책을 살펴보고 있었다. 로즈메리는 그녀가 스물네 살쯤일 거라고 추측했다. 그녀는 전형적으로 예쁜 얼굴이었다. 그러나 첫 느낌은 조각의 두드러진 구조와 특징만을 실물보다 더 큰 크기로 만들었다는 것이었다. 이목구비와 선명한 이마, 안색같이 우리가 기질이나 성격으로 연관시키는 모든 것들을 로댕의 방식대로 틀을 잡은 다음, 예뻐 보이도록 조금씩 조각해 나가면서 단 한 번의 실수로 그 아름다움과 특성에 돌이킬 수 없는 영향을 끼친 수준까지 깎인 듯했다. 이 조각가는 입 부분에서 대단히 위험한 모험을 했는데, 잡지 표지에 나올 듯한 큐피드의 활 모양이었지만, 다른 얼굴 부분들의 뛰어난 점을 공유하고 있었다.

"이곳에 온 지 오래됐나요?" 니콜이 물었다. 그녀의 목소리는 낮고, 약간 거친 것 같았다.

로즈메리의 마음속에 일주일 더 이곳에 머물 수도 있겠다는 가능성이 갑자기 떠올랐다.

"그리 오래 있진 않았어요." 그녀가 어렴풋이 대답했다. "우리는 해외로 나온 지 오래됐거든요. 3월에 시칠리아에 도착해서 북쪽으로 조금씩 올라가며 여행하고 있어요. 지난 1월 영화를 찍다가 폐렴에 걸려서 회복하는 중이에요."

"어머나! 어쩌다 그랬어요?"

"음, 수영하다가요." 로즈메리는 개인적인 이야기를 하는 것이 상당히 꺼려졌다. "어느 날 우연히 유행성 감기에 걸렸는데, 그것도 모르고 베니스의 한 운하로 다이빙하는 장면을 찍었어요. 매우 비싼 세트장이었기에 전 아침 내내 다이빙을 해야 했죠. 어머니가 의사를 데려왔지만 아무 소용이 없었어요. 그렇게 폐렴에 걸렸죠." 그녀는 다른 사람들이 말을 꺼내기도 전에 단호하게 화제를 바꾸었다. "여기가 마음에 드시나요, 이곳이?"

"마음에 들 수밖에 없을 겁니다." 에이브 노스가 천천히 말했다. "이들이 이곳을 만들었으니까요." 그는 훌륭한 머리를 돌려 다정함과 애정이 담긴 눈길로 다이버 부부를 바라보았다.

"어머, 그러셨나요?"

"이 호텔이 여름에 문을 연 건 이번이 두 번째예요." 니콜이 설명했다. "우리가 가우스 노인에게 요리사와 심부름꾼, 웨이터를 계속 남겨 두라고 설득했어요. 그 결과 수입이 나기 시작했고, 올해는 훨씬 더 잘되고 있어요."

"하지만 호텔에 머무르고 계신 건 아니잖아요."

"저희는 위쪽 타름에 집을 지었어요."

"제 생각은 이래요." 딕이 로즈메리의 어깨에 비치는 직사각형 모양의 햇빛을 가리기 위해 파라솔을 조정하며 말했다. "도빌 같은 북쪽 지역은 추위를 개의치 않는 러시아인과 영국인들이 골랐고, 미국인들의 반은 열대지방에서 왔으니, 우리가 이곳에 오기 시작한 것 같아요." 라틴계의 젊은이는 〈뉴욕 헤럴드〉를 넘기고 있었다.

"아니, 도대체 이들은 어느 나라 사람들이야?" 그가 묻더니 갑자기 프랑스어 억양으로 읽기 시작했다. "'브베 호텔 펠리스에 투숙하는 사람들은 판들리 블라스코 씨, 본아스 부인' 내가 과장해서 읽은 게 아냐. '코리나 메돈사, 파슈 부인, 세라핌 툴리오, 마리아 아말리아 로토 메, 무아즈 퇴벨, 파라구리스 부인, 아포슬드 알렉상드, 요란다 요스쾨글, 그리고 제네비바 드 모뫠스!' 이 여자가 내겐 제일 매혹적이야. 제네비바 드 모뫠스. 제네비바 드 모뫠스를 보기 위해서라면 브베로 뛰어갈 만한 가치가 있지."

그는 갑자기 안절부절못하며 일어서더니 단 한 번의 동작으로 기지개를 켰다. 그는 다이버나 노스보다 몇 살 어렸다. 키가 크고 근육질이었지만 어깨와 위팔에 근육이 몰려 있었다. 언뜻 보기에는 일반적인 잘생긴 사람이었지만, 얼굴에 갈색 눈의 강렬한 광채를 완전히 가로막는 희미한 혐오가 항상 존재했다. 사람들은 그이후에도 그의 눈은 기억했다. 지루함을 참지 못하는 입과 아무런 도움도 되지 않는, 고통으로 인해 불만스러운 듯 깊게 주름진 이마는 잊어버린 채.

"지난주 미국 뉴스에서 괜찮은 소식을 몇 개 찾았어요." 니콜이 말했다. "에블린 오이스터 부인이랑, 다른 사람은 누구였지?"

"S. 플래시 씨." 다이버도 일어나며 말했다. 그는 갈퀴를 들고 진지하게 모래에서 작은 돌을 골라내기 시작했다.

"아, 그래. S. 플래시. 그 사람 좀 소름 끼치지 않아요?"

니콜과 단둘이 있으니 꽤 조용했다. 로즈메리는 어머니와 있을 때 보다 더 조용하다고 생각했다. 에이브 노스와 프랑스인 바르방은 모로코에 관해 이야기했고, 조리법을 옮겨 적은 니콜은 바느질거리를 집어 들었다. 로즈메리는 그들의 짐을 살펴보았다. 네 개의 커다란 파라솔이 천장을 형성하여 그늘을 만들었고, 휴대용 욕실이 탈의실 역할을 했으며, 공기를 가득 채워 부풀린 고무 말이 있었다. 로즈메리는 처음 보는 물건이었는데, 전쟁 이후 쏟아져 나온 사치품으로, 아마도 이들이 첫 구매자인 것 같았다. 그녀는 이 사람들이 유행을 따른다는 것을 알았다. 그녀의 어머니는 그녀에게 이런 사람들이 무위도식할 수도 있기에 주의하라고 일렀지만, 이 사람들에게는 그런 느낌을 받지 못했다. 오늘 아침처럼 완전히 아무런 움직임이 없는 상태에서도 그녀는 어떤 목적, 어떠한 일, 방향, 그녀가 알고 있는 방법과는 다른 창조 행위를 느꼈다. 그녀의 미성숙한 마음은 그들 관계의 본질에 대해 아무런 추측도 하지 못했다. 그녀는 단지 자신을 대하는 그들의 태도에만 관심을 가졌다. 그러다 어떤 즐거워 보이는 상호 관계망 같은 것을 감지했고, 그들이 매우 즐거운 시간을 보내고 있다고 생각했다.

로즈메리는 세 남자를 번갈아 쳐다보며 그들을 잠시 동안 관찰했다. 세 사람 모두 제각각의 개성이 있었다. 모두 특별히 상냥했는데, 어떤 사정에 의해 그런 것이 아니라 그들 삶의 일부로, 과거에도 그랬고 미래에도 그러할 것이라고 느꼈다. 배우들이 가진 일과 관련된 매너와는 전혀 달랐고, 그녀의 인생에 있어 지적인 이미지를 대표하는 감독들의 거칠지만 즉시 형성되는 동료애와도 달랐으며, 먼 곳까지 챙기는 섬세함이 있었다. 배우와 감독들―그녀가 아는 유일한 남자들이었다. 그리고 지난가을 예일대 졸업 파티에서 만난, 첫눈에 반하는 사랑에만 관심 있는 이질적이고 서로를 구별하기 힘든 대학생 소년들.

이 세 사람은 달랐다. 바르방은 교양 있지 않고 회의적이며 조롱이 섞인 말투였다. 그의 매너는 일종의 절차를 따르듯 형식적이었다. 에이브 노스는 수줍어하면서도 필사적으로 유머를 끼워 넣으려고 했는데, 그것은 즐겁기도 했지만 어리둥절하기도 했다. 그녀는 자신의 진지한 본성 때문에 그에게 최고의 인상을 줄 수 없을 거라고 생각했다.

그러나 딕 다이버는 그곳에서 완벽한 모습이었다. 그녀는 내심 그를 사모했다. 그의 안색은 햇볕에 그을려 불그스름했는데 짧은 머리칼 또한 그랬다―팔과 손에도 같은 색의 짧은 털들이 있었다. 눈은 밝고 진한 파란색이었다. 코는 약간 뾰족했는데 그렇기에 그가 누구를 보고 있는지, 누구와 말하고 있는지 전혀 의심할 여지가 없었다―사실 이런 관심은 기분이 좋다. 누가 우리를 이렇게 보겠는가?―호기심이든 무관심이든 관심이 우리에게 쏠리긴 하지만 그 이상의 의미는 없다. 희미한 아일랜드 선율이 흐르는 목소리는 세상을 매료시켰지만, 그녀는 그의 목소리에서 자신의 미덕과 같은 자제력과 자기 수양으로 인한 단단한 층을 느꼈다. 아, 그녀는 그를 선택했다. 니콜은 고개를 들다가 딕을 택하는 그녀를 보았고, 그에게 이미 임자가 있다는 사실에 로즈메리가 작게 한숨 쉬는 소리를 들었다.

정오가 가까워지자 맥키스코, 에이브럼스 부인, 덤프리, 캠피온

37

이 해변에 나타났다. 그들은 새로운 파라솔을 가져와서 다이버 부부 쪽으로 펼치더니 만족스러운 표정으로 들어갔다. 조롱하듯이 서 있는 맥키스코 부인을 제외하곤 말이다. 갈퀴질을 하던 딕은 그들을 지나쳐 파라솔로 돌아왔다.

"젊은 남자 두 명이 같이 『에티켓』을 읽고 있어." 딕이 낮은 목소리로 말했다.

"높으신 분들이랑 어울리려나 보지." 에이브가 말했다.

로즈메리가 첫날 뗏목 위에서 마주친 시커멓게 탄 젊은 여성 메리 노스는 수영을 하고 돌아와 환한 미소로 말했다.

"네버퀴버 부부가 왔군."

"저 사람들은 이 사람 친구예요." 니콜이 에이브를 가리키며 말했다. "어째서 그는 저 사람들과 대화하지 않는 걸까요? 저 사람들 매력적이라고 생각하지 않아요?"

"아주 매력적이라고 생각해요." 에이브가 동의했다. "그저 흥미롭지 않을 뿐, 그게 다예요."

"음, 이번 여름엔 해변에 사람이 많다고 느끼긴 했어요." 니콜이 인정했다. "딕이 조약돌 더미에서 만들어 낸 우리 해변인데." 그녀는 잠시 생각하더니 뒤편의 파라솔에 앉아 있는 세 보모가 듣지 못하도록 목소리를 낮추며 말했다. "그래도 지난여름 계속해서 '바다가 푸르지 않니? 하늘이 하얗지 않니? 어린 넬리의 코가 빨갛지 않니?'라고 소리치던 영국인들보다는 낫네요."

로즈메리는 니콜을 적으로 두고 싶지 않았다.

"하지만 싸우는 걸 보진 못했잖아요." 니콜이 말을 이어 나갔다.

"당신이 오기 전날 가솔린이나 버터 대용품 같은 이름을 가진 유부남이……."

"맥키스코요?"

"네. 말다툼을 하다가 여자가 남자 얼굴에 모래를 던졌어요. 그러자 남자가 자연스럽게 여자 위에 올라타 얼굴에 모래를 비비더군요. 우리는…… 정말 놀랐어요. 딕한테 가서 말리라고 했죠."

"내 생각은," 딕 다이버가 짚으로 된 매트를 멍하니 내려다보며 말했다. "가서 저 사람들을 저녁에 초대할까 봐."

"아뇨, 그러지 말아요." 니콜이 빠르게 그에게 말했다.

"매우 좋은 일이 될 거야. 이곳에 온 사람들이잖아. 우리가 적응해 보자고."

"우린 아주 잘 적응하고 있어요." 그녀가 웃으며 말했다. "전 제 코에 모래를 비비는 일을 당하지 않을 거예요. 전 심술궂고 매정한 여자거든요." 그녀는 로즈메리에게 설명하더니 목소리를 높였다. "얘들아, 수영복 입어!"

로즈메리는 이번 수영이 그녀의 인생에 있어, 수영이라는 말을 들으면 기억 속에 항상 떠오를 전형적인 수영이 될 것이라고 여겼다. 모두가 동시에 바다를 향해 갔는데, 오랫동안 억지로 가만히 있었기 때문에 움직일 준비가 된 상태였다. 얼얼한 카레를 시원한 화이트 와인과 먹듯 더위가 시원함으로 바뀌었다. 다이버 부부는 당면한 재료에서 최대한의 것을 얻고, 모든 이행에 최대한의 가치를 부여하던 옛 문명 같은 하루를 보냈다. 그리고 로즈메리는 수영에 완전히 몰입한 상태가 곧 프로방스 점심시간의 수다로 이어질 예정이라는 것을 깨닫지 못했다. 그러나 그녀는 딕이 자신을 신경 써준다는 것을 다시금 느꼈다. 그녀는 결국 마치 명령이 내려진 것처럼 일어날 일들에 반응하는 것을 즐겼다.

니콜은 남편에게 작업하던 특이한 옷을 건네주었다. 그는 탈의실로 들어가더니 검은 레이스가 달린 투명한 속바지를 입고 나와 잠시 소란을 야기했다. 자세히 살펴보니 그 속바지는 살색 천을 대 놓은 것이었다.

"어쩜, 저건 게이나 하는 짓 아냐!" 맥키스코가 경멸하며 외쳤다. 그러더니 그는 재빨리 뒤를 돌아 덤프리와 캠피온에게 말했다. "아, 죄송합니다."

로즈메리는 그 수영복을 보곤 기뻐서 들떴다. 그녀의 순진한 마음은 다이버 부부의 값비싸면서도 단순한 방식에 진정으로 반응했다. 그러나 그 물건들이 순수함이 결핍된 아주 복잡한 것이라는 걸 알지 못했고, 또 이것이 세계 시장을 돌아다니면서 양보다는 질을 보고 골랐다는 사실도 알지 못했다. 더불어 행동의 단순함과 유아원과 같은 평화와 선의, 단순한 미덕을 강조하는 것은 신들과의 필사적인 거래의 일부였고 그녀가 추측할 수도 없는 투쟁을 통해 쟁취한 것이었다는 사실도 몰랐다. 이 순간 다이버 부부는 외부적으로 계층의 발전에 있어 정확히 최고의 모습을 보여 주어, 두 사람 곁에 있는 대부분의 사람들이 어색해 보였다. 그러나 실제로는 이미 그들 부부에게 질적 변화가 일어났고 로즈메리는 그것을 인지하지 못했다.

그들이 셰리주를 마시고 크래커를 먹을 때 로즈메리는 그들과 함께 서 있었다. 딕 다이버는 차갑고 푸른 눈으로 그녀를 바라보았다. 그의 친절하고 강한 영향력을 지닌 입이 사려 깊고 신중하게 말했다.

"제가 오랫동안 보아 온 소녀 중 실제로 뭔가 피어나는 것 같은 사람은 당신이 유일해요."

그 후 로즈메리는 어머니의 무릎에서 울고 또 울었다.

"전 그 사람을 사랑해요, 어머니. 몹시 사랑하고 있어요. 다른 사람을 이렇게 느낄 수 있는지 처음 알았어요. 그런데 그 사람은 결혼했고 그 사람의 아내도 좋아요. 너무 절망적이에요. 아, 난 그를 정말 사랑하는데!"

"그 사람을 만나 보고 싶구나."

"니콜이 금요일 저녁에 우리를 초대했어요."

"사랑에 빠진 거라면 행복해야지. 웃고."

로즈메리는 고개를 들어 얼굴을 떨며 아름답게 웃었다. 그녀의 어머니는 항상 그녀에게 큰 영향을 끼쳤다.

5

로즈메리는 가능한 한 삐딱한 상태로 몬테카를로로 향했다. 그녀는 차를 타고 라튀르비의 험준한 언덕을 올라 현재 보수 공사 중인 오래된 고몽 영화사에 도착했다. 창살이 있는 입구에서 신분증에 적어 보낸 메시지의 답을 기다리고 있자니, 마치 할리우드를 들여다보고 있는 기분이 들었다. 최근 영화에서 사용된 기괴한 잔해, 인도의 쇠퇴한 거리 풍경, 커다란 판지로 만든 고래, 외래종 특별 허가를 받은 무시무시하게 큰 나무는 농구공만 한 체리를 매달고는 엷은 빛의 아마란스와 미모사, 코르크나무, 또는 작은 소나무같이 토착종처럼 자리 잡고 있었다. 판자로 된 간이식당과 헛간 같은 무대 두 개, 얼굴에 화장을 한 채 희망에 차 기다리는 사람들도 있었다.

10분 후 카나리아 깃털 색깔의 머리를 한 젊은 남자가 서둘러 정문으로 내려왔다. "들어오세요, 호이트 양. 브래디 씨는 촬영장에 있지만, 호이트 양을 꼭 뵙고 싶어 합니다. 기다리게 해서 죄송합니다만, 아시다시피 몇몇 프랑스 귀부인들이 잘 보이려고 난리를 치는 바람에 —"

스튜디오 매니저는 무대 건물의 텅 빈 벽에 있는 작은 문을 열었고, 갑자기 친숙함을 느낀 로즈메리는 반가운 마음으로 그를 따라 어둑어둑한 공간으로 들어갔다. 여기저기서 형체들이 희미한 빛을 알아차리고는, 마치 연옥에서 인간 세상으로 향하는 길을 쳐다보는 영혼들처럼 그녀에게 잿빛 얼굴을 돌렸다. 속삭임과 은은한 목소리들이, 멀리선 작은 오르간의 부드러운 트레몰로가 들려왔다. 몇몇 수직 무대 장치를 돌자 생기 있는 하얀 빛으로 이루어진 무대가 나왔다. 칼라와 소맷동이 화려한 연분홍색 셔츠를 입은 프랑스인 남배우와 미국인 여배우가 꼼짝도 하지 않고 마주 보고 서 있었다. 두 사람은 마치 몇 시간 동안 같은 자세로 있었던 것처럼 집요하게 서로를 쳐다보았다. 그럼에도 여전히 아무 일도 일어나지 않았으며, 아무도 움직이지 않았다. 길게 늘어선 조명들이 날카롭게 쉭 소리를 내며 꺼지더니 다시 켜졌다. 멀리서 탕탕거리는 애처로운 망치 소리가 어딘가로 들여보내 달라고 애원하듯 들려왔다. 위쪽에 있는 눈부신 불빛들 사이로 푸른 얼굴이 나타나더니 더 위에 있는 어두운 공간을 향해 알아들을 수 없는 말을 큰 소리로 외쳤다. 그 후 로즈메리 앞에서 들려온 목소리에 의해 고요함이 깨졌다.

"자기, 스타킹은 벗지 않으면, 열 켤레가 있어도 모자랄걸. 그 드레스는 15파운드야."

말을 한 사람이 뒤로 물러서다 로즈메리와 부딪히자, 스튜디오 매니저가 말했다. "이봐, 얼, 호이트 양이야."

그들은 처음 만나는 참이었다. 브래디는 재빠르고 활발했다. 로즈메리는 그가 자신의 손을 잡을 때 머리부터 발끝까지 훑어보는 것을 알아차렸는데, 그 행동은 그녀를 편안하게 해주었다. 그러한 행동을 하는 사람에게서는 항상 희미한 우월감이 느껴졌다. 만약 그녀의 개성이 소유물이었다면 그녀는 소유권에 내재된 이익이 무엇이었든 간에 그 이익을 행사할 수 있었을 것이다.

"조만간 올 거라는 생각이 들었어요." 사적인 대화치고는 톤이 약간 강렬했으며, 희미하지만 반항적이고 응석받이의 흔적이 담겨 있었다. "여행은 괜찮았나요?"

"네, 하지만 집에 가게 되어 기뻐요."

"안 돼요오오!" 그가 소리쳤다. "조금만 더 머무르세요. 당신과 대화를 나누고 싶어요. 그 영화 꽤 괜찮았어요. 〈아빠와 딸〉 말이에요. 파리에서 봤어요. 호이트 양이 계약했는지 확인하려고 바로 전보를 보냈어요."

"전, 막…… 죄송해요."

"이야, 얼마나 대단한 영화였는지!"

바보같이 웃으며 동의하고 싶지 않았기에 로즈메리는 얼굴을 찌푸렸다.

"아무도 영화 한 편으로 영원히 기억되고 싶어 하지 않아요." 그녀가 말했다.

"물론, 당연하죠. 다음 계획은 뭔가요?"

"어머니는 제게 휴식이 필요하다고 생각하세요. 돌아가면 우린 아마 퍼스트 내셔널과 계약하거나 페이머스와 계속 일할 거예요."

"우리가 누구를 말하는 거죠?"

"제 어머니요. 어머니가 관련 문제를 결정하시거든요. 어머니 없이는 할 수 없어요."

그는 다시 그녀를 훑어보았고, 그러는 동안 로즈메리의 무언가가 그에게 표출되었다. 그녀가 오늘 아침 해변에서 한 남자에게 느꼈던 자연스러운 사모의 감정은 전혀 아니었다. 분명했다. 그는 그녀를 원했고, 그녀도 처녀의 감정이긴 했지만 침착하게 그에게 굴복하는 것을 고려했다. 하지만 그녀는 그와 헤어지고 30분만 지나면 그를 잊게 되리라는 것을 알고 있었다. 마치 영화 속에서 키스한 배우처럼 말이다.

"어디서 머물고 있어요?" 브래디가 물었다. "아, 맞아, 고스. 음,

올해 계획은 이미 다 정해져 있지만 내가 보낸 편지는 여전히 유효해요. 다른 어떤 여성보다 당신과 영화를 만들고 싶어요. 코니 탤매지가 어렸을 때 이후로 처음이군요."

"저도 같은 생각이에요. 할리우드로 돌아가는 게 어때요?"

"그 빌어먹을 장소는 견디지 못하겠어요. 전 여기가 좋아요. 이 장면을 찍을 때까지 기다려요. 내가 구경시켜 줄 테니까."

그는 촬영장으로 걸어가면서 프랑스 배우와 낮고 조용한 목소리로 이야기를 나누기 시작했다.

5분이 지났다. 브래디는 여전히 말을 했고, 그 프랑스인은 이따금 발을 들썩이며 고개를 끄덕였다. 갑자기 브래디가 말을 멈추더니 조명을 향해 소리 지르자 놀라듯 불빛이 강렬해졌다. 현재 로스앤젤레스는 로즈메리로 인해 떠들썩한 상태였다. 그녀는 그곳으로 돌아가고 싶어 하면서, 놀라지 않고 다시 한번 얇은 칸막이로 이루어진 도시를 지나갔다. 그러나 그녀는 촬영을 끝낸 브래디가 어떤 기분일지 짐작이 되었기에 그를 만나고 싶지 않아, 돌아가고 싶은 마음을 남겨 둔 채 촬영장을 떠났다. 스튜디오가 그곳에 있다는 것을 알게 되자 지중해는 전보다 덜 고요했다. 그녀는 거리의 사람들이 좋았고, 기차를 타고 돌아오는 길에 에스파드리유(노끈으로 밑창을, 면이나 캔버스로 발등을 감싸도록 제작한 가벼운 신발—옮긴이) 한 켤레를 샀다.

어머니는 로즈메리가 시킨 일을 아주 정확하게 해냈다는 것에 기뻤지만, 여전히 그녀를 떼어 놓고 싶었다. 스피어스 부인은 곁

보기에는 생기가 넘쳤지만 지쳐 있었다. 임종은 사람을 정말로 피곤하게 하는데, 그녀는 두 사람이 떠나는 것을 곁에서 지켜보았던 것이다.

6

니콜 다이버는 점심에 장밋빛 포도주를 마시고 기분이 좋아지자, 어깨에 있는 동백꽃 조화가 뺨에 닿을 정도로 팔짱을 높이 끼고 잔디가 없는 정원으로 나갔다. 정원 한쪽에는 집이 있었는데, 그곳에서 정원이 흘러나오고, 또 흘러 들어가는 것 같았다. 다른 두 면은 오래된 마을을 향하고 있었으며 마지막 한 면은 절벽 끝에 바다가 펼쳐지는 풍경이었다.

마을을 향하고 있는 벽은 먼지투성이였다. 구불거리는 덩굴과 레몬 나무, 유칼립투스 나무가 있었고, 흔한 외바퀴 손수레는 잠시 세워 둔 것이었지만 벌써 오래되어 길에서 오그라들면서 희미하게 썩어 갔다. 모란밭을 지나 다른 방향으로 돌면 부드러운 습기로 인해 나뭇잎과 꽃잎이 몸을 구부리고 있는 매우 푸르고 시원한 장소가 있다는 것에 언제나 흠칫 놀라곤 했다.

목에 두른 라일락 스카프는 무채색의 햇살 속에서도 그녀의 얼굴에 라일락 빛깔을 드리웠으며, 움직이고 있는 발 주위에도 라일락 그림자를 만들었다. 가련한 의심이 담긴 녹색 눈을 제외하면 그녀의 얼굴은 굳어 있어서 엄중해 보였다. 머리카락은 어두운색이 되었으나, 머리카락이 그녀의 얼굴보다 밝았던 열여덟 살 때보단 스물네 살인 지금이 더 사랑스러웠다.

그녀는 하얀색 화단 테두리를 따라 형체 없이 피어난 안개를 따라가다가, 바다가 내려다보이는 장소에 도착했다. 무화과나무 사이에 잠들어 있는 랜턴들과 큰 탁자, 고리버들 의자가 매우 커다란 소나무 근처에 있었다. 그 나무는 정원에서 가장 컸다. 그녀는 잠시 멈추어 서서 무심코 뿌린 한 줌의 씨앗 속에서 피어난 듯 그녀의 발치에 엉켜 있는 한련과 아이리스를 멍하니 바라보며 집에서 들려오는 유치한 말다툼과 비난 소리를 들었다. 이 소리들이 여름의 공기 속으로 사라지자 그녀는 마치 스케르초의 생기가 더 이상 정점에 이를 수 없는 듯 갑자기 중단될 때까지 분홍색 구름처럼 뭉쳐 있는 만화경 같은 모란, 검은색과 갈색 튤립, 제과점 창문에 전시된 설탕으로 만든 꽃처럼 투명하고 엷은 연보라색 줄기의 장미 사이를 걸었다. 그곳에서 5피트 아래 평평한 곳까지는 축축한 층계가 있었다.

그곳에는 주변에 판자가 놓인 우물도 있었는데, 그 판자는 가장 밝은 날에도 축축하고 미끄러웠다. 그녀는 반대편 계단을 올라가 채소밭으로 향하였다. 꽤 빠르게 걸어 올라갔는데, 활동적인 것을 좋아했기 때문이다. 때때로 정적이면서도 평온함이 연상되는 인상을 주기도 했는데, 이는 그녀가 아는 단어가 적고, 어떤 단어도 믿지 않았기 때문이었다. 니콜은 사람들과 있을 때 대체로 말이 없었으나, 정확한 타이밍에 세련된 유머를 구사했는데 이 또한 드문 경우였다. 그러나 낯선 사람들이 불편해하는 순간 그녀는 주제를 붙잡고 이끌어 나갔는데, 그럴 때면 자신도 매우 놀라곤 했다. 그러다가 이 정도면 충분해서 더 이상은 필요 없다는 듯이 소극적으로 주제를 도로 가져와 마치 순종적인 레트리버처럼 갑자기 대화를 포기하곤 했다.

그녀가 채소밭의 흐릿한 녹색빛 속에 서 있을 때, 딕이 그녀보다 먼저 길을 가로질러 자신의 작업실로 갔다. 니콜은 그가 사라질 때까지 조용히 기다렸다. 그러고 나서 곧 샐러드가 될 줄줄이 늘어선 채소를 지나 동물들을 모아 놓은 조그만 공간으로 향하였다. 비둘기와 토끼, 앵무새가 그녀를 신경 쓰지 않고 노래를 부르고 있었다. 또 다른 경사를 내려간 그녀는 낮고 굽은 담이 있는 곳에 도달했고, 700피트 아래에 있는 지중해를 내려다보았다.

그녀는 타름 마을의 오래된 언덕에 서 있었다. 별장과 그 주변 땅은 절벽과 인접해 있는 소작농들의 주거지였다. 작은 집 다섯 채를 합쳐 새 집 한 채를 지었고, 네 채를 합쳐 정원을 만들었다. 바깥쪽 담들은 손도 대지 않아 멀리 떨어진 도로에서 보면 보라색을 띤 회색 덩어리를 이룬 마을과 구별되지 않았다.

니콜은 잠깐 지중해를 내려다보며 서 있었지만, 바다는 그녀와 아무런 상관이 없었다. 지칠 줄 모르는 그녀의 손조차도 어쩔 도리가 없었다. 이내 딕이 방이 하나밖에 없는 작업실에서 망원경을 들고나와 칸을 향해 동쪽을 바라보았다. 잠시 후 니콜이 그의 시야에 흘러 들어왔다. 그는 집으로 사라지더니 메가폰을 들고나왔다. 그는 자잘한 기계장치들이 많았다.

"니콜." 그가 소리쳤다. "당신에게 말하는 것을 깜빡했는데, 마지막 사도적 행동으로 에이브럼스 부인을 초대했어. 머리가 하얀 여자 말이야."

"그럴 줄 알았어요. 화낼 만한 일이군요." 자신의 대답이 그에게 쉽게 도달하자 그가 들고 있는 메가폰이 하찮게 보이는 것 같아서 그녀는 목소리를 높여 외쳤다. "내 말 들려요?"

"그래." 그는 메가폰을 내렸다가 고집스럽게 다시 들어 올렸다. "다른 사람들도 더 초대할 거야. 그 젊은 남자 둘도 부르고."

"그러세요." 그녀가 차분하게 동의했다.

"정말로 최악의 파티를 열고 싶어. 진심이야. 싸움과 유혹이 존재하고, 사람들이 감정이 상해서 집에 돌아가고, 여자들이 화장실에서 기절하는 파티 말이야. 두고 봐."

그는 작업실로 돌아갔다. 니콜은 딕이 그가 가지고 있는 가장 독특한 기분 중 하나에 사로잡혀 있는 것을 알아챘다. 모든 사람을 휩쓰는 흥분이었다. 이 흥분에는 필연적으로 그만의 우울함이 뒤따랐다. 그는 결코 이것을 드러내지 않았지만, 그녀는 짐작할 수 있었다. 흥분의 강도는 그 중요성과 비례하지 않았으며, 비범한 기교로 사람을 대하게 했다. 그는 매혹적이고 무비판적으로 자신을 사랑하게 만드는 힘을 가지고 있었다. 정신이 강인하고 항상 의심하는 사람은 예외였지만. 그러다 그가 그것에 관한 낭비와 무절제를 깨닫는 순간 반작용이 생겼다. 그는 때때로 경외심을 가지고 자신이 벌여 놓은 애정의 카니발을 비인간적인 피의 욕망을 만족시키기 위해 학살을 명령한 장군처럼 바라보곤 했다.

하지만 딕 다이버의 세계에 잠시 들어가 보는 것은 놀라운 경

험이었다. 사람들은 매우 오랜 세월이라는 타협 아래 묻힌 자신의
자랑스럽고도 독특한 운명을 딕이 알아보곤, 특별히 대우해 준다
고 믿었다. 그는 정교한 배려와 공손함으로 사람들을 빠르게 사로
잡았는데, 너무나도 날쎄고 직감적이어서 오로지 결과로만 그 사
실을 확인할 수 있었다. 그러고 나선 관계의 첫 꽃봉오리가 시들
지 않도록 자신의 즐거운 세계의 문을 열었다. 사람들이 그에게
완전히 몰입해 있는 동안 딕은 그들의 행복에 몰두했다. 그러나
모든 것을 포괄하는 그 세계에 처음으로 의심이 생기는 순간, 딕
은 사람들의 눈앞에서 사라졌고, 사람들은 그가 한 말이나 행동을
다른 이에게 전달할 만큼 기억해 내지 못했다.

그날 저녁 8시 30분, 딕은 다소 점잖고 유망하게, 마치 기마 투
우사의 망토라도 되는 양 코트를 손에 들고 첫 손님을 맞이하러
나갔다. 로즈메리와 그녀의 어머니에게 인사한 뒤 그들이 새로운
환경에 울려 퍼지는 자신들의 목소리에 안심할 수 있도록 두 사람
이 먼저 말하기를 기다렸다는 것이 그의 특징을 보여 주는 장면이
었다.

로즈메리의 관점에서 이야기를 이어 나가자면, 두 사람은 타름
을 오르자 느껴지는 신선한 공기의 매력 속에서 주위를 둘러보고
있었다고 말해야 할 것이다. 비범한 사람이 익숙하지 않은 표정으
로 자신을 평범하게 만들 수 있듯이, 치밀하게 계산된 빌라 디아
나의 완벽함은 배경에 있는 하녀의 우연한 모습이나 열기, 매우
까다로운 코르크 마개 같은 아주 작은 오점으로 인해 흐트러질 수
있었다. 첫 손님들이 밤의 흥분을 몰고 도착하는 동안 그날의 가

정일은 천천히 물러났다. 다이버의 아이들과 그들의 가정교사가 테라스에서 저녁을 먹고 있는 것이 그 상징이었다.

"정말 아름다운 정원이야!" 스피어스 부인이 소리쳤다.

"니콜의 정원입니다." 딕이 말했다. "가만히 내버려 두질 않아요. 시도 때도 없이 관리하고, 병에 걸릴까 봐 걱정해요. 저러다 니콜이 백분병이나 흑반병, 엽고병에 걸릴 것 같아요." 그는 검지로 단호하게 로즈메리를 가리키며 아버지 같은 마음에서 나오는 관심을 숨기듯 가볍게 말했다. "제가 당신이 이성을 잃지 않게 해드리지요—해변에서 쓸 모자를 하나 드리겠습니다."

그는 두 사람을 정원에서 테라스로 안내한 뒤 칵테일을 따라 주었다. 얼 브래디가 도착하여 로즈메리를 발견하곤 놀랐다. 그의 태도는 스튜디오에서보다 부드러웠는데, 마치 문 앞에서 다른 모습을 입고 들어온 것 같았다. 로즈메리는 그와 딕 다이버를 즉시 비교하곤 딕 쪽으로 방향을 획 틀었다. 얼 브래디는 딕에 비해 약간 교양 없어 보였으며, 못 배운 것 같았다. 그러나 그녀는 다시 한번 그에게 어떤 찌릿한 반응을 느꼈다. 브래디는 야외에서 저녁을 먹고 일어나는 아이들에게 친근히 말했다.

"안녕, 러니어, 노래해 보는 게 어떻니? 톱시와 함께 내게 노래 한 곡 불러 주겠니?"

"무슨 노래를 부를까요?" 조그만 소년이 프랑스에서 자란 미국 아이 특유의 발음으로 동의했다. "그 '내 친구 피에로'에 관한 노래 있잖니." 남매는 수줍어하지 않으며 나란히 섰다. 둘의 목소리는 저녁 공기를 타고 달콤하고 날카롭게 솟구쳤다.

"달빛 속에서

내 친구 피에로

네 펜 좀 빌려줘.

내 양초가 꺼져서

내겐 불빛이 남아 있지 않아.

문을 열어 줘.

제발."

노래가 끝났다. 아이들은 늦은 햇살에 얼굴이 환히 빛났고, 차분하게 웃으며 자신들의 성공을 바라보았다. 로즈메리는 빌라 디아나가 세상의 중심이라고 생각했다. 이런 무대에서는 기억에 남을만한 일이 반드시 일어날 수밖에 없다. 그녀의 얼굴이 신이 나 한층 더 환해질 때쯤 문이 짤랑거리는 소리를 내며 열렸고, 나머지손님들인 맥키스코, 에이브럼스 부인, 덤프리, 캠피온이 테라스에도착했다.

로즈메리는 강한 실망감을 느꼈다. 그녀는 마치 이 어울리지 않는 사람들이 온 것에 대한 답을 원하듯 재빠르게 딕을 돌아보았다. 그러나 그의 표정에는 특별한 점이 없었다. 딕은 새로 도착한손님들에게 당당한 태도로 인사했다. 그들의 알 수 없는 무한한가능성에 대한 분명한 존경심이 깃들어 있었다. 그녀는 그를 완전히 믿었기에, 맥키스코 부부가 이곳에 나타날 것을 예상했다는 듯이 당연하게 받아들였다.

"파리에서 만난 적이 있죠." 맥키스코는 뒤이어 아내와 함께 나타난 에이브 노스에게 말했다. "사실 두 번이나 만났어요."

"네, 기억합니다." 에이브가 말했다.

"그럼 그게 어디였죠?" 맥키스코는 그의 답에 만족하지 않고 따지듯 물었다.

"음, 제 생각엔," 에이브는 이 대화 방식에 싫증이 났다. "기억이 나지 않는군요." 대화가 잠시 멈추었다. 로즈메리는 본능적으로 재치 있는 누군가가 말해야 한다고 생각했지만, 딕은 뒤늦게 도착한 사람들끼리 그룹을 형성하는 것을 막으려는 시도를 하지 않았다. 심지어 남을 얕보며 즐거워하고 있는 맥키스코 부인도 막지 않았다. 그는 이 사교적 문제를 해결하려고 나서지 않았다. 왜냐하면 그에게는 이 문제가 중요하지 않았고, 알아서 해결될 것을 알고 있었기 때문이다. 그는 손님이 즐거운 시간을 보낼 수 있도록 더 중요한 순간을 기다리면서 자신의 신선함을 아껴 두었다.

로즈메리는 토미 바르방 옆에 서 있었다. 그는 누군가를 경멸하는 분위기였는데, 무언가가 그를 자극하고 있는 것 같았다. 그는 아침에 떠날 예정이었다.

"집에 가시나요?"

"집? 난 집이 없어요. 전쟁에 갑니다."

"무슨 전쟁이요?"

"무슨 전쟁? 어떤 전쟁이든요. 최근에 신문을 본 적이 없지만 어딘가에 전쟁이 있겠죠. 항상 그래 왔으니까."

"무엇을 위해 싸우는지 관심이 없나요?"

"전혀요. 제가 대접을 잘 받는다면. 전 틀에 박힌 생활을 하게 되면 다이버를 보러 옵니다. 그러면 몇 주 안에 전쟁에 나가고 싶어질 것을 알기 때문이죠."

로즈메리는 몸이 경직되었다.

"다이버 부부를 좋아하시잖아요." 그녀가 그 사실을 상기시켰다.

"물론입니다. 특히 니콜을요. 하지만 두 사람은 저를 전쟁에 나가고 싶게 만듭니다."

그녀는 그의 말을 이해해 보려고 했지만 아무런 도움이 되지 않았다. 그녀는 다이버 부부와 영원히 함께 있고 싶었다.

"반은 미국인이잖아요." 그녀는 마치 이 말이 그 문제를 해결할 수 있다는 듯이 말했다.

"반은 프랑스인이죠. 전 영국에서 교육을 받았고, 열여덟 살 이후로 8개국의 군복을 입었습니다. 그런데 내가 다이버 부부를 좋아하지 않는다는 인상을 주지 않았기를 바랍니다. 전 정말로 그들을 좋아하거든요, 특히나 니콜을."

"누군들 안 좋아하겠어요?" 그녀가 간단하게 대답했다.

그녀는 그가 멀게 느껴졌다. 그의 말에 담긴 저의에 혐오감이 들었다. 그녀는 다이버 부부에 대한 흠모를 그의 신랄한 모욕으로부터 숨겼다. 그녀는 그가 저녁 식사 때 자기 옆에 서 있지 않아서 기뻤다. 탁자가 있는 정원으로 이동할 때는 '특히나 니콜을'이라는 그의 말을 생각했다. 한동안 그녀는 딕 다이버 옆에서 걸어갔다. 그의 강하고 깔끔한 광휘는 그가 모든 것을 알고 있다는 확신을 남겼다. 영원 같은 1년 동안 그녀는 돈과 어느 정도의 명성을 얻었고, 다른 유명 인사들과 만났지만, 후자는 단지 파리에 있는 호텔-

펜션(조식을 제공하는 작은 규모의 호텔—옮긴이)에 머무르고 있는 의사의 미망인과 그녀의 딸이 영향력을 확장했다는 것만 나타내 줄 뿐이었다. 로즈메리는 로맨틱한 사람이었지만 경력은 만족스러운 기회를 제공하지 못했다. 그녀의 어머니는 로즈메리의 앞길을 생각하여 사방에 넘쳐나는 자극들이 로맨스의 거짓된 대체물이 되는 꼴을 용납하지 않았다. 사실 로즈메리는 그런 것을 이미 넘어선 상태였다. 그녀는 영화에 출연할 뿐 영화 속에 빠져 있는 것이 아니었다. 그렇기에 어머니의 얼굴에서 딕 다이버를 인정하는 표정을 보았을 때, 그는 '진짜'라는 것이 확실했고 그녀가 갈 수 있을 만큼 가도 좋다는 허가였다.

"당신을 지켜보고 있었어요." 딕이 말했다. 그녀는 그가 진심이라는 것을 알았다. "우리는 당신을 매우 좋아하게 되었지요."

"전 다이버 씨를 처음 본 순간 사랑에 빠졌어요." 그녀가 조용히 말했다.

그는 그 칭찬이 순전히 형식적이라는 듯이 못 들은 척했다. "새로운 친구들과는," 그는 마치 중요한 요점이라는 듯 말했다. "가끔 오랜 친구들보다 더 좋은 시간을 보낼 수 있어요."

그녀는 그 뜻을 정확히 이해하지 못한 채 테이블에 도착한 자신을 발견했다. 어두운 황혼 속에서 천천히 밝아지는 빛들로 인해 테이블이 보였다. 딕이 자신의 어머니를 오른편에 앉히는 것을 보고 그녀 안에선 기쁨의 노래가 울려 퍼졌다. 그녀는 루이스 캠피온과 브래디 사이에 앉았다.

그녀는 감정에 북받쳐 자신의 속마음을 털어놓을 의도로 브래디를 돌아보았으나, 그녀가 딕을 언급하는 순간 매정한 불꽃이 튀는 그의 눈을 보곤, 그가 아버지 역할을 거부한다는 것을 깨달았다. 그렇기에 그가 자신의 손을 잡으려고 할 때 똑같이 단호하게 행동했다. 그들은 업계 이야기를 나누었다. 아니, 그가 업계 이야기를 하는 동안 그녀는 듣고만 있었다. 그녀의 공손한 눈은 그의 얼굴을 떠나지 않았지만, 그녀의 마음은 확실하게 다른 곳에 가 있었다. 그녀는 그도 그 사실을 짐작하고 있으리라 생각했다. 그녀는 간간이 그가 말하는 문장의 요지를 파악했고 나머지 빈 부분은 무의식이 채워 넣었다. 마치 시계 종소리를 처음부터 세지 않았더라도 마음속에 남아 있는 박자만으로 중간에 따라잡을 수 있듯이 말이다.

7

대화가 중단되자 로즈메리는 고개를 돌려 토미 바르방과 에이브 노스 사이에 앉아 있는 니콜을 바라보았다. 그녀의 차우차우 같은 머리카락은 촛불 빛을 받아 거품이 보글대는 것 같았다. 로즈메리는 가끔 선명하게 들려오는 그녀의 풍성한 목소리에 귀 기울였다.

"가엾은 사람." 니콜이 소리쳤다. "어째서 그 사람을 톱으로 두 토막 내고 싶었나요?"

"당연히 그 웨이터 안에 무엇이 들어 있는지 보고 싶었습니다.

당신은 알고 싶지 않나요?"

"오래된 메뉴겠죠." 니콜이 짧게 웃으며 말했다. "깨진 도자기 조각들이랑 팁, 몽당연필이랑."

"제 말이요. 하지만 저는 과학적으로 증명하려고 했죠. 물론 악기로 쓰는 톱을 사용했으면 더러운 것들을 제거해 주었겠지요."

"웨이터를 두 동강 내면서 연주라도 할 생각이었나요?" 토미가 물었다.

"그렇게까지 가지도 못했어요. 비명에 놀랐거든요. 웨이터의 어딘가가 파열된 줄 알았어요."

"제겐 모든 것이 아주 이상하게 들리네요." 니콜이 말했다. "다른 음악가의 톱을 사용하는 음악가라……."

그들은 30분 동안 테이블에 앉아 있었는데, 눈에 띄는 변화가 일어났다. 사람들마다 무엇인가를 포기했다. 집착, 불안, 의심 같은 것들. 그러자 가장 훌륭한 면만 남은 다이버 부부의 손님이 되었다. 친근한 태도로 관심을 보이지 않으면 다이버 부부에게 영향을 끼칠 듯이 보였기에 모두가 노력했고, 이것을 본 로즈메리는 모두가 마음에 들었다. 용케 동화되지 않은 맥키스코만 제외하면. 이는 악의가 있어서라기보다는 도착했을 때의 좋은 기분을 와인을 통해 유지하겠다고 결심했기 때문이었다. 그는 영화에 관해 몇 가지 호된 말을 한 얼 브래디와 아무 말도 하지 않은 에이브럼스 부인 사이에 있는 의자에 기대고 앉아 굉장히 탐탁지 않은 표정으로 딕 다이버를 바라보았다. 그는 가끔 테이블 건너편에 있는 딕과 대화를 나누려고 이 표정을 잠시 거두곤 했다.

"밴 뷰런 덴비와 친구지요?" 그는 이런 식으로 말하곤 했다.

"누군지 모르겠는데요."

"그 사람과 친구인 줄 알았는데." 그는 짜증스럽게 계속 주장했다.

덴비라는 화제가 스스로 줄어들기 시작하면 다른 화제들과 마찬가지로 별 관계없는 주제를 던졌고, 그때마다 딕이 그의 말에 존중을 담아 대답하는 바람에 더 말을 잇지 못하고 마비되는 듯 보였다. 그러면 그의 방해로 잠깐 중단되었던 대화가 그 없이 진행되었다. 그는 다른 대화에도 끼어들려고 했지만, 그것은 마치 손이 빠져나간 빈 장갑과 계속 악수하는 것 같았다. 결국 그는 아이들 사이에 있다고 체념하며 샴페인에만 모든 관심을 쏟았다.

로즈메리는 마치 다른 사람들이 미래의 의붓자식인 것처럼 그 사람들이 즐겁기를 간절히 바라며 간격을 두고 테이블 주위를 쳐다보았다. 흥미로운 핑크색 통에서 흘러나오는 우아한 테이블 등의 불빛이 에이브럼스 부인의 얼굴을 비추었는데, 뵈브 클리코 샴페인으로 인해 활력과 관용, 한창 젊은 시절의 선의로 가득 차 있었다. 그녀 옆에 앉아 있는 로열 덤프리의 소녀 같은 어여쁜 용모는 즐거운 이 저녁 세계에서는 덜 놀라워 보였다. 그 옆에는 바이올렛 맥키스코가 앉아 있었다. 그녀는 아름다움이 표면까지 넘쳐났으며 아직 출세하지 못한 출세주의자의 아내라는 자신의 애매한 위치를 현실적으로 드러내려는 시도를 그만둔 듯했다.

그 옆에 앉아 있는 딕은 다른 사람들의 지루함을 손에 한가득 움켜잡고선 자신의 파티에 깊이 빠져 있었다.

그 옆으론 언제나 완벽한 그녀의 어머니가 앉아 있었다.

어머니 옆에 앉아 있는 바르방은 세련되고 유창하게 어머니와 대화했는데, 그로 인하여 로즈메리는 다시 그가 마음에 들기 시작했다. 니콜은 그의 옆에 있었다. 로즈메리는 갑자기 새로운 방식으로 그녀를 보게 되었고, 그녀가 아는 사람 중 가장 아름다운 사람이라고 말할 수 있을 것 같았다. 그녀는 성인(聖人)의 얼굴이었다. 크리스털 유리로 만든 성모 마리아상 같았으며, 촛불들 사이를 눈처럼 날아다니는 희미한 티끌들 속에서도 빛났다. 홍조는 소나무 사이의 와인빛 랜턴들로부터 끌어왔다. 그녀는 더없이 고요했다.

에이브 노스는 그녀에게 자신의 도덕률을 이야기하고 있었다. "물론 저도 하나 가지고 있지요." 그가 주장했다. "남자는 도덕률 없이 살 수 없어요. 제 도덕률은 마녀 화형에 반대한다는 것입니다. 마녀가 화형에 처할 때마다 화가 치밀어 오릅니다." 로즈메리는 브래디에게서 에이브가 일찍이 화려한 출발을 했지만, 7년째 한 곡도 쓰지 못한 음악가라는 것을 들었다.

그다음은 캠피온으로, 어떻게 한 것인지 자신의 명백한 여성스러움을 억누르고 있었으며, 심지어 근처에 있는 사람들에게 사심 없이 자애로움을 보여 주고 있었다. 그 옆은 메리 노스로, 매우 즐거워하는 표정이었기에, 거울 같은 하얀 치아를 보며 같이 웃어 주지 않을 수가 없었다. 벌어진 입 주위의 모든 부분이 사랑스럽고 자그마한 기쁨의 원을 그리고 있었다.

마지막은 브래디였다. 그는 자신의 정신 건강을 무례하게 주장하고 또 주장했다. 다른 사람들의 허약한 면과 거리를 둠으로써 이것을 유지했지만 시간이 흐를수록 쾌활하고 사교적으로 변해 갔다.

로즈메리는 버넷 부인의 잔인한 소책자에 나온 아이처럼 믿음에 젖은 채, 이 새로운 분야의 조롱과 살벌함으로 둘러싸인 즉흥 연기로부터 귀환하여 집으로 돌아갈 것을 확신하였다. 반딧불이들이 어두운 공기 속을 날아다니고, 멀리 떨어진 낮은 절벽에서는 개 한 마리가 짖어 댔다. 테이블은 마치 기계로 작동하는 댄싱 플랫폼처럼 하늘을 향해 약간 솟은 것 같았고, 이 어두운 우주에서 테이블에 앉아 있는 사람들만 존재한다는 느낌을 주었다. 오로지 이곳에만 있는 음식으로 영양분을 공급받고, 이곳에만 있는 빛으로 따뜻해지는 것 같았다. 그리고 마치 맥키스코 부인의 숨죽인 기이한 웃음이 세상과 떨어졌다는 신호라도 되는 듯이 갑자기 다이버 부부의 따스함과 불빛이 팽창했다. 마치 예의에 우쭐해하며 이미 자신들의 중요성에 미묘한 확신을 가진 손님들에게 이전 세상에 두고 온, 여전히 그리워하고 있는 그 어떤 것을 보상해 주는 것 같았다. 잠시 동안 두 사람은 테이블에 있는 모두에게 그리고 동시에 개개인에게 친근함과 애정을 확실하게 담아 말하는 것 같았다. 그리고 두 사람을 바라보는 얼굴들은 마치 크리스마스트리 옆에 서 있는 가난한 아이들 같았다. 그러다 갑자기 식사가 끝났다. 손님들이 환희를 뛰어넘어 경험하기 드문 정서적 분위기에 대담하게 올라간 순간, 그들이 불손하게 그 공기를 들이마시기도 전에, 그런 것이 그곳에 있다는 것을 미처 깨닫기도 전에 끝나 버렸다.

그러나 뜨겁고 달콤한 남부의 흩어진 마법은 다이버 부부의 마음속으로 들어갔다―부드러운 발걸음과 저 아래 지중해의 희미한 파도 소리―마법은 이런 것들을 남겨 두고 두 사람 안으로 녹아들어 일부가 되었다. 로즈메리는 니콜이 자신이 감탄했던 노란색 야회용 핸드백을 어머니에게 넘기며 이렇게 말하는 것을 보았다. "물건들은 그것들을 좋아하는 사람에게 가야 한다고 생각해요." 그러더니 그 안으로 연필, 립스틱, 작은 노트 등 그녀가 찾을 수 있는 모든 노란색 물건들을 쓸어 담으며 말을 이었다. "그래야 어울리니까요."

니콜은 사라졌고, 로즈메리는 딕이 더 이상 이곳에 없다는 것을 알아차렸다. 손님들은 정원 곳곳에 흩어지거나 테라스 쪽으로 향했다.

바이올렛 맥키스코가 로즈메리에게 물었다. "화장실에 가고 싶지 않나요?"

그 순간에는 가고 싶은 생각이 없었다.

"전 화장실에 가고 싶어요." 맥키스코 부인이 고집을 부렸다. 솔직하고 거리낌 없는 그녀는 비밀을 질질 끌며 집 쪽으로 걸어갔고, 로즈메리는 그녀를 배척하는 눈으로 바라보았다. 얼 브래디는 방조벽까지 산책을 하자고 제안했지만, 그녀는 딕 다이버가 다시 나타나면 이제 자신이 그와 잠시 함께 있을 차례라고 느껴 대답을 지연하면서 바르방과 맥키스코의 말다툼 소리에 귀를 기울였다.

"왜 소련과 싸우려고 합니까?" 맥키스코가 말했다. "인류 역사상 가장 위대한 실험이라서? 리프족(모로코의 북부 산악 지대에 사는 베르베르족(Berber族)의 한 부족. 제일 차 세계 대전 후에 민족 자결 운동을 일으켜 세계의 이목을 끌었다—옮긴이)이라서? 제가 보기엔 정의로운 쪽에서 싸우는 것이 더 영웅적일 것 같네요."

"어떤 쪽이 정의의 편인지 어떻게 압니까?" 바르방이 건성으로 물었다.

"뭐, 보통 지성인이라면 다 알죠."

"공산주의자입니까?"

"전 사회주의자입니다." 맥키스코가 말했다. "전 러시아를 지지하지요."

"전 군인입니다." 바르방이 기분 좋게 대답했다. "제 일은 사람을 죽이는 것입니다. 전 유럽인이기 때문에 리프족과 싸웠고, 제 재산을 빼앗으려 하기에 공산주의자들과 싸웠습니다."

"편협한 변명 중에서도 쯧." 맥키스코는 다른 누군가와 같이 조롱하기 위해 주위를 둘러보았지만 별 성과를 거두지 못했다. 그는 자기가 바르방의 어떤 면에 반대하는 것인지 스스로도 몰랐다. 바르방이 가지고 있는 단순한 생각이나 훈련의 복잡함도 전혀 알지 못했다. 맥키스코도 견해라는 개념은 알고 있었고, 정신이 성장하면서 점점 많은 견해를 인식하고 정리할 수 있었다. 그러나 '멍청한' 사람이라고 간주되는, 그 어떤 견해도 인식할 수 없는 사람, 그럼에도 자신이 더 우월하게 느껴지지 않는 사람을 마주하자, 바르방이 구시대의 마지막 산물이며 가치 없다는 결론을 내려 버렸다. 맥키스코는 미국에서 군주처럼 지내는 계급들과 만나면서 그들의 불분명하고 어설픈 우월주의와 무지를 즐거워하고 의도적으로 무례하게 구는 태도에 강한 인상을 받았다. 이 모든 것은 영국에서 넘어왔지만, 그들은 영국인의 속물근성과 의도적으로 무례하게 행동하는 이유에는 관심을 주지 않았고, 약간의 지식과 공손함만 있으면 세상 그 어느 곳보다 더 많은 것을 얻을 수 있는 땅에 적용했다. 이는 1900년경 '하버드식 태도'에서 정점에 이르렀다. 그는 바르방이 그런 부류라고 생각했고, 술에 취해서 자신이 그를 두려워하고 있다는 사실을 잊어버렸다. 그로 인해 현재의 문제에 빠지게 된 것이다.

로즈메리는 맥키스코가 막연하게 부끄러웠다. 겉으로는 침착해 보였지만 속으로는 뜨겁게 타오르며 딕 다이버가 돌아오기를 기다렸다. 모두가 떠나가고 바르방, 맥키스코, 에이브만 남은 테이블에 앉아 있던 로즈메리가 고개를 들어 어두워진 도금양과 양치식물로 둘러싸인, 석조 테라스까지 이어지는 길을 보다가 불이 켜진 문에 기댄 어머니의 옆모습에 애정을 느끼곤 그곳으로 향하려던 찰나, 맥키스코 부인이 서두르며 집에서 내려왔다.

그녀는 흥분한 모습으로 조용히 다가와 의자를 빼내 앉았다. 눈은 빛나고 있었고 입은 조금씩 움직이는 것으로 보아 테이블에 있던 모든 사람들은 그녀가 어떤 소식으로 가득 차 있다는 것을 깨달았다.

"무슨 일이야, 바이올렛?" 남편이 자연스레 말했고 모든 시선이 그녀에게 쏠렸다.

"맙소사." 그녀는 시선을 모두에게 두다가, 이내 로즈메리를 바라보고 말했다. "맙소사, 아무것도 아니에요. 정말이지 한마디도 할 수 없어요."

"우린 모두 친구잖아요." 에이브가 말했다.

"그게, 위층에서 어떤 장면을 목격했는데, 맙소사……." 그녀는 애매하게 고개를 저으며 말을 멈추었다. 토미가 자리에서 일어나 며 그녀에게 정중하지만 날카롭게 말했기 때문이었다.

"이 집에서 일어나는 일에 대해 언급하는 것은 바람직하지 않습 니다."

8

바이올렛은 크게 심호흡을 하고선, 애써 다른 표정을 지었다.

마침내 나타난 딕은 확실한 본능으로 바르방과 맥키스코를 떼 어 놓은 뒤, 맥키스코 앞에서 문학에 대한 엄청난 무지와 호기심 을 드러냈다. 그럼으로써 맥키스코가 바라던 우월함을 뽐낼 시간 을 안겨 준 것이다. 다른 사람들은 딕이 램프를 옮기는 것을 도와 주었다— 어둠 속에서 램프 옮기는 일을 도와주는데, 기분이 좋지 않을 사람이 어디 있으랴? 로즈메리는 할리우드에 대한 로열 덤프 리의 끝없는 호기심에 인내심을 갖고 대응하면서 그를 도와주었 다.

이제— 그녀는 생각했다— 그와 단둘이 있을 시간을 벌었어. 그 도 알고 있을 거야. 왜냐하면 그의 법칙은 어머니의 법칙과 같으 니깐.

로즈메리가 옳았다. 곧 그는 테라스에 있는 사람들에게서 그녀를 떼어 놓았고, 두 사람은 집에서 떨어져 바닷가 담벼락 쪽으로 걸었다. 그곳에는 계단이라기보다는 높낮이가 불규칙한 지형이 있었는데, 몇 부분은 그가 그녀를 끌어 주었고, 몇 부분은 바람에 떠밀려 지나갔다.

두 사람은 지중해를 바라보았다. 저 아래, 레렝 제도에서 출발한 마지막 유람선이 마치 독립 선언 기념일에 하늘을 자유롭게 날아다니는 풍선처럼 만을 가로질렀다. 배는 검은 섬들 사이로 떠내려가며 어두운 조수를 부드럽게 갈랐다.

"당신이 어째서 어머니에 대해 언급하는지 알겠어요." 그가 말했다. "어머니가 당신을 대하는 태도는 훌륭해요. 미국에서 보기 드문 지혜로운 분이더군요."

"어머니는 완벽하세요." 로즈메리가 칭찬하듯 말했다.

"제가 세운 계획에 대해 어머니와 이야기하고 있었어요. 두 분이 프랑스에 얼마나 머무르느냐는 당신에게 달려 있다고 하시더군요."

당신에게 달려 있죠. 로즈메리는 큰 소리로 말할 뻔했다.

"이쪽에서의 일은 이제 다 끝났으니……."

"끝났다고요?" 그녀가 물었다.

"음, 이게 끝이에요. 여름의 이 분위기가 끝났어요. 지난주 니콜의 언니가 떠났고, 내일 토미 바르방이 떠나요. 월요일에는 에이브와 메리 노스가 떠나고요. 어쩌면 이번 여름에 또 다른 재미있는 일이 생길 수도 있지만, 이렇게 노는 건 끝났어요. 전 이 분위기가 감정적으로 천천히 사라지지 않고 빠르게 없어지길 원해요. 그래서 이 파티를 개최한 거고요. 저는 미국으로 떠나는 에이브 노스를 배웅하기 위해 파리로 갈 예정인데, 저희와 함께 가고 싶으신지 궁금합니다."

"어머니는 뭐라고 하시던가요?"

"괜찮다고 생각하시는 것 같았어요. 어머니는 가고 싶어 하진 않으셨어요. 당신이 혼자 가기를 원하시더군요."

"다 큰 이후로는 파리를 본 적이 없어요." 로즈메리가 말했다. "함께 보고 싶네요."

"정말 친절하시군요." 그녀는 그의 목소리가 갑자기 기계음 같다고 상상한 걸까? "물론 우리는 당신이 해변에 온 순간부터 들떠 있었어요. 그 활력, 우리는 그것이 직업적인 것이라고 확신했어요. 특히 니콜이요. 결코 한 사람이나 한 집단에 소모되지 않을 활력이에요."

그가 자신을 서서히 니콜에게 넘기려 한다고 그녀의 본능이 소리를 질러 댔다. 그녀는 스스로 제동을 걸고 그와 같은 방식으로 발언하였다.

"저도 여러분 모두를 알고 싶었어요. 특히 당신을요. 처음 본 순간 사랑에 빠졌다고 말했잖아요."

이런 식으로 나가는 것이 그녀에겐 옳은 행동이었다. 그러나 하늘과 땅 사이의 공간은 그의 마음을 식혔고, 그녀를 이곳으로 데려온 그의 충동을 부수었다. 그 결과 너무나도 명백한 호소와 연습하지 않은 상황, 친숙하지 못한 단어로 인해 힘들어하고 있는 그녀의 모습을 인식하게 되었다.

그는 이제 그녀가 집에 돌아가고 싶은 마음이 들도록 노력했지만 쉽지 않았다. 그녀를 꼭 돌려보내고 싶은 것도 아니었다. 딕이 그녀와 즐겁게 농담하고 있을 때, 그녀는 오직 불어오는 바람만 느낄 뿐이었다.

"당신은 자신이 무엇을 원하는지 모릅니다. 가서 어머니께 당신이 무엇을 원하는지 물어보세요."

한 대 맞은 듯했다. 그녀는 그를 만졌다. 마치 제의복 같은 그의 검은 외투는 부드러웠다. 그녀는 곧 무릎을 꿇게 될 것 같았다. 그 자세에서 마지막 시도를 해보았다.

"당신은 제가 만난 사람 중 가장 멋져요. 어머니를 제외하면요."

"눈이 로맨틱하시네요."

그의 웃음소리는 그들을 테라스로 밀어 올렸고, 그곳에서 딕은 그녀를 니콜에게 넘겼다.

너무나 빠르게 가야 할 시간이 되었고 다이버 부부는 모두가 빨리 떠날 수 있도록 도와주었다. 딕의 커다란 이소타 자동차에는 토미 바르방과 그의 짐, 에이브럼스 부인, 맥키스코 부부 그리고 캠피온이 탈 예정이었다. 바르방은 일찍 기차를 타기 위해 호텔에 머물 생각이었다. 얼 브래디가 몬테카를로로 향하는 길에 로즈메리와 그녀의 어머니를 내려 주기로 했다. 다이버 부부의 차에 사람이 너무 많았기에 로열 덤프리도 같이 타기로 했다. 아래쪽 정원에서는 랜턴이 여전히 그들이 식사했던 테이블 위를 밝히고 있었고, 다이버 부부는 대문에 나란히 서 있었다. 니콜은 생기에 차 상냥함으로 밤을 채웠고, 딕은 사람들의 이름을 부르며 모두에게 작별 인사를 했다. 로즈메리는 그들을 이곳에 남겨 두고 차를 타고 떠난다는 것이 매우 가슴 아팠다. 그녀는 맥키스코 부인이 화장실에서 무엇을 보았는지 다시금 궁금해졌다.

9

그날 밤은 흐릿한 별에 바구니가 매달려 있는 듯 맑고 어두웠다. 앞 차의 경적은 짙은 공기의 저항에 의해 줄어들었다. 브래디의 운전기사는 천천히 차를 몰았다. 모퉁이를 돌 때 다른 차의 후미등이 가끔 나타났다 사라졌다. 10분 후, 도로변에 세워진 차가 다시 시야에 들어왔다. 브래디의 운전기사는 속도를 늦췄지만, 곧 앞차가 다시 천천히 앞으로 나아갔기 때문에 그 차를 추월해 갔다. 그때 조용히 따라오던 리무진에서 희미한 목소리가 들려왔고, 다이버 부부의 운전기사가 활짝 웃고 있는 모습이 보였다. 그들은 번갈아 가며 나타나는 어둡고 희미한 밤을 지나 계속해서 빠르게 앞으로 나아갔다. 롤러코스터가 급강하하는 것 같은 내리막길을 몇 번 지나쳐 마침내 규모가 큰 고스 호텔에 이르렀다.

로즈메리는 세 시간 동안 깜빡 잠이 들었다가 일어나 누워 있었다. 마치 달빛 속에 떠 있는 듯했다. 에로틱한 어둠에 숨어 그녀는 키스로 이어질 수 있는 모든 미래를 빠르게 살펴보았으나, 키스 자체는 영화 속만큼 흐릿했다. 그녀는 의도적으로 자세를 바꾸었는데, 이것은 살면서 처음으로 경험한 불면증의 징후였다. 그녀는 이 문제에 대해 어머니처럼 생각해 보려고 노력했다. 그 과정에서 반쯤 흘려들었던 오래전 대화까지 기억나면서 자신의 경험을 능가하는 예리함이 생겼다.

로즈메리는 일이라는 개념을 키워 나갔다. 스피어스 부인은 자신을 과부로 만든 두 남자가 남긴 얼마 없는 돈을 딸의 교육비로 사용하였고, 그녀가 열여섯 살에 멋진 머리카락과 함께 꽃을 피우자 얼른 엑스레뱅(프랑스 남부의 휴양지—옮긴이)으로 데려가 그곳에서 휴식을 취하고 있던 미국인 프로듀서의 스위트룸에 예고 없이 찾아가 그녀를 소개했다. 프로듀서가 뉴욕에 가면 두 사람도 따라갔다. 그렇게 로즈메리는 입학시험을 통과했다. 성공과 상대적으로 안정된 생활에 대한 전망이 있었기 때문에 스피어스 부인은 오늘 밤 암묵적으로 자신의 생각을 넌지시 표현하기로 했다.

"널 일하는 사람으로 키웠어. 꼭 결혼하지 않아도 되도록. 이제 너는 처음으로 매우 어려운 문제를 만났어. 그건 좋은 문제야. 그러니 그 문제를 진행해 보고 어떤 일이 일어나든 경험으로 삼아. 너 자신이나 그에게 상처를 입혀. 어떤 일이 일어나든 널 망칠 순 없을 거야. 왜냐하면 넌 경제적으로 여자가 아니라 남자니깐."

로즈메리는 어머니의 한없는 완벽성을 떠올릴 때를 제외하면 많이 생각해 본 적이 없었기에, 어머니가 탯줄을 잘라 버리는 결정을 하자, 잠이 오지 않았다. 동트기 전, 이른 아침의 빛(false dawn. '헛된 기대'라는 뜻도 있다—옮긴이)으로 인해 프렌치 윈도를 통해 하늘이 보이기 시작하자, 그녀는 일어서서 테라스로 걸어 나갔다. 맨

발에 닿는 테라스는 따뜻했다. 비밀스러운 소리들이 공중에서 들려왔지만, 고집스러운 새가 테니스 코트 위의 나무에서 정기적으로 지저귀면서 악의적인 승리를 거두었다. 뒤이어 호텔 뒤편 원형 진입로를 따라 발소리가 들렸다. 흙길을 지나 쇄석으로 만들어진 길, 시멘트로 만들어진 계단을 걸어 다니더니, 반대의 순서로 멀어졌다. 칠흑 같은 바다 너머, 높고 검은 그림자가 드리워진 저 먼 언덕에는 다이버 부부가 산다. 그녀는 두 사람을 함께 생각했다. 옛날 옛적 멀리 떨어진 곳에서 희미하게 피어오르는 연기처럼, 노래가 들리는 듯했다. 찬송가 같았다. 그들의 아이들은 자고 있고, 대문은 밤을 지내기 위해 닫혀 있다.

그녀는 안으로 들어가 가벼운 가운을 입고 에스파드리유를 신은 다음 다시 프렌치 윈도를 통해 나가 호텔 정문으로 이어지는 테라스를 따라 걸었다. 잠이 스며 나오는 방들이 테라스를 향하고 있었기에 빠르게 걸어 나갔다. 그녀는 정면 입구의 넓고 하얀 계단에 앉아 있는 사람을 보고 멈추었다. 루이스 캠피온이었다. 그는 울고 있었다.

그는 오열하는 여자처럼 몸을 떨며 조용히 울고 있었다. 작년에 맡았던 역할의 한 장면이 그녀를 가득 채웠기에, 앞으로 나아가 그의 어깨를 어루만졌다. 그는 작고 날카로운 비명을 지르더니 그녀를 알아보았다.

"무슨 일이에요?" 그녀의 눈은 흔들림 없고 친절했지만, 그를 향한 깊은 호기심은 없었다. "제가 도와드릴까요?"

"아무도 나를 도울 수 없어요. 그럴 줄 알았어요. 난 오직 나 자신만을 탓할 뿐입니다. 항상 똑같아요."

"무슨 일인데요―제게도 말해 줄래요?"

그는 그녀를 쳐다보았다.

"아뇨." 그가 결심했다. "당신이 나이가 들면, 사랑을 하면 어떤 고통을 받는지 알게 될 거예요. 그 고뇌를. 사랑을 하는 것보다, 차라리 냉정하고 어린 것이 더 나아요. 전에도 이런 일이 있었지만, 이 정도는 아니었어요. 너무 갑작스러워요. 모든 일이 잘되어 가고 있었는데."

밝아 오는 빛 속에 보이는 그의 얼굴은 혐오스러웠다. 그녀는 감정을 표현하지 않았다. 갑작스러운 혐오감을 드러내는 미세한 근육의 떨림조차 없었다. 그럼에도 불구하고 예민한 캠피온은 그것을 깨달았고, 갑자기 화제를 바꾸었다.

"에이브 노스가 이 근처 어딘가에 있을 텐데."

"그 사람은 다이버 씨 집에 머무르고 있을 텐데요!"

"알아요, 하지만 일어났겠죠―무슨 일이 일어났는지 모르시나요?"

갑자기 두 층 위 방에서 덧문이 열렸고, 영국인 목소리가 또렷이 스쳐 지나갔다.

"제발 좀 그만 떠들래요!"

로즈메리와 루이스 캠피온은 미안해하며 계단을 내려가 해변으로 이어지는 길가의 벤치로 갔다.

"그럼 무슨 일이 일어났는지 전혀 모르는 거예요? 맙소사, 정말 놀랍군요……." 그는 이제 좀 진정이 되어 폭로를 시작하려고 했다. "그렇게 갑자기 일이 벌어지는 건 본 적이 없어요—저는 항상 폭력적인 사람들을 피해 왔어요—그런 사람들은 저를 화나게 해서 때때로 며칠 동안 침대에서만 보낸 적도 있으니까요."

그는 의기양양하게 그녀를 바라보았다. 그녀는 그가 무슨 말을 하는지 전혀 몰랐다.

"이럴 수가." 그는 그녀의 허벅지를 만지면서 손이 무책임하게 튀어 나간 게 아니라는 것을 보여 주기 위해 몸 전체를 그녀에게 기울였다. 그는 매우 확신에 차 있었다. "결투가 있을 거예요."

"뭐라고요?"

"결투. 무엇을 위한 건지는 모르지만."

"누가 결투를 하는데요?"

"처음부터 말해야겠군요." 심호흡을 한 그는 그녀를 불신하는 것 같았지만, 그녀에게 숨기려고 하지도 않았다. "물론 당신은 다른 차에 탔었죠. 음, 어떻게 보면 운이 좋았다고 할 수 있겠군요. 난 적어도 수명이 2년은 줄었는데. 너무 갑작스러웠거든요."

"무슨 일이죠?" 그녀가 다그쳤다.

"어떻게 시작되었는지 모르겠어요. 처음에 그 여자가 말하기 시작했죠."

"누가요?"

"바이올렛 맥키스코." 그는 마치 벤치 아래에 사람들이 있는 것처럼 목소리를 낮추었다. "하지만 다이버 부부에게 말하지 말아요. 이 일을 언급하는 사람은 가만두지 않겠다고 협박했거든요."

"누가 그랬는데요?"

"토미 바르방이요, 그러니 내가 말했다고 하지 말아요. 우리 중 누구도 바이올렛이 하려던 말을 알아내지 못했어요. 그 사람이 계속 말을 끊었으니까요. 그러다 그녀의 남편이 끼어들었고, 맙소사. 결투를 하게 됐어요. 오늘 아침 5시에. 한 시간 남았네요." 그는 갑자기 자신의 슬픔을 생각하면서 한숨을 쉬었다. "차라리 나였으면 좋겠어요. 더 이상 살 이유가 없으니 차라리 죽는 게 나아요." 그는 말을 끊더니 슬픔에 몸을 앞뒤로 흔들었다.

다시 한번 철로 된 덧문이 열리고 아까와 같은 영국인 목소리가 들렸다. "정말로, 지금 당장 조용히 하라고."

그와 동시에 다소 혼란스러운 표정으로 호텔에서 나온 에이브 노스가 바다 위 하얀 하늘을 등지고 앉아 있는 두 사람을 발견했다. 로즈메리는 그가 말하기 전에 경고하듯 고개를 저었고, 그들은 더 아래쪽에 있는 다른 벤치로 자리를 옮겼다. 로즈메리는 에이브가 약간 긴장하고 있다는 것을 알아차렸다.

"안 자고 뭐 하시는 겁니까?" 그가 물었다.

"방금 일어났어요." 그녀는 웃기 시작했지만, 위에서 들리던 목소리를 기억하고 자제했다.

"나이팅게일('밤꾀꼬리'라고도 불리는 새로, 한밤중에 고음으로 울어 사람들의 밤잠을 설치게 만든다—옮긴이)이 방해한 거겠지." 에이브가 이렇게 말하며 반복했다. "나이팅게일이 방해한 걸 거야. 이 재봉 봉사회 회원이 무슨 일이 있었는지 말해 줬나요?"

캠피온이 위엄 있게 말했다.

"전 제 귀로 들은 사실만 알아요."

그는 일어나서 재빨리 걸어갔다. 에이브는 로즈메리 옆에 앉았다.

"어째서 저분한테 그렇게 심하게 구세요?"

"내가요?" 그가 놀라 물었다. "저 사람은 새벽 내내 이 근처를 돌아다니면서 울었어요."

"음, 어쩌면 뭔가 슬픈 일이 있나 보죠."

"그럴지도요."

"결투라니, 무슨 소리예요? 누가 결투를 한다는 거죠? 차 안에서 무슨 이상한 일이 있었던 것 같던데. 사실인가요?"

"확실히 터무니없는 일이지만, 사실인가 봅니다."

10

문제는 얼 브래디의 차가 길에 멈춰 선 다이버 부부의 차를 지나쳐 갈 때 시작되었습니다―에이브의 이야기는 그와 상관없이 사람이 많았던 그날 밤 속으로 녹아들었다―바이올렛 맥키스코는 에이브럼스 부인에게 다이버 부부에 대해 알게 된 것을 말하고 있었어요―그녀는 그들의 집 2층에 올라가서 큰 인상을 남긴 어떤 사건을 목격한 거죠. 하지만 토미는 다이버 부부의 감시인이었어요. 사실 맥키스코 부인은 고무적이고 만만치 않은 사람입니다. 하지만 그녀만 그런 건 아니죠. 그리고 이야기에 다이버 부부가 포함되었기에 친구들이 더 중요하게 여긴다는 사실을 많은 사람이 깨닫지 못했죠. 물론 어느 정도의 희생도 필요했어요— 때때로 그들은 발레에 등장하는 매력적인 인물처럼 보이고, 발레 만큼 관심을 주면 될 것 같았지만, 그 이상이었습니다. 이러한 사정을 알아야 해요. 어쨌든 토미는 딕이 니콜에게 넘긴 남자들 중 한 명이었는데, 맥키스코 부인이 니콜에 관한 이야기를 계속 암시하자 토미가 주의를 주었어요.

"맥키스코 부인, 다이버 부인에 대해 더 이상 말하지 마세요."

"당신한테 이야기한 게 아니거든요." 그녀가 대답했습니다.

"제 생각엔 그 사람들 이야기는 하지 않는 게 좋을 것 같군요."

"그 사람들이 그렇게 신성한가요?"

"두 사람은 제외하세요. 다른 이야기를 하시죠."

그는 캠피온 옆의 좁은 두 좌석 가운데 한 곳에 앉아 있었습니다. 캠피온이 제게 이 이야기를 해주었죠.

"흠, 당신은 꽤 고압적이군요." 바이올렛 부인이 대꾸했습니다. 늦은 밤, 차 안에서 어떤 식으로 대화가 진행되는지 아시잖아요. 누구는 중얼거리고, 누구는 파티에 지치거나 지루하거나 졸려서 신경을 쓰지 않죠. 그러니 차가 멈추고 바르방이 모든 사람들을 흔들어 놓을 만한 기사 같은 목소리로 소리치기 전까진 아무도 무슨 일이 일어나고 있었는지 몰랐을 겁니다.

"여기서 내리고 싶어? 호텔까지 겨우 1마일밖에 안 남았는데, 걸어갈래? 아니면 내가 끌고 가주지. 닥치고 마누라 입 좀 다물게 해!"

"깡패군." 맥키스코가 말했습니다. "당신은 나보다 세고, 근육질

75

이지. 하지만 난 당신이 두렵지 않아—이럴 때 필요한 게 결투 규정인데……."

그 말이 맥키스코의 실수였어요. 왜냐하면 토미는 프랑스인이었기에 몸을 기울여 그를 한번 가볍게 쳐 결투를 받아들였지요. 그러자 운전사가 다시 차를 움직였어요. 그때 당신이 탄 차가 추월한 겁니다. 그러자 여자들이 난리를 치기 시작했어요. 차가 호텔에 도착했을 때도 여전히 그 상태였어요.

토미는 칸에 있는 어떤 남자에게 전화를 걸어 증인이 되어 달라고 부탁했는데, 맥키스코는 캠피온을 증인으로 세우지 않았어요. 캠피온도 하고 싶어 안달 난 것도 아니었죠. 그래서 그는 내게 전화해서 아무 말도 하지 말고 바로 와 달라고 했죠. 바이올렛 맥키스코는 쓰러졌고 에이브럼스 부인이 그녀를 방으로 데리고 가서 브롬화물을 주었어요. 그렇게 그녀는 침대에서 편안하게 잠이 들었죠. 그곳에 도착했을 때 전 토미와 이야기해 보려 했지만 그는 사과가 아니면 받아들이지 않으려고 했고, 맥키스코는 용기 있게도 사과하지 않더군요.

에이브의 말이 끝나자 로즈메리는 생각에 잠긴 표정으로 물었다.

"다이버 부부도 이 일에 관해 알고 있나요?"

"아니요. 그들은 앞으로도 자신들이 이 일과 관련 있다는 것을 모를 것입니다. 저 망할 캠피온이 당신에게 이 일에 대해 이야기할 필요가 없었지만, 그래도 말했으니—전 운전기사에게 이 일에 관해 떠들고 다니면 오래된 음악용 톱을 꺼내겠다고 말해 두었습니다. 이 결투는 두 남자 간의 일입니다―토미에게 필요한 건 괜찮은 전쟁이에요."

"다이버 부부가 이 사실을 몰랐으면 좋겠군요." 로즈메리가 말했다.

에이브가 시계를 들여다보았다.

"올라가서 맥키스코를 만나야 해요―같이 가시겠어요?―그 사람, 친구가 없는 것 같던데―분명히 잠도 못 잤을 거예요."

로즈메리는 그 남자가 술에 몹시 취해 극도로 긴장한 채 보냈을 절망적인 철야의 모습을 떠올릴 수 있었다. 동정심과 혐오감 사이에서 잠시 고민하던 그녀는 그의 말에 동의했고, 아침 에너지를 가득 머금은 채 에이브와 나란히 서서 계단을 사뿐사뿐 올라갔다.

맥키스코는 침대에 앉아 샴페인 잔을 들고 있었지만, 알코올로 인한 호전적인 태도는 사라진 채였다. 그는 매우 보잘것없고 짜증스러웠으며 창백해 보였다. 밤새도록 글을 쓰고 술을 마신 것이 분명했다. 그는 혼란스러운 듯 에이브와 로즈메리를 바라보며 물었다.

"시간이 되었나요?"

"아뇨, 30분 뒤입니다."

책상은 종이로 뒤덮여 있었다. 그는 간신히 종이를 순서에 맞게 모아 장문의 편지 한 통으로 만들었다. 마지막 페이지에 적힌 글자는 매우 컸으나 읽을 수 없었다. 희미해지는 전기 램프의 불빛 속에서 그는 자신의 이름을 아래쪽에 휘갈겨 적은 뒤 봉투에 쑤셔

넣고 에이브에게 건넸다. "내 아내에게 전달해 주세요."

"냉수에 머리 좀 담그는 게 좋겠어요." 에이브가 제안했다.

"그런다고 좋아질 것 같아요?" 맥키스코가 의심스럽게 물었다. "전 술에서 깨고 싶지 않아요."

"음, 지금 상태가 매우 안 좋아 보여요."

맥키스코는 고분고분하게 욕실로 들어갔다. "모든 것을 엉망진창으로 내버려 둘 겁니다." 그가 소리쳤다. "바이올렛이 어떻게 미국으로 돌아갈지 모르겠군요. 보험을 들지도 않았는데. 들 생각은 하지도 않았어요."

"말도 안 되는 소리 하지 마세요. 한 시간 후면 바로 여기에서 아침을 먹을 겁니다."

"물론, 그렇겠죠." 맥키스코는 머리를 적신 채 돌아와 마치 로즈메리를 처음 보는 사람처럼 쳐다보았다. 갑자기 그의 눈에 눈물이 맺혔다. "소설을 끝내지 못했어요. 그것 때문에 마음이 너무 아프네요. 호이트 양은 절 좋아하지 않으시죠." 그는 로즈메리에게 말했다. "하지만 어쩔 수 없어요. 전 본래 문학적인 사람이거든요." 그는 낙담하여 알아들을 수 없는 소리를 내더니 무력하게 고개를 저었다. "저는 살면서 많은 실수를 저질렀습니다―많은 실수를요. 하지만 전 유명한 사람 중 하나였습니다―어떻게 보면……."

그는 말을 중단하고 꺼진 담배를 빨았다.

"당신을 좋아해요." 로즈메리가 말했다. "하지만 결투를 해야 한다고는 생각하지 않아요."

"그러게요. 그때 때려야 했는데. 지금은 끝난 이야기죠. 내게 권리도 없는 일에 말려든 거죠. 전 성질이 매우 사나워요." 그는 마치 에이브가 자신이 한 말에 이의를 제기할 것이라고 예상한 듯 그를 유심히 바라보았다. 그러고는 겁에 질린 웃음을 터뜨리며 차가운 담배꽁초를 입 쪽으로 들어 올렸다. 그의 호흡이 빨라졌다.

"문제는 제가 결투를 신청했다는 거죠―만약 바이올렛이 입을 다물고 있었다면 해결할 수 있었을 텐데. 물론 지금이라도 도망가거나, 가만히 앉아서 모든 일을 웃어넘길 수 있지만―그렇게 하면 바이올렛이 다시는 나를 존경하지 않을 것 같군요."

"아뇨, 존경할 거예요." 로즈메리가 말했다. "더 존경할 거예요."

"아뇨―바이올렛을 몰라서 그래요. 그녀는 유리한 입장에 서면 매우 완강해져요. 우리는 결혼한 지 12년이 되었고, 일곱 살짜리 어린 딸이 있었는데 죽어 버렸죠. 그 뒤로는 어떻게 되었는지 아실 겁니다. 우리 둘 다 조금씩 한눈을 팔긴 했지만 진지한 건 아니었어요. 하지만 결국 멀어지게 되더군요―간밤에는 거기서 절 겁쟁이라고 했다고요."

곤란해진 로즈메리는 대답하지 않았다.

"음, 피해가 거의 없는 방향이 있을지 보죠." 에이브가 말하면서 가죽 상자를 열었다. "이것들이 바르방의 결투용 권총입니다―당신이 권총에 익숙해질 수 있도록 빌려 왔어요. 그는 이것들을 여행 가방에 넣고 다닙니다." 그는 낡은 총 중 하나를 손에 들어 보았다. 로즈메리는 걱정스러운 마음에 감탄사를 내뱉었고, 맥키스코는 불안한 눈으로 권총을 바라보았다.

"뭐―마주 서서 45구경으로 서로에게 마구 쏴 대진 않겠군요."

그가 말했다.

"모르죠," 에이브가 잔인하게 말했다. "총열이 길면 조준을 더 잘할 수 있거든요."

"거리는 얼마나 되죠?" 맥키스코가 물었다.

"그것도 물어봤습니다. 반드시 한 명이 죽어야 한다면 여덟 걸음, 사이는 좋지만 서로에게 화가 난 경우에는 스무 걸음, 그리고 명예를 입증하기 위해서라면 마흔 걸음입니다. 바르방의 증인과 저는 마흔 걸음에 동의했습니다."

"잘됐군요."

"푸시킨의 소설에 멋진 결투가 나오죠." 에이브가 말했다. "두 사람 다 벼랑 끝에 서 있어요. 총에 맞으면 반드시 죽게 말이죠."

맥키스코에게는 너무 학구적이고 먼 이야기처럼 들렸다. 그는 에이브를 응시하며 "뭐라고요?"라고 말했다.

"정신이 좀 들게 물에 몸 좀 담글래요?"

"아뇨, 아닙니다. 전 수영할 줄 모릅니다." 그가 한숨을 쉬었다. "도대체 이게 무슨 일인지 모르겠어요." 그가 무력하게 말했다. "어째서 제가 이 일을 해야 하는지 모르겠습니다."

그는 살면서 결투를 처음 경험해 보았다. 사실 그는 감각적인 세상이 없다는 듯 사는 사람이었기에, 구체적인 사실과 마주하자 크게 놀랐다.

"이제 가는 편이 좋겠어요." 매키스코가 약간 처지자 에이브가 말했다.

"알았어요." 그는 도수가 센 브랜디 한 잔을 마시더니, 휴대용 술

병을 주머니에 넣고는 약간 사나운 분위기로 말했다. "내가 만약 그를 죽이면 어떻게 되죠—감옥에라도 가나요?"

"이탈리아 국경 너머로 모셔다 드리지요." 그는 로즈메리를 힐끗 쳐다보았다—그러고 나서 에이브에게 사과하듯 말했다. "결투를 시작하기 전에 단둘이 하고 싶은 이야기가 있습니다."

"두 분 다 다치지 않길 바라요." 로즈메리가 말했다. "제 생각엔 이건 매우 어리석은 일이고, 중단하도록 노력해야 해요."

11

그녀는 아무도 없는 로비에서 캠피온을 발견했다.

"위층으로 올라가는 것 봤는데." 그가 흥분해서 말했다. "그 사람은 괜찮아요? 결투는 언제 하나요?"

"저도 모르겠어요." 그녀는 캠피온이 마치 결투가 서커스라도 되는 듯이 말하는 것에 분개했다. 맥키스코를 비극적인 광대로 취급했다.

"저와 같이 가실래요?" 그가 자리를 잡아 놓은 듯 말했다. "호텔 차를 빌렸어요."

"가고 싶지 않아요."

"왜죠? 제 수명이 몇 년은 줄겠지만 절대 놓치고 싶지 않아요. 아주 멀리 떨어져서 구경할 수도 있어요."

"덤프리 씨와 가는 게 어때요?"

그의 단안경이 떨어졌으나, 그것을 숨겨 줄 수염은 없었다—그는 몸을 일으켰다.

"그 사람은 다시 보고 싶지 않아요."

"어쨌든, 저는 갈 수 없어요. 어머니도 싫어하실 거예요."

로즈메리가 방에 들어가자 스피어스 부인은 졸린 듯이 움직이며 이렇게 소리쳤다. "어디 갔다 왔어?"

"잠을 잘 수가 없었어요. 다시 주무세요, 어머니."

"내 방으로 들어오렴." 로즈메리는 어머니가 침대에 앉는 소리를 듣고 방으로 들어가서 무슨 일이 있었는지 이야기했다.

"가서 보지 그러니?" 스피어스 부인이 제안했다. "가까이 가서 볼 필요는 없어, 그 이후의 일에 네가 도움이 될 수도 있잖아."

로즈메리는 그 장면을 보고 있는 자신이 싫어서 이의를 제기했지만 스피어스 부인은 여전히 잠에 빠져 있었고, 의사의 아내였을 때 죽음과 재난을 당한 사람에게 걸려 오던 야간 전화를 떠올렸다. "네가 나 없이 그 장소에 가서 스스로 무언가 했으면 좋겠어—레이니의 홍보를 위해 훨씬 더 힘든 일을 한 적도 있잖아."

로즈메리는 여전히 가야 할 이유를 몰랐지만, 열두 살 때 파리에 있는 오데온 극장의 무대 입구로 자신을 들여보내고 그곳에서 나올 때 반겨 주던 확고하고 분명한 목소리에 순종했다.

로즈메리는 계단에서 에이브와 맥키스코가 차를 몰고 떠나는 것을 보고는 계획을 취소해야겠다고 생각했지만, 잠시 후 호텔 차가 모퉁이를 돌아 나타났다. 루이스 캠피온은 기쁜 듯이 소리치며 그녀를 옆자리에 앉혔다.

"우리를 오지 못하게 할지도 몰라서 저기 숨어 있었어요. 심지어 영화 촬영용 카메라도 가져왔어요, 보세요."

그녀는 어쩔 수 없이 웃었다. 그는 너무 끔찍해서 더 이상 끔찍하게 느껴지지 않았다. 단지 비인간적이란 생각뿐이었다.

"어째서 맥키스코 부인이 다이버 부부를 좋아하지 않는 거죠?" 그녀가 말했다. "아주 잘해 주던데."

"오, 그런 게 아니에요. 그녀가 본 무언가 때문이에요. 바르방 때문에 정확히 어떤 일이 일어났는지 알 수 없었지만."

"그럼 그것 때문에 슬퍼하신 게 아니군요."

"네." 그의 목소리가 갈라졌다. "그건 우리가 호텔에 돌아왔을 때 일어난 다른 일 때문이었어요. 하지만 이젠 신경 쓰지 않아요— 완전히 끝냈어요."

그들은 새로운 카지노의 골격이 올라가고 있는 후안레팡을 지나 해안 길을 따라 동쪽으로 달려 다른 차를 따라갔다. 4시가 지났기에 푸른 잿빛 하늘 아래 첫 어선들이 삐걱거리며 연한 청록색 바다로 나아가고 있었다. 이윽고 그들은 큰 도로를 벗어나 시골로 접어들었다.

"골프 코스잖아." 캠피온이 소리쳤다. "틀림없이 그곳으로 가고 있는 거야."

그가 옳았다. 에이브의 차가 앞에서 멈추었을 때 빨간색과 노란색 크레용으로 칠해 놓은 듯한 동쪽은 무더운 날을 예고하고 있었다. 호텔 차를 소나무 숲에 대라고 말한 뒤 로즈메리와 캠피온은 에이브와 맥키스코가 오르내리고 있는 표백된 페어웨이의 그늘에 머물며 돌아다녔다. 맥키스코는 가끔 냄새를 맡는 토끼처럼 고개를 들었다. 멀리 떨어진 티잉 그라운드에 움직이는 형체들이 있었는데, 두 사람은 그들이 바르방과 그의 프랑스인 증인이라는 것을 알아차렸다―증인은 권총 상자를 겨드랑이에 끼고 있었다.

다소 섬뜩해진 맥키스코는 슬쩍 에이브 뒤로 가 브랜디 한 모금을 길게 마셨다. 그는 숨 막혀 하며 상대방이 있는 곳까지 걸어가고 있었으나, 에이브가 그를 멈춰 세우더니 프랑스인과 대화하기 위해 앞으로 나아갔다. 태양은 지평선 너머에 있었다.

캠피온은 로즈메리의 팔을 잡았다. "견딜 수가 없어요." 그는 거의 목소리를 내지 못하고 끽끽거렸다. "너무 과해요. 이건 내 수명을……."

"뇨요." 로즈메리가 단호하게 말했다. 그녀는 정신없이 프랑스어로 기도했다.

주요 인물들이 서로를 마주 보았다. 바르방은 소매를 걷어 올리고 있었다. 그의 눈은 햇빛에 불안하게 빛났지만, 신중하게 바지 솔기에 손바닥을 닦았다. 브랜디를 마셔 무모해진 맥키스코는 에이브가 손수건을 손에 들고 앞으로 걸어 나올 때까지 휘파람을 불듯이 입술을 오므리고 무심하게 자신의 긴 코를 만졌다. 프랑스인 증인은 고개를 돌리고 서 있었다. 로즈메리는 몹시 가엾어하며 숨을 죽이고, 바르방에 대한 미움으로 입을 꽉 다물었다. 그 순간, "하나―둘―셋!" 에이브가 긴장된 목소리로 숫자를 셌다.

두 사람은 동시에 발포했다. 맥키스코는 몸이 흔들렸지만 다시 돌아왔다. 두 사람 모두 빗나간 것이다.

"이 정도면 충분해!" 에이브가 소리쳤다. 결투자들은 중간 지점으로 걸어갔고, 모두가 바르방의 대답을 기다렸다.

"난 불만족을 선언합니다."

"뭐라고? 당연히 만족이겠지," 에이브가 짜증 내며 말했다. "그저 당신이 그걸 모를 뿐."

"당신의 결투자는 다시 쏘는 것을 거부합니까?"

"그래, 젠장. 토미, 당신이 고집을 부려서 이 일을 했고, 내 의뢰인은 응해 주었어요."

토미는 경멸적으로 웃었다.

"이 거리는 말도 안 되잖아." 그가 말했다. "이런 우스꽝스러운 것에 익숙하지 않다고. 당신 의뢰인은 지금 미국에 있지 않다는 것을 명심해야 할 거야."

"미국을 들먹여 봐야 소용없습니다." 그가 날카롭게 말했다. 그러고 나서 좀 더 회유하는 목소리로 말했다. "이 정도면 충분합니다, 토미." 그들은 잠시 동안 활발하게 교섭을 하였다—이윽고 바르방이 고개를 끄덕이더니 결투 상대였던 사람에게 냉담하게 고개를 숙였다.

"악수도 안 하나요?" 프랑스인 의사가 제안했다.

"이미 서로 아는 사이입니다." 에이브가 말했다.

그는 맥키스코에게 고개를 돌렸다.

"자, 갑시다."

성큼성큼 걸어가던 맥키스코는 기뻐서 어쩔 줄 몰라 하며 그의 팔을 꽉 잡았다.

“잠깐만요!” 에이브가 말했다. “토미가 권총을 돌려받고 싶어 합니다. 또 필요할지도 모르니까.”

맥키스코가 총을 건넸다.

“엿이나 먹으라지.” 그가 거친 목소리로 말했다. “그 사람한테 가서…….”

“한 번 더 쏘자고 할까요?”

“그건 이미 했잖아요.” 맥키스코가 걸어가며 외쳤다. “게다가 꽤 잘했죠. 그렇지 않나요? 노랗게 질리지도 않았고.”

“꽤 취했고요.” 에이브가 무뚝뚝하게 말했다.

“아뇨, 그렇지 않아요.”

“그래요, 그럼 취하지 않은 거로 하죠.”

“내가 술 한두 잔 정도 마셨다고 뭐가 달라지겠어요?”

자신감이 샘솟자 그는 분개한 표정으로 에이브를 바라보았다.

“그게 무슨 변화를 가져오느냐고?” 그가 되풀이했다. “스스로 알지 못한다면, 알려고 해봤자 아무 소용 없을 겁니다.”

“전쟁 중에는 모든 사람들이 항상 술에 취해 있었다는 것을 모르나요?”

“흠, 그냥 없던 일로 합시다.”

그러나 일은 완전히 끝난 게 아니었다. 그들 뒤에 있는 헤더 덤불에서 다급한 발소리가 들리더니 의사가 옆으로 다가왔다.

“실례합니다.” 그가 숨을 헐떡였다. “제 보수를 지불하시겠습니까? 물론 의사로서의 비용입니다. 바르방 씨는 천 프랑밖에 없어서 지불할 수 없다고 하고, 다른 한 명은 집에 지갑을 두고 왔다고 하는군요."

"그렇게 말하는 프랑스인을 믿다니." 에이브가 중얼거리더니 의사에게 말했다. "얼마요?"

"내가 내겠습니다." 맥키스코가 말했다.

"아뇨, 제가 낼게요. 우리 모두 비슷한 위험에 처해 있었으니까요." 맥키스코가 갑자기 덤불로 들어가 토하는 동안 에이브는 의사에게 돈을 지불했다. 잠시 후 전보다 더 창백해진 그는 에이브와 의기양양하게 걸어갔다. 이제 아침은 장밋빛이었다.

이 결투의 유일한 부상자인 캠피온은 숨을 헐떡이며 관목숲에 누워 있었고, 로즈메리는 히스테리 상태에 빠지기라도 한 듯 갑자기 웃으며 에스파드리유로 그를 계속 걷어찼다. 그녀는 그가 일어나기 전까지 계속해서 그를 찼다―지금 그녀에게 중요하고 유일한 문제는 몇 시간 후에 그녀가 마음속에서 여전히 '다이버 부부'라고 부르는 사람들을 해변에서 본다는 것이었다.

12

그들은 부아쟁에서 니콜을 기다리고 있었다. 로즈메리, 노스 부부, 딕 다이버 그리고 젊은 프랑스 음악가 두 명으로 총 여섯 명이었다. 그들은 레스토랑의 다른 손님들을 바라보며 평온해 보이는 사람이 있는지 둘러보았다―딕이 자신을 제외한 미국인들은 가만히 있지 못한다고 말했고, 그들은 그에게 맞설 예를 찾고 있었다. 그들의 시도는 암담해 보였다―레스토랑에 들어와서 10분 안에 얼굴로 손을 들어 올리지 않은 사람이 한 명도 없었기 때문이다.

"콧수염에 왁스 칠하고 살던 시절을 결코 포기하지 말았어야 했어요." 에이브가 말했다. "그래도 딕이 유일하게 침착한 남자는 아니죠."

"아뇨, 전 유일합니다."

"물론 술 취하지 않은 사람들 가운데선 유일하게 침착한 사람이라고 할 수 있지."

옷을 잘 차려입은 한 미국인이 두 여자와 함께 들어오더니, 남의 눈을 신경 쓰지 않고 소동을 일으키며 탁자 하나를 차지했다. 남자는 갑자기 자신이 주목받고 있다는 기분이 들었다―그는 발작을 일으키듯이 손을 들어 올려 넥타이가 주름지지 않았는데도 상상 속의 주름을 다듬었다. 아직 자리에 착석하지 않은 일행 중 한 명은 면도한 뺨을 손바닥으로 끝없이 쓰다듬었고, 그와 함께 있는 남자는 꺼진 시가 토막을 기계처럼 올렸다가 내렸다. 운이 좋은 사람들은 안경과 수염을 만졌으며, 이런 것조차 없는 사람들은 밋밋한 입가를 쓰다듬었고, 심지어 귓불을 필사적으로 잡아당기기도 했다.

유명한 장군이 들어왔는데, 에이브는 그가 웨스트포인트(미국의 육군사관학교―옮긴이)에서 첫해를 보냈을 거라고 생각하고―그해 생도들은 퇴학할 수 없었고, 그렇기에 다시 돌아온 사람도 없었다―딕과 5달러를 걸고 내기를 했다.

장군은 손을 자연스럽게 옆구리에 두고, 자리를 안내받길 기다렸다. 그러다 갑자기 팔이 점프하려는 사람처럼 뒤로 향하였다. 딕은 그가 자제력을 잃었다고 생각하면서 "아!" 하고 소리쳤다. 그러나 장군은 팔을 원위치에 두었다. 그들은 다시 숨을 쉬었다. 괴로운 시간이 거의 끝나 갔다. 웨이터가 장군이 앉을 의자를 뒤로 빼고 있었기 때문이다…….

정복자는 그의 손을 들어 흠 없는 회색 머리를 맹렬하게 긁었다. "봤죠?" 딕이 웃으며 말했다. "제가 유일하다니까요."

로즈메리는 그의 말을 꽤 확신했고, 딕은 이보다 더 나은 청중이 없다는 것을 깨닫고는 그룹을 매우 밝은 분위기로 만들었기에, 로즈메리는 자신의 테이블에 없는 모든 사람들에 대해 참을 수 없는 짜증이 일었다. 그들은 파리에서 이틀을 보냈지만, 사실 여전히 해변의 파라솔 아래에 있는 것 같았다. 아직 할리우드에서 열리는 메이페어 파티*에 참석해 보지 못한 로즈메리는 전날 밤 코르 데파주의 무도회가 어마어마하게 느껴졌다. 딕은 소수의 사람들, 일종의 선택된 사람들과만 인사를 나누었다—다이버 부부는 지인이 많은 것 같았지만, 그 사람들은 오랜 시간 동안 그들을 보지 못했는지 크게 놀라면서 "그동안 어디에 숨어 있었던 거야?"라고 물었다—딕은 역설적인 한 방으로 외부인들을 부드럽지만 영구적으로 파괴함으로써 자기 일행을 통일성 있게 다시 구성하였다. 곧

---

* 메이페어 호텔에서 할리우드 스타와 유명인들을 위해 열리던 파티.

로즈메리는 자신이 비참했던 과거에 이 사람들을 알았지만, 그들의 속을 알게 되어 거절하고 버린 듯한 느낌이 들었다.

로즈메리 일행은 압도적으로 미국적이었고, 때로는 거의 미국적이지 않았다. 딕이 그들에게 돌려주는 것은 오랜 세월의 타협에 의해 흐려진 그들 자신이었다.

가공되지 않은 음식 냄새가 그윽하게 풍기는 어둡고 뿌연 레스토랑으로 길을 잃은 바깥 날씨 일부가 들어오듯 니콜의 하늘색 정장이 미끄러져 들어왔다. 일행은 자신들의 눈을 통해 니콜이 얼마나 아름다운지 보았고, 그녀는 환한 미소로 그들에게 응답했다. 그들은 한동안 모두 아주 좋은 사람들이었고, 예의 바른 사람들이었다. 그러다 점점 그것이 싫증 났고, 재미있어하고 억울해하다가 마침내 많은 계획을 세웠다. 그들은 이후 명확히 기억하지도 못할 것들로 웃었다. 많이 웃었고, 남자 셋은 와인 세 병을 마셨다. 테이블에 앉아 있는 여자 세 명은 미국의 거대한 흐름을 대표했다. 니콜은 자수성가한 미국인 자본가의 손녀이자 리페 바이센펠트 백작의 손녀였다. 메리 노스는 도배 장인의 딸이자 타일러 대통령의 후손이다. 로즈메리는 중산층 중의 중산층으로, 어머니에 의해 잘 알지 못하는 할리우드에서 급부상했다. 그들이 서로 닮은 점, 그리고 너무나 많은 미국 여성들과 다른 점은 남자의 세계에 사는 것에서 행복을 느낀다는 점이었다. 그들의 개성은 남자와 대립하는 것이 아니라 남자를 통해 보존되었다. 이 세 사람은 출생이라는 우연이 아니라 자신의 남자를 찾거나 찾지 못하는 더 큰 우연에 의해 고급 매춘부나 좋은 아내가 될 수도 있었다.

그래서 로즈메리는 이 즐거운 점심 식사가 즐거운 파티 같다고 생각했다. 일곱 명밖에 없다는 점이 더 좋았다. 이 정도가 좋은 파티의 한계 인원이었기 때문이다. 아마도 그녀가 그들 세계에 처음 합류했다는 사실은, 서로에 대한 오래된 의구심을 촉발시키는 일종의 촉매제 역할을 했을 것이다. 식사가 끝난 후 웨이터는 프랑스 레스토랑이라면 모두 가지고 있는 어두운 뒷마당으로 로즈메리를 안내했다. 그곳에서 그녀는 희미한 오렌지색 전구의 도움으로 전화번호를 찾아 프랑코-아메리칸 필름에 전화했다. 그럼요, 그 사람들은 〈아빠와 딸〉의 필름을 가지고 있어요—현재는 상영 중이지 않지만, 그녀를 위해 이번 주 후반에 생트장주 거리 341번지에서 상영할 겁니다—크라우더 씨에게 물어보세요.

한쪽이 뚫린 부스는 옷 보관소를 향해 있었다. 로즈메리가 수화기를 내려놓자 늘어선 코트들의 반대편, 그녀에게서 5피트도 떨어지지 않은 곳에서 두 사람의 낮은 목소리가 들려왔다.

"—그래서 날 사랑하는 거야?"

"아, 그럼요!"

니콜이었다. 로즈메리가 부스에서 머뭇거리는데 딕이 말했다.

"당신을 몹시 원해—지금 당장 호텔로 가자." 니콜은 헉하는 한숨을 내쉬었다. 로즈메리는 잠시 동안 그들의 말에서 아무 의미도 알아내지 못했지만, 어조에서 알아챌 수 있었다. 그들의 엄청난 비밀이 그녀를 떨게 했다.

"당신을 원해."

"4시에 호텔에 있을게요."

로즈메리는 목소리가 멀어져 가는 동안 숨죽이고 있었다. 처음에는 깜짝 놀라기까지 했다―그녀는 그들이 서로를 향한 개인적인 요구가 없는 관계인 줄 알았다―더 차가운 관계. 이제 그녀에게 심오하고 정체불명의 감정이 강하게 흘렀다. 그녀는 자신이 사로잡힌 것인지 혐오하는 것인지 몰랐지만, 크게 흔들렸다. 그녀는 식당으로 돌아가며, 매우 외롭다고 생각했다. 그러나 되돌아보자 감동적이었다. 니콜의 "아, 그럼요!"라는 말의 열정적인 마음이 그녀의 마음속에 맴돌았다. 그 대화의 특별한 분위기가 그녀 앞에 놓여 있었다. 그러나 그녀가 이러한 감정에서 얼마나 멀리 떨어져 있든, 그녀는 속으로 괜찮다고 말했다. 어떤 사랑에 관한 장면을 연기할 때 느꼈던 혐오감은 전혀 없었다.

자신과는 매우 멀리 떨어져 있는 감정이었지만, 그럼에도 불구하고 그녀가 이 일을 알게 된 것은 돌이킬 수 없었고, 니콜과 함께 쇼핑하면서 니콜 자신보다 그 약속을 더 의식했다. 그녀는 새로운 각도에서 니콜을 바라보며 그녀의 매력을 평가하였다. 확실히 그녀는 로즈메리가 만났던 여성들 중 가장 매력적이었다―그녀의 강인함, 헌신, 충성심, 그리고 이해하기 어려운 어떤 부분. 이제 로즈메리는 이러한 것들을 어머니의 중산층적 시야를 통해 생각하기 시작했고, 돈에 대한 그녀의 태도와 연결했다. 로즈메리는 자신이 번 돈을 썼다―그녀는 1월에 여섯 번이나 물속으로 뛰어들었다. 그녀의 체온은 이른 아침에 37도가 넘었고, 어머니가 촬영을 멈추게 했을 때는 39도였다. 그 덕분에 이곳에 올 수 있었다.

니콜의 도움으로 로즈메리는 드레스 두 벌과 모자 두 개, 신발

네 켤레를 샀다. 니콜은 두 페이지에 걸쳐 적힌 많은 물건을 구매했고, 진열장에 있는 물건들도 샀다. 마음에 들지만 그녀 자신은 도저히 쓸 수 없는 물건들은 친구에게 선물로 사주었다. 그녀는 색 구슬, 해변용 접이식 쿠션, 조화, 꿀, 손님용 침대, 가방, 스카프, 모란앵무, 인형 집을 위한 미니어처, 그리고 새우 색깔의 새로운 천 3야드를 샀다. 수영복 십여 벌, 고무 악어, 금과 상아로 만든 여행용 체스 세트, 에이브를 위한 커다란 리넨 손수건에다 에르메스에서 파란 물총새와 버닝 부시 색의 샤모아 가죽 재킷 한 벌도 샀다―이 모든 것들을 사는 모습은 고급 창녀가 속옷과 보석을 사는 것하고는 조금도 같지 않았다. 창녀에게 이러한 것들은 모두 직업적인 장비이자 보험이다―그러나 니콜은 그것과는 전혀 다른 관점으로 구매하였다. 니콜은 독창성과 노력의 산물이었다. 그녀를 위해서라면 기차가 시카고에서 출발하여 대륙의 둥근 배를 가로질러 캘리포니아로 향하였다. 치클 공장이 연기를 뿜고 공장에서 링크 벨트가 링크를 연결시키며 커져 갔다. 남자들은 큰 통에 치약을 섞고, 커다란 구리 통에서 구강청정제를 뽑았다. 젊은 여성들은 8월에 토마토를 재빠르게 캔에 담거나 크리스마스이브에 잡화점에서 무례한 태도로 일했다. 브라질 커피콩 농장에서는 혼혈 인디언들이 노역을 했고, 몽상가들은 새로운 트랙터의 특허권을 빼앗겼다―이들은 니콜에게 십일조를 내는 사람 중 하나였다. 마치 불길이 번져 나가기 전에 자기 자리를 지키고 있는 소방관의 홍조처럼, 흔들리고 우레 같은 소리를 내며 앞으로 나아가는 체제의 영향으로, 그녀의 이런 대량 구매가 열풍을 일으켰다. 그녀는 자신의 파멸을 포함한 매우 간단한 원리들을 설명했지만, 너무 정확하게 설명해서 그 절차에는 우아함이 담겨 있었고, 로즈메리는 지금 그것을 모방하려고 노력했다.

이제 4시에 다다랐다. 니콜은 모란앵무를 어깨에 얹고 가게 안에 서서 보기 드물게 말을 쏟아 내고 있었다.

"음, 그날 풀에 들어가지 않았으면 어떻게 되었을까요— 전 가끔 그런 것들이 궁금해요. 전쟁이 일어나기 바로 전, 우리는 베를린에 있었어요— 전 열세 살이었고요. 어머니가 돌아가시기 직전이었죠. 언니는 궁정 무도회에 갈 예정이었는데, 춤을 출 상대를 기록하는 카드에 왕자 세 사람이 적혀 있었어요. 시종들이 모든 것을 마련했죠. 출발하기 30분 전, 언니는 옆구리가 아프고 열이 많이 나기 시작했어요. 의사는 맹장염이라며, 수술을 받아야 한다고 말했죠. 그러나 어머니는 언니를 위한 계획을 이미 세워 두었기에, 베이비는 야회복 아래에 얼음팩을 끈으로 매고 무도회에 가서 2시까지 춤을 추었어요. 다음 날 아침 7시에 수술을 받았죠."

이럴 때는 매정한 것이 좋았다. 착한 사람들은 모두 자신을 혹독하게 대했다. 하지만 이제 4시였고, 로즈메리는 호텔에서 니콜을 기다리는 딕을 계속 생각했다. 그녀는 반드시 그곳에 가야 했다. 그를 기다리게 해서는 안 된다. 로즈메리는 계속해서 '왜 가지 않는 거야?'라고 생각했고, 갑자기 '가고 싶지 않다면 나라도 보내 줘'라고 외치고 싶었다. 그러나 니콜은 한 군데 더 들려 자신과 로즈메리를 위해 코르사주를 구매하고, 메리 노스에게도 하나 보냈다. 그제야 그녀는 약속이 기억난 듯 갑자기 망연자실하여 택시를 불렀다.

"잘 가요." 니콜이 말했다. "즐거웠지요?"

"엄청 즐거웠죠." 로즈메리가 말했다. 니콜과 함께 보낸 시간은 자신이 생각했던 것보다 힘들었다고, 니콜이 차를 몰고 떠나자 로즈메리의 온몸이 주장했다.

13

딕은 횡단보도의 모퉁이를 돌아서 참호 곁에 놓인 판자를 따라 계속 걸었다. 잠망경에 도달한 그는 잠시 눈을 대보았다. 그러고는 발판에 서서 난간 너머를 살폈다. 정면에는 칙칙한 하늘 아래 보몽 아멜이, 왼쪽에는 비극적인 티에프발 언덕이 있었다. 딕은 쌍안경으로 그것들을 바라보았다. 슬픔으로 인해 목이 메었다.

그는 참호를 따라갔고, 다른 사람들이 다음 횡단보도에서 자신을 기다리고 있는 것을 발견했다. 그는 흥분으로 가득 차 있었고, 그들이 이 흥분에 대해 이해할 수 있도록 대화하고 싶었다. 그러나 실제로 전쟁을 본 사람은 에이브 노스였고, 딕은 본 적이 없었다.

"그해 여름, 이 땅은 1피트당 스무 명의 목숨을 받아 갔습니다." 딕이 로즈메리에게 말했다. 그녀는 고분고분하게 6년 동안 자라온 낮은 나무들이 있지만, 벌거벗은 것처럼 보이는 녹색 벌판을 바라보았다. 그날 오후 딕이 만약 자신들이 지금 포격을 당하고 있다고 덧붙였더라도 그녀는 믿었을 것이다. 그녀의 사랑은 마침내 불행해지기 시작했고, 절망에 빠져들었다. 어떻게 해야 할지 몰랐다― 그녀는 어머니와 얘기하고 싶었다.

"그 이후로 많은 사람들이 죽었고, 곧 우리도 모두 죽을 겁니다." 에이브가 위로하듯 말했다.

로즈메리는 긴장한 채 딕이 말을 이어 가기를 기다렸다.

"저기 작은 개울을 보세요. 우리는 2분이면 걸어갈 수 있어요. 영국인들은 저곳까지 가는 데 한 달이 걸렸죠. 제국 전체가 천천히 나아가며, 앞에서는 죽어 나가고 뒤에서는 앞으로 밀며 나아갔어요. 그리고 또 다른 제국은 백만 개의 피 묻은 시체를 마치 양탄자처럼 남기고 하루에 몇 인치씩, 매우 천천히 뒤로 이동했죠. 이 세대에는 어떤 유럽인도 다시는 그렇게 하지 않을 겁니다."

"그들은 단지 터키에서만 그만두었어." 에이브가 말했다. "그리고 모로코랑―"

"그것과는 다르지. 이 서부 전선의 상황은 되풀이되면 안 돼. 오랜 시간 동안. 젊은 사람들은 다시 할 수 있다고 생각하지만, 할 수 없어. 제1차 마른 전투는 반복할 수 있어도, 이건 할 수 없어. 그 전투는 종교와 수년간의 풍요로움, 엄청난 보증, 계급 사이에 존재하는 정확한 관계가 필요했어. 러시아와 이탈리아는 이 전선에서 아무 쓸모가 없었지. 네가 기억하는 것보다 더 멀리 시간을 거슬러 올라갈 수 있는, 진심이 담긴 정서적 장치가 있어야 해. 크리스마스를 기억해야 하고 왕세자와 약혼녀의 엽서, 발랑스의 작은 카페, 운터덴린덴의 옥외 맥줏집과 프랑스 시청에서의 결혼식, 더비

경마에 가야 하는 것과 할아버지의 구레나룻을 기억해야 해."

"그랜트 장군은 1865년 피터즈버그에서 이런 종류의 전쟁을 발명했지."

"아니, 그렇지 않아—그 사람은 단지 학살을 발명했을 뿐이야. 이런 종류의 전쟁은 루이스 캐럴과 쥘 베른, 그리고 『운디네』를 쓴 사람, 시골에서 볼링을 하는 사람과 마르세유의 대모들과 뷔르템베르크와 베스트팔렌의 뒷골목에서 유혹당한 젊은 여자들이 만들어 낸 거야. 이건 사랑 전쟁이었네—이곳에서 한 세기 동안 중산층의 사랑이 사라졌지. 이번이 마지막 사랑의 전쟁이었어."

"당신은 이 전쟁을 D. H. 로런스에게 넘기고 싶어 하는군." 에이브가 말했다.

"나의 모든 아름답고 멋지고 안전한 세상이 사랑이라는 고성능 폭약에 의해 폭발하여 강한 돌풍과 함께 사라져 버렸어." 딕은 집요하게 애석해했다. "그렇지 않나요, 로즈메리?"

"모르겠어요." 그녀가 심각한 얼굴로 대답했다. "당신은 모든 것을 알고 있군요."

그들은 다른 사람들보다 뒤처졌다. 갑자기 흙덩이와 조약돌들이 그들에게 쏟아져 내렸다. 에이브가 다음 횡단보도에서 이렇게 소리쳤다.

"전쟁 정신이 다시 나를 사로잡고 있다. 내 뒤에는 백 년에 걸친 오하이오의 사랑이 있다. 그리고 이 참호를 폭파시킬 것이다." 그의 머리가 둑 위로 튀어나왔다. "넌 죽었어—규칙 몰라? 그건 수류탄이었다고."

로즈메리는 웃음을 터뜨렸고, 딕은 보복하기 위해 돌을 한 움큼 주웠다가 내려놓았다.

"여기선 장난칠 수 없지." 그가 사과하듯 말했다. "은 줄이 풀리고 금 그릇이 깨졌지만* 나 같은 늙은 낭만주의자는 아무것도 할 수 없군."

"나도 낭만주의자예요."

그들은 깔끔하게 복원된 참호에서 나와 뉴펀들랜드 전사자 추모비 앞에 섰다. 비문을 읽던 로즈메리는 갑자기 울음을 터뜨렸다. 대부분의 여성들처럼 그녀는 자신이 어떻게 느껴야 하는지 배우는 것을 좋아했고, 딕이 그녀에게 어떤 것이 터무니없고 어떤 것이 슬픈지 말해 주는 것이 좋았다. 하지만 무엇보다도 자신이 그를 얼마나 사랑하는지 그가 알아주기를 원했다. 이제 그 사실 때문에 그녀는 속상했으며, 황홀한 꿈속에서 전쟁터를 걷고 있었다.

그 후 그들은 차를 타고 다시 아미앵을 향해 출발했다. 새로 심어 키가 작은 나무와 덤불 위로 가늘고 따뜻한 비가 내렸다. 그들은 6년 동안 땅에 버려져 있던 온갖 종류의 옷들, 포탄, 폭탄, 수류탄, 장비, 헬멧, 총검, 개머리판, 그리고 썩은 가죽들이 모여 있는 장례용 더미를 지나쳤다. 그러다 모퉁이를 도는 순간 갑자기 흰 파도가 치는 거대한 바다 같은 무덤이 나타났다. 딕은 운전기사에게 멈추라고 말했다.

---

* 전도서 12장 6절.

"그 아가씨군─ 게다가 아직도 화환을 들고 있어."

그들은 차에서 내려 딕이 젊은 여자에게 다가가는 모습을 보았다. 여자는 화환을 손에 들고 머뭇거리며 정문 옆에 서 있었다. 그녀의 택시가 기다리고 있었다. 오늘 아침 기차에서 만난 테네시주 출신의 붉은 머리 소녀였는데, 오빠의 무덤에 기념물을 바치기 위해 녹스빌에서 왔다고 했다. 그녀의 얼굴에는 괴로운 눈물이 맺혀 있었다.

"육군성에서 제게 잘못된 번호를 준 게 틀림없어요." 그녀는 홀쩍거렸다. "다른 이름이 적혀 있더라고요. 2시부터 찾아다녔는데 무덤이 너무 많네요."

"제가 아가씨라면, 만약 그런 경우 이름은 보지 않고 아무 무덤에나 그걸 올려놓을 겁니다." 딕이 그녀에게 충고했다.

"제가 그래야 한다고 생각하시나요?"

"당신의 오빠는 그러기를 바랄 겁니다." 날이 점점 어두워지고 비는 더욱 거세졌다. 여자는 문으로 들어가 첫 번째 무덤에 화환을 내려놓고, 딕의 제안을 받아들여 택시를 보내고 그들과 함께 아미앵에 가기로 했다.

로즈메리는 그 불상사를 듣고 다시 눈물을 흘렸다─ 전체적으로 우울한 하루였지만, 그녀는 무언가를 배웠다고 느꼈다. 정확히 무엇을 배웠는지는 몰랐지만. 나중에 그녀는 그날 오후의 모든 시간이 행복했다고 기억했다─ 그 순간에는 과거와 미래의 즐거움을 연결해 주는 고리에 불과해 보였지만, 그 자체가 즐거웠던 그런 시간이었다.

아미앵은 과거의 일을 상기시키는 자주색 마을로, 파리 북역과 런던의 워털루역처럼 아직 전쟁의 슬픔이 깔려 있었다. 이런 마을은 낮에 와도 기운이 빠진다. 20년 전의 작은 노면 전차가 대성당 앞의 회색 자갈 광장을 가로지르고 있었고, 날씨는 과거의 특징을 간직한 듯, 오래된 사진처럼 바랜 느낌이었다. 그러나 어둠이 깔리고 나면 프랑스 생활에서 가장 만족스러운 것들이 모두 다시 사진 속으로 밀려들어 왔다—활기 넘치는 창녀들, '이것 봐'라고 외치며 카페에서 말다툼하는 남자들, 어느 곳에도 존재하지 않는 싸고 만족스러운 장소를 찾아 머리를 맞대고 방황하는 커플들. 기차를 기다리면서 그들은 커다란 아케이드에 앉아 있었다. 그 공간은 연기와 수다와 음악을 위로 내보낼 수 있을 만큼 충분히 높았고, 오케스트라는 친절하게 '네, 바나나는 없어요'를 연주하기 시작했다—지휘자 자신이 매우 즐거워하는 것 같아 그들은 박수를 쳤다. 테네시에서 온 소녀는 슬픔을 잊고 즐거워했으며, 심지어 열렬히 눈을 굴리고 손짓해 가면서 딕, 에이브와 시시덕거렸다. 그들은 가볍게 그녀를 놀렸다.

이윽고 뷔르템베르크 부대, 프로이센 근위대, 프랑스 산악 보병대, 맨체스터 공장 일꾼들, 이튼 졸업생들의 극미한 부분이 따뜻한 비 아래 영원히 해체되어 가도록 남겨 둔 채 파리로 향하는 기차를 탔다. 그들은 역 식당에서 만든 모르타델라 소시지와 벨 파에제 치즈를 넣은 샌드위치를 먹고, 보졸레를 마셨다. 니콜은 넋을 잃고 입술을 깨물며 딕이 가져온 전장 안내 책자들을 읽었다—사실, 그는 이 모든 것을 미리 잠깐 공부했고, 그것이 자신이 개최한 파티와 약간 비슷해질 때까지 단순화시켰다.

14

파리에 도착했을 때 니콜은 너무 피곤해서 그들이 계획했던 대로 장식예술 전시회의 웅장한 조명을 보러 갈 수 없었다. 그들은 그녀를 루아 조르주 호텔에 내려 주었다. 그녀가 유리문에 비친 로비의 불빛으로 만들어진 교차하는 평면 사이로 사라지자 로즈메리는 자신을 짓누르던 압박감이 사라졌음을 느꼈다. 니콜은 그녀의 어머니처럼 반드시 좋은 경향을 가지고 있거나 예측 가능한 것이 아닌, 헤아릴 수 없는 힘이었다. 로즈메리는 그녀가 다소 두려웠다.

11시에 로즈메리는 딕, 노스 부부와 함께 막 문을 연 센강의 수상 카페에 앉아 있었다. 강은 다리의 불빛을 받아 희미하게 반짝이며 차가운 달을 여러 개 품고 있었다. 로즈메리와 그녀의 어머니가 파리에 살았을 때 두 사람은 가끔 일요일에 작은 기선을 타고 쉬렌까지 올라가며 미래에 대한 계획을 이야기하곤 했다. 그들은 돈이 거의 없었지만, 스피어스 부인은 로즈메리의 아름다움을 확신하고 그녀에게 엄청난 야망을 심어 주었고, 그녀의 '이점'에 도박을 했다. 결국 로즈메리는 첫걸음을 내딛게 되었을 때 어머니에게 보답했다…….

파리에 도착한 후부터 노스는 포도주 빛깔의 얇은 모피를 두르고 다녔다. 그의 눈은 햇빛과 와인으로 인해 충혈돼 있었다. 로즈메리는 그가 항상 술을 마시러 술집에 들른다는 것을 처음 알았고, 메리 노스가 그것을 어떻게 받아들이는지 궁금했다. 메리는 조용한 사람이었다. 너무 조용해서 잦은 웃음소리 말고는 그녀에 대해 거의 알지 못했다. 그녀는 곧고 검은 머리가 자연스럽고 풍성하게 늘어질 때까지 뒤로 빗어 넘기는 것을 좋아했다—때때로 머리카락이 관자놀이 구석에 비스듬하게 흘러내려 눈에 이를 때면, 머리를 뒤로 젖혀 제자리로 넘겼다.

"오늘 밤은 일찍 돌아가죠, 에이브. 이 술만 마시고요." 메리의 목소리는 가벼웠지만 약간 불안해하는 기색이었다. "배 위에서 토하는 것을 원하지 않잖아요."

"지금도 꽤 늦었는데." 딕이 말했다. "우리 모두 가는 게 좋겠어요."

고상하고 위엄 있는 에이브의 얼굴에 어떤 고집이 배어 나오더니, 단호하게 말했다. "아니." 그러고는 진지하게 말을 멈추었다. "아냐, 아직 아냐. 샴페인 한 병 더 마시죠."

"난 됐네." 딕이 말했다.

"난 로즈메리에게 말한 거야. 로즈메리는 타고난 알코올 중독자야—욕실에 진 한 병을 보관해 두거든—그녀의 어머니가 말해 주었지."

그는 첫 번째 병에 남아 있던 술을 로즈메리 잔에 부었다. 그녀는 파리에 온 첫날 레몬에이드를 1리터 정도 마시고 속이 매우 안 좋았기 때문에 그 후로는 그들과 있을 때 아무것도 먹지 않았지만, 지금은 샴페인을 들어 올려 마셨다.

"잠깐, 이게 뭐야?" 딕이 소리쳤다. "술 안 마신다고 했잖아요."

"영원히 마시지 않을 거라고는 안 했어요."

"어머니는 어떡하고요?"

"이 한 잔만 마실 거예요." 그녀는 술이 필요하다고 느꼈다. 딕도 술을 마셨다. 많이 마시지는 않았지만, 어쨌든 마셨다. 어쩌면 이 술이 그녀와 그를 가깝게 만들 수도 있었고, 그녀가 하려던 일의 준비 가운데 하나가 될지도 몰랐다. 그녀는 재빠르게 술을 마셨고, 그 때문에 목이 멨다. "게다가, 어제는 제 생일이었어요— 전 열여덟 살이라고요." 그녀가 말했다.

"왜 우리에게 말하지 않았어요?" 그들은 분개했다.

"여러분이 이 일로 호들갑을 떨고 많은 문제를 일으킬 줄 알았어요." 그녀가 샴페인을 다 마셨다. "그러니 이걸로 축하하지요."

"그럴 순 없어요." 딕이 그녀에게 장담했다. "내일 저녁은 당신의 생일 파티가 될 테니까 잊지 마세요. 열여덟 살이라— 정말로 중요한 나이인데."

"전 열여덟 살이 될 때까지는 아무것도 상관없다고 생각하곤 했어요." 메리가 말했다.

"맞아." 에이브가 동의했다. "그 후로도 마찬가지고."

"에이브는 배에 타기 전까지는 아무것도 중요하지 않다고 생각해요." 메리가 말했다. "이번에는 뉴욕에 가면 뭘 할지 정말로 모든 계획을 짜 놓았더라고요." 그녀는 더 이상 자신에게 의미 없는 말을 하는 데 싫증 난 것처럼 말했다. 현실에서 그녀와 그녀의 남편이 따랐던, 또는 따르기를 실패했던 길이 단지 목적이었을 뿐이라는 태도였다.

"에이브는 미국에서 작곡을 할 거고 저는 뮌헨에서 노래하는 일을 할 거예요. 우리가 다시 모이면 못할 일이 없겠죠."

"멋지네요." 로즈메리가 샴페인을 느끼며 대답했다.

"자, 로즈메리를 위해 샴페인 한잔 더. 그럼 로즈메리도 럼프샘의 활동을 술 때문이라고 합리화할 수 있을 거야. 열여덟 살이 돼야 제 기능을 발휘하니까." 딕은 에이브를 보고 너그럽게 웃었다. 그는 에이브를 사랑했지만, 이미 그에 대한 희망을 잃어버렸다. "그건 의학적으로 옳지 않아. 우린 이제 갈 거야." 희미한 호응에 에이브는 가볍게 말했다.

"자네가 과학 논문을 끝내는 것보다 내 노래가 브로드웨이에 올라가는 게 더 빠를 것 같군."

"그러길 바라지." 딕이 차분하게 말했다. "정말로. 어쩌면 난 자네가 말한 내 '과학 논문'을 관둘지도 몰라."

"오, 딕!" 메리는 깜짝 놀라 충격을 받은 목소리였다. 로즈메리는 이처럼 딕이 완전히 무표정한 것을 본 적이 없었다. 그녀는 그의 발언이 뭔가 중대하다고 느꼈고, 메리처럼 "오, 딕!"이라고 외치고 싶었다.

그러나 딕은 갑자기 다시 웃으며 말했다. "다른 것을 쓰기 위해 포기한다는 거지." 딕이 테이블에서 일어났다.

"하지만 딕, 앉아 봐. 알고 싶은 게 있는데……."

"언젠가 얘기해 줄게. 잘 가, 에이브. 잘 가요, 메리."

"안녕히 가세요, 딕." 메리는 사람이 거의 없는 배를 타고 있으면 더할 나위 없이 행복하겠다는 듯이 미소 지었다. 그녀는 용감하고 희망찬 여성이었다. 남편을 따라다니며 자신을 이런저런 종류의 사람으로 바꾸었지만, 남편을 그의 길에서 단 한 걸음도 끌어내지 못했다. 그리고 때때로 자신이 가야 할 길이 남편의 마음속 깊은 곳에 꼭꼭 숨겨져 있다는 것을 깨닫고는 낙담했다. 그러나 그녀에게 행운의 기운이 감돌았다. 마치 그녀 자신이 일종의 증표인 것처럼……

15

"포기하신다는 게 뭐예요?" 로즈메리가 택시에서 딕을 마주 보며 진지하게 말했다.

"별거 아니에요."

"과학자세요?"

"난 의학 박사입니다."

"아아!" 그녀가 기쁜 듯이 웃었다. "저희 아버지도 의사였어요. 어째서—" 그녀가 말을 멈췄다.

"비밀 같은 건 없어요. 한창때 불명예스러운 일이라도 당해서 리비에라에 숨어 있는 것도 아니에요. 그저 현역이 아닐 뿐. 모르죠, 언젠가 다시 일하게 될지도."

로즈메리는 키스를 받기 위해 조용히 얼굴을 들었다. 그는 이해할 수 없다는 듯이 잠시 그녀를 바라보았다. 그리고 나선 한 팔로 그녀를 안은 뒤 그녀의 부드러운 뺨에 자신의 뺨을 비비고 다시 한참 동안 그녀를 굽어보았다.

"정말 사랑스러운 아이야." 그가 진지하게 말했다.

로즈메리는 그에게 미소를 지어 보였다. 이런 상황에서 모두 그러듯이 그녀의 손은 그의 코트 옷깃을 매만지고 있었다. "저는 당신과 니콜을 사랑해요. 사실 그게 제 비밀이죠―다른 사람에게는 당신에 대해 말할 수도 없어요. 왜냐하면 저는 사람들이 더 이상 당신이 얼마나 멋진 사람인지 알기를 원하지 않거든요. 솔직히― 당신과 니콜을 사랑해요―정말로."

―그는 이 말을 여러 번 들었다―심지어 형식도 똑같았다.

그녀는 갑자기 그에게 다가갔다. 그의 눈동자로 들어갈 때 어린 모습은 사라졌다. 그는 그녀의 나이가 상관없다는 듯이 숨 가쁘게 키스했다. 이윽고 로즈메리가 그의 팔에 기대며 한숨을 쉬었다.

"전 당신을 포기하기로 했어요." 그녀가 말했다.

딕은 움찔했다―그녀가 자신의 일부를 소유하고 있다는 것을 암시한 적이 있었던가?

"하지만 그건 매우 못된 행동이야." 그는 가까스로 가볍게 말했다. "난 이제 막 네게 흥미를 느끼기 시작했는데."

"전 당신을 정말 사랑했어요―" 마치 오랜 세월 그랬다는 듯이 말했다. 그녀는 약간 울고 있었다. "저-어-엉-말로 사랑했어요."

그가 웃어야 하는 상황이었으나, 자신도 모르게 말하고 있었다. "너는 아름다울 뿐만 아니라 큰 사람이야. 네가 하는 모든 일, 사랑에 빠진 척이나 수줍어하는 척. 다 잘될 거야."

니콜과 함께 구매한 향수가 향긋하게 풍기는, 동굴 속 같은 택시 안에서 그녀는 다시 그에게 바짝 다가가 매달렸다. 그는 즐거움 없이 그녀에게 키스했다. 열정이 있다는 것은 알았지만, 그녀의 눈에도 입에도 열정의 그림자가 없었다. 숨결에는 희미한 샴페인 향이 났다. 그녀는 필사적으로 매달렸고, 그는 다시 한번 키스했다. 그녀의 순수한 키스에, 입술이 닿는 순간 그를 넘어 밤의 어둠, 세상의 어둠과 내다보는 눈길에, 오싹한 느낌이 들었다. 그녀는 광채가 심장에 있는 어떤 것임을 아직 알지 못했다. 그녀가 그것을 깨닫고 우주의 열정에 녹아든 그 순간, 그는 아무런 의심이나 후회 없이 그녀를 받아들일 수 있을 터였다.

그녀의 호텔방은 다이버 부부의 방에서 대각선으로 건너편이었고, 엘리베이터와 가까웠다. 그들이 문에 다다랐을 때 갑자기 그녀가 말했다.

"당신이 나를 사랑하지 않는다는 것을 알아요―기대하지도 않고요. 하지만 당신은 제가 미리 생일이라고 말했어야 한다고 했죠. 음, 생일이라고 말했으니, 생일 선물로 제 방에 와서 제가 이야기하는 동안 머물러 주세요. 1분 만요."

두 사람은 방에 들어갔다. 그는 문을 닫았다. 로즈메리는 그와 가까이 서 있었지만, 그를 건드리지 않았다. 밤이 그녀의 얼굴에서 색을 앗아 갔다―그녀는 지금 매우 창백했다. 댄스파티 뒤에 남은 흰 카네이션이었다.

"로즈메리 양이 웃을 때―"그는 아버지 같은 태도를 되찾았는데, 아마도 조용하지만 니콜이 근처에 있기 때문인 듯했다. "항상 젖니가 빠진 빈 공간이 있는 것 같아."

그러나 이미 늦었다―로즈메리가 쓸쓸한 속삭임과 함께 그에게 바싹 다가갔다.

"계속해 줘요."

"뭘?" 그는 놀라서 몸이 경직되었다.

"계속이요." 그녀가 속삭였다. "아 제발, 계속해 줘요, 사람들이 하는 게 뭐든 간에. 그게 내 마음에 들지 않는다고 해도 상관없어요―마음에 들 거라고 생각한 적도 없어요―그것에 관해 생각하는 게 싫었지만 지금은 그렇지 않아요. 당신이 해주면 좋겠어요."

로즈메리는 자기 자신에게 깜짝 놀랐다―자신이 이렇게 말할 수 있으리라고는 상상도 못 했다. 그녀가 수녀원 부속학교에서 10년 동안 읽고, 보고, 꿈꾼 것들이 생각났다. 갑자기 그녀는 이것이 자신의 가장 큰 역할 가운데 하나라는 것을 깨닫고, 그 역에 더 열정적으로 뛰어들었다.

"이건 옳지 않아." 딕이 신중하게 말했다. "샴페인 때문에 이러는 거 아닌가? 없던 일로 합시다."

"아, 아니에요, 지금. 지금 해줬으면 좋겠어요. 절 받아 주세요. 보여 주세요. 전 온전히 당신 것이고 그렇게 되고 싶어요."

"일단, 니콜에게 얼마나 큰 상처일지 생각해 본 적 있어?"

"니콜은 모를 거예요―이건 그녀와 아무 상관없어요."

그는 친절하게 말을 이었다.

"그렇다면 내가 니콜을 사랑한다는 사실은?"

"하지만 한 사람 이상 사랑할 수 있잖아요. 그렇죠? 마치 제가 어머니를 사랑하지만 당신을 더 사랑하는 것처럼요. 지금은 당신을 더 사랑해요."

"—네 번째로, 당신은 날 사랑하는 게 아니야. 이 이후로 날 사랑할 수도 있지만, 그렇게 되면 당신 인생은 끔찍하게 엉망인 상태에서 시작될 거야."

"아뇨, 다시는 당신을 보지 않을 거라고 약속할게요. 어머니를 모시고 바로 미국으로 가겠어요."

딕은 그녀의 말을 묵살했다. 그녀 입술의 젊음과 생기를 너무 생생하게 기억하고 있었다. 그는 말투를 바꾸었다. "넌 그저 분위기에 취해 있을 뿐이야."

"오, 제발요, 제가 아이를 갖게 된다고 해도 상관없어요. 영화에 나오는 여자처럼 멕시코에 갈 수도 있어요. 아, 이건 제가 지금까지 생각했던 것과는 너무 달라요—전 사람들이 제게 진지하게 키스하면 싫었어요." 딕은 그녀가 아직도 이 일이 반드시 일어나야 한다는 생각에 사로잡혀 있는 것을 보았다. "그들 중 일부는 치아가 매우 컸지만, 당신은 모두 다르고 아름다워요. 당신이 해줬으면 좋겠어요."

"사람들이 그냥 어떤 식으로든 키스한다고 믿고 있군. 그리고 내가 당신에게 해주길 바라고 있고."

"오, 놀리지 마세요—전 아기가 아니에요. 날 사랑하지 않는다는 건 알아요." 그녀는 갑자기 겸손하고 조용해졌다. "그렇게 많이 기대하진 않았어요. 내가 당신에게 아무것도 아닌 것처럼 보인다는 것도 알아요."

"말도 안 돼. 하지만 어려 보이긴 해." 그는 머릿속으로 덧붙였

다. '—가르쳐 줄 게 아주 많을 거야.'

로즈메리는 숨을 몰아쉬며 기다렸다. "마지막으로 네가 원하는 대로 되기에는 준비가 부족해." 딕이 말했다.

그녀는 실망과 낙심으로 축 늘어졌고 딕은 반사적으로 말했다. "우린 그저—" 그는 스스로 말을 멈추고, 그녀를 따라 침대로 가, 울고 있는 그녀 옆에 앉았다. 그는 갑자기 혼란에 빠졌다. 윤리에 관한 혼란이 아니었다. 이 일이 불가능하다는 것은 어느 면에서 보나 당연했다. 단순히 혼란스러울 뿐이었다. 그리고 잠시 동안 평소의 품위와 긴장, 균형의 힘이 사라졌다.

"안 하실 줄 알았어요." 그녀가 흐느꼈다. "그저 절망적인 희망이었을 뿐이에요."

딕이 일어섰다.

"잘 자렴, 애야. 이건 정말 부끄러운 일이야. 없던 일로 하자." 그는 그녀가 잘 수 있도록 병원에서 하는 말 같은 것을 빠르게 두 마디 남겼다. "앞으로 매우 많은 사람들이 널 사랑할 거야. 첫사랑을 온전하게, 감정적으로 만나는 것이 좋을지도 몰라. 꽤 구식 생각이지. 그렇지?" 그가 문 쪽으로 다가서자, 로즈메리가 그를 올려다보았다. 그의 머릿속에 무엇이 들었는지 전혀 알지 못한 채 그를 바라보았다. 그가 천천히 한 걸음 더 내딛는 것을 보았다. 뒤를 돌아 다시 그녀를 바라보는 것도 눈에 들어왔다. 그녀는 그를 붙잡고 집어삼켜 버리고 싶었다. 그의 입을 원했고, 그의 귀를 원했으며, 외투 깃을 원했다. 그를 포위한 다음 완전히 에워싸고 싶었다. 그의 손이 문고리에 떨어졌다. 이내 그녀는 포기하고 다시 침대에 쓰러졌다. 문이 닫히자 일어나서 거울 앞으로 가, 코를 조금 훌쩍이며 머리를 빗기 시작했다. 평상시처럼 빗질을 백오십 번 하였고, 백오십 번을 더 빗었다. 그녀는 팔이 아플 때까지 머리를 빗었고, 팔을 바꾸어 또 빗었다…….

16

로즈메리는 창피하고 부끄러운 기분으로 잠에서 깨어났다. 거울에 비친 자신의 아름다운 모습은 안정은커녕 어제의 아픔과 어머니가 전해 준 편지만 떠오르게 할 뿐이었다. 지난가을 그녀를 예일 대학 졸업 파티에 데려가 준 남자아이가 지금 파리에 있다는 사실을 알리려고 보낸 편지도 도움이 안 됐다—모든 것이 멀게 느껴졌다. 로즈메리는 곤란한 일로 인해 더 무거워진 다이버 부부와의 만남이라는 시련에 맞서기 위해 방에서 나왔다. 그러나 니콜과 만나서 가봉하러 갔을 때 그 시련은 니콜처럼 침투할 수 없는 덮개에 가려졌다. 니콜이 마음이 산란한 여점원에게 이렇게 말했을 때는 위안이 되었다. "사람들은 대부분 다른 사람들이 자신에 관해 실제보다 훨씬 더 민감하게 느낀다고 생각해요—사람들은 자신에 대한 다른 이들의 의견이 찬성과 반대 사이에서 큰 호를 그리며 다닌다고 생각하죠." 어제의 개방적인 로즈메리라면 그 말에 분개했을 것이다—그러나 오늘의 그녀는 벌어진 일을 최소화하고자 하는 바람이 있어 그 말을 열렬히 환영했다. 그녀는 니콜의 아름다움과 지혜를 존경했고, 태어나서 처음으로 질투심을 느꼈다.

고스 호텔을 떠나기 직전, 그녀의 어머니는 평상시 말투로 그녀에게―로즈메리는 어머니가 가장 중요한 의견은 숨겼다는 것을 알고 있었다. 니콜이 매우 아름답다고 했는데, 그 말엔 로즈메리는 그렇지 못하다는 뜻이 솔직하게 내포되어 있었다. 이 사실은 로즈메리를 괴롭히지 않았다. 그녀도 최근에서야 자신이 매력적이라는 것을 알게 되었기 때문이다. 그렇기에 자신의 미모도 결코 자신의 것이 아니라 마치 프랑스어처럼 습득하게 된 것으로 여겼다. 그럼에도 택시 안에서 니콜을 바라보며 자신과 비교해 보았다. 그 사랑스러운 몸매와 어느 때는 꼭 다물었으나 또 어느 때는 무언가를 기대하며 세상을 향해 반쯤 열린 우아한 입은 로맨틱한 사랑을 향한 모든 잠재력이 담겨 있었다. 니콜은 어렸을 때도 미녀였으며, 나중에 높은 광대뼈 위로 피부가 축 늘어져도 미인일 것이다―그녀에게는 필수적인 요소가 존재했다. 그녀는 백인-색슨족-금발이었지만 머리카락이 구름 같았을 때보다, 색이 어두워진 지금이 더 아름다웠다.

"우린 저기에 살았어요." 로즈메리가 갑자기 생페르 거리의 한 건물을 가리켰다.

"신기하군요. 열두 살 때 어머니랑 베이비와 저곳에서 겨울을 보냈거든요." 니콜은 길 건너편에 있는 한 호텔을 가리켰다. 우중충한 입구 두 개가 그들을 바라보고 있었다. 소녀 시절의 잿빛 기억이었다.

"레이크 포리스트 집을 막 지었을 때라 돈을 절약하고 있었어요." 니콜은 이어서 말했다. "적어도 베이비랑 저랑 가정교사는 절약했죠. 어머니는 여행을 다녔고."

"우리도 절약하고 있었어요." 로즈메리는 말하는 순간 그 단어가 서로에게 다른 의미라는 것을 깨달았다.

"어머니는 항상 아주 조심스럽게 작은 호텔이라고 불렀어요─" 니콜은 매력적인 작은 미소를 지어 보였다. "─'싸구려' 호텔이라는 단어를 대신해서 말이에요. 만약 어떤 호화로운 친구가 우리 주소를 물어보면 우리는 '물이 나오는 것만으로도 고마운 깡패 동네의 우중충한 작은 구덩이 같은 곳에 살아'라고 말하는 대신 '조그만 호텔에서 살아'라고 했죠. 마치 커다란 호텔들은 너무 시끄럽고 저속하다는 듯이요. 물론 친구들은 다 꿰뚫어 보고 여기저기 소문내고 다녔지만, 어머니는 그렇게 하는 것이 우리가 유럽에 익숙하다는 사실을 나타내는 거라고 말했어요. 물론 어머니는 익숙하셨죠. 독일 시민으로 태어났으니까요. 하지만 할머니는 미국인이었고, 어머니는 시카고에서 자랐죠. 유럽인보다는 미국인에 가까웠어요."

그들은 2분 후에 다른 사람을 만날 예정이었고, 로즈메리는 뤽상부르 공원 건너편 기느메르 거리에서 택시를 내리면서 다시 한 번 자신을 가다듬었다. 그들은 울창한 녹색 나뭇잎들보다 높은 층에 있는 노스 부부의 빈 아파트에서 점심을 먹었다. 로즈메리에게는 이날이 전날과 다르게 느껴졌다─그녀가 그의 얼굴을 정면으로 보았을 때 둘의 눈은 마치 새의 날개처럼 스쳐 지나갔다. 그 뒤로 모든 것이 괜찮았고, 모든 것이 훌륭했다. 로즈메리는 그가 자신을 사랑하기 시작했다는 것을 알았다. 그녀는 몹시 행복했고, 전신에 따뜻한 감정이 감도는 것을 느꼈다. 차분하고 분명한 자신감이 깊어져 노래를 부르고 있었다. 그녀는 딕을 거의 쳐다보지 않았지만 모든 게 괜찮다는 것을 알았다.

점심 식사 후 다이버 부부와 노스 부부 그리고 로즈메리는 프랑코-아메리칸 영화사에 갔다. 콜리스 클레이도 합류했는데, 그녀가 전화를 했던, 뉴헤이븐에서 온 젊은 남자였다. 그는 조지아주 사람이었으나, 스탠실로 찍어 낸 듯 북부에서 교육받은 남부 사람 특유의 사고방식을 지녔다. 지난겨울 그녀는 그가 매력적이라고 생각했다—그들은 뉴헤이븐에서 뉴욕으로 가는 자동차 안에서 손을 잡은 적도 있었다. 이제 그는 더 이상 그녀에게 존재하지 않는 사람이었다.

그녀는 영사실에서 콜리스 클레이와 딕 사이에 앉았다. 기술자가 〈아빠의 딸〉의 필름을 설치하는 동안 프랑스인 영화사 간부는 그녀 주위를 얼쩡거리다 미국 속어까지 써가면서 대화하려고 애썼다. "그래, 애야." 영사기에 문제가 생겼을 때 그가 말했다. "난 바나나가 없어." 곧 불이 꺼지고 갑자기 딸깍하는 소리와 함께 깜빡이는 소리도 들렸고, 그녀와 딕은 마침내 단둘이 있게 되었다. 그들은 반쯤 어두워진 공간에서 서로를 마주 보았다.

"사랑하는 로즈메리." 그가 중얼거렸다. 그들의 어깨가 닿았다. 니콜은 끝자리에서 쉴 새 없이 움직였고, 에이브는 발작적으로 기침을 하면서 코를 풀었다. 이윽고 모두 잠잠해지고 영화가 시작되었다.

영화 속에 그녀가 나왔다―1년 전 학생의 모습이었다. 등 뒤로 드리운 머리는 타나그라 인형의 빽빽한 머리카락처럼 뻣뻣하게 물결치며 퍼져 나갔다―매우 어리고 순수했다. 어머니의 애정 어린 보호의 산물이었다. 그녀가 나왔다―인류의 미성숙함을 상징하고 있었고, 매춘부의 마음처럼 텅 빈 사람들의 마음 앞을 지나가기 위해 새로운 종이 인형 역할을 했다. 그녀는 그 드레스를 입었을 때 어떤 느낌이었는지 기억했다. 새 실크 드레스는 신선하고 새로웠다.

아빠의 딸. 작고 용감한 아이가 고생을 하네? 우우, 아이고, 기여워, 세상에서 가장 기이여운 아이, 저 아니 너무 기이여운 거 아냐? 그녀의 작은 주먹 앞에서 욕망과 부패의 힘이 사라져 갔다. 아니, 운명의 행진이 멈추었다. 불가피한 것은 피할 수 있는 것이 되었고, 삼단논법, 변증법, 모든 합리성이 사라졌다. 여자들은 더러운 접시들을 잊고 눈물을 흘렸다. 심지어 영화 속에서도 한 여성이 너무 오랫동안 울어 로즈메리에게 향해야 하는 시선을 거의 빼앗을 뻔했다. 그녀는 돈을 많이 쓴 모든 세트장에서 울었다. 덩컨 파이크식 식당, 공항, 딱 두 번밖에 나오지 않은 요트 경기장, 지하철, 그리고 마지막으로 욕실에서 울었다. 그러나 로즈메리가 승리를 거두었다. 그녀의 고운 성격과 용기, 확고함은 저속한 세상의 공격을 받았고, 로즈메리는 아직 가면처럼 변하지 않은 얼굴로 그런 세상에 무엇을 빼앗겼는지 보여 주었다―너무나 감동적이었기 때문에 영화가 상영하는 동안 줄에 앉은 사람 모두 그녀에게 감정을 이입했다. 쉬는 시간이 한 번 있었는데, 천둥 같은 박수갈채 이후 딕이 그녀에게 진심으로 이렇게 말했다. "정말 깜짝 놀랐어요. 최고의 여배우가 될 겁니다." 다시 〈아빠의 딸〉로 돌아갔다. 아까보다 행복한 시절들이 나왔고, 로즈메리와 그녀의 부모가 마침내 재회하는 사랑스러운 장면이 이어졌다. 아버지 콤플렉스가 너무 분명하게 드러나서 딕은 모든 심리학자들을 대신해 그 악랄한 감상주의에 움찔했다. 화면이 사라지고, 불이 켜졌고, 그 순간이 다가왔다.

"한 가지 더 준비했어요." 로즈메리가 사람들에게 큰 소리로 말했다. "딕을 위한 테스트요."

"뭐?"

"스크린 테스트요. 지금 찍을 거예요."

끔찍한 정적이 흘렀다―이윽고 노스 부부가 참지 못하고 깔깔거렸다. 로즈메리는 딕이 그녀의 의도를 이해하려고 하는 모습을 지켜보았다. 그의 얼굴은 먼저 아일랜드식으로 움직였다. 동시에 그녀는 카드 게임을 진행하면서 자신이 실수했다는 것을 깨달았지만, 여전히 그 카드가 잘못된 것이라고는 생각하지 않았다.

"나는 테스트 받고 싶지 않아요." 딕이 단호하게 말했다. 그러더니 상황을 전체적으로 보고는 가볍게 말했다. "로즈메리, 실망입니다. 영화배우는 여성들에게 훌륭한 직업이지만―세상에, 나를 찍을 순 없어요. 난 내 사생활에 폭 빠져 있는 늙은 과학자예요."

니콜과 메리는 아이러니하게도 그에게 기회를 잡으라고 재촉했다. 두 사람은 요청받지 못한 것에 약간 짜증이 나서 그를 놀렸다.

그러나 딕은 배우들에 대한 다소 신랄한 이야기로 주제를 마무리 지었다. "가장 강력한 경비원은 아무것도 없는 통로로 이어지는 곳에 배치됩니다. 어쩌면 아무것도 없는 상태가 누설되는 것이 수 치스러워서일지도 모르지요."

로즈메리와 딕, 콜리스 클레이가 함께 택시를 타고 갔다―콜리스는 중간에 내려 주고, 딕과 로즈메리는 차를 마시러 가기로 했다. 니콜과 노스 부부는 에이브가 마지막까지 하지 않고 미뤄 둔 일을 끝내기 위해 가지 않기로 했다―딕을 책망했다.

"테스트 결과가 좋으면 캘리포니아에 데려가 줄 수 있었는데. 만약 그 사람들이 당신을 맘에 들어 한다면 저와 함께 주연을 맡을 수도 있었어요."

딕은 당황했다. "정말 좋은 생각이지만, 차라리 당신을 바라보겠어요. 당신은 내가 영화에서 본 가장 멋진 인물이에요."

"정말 훌륭한 영화였어요." 콜리스가 말했다. "네 번이나 봤어요. 뉴헤이븐에 있는 한 녀석은 열 번이나 봤대요―한 번은 영화를 보러 하트퍼드까지 가더군요. 그리고 제가 로즈메리를 뉴헤이븐으로 데려왔을 때, 너무 수줍어서 당신을 만나려고 하지 않더라고요. 믿기시나요? 이 작은 소녀가 모두를 때려눕혔어요."

딕과 로즈메리는 서로를 마주 보았다. 단둘만 있고 싶었다. 그러나 콜리스는 상황을 파악하지 못했다.

"가시는 곳까지 모셔다 드리겠습니다." 콜리스가 제안했다. "전 루테티아에 머물고 있거든요."

"먼저 내리시지요." 딕이 말했다.

"먼저 내리시는 게 편할 겁니다. 전 상관없어요."

"우리가 내려 드리는 게 더 좋을 것 같군요."

"하지만……." 콜리스가 입을 열었다. 그는 마침내 상황을 파악했고, 로즈메리와 언제 다시 만날지에 대해 이야기하기 시작했다.

마침내 그가 사라졌다. 그늘에 숨어 있는 중요하지도 않은 존재였지만, 꽤 불쾌한 제삼자였다. 택시는 딕이 알려 준 주소에 예상치 못한 타이밍에 불만족스럽게 멈추었다. 그는 긴 숨을 쉬었다.

"들어갈까?"

"상관없어요." 로즈메리가 말했다. "원하시는 건 무엇이든지 할게요."

그는 생각해 보았다.

"난 들어가야 해—니콜이 돈이 필요한 친구의 그림 몇 점을 사주었으면 하거든."

로즈메리는 무뚝뚝한 표정으로 흐트러진 머리를 부드럽게 만들었다.

"5분만 더 있도록 하지." 그가 결심했다. "로즈메리는 이 사람들이 마음에 들지 않을 거야."

그녀는 그들이 따분하고 틀에 박힌 사람들이거나, 역겹고 술 취한 사람들, 성가시고 고집 센 사람들, 또는 다이버 부부가 기피하는 그런 부류의 사람들일 거라고 생각했다. 그녀는 앞으로 볼 장면에서 받을 인상에 대해 전혀 준비되어 있지 않았다.

17

므시외 거리에 있는 레츠 추기경의 관저를 개조한 집이었으나, 실내로 들어가자 과거의 모습은 전혀 없었으며, 그렇다고 로즈메리가 알고 있는 현재가 있는 것도 아니었다. 외관은 석조물로, 미래를 담고 있는 것 같아서 자극적인 충격이었고, 오트밀과 대마로 아침을 먹는 듯한 비정상적이고, 신경을 건드리는 경험임이 확실했다. 문턱을 넘어서는—문턱이라고 부를 수 있으면 말이다. 푸른 강철과 은박 그리고 이상하게 비스듬한 면을 보이는 수많은 거울이 있는 긴 복도가 이어졌다. 장식예술 전시회에서도 볼 수 없는 효과가 드리워진 곳이었다—사람들이 앞이 아니라 안에 있었다. 로즈메리는 촬영장에 있는 것 같은 거짓되고 숭고한 기분을 느꼈고, 이 자리에 있는 다른 사람들도 모두 같은 느낌일 거라고 생각했다.

서른 명 정도의 사람들이 있었는데 대부분 여자였고, 루이자 메이 올컷이나 세귀르 부인 방식의 옷차림을 하고 있었다. 날카롭게 깨진 유리 조각을 집는 사람의 손처럼 다들 조심스럽고 정확하게 행동했다. 아무리 난해한 예술 작품이라고 해도 자신이 진행한 예술품은 자신의 지배하에 놓이기 마련인데, 이곳은 개인도 단체도 환경을 지배한다고 말할 수 없었다. 그 방은 완벽하게 방이 아닌 존재로 변하였기 때문에 그 누구도 이 방의 의미를 알 수 없었다. 이곳에 존재하기란 광택을 매우 심하게 낸 계단을 걸어가는 것만큼 어려웠고, 앞서 말한 유리 사이를 움직이는 손처럼 움직이지 않는다면 누구도 제대로 있을 수 없었다―그 움직임이 현재 이곳에 있는 대부분의 사람들을 규정하고 제한했다.

이 사람들은 두 부류였다. 한 부류는 봄과 여름을 허투루 보낸 미국인들과 영국인들이었다. 그렇기에 지금 순전히 신경을 자극하는 일을 했다. 특정한 시간 동안 매우 조용하고 무기력하다가도, 갑작스럽게 다투고 쓰러지거나 남을 유혹하는 상태로 폭발하였다. 또 한 부류는 착취자라고 부를 수 있을 만큼 다른 사람의 비용으로 살아가는 사람들이었는데, 상대적으로 덜 취하고 더 진지한 사람들로, 인생의 목적이 있고 어리석은 짓을 할 시간이 없는 사람들이었다. 이 두 부류는 이곳의 균형을 잘 유지했다. 조명으로 인한 이곳의 분위기를 제외하고도 그들에게서 어떤 분위기가 흘러나왔다.

프랑켄슈타인 같은 방은 딕과 로즈메리를 단숨에 삼켜 버렸다―두 사람을 즉시 다른 사람들과 분리해 놓았고, 로즈메리는 자신이 높은 음역으로만 대화하며 감독이 오기를 기다리는 불성실한 작은 사람이라는 것을 발견했다. 그러나 이 방에는 날개들이 거칠게 퍼덕이고 있어, 로즈메리는 자신이 다른 사람들보다 특히 더 어울리지 않는다고는 느껴지지 않았다. 그녀는 어느 정도 훈련을 받은 반 군인이라도 된 듯 여러 번 방향을 틀고 이동하며 앞으로 나아가다가 사랑스러운 소년의 얼굴을 한 어여쁜 소녀를 만나 이야기하는 듯 보였으나, 실제로는 그녀와 4피트 떨어진 대각선 방향에 있는 포금(砲金)으로 만든 사다리에서 일어나는 대화에 집중하고 있었다.

　벤치에 세 명의 젊은 여자들이 앉아 있었다. 그들은 모두 키가 크고 늘씬했으며, 작은 머리는 마네킹처럼 단정했다. 그들은 이야기를 하면서 어두운 맞춤 정장 위로 고개를 우아하게 흔들어 마치 긴 줄기를 가진 꽃이나 코브라처럼 보이기도 했다.

　"아, 그 사람들 볼만했죠." 그중 한 사람이 깊고 풍부한 목소리로 말했다. "사실상 파리에서 최고의 쇼였죠—그건 절대 부정하지 않을 거예요. 하지만 결국—" 그녀가 한숨을 쉬었다. "그 남자가 계속해서 되풀이하는 구절은—'쥐한테 뜯어 먹히는 가장 늙은 사람.' 한 번은 웃게 되지요."

　"난 인생이 굴곡진 사람을 더 선호해요." 두 번째 여자가 말했다. "그래서 그 여자는 마음에 안 들어요."

　"나는 그 사람들과 그들을 따라다니는 사람들에게 그리 자극받은 적이 없어요. 예를 들어 노스 씨처럼 완전히 쉽게 변하는 사람을 보세요."

　"그 사람은 꽝이지." 첫 번째 여자가 말했다. "하지만 지금 언급되는 사람들이 지금까지 만나 본 사람들 중 가장 매력적이라는 건 인정해야 해요."

　그 대화는 그들이 다이버 부부에 관해 이야기하고 있다는 첫 번째 힌트였고, 로즈메리의 몸은 분노로 긴장했다. 그러나 그녀에게 이야기하던, 풀을 먹인 푸른 셔츠와 생기 있는 푸른 눈, 붉은 뺨과 아주 짙은 회색 정장을 입은, 포스터에나 나올 법한 소녀가 로즈메리를 괴롭히고 있었다. 로즈메리가 자신을 보지 못할까 봐 둘 사이에 있는 주제를 필사적으로 쓸어 담다, 그녀를 숨겨 주는 부서지기 쉬운 유머의 베일조차 남지 않게 되었다. 로즈메리는 혐오감을 가지고 그녀의 본 모습을 바라보았다.

"점심이나, 저녁, 아니면 모레 점심을 같이 먹을 순 없을까요?" 여자가 애원했다. 로즈메리는 딕을 찾아 두리번거렸다. 들어온 이후로 줄곧 여주인과 대화하던 그를 발견했다. 눈이 마주치자 그는 고개를 약간 끄덕였고, 동시에 코브라 같은 여자 셋이 로즈메리의 존재를 알아차렸다. 그들의 긴 목은 쏜살같이 그녀에게 고정되었고, 아주 비판적으로 바라보았다. 로즈메리는 반항적으로 그들을 돌아보면서 그들이 하는 이야기를 들었다는 것을 표현했다. 그런 다음 최근에 딕에게 배운 정중하지만 딱 부러지는 작별 인사를 하고 그와 합류하기 위해 걸어갔다. 여주인―조국의 번영이라는 산책로를 태평하게 거니는 또 다른 키가 크고 부유한 미국인이었다―은 고스 호텔에 관하여 수없이 질문하고 있었다. 그 호텔에 가고 싶어 하는 것이 분명했다. 그녀는 내키지 않아 하는 딕의 마음을 두들겨대고 있었다. 로즈메리가 나타나자 그녀는 자신이 여주인으로서 고집을 부리고 있었다는 사실을 상기하고는 주위를 흘끔거리며 말했다. "재미있는 사람을 만났나요? 그 사람은 만나 보았……." 그녀는 눈으로 로즈메리의 관심을 끌 만한 남자를 찾고 있었지만, 딕은 이제 가야 한다고 말했다. 그들은 즉시 자리를 떠, 미래의 짧은 문턱을 넘어 돌로 만든 건물 정면에 순식간에 도착했다.

"끔찍하지 않았어?" 그가 말했다.

"끔찍했어요." 그녀가 순순히 그의 말을 반복했다.

"로즈메리?"

그녀는 경외심에 찬 목소리로 "네?"라고 중얼거렸다.

"이 일이 끔찍하게 느껴져."

그녀는 소리가 들릴 정도로 고통스럽게 흐느끼며 몸을 떨었다.

"손수건 있어요?" 그녀가 더듬거렸다. 그러나 울 시간이 없었다. 연인이 된 두 사람은 빠르게 흘러가는 시간에 게걸스럽게 달려들 었다. 택시 창밖으로 보이는 녹색과 크림색이 섞인 황혼이 소멸해 갔고, 불같은 붉은색, 가스 같은 푸른색, 유령 같은 초록색 간판들 은 잔잔한 빗속에서 흐릿하게 빛나기 시작했다. 6시가 다 되어 갔 고, 거리는 활발하게 움직였으며, 작은 식당들이 반짝였다. 택시가 북쪽으로 돌자 콩코르드광장이 분홍색으로 웅장하게 스쳐 갔다.

두 사람은 마침내 마주 보며 주문을 외우듯 서로의 이름을 중얼 거렸다. 두 이름은 부드럽게 공중을 맴돌았고, 다른 말보다, 다른 이름보다, 느리게 스러졌다. 그들의 마음속에 있는 음악보다 더 느 리게.

"지난밤에는 도대체 뭐에 씌었던 건지 모르겠어요." 로즈메리가 말했다. "그 샴페인 한 잔 때문일까요? 전에는 그런 적이 없었거든 요."

"그저 날 사랑한다고 했을 뿐이야."

"사랑해요─이것만큼은 바꿀 수 없어요." 로즈메리가 울 타이밍 이었다. 그녀는 손수건에 얼굴을 묻고 조금 울었다.

"나도 당신과 사랑에 빠진 것 같아." 딕이 말했다. "그리고 그건 일어날 수 있는 일 중에 가장 좋은 일은 아니지만."

그들은 다시 서로의 이름을 불렀다―이어 두 사람은 택시가 흔들린 듯 함께 몸을 기울였다. 그녀의 가슴은 그에게 바짝 붙어 있었다. 공동 소유가 된 그녀의 입술은 완전히 새롭고 따뜻했다. 그들은 거의 고통스러운 안도감을 느끼며 생각하는 것을 멈추었다. 보는 것도 멈추었다. 그저 숨을 쉬며 서로를 찾았다. 그들은 가벼운 숙취 같은 피로라는 부드러운 잿빛 세계에 있었다. 피아노의 현들처럼 신경이 안정되고 고리버들 의자처럼 갑자기 탁탁 소리를 내는 순간이었다. 이렇게 원초적이고 예민한 신경은 다른 신경과 반드시 합쳐져야 한다. 입술은 입술과, 가슴은 가슴과…….

그들은 아직 사랑의 행복한 단계에 있었다. 서로에 대한 멋지고, 엄청난 환상으로 가득했기 때문에, 다른 인간관계가 문제 되지 않는 차원에서 자아와 자아의 교감이 이루어지는 듯 보였다. 그들은 마치 일련의 순수한 우연이 두 사람을 하나로 모았듯이, 둘 다 특별한 순진함을 가지고 그곳에 도착한 것처럼 보였다. 우연이 너무 많이 일어나 결국 서로를 위해 존재한다는 결론을 내릴 수밖에 없는 듯했다. 그들은 단지 호기심 많고 비밀스러울 뿐인 행동은 하지 않은 채, 깨끗하게 그 결론에 도착했다. 그것이 아니라면 적어도 그렇게 보였다.

그러나 딕에게는 그 단계가 짧았다. 전환점은 그들이 호텔에 도착하기 전에 찾아왔다.

"어쩔 수 없어." 그가 당황하며 말했다. "난 너와 사랑에 빠졌지만, 지난밤에 내가 한 말은 변하지 않아."

"그건 이제 중요하지 않아요. 난 그저 당신이 날 사랑하게 만들고 싶어요—당신이 날 사랑한다면 모든 게 괜찮아요."

"불행히도 널 사랑해. 하지만 결코 니콜이 알면 안 돼—조금의 의심도. 니콜과 난 계속 함께 살아야 해. 어떻게 보면 이 일을 계속 진행하느냐 안 하느냐보다 더 중요해."

"한 번 더 키스해 줘요."

그는 그녀에게 키스했지만, 곧 그녀에게서 떨어졌다.

"니콜이 고통받아서는 안 돼—니콜은 날 사랑하고 나도 니콜을 사랑해—너도 알잖아."

로즈메리는 알고 있었다—그녀도 매우 잘 알고 있는 사실, 다른 사람을 상처 주지 않는 것이었다. 그녀는 다이버 부부가 서로를 사랑한다는 것을 알고 있었다. 그것이 그녀의 첫 번째 가설이었다. 그러나 그녀는 그 관계가 다소 식었다고, 자신과 어머니의 사랑과 비슷하다고 생각했다. 사람들이 외부 사람들에게 그렇게 잘해 준다는 것은 내적인 격렬함이 부족하다는 표시 아닐까?

"내가 말한 사랑이란." 딕이 그녀의 생각을 추측하며 말했다. "능동적인 사랑이야—내가 말해 줄 수 있는 것보다 훨씬 복잡해. 그 말도 안 되는 결투의 원인이기도 하고."

"결투는 어떻게 알았어요? 당신한테는 비밀이라고 했는데."

"에이브가 비밀을 지킬 수 있다고 생각해?" 그가 비꼬며 예리하게 말했다. "비밀을 라디오에 말하든, 타블로이드에 발표하든 상관없지만, 술을 하루에 서너 잔 이상 마시는 사람에게는 절대 말하지 마."

그녀는 그에게 바싹 붙은 채 동의하며 웃었다.

"그러니까 나와 니콜의 관계가 복잡하다는 걸 알겠지? 그녀는 별로 강하지 않아—강해 보이지만 그렇지 않은 사람이야. 오히려 그것 때문에 엉망진창이고."

"아, 그건 나중에 말해요! 지금은 키스해 줘요—날 사랑해 줘요. 당신을 사랑할 거고, 니콜이 절대 알지 못하게 할게요."

"귀염둥이."

그들은 호텔에 도착했고, 로즈메리는 딕보다 뒤떨어져 걸어갔다. 그를 존경하고, 사랑하는 마음으로. 그의 걸음걸이는 마치 어떤 위대한 일을 마치고 서둘러 다른 큰일을 하러 가는 것처럼 긴장이 팽배했다. 사적인 즐거움의 기획자, 화려하게 장식된 행복의 관리자. 그는 완벽한 모자를 쓰고, 묵직한 지팡이를 들고 노란 장갑을 끼고 있었다. 로즈메리는 오늘 밤 그와 함께 있으면 모두가 얼마나 좋은 시간을 보낼까 하고 생각했다.

그들은 위층으로 올라갔다—층계는 다섯 개. 첫 번째 층계에서 그들은 멈춰 서서 입을 맞추었다. 로즈메리는 다음 층계참에서 조심했고, 세 번째 층계참에서는 더 조심했다. 다음 층계에서는—두 개의 층계가 남았다—중간에 멈춰 서서 재빠르게 그와 이별 키스를 했다. 그가 고집을 부려 그녀는 그와 함께 잠시 한 층 아래까지 걸어 내려갔다—그런 뒤 다시 위로, 위로 올라갔다. 기울어진 난간 위를 따라 서로의 손을 만지기 위해 팔을 뻗었고, 이윽고 손가락이 미끄러져 헤어지면서 마침내 작별하였다. 딕은 저녁 식사를 준비하기 위해 아래층으로 내려갔다—로즈메리는 방으로 달려가

어머니에게 편지를 썼다. 그녀는 어머니가 전혀 그립지 않은 것에
양심의 가책을 느꼈다.

18

　다이버 부부는 많은 사람들이 따르는 유행에는 무관심했지만,
그럼에도 너무 예민하여 동시대의 박자와 장단을 버리지는 못하
는 사람들이었다—딕의 파티는 모두 흥분과 관련되었으며, 신선
한 밤공기는 흥분 사이사이에 잠깐 마실 수 있었기에 더 귀중했
다.
　그날 밤 파티는 슬랩스틱 코미디의 속도로 진행되었다. 12명이
었다가, 16명이 되어 차 네 대에 나누어 타고 파리 전체를 빠르게
돌아다녔다. 모든 것이 예측된 일이었다. 사람들은 마치 마법에 이
끌린 듯 전문가로서, 거의 안내인으로서 그들과 합류하였다. 저녁
시간이 흐름에 따라 사람들이 떨어져 나가고 다른 사람들이 합류
해, 마치 하루 종일 아껴둔 신선함을 서로 나누는 것 같은 기분이
들었다. 로즈메리는 이 파티가 할리우드 파티와 다르다는 것에 감
사했다. 할리우드 파티가 얼마나 성대한 규모였든 말이다. 많은 오
락거리들 중의 하나는 페르시아 샤('왕'이라는 뜻의 이란어—옮긴이)
의 차였다. 딕이 이 차를 어디서 가지고 왔는지, 얼마나 뇌물을 주
었는지는 중요하지 않았다. 로즈메리는 그것들을 2년 동안 그녀의
인생을 채운 멋진 것들의 새로운 면으로 받아들였다. 그 차는 미

국에서 특별히 제작한 차대로 만들어졌다. 바퀴는 은색이었고, 라디에이터도 마찬가지였다. 차체 내부는 수많은 보석으로 장식되었는데, 다음 주 차가 테헤란에 도착하면 궁중 보석 담당자가 진짜 보석으로 바꿀 예정이었다. 뒷자리에는 좌석이 하나밖에 없었다. 샤는 반드시 혼자 타기 때문이다. 그래서 그들은 돌아가며 의자에 앉았고, 앉지 못한 사람들은 담비 모피가 깔린 바닥에 앉았다.

그곳에는 항상 딕이 있었다. 로즈메리는 자신을 데리고 다니던 어머니의 이미지를 확신하듯이 매우 멋진, 그날 밤의 딕 만큼 매우 멋진 사람은 단 한 번도 만난 적이 없다고 확신했다. 그녀는 에이브가 꽤 신중하게 '행기스트 소령과 호사 씨'라고 부르는 두 영국 남자와 스칸디나비아 왕위 상속자, 러시아에서 막 돌아온 소설가, 절망적이고 재치 있는 에이브, 어디선가 합류하여 그들과 함께 다니고 있는 콜리스 클레이와 딕을 비교해 보았다—그러나 아무도 딕과 비교가 안 된다는 생각이 들었다. 그의 모든 행동 뒤에 숨겨진 열정과 사심 없는 태도가 그녀를 황홀하게 했다. 다수를 움직이되 개인은 움직이지 못하게 하고, 보병 대대가 보급에 의존하듯 관심의 공급에 의존하는 행동들은 너무나 쉬워 보여, 여전히 모든 사람을 위해 자신의 가장 개인적인 자아는 가지고 있는 듯 보였다.

—나중에 로즈메리는 가장 행복했던 시절을 떠올렸다. 첫 번째는 딕과 춤을 추던 순간이었다. 그녀는 그의 크고 단단한 몸 곁에 있을 때 자신이 밝게 빛난다고 느꼈다. 그들은 즐거운 꿈속의 사

람들처럼 둥둥 떠다녔다―그는 로즈메리가 마치 쉰 개의 눈앞에
전시되는 환한 부케, 귀중한 천이라도 되듯 아주 섬세하게 그녀
가 움직일 곳을 제시했다. 두 사람은 전혀 춤을 추지 않고 그저 달
라붙어 있었던 적도 있었다. 새벽 언제인가 둘만 남았을 때, 그녀
의 축축하고 가루 같은 어린 몸은 지친 천 조각처럼 그에게 다가
가 그 자리에 그대로 머물렀으며, 그로 인해 다른 사람들의 모자
와 망토가 짓눌렸다…….

　　그녀가 가장 웃었던 때는 나중이었다. 저녁부터 지금까지 남아
있던 숭고한 유물 중에서도 최정예라고 할 수 있는 여섯 명이 어
둑어둑한 리츠 호텔 정문 로비에서 야간 안내원에게 밖에 있는 퍼
싱 장군이 캐비어와 샴페인을 원한다고 말했을 때였다. "장군님은
조금이라도 지체하는 것을 용납하지 않습니다. 모든 사람, 모든 무
기가 장군님의 휘하에 있습니다." 어디선가 정신없는 웨이터들이
나타났고, 로비에 테이블을 세팅했으며, 퍼싱 장군 역을 맡은 에이
브가 들어오자, 일어서서 기억나는 전쟁 노래를 조금씩 웅얼거렸
다. 웨이터들이 싱거운 반응을 보이자, 이 실망스러운 결말에 그들
은 자신들이 무시당하고 있다고 느꼈다. 그래서 웨이터를 잡을 덫
을 만들었다―로비에 있는 모든 가구들로 만들어진 크고 기상천
외한 장치로 골드버그의 만화에 나오는 기묘한 기계처럼 작동했
다. 에이브는 미심쩍은 표정으로 고개를 저었다.

　　"어쩌면 음악용 톱을 훔쳐서―"

　　"그 정도면 충분해," 메리가 말을 가로막았다. "에이브가 이 말을
꺼내기 시작했다는 것은 이제 집으로 돌아갈 때가 되었다는 뜻이

에요." 걱정스러운 듯 그녀는 로즈메리에게 털어놓았다. "에이브를 집에 데려다줘야 해요. 타야 할 임항 열차가 11시에 떠나요. 매우 중요한 일이에요—전 모든 미래가 이 열차를 타느냐 못 타느냐에 달렸다고 생각해요. 하지만 제가 그이랑 말다툼을 할 때면 정반대로 행동하더군요."

"제가 설득해 볼게요." 로즈메리가 말했다.

"그래 줄래요?" 메리가 미심쩍다는 표정으로 말했다. "어쩌면, 로즈메리라면 가능하겠네요."

딕이 로즈메리에게 다가왔다. "니콜이랑 난 집에 갈 건데, 당신이 우리와 함께 가고 싶어 할 거라고 생각했어요." 해 뜨기 전의 어둠 속에서 그녀의 얼굴은 피로로 창백했다. 낮에 색조가 있던 뺨에 두 개의 창백하고 검은 자국이 남았다.

"못 가요." 로즈메리가 말했다. "메리 노스와 같이 있겠다고 약속했어요—그러지 않으면 에이브가 결코 잠들려고 하지 않을 거예요. 어쩌면 딕이 어떻게 할 수 있을지도 모르겠네요."

"사람들을 어떻게 할 수 없다는 걸 모르나요?" 딕은 그녀에게 충고했다. "만약 에이브가 대학 시절 제 룸메이트였다면, 처음으로 술에 취한 거라면 달랐겠지요. 하지만 지금은 할 수 있는 게 아무것도 없어요."

"어쨌든, 전 남아야 해요. 우리가 중앙 시장까지 동행해 주면 잠자리에 들겠다고 했어요." 그녀가 반항적으로 말했다.

그는 재빨리 그녀의 팔꿈치 안쪽에 입을 맞추었다.

"로즈메리를 혼자 집에 가게 하지 마세요." 니콜이 떠나면서 메리에게 말했다. "우리 모두 로즈메리 어머니에게 책임감을 느끼잖아요."

—이후 로즈메리와 노스 부부, 뉴어크에서 온 인형 목소리를 제작하는 사람, 어디든 끼어드는 콜리스, 조지 T. 호스프로텍션이라는 이름을 가진 화려한 차림의 인도인은 수천 개의 당근을 실은 시장 수레를 타고 갔다. 어둠 속에서 당근 수염에 배어 있는 땅의 냄새가 향기롭고 달콤하게 퍼졌다. 로즈메리는 당근 더미 위 높은 곳에 앉아 있었기에 가끔 가로등이 나타날 때를 제외하면 다른 사람들을 거의 볼 수 없었다. 그들의 목소리가 매우 멀리서 들려왔다. 마치 그녀와 다른 경험을 하는 듯했다. 매우 다르고 매우 멀게 느껴졌다. 그녀는 마음속에서 딕과 함께였으며, 노스 부부와 온 것을 후회했다. 복도를 사이에 두고 그가 잠든 방 맞은편에서 잠들거나, 따뜻한 어둠이 흘러내리는 이곳에 그가 있었으면 했다.

"올라오지 마세요." 그녀가 콜리스에게 말했다. "당근이 굴러떨어질 거예요." 그녀는 마부 옆에 노인처럼 뻣뻣하게 앉아 있는 에이브를 향해 당근 하나를 던졌다…….

그녀는 대낮이 되어서야 집으로 향했는데, 비둘기들이 벌써 생쉴피스 성당 위로 날아오르고 있었다. 모두 동시에 웃기 시작했다. 거리의 사람들은 덥고 환한 아침이라는 착각에 빠졌지만, 그들은 지금이 여전히 어젯밤임을 알고 있었기 때문이다.

'마침내 나도 광란의 파티에 참여해 봤구나.' 로즈메리는 생각했다. '그런데 딕이 없으니 재미가 없었어.'

그녀는 배신감과 슬픔을 약간 느꼈지만, 곧 움직이는 물체가 눈에 들어와 잊었다. 그것은 샹젤리제로 향하는 만발한 마로니에 나무로, 긴 트럭에 묶인 채 웃는 것처럼 떨고 있었다—마치 사랑스러운 사람이 볼품없는 자세를 취했음에도 불구하고 자신이 여전히 사랑스럽다고 확신하는 것 같았다. 그 매혹적인 광경을 바라본 로즈메리는 자신을 마로니에와 동일시하더니, 마로니에와 함께 웃음을 터뜨렸다. 모든 것이 동시에 찬란해 보였다.

19

에이브는 11시에 생 라자르역에서 떠났다—그는 70년대, 수정궁 시대의 유물인 더러운 유리 돔 밑에 홀로 서 있었다. 오로지 24시간 만에 희미한 회색빛을 내게 된 그의 손은 떨리는 손가락을 감추기 위해 코트 주머니 속에 있었다. 모자를 벗자 머리 윗부분만 뒤로 빗어 넘겼다는 것이 명백해졌다—옆머리는 완강하게 측면을 향해 뻗어 있었다. 2주 전 고스의 해변에서 헤엄치던 사람이라고 보기 힘들었다.

그는 일찍 일어났다. 눈으로만 좌우를 살폈다. 몸의 다른 부분을 사용하면 신경의 힘들이 통제에서 벗어났을 것이다. 새롭게 유행하는 것으로 보이는 짐이 그를 지나쳐 갔다. 곧 어둡고 작은 몸을 가진 예비 승객들이 어둡고 날카로운 목소리로 소리를 질렀다. "쥬-울스-후-우!"

그가 뷔페에 들어가 술을 마실 시간이 있을지 없을지를 생각하면서 주머니에 들어 있는 축축한 천 프랑짜리 지폐 뭉치를 움켜쥐는 순간, 그의 축 처진 눈길 끝자락이 계단 꼭대기에 유령처럼 나타난 니콜에게 내려앉았다. 그는 그녀를 지켜보았다—그녀는 작은 표정으로 자신을 드러냈다. 사람들은 누군가를 기다리고 있는 듯 보였는데, 그 누군가는 보이지 않았다. 니콜은 아이들을 생각하며 미간을 찌푸리고 있었는데, 흡족하다기보다는 동물적으로 빠진 아이가 없는지 확인하는 중이었다—마치 고양이가 앞발로 새끼들을 확인하는 것처럼.

에이브를 보자 니콜의 얼굴에서 그런 분위기가 사라졌다. 천장을 통해 들어오는 아침 햇살은 음울했고, 에이브는 진홍색으로 그을린 눈 밑 피부를 뚫고 올라온 다크서클 때문에 우울해 보였다. 그들은 벤치에 앉았다.

"에이브가 부탁해서 왔어요." 니콜이 방어적으로 말했다. 에이브는 왜 그녀에게 와 달라고 했는지 잊어버린 듯했지만, 니콜은 지나가는 여행객들을 보는 것으로 충분히 만족했다.

"저 사람이 에이브가 탈 배에서 가장 미인이겠군요—모든 남자들이 작별 인사를 하는 사람이요—저 여자가 왜 드레스를 샀는지 알겠죠?" 니콜은 점점 더 빨리 말했다. "어째서 세계 유람선의 미녀 말고는 저 드레스를 안 사는지도 알겠죠? 그렇죠? 아니라고요? 잠 깨요! 저건 이야기 드레스예요—저 특별한 직물은 스토리를 담고 있고, 세계 유람선을 탄 누군가는 그 이야기를 듣고 싶을 만큼 외로울 거예요."

그녀는 마지막 말을 깨물었다. 그녀답지 않게 너무 많은 말을 했다. 에이브는 그녀의 심각하게 굳은 얼굴에서 그녀가 무슨 말을 했다는 흔적조차 찾기 힘들다고 생각했다. 그는 힘을 기울여 일어서는 것처럼 보이도록 몸을 움직였으나, 그대로 앉아 있었다.

"저를 재미있는 무도회에 데려가 주었던 그날 오후 있잖아요, 세인트 제네비브—" 그가 말을 시작했다.

"기억해요. 재미있었죠, 그렇지 않나요?"

"전 재미없었어요. 이번에 당신을 보면서도 재미가 없었어요. 두 사람 모두 지겨워요. 하지만 당신이 저를 더 지겨워하기 때문에 그게 보이지 않는 거예요—내 말이 무슨 뜻인지 알잖아요. 열정이 조금이라도 있었다면, 새로운 사람들을 찾아 나섰을 겁니다."

니콜의 벨벳 장갑은 그의 등을 때리면서 보풀이 생겼다. "불쾌하게 구니 어리석어 보이는군요, 에이브. 게다가 그런 의미로 말한 것도 아니잖아요. 어째서 모든 것을 포기했는지 이해가 안 돼요."

에이브는 기침을 하거나 코를 풀지 않으려고 열심히 노력하면서 고민했다.

"지루해진 것 같아요. 어딘가에 이르기 위해 돌아가기에는 갈 길이 너무 멀고요." 남자는 종종 여자 앞에서 무력한 아이를 연기하지만, 자신이 진심으로 무력한 아이 같다는 느낌이 강하게 들 때면 그렇게 행동하지 못한다.

"그건 변명이 될 수 없어요." 니콜이 날카롭게 말했다. 에이브는 시간이 갈수록 기분이 안 좋아졌다—불쾌하고 아주 신경질적인 말 외에는 아무것도 생각나지 않았다. 니콜은 현재 자신이 취해야 할 올바른 태도는 무릎에 손을 올려놓고 똑바로 앞을 보는 것이라고 생각했다. 한동안 두 사람 사이에는 아무런 대화가 없었다—그들은 서로 멀어져 오로지 앞쪽에 있는 푸른 공간, 상대에게는 보이지 않는 하늘이 나타날 때만 숨을 쉬었다. 연인들과 달리 그들에게는 과거가 없었다. 남편과 아내와는 달리 미래가 없었다. 그럼에도 오늘 아침까지 니콜은 딕을 제외한 그 누구보다 에이브를 좋아했다—그는 오랫동안 그녀에 대한 사랑으로 마음이 무거웠고, 배에서 올라오는 두려움을 느꼈다.

"여자들의 세계에 지쳤어요." 그가 갑자기 큰 소리로 말했다.

"그럼 자신만의 세계를 만드는 건 어때요?"

"친구들도 지겨워요. 실은 아첨꾼만 있으면 되죠." 니콜은 역 시계의 분침을 억지로 돌리려고 했지만, 그가 "동의해요?" 하고 다그쳤다.

"전 여자고 제 일은 모든 것을 함께 유지하는 거예요."

"제 일은 그걸 찢어 놓는 거예요."

"술에 취하면 당신 자신 말고는 아무것도 찢지 않잖아요." 그녀는 이제 냉정해졌다. 겁에 질렸고 자신감이 없었다. 역은 사람들로 가득 차 있었지만, 그녀가 아는 사람은 아무도 없었다. 잠시 후 그녀는 우체통에 편지 몇 통을 집어넣고 있는 키가 크고 헬멧 같은 밀짚색 머리카락을 한 소녀에게 고마워하듯 시선을 옮겼다.

"저 여자에게 말을 걸어야 해요, 에이브. 에이브, 일어나요! 이바보!"

에이브는 참을성 있게 그녀를 눈으로 따라갔다. 여성은 깜짝 놀라 그녀를 맞이하였고, 에이브는 파리 어딘가에서 본 사람임을 인지했다. 그는 니콜이 없는 틈을 타 자신의 손수건에 기침을 심하게 하며 헛구역질을 하고 큰 소리로 코도 풀었다. 아침은 더 따뜻해졌고 그의 속옷은 땀으로 흠뻑 젖었다. 손가락을 너무 심하게 떨어서 담배에 불을 붙이는 데 성냥이 네 개나 들었다. 술을 마시기 위해 뷔페에 가는 것이 절대적으로 필요해 보였지만, 니콜이 즉시 돌아왔다.

"실수였어요." 그녀가 싸늘하게 말했다. "자기를 보러 와 달라고 간청해 놓고는 절 호되게 냉대해 버리네요. 제가 썩은 것처럼 쳐다보았어요." 그녀는 흥분한 나머지 손가락 두 개를 높이 들고 웃었다. "사람들이 당신에게 오도록 하자고요."

에이브는 담배로 인한 기침이 그치자 말했다.

"문제는 술이 깨면 아무도 만나고 싶지 않고, 술에 취했을 때는 사람들이 날 보고 싶어 하지 않는다는 거예요."

"누구요, 저요?" 니콜은 다시 웃었다. 어떤 이유에서인지 조금 전의 만남은 그녀에게 기운을 준 것 같았다.

"아뇨—저요."

"스스로 계속 되새기세요. 나는 사람이 좋다. 많은 사람들이—나는—"

로즈메리와 메리 노스가 시야에 들어왔다. 그들은 에이브를 찾아 천천히 걷고 있었다. 니콜은 크게 "여기요! 안녕하세요! 여기!"라고 소리치며 웃음을 터뜨렸고, 에이브를 위해 산 손수건 꾸러미를 흔들었다.

그들은 에이브의 거대한 존재에 짓눌린 불편하고 작은 무리를 형성하고 있었다. 그는 난파한 갤리언처럼 그들을 가로질러 누워, 나약함과 방종, 편협함과 쓰라림으로 자신의 존재를 압도했다. 그들은 그에게서 나오는 엄숙한 위엄, 단편적이고 도발적이며 뛰어난 그의 업적을 의식했다. 그러나 그에게 남아 있는 의지에 겁을 먹었다. 한때는 살겠다는 의지였으나, 이제는 죽겠다는 의지였다.

딕 다이버가 화려하게 입고 나타나자 세 여성은 안도의 외침과 함께 그의 어깨와 왕관 같은 멋진 모자, 금으로 된 지팡이 손잡이 근처에 원숭이처럼 머물렀다. 이제 그들은 잠시 에이브라는 거대하고 외설스러운 광경을 무시할 수 있었다. 딕은 재빨리 상황을 살펴보고 조용히 파악했다. 딕은 그들을 각자의 내부에서 끌어내 역에 관심을 두게 했다. 근처에서 미국인 몇 명이 크고 낡은 욕조에 흐르는 물을 흉내 내는 듯한 목소리로 작별 인사를 하고 있었다. 파리를 뒤에 두고 정거장에 서 있으니, 이미 바다 쪽에 몸을 기울이고 있는 것 같았으며, 새로운 사람이라는 필수적인 분자를 형성하기 위해 원자로 변하는 급격한 변화를 겪고 있는 것 같았다.

그렇게 부유한 미국인들이 솔직한 얼굴로 플랫폼에 쏟아져 내렸다. 똑똑하고, 사려 깊고, 생각 없고, 생각을 야기하는 얼굴들이었다. 그들 사이에 가끔 나타나는 영국인들은 날카롭고 두드러져 보였다. 플랫폼에 미국인들이 충분히 모이자 그들의 흠이 없어 보이는 모습과 부유해 보이는 첫인상은 막연히 인종이라는 어스름한 존재로 희미해져 갔다. 이 때문에 미국인들과 미국인들을 관찰하는 사람들 모두의 인식이 저해되고 눈이 멀었다.

니콜은 딕의 팔을 잡고 "저기 봐요!"라고 소리쳤고, 딕은 제때

뒤를 돌아 30초 뒤에 일어난 일을 볼 수 있었다. 두 개의 열차 칸 다음에 있는 특별 객차 입구에서 수많은 작별 인사와 동떨어진 장면이 생생하게 펼쳐지고 있었다. 니콜과 대화를 나누었던 헬멧 같은 머리를 한 젊은 여자가 이야기를 나누던 남자에게서 도망치듯 이상하게 몇 걸음 멀어지더니 정신없이 핸드백에 손을 집어넣었다. 이윽고 두 발의 리볼버 소리가 플랫폼의 좁은 공기를 갈라놓았다. 동시에 기관차가 날카로운 경적을 울리며 움직이기 시작했다. 순간적으로 총소리가 큰일이 아닌 듯 느껴졌다. 에이브는 무슨 일이 일어났는지 의식하지 못한 듯 창문에서 다시 손을 흔들었다. 그러나 사람들이 다가가기도 전에 다른 사람들은 총성이 효력을 발휘하는 것을 목격했다. 목표물이던 사람이 플랫폼에 내려앉는 것이 보였다.

100년이라는 시간이 흘렀다고 느껴질 때쯤 기차가 멈추었다. 니콜, 메리, 로즈메리는 군중의 변두리에서 기다렸고, 딕은 뚫고 들어가려고 안간힘을 썼다. 딕이 그들에게 다시 돌아온 것은 5분이 지나서였다—이때쯤 군중은 두 무리로 나뉘었다. 들것에 실려 있는 남자를 쫓아가는 사람들과 마음이 산란해진 프랑스 경찰 사이에서 창백하고 단호하게 걸어가는 여성을 쫓아가는 무리였다.

"마리아 월리스야." 딕이 황급히 말했다. "그녀가 쏜 남자는 영국인이고—경찰들이 그의 신원을 확인하는 데 애를 먹었어. 총알이 신분증을 뚫고 지나갔거든." 그들은 군중에 휩쓸려 기차에서 빠르게 멀어지고 있었다. "경찰관들이 그녀를 어느 경찰서로 데려가는지 알아냈으니 거기 가서—"

"하지만 그 여자 언니가 파리에 살잖아요." 니콜이 반대했다. "전화하지 그래요? 아무도 그 생각을 못 했다니 매우 이상하군요. 그 여자의 남편이 프랑스 사람이니, 우리보다 할 수 있는 일이 많을 거예요."

딕은 머뭇거리다가 고개를 저으며 출발했다.

"잠깐!" 니콜이 그의 뒤를 따라가 소리쳤다. "정말 어리석군요─당신이 무슨 도움이 되겠어요─그 프랑스어 실력으로?"

"적어도 그들이 그녀에게 터무니없는 짓을 못 하게 할 수는 있겠지."

"당연히 그녀를 붙잡아 두겠지요." 니콜이 재빨리 그를 안심시켰다. "그 여자가 그 남자를 쐈어요. 우리가 할 수 있는 최선의 일은 로라에게 전화하는 거예요─로라는 우리보다 더 많은 것을 할 수 있어요."

딕은 납득이 가지 않았다─게다가 로즈메리 때문에 자기를 과시하고 싶었다.

"여기서 기다려요." 니콜이 단호하게 말하고는 서둘러 공중전화 부스로 갔다.

"니콜이 무언가 하겠다고 마음을 먹으면." 그가 애정 어린 말투로 빈정거렸다. "어쩔 도리가 없지."

그는 그날 아침 처음으로 로즈메리를 보았다. 두 사람은 눈길을 주고받으며 전날의 감정을 찾아보려고 했다. 잠시 동안 서로가 비현실적으로 느껴졌다─그러다가 느리고 따뜻한 사랑의 웅성거림이 다시 시작되었다.

"모든 사람을 돕는 것을 좋아하죠, 그렇지 않나요?" 로즈메리가
말했다.

"그저 그런 척할 뿐이지."

"어머니는 모든 사람을 돕고 싶어 해요—물론 당신만큼 많은 사
람을 돕지는 못하지만요." 그녀가 한숨을 쉬었다. "가끔 전 제가 세
상에서 가장 이기적이라고 생각해요."

그녀가 어머니를 언급하자 처음으로 딕은 즐겁기보다 짜증이
났다. 그는 그녀의 어머니를 치우고 싶었다. 로즈메리가 유아 시절
을 기반으로 끈질기게 확립한 모든 것을 없애 버리고 싶었다. 하
지만 그는 이 충동이 통제력 상실이라는 것을 깨달았다—그가 잠
시라도 긴장을 푼다면 그를 향한 로즈메리의 강한 충동이 어떻게
되겠는가. 그는 당황하지 않고 이 문제가 난관에 이른 것을 보았
다. 가만히 있을 수도 없었다. 반드시 앞으로 나아가거나 돌아가야
했다. 딕은 처음으로 로즈메리가 자신보다 더 권위 있는 태도로
이 상황을 움직이고 있다는 생각이 들었다.

딕이 앞으로 일어날 일을 다 생각하기도 전에 니콜이 돌아왔다.

"로라를 찾았어요. 내가 처음으로 소식을 전했대요. 그녀는 목소
리가 점점 희미해지더니 다시 시끄러워지더군요—마치 기절하려
다가 다시 정신을 가다듬는 것 같았어요. 오늘 아침에 무슨 일이
생길 줄 알았나 봐요."

"마리아는 댜길레프와 있어야 해." 딕은 그들을 조용히 시키기
위해 부드러운 어조로 말했다. "마리아는 인테리어 감각이 아주
좋아—리듬감은 말할 것도 없고. 우리 중 누군가 몇 발의 총성 없

이 열차가 출발하는 것을 볼 수 있는 날이 올까?"

그들은 넓은 철 계단을 쿵쿵거리며 내려갔다. "그 가엾은 남자가 안됐어요." 니콜이 말했다. "물론 그렇기 때문에 마리아가 내게 그렇게 이상한 말을 한 거겠죠—총을 쏘려고 준비하고 있었어요."

그녀는 웃었고, 로즈메리도 웃었지만, 둘 다 겁에 질려 있었다. 두 사람 다 딕이 그 문제에 대해 도덕적인 말을 몇 마디 하고 그들에게 남겨 두지 않기를 간절히 바랐다. 이 소망은 완전히 의식적인 것이 아니었다. 특히 로즈메리의 경우에는. 그녀는 이런 사건들의 파편이 날카로운 소리를 내며 머리 옆을 지나가는 일에 익숙했다. 그녀에게도 엄청난 충격이 쌓여 있었다. 그 순간 딕은 새로이 인식한 감정이 주는 자극에 매우 흔들려 문제를 휴일의 기분으로 해결할 수 없었고, 그렇기에 여성들은 무언가를 놓치고는 막연한 불행에 빠졌다.

그러나 이내, 마치 아무 일도 없었던 것처럼 다이버 부부와 그들의 친구들의 삶은 거리로 흘러나왔다.

그러나 모든 일이 다 일어났다—에이브가 출발했고, 메리가 오늘 오후 잘츠부르크로 곧 떠날 예정이었기에 파리에서의 시간은 끝이 났다. 어쩌면 그 총성, 오로지 신만이 알고 있을 암흑물질 같은 충격이 그 시간을 끝낸 것이다. 그 총성은 모두의 생활로 파고들었다. 폭력의 메아리가 보도까지 그들을 쫓아왔고, 그곳에서 택시를 기다리는 동안 옆에서 환자 이송 담당자 두 명이 부검을 했다.

"리볼버 봤어? 엄청 작은 게 진짜 일품이던데—장난감 같아."

"아주 강력하던데!" 다른 사람이 점잖게 말했다.

"그 사람 셔츠 봤어? 전쟁 중 입은 총상이라고 해도 믿을 정도로 엄청난 피였어."

20

역에서 막 나온 그들은 광장에 도착했는데, 7월의 태양이 하늘에 떠 있는 가솔린 배기가스 덩어리를 천천히 달구고 있었다. 끔찍했다―순수한 열기와 달리 시골로 탈출하는 것을 허락하지 않고, 더러운 천식으로 꽉 막힌 도로임을 암시했다. 뤽상부르공원 건너편 야외에서 점심을 먹는 동안 로즈메리는 위경련을 앓았고, 초조함과 짜증으로 가득 찬 무기력함을 느꼈다―역에서 이기적 태도를 자책한 것은 이 상황의 전조였다.

딕은 그 급작스러운 변화를 눈치채지 못했다. 그는 몹시 불행했고, 이후 자기중심적 성향이 증가하면서 주변에 무슨 일이 일어나고 있는지 보지 못했다. 그가 판단을 내릴 때 의존하던 길고 큰 파도 같은 상상력이 사라져 버렸다.

커피를 마시려고 그들과 합류한 이탈리아인 노래 선생은 메리 노스를 역까지 데려다주겠다며 그녀와 함께 떠났고, 로즈메리도 약속이 있다며 일어났다. "임원 몇 명을 만나러." 스튜디오로 향했다.

"아, 그리고―" 그녀가 부탁했다. "만약 콜리스 클레이, 그 남부

청년이 여기 앉아 있는 동안 찾아오면 기다릴 수 없었다고 전해주세요. 내일 연락하라고요."

너무 무관심했다. 조금 전의 혼란에 대한 반작용으로 그녀는 아이의 특권을 내세웠다—그 결과 다이버 부부는 자신들의 자녀에 대한 독점적인 사랑을 떠올리게 되었다. 로즈메리는 여자들 사이에 오간 짧은 대화에서 날카로운 질책을 받았다. "웨이터에게 메시지를 남기는 게 좋겠어요." 니콜의 목소리에는 조절되지 않은 엄격함이 담겨 있었다. "우리도 당장 일어날 거예요."

로즈메리는 무슨 의미인지 이해했고, 상처받지 않고 그것을 받아들였다.

"그럼 그냥 놔두죠. 두 분, 안녕히 계세요."

딕이 계산서를 달라고 했다. 다이버 부부는 긴장을 풀고 망설이며 이쑤시개를 씹고 있었다.

"그럼—" 두 사람이 동시에 말했다.

딕은 니콜의 입가에 비애가 스치는 것을 보았다. 아주 짧은 순간이었기에 오로지 그만 알아챘고, 못 본 척할 수도 있었다. 니콜은 무슨 생각을 할까? 로즈메리는 그가 '철저하게 조사한' 십여 명 중 한 명이었다. 여기에는 프랑스인 서커스 광대, 에이브와 메리, 무용수 한 쌍, 작가, 화가, 그랑기뇰의 여성 코미디언, 러시아 발레단의 반쯤 미친 남아 성애자, 밀라노에서 1년간 활동한 유망한 테너가 있었다. 니콜은 이런 사람들이 그의 관심과 열정을 얼마나 진지하게 받아들이는지 잘 알고 있었다. 또한 그들의 아이들이 태어나던 순간을 제외하면 결혼한 이후 딕은 단 하룻밤도 그녀와 떨어져서 보낸 적이 없다는 것을 깨달았다. 반면에 그는 사람들의 기분을 잘 맞추었는데—그러다 보면 쓸모없는 사람들을 달고 가야 했다.

이제 딕은 단단하게 굳었고 자신감에 찬 행동을 취하지도 않으며 몇 분간 시간을 흘려보냈다. 둘만이 하나라는 놀라움을 지속적으로 나타내지도 않았다.

남부에서 온 콜리스 클레이가 빽빽하게 놓인 탁자들 사이를 뚫고 다이버 부부에게 다가와 호탕하게 인사했다. 이러한 인사는 언제나 딕을 놀라게 했다. 지인들은 그들에게 "안녕!"이라고 말하거나 둘 중 한 명에게만 말을 걸곤 했다. 그는 사람들을 강하게 의식하는 편이었기 때문에 무관심한 순간에는 그것을 감추는 걸 선호했다. 그 앞에서 무관심을 드러내는 행동은 그가 살아가는 비결에 대한 도전이었다.

콜리스는 자신이 낄 자리가 아니라는 것을 인식하지 못해 이렇게 말하며 자신의 존재를 알렸다. "제가 너무 늦게 왔군요—새가 이미 날아갔으니." 딕은 자신에게서 무언가를 확 잡아 빼낸 뒤에야 먼저 니콜을 칭찬하지 않은 그를 용서할 수 있었다.

니콜은 거의 즉시 떠났고, 그는 콜리스와 함께 앉아 마지막 남은 와인을 마셨다. 그는 콜리스를 좋아하는 편이었다—그는 '전후' 세대였다. 10년 전 뉴헤이븐에서 알고 지냈던 대부분의 남부 사람들보다 덜 까다로운 편이었다. 딕은 파이프 속을 천천히 깊게 채워 넣으며 유쾌하게 이야기를 들었다. 이른 오후였고, 아이들과 보모들은 뤽상부르 공원을 걸어 다녔다. 딕이 하루 중 이 시간을 방치한 것은 몇 달만이었다.

그러다 갑자기 콜리스의 비밀이 담긴 독백이 무슨 내용인지 깨닫자 피가 차갑게 얼어붙었다.

"—그녀는 아마 당신이 생각하는 것만큼 차갑지 않을 겁니다. 저도 그녀가 차가운 사람이라고 오랫동안 생각했죠. 하지만 부활절에 뉴욕에서 시카고까지 가는데 제 친구와 문제를 일으키더군요—힐리스라는 친구인데, 그녀는 그를 뉴헤이븐의 꽤 미친 사람이라고 생각했죠. 그녀는 제 사촌과 같은 객차에 탔는데, 힐리스와 단둘이 있고 싶어 하더군요. 그래서 오후에 제 사촌이 제 객차에 와서 같이 카드놀이를 했어요. 그러다 두 시간 후에 돌아가 보니 로즈메리와 빌 힐리스가 연결 통로에 서서 안내원이랑 말다툼을 하고 있더군요—로즈메리는 백지장처럼 하얬어요. 둘이 문을 잠그고 블라인드를 내린 것 같던데, 아마 안내원이 표를 확인하기 위해 문을 두드렸을 때 무언가 심각한 일이 일어나고 있었나 봐요. 두 사람은 처음에는 우리가 장난치는 줄 알고 그를 들여보내지 않았어요. 그러자 안내원은 매우 화가 나 힐리스에게 그 객차가 본인 자리인지, 그와 로즈메리가 결혼했는지, 그래서 문을 잠갔는지를 물어보았고, 힐리스는 잘못한 일이 없다고 설명하다가 화를 냈죠. 그는 안내원이 로즈메리를 모욕했으며, 그와 싸우고 싶다고 하더군요. 하지만 안내원은 문제를 크게 만들 수도 있었어요—정말이지 그 상황을 부드럽게 끝내기 위해 애를 먹었습니다."

모든 세부 사항들을 상상하면서, 심지어 그 한 쌍과 연결 통로에서 함께한 불행한 공동체를 질투하며, 딕은 자신의 내부에서 변화가 일어나는 것을 느꼈다. 단지 제삼자일 뿐인 사람의 이미지, 심지어 지금은 사라져 버린 그 이미지가 그와 로즈메리의 관계에 들어오는 것만으로도, 균형을 잃고 고통과 불행, 욕망, 절망의 파도에 휩쓸렸다. 로즈메리의 뺨 위에 얹혀 있는 손이 생생하게 그려졌다. 가빠진 숨, 외부에서 바라보았을 때 느껴지는 백열의 흥분 상태, 침해할 수 없는 내부의 비밀스러운 온기.

—커튼을 쳐도 될까?

—쳐줘. 여기는 너무 밝아.

콜리스 클레이는 뉴헤이븐 남학생 클럽의 정치에 관한 이야기를 같은 어조와 같은 강조로 말하고 있었다. 딕은 클레이가 딕 자신은 전혀 이해하지 못할 어떤 기이한 방식으로 로즈메리를 사랑하고 있다는 것을 유추해 냈다. 힐리스와 로즈메리의 일은 콜리스에게 로즈메리도 '인간'이라는 즐거운 확신을 준 것 외에는 아무런 감정적 인상을 남기지 못한 것 같았다.

"본스(Skull and bones. 예일 대학의 가장 오래되고 명망 있는 사교 클럽—옮긴이)에는 훌륭한 사람이 많죠." 그가 말했다. "사실 모두가 훌륭해요. 뉴헤이븐은 지금 너무 커져서 우리가 몇몇 사람들을 떠나보내야 한다는 게 참 슬퍼요."

—커튼을 쳐도 될까?

—쳐줘. 여기는 너무 밝아.

……딕은 파리를 가로질러 자신이 거래하는 은행에 들렀다—수표를 쓰면서 책상에 줄지어 앉아 있는 사람들 중 누구에게 수표를 내미는 게 좋을지 고민했다. 글씨를 쓰면서 물질적 행위에 몰두해

펜을 꼼꼼히 살펴보았고, 유리로 덮인 높은 책상에서 공들여 글을 썼다. 그는 멍한 눈을 들어 우편물 부서를 바라보다, 다시 멍한 상태로 자신이 하고 있던 일에 집중했다.

그럼에도 그는 수표를 누구에게 제시해야 할지 결정하지 못했다. 어떤 사람이 자신의 불행한 곤경을 가장 짐작하지 못할까, 또누가 말을 가장 적게 할까. 아메리칸 클럽에서 점심 식사를 하자고 했던 상냥한 페린, 보통 서로 아는 친구에 대해 논의하던—그 친구는 십여 년 전에 이미 세상을 떠났는데 말이다. 스페인 사람 카사수스. 아내의 돈을 인출할 것인지 자신의 돈을 인출할 것인지 물어보는 무흐하우제.

덕은 수표의 보관용 부분에 액수를 기록하고 그 밑에 두 줄을 그으면서 피어스에게 가기로 결심했다. 피어스는 젊었고 약간의 연기만 하면 됐다. 때때로 연기는 보는 것보다 하는 것이 더 쉬울 때가 있다.

그는 먼저 우편물 데스크로 갔다—그를 접대하던 여성이 책상에서 거의 떨어질 뻔한 종이를 가슴으로 들어 올리자, 그는 여자들이 남자와는 몸을 다르게 쓴다고 생각했다. 그는 편지를 한쪽으로 가져가 열어 보았다. 독일 회사에서 보낸 정신 의학 책 17권에 대한 청구서, 브렌타노에서 온 청구서, 버펄로에 사는 아버지가 보낸 편지였다. 아버지의 편지는 해가 갈수록 더 알아보기 힘들었다. 토미 바르방이 보낸 카드에는 페스의 소인이 찍혀 있었고, 익살맞은 내용이 담겨 있었다. 취리히의 의사들이 보내온 편지는 둘 다 독일어로 적혀 있었다. 분쟁거리가 있는 칸의 미장이가 보낸 청구서, 가구 제조업자에게서 온 청구서, 볼티모어의 의학 저널 출판사가 보낸 편지, 여러 가지 종류의 발표 소식, 이제 막 데뷔한 화가의 전시회 초대장, 니콜에게 온 편지 세 통. 그리고 로즈메리를 대신해서 보낼 편지.

—커튼을 쳐도 될까?

그는 피어스에게 갔다. 피어스는 한 여자를 상대하고 있었다. 딕은 까치발을 들어 주위를 살피곤 옆 책상의 아무도 상대하고 있지 않은 카사수스에게 수표를 제시해야 한다는 것을 알았다.

"안녕하세요, 다이버?" 카사수스는 상냥했다. 그가 자리에서 일어났다. 웃음을 짓자 콧수염이 펼쳐졌다. "일전에 페더스톤 이야기를 하다가 당신이 생각났어요—그는 지금 캘리포니아에 있어요."

딕은 눈을 크게 뜨고 몸을 앞으로 약간 구부렸다.

"캘리포니아?"

"그렇게 들었어요."

딕은 수표를 건네주었다. 카사수스의 관심을 그쪽으로 집중시켜 놓고 피어스 쪽을 바라보다가, 3년 전 피어스가 리투아니아의 백작 부인이랑 엮였던 오래된 농담을 던지곤 눈을 찡긋하여 그의 눈을 잠시 잡아 두었다. 피어스는 카사수스가 수표를 승인해 줄 때까지 미소를 지어 보였고, 자신이 좋아하는 딕을 더 이상 잡아둘 업무가 없는 카사수스는 코안경을 들고 일어서며 다시 말했다. "네, 캘리포니아요."

한편 딕은 책상 맨 앞줄에 있는 페린이 세계 헤비급 챔피언과 대화를 나누고 있는 것을 보았다. 페린이 곁눈질하는 것을 본 딕은 그가 자신을 불러 챔피언을 소개하려다가, 그렇게 하지 않기로 했다는 것을 눈치챘다.

덕은 유리 책상에서 축적해 놓은 강렬함으로 카사수스의 사교적 분위기를 잘라 내고는—수표를 뚫어져라 살펴보고, 카사수스의 머리 오른쪽에 있는 첫 번째 대리석 기둥에 눈을 고정한 채 심각하게 바라보며, 들고 있던 지팡이와 모자, 편지를 움직임으로써—그에게 작별 인사를 하고 은행을 나왔다. 한참 전에 수위에게 말해 두었기에 택시가 갓돌 옆으로 바로 튀어 왔다.

"필름스 파르 엑셀랑스 스튜디오로 가지요—파시의 작은 거리에 있는. 일단 뮈에트역으로 갑시다. 거기서부터 가는 길을 알려 드리죠."

그는 지난 48시간 동안 일어난 일들로 인해 불안정한 상태여서 무엇을 하고 싶은지조차 확신하지 못했다. 그는 뮈에트역에서 택시 요금을 내고 내린 다음 스튜디오 방향으로 걸어가다가 건물에 이르기 전에 맞은편으로 건너갔다. 위엄 있는 옷에 멋진 장신구를 착용했지만 아직 동물처럼 흔들리며 몰리고 있었다. 위엄은 지난 6년간 노력해 온 과거를 타도했을 때만 얻을 수 있었다. 그는 타킹턴의 소설에 나오는 청소년들 중 한 명처럼 공허하게 거리를 쏘다녔고, 스튜디오에서 나오는 로즈메리를 놓칠까 봐 시야가 확보되지 않는 곳은 빠르게 지나갔다. 우울한 동네였다. 스튜디오 옆문에는 '십만 셔츠'라고 적힌 간판이 있었다. 셔츠들이 가득했다. 포개져 있거나, 메여 있거나, 채워져 있었고, 진열장의 바닥에 언뜻 우아해 보이는 자태로 걸려 있었다. '십만 셔츠'—세어 보라! 양옆은 이런 간판이 있었다. '문구점', '제과점', '바겐세일', '광고'—그리고 〈오래 가지 않는 것〉의 콘스탄스 탈마지가 보였고, 더 먼 곳에는 공고들이 보였다. '교회 복장', '사망신고', '장례 서비스'. 삶과 죽음.

덕은 지금 자신이 하고 있는 일이 인생의 전환점이 될 것이라는 사실을 알고 있었다—앞서 일어난 모든 것에서 벗어나는 일이었다—심지어 로즈메리에게 주고 싶은 영향과도 맞지 않았다. 로즈메리는 항상 그를 정확성의 모범으로 보았다. 그가 이 구역을 돌아다니는 것은 침범이었다. 그러나 덕은 이처럼 행동할 수밖에 없었다. 숨겨진 현실의 투영 때문에. 그는 억지로 그곳을 걸어 다니거나 서 있어야 한다. 그의 셔츠 소매는 손목에 꼭 맞고, 코트 소매는 슬리브 밸브처럼 셔츠 소매를 둘러싸고, 옷깃은 목을 따라 플라스틱처럼 굳어 있고, 붉은 머리카락은 정확히 잘려 있고, 손에는 멋쟁이처럼 작은 서류 가방이 들려 있었다—어떤 사람이 카노사에 있는 교회 앞에 서서 참회복과 재를 뒤집어쓰고 서 있을 필요가 있다는 것을 깨달았을 때처럼 말이다. 덕은 잊히지 않고, 고해성사에 의해 죄를 용서받지 못하고, 삭제되지 않는 것들에 약간의 경의를 표했다.

21

그는 45분 동안 서성거리다 갑자기 다른 사람과 접촉하게 되었다. 아무도 보고 싶지 않을 때 으레 일어날 법한 그런 일이었다. 그는 종종 자의식이 노출되는 것을 완고하게 경계하느라 그런 목적을 이루는 데 실패했다. 덜 중요해 보이는 배우가 관객의 몸을 앞으로 빼게 만들고, 관객들 속에 있는 감정적인 관심을 자극하고, 그가 열어 놓은 공간에 다리를 만들어 다른 사람이 다가갈 수 있게 해주는 것과 같다. 비슷한 이유로, 우리는 동정심을 요구하고 갈망하는 사람들에게는 애석해하지 않는다―다른 방법으로 동정심이라는 추상적인 기능을 사용하게 만드는 사람들을 위해 우리는 그것을 남겨 둔다.

어쩌면 딕은 이후에 이어진 사건을 그렇게 분석했을지 모른다. 그가 생트장주 거리를 걷고 있을 때 초췌한 얼굴의 미국인이 말을 걸었다. 30대 정도로 보였는데, 상처를 입은 듯한 태도였고, 약간 사악한 미소를 띠고 있었다. 딕은 그의 요청대로 불을 빌려주면서 그가 자신이 어렸을 때부터 의식해 왔던 유형의 사람이라고 판단했다―담배 가게의 카운터에 한쪽 팔꿈치를 올려놓고 빈둥거리며, 아무도 모를, 자신의 마음속에 있는 작은 틈으로 가게에 들락거리는 사람들을 지켜보는 유형이다. 저의가 있는, 막연한 사업을 운행하고 있는 차고와 친하고, 이발소와 극장, 로비 같은 곳이 친숙한 사람이다―어쨌든 딕은 그를 이런 장소들에 대입하였다. 가끔 태드의 잔인한 만화에서 이런 얼굴이 튀어나오기도 했다―어린 시절 딕은 종종 그런 사람들이 서 있는 범죄의 흐릿한 접경지대를 불안한 눈으로 바라보곤 했다.

"파리는 좀 어때, 형씨?"

그 남자는 대답을 기다리지 않고 딕과 발을 맞추기 위해 애썼다.

"어디서 왔소?" 그가 격려하듯 말했다.

"버펄로."

"난 샌안토니오 출신인데―전쟁 이후 이곳으로 왔네."

"군 소속이오?"

"그랬다고 해두지. 84사단―그 부대에 대해 들어 봤소?"

그 남자는 조금 앞서 걸어가서는 위협적인 눈으로 그를 뚫어져라 쳐다보았다.

"파리에 잠시 머무르는 거요, 형씨? 아니면 그냥 지나가는 건가?"

"지나가는 중입니다."

"어느 호텔에 묵는데?"

딕은 속으로 웃기 시작했다―이 사람이 속해 있는 무리가 오늘밤 내 방을 털려나 보군. 그의 생각은 자의식 없이 드러난 모양이었다.

"당신 같은 체격이면 날 두려워하지 않아도 되잖아, 형씨. 미국 관광객만 노리는 거지들이 많지만 나를 두려워할 필요는 없어."

딕은 지루해져 걸음을 멈추었다. "어째서 낭비할 시간이 그렇게 많아졌는지 궁금할 뿐이오."

"파리에서 사업을 하고 있소."

"무슨 사업?"

"신문을 팔지."

그 무시무시한 태도와 순한 직업 사이의 대조가 터무니없었다—하지만 그 남자는 다음과 같이 말하며 전에 한 말을 수정했다.

"걱정하지 마시오. 작년에 돈을 많이 벌었으니—6프랑짜리 〈써니 타임스〉를 10프랑이나 20프랑에 팔아서."

그는 낡은 지갑에서 신문 조각을 꺼내어 이제 함께 산책하는 꼴이 된 사람에게 건네주었다—만화는 금을 실은 정기선에서 건널판자를 통해 쏟아져 나오는 미국인들을 보여 주고 있었다.

"20만 명이지—여름에 1,000만을 쓰는."

"파시에선 뭘 하는 거요?"

딕의 동료는 조심스럽게 주위를 둘러보았다. "영화." 그가 어두운 표정으로 말했다. "저기에 미국 스튜디오가 있어. 그리고 그 사람들은 영어를 할 수 있는 남자가 필요하지. 기회를 기다리고 있소."

딕은 그를 빠르고 단호하게 뿌리쳤다. 로즈메리는 그가 돌아다니던 구역을 이미 빠져나갔거나 그가 이 동네에 오기 전에 떠난 것이 분명했다. 그는 모퉁이에 있는 작은 식당에 들어가서 납 토큰*을 하나 사고선 부엌과 더러운 화장실 사이를 뚫고 지나가 루아 조르주 호텔에 전화했다. 그는 자신의 호흡에서 체인-스토크스 증상이 나타난 것을 알아차렸다—그러나 다른 모든 것처럼 그 증상은 감정을 응시하게 만들었다. 그는 호텔 전화번호를 알려 주고

---

* 1920년 파리의 공중전화를 사용하려면 구매해야 하던 토큰.

나서 전화기를 들고 카페를 응시했다. 한참 후에 이상하고 작은 목소리가 인사를 했다.

"딕이야—전화를 해야 했어."

그녀가 입을 다물었다—이윽고 용감하게, 그의 감정에 보조를 맞추며 말했다. "전화해 주셔서 기뻐요."

"스튜디오로 너를 만나러 왔어—지금 스튜디오 건너편에 있는 파시에 있어. 숲으로 드라이브라도 갈까 했지."

"아, 거기서 진짜 잠깐 있었어요! 정말 죄송해요." 침묵.

"로즈메리."

"네, 딕."

"들어 봐. 나는 너 때문에 특별한 상황에 빠졌어. 아이가 중년 신사를 혼란스럽게 만들면 상황이 매우 곤란해져."

"당신은 중년이 아니에요, 딕—세상에서 가장 어린 사람이에요."

"로즈메리?" 침묵이 흐르는 동안 딕은 도수가 약한 프랑스 술들로 장식된 선반을 보았다—오타르, 럼 세인트제임스, 마리 브리자르, 펀치 오렌지에이드, 앙드레 페르네 블랑코, 셰리 로셰, 아르마냐크 병들.

"혼자 있어?"

—커튼을 쳐도 될까?

"제가 누구랑 함께 있고 싶을 거라고 생각해요?"

"내가 바로 그런 상태야. 지금 너와 함께 하고 싶어."

침묵, 이어 한숨과 대답. "당신이 지금 나와 함께 있으면 좋겠어요."

전화 뒤에 그녀가 누워 있는 호텔방이 있고, 그녀 주위엔 작은
돌풍 같은 음악이 흐르고 있었다—

"그리고 둘이—차 한 잔을.
난 널 위해,
넌 날 위해
두—울이서."

그녀의 그을린 얼굴에 바른 분이 기억났다. 그가 그녀의 얼굴에
키스했을 때, 그녀의 머리카락 부근은 촉촉했다. 그의 얼굴 아래에
는 반짝이는 하얀 얼굴이 있었고, 둥근 어깨가 있었다.

"불가능해." 그는 속으로 말했다. 잠시 후 그는 거리로 나와 뒤에
트역을 향해 급히 걸어갔다. 그것이 아니라면 멀어지고 있었다. 그
는 여전히 손에 작은 서류 가방을 들고 있었다. 손잡이를 금으로
만든 지팡이는 검처럼 비스듬히 들었다.

로즈메리는 책상으로 돌아가 어머니에게 쓰던 편지를 끝맺었다.

"—그를 짧은 시간밖에 보지 못했지만, 외모가 멋지다고 생각
했어요. 전 그와 사랑에 빠졌어요(물론 전 딕을 가장 사랑하지만 무슨
뜻인지 아시잖아요). 그는 정말로 영화를 만들 거고 바로 할리우드
로 떠나요. 제 생각엔 우리도 그래야 할 것 같아요. 콜리스 클레이
가 이곳에 왔어요. 클레이는 괜찮은 사람이지만, 아주 훌륭한 다이
버 부부 때문에 자주 보지는 못했어요. 제가 지금까지 알던 사람
들 중 가장 멋진 사람들이에요. 오늘 몸이 별로 좋지 않아서 약을

먹었지만, 그럴 필요는 없었던 것 같아요. 어머니를 보기 전까지는 일어난 모든 일을 말하지 않을 거예요! 그러니 이 편지를 받으면 전보, 전보, 전보를 치세요! 북쪽으로 오실래요, 아니면 제가 다이버 부부하고 남쪽으로 갈까요?"

덕은 6시에 니콜에게 전화했다.

"뭐 특별한 계획이라도 있어?" 그가 물었다. "무언가 조용한 것 좀 할까—호텔에서 저녁 먹고 연극 보러 갈래?"

"그럴래요? 당신이 원하면 뭐든지 할게요. 조금 전에 로즈메리에게 전화를 걸었는데, 방에서 저녁을 먹고 있대요. 우리 모두를 속상하게 하는 일이에요, 그렇지 않나요?"

"날 속상하게 하지는 않아." 그가 반대했다. "여보, 육체적으로 피곤한 게 아니라면 뭐라도 하자. 그렇지 않으면 우리는 남쪽으로 가서 왜 부세를 보지 않았을까 하고 후회하며 일주일을 보낼 거야. 그렇게 음울해 하기보단—"

이것은 실수였고 니콜은 날카롭게 받아들였다.

"무엇에 관해 음울해 하죠?"

"마리아 월리스에 관해서."

그녀는 연극을 보러 가는 것에 동의했다. 피곤하다는 이유로 어떠한 일을 미루지 않는 것은 둘 사이의 전통이었다. 그렇게 하면 하루하루가 전체적으로 더 나아지며 저녁을 더 정돈되게 보낼 수 있다는 것을 깨달았기 때문이다. 불가피하게 기운이 나지 않을 때면, 다른 사람들의 실증과 피로를 탓했다. 두 사람은 나가기 전, 파리에서 볼 수 있는 가장 멋진 부부의 모습을 한 채로 부드럽게 로즈메리의 방문을 두드렸다. 답이 없었다. 그들은 그녀가 잠들었다고 판단하고는, 따뜻하고 요란한 파리의 밤으로 걸어가, 푸케 바의 어두운 곳에서 베르무트와 비터스(쓴맛이 강한 맥주—옮긴이)를 빠르게 마셨다.

22

니콜은 늦게 일어나, 잠과 엉킨 긴 속눈썹을 들어 올리기 전에 꿈에 관한 무언가를 중얼거렸다. 딕의 침대는 비어 있었다—그녀는 잠시 후에야 자신이 응접실 문을 두드리는 소리에 잠에서 깼다는 것을 깨달았다.

"들어오세요!" 그녀가 소리쳤으나, 아무 반응이 없었다. 잠시 후, 그녀는 가운을 걸치고 문을 열러 갔다. 경찰이 정중한 태도로 그녀를 마주 보다가 문 안쪽으로 들어왔다.

"아프간 노스 씨—이곳에 있습니까?"

"네? 아뇨—그는 미국으로 돌아갔어요."

"언제 떠났나요, 부인?"

"어제 아침이요."

경찰은 빠르게 고개를 젓더니 그녀에게 집게손가락을 흔들었다.

"그는 어젯밤에 파리에 있었어요. 어제 이 호텔에 등록했지만 사용하지 않았습니다. 이 방에 물어보는 게 좋을 거라고 하더군요."

"제겐 아주 이상하게 들리는군요—어제 아침에 우리가 임항 열

157

차를 타는 그를 배웅했어요."

"그럴지라도, 그는 오늘 아침에 이곳에서 목격되었습니다. 심지어 신분증도 발견되었어요. 이것 보세요."

"우리는 전혀 모르는 일이에요." 그녀가 놀란 목소리로 분명하게 말했다.

경찰은 생각에 잠겼다. 잘생겼지만 악취가 나는 사람이었다.

"어젯밤에 그 사람과 정말 같이 있지 않았나요?"

"네."

"검둥이를 체포했어요. 우리는 마침내 제대로 체포했다고 확신합니다."

"당신이 무슨 말을 하는지 전혀 모르겠어요. 만약 우리가 아는 에이브러햄 노스라면, 음, 그가 지난밤 파리에 있었다고 해도 우린 몰랐을 거예요."

남자는 고개를 끄덕이고 윗입술을 빨았다. 그녀의 말을 믿었지만 실망하고 있었다.

"그런데 무슨 일이죠?" 그녀가 물었다.

그는 손바닥을 보이며 다문 입을 부풀렸다. 그는 니콜이 매력적이라는 것을 깨닫기 시작했고, 그녀를 향해 눈을 깜빡였다.

"뭘 바라십니까, 부인? 그저 여름에 일어나는 일이죠. 아프간 노스 씨가 강도를 당했고 신고를 했어요. 우린 범법자를 잡았고, 아프간 씨가 와서 그의 신원을 확인하고 적절한 고소를 취해야 합니다."

니콜은 가운을 바싹 여미고 딱딱하게 그를 돌려보냈다. 그녀는 혼란스러운 마음으로 목욕을 하고 옷을 입었다. 이때가 10시였다. 로즈메리에게 연락을 해보았으나 답이 없었다―그러고 나서 호텔 숙박부에 전화를 걸어 실제로 오늘 아침 6시 30분에 에이브가 등록했다는 사실을 알아냈다. 그러나 그의 방은 여전히 비어 있었다. 딕의 의견이 궁금해 스위트룸 응접실에서 그를 기다렸다. 그러다 막 포기하고 나가기로 결심했을 때, 사무실에서 전화가 왔다.

"미스테어(Mr.를 프랑스어 발음이 섞인 영어로 읽은 것이다―옮긴이) 크로쇼가 뵙길 원합니다. 흑인이죠."

"무슨 용무죠?" 그녀가 물었다.

"그가 당신과 의사를 안다고 하더군요. 세상의 친구인 미스테어 프리먼이 감옥에 가게 되었다고. 그 일은 부당하기 때문에 자신도 체포되기 전에 미스테어 노스를 만나고 싶다고 합니다."

"우린 모르는 일이에요." 니콜은 모든 것을 부정하며 수화기를 세게 내려놓았다. 에이브가 기묘하게 다시 등장하자, 그녀는 자신이 그의 방종에 얼마나 지쳐 있었는지를 명백히 확인했다. 그녀는 마음에서 그를 지워 버린 채 밖으로 나와 양장점에서 우연히 만난 로즈메리와 함께 리볼리 거리에서 조화롭고 다채로운 색깔의 구슬이 달린 목걸이를 샀다. 로즈메리가 어머니에게 선물할 다이아몬드를 고르는 것을 도와주었으며, 일 때문에 알게 된 캘리포니아 사람들에게 주기 위해 귀국길에 가져갈 스카프와 신기한 담배 케이스를 고르는 것도 도와주었다. 니콜의 아들을 위해서는 로마 군인 장난감을 구매하였는데, 모든 부대를 구매하느라 1,000프랑을 넘게 썼다. 다시 한번 두 사람은 다른 방식으로 돈을 썼고, 로즈메리는 니콜의 소비 방식에 감탄했다. 니콜은 자신이 쓴 돈이 자기 돈이라고 확신했다—로즈메리는 여전히 자신의 돈을 기적적으로 빌린 거라고 생각했고, 그렇기에 매우 조심스러웠다.

외국 도시에서 햇빛을 받으며 돈을 쓰는 것은 재미있었다. 그들의 건강한 몸은 물줄기처럼 얼굴로 색을 보냈다. 그들의 팔과 손, 다리와 발목은 자신감 넘치게 뻗었고, 남자들에게 사랑스러워 보이는 여성의 모습으로 자신 있게 손을 뻗거나 걸어 다녔다.

호텔에 돌아와 아침을 맞아 찬란하고 새로운 모습을 보이는 딕을 만나자, 두 사람은 완전히 어린애 같은 기쁨을 느꼈다.

딕은 방금 오전 내내 숨어서 보낸 듯한 에이브에게서 잘 알아들을 수 없는 전화를 받았다.

"내가 지금까지 경험해 본 통화 중 가장 기이했어."

딕은 에이브뿐만 아니라 12명의 다른 사람들과도 통화했다. 이 필요 이상의 사람들은 보통 다음과 같이 말했다. "—선생님과 이야기 나누고 싶어 하는 사람은 테풋 돔과 관련 있습니다. 그가 그렇다고 하는데—그게 뭐죠?"

"이봐, 누군지 모르겠지만, 입 다물어—어쨌든, 그가 샨들인지 스캔들인지에 연루되었다고 해도, 도저히 집으로 돌아갈 수 없소. 내 개인적인 생각은—내 생각은 그가—" 꿀꺽 소리가 들렸고, 딕에게 전화를 걸었던 사람이 그 후에 무슨 말을 하려고 했는지 알 수 없었다.

전화기를 잡은 사람이 추가로 제안을 내놓기도 했다.

"선생님은 심리학자니까 이 일에 흥미가 있을 거라고 생각했어요." 이러한 말을 한 모호한 사람은 결국 그와 통화했으나 그 뒤에 이어진 말은 심리학자로서의 딕이나 어떤 다른 면의 딕에게도 흥미를 유발하지 못했다. 에이브와 나눈 대화는 다음과 같이 흘러갔다.

"여보세요."

"음?"

"음, 여보세요."

"누구세요?"

"음." 간간이 코웃음 소리가 들렸다.

"음, 다른 사람을 바꿔 줄게요." 때때로 딕은 에이브의 목소리를 들을 수 있었다. 빠르게 움직이는 소리와 수화기가 떨어지는 소리, 멀리서 "아뇨, 전 아닙니다, 노스 씨……." 같은 단편적인 말들이 동반되었다. 그러다 당돌한 목소리가 이렇게 말했다. "당신이 노스의 친구라면 이곳에 와서 그를 데려가."

에이브는 엄숙하고 묵직한 목소리로 끼어들어, 매우 군센 결심이 섞인 목소리로 다른 목소리들을 모두 잠재웠다.

"딕, 내가 몽마르트르에서 인종 폭동을 일으켰어. 내가 프리먼을 감옥에서 빼내러 갈 거야. 만약 코펜하겐 출신의 구두약을 만드는 검둥이가—여보세요, 내 말 들리—음, 이보게, 만약 누군가 그곳에 가면—" 다시 한번 수화기에서 헤아릴 수 없는 많은 선율의 합창이 들렸다.

"왜 파리로 돌아온 거야?" 딕이 물었다.

"에브뢰까지 갔다가 비행기를 타고 돌아와 생쉴피스와 비교해 보기로 했어. 내 말은 생쉴피스를 파리로 다시 가져오겠다는 게 아니야. 심지어 바로크를 이야기하는 것도 아니야! 내 말은 생제르맹이야. 제발, 조금만 기다려. 경보병을 바꿔 줄게."

"제발, 그러지 마."

"들어 봐―메리는 잘 갔어?"

"그래."

"딕, 오늘 아침 여기서 만난 사람하고 대화해 봐. 해군 장교 아들인데 유럽의 모든 의사를 찾아가 봤대. 그에 대해 말하자면―"

딕은 이 시점에서 전화를 끊었다―마음속에서 끝도 없이 일어나는 활동에 유리한 점이 필요했기에 어쩌면 이것은 배은망덕한 행동의 일부였을지도 모른다.

"에이브는 괜찮은 사람이었는데." 니콜이 로즈메리에게 말했다. "매우 괜찮았죠―오래전 딕과 내가 처음 결혼했을 때는. 그때 그를 알았더라면 좋았을 텐데. 그는 우리 집에 와서 여러 주 동안 머물다 가곤 했는데, 우리는 그가 집에 있는지도 몰랐어요. 가끔 연주를 했죠―서재에 있는 소리가 나지 않는 피아노를 치기도 하고요―딕, 그 하녀 기억나요? 에이브를 유령이라고 생각했던. 그래서 가끔 에이브가 복도에서 그녀를 만나면 '부' 하며 놀라게 하기도 했고. 그러다 한번은 들고 있던 차를 전부 떨어뜨렸죠. 하지만 우린 신경 쓰지 않았어요."

아주 재미있었다―아주 오래전에는. 로즈메리는 그들의 즐거움을 부러워하며 자신의 생활과는 다른 여가 생활을 상상해 보았다. 그녀는 여가에 대해 거의 알지 못했지만, 한 번도 여가를 가져

본 적 없는 사람들이 갖는 존경하는 마음이 있었다. 그녀는 그것을 휴식이라고 생각했을 뿐이고, 다이버 부부도 그녀와 마찬가지로 긴장을 푸는 것과는 거리가 멀다는 것을 깨닫지 못했다.

"뭐가 그를 이렇게 만든 거예요?" 로즈메리가 물었다. "왜 술을 마시게 된 거죠?"

니콜은 그 문제에 대한 책임을 부인하며 고개를 좌우로 흔들었다. "요즘에는 똑똑한 사람들이 부서지는 경우가 너무 많죠."

"언젠 안 그랬어?" 딕이 말했다. "똑똑한 사람들은 그 경계선 근처에서 활동하지. 왜냐하면 그럴 수밖에 없거든―몇몇은 견디지 못해서 포기하고."

"그것보단 더 깊은 이유가 있을 거예요." 니콜이 자신의 이야기에 매달렸다. 딕이 로즈메리의 말보다 자신의 말에 먼저 반박했다는 것에 짜증이 났다. "예술가들, 예를 들어―음, 페르낭 같은 예술가는 술을 마실 필요가 없을 것 같아요. 왜 미국인만 시간을 방탕하게 쓰는 거죠?"

이 질문에 대한 답이 너무나 많아서 딕은 그냥 내버려 두기로 했다. 니콜의 귀에서 승리의 소리가 날아다니도록 말이다. 그는 그녀를 매우 비판적으로 여기기 시작했다. 그녀는 그가 본 사람 중 가장 매력적인 존재라고 생각은 했지만, 그녀로부터 필요한 모든 것을 얻기는 했지만, 멀리서 벌어지고 있는 전투의 냄새를 맡았기에 그는 무의식적으로 매시간마다 자신을 단단하게 굳히며 무장하고 있었다. 그는 제멋대로 구는 사람이 아니었지만, 지금은 비교적 품위 없이 자신이 원하는 대로 행동했다. 니콜이 그가 품은 로즈메리에 대한 감정적 흥분만을 짐작했으리라는 희망으로 자신의 눈을 가리고 있었다. 그는 확신하지 못했다—지난밤 그녀가 극장에서 로즈메리를 어린애 같다고 날카롭게 지적했기 때문이다.

세 사람은 아래층으로 내려가 패드를 넣은 옷을 입은 웨이터들이 카펫 위를 돌아다니는 분위기 속에서 점심을 먹었다. 이들은 최근에 식사했던 식당과는 달리 음식을 빠르게 나르기 위해 쿵쿵거리며 빠르게 걸어 다니지 않았다. 옆 테이블에는 그들이 파악할 수 없는 사람들이 있었다. 그 무리는 다소 광범위하고, 약간 비서 같고, '괜찮으시다면'을 반복해서 말할 것 같은 남자 한 명과 수십 명의 여자로 이루어져 있었다. 여성들은 젊지도 늙지도 않았고 특정 사회 계급에 속하지도 않았다. 그러나 그들은 남편들의 일 때문에 모였다기보다 더 밀접하게 연결된 하나의 집단이라는 인상을 주었다. 확실히 그 집단은 상상할 수 있는 어떤 관광객들보다는 결합되어 있었다.

본능적으로 딕은 혀에 생긴 심각한 조롱을 삼켰다. 그는 웨이터에게 그들이 누구인지 알아봐 달라고 부탁했다.

"저분들은 골드스타 어머니*들입니다." 웨이터가 설명했다.

그들은 크고 나지막한 목소리로 감탄했다. 로즈메리의 눈에 눈물이 가득 고였다.

"젊은 여자들은 부인이겠죠." 니콜이 말했다. 딕은 와인잔 너머

---

* 제일 차 세계 대전에서 아들을 잃은 미국 어머니들의 모임.

로 그들을 다시 보았다. 그들의 행복한 얼굴, 그 집단을 둘러싸고 그들에게 스며들고 있는 품위에서 옛 미국인들의 모든 성숙함을 감지했다. 죽은 사람들을, 돌이킬 수 없는 것들을 애도하러 온 차분한 여자들 때문에 한동안 방이 아름다웠다. 순간적으로, 오래된 충성심과 헌신이 그의 주위에서 싸우고 있는 동안, 아버지의 무릎에 앉아 모즈비와 함께 말을 타고 있는 듯했다. 약간의 노력과 함께 그는 테이블에 앉아 있던 두 여자에게 시선을 돌렸고, 그가 믿고 있는 완전히 새로운 세계를 마주했다.

─커튼을 쳐도 될까?

23

에이브 노스는 아침 9시부터 지금까지 리츠 호텔 바에 있었다. 그가 안식처를 찾아 도착했을 때 창문은 열려 있었고, 굵은 빛살들이 뿌연 카펫과 쿠션의 먼지를 끌어 올리느라 분주했다. 일에서 벗어나 자유로워진 웨이터들은 복도를 뚫고 나와 맑은 공간을 돌아다니고 있었다. 본래의 바 건너편에 있는, 여성 전용 바*는 매우 작아 보였다─오후에는 얼마나 많은 인원을 수용할 수 있을지 상상하기 힘들었다.

---

* 리츠 호텔에는 그 당시 존재하던 시설들과 마찬가지로 남성 없이 온 여성을 위한 전용 공간이 있었다.

바의 운영자인 유명한 폴은 아직 도착하지 않았지만, 재고 조사를 하던 클로드가 놀란 기색 없이 일을 중단하고는 에이브에게 기운을 차릴 만한 술을 만들어 주었다. 에이브는 벽에 기대어 벤치에 앉았다. 두 잔을 마시자 기분이 나아졌다—매우 나아졌기 때문에 이발소로 올라가 면도를 했다. 그가 돌아오자 바로 폴이 도착했다—주문 제작한 자동차를 타고 왔으며, 어김없이 카퓌신대로에서 내렸다. 폴은 에이브를 좋아했기에, 이야기를 하러 다가왔다.

"오늘 아침 배를 타고 집에 돌아가기로 했었는데." 에이브가 말했다. "아니, 어제 아침에. 어제든 오늘이든 말이야."

"어째서 그러지 않았죠?" 폴이 물었다.

에이브는 생각해 보았고, 마침내 한 가지 이유가 생겼다. "『리버티』의 연재물을 읽고 있었는데, 다음 연재물이 여기 파리에서 발매될 예정이더군—그러니 만약 배를 탔다면 그걸 놓쳤을 거야—그렇게 되면 평생 읽지 못했을 테고."

"매우 좋은 내용인가 보군요."

"끄-음찍한 내용이었습니다."

폴은 낄낄 웃으며 일어나더니 의자 등받이에 기대어 멈췄다. "노스 씨, 정말로 떠나고 싶다면, 내일 프랑스호를 타는 당신의 친구들이 있는데—이름이 뭐더라—다른 한 사람은 슬림 피어슨이고요. 그, 누구더라—키가 크고 새로 턱수염을 기른 사람인데."

"야들리." 에이브가 대답했다.

"야들리 씨. 둘 다 프랑스호를 타러 간답니다."

폴은 일하러 가려 했지만 에이브가 그를 붙들었다. "셰르부르를 경유하지 않는다면야. 짐이 그쪽으로 가서."

"짐은 뉴욕에서 받으세요." 폴이 물러나며 말했다.

그 제안의 논리가 점차 에이브의 상황에 들어맞았다―그는 보살핌을 받는 것보단 무책임한 상태를 연장하는 것에 다소 열의를 갖게 되었다.

한편 다른 손님들이 바로 몰려들었는데, 처음에는 에이브가 어딘가에서 만난 적이 있는 거대한 덴마크인이 들어왔다. 덴마크인은 방 건너편에 자리를 잡고 앉았다. 에이브는 그가 종일 그곳에서 술을 마시고 점심을 먹으며 대화를 나누고 신문을 읽을 것이라고 추측했다. 에이브는 그보다 오래 있고 싶은 욕망을 느꼈다. 11시에 대학생 소년들이 서로의 가방*이 찢어지지 않도록 조심조심 걸어오기 시작했다. 그때쯤 그는 웨이터에게 다이버 부부에게 전화를 걸어 달라고 했다. 그들과 연락이 되었을 즈음에는 다른 친구들하고도 연락이 닿았다―서로 다른 전화로 모두와 한꺼번에 통화를 해야겠다고 생각했다―결과는 그냥 평범했다. 가끔 그의 마음은 프리먼을 감옥에서 꺼내야 한다는 사실로 돌아갔지만, 이 모든 것들을 악몽의 일부라 여기고 떨쳐 버렸다.

1시가 되자 바가 꽉 찼다. 웨이터들이 뒤섞인 목소리 사이를 돌아다니며 손님들에게 술과 돈이라는 현실을 일깨워 주었다.

"그러면 스팅어가 두 잔…… 그리고 하나 더…… 마티니 두 잔

---

* 바지를 뜻하는 은어.

이랑……. 쿼털리 씨는 더 안 드시나요…… 이게 세 번째 라운드(한 사람이 자신이 속한 그룹 사람 모두에게 술을 사는 일―옮긴이)가 되겠군요. 75프랑입니다, 쿼털리 씨. 셰퍼 씨가 이번 걸 계산했습니다―당신이 저번 것을 계산하셨다고……. 전 손님이 말씀하시는 것만 할 수 있습니다……. 저-엉말 고맙습니다."

혼란 속에서 에이브는 자리를 빼앗겼다. 이제 그는 서서 가볍게 흔들리며 전에 관계가 있던 사람들 몇 명과 이야기를 나누었다. 테리어 한 마리가 그의 다리에 끈을 감았지만, 에이브는 개를 흥분시키지 않고 다리를 빼냈으며, 사과를 매우 많이 받았다. 곧 그는 점심 식사에 초대를 받았지만 거절했다. 거의 브리글리스(감옥―옮긴이)에 가야 했고, 그곳에서 해야 할 일이 있다고 설명했다. 잠시 후, 그는 죄수나 하인의 태도와 비슷한 알코올 중독자 특유의 태도로 지인에게 작별 인사를 하고 돌아서다가, 바의 멋진 순간은 시작될 때와 마찬가지로 갑자기 끝났다는 것을 깨달았다.

맞은편에서 덴마크인과 그의 동료들이 점심을 주문했다. 에이브도 그랬지만 거의 손을 대지 않았다. 그 후, 그는 과거의 삶에 행복을 느끼며 그저 앉아 있었다. 술은 과거의 행복들을 현재에 존재하게 해주었다. 마치 여전히 일어나고 있는 일처럼 말이다. 심지어 과거의 행복한 일들이 곧 다시 일어날 것처럼, 미래와 같은 시간에 존재하게 해주었다.

4시에 웨이터가 다가왔다.

"줄스 피터슨이라는 이름의 유색인을 만나고 싶으신가요?"

"맙소사! 날 어떻게 찾은 거야?"

"여기 계신다고 말하지는 않았어요."

"그럼 누가 그런 거지?" 에이브는 잔들 위로 쓰러졌지만, 다시 일어났다.

"아까부터 미국인 바와 호텔을 모두 돌아다녔다고 하던데요."

"여기 없다고 전해—" 웨이터가 돌아서자 에이브가 물었다. "여기 들어올 수는 있어?"

"알아보도록 하죠." 질문을 받은 폴은 어깨너머로 흘끗 보더니 고개를 젓고는 에이브 쳐다보며 다가왔다.

"죄송하지만, 그건 허락할 수 없어요."

에이브는 힘겹게 일어나 캉봉 거리로 나갔다.

24

리처드 다이버는 작은 가죽 서류 가방을 손에 든 채 제7구에서 걸어 나와—그곳에서 마리아 월리스에게 '디콜'이라고 적은 메모를 남기고 왔다. 그 단어는 그와 니콜이 처음 사랑에 빠졌던 시절 연락을 할 때 사용하던 단어였다—그가 쓴 돈에 맞지 않게 점원들이 소란을 피우는 맞춤 셔츠 가게로 향하였다. 훌륭한 매너와 미래를 위한 보장의 열쇠를 들고 있는 분위기로 그 가난한 영국인들에게 그렇게 큰 기대감을 주는 것이 부끄러웠고, 재단사에게 실크 셔츠의 팔 부분 길이를 1인치 바꾸어 달라고 하는 것이 부끄러웠다. 그 후 크리용 호텔에 있는 바에 가서 작은 잔에 커피 한 잔과

진 두 잔을 마셨다.

호텔에 들어서자 복도가 이상하게 밝아 보였다. 호텔을 떠나면서 그는 밖이 이미 어두워졌기 때문이라는 것을 깨달았다. 바람이 많이 부는 4시의 밤이었다. 샹젤리제의 나뭇잎들은 노래를 부르며 쇠약해져 갔고, 얇고 거칠어져 갔다. 딕은 리볼리 쪽으로 방향을 틀어 아치형 지붕이 있는 광장 두 개를 지나 우편물이 있는 은행으로 갔다. 그러고 나서 택시에 탄 뒤, 그의 사랑을 품은 채 홀로 앉아 후드득 떨어지는 첫 빗줄기를 뚫고 샹젤리제를 올라가기 시작했다.

앞서 2시에 루아 조지 호텔 복도에서 니콜의 아름다움을 로즈메리의 아름다움과 견주어 보았는데, 니콜은 레오나르도가 그린 소녀의 아름다움이었고, 로즈메리는 삽화가가 그린 소녀의 아름다움이었다. 광란과 두려움에 사로잡힌 채 딕은 빗속을 걸어 다녔다. 그의 내부에는 많은 남자들의 열정이 있었고, 그의 눈에 보이는 것은 그 어떠한 것도 단순하지 않았다.

로즈메리는 다른 누구도 알지 못하는 감정들로 가득 차 문을 열었다. 그녀는 이제 때때로 '어리고 제멋대로 구는 것'이라고 불리기도 했다—24시간 동안 그녀는 아직 내부의 통일을 이루지 못했고, 혼돈을 가지고 노는 데 열중했다. 마치 그녀의 운명이 그림 퍼즐인 것처럼 말이다—이득을 세어 보고, 희망을 세어 보며, 딕, 니콜, 어머니, 어제 만난 감독을 생각하였다. 마치 구슬 목걸이의 구슬을 일일이 세듯이.

딕이 문을 두드렸을 때 그녀는 막 옷을 입고 비를 바라보며 어떤 시와 배수로로 가득 찬 베벌리힐스를 떠올렸다. 문을 열었을 때 그녀는 언제나 그랬듯이 그를 변함없고 신과 같은 존재로 보았다. 나이 든 사람들은 젊은 사람들에게 엄격하고 고집 세게 비춰졌다. 딕은 그녀를 어쩔 수 없이 생겨나는 실망감과 함께 바라보았다. 그는 그녀의 무방비한 미소에 반응하는 데 잠시 시간이 걸렸다. 그녀의 몸은 아직 싹이지만, 꽃이 될 것이라고 보장하듯 밀리미터 단위까지 계산되어 있었다. 그는 욕실 문에 깔려 있는 깔개에 젖은 그녀의 발자국이 찍혀 있는 것을 의식하고 있었다.

"미스 텔레비전." 그는 느끼지 못할 정도로 가볍게 말하며 장갑과 서류 가방을 화장대 위에 놓고 지팡이를 벽에 기대어 두었다. 그의 턱은 입가에 있는 고통의 주름들을 장악하여 이마와 눈가로 밀어 올렸다. 마치 사람들에게 보여 줄 수 없는 공포인 것처럼 말이다.

"가까이 와서 무릎에 앉아." 그가 부드럽게 말했다. "그리고 너의 사랑스러운 입을 내게 보여 줘."

밖에서 물방울이 천천히 뚝, 뚜-우--우-욱 하며 떨어지는 동안 그녀는 다가와 그의 무릎에 앉아, 그녀가 창조한 아름답고 차가운 이미지에 입술을 갖다 댔다.

곧 그녀는 그의 입에 몇 번 키스를 했다. 그녀의 얼굴은 그에게 다가갈수록 커졌다. 그는 그녀의 피부처럼 눈부신 것을 본 적이 없었다. 그리고 때때로 아름다움은 가장 좋은 생각을 떠올리기에, 니콜에 대한 책임, 복도 건너 문 두 개를 지나면 있는 그녀에 대한 책임이 떠올랐다.

"비가 그쳤군." 그가 말했다. "지붕 위에 있는 해가 보여?"

로즈메리는 일어서서 몸을 숙이고는 자신에게는 가장 진심 어린 말을 했다.

"아, 우린 대단한 배우예요—당신과 나."

그녀가 옷장으로 가 빗을 머리에 딱 대는 순간 천천히 문을 두드리는 소리가 났다.

그들은 충격을 받고선 꼼짝도 하지 않았다. 문을 두드리는 소리가 고집스럽게 반복되었고, 순간 문이 잠겨 있지 않다는 것을 깨달은 로즈메리는 한 번의 빗질로 손질을 끝낸 다음, 그들이 앉아 있던 침대의 주름을 재빨리 없애고 있던 딕을 향해 고개를 끄덕이고 문으로 향했다. 딕은 너무 크지 않게 자연스러운 목소리로 말했다.

"—외출할 마음이 들지 않으면, 내가 니콜에게 말할게요. 우리는 마지막 저녁을 아주 조용하게 보낼 거예요."

이러한 조심은 불필요했다. 문밖에 있는 사람들은 매우 괴로웠기에 그들과 관련이 없는 문제는 빠르게 결정을 내려 배제하고 있었기 때문이다. 그 자리에 서 있던 사람은 지난 24시간 동안 몇 달이나 늙어 버린 에이브, 그리고 에이브가 스톡홀름의 피터슨이라고 소개한, 잔뜩 겁에 질린 채 걱정하고 있는 유색인이었다.

"이 사람이 끔찍한 상황에 처했는데 그게 나 때문이야." 에이브가 말했다. "우린 좋은 조언이 필요해."

"우리 방으로 가세." 딕이 말했다. 에이브는 로즈메리도 와야 한다고 주장했고, 그들은 복도를 건너 다이버 부부의 스위트룸으로 향했다. 국경 지역에서 공화당을 지지하는 정중한 스타일의 작고 존경할 만한 흑인 쥴스 피터슨이 따라왔다.

이 자는 이른 아침 몽파르나스에서 벌어진 분쟁의 법적 증인인

듯 보였다. 그는 에이브와 함께 경찰서에 가서 한 흑인이 에이브의 손에서 천 프랑짜리 지폐를 빼앗아 갔다는 주장을 뒷받침해 주었다. 범인이 누군지가 이 사건의 핵심이었다. 에이브와 줄스 피터슨은 경찰과 함께 작은 식당으로 돌아갔고, 너무 성급하게 한 사람을 범인으로 지목하였는데, 그 사람은 에이브가 가게를 떠난 지 한 시간 후에 들어온 사람으로 밝혀졌다. 경찰은 유명한 흑인 식당 경영자를 체포함으로써 일을 더 복잡하게 만들었다. 아주 이른 시간에 알코올이 섞인 안개를 뚫고 잠시 나타났다 사라져 버린 프리먼이었다. 그의 친구들의 말에 따르면, 진짜 범인은 에이브가 주문한 술값을 내기 위해 오십 프랑짜리 지폐를 제멋대로 빼앗았을 뿐이라고 주장하며, 조금 전에야 약간 사악한 역을 맡아 현장에 다시 나타났다.

간단히 말해 에이브는 한 시간이라는 시간 동안 프랑스 라틴 구역에 사는 아프리카계 유럽인과 세 명의 아프리카계 미국인들의 개인적인 삶과 양심, 그리고 감정에 얽혀 버렸다. 이 꼬인 사건을 해결할 방법은 희미하게조차도 보이지 않았고, 낯선 흑인들이 예상치 못한 곳과 예상치 못한 모퉁이에서 튀어나오고, 고집스러운 흑인의 목소리가 전화 속에서 들려오는 분위기가 하루 내내 지속되었다.

그럼에도 에이브는 줄스 피터슨을 제외한 그들 모두를 피하는 데 성공했다. 피터슨은 오히려 백인을 도운 친절한 인디언의 입장이었다. 그의 배신으로 상처받은 흑인들은 에이브보단 그를 쫓았고, 피터슨은 보호받기 위해 에이브를 따라다녔다. 피터슨은 스톡홀름에서 작은 구두약 제조업체를 운영하다 실패하여, 지금은 제조 비법과 조그만 상자를 채울 정도의 작업 도구만 남은 상태였다. 그러나 그의 새로운 보호자는 새벽에 베르사유에서 사업을 하게 해주겠다고 약속했다. 에이브의 전 운전기사는 그곳에서 제화공으로 일했고, 에이브는 피터슨에게 200프랑의 돈을 건넸다.

로즈메리는 이 길고 복잡한 이야기를 불쾌해하며 들었다. 이 일의 그로테스크한 면을 이해하려면 그녀보다 더 튼튼한 유머 감각이 필요했다. 휴대용 공장을 들고 다니는 남자, 때때로 공포에 질린 하얀 반원을 드러내는 진실하지 못한 눈. 에이브의 모습. 그의 얼굴은 선명한 선이 있음에도 희미해 보였다—그녀에게는 이 모든 것이 질병만큼 멀리 떨어진 존재였다.

"전 인생에서 오로지 한 번의 기회만을 바랄 뿐입니다." 피터슨이 정확하면서도 식민지국 특유의 왜곡된 억양으로 말했다. "제 방식은 간단하고, 공식은 너무나 훌륭해서 스톡홀름에서 쫓겨나고 망했습니다. 제가 그것들을 처분할 마음이 없었기 때문이죠."

딕은 정중하게 그를 대했다—관심이 생겼다가 이내 사라졌고, 에이브를 바라보았다.

"어디 호텔이라도 가서 좀 자. 자네가 괜찮아지면 피터슨 씨가 당신을 만나러 갈 걸세."

"피터슨이 처한 상황을 인식하지 못했나?"

"복도에서 기다리죠." 피터슨이 사려 깊게 말했다. "제 앞에서 제 문제를 논하는 것은 힘들 테니까요."

그는 프랑스식 인사를 짧고 서툴게 한 뒤 물러났다. 에이브는 기관차처럼 신중하게 일어섰다.

"오늘은 별로 인기가 없나 보군."

"인기는 있지만 개연성이 없지." 딕이 조언했다. "내 조언은 이 호텔을 떠나라는 거야―원한다면 가는 길에 바에 들려도 되고. 샹보르로 가. 많은 도움이 필요하다면, 마제스틱으로 가고."

"술 한 잔만 받는 민폐를 범해도 될까?"

"여긴 한 잔도 없어." 딕이 거짓말을 했다.

체념한 에이브는 로즈메리와 악수를 했다. 천천히 얼굴을 가다듬고, 오랫동안 그녀의 손을 잡고 어떤 말을 하려고 했으나 입 밖으로 나오지 않았다.

"당신은 가장―최고 중―"

그녀는 미안했지만, 그의 더러운 손에 혐오감을 느꼈다. 하지만 예의 바르게 웃어 주었다. 마치 느린 꿈속을 걸어 다니는 사람을 보는 것이 그녀에게는 별로 특별한 일이 아니라는 듯이. 때때로 사람들은 술에 취한 사람들에게 특이한 존경심을 드러내는데, 마치 단순한 사람들이 미친 사람들에게 보내는 존경과 같다. 두려움이라기보다는 존경심이다. 모든 억제를 놓아 버린, 무엇이든 할 것 같은 사람들은 경외심을 불러일으킨다. 물론 우리는 나중에 그가 우월한 위치에 서는 순간, 장엄해 보이는 순간에 대한 대가를 치르게 하지만 말이다. 에이브는 돌아서며 딕에게 마지막으로 항변했다.

"호텔에 가서 뜨거운 증기도 쐬고 빗질도 하고 잠도 좀 자고, 세네갈 사람들을 떨쳐 버리고 나면―이곳에 와 벽난로 옆에서 저녁을 보내도 될까?"

딕은 그에게 고개를 끄덕이며 조롱이라기보다는 덜 동의하듯 말했다. "자네는 현재의 자네 능력을 높게 평가하는군."

"만약 니콜이 여기 있었다면, 틀림없이 다시 오라고 했을 거야."

"그래." 딕은 여행 가방을 올려 둔 곳으로 가서 상자 하나를 중앙 테이블로 가져왔다. 안에는 셀 수 없이 많은 판지 글자들이 들어 있었다.

"철자 바꾸기 놀이를 하고 싶다면 와도 좋아." 에이브는 상자 안의 내용물을 바라보면서 마치 귀리를 먹으라는 제안을 받은 듯 육체적인 역겨움을 느꼈다.

"철자 바꾸기라고? 내가 충분히 이상한 일을 겪지 않았나—"

"조용한 게임이야. 이것들로 단어를 만들 수 있어—알코올이라는 단어만 빼고."

"알코올이라는 단어도 충분히 만들 수 있겠지." 에이브가 글자들 사이로 손을 집어넣었다. "알코올을 만들 수 있으면 돌아와도 돼?"

"철자 바꾸기를 하고 싶으면 돌아와도 돼."

에이브는 체념한 듯 고개를 저었다.

"자네가 그런 태도에 갇혀 있으면 아무런 소용이 없어—난 그저 방해만 될 뿐이야." 그는 딕에게 비난하듯이 손가락을 흔들었다. "하지만 조지 3세*가 한 말을 기억해. 그랜트 장군이 주정뱅이라면

* 미국 독립전쟁 당시 영국의 왕이었다. 에이브러햄 링컨이 그랜트 장군을 옹호하기 위하여 조지 2세와 관련한 일화를 원용하였는데, 에이브는 이 일화를 말하며 조지 2세를 조지 3세로 잘못 이야기했다.

176

다른 장군들을 물었으면 좋겠다고 한 것을."

마지막으로 그는 황금빛 눈초리로 로즈메리를 필사적으로 바라보며 떠났다. 그에겐 다행스럽게도 피터슨은 더 이상 복도에 없었다. 길을 잃고 집도 잃은 기분으로 그는 폴에게 그 배의 이름을 물어보러 돌아갔다.

25

그가 비틀거리며 나가자 딕과 로즈메리는 잠깐 동안 포옹했다. 두 사람의 몸에는 파리의 먼지가 덮여 있었고, 그 먼지를 통해 서로의 냄새를 맡았다. 딕의 만년필 고무 덮개, 로즈메리의 목과 어깨에서 나는 아주 희미한 온기의 냄새. 딕은 30초 더 이 상황에 매달렸다. 로즈메리가 먼저 현실로 돌아왔다.

"난 가야 하오, 젊은이." 그녀가 말했다.

그들은 점점 넓어지는 공간을 사이에 두고 서로를 향해 눈을 깜빡였고, 로즈메리는 어렸을 때 배운 방식으로 퇴장했다. 그 어떤 감독도 개선하려고 시도하지 않았던 퇴장이었다.

그녀는 자신의 방문을 열고 바로 책상으로 가다가 손목시계를 두고 다녀온 것을 깨달았다. 시계는 책상에 있었다. 그녀는 어머니에게 매일 쓰는 편지를 흘끗 내려다보면서 마음속으로 마지막 문장을 끝마쳤다. 그러고 나서 서서히, 고개를 돌리지도 않고, 방 안에 혼자 있는 것이 아니라는 사실을 알아차렸다.

사람이 있는 방에는 오로지 반만 눈에 띄며, 빛을 굴절시키는 물건들이 있다. 광택이 나는 목재, 어느 정도 윤을 낸 놋쇠 제품, 은이나 상아. 이 외에도 수많은 것들이 빛과 그림자를 매우 약하게 전달하지만 사람들은 이것들을 전달자로 생각하지 않는다. 액자의 윗부분, 연필이나 재떨이, 수정이나 도자기 모서리가 이러한 것들이다. 이 굴절의 총체들은 감지하기 힘든 시야의 반사작용과 마치 유리 설비자가 언젠 사용할지 모르는 불규칙한 모양의 유리 조각을 보관하듯 우리가 계속 보관하고 있는 잠재의식에 존재하는 연상의 조각에도 동일하게 호소한다. 어쩌면 이 사실이 이후 로즈메리가 불가사의라고 묘사한 '깨달음'에 대해 설명해 줄지 모르겠다. 그녀가 눈으로 확인하기도 전에 방에 누군가 있다는 사실을 안 것 말이다. 이 사실을 깨달았을 때 그녀는 일종의 발레 스텝을 밟듯이 빠르게 돌았고, 죽은 흑인이 침대 위에 늘어져 있는 것을 보았다.

그녀는 "아아아아!" 하고 소리 질렀고, 아직 채 매지 못한 손목시계는 책상에 쾅 하고 부딪혔다. 그녀는 그것이 에이브 노스라는 터무니없는 생각을 했다. 그러고선 문으로 달려가 복도를 가로질렀다.

딕은 정돈을 하고 있었다. 그는 오늘 착용했던 장갑을 확인한 후 가방 구석의 더러워진 장갑을 벗어 놓은 더미에 던졌다. 외투와 조끼를 걸고 셔츠를 다른 옷걸이에 걸었다—그만의 방식이었다. '약간 더러워진 셔츠는 입어도 주름진 셔츠는 입지 않는다.' 니콜이 들어와서 에이브의 특이하게 생긴 재떨이 가운데 하나를 쓰레기통에 버리고 있을 때, 로즈메리가 방으로 뛰어 들어왔다.

"딕! 딕! 와서 이것 좀 보세요!"

딕은 복도를 가로질러 로즈메리의 방으로 뛰어 들어갔다. 그는 피터슨의 심장 쪽으로 무릎을 꿇고 맥을 짚어 보았다—시신은 따뜻했다. 살아 있을 시 괴로워하고 속을 잘 모르겠던 표정이 죽으니 역겹고 억울해 보였다. 도구 상자는 한쪽 팔 아래 놓여 있었고, 침대의 머리맡에 매달려 있던 신발은 광택이 없고, 바닥은 닳아 있었다. 프랑스 법에 따르면 딕은 시신을 만질 권리가 없었지만, 그는 뭔가를 살펴보기 위해 팔을 약간 움직였다—녹색 침대보에는 얼룩이 있었다. 그 아래 담요에도 희미한 피가 묻어 있을 것이다.

딕은 문을 닫고 서서 생각에 잠겼다. 그는 복도에서 조심스러운 발소리를 들었고, 니콜이 이름을 부르는 것을 들었다. 문을 열며 그는 속삭였다. "우리 침대로 가서 침대 덮개와 담요 좀 가져와—아무에게도 들키지 말고." 그런 뒤에 니콜의 긴장된 표정을 보고 재빨리 덧붙였다. "이것 봐, 이 일 때문에 흥분하면 안 돼—이건 그저 흑인들의 다툼일 뿐이야."

"끝났으면 좋겠어요."

딕이 들어 올린 시신은 영양 상태가 좋지 못해 가벼웠다. 그는 상처에서 흘러나오는 피가 남자의 옷에 흘러가도록 들고 있었다. 딕은 시신을 침대 옆에 눕히고 침대 덮개와 담요를 벗긴 뒤, 1인치 정도 문을 열고 귀를 기울였다—복도 끝에서 접시가 짤랑거렸고, 이어서 선심 쓰는 척 "고마워요, 부인" 하는 소리가 들렸다. 그러나 웨이터는 다른 방향으로 향하더니 종업원용 계단 쪽으로 갔다. 딕과 니콜은 복도에서 재빨리 꾸러미를 교환했다. 딕은 그것들을 로즈메리 침대에 펼친 뒤 따뜻한 어스름 속에서 땀을 흘리며 생각했다. 시체를 검사한 직후 어떤 점들이 그에게 명백해졌다. 첫째, 에이브가 처음으로 적대시한 인디언이 우호적인 인디언을 따라오다가 복도에서 그를 발견했고, 우호적인 인디언이 필사적으로 로즈메리의 방으로 피신하자 그곳까지 따라와 그를 살해했다. 둘째, 사건이 이대로 자연스럽게 진행되도록 내버려 둔다면 지상에 존재하는 그 어떤 힘으로도 로즈메리에게 오점이 남는 것을 막을 수 없다—아버클 사건*의 여파가 아직 가시지 않았기 때문이다. 그녀의 계약은 상황에 따라 엄격하고 예외 없이 〈아빠의 딸〉의 역을 계속 유지해야 할 의무가 있다는 조건이 달려 있었다.

닥은 소매 없는 셔츠를 입고 있었음에도 습관적으로 소매를 걸어 올린 뒤, 시신 위로 몸을 구부렸다. 외투의 어깨 부분에 잡을 만한 것을 확보한 다음 뒤꿈치로 문을 차서 열고는, 재빨리 시체를 복도로 끌고 나와 그럴듯한 위치에 내려놓았다. 다시 로즈메리의 방으로 돌아와 플러시 천으로 만들어진 바닥 깔개를 매끄럽게 만들었다. 그러고 나서 그는 스위트룸에 돌아가 호텔 지배인에게 전화를 걸었다. "맥베스?—닥터 다이버입니다—매우 중요한 이야기예요. 이거 우리 둘만 들을 수 있는 전용 회선인가요?"

이전에 노력을 기울여 맥베스와 사이를 단단하게 굳혀 놓아 다행이었다. 그가 다시는 발 들여놓지 않을 넓은 구역에서 붙임성

---

* 1920년대의 할리우드 스타 로스코 아버클이 단역 배우를 강간하고 살인했다는 혐의로 고발된 사건.

있게 행동한 것을 사용한 경우 중 하나였다…….

"스위트룸에서 나가다 홀에서 죽은 흑인을 봤소…… 복도에
서……. 아니, 아니, 그는 민간인이오. 잠깐만―혹시나 시신이 다
른 손님들 눈에 띄는 걸 맥이 원치 않을 것 같아서 전화한 거요.
물론 내 이름은 빼 달라고 부탁해야겠소. 내가 그 사람을 발견했
던 이유로 프랑스의 불필요한 요식에 얽매이고 싶진 않소."

호텔 입장에선 얼마나 섬세한 배려인가! 맥베스는 이틀 전 밤
닥터 다이버의 이러한 배려를 직접 목격한 적이 있었기에, 두말없
이 그 이야기를 믿을 수 있었다.

잠시 후 맥베스가 도착했고, 바로 이어서 경찰관이 도착했다. 그
사이 그는 딕에게 속삭였다. "이 호텔에 머물고 있는 어떤 손님의
이름이든 보호될 것이라고 약속합니다. 수고해 주셔서 너무 감사
할 따름입니다."

맥베스는 상상할 수 있는 즉각적인 조치를 취하였고, 그로 인해
경찰관은 불안과 탐욕에 사로잡혀 미친 듯이 콧수염을 잡아당겼
다. 그는 형식적으로 메모를 하고 경찰서에 전화했다. 한편 사업가
로서 꽤나 알려진 쥴스 피터슨의 시신은 빠른 속도로 세상에서 가
장 유명한 이 호텔의 또 다른 방으로 옮겨졌다. 딕은 자신의 방으
로 돌아갔다.

"무슨 일이 일어난 거죠?" 로즈메리가 소리쳤다.

"파리의 모든 미국인들은 서로에게 항상 총질하나요?"

"사냥 허가 기간인 것 같아." 그가 대답했다. "니콜은?"

"욕실에 있는 것 같아요." 로즈메리는 자신을 구해 준 그를 사랑

했다—이 사건으로 인하여 일어날 수 있었던 재앙들이 그녀의 마음에 스쳐 갔다. 그녀는 깊은 숭배심을 가지고, 모든 일을 수습한 그의 강하고 확고하고 공손한 목소리에 귀를 기울였다. 그러나 그녀의 영혼과 몸이 흔들거리며 다가왔으나 그는 다른 곳에 관심을 쏟고 있었다. 그는 침실로 들어가 욕실로 향하였다. 이제 로즈메리 역시 사람의 언어 같지 않은 소리가 열쇠 구멍과 문틈을 뚫고 나와 스위트룸을 휩쓸며 공포를 불러일으키는 것을 알아챘다.

로즈메리는 니콜이 욕실에서 넘어져서 다쳤다고 생각하며 딕을 따라갔다. 그러나 그녀가 생각한 상황이 아니었다. 딕은 무뚝뚝하게 어깨로 니콜을 밀며 시야를 가렸다. 니콜은 욕조 옆에서 무릎을 꿇은 채 좌우로 몸을 흔들고 있었다. "당신이었어!" 그녀가 소리쳤다. "—내가 가질 수 있는 세상의 유일한 사적인 공간을 침범한 건 당신이야—빨간 피가 묻은 침대 덮개를 들고. 나는 그것을 당신을 위해 입을 거야—부끄럽지 않아. 단지 애처로울 뿐. 만우절(All Fools Day)에 우리는 취리히 호수에서 파티를 열었고, 모든 바보가(All the fools) 모였지. 난 침대 덮개를 입고 싶었지만, 그들은 허락하지 않았어—"

"진정해!"

"—그래서 욕실에 앉아 있으니 그들이 도미노*를 가져와 그걸 입으라고 했어. 그렇게 했지. 내가 뭘 할 수 있겠어?"

---

* 가장무도회에서 착용하는 마스크가 달린 헐렁한 망토.

"진정해, 니콜!"

"날 사랑할 거라고 기대하지도 않았어―너무 늦었어―욕실에만 들어오지 말아 줘. 내가 유일하게 혼자 있을 수 있는 공간에. 빨간 피가 묻은 침대 덮개를 가지고 와서 처리하라고 하지 말아 줘."

"진정해. 일어나―"

응접실로 돌아온 로즈메리는 화장실 문이 쾅 닫히는 소리를 들으며 떨고 있었다. 이제 그녀는 바이올렛 맥키스코가 빌라 디아나의 화장실에서 본 것이 무엇인지 알게 되었다. 그녀는 전화벨이 울리자 수화기를 들었고, 콜리스 클레이라는 사실을 알곤 안도감에 거의 울 뻔했다. 콜리스는 로즈메리가 다이버의 방에 있다는 것을 추적해서 알아냈다. 그녀는 모자를 챙겨야 하니 올라와달라고 부탁했다. 방에 혼자 들어가기 두려웠기 때문이다.

제2부

1

1917년 봄, 닥터 리처드 다이버가 취리히에 처음 도착했을 때, 그는 스물여섯 살이었다. 남자로서 좋은 나이였고, 독신남으로서 절정이었다. 심지어 전시였지만 딕에게는 너무나 좋은 때였다. 총에 맞아 죽기에는 자본이 너무 많이 투자된, 매우 귀중한 존재였다. 몇 년이 지난 후 돌아보니 그는 이 안식처에서조차 가볍게 탈출하지 못했다. 그러나 전쟁에서 탈출하는 문제에 관해 말하자면 그는 단 한 번도 그런 마음을 먹어 본 적이 없었다―1917년 그는 탈출이라는 생각을 비웃으며 전쟁이 그를 건드리지 않는다고 변명하듯이 말했다. 그의 지역 위원회는 계획대로 취리히에서 공부를 끝내고 학위를 받으라는 지침을 내렸다.

스위스는 한쪽 면은 고리치아 주변의 천둥 같은 파도에, 다른 면은 솜강과 엔강의 폭포에 씻겨 나가고 있는 섬이었다. 한때 스위스 여러 주에서는 병든 사람들보다 음모를 꾸미는 낯선 사람들이 더 많은 듯 보였는데, 그것이 사실인지 아닌지는 알 수 없었다— 베른과 제네바의 작은 카페에서 소곤거리는 남자들은 다이아몬드 판매원이거나 외판원일 가능성이 컸다. 그러나 콩스탕스와 뇌샤텔 사이에 있는 밝은 호수를 지나가는, 눈이 먼 사람이나 한쪽 다리를 잃은 사람 또는 죽어 가는 몸통을 태운 기차가 지나가는 것을 보지 못한 사람은 아무도 없었다. 비어홀과 진열장에는 1914년 스위스가 국경을 방어하는 모습이 담긴 밝은 포스터가 붙어 있었다—흉포한 인상의 젊은이들과 노인들이 산에서 프랑스인과 독일인을 내려다보고 있었다. 이 포스터의 목적은 퍼져 나가기 쉬운 그 시절의 영광을 함께 나누었다는 것을 스위스인들의 가슴에 각인시키는 것이었다. 학살이 계속되자 포스터들은 점점 시들해져 갔고, 미국이 전쟁에 참여했을 때, 그 어떤 나라도 자매 공화국 스위스만큼 놀라지 않았다.

닥터 다이버는 그 당시 전쟁의 가장자리만 보았다. 1914년에 그는 코네티컷에서 온 옥스퍼드 로즈 장학생이었다. 마지막 한 학년은 귀국하여 존스 홉킨스 대학에서 보냈고, 그곳에서 학위를 받았다. 1916년에는 만약 서두르지 않는다면 위대한 프로이트가 공습 때문에 결국 죽을 것이라는 느낌이 들어 빈으로 향하였다. 빈은 그 당시만 해도 죽음으로 인해 늙어 가고 있었지만 딕은 어떻게든 충분한 양의 석탄과 기름을 구해 다멘슈티프 거리의 방에 앉아 팸플릿을 쓸 수 있었다. 그는 나중에 이것들을 없애 버렸지만, 다시 쓰게 되었고, 그 내용이 1920년 취리히에서 출판한 책의 뼈대가 되었다.

우리는 대부분 인생에서 가장 좋아하는 시기, 투지 넘치는 시기가 있는데, 딕에겐 그때가 그러한 시기였다. 일단 말해 두자면, 그는 자신이 매력적이라는 것을 전혀 몰랐고, 그가 끼치는 영향과 애정이 건강한 사람들 사이에서도 흔치 않다는 것을 몰랐다. 뉴헤이븐에서 보낸 마지막 해에 누군가 그를 '럭키 딕'이라고 불렀다—그 이름은 그의 머릿속에서 오랫동안 남아 있었다.

"럭키 딕, 이 감당할 수 없는 놈." 그는 불타오르는 마지막 장작들 주위를 걸으며 혼자 속삭이곤 했다. "네가 해냈어, 이 자식아. 네가 나타나기 전까지는 아무도 그게 그곳에 있는지 몰랐다고."

석탄을 찾기가 어려워진 1917년 초, 딕은 지금까지 그가 모아 둔 백여 권의 교과서를 연료로 사용하기 위해 태웠다. 한 권 한 권을 불에 내려놓을 때마다 그는 자신이 책 내용의 요약본이며, 만약 5년 후에 내용을 요약해야 할 일이 생긴다면 그때도 할 수 있다고 확신하며 빙그레 웃었다. 이것은 필요할 때면 시간을 가리지 않고 계속되었고, 그때마다 그는 바닥 깔개를 어깨에 걸치고, 천상의 평화에 가장 가까운 학자의 정숙함을 느꼈다—그러나 곧 이야기하겠지만, 이런 상황은 끝나야만 했다.

이것이 일시적으로 유지된 이유는, 그가 뉴헤이븐에서 링운동을 했고, 이제는 겨울 다뉴브강에서 수영을 한 덕분이었다. 대사관의 이등 서기관 엘킨스와 아파트를 같이 썼는데, 멋진 여자 둘이 찾아온 적이 있었다—그저 그러한 일이 있었을 뿐이고, 깊게 얽히지도 않았으며 대사관도 마찬가지였다. 에드 엘킨스와 관계를 맺으며 처음으로 자신의 정신 작용의 질(質)에 대해 희미하게 의심을 했다. 그는 자신의 정신 작용이 엘킨스와 완전히 다르다고 확신할 수 없었다. 지난 30년 동안 뉴헤이븐의 쿼터백으로 지냈던 모든 사람의 이름을 읊을 수 있는 엘킨스와.

"—그리고 럭키 딕은 이런 똑똑한 사람들 중 한 명이 될 수 없어. 이것보다 덜 멀쩡해야 돼. 심지어 조금이라도 부서져야 돼. 만약 딕의 삶에 그런 일이 없다면, 그건 병이나 상심, 열등감, 콤플렉스 같은 것으로 대체할 수 없어. 부서진 곳을 쌓아 올려 원래의 구조물보다 더 좋게 만드는 건 멋진 일이긴 하지."

딕은 그의 추론을 허울만 그럴듯하고 '미국적'이라고 말하며 비웃었다—그가 미국적이라고 말하는 기준은 지적이지 못한 말들이었다. 그러나 그는 자신의 온전함의 대가가 불완전이라는 것을 알고 있었다.

"내 아이야, 내가 널 위해 빌어 줄 수 있는 최선은." 새커리의 『장미와 반지』에 나오는 블랙스틱 요정도 이렇게 말하지 않았던가. "약간의 불행이란다."

기분에 따라서 그는 자신의 추론에 귀를 기울였다. 탭 데이*에 모두가 피트 리빙스턴을 찾느라고 난리가 났을 때 정작 그는 라커 룸에 앉아 있었는데, 내가 뭘 할 수 있었을까? 그래서 내가 뽑혔던

---

* 매년 봄, 예일 대학에서 비밀 클럽의 멤버를 뽑는 날. 졸업반 학생이 하급생을 뽑는다.

것이고, 그러지 않았더라면 엘리후*에도 들어가지 못했을 거야. 아는 사람도 적었을 거고. 그는 착하고 올바른 사람이었어. 내가 라커룸에 앉아 있어야 했고. 내가 뽑힐 가능성이 있다고 생각했다면 나도 그랬을지 모르지. 머서가 그 몇 주 동안 내 방으로 계속 오긴 했지. 난 나도 가능성이 있다는 것을 알고 있었을지도 몰라. 하지만 그랬다면 난 샤워실에서 내 핀을 삼키고 갈등을 일으켰을 거야.

대학 강의가 끝난 후 그는 자신을 안심시켜 준 젊은 루마니아 지식인과 이 점을 놓고 토론하였다. "예를 들어 괴테가 현대적인 의미의 '갈등'을 했다는 증거는 없습니다. 융 같은 사람도 마찬가지고요. 당신은 낭만주의 철학자가 아닙니다―당신은 과학자예요. 기억, 힘, 성격―특히나 좋은 센스. 이러한 것들이 당신의 문제가 될 겁니다―자신에 대한 판단이 될 것이고―한때 저는 2년 동안 아르마딜로의 두뇌에 대해 공부한 남자를 알고 있었습니다. 그는 조만간 아르마딜로의 두뇌에 대해 그 누구보다 더 잘 알게 될 거라고 생각했어요. 전 그에게 계속 말했어요. 사실 당신은 인간 지식의 영역을 확대하는 것이 아니라고―그는 너무 자의적이었어요. 그리고 당연하게도, 그는 의학 저널에 결과물을 보냈지만 거절당했습니다―같은 주제로 연구한 다른 사람의 논문을 막 받아들였기 때문이었죠."

---

* 들어가기 쉽다고 정평이 난 좌익 남학생 클럽.

딕은 지네보다는 적은 양의 아킬레스건을 갖고 취리히에 갔다. 영원한 힘과 건강, 사람들의 본질적인 선함 같은 많은 환상 따위를. 국가에 대한 환상, 그것은 오두막 문밖에 늑대가 없다고 노래할 수밖에 없었던 몇 세대에 걸친 변경 지대 어머니들의 거짓이었다. 학위를 받은 후, 그는 바르쉬르오브에 창설되는 신경학 부대에 입대하라는 명령을 받았다.

프랑스에서 그는 실무적인 일보단 행정적인 일을 했는데 그것이 혐오스러웠다. 그러나 보상으로 짧은 교과서를 완성하고 다음 주제를 위한 자료를 얻을 수 있었다. 그는 1919년 봄에 제대하면서 취리히로 돌아왔다. 앞서 말한 전기는 갈레나의 잡화점에서 축 늘어져 있는 그랜트 같은 영웅이 곧 어려운 운명을 맞을 준비가 되어있다는 전기와 달리 만족감이 없었다. 게다가 성숙기에 알게 된 사람의 젊은 시절 사진을 우연히 보고선, 그 시절의 사납고, 강인하고 독수리 눈빛 같은 모습을 보면 충격을 받고 혼란스러워지는 법이다. 그렇기에 안심시켜 주는 것이 최선인 듯하다—딕 다이버의 인생은 이제 시작이었다.

2

습기 찬 4월이었다. 알비스호른 위에는 긴 구름들이 대각선으로 드리워졌고 저지대의 물은 활발하게 흐르지 않았다. 취리히는 미국의 도시와 다르지 않다. 딕은 이틀 전에 도착한 이후로 무언가를 영영 잃어버린 것 같았는데, 그것은 프랑스의 유한한 차선에서 얻은 감각일 뿐 그 이상도 이하도 아니었다. 취리히에는 취리히 외에도 많은 것들이 있었다―지붕은 딸랑거리는 소리를 내는 소방목지로 시선을 이끌었고, 언덕 꼭대기들은 그 시선을 더 먼 곳으로 향하게 하였다―인생은 그림엽서에서 볼 법한 천국으로 향하는 수직의 계단이었다. 장난감과 케이블카, 회전목마, 얇은 차임벨의 고향인 알프스 지방에는 포도나무가 존재하지 않았다. 땅을 디딘 발을 덮으며 자라는 프랑스와는 그 점이 달랐다.

덕은 한때 잘츠부르크에서 한 세기 동안 사고 빌린 음악이 겹쳐 있다는 느낌을 받은 적이 있다. 취리히에 있는 대학 실험실에서 두뇌의 경부를 섬세하게 쿡쿡 찌르다, 2년 전 입구에 있는 거대한 그리스도의 아이러니를 참지 못하고 홉킨스 대학의 오래된 붉은 건물들을 서둘러 달려 나가던 토네이도 같았던 자신이 마치 장난감 제작자가 된 것처럼 느껴졌다.

그럼에도 그는 취리히에 2년 더 있기로 결정했다. 장난감 제작자의 무한한 정확함과 인내심을 과소평가하지 않았기 때문이다.

오늘은 취리히 호수 옆의 도플러 병원으로 프란츠 그레고로비우스를 만나러 왔다. 병원의 레지던트 병리학자이며, 태생부터 발도파이고, 덕보다 몇 살 위인 프란츠는 전차 정거장으로 마중을 나왔다. 그는 칼리오스트로처럼 어둡고 웅장한 모습이었다. 거룩한 눈은 그런 모습과 대조되었다. 그는 그레고로비우스 3세였다―그의 할아버지는 정신 의학이 암흑기에 머물다가 막 떠오르기 시작했을 때 크레펠린을 가르친 적이 있었다. 그는 자부심이 강하고,

불같으며, 양 같았다—그는 자신을 최면술사라고 생각했다. 만약 원래부터 가계에 존재하고 있던 천재성이 조금이라도 지쳐서 그에게 나타나지 않았다면, 그는 의심할 여지없이 훌륭한 의사가 되었을 것이다.

병원으로 가는 길에 그가 이렇게 말했다. "전쟁에서 겪은 경험을 말해 보게. 자네도 다른 사람들처럼 변했나? 자네 얼굴도 다른 미국인들처럼 멍청해 보이고 늙지 않았어. 물론 자네가 멍청하지 않다는 것을 알지만, 딕."

"전쟁을 조금도 보지 못했어—내가 보낸 편지 때문에 알고 있겠지만, 프란츠."

"그건 상관없어—이곳에는 멀리서 들려오는 공습 소리에 전쟁 신경증에 걸린 사람도 있으니까. 신문만 읽고 그렇게 된 사람도 몇 명 있고."

"내겐 말도 안 되는 소리로 들리는군."

"그럴지도 모르지, 딕. 하지만 여기는 부자들의 병원이거든—여기서는 말도 안 된다는 말은 사용하지 않아. 솔직히, 날 보러 온 건가, 아니면 그 여자를 보러 온 건가?"

두 사람은 곁눈질로 서로를 쳐다보았다. 프란츠는 수수께끼 같은 미소를 지었다.

"당연히 처음 보낸 편지들은 다 보았지." 그가 공식적일 때 사용하는 저음으로 말했다. "변화가 시작되었을 때 예의상 더 뜯어보지 못하겠더군. 사실상 자네의 환자가 된 거잖아."

"그럼, 그 여자는 잘 지내고 있는 건가?" 딕이 물었다.

"완전히. 내가 담당이야. 사실 영국과 미국 환자 대부분을 내가 담당하지. 그들은 날 닥터 그레고리라고 부른다네."

"그 여자에 대해 이야기해 주지." 딕이 말했다. "난 그 여자를 딱 한 번 보았어. 정말이야. 프랑스에 가기 직전에 자네에게 작별 인사를 하러 왔을 때였지. 처음으로 제복을 입었는데, 매우 가짜처럼 느껴지더군―사병들에게 경례하고 다니다 보니."

"오늘은 왜 안 입었어?"

"이봐! 난 3주 전에 제대했다고. 내가 그녀를 우연히 보게 된 이유를 말해 주지. 자네하고 헤어지고 자전거를 가지러 호수에 있는 건물을 향해 걸어가고 있었지."

"―'삼나무' 방향으로?"

"―알다시피, 아름다운 밤이었잖아―저 산 위로 달이 떠 있었지―"

"크렌체크산."

"―그러다 간호사와 젊은 여자를 만났어. 그 여자가 환자일 거라고 생각하지 않았어. 나는 간호사에게 전차 시간에 대해 물어봤고, 함께 걸어갔지. 그 여자는 내가 본 사람 중 가장 예뻤어."

"지금도 여전하지."

"그녀는 미군복을 본 적이 없었고, 우리는 이야기를 나누었어. 그것에 관해 아무 생각도 하지 않았지." 그는 익숙한 풍경을 발견하곤 말을 끊었다가 다시 이어 나갔다. "―단지, 프란츠, 난 아직 자네처럼 하드보일드 하지 못해. 그런 아름다운 겉모습을 보면 그 안에 있는 것에 안타까움을 느낄 수밖에 없어. 그게 전부였어―편지가 오기 전까지는."

"그건 그녀에게 일어날 수 있는 가장 좋은 일이었어." 프란츠가 인상적으로 말했다. "가장 운 좋은 전이야. 그래서 내가 아주 바쁜 날임에도 자네를 만나러 마중 나온 거야. 그 여자를 만나기 전에 내 사무실로 와서 이런저런 이야기를 나누었으며 해서. 사실, 그 여자는 취리히로 심부름을 보냈네." 그의 목소리는 열정으로 긴장되어 있었다. "사실, 간호사도 없이 덜 안정적인 환자와 함께 보냈어. 난 내가 다룬 이 사례가 매우 자랑스럽네. 자네의 우연한 도움이 들어간 이 사례가."

차는 취리히 호숫가를 따라 목초지와 샬레가 뾰족뾰족 솟아난 낮은 언덕이 있는 비옥한 지역으로 들어섰다. 태양은 파란 바다 같은 하늘로 뻗어 나갔고, 스위스의 골짜기는 갑자기 최고의 모습을 보여 주었다—기분 좋은 소리와 중얼거림, 건강하고 쾌활한 느낌을 주는 신선한 향기가 풍겼다.

돔러 교수의 시설은 오래된 건물 세 채와 새 건물 두 채였는데, 약간 높은 언덕과 호숫가 사이에 있었다. 10년 전 처음 건립했을 때 이곳은 최초의 현대식 정신병원이었다. 비전문가가 무심히 이 건물을 보았다면, 이 세상의 망가진 사람들과 불완전한 사람들, 위협적인 사람들의 보호시설임을 알아볼 수 없었을 것이다. 두 건물은 부드러운 덩굴로 덮여서 높이를 알아보기 힘든 벽에 둘러싸여 있었다. 남자 몇 명이 햇빛을 받으며 짚에 갈퀴질을 하고 있었다. 차는 구내로 들어갔고, 보도 위, 환자 옆에서 손을 흔드는 하얀색 깃발 같은 간호사들을 지나쳐 갔다.

덕을 사무실로 안내한 후, 프란츠는 30분 동안 자리를 비웠다. 혼자 남은 덕은 방을 돌아다니며 책상의 어지러운 물건들, 프란츠의 책과 그의 아버지와 할아버지의 책, 스위스의 경건함을 보여 주듯이 벽에 걸려 있는 커다란 클라레색의 아버지 사진을 통해 프란츠를 재구성하려고 했다. 방에는 연기가 자욱했다. 덕은 프렌치 윈도를 열어 원뿔 모양의 햇빛을 안으로 들여보냈다. 갑자기 그 환자에게, 그 여자에게 생각이 쏠렸다.

그는 8개월 동안 그녀에게서 약 50통의 편지를 받았다. 첫 번째 편지는 사과 조로, 젊은 여자들이 알지 못하는 군인에게 편지를 쓴다는 것을 미국 쪽에서 들었다고 설명했다. 그녀는 닥터 그레고리에게 이름과 주소를 얻었고, 자신이 가끔 덕에게 위문편지를 보내는 것을 그레고리가 신경 쓰지 않았으면 좋겠다는 내용 등이 적혀 있었다.

그때까지는 편지의 분위기를 쉽게 파악할 수 있었다―『키다리 아저씨』나 『거짓말쟁이 몰리』 같은 미국에서 유행하던 활기 넘치고 감성적인 서간 모음집 같은 분위기였다. 그러나 유사성은 거기서 끝났다.

편지는 두 종류로 나뉘었다. 첫 번째 종류는 휴전 무렵까지 도착한 편지로 뚜렷하게 병적인 경향을 띠었으며, 그 이후부터 지금까지 이어진 두 번째 종류는 완전히 정상적이고, 풍요롭고 성숙한 인격을 보여 주었다. 바르쉬르오브에서 보낸 지루한 마지막 몇 달 동안 덕은 두 번째 종류의 편지를 간절히 기다리게 되었다―그러나 첫 번째 종류의 편지에서도 프란츠가 짐작했을 내용보다 더 많

194

은 것을 유추해 낼 수 있었다.

나의 대위님

전 대위님이 군복을 입고 있는 모습을 보고 너무 잘생겼다고 생각
했어요. 그러다가 프랑스인이어도, 독일인이어도 상관없다고 생각
했어요. 대위님도 제가 예쁘다고 생각했겠지만 전에도 그런 말을 들
은 적이 있었고 오랫동안 참아 왔어요. 만약 대위님이 비도덕적이고
범죄적인 태도로 돌아오시고, 제가 신사 역할이라고 배운 태도를 조
금이라도 내비치지 않는다면, 전 당신을 만나지 않을 거예요. 하지
만 대위님은 다른 사람들보다 조용해 보이고, 부드러워 보여요. 마
치 커다란 고양이처럼요.

(2)

전 겁쟁이 같은 남자들을 좋아하게 되었어요. 대위님은 겁쟁이인
가요? 이 세상 어딘가에는 그런 사람들이 있어요. 이 모든 것을 양해
해 주세요. 이 편지는 제가 대위님에게 보내는 세 번째 편지이며, 즉
시 보내거나, 절대 보내지 않을 거예요. 달빛에 관해서도 많이 생각
해 봤는데, 제가 여기서 나갈 수만 있다면 많은 증인을 찾을 수 있을
거예요.

(3)

사람들이 대위님이 의사라고 하더군요. 하지만 대위님이 고양이
인 한은 얘기가 달라요. 머리가 너무 아파요. 그러니 이것을 양해해

주세요. 그곳을 마치 하얀 고양이와 함께 평범한 사람처럼 걸어가는 것이 설명해 줄 거예요. 제 생각엔, 전 세 나라말을 할 수 있어요. 영어까지 넷이네요. 만약 대위님이 프랑스에서 그런 일을 준비하시면, 전 틀림없이 통역을 하는 데 도움이 될 거예요. 수요일에 모든 사람들을 벨트로 묶어 놓고 통제했듯이, 모든 것을 통제할 수 있을 거라 확신해요. 지금은 토요일이고 대위님은 매우 멀리 떨어져 있지만, 어쩌면.

(4)

전사했겠죠. 언젠가 제게 돌아오세요. 전 언제나 이 푸른 언덕에 있을 테니까. 제가 끔찍이 사랑하는 아버지에게 편지 쓰는 것을 허락하지 않는 한. 이해해 주세요. 오늘의 나는 평소의 내가 아니에요. 좀 나아지면 편지를 쓸게요.

그럼 안녕히.

니콜 워런

이 모든 것을 양해해 주세요.

다이버 대위님

저처럼 신경이 매우 예민한 상태인 사람은 자기성찰이 좋지 않다는 것을 알지만, 제가 어떤 처지인지 알아주셨으면 해요. 작년이었나, 언제였나, 어쨌든 제가 시카고에 있을 때 하인과 말도 못 하고 거리를 돌아다니지도 못하게 되었을 때, 누군가가 말해 주기를 계속 기다렸어요. 그것이 이해해 줄 수 있는 사람의 의무에요. 눈이 먼 사람들은 반드시 이끌어 줘야 해요. 단지 아무도 제게 모든 것을 말해 주지 않았죠―그들은 제게 오로지 반만 알려 주었고, 전 이미 너무 혼란스러워서 2 더하기 2도 못 했어요. 한 남자는 친절했어요―그 사람은 프랑스 장교였는데, 절 이해해 주더군요. 그는 제게 꽃을 주면서 이렇게 말했어요. "더 작을수록 더

(2)

작게 들려." 우린 친구였어요. 그런데 그가 그것을 가져가 버렸어요. 전 점점 더 아팠고, 제게 설명해 줄 사람이 아무도 없었어요. 그들이 제게 불러 주던 잔 다르크에 관한 노래가 있었는데, 정말 못됐어요―그 노래는 저를 울게 했어요. 그땐 제 머리에 아무런 문제도 없었거든요. 스포츠에 대해서도 계속 언급했지만, 그땐 별로 신경 쓰지 않았어요. 그래서 그날 저는 미시간 대로를 걷고 또 걸어 몇 마일을 걸어갔을 때쯤 마침내

(3)

그들이 차를 타고 저를 따라왔지만, 전 차에 타지 않았어요. 마침내 그들이 나를 끌어당겼고 그 안에는 간호사들이 있었어요. 그 이후로 저는 모든 것을 깨닫기 시작했어요. 무슨 일이 일어나고 있는지 다른 사람들을 통해 느낄 수 있었거든요. 그러니 제가 어떤 상태인지 아시겠죠. 그리고 의사들은 제가 여기서 극복해야 할 것들을 계속 반복해서 이야기하는데, 여기 머무르는 게 무슨 도움이 되겠어

요. 그래서 오늘 아버지에게 저 좀 데려가 달라고 편지를 썼어요. 저는 대위님이 사람들을 진찰하고

(4)

돌려보내는 것에 관심이 있다니, 기뻐요. 분명 매우 재미있겠죠.

저번처럼, 또 다른 편지에서:

대위님은 어쩌면 다음 진찰은 건너뛰고 제게 편지를 쓸지도 모르겠군요. 그들은 제가 배운 것을 잊어버릴까 봐 축음기 레코드에 녹음해서 보냈고, 전 간호사들이 제게 말을 걸지 않도록 전부 부숴 버렸어요. 레코드는 간호사들이 알아듣지 못하도록 영어로 되어 있었어요. 시카고의 한 의사는 제가 허세를 부린다고 말했지만, 그가 정말로 의미하는 것은 제가 쌍둥이 6호고, 이런 경우를 한 번도 본 적이 없다는 거예요. 하지만 전 그 당시 매우 화를 내는 것에 바빠서 그가 뭐라고 하건 신경 쓰지 않았어요. 저는 화를 내는 일로 매우 바쁠 때면, 남들이 뭐라고 하건 신경 쓰지 않아요. 제 안에 백만 명의 소녀들이 있더라도 말이죠. 대위님은 그날 밤 제게 노는 법을 가르쳐 주신다고 했죠. 음, 제 생각에는 사랑

(2)

이 전부여야 하고 또는 그래야 한다고 생각해요. 어쨌든 진찰에 대한 관심 때문에 계속 바쁘시다니 기뻐요.

진심을 담아,

니콜 워런

무력한 휴지(休止)가 어두운 운율들 안에 숨어 있는 편지들도
있었다.

다이버 대위님께

제가 대위님에게 편지를 쓰는 이유는 의지할 수 있는 사람이 없기
때문이에요. 그리고 만약 저만큼 아픈 사람에게도 이 우스꽝스러운
상황이 분명하게 보인다면, 틀림없이 대위님에게도 분명히 보이겠
죠. 정신적 문제는 온 데 퍼졌고, 그것 말고도 전 완전히 망가졌고
굴욕감을 느껴요. 이것이 그들이 원하는 건지는 모르지만. 우리 가
족은 창피하게도 저를 무시했어요. 그 사람들에게 도움이나 연민을
구해 봤자 소용없어요. 저는 참을 만큼 참았고, 제 머릿속의 문제가
치유될 수 있는 척하는 것은 제 건강을 망치고 시간을 낭비할 뿐이
에요.

(2)

저는 반 정신병자용 정신병원이라고 생각이 드는 곳에 있습니다.
아무도 내게 진실을 말해 줄 필요가 없다고 생각하기 때문에요. 제
가 지금 알고 있는 것처럼, 그 당시 무슨 일이 일어나는지 알았더라
면 견딜 수 있었을 거예요. 전 꽤 강한 사람이니까요. 하지만 제게
알려 줬어야 할 사람들은 제가 알 필요가 없다고 생각했어요. 그리

고 이제, 제가 알게 되고 아는 것에 대한 대가를 치르고 나니, 그 사람들은

(3)

불행하고 비참하게 그곳에 앉아 제가 믿어 왔던 것을 믿어야 한다고 해요. 특히나 한 사람이 그러는데, 전 이제 알아요. 전 대서양을 건너 친구들과 가족들로부터 떨어져 있어서 항상 외로워요. 반쯤 멍한 상태로 여기저기를 돌아다니고요. 만약 대위님이 저를 통역사로 채용할 수 있다면(전 프랑스어와 독일어를 현지인처럼 할 줄 알고, 이탈리아어도 꽤 하고

(4)

약간의 스페인어를 할 줄 알아요 아니면 적십자 구급차나 정규 간호사 자리를 얻어 줄 수 있다면, 물론 훈련을 받아야겠지만, 제게 커다란 축복을 주시는 거예요.

또,

대위님은 뭐가 문제인지 설명하는 제 이야기를 받아들이지 않으시니, 적어도 대위님의 생각이 어떤지 제게 설명해 줄 수 있겠죠. 왜냐하면 대위님의 얼굴은 착한 고양이 같으니까요. 그리고 여기서 유행하는 우스꽝스러운 표정을 가지고 있는 것도 아니니까요. 닥터 그레고리가 대위님의 스냅 사진을 주었어요. 군복을 입었을 때처럼 잘

생기지는 않았지만, 더 젊어 보여요.

나의 대위님

대위님에게 엽서를 받아서 좋았어요. 간호사들의 자격을 박탈하는 것에 그렇게 관심을 가져 주셔서 정말 기뻐요 — 아, 대위님의 편지는 아주 잘 이해했습니다. 대위님을 만난 순간부터 대위님은 다르다고 생각했어요.

대위님께

오늘은 한 가지 생각을 하고 내일은 다른 생각을 해요. 사실 제 문제는 이게 다예요. 미친 듯한 반항과 부족한 균형을 제외하면요. 대위님이 제안한다면 그 어떤 정신과 의사라도 기꺼이 환영할 거예요. 이곳 사람들은 욕조에 누워 '네 뒷마당에서 놀아라'를 불러요. 마치 제가 놀 뒷마당이라도 가지고 있다는 듯이요. 아니면 뒤나 앞을 보면 뒷마당을 하나 찾을 수 있는 기회라도 있다는 듯이.

(2)

사람들이 과자점에서 다시금 그렇게 행동했고, 전 그 남자를 저울추로 때릴 뻔했지만, 사람들이 말렸어요. 전 더 이상 대위님에게 편지를 쓰지 않을 거예요. 전 너무 불안정해요.

그 뒤 한 달 동안 편지가 오지 않았다. 그러다 갑자기 변화가 일어났다.

—천천히 생활로 돌아가고 있어요……

—오늘은 꽃과 구름이……

—전쟁이 끝났지만 저는 전쟁이 있었는지도 거의 몰랐어요……

—제게 얼마나 친절하셨는지! 하얀 고양이 같은 얼굴 뒤에는 매우 현명함이 있는 것이 틀림없어요. 그레고리가 제게 준 사진에선 그렇게 보이지 않았지만……

—오늘은 취리히에 갔는데, 도시를 다시 보니 기분이 묘했어요.

—오늘은 베른에 갔어요. 시계를 가져가니 매우 좋았어요.

—오늘 우리는 아스포델과 에델바이스를 볼 수 있을 정도로 높이 올라갔어요……

그 후, 편지는 줄어들었지만, 그는 모두 답장을 했다. 이런 편지도 있었다.

아프기 오래전, 남자애들이 그랬던 것처럼 누군가 저를 사랑해 주었으면 좋겠어요. 하지만 그런 생각을 하기까지는 오랜 시간이 걸릴 것 같아요.

하지만 딕의 답장이 어떤 이유로든 늦춰지면, 안절부절못하는 걱정이 터져 나왔다—마치 연인이 그러하듯이. "아마도 제가 대위님을 지루하게 만들었나 보군요."라던가, "제가 섣불리 추측했나 보군요." 또는 "밤이면 항상 대위님이 아팠을 거라고 생각해요."

실제로 딕은 독감에 걸렸었다. 그가 회복한 후 받은 편지는 형식적인 부분을 제외하면 모든 부분이 독감의 결과로 생긴 피로감으로 인해 희생되었고, 얼마 지나지 않아 바르쉬르오브 본부의 위스콘신 출신 여자 전화 교환원의 생생한 존재가 그녀에 대한 기억을 덮었다. 그녀는 입술이 포스터 그림처럼 붉었으며, 식당에서는 '교환대'라는 외설적인 별명으로 불렸다.

프란츠는 자만심을 느끼며 사무실로 돌아왔다. 딕은 아마도 그가 훌륭한 임상의가 될 것이라고 생각했다. 간호사나 환자에게 지시하는 낭랑하면서도 스타카토 같은 억양은 그의 신경계통이 아니라 그의 무해한 자만심에서 나왔기 때문이다. 그의 진짜 감정은 더 질서정연했으며 겉으로 드러나지 않았다.

"자, 그 여자에 관한 이야기인데, 딕." 그가 말했다. "물론, 자네에 관해서도 알고 싶고, 나에 관한 이야기도 나누고 싶지만 우선은 그 여자야. 왜냐하면 그 여자에 관한 이야기를 자네에게 할 기회를 매우 오랫동안 기다렸거든."

그는 서류 캐비닛을 뒤져 찾아낸 서류 뭉치를 뒤적거리다가 방해가 된다는 것을 발견하고는 책상 위에 올려놓았다. 대신에 그는 딕에게 이야기를 해주었다.

3

약 1년 반 전에, 닥터 돔러는 로잔에 사는 미국인 신사에게 애매한 편지를 한 통 받았다. 시카고의 워런 가문 사람인 데버루 워런이었다. 두 사람은 만나기로 했고, 어느 날 워런은 열여섯 살 난 딸 니콜과 함께 병원에 도착했다. 그녀는 확실히 상태가 좋지 않았다. 워런이 상담을 받는 동안 그녀와 함께 있던 간호사가 그녀를 데리고 구내를 걸어 다녔다.

워런은 마흔도 안 되어 보이는, 눈에 띄게 잘생긴 남자였다. 어느 방면으로 보나 보기 좋은 미국인 유형으로 키가 크고, 어깨가 넓으며 균형 잡혀 있었다―돔러가 프란츠에게 묘사한 대로 '아주 멋진 남자'였다. 큰 회색 눈은 제네바의 호수에서 노를 젓다가 충혈되었으며, 이 세상을 가장 잘 알고 있다는 특별한 분위기를 풍겼다. 대화는 독일어로 진행되었는데, 그가 괴팅겐에서 교육을 받았기 때문이었다. 그는 긴장했으며, 자신의 용건으로 인해 마음이 흔들리고 있음이 분명했다.

"돔러 선생님, 제 딸의 머리가 이상해요. 그 아이를 위해 많은 전문가와 간호사를 만나 보았고, 휴식 요법도 몇 번 해보았지만, 제가 감당하기에는 일이 너무 커졌습니다. 사람들이 선생님을 강력히 추천하더군요."

"알겠습니다" 돔러가 말했다. "처음부터 시작해서 모든 걸 말씀해 주시지요."

"처음이랄 게 없습니다. 적어도 제가 알기로는 친가든 외가든 양쪽 집안 다 정신병자가 없어요. 니콜 엄마는 니콜이 열한 살 때 죽었고, 가정교사의 도움을 받아서 제가 아버지이자 어머니 역할을 했습니다―그 아이에겐 제가 아버지이자 어머니였어요."

그는 이 말을 하면서 마음이 크게 흔들렸다. 돔러는 그의 눈가에 눈물이 고인 것을 보았고, 처음으로 그의 숨결에서 위스키 냄새가 난다는 것을 알아챘다.

"어렸을 때, 니콜은 사랑스러운 존재였습니다—모두가 니콜에게 열광했습니다. 만나는 모든 사람들이요. 니콜은 매우 똑똑했고, 늘 행복했습니다. 읽거나 그리거나 춤을 추거나 피아노 치는 걸 좋아했지요—뭐든지요. 제 아내는 우리 애들 중 밤에 울지 않는 유일한 아이라고 종종 말하곤 했어요. 니콜의 언니도 있고, 죽은 아들도 있었지만, 니콜은—니콜은—니콜—"

그는 말을 잇지 못했고, 돔러가 거들었다.

"니콜은 완벽히 정상이고, 밝고 행복한 아이였군요."

"완벽하게요."

돔러는 기다렸다. 워런은 고개를 저으며 긴 한숨을 내쉬고, 재빨리 돔러를 힐끗 쳐다본 다음 다시 바닥을 보았다.

"약 8개월 전, 아니면 6개월 전인가, 10개월 전인가—니콜이 우스꽝스러운 일을 하기 시작한 것이 언제였는지 생각해 보려 했으나, 정확히 언제였는지 기억이 안 나는군요—정신 나간 행동이요. 니콜의 언니가 제게 처음으로 이 일에 대해 말했습니다—저에게 니콜은 항상 똑같았거든요." 그는 마치 누군가 그의 잘못이라고 비난한 것처럼 서둘러 덧붙였다. "—여전히 사랑스럽고 작은 아이였죠. 첫 번째 사건은 하인에 관한 일이었습니다."

"아, 그렇군요." 닥터 돔러는 마치 셜록 홈스처럼 하인에 관한 것을 예측하고 있었으며, 이 시점에서 하인에 관한 것이 소개되어야 한다는 듯이 존경받을 만한 머리를 끄덕이며 말했다.

"전 하인이 있습니다—저와 꽤 오랜 시간을 같이 보냈죠—참고로 스위스인입니다." 그는 애국적인 찬성을 바라듯 돔러를 올려다보았다. "그랬는데 니콜은 그 사람에 대해 정신 나간 생각을 했어요. 그가 자신에게 알랑거린다고요—물론 그때 당시에는 니콜을 믿고 그 사람을 해고했지요. 그러나 지금은 그 말이 헛소리라는 것을 알아요."

"그녀가 그 사람이 무엇을 했다고 말하던가요?"

"그게 첫 번째 문제였어요—의사들도 니콜에게서 정확히 알아낼 수 없었죠. 그 애는 마치 그 사람이 무엇을 했는지 당연히 알고 있어야 한다는 듯이 의사들을 빤히 쳐다보기만 했어요. 그 애는 그가 자신에게 일종의 외설적인 접근을 했다고만 하더군요—니콜은 그 점에는 의심의 여지를 남기지 않았습니다."

"그렇군요."

"물론, 여성들이 외로움을 타는 것에 대해 읽은 적이 있고, 침대 밑에 남자가 있다고 생각한다고들 하지만, 어째서 니콜이 그런 생각을 했을까요? 그 애는 자신이 원하는 모든 젊은 남자들을 가질 수 있었는데. 우린 레이크 포레스트에 있었어요—시카고 근처에 있는 여름을 보내는 장소인데, 그곳에 별장이 있죠—니콜은 그곳에서 하루 종일 남자아이들과 골프나 테니스를 쳤어요. 게다가 그 아이들 가운데 몇 명은 그 애한테 반했어요."

워런이 이야기하는 동안 메마르고 늙은 의사 돔러는 마음 한구석에서 간헐적으로 시카고에 대해 생각했다. 젊었을 때 그는 대학

원생이자 강사로 시카고에 갈 기회가 있었고, 어쩌면 그곳에서 부자가 되어 이 병원의 소액주주가 아니라 자신만의 병원을 소유할 수도 있었을 것이다. 하지만 그는 자신의 얕은 지식으로 그 지역 전체, 모든 밀밭, 끝없는 대초원을 돌아다녀야 한다고 생각하여 가지 않기로 결정했다. 그럼에도 그는 그 당시 시카고에 관한 것들을 읽었다. 아모르, 파머, 필드, 크레인, 워런, 스위프트, 맥코믹을 비롯한 수많은 봉건적이고 거대한 가문에 대해 읽었으며, 그 후 시카고와 뉴욕의 그런 집안 출신의 적지 않은 환자들이 그에게 찾아왔다.

"니콜은 점점 더 나빠졌습니다." 워런이 말을 이었다. "발작인지 뭔지 비슷한 걸 일으켰어요—점점 미친 소리를 해댔고요. 그 애 언니가 그중 몇 개를 적어 놓았어요—" 그는 여러 번 접힌 종이 한 장을 의사에게 건네주었다. "거의 항상 어떤 남자들이 자신을 공격했다는 내용입니다. 그 애가 아는 사람이거나 거리의 남자들—어떤 사람이든—"

그는 자신들의 경각심과 괴로움, 가족들이 그러한 상황에서 겪은 공포, 그들이 미국에서 한 쓸데없는 노력, 마지막으로 환경 변화에 기대를 걸고 잠수함 봉쇄를 뚫고 딸을 스위스로 데려오게 된 과정을 말했다.

"—미국 순양함으로요." 그가 약간 거만한 태도를 취하며 구체적으로 말했다. "표를 구할 수 있었습니다. 뜻밖의 행운으로요. 그리고 덧붙이자면," 그가 사과하듯 미소를 지었다. "흔히 말하듯, 돈은 문제가 안 되거든요."

"그렇겠죠." 돔러가 건성으로 대답했다.

그는 이 남자가 자신에게 왜 거짓말을 하는지 그리고 무엇에 관해 거짓말을 하는지 궁금했다. 만약 자신의 생각이 틀리다면, 이 방 전체에 퍼진 거짓은 무엇이며, 트위드로 만든 옷을 입고 운동선수처럼 편안하게 의자에 몸을 뻗고 앉아 있는 이 잘생긴 사람은 누구인가. 2월의 어느 날, 밖에서 돌아다니고 있는 그 아이는 비극이었다. 밖에 있는 어린 새는 왜인지 날개가 부러졌고, 이 안에 있는 남자는 너무 얄팍했다. 얄팍하고 잘못되었다.

"지금—따님과 이야기를 나누고 싶군요—몇 분이면 됩니다." 돔러는 워런과 더 가까워지려는 듯 영어로 말했다. 그 후 워런이 딸을 남겨 두고 로잔으로 돌아가고 며칠이 지났을 때, 돔러와 프란츠는 니콜의 카드에 이렇게 기록했다.

Diagnostic: Schizophrénie. Phase aiguë en décroissance. La peur des hommes est un symptôme de la maladie, et n´est point constitutionnelle. . . . Le pronostic doit rester réservé.*

그러고 나서 점점 더 그녀에게 관심을 갖게 되면서, 그들은 워런이 두 번째 방문을 약속한 날을 기다렸다.

워런은 오지 않았다. 2주 후에 돔러는 이렇게 썼다. 그의 오랜

---

* 진단: 조현병. 급성으로 악화 진행 중. 남자에 대한 공포는 병의 증상이며 전혀 체질적인 것이 아니다……. 예후의 진단은 유보되어야 한다.

침묵에 당면한 돔러는 그 당시 '미친 짓'이라고 여기던 일을 했다. 브베에 있는 그랜드 호텔로 전화를 한 것이다. 그는 워런의 하인을 통해 그가 미국으로 항해하기 위해 짐을 싸고 있다는 것을 알게 되었다. 전화 요금으로 40스위스 프랑이 병원 장부에 적힌다는 것을 들었지만, 튈르리 근위대의 피가 끓어오르자 연락을 계속했고, 워런이 전화를 받았다.

"반드시―오셔야 합니다. 따님의 건강―모든 게 달려 있습니다. 저는 아무런 책임도 질 수 없습니다."

"하지만, 이보세요, 의사 선생님. 그래서 의사가 있는 거 아닙니까. 집으로 빨리 돌아오라는 연락을 받았단 말입니다!"

돔러는 멀리 있는 사람과 통화해 본 적이 없었지만, 전화기를 통해 최후의 통첩을 매우 단호히 보내자, 반대편에 있던 고뇌에 사로잡힌 미국인은 굴복했다. 두 번째로 취리히에 도착한 워런은 30분 후 무너졌다. 그의 잘 어울리는 코트 속의 넓은 어깨는 격렬한 흐느낌으로 흔들렸고, 두 눈은 제네바 호수의 태양보다 더 붉어졌다. 의사들은 끔찍한 이야기를 들었다.

"그건 그냥 일어났어요." 그가 쉰 목소리로 말했다. "모르겠습니다―모르겠어요.

니콜 엄마가 어렸을 때 죽은 후로 그 애는 매일 아침 제 침대로 들어오곤 했고, 때로는 제 침대에서 같이 자기도 했어요. 저는 이 작은 아이에게 미안했어요. 아, 그 후에 우리는 자동차나 기차를 타고 어디를 갈 때면 손을 잡았어요. 아이는 나한테 노래를 불러 주곤 했어요. 우리는 이렇게 말하곤 했죠. '오늘 오후에는 다른 누구한테도 관심을 갖지 말자—그냥 둘만 있자—오늘 아침에는 네가 내 거니까.'" 자조 섞인 목소리가 나오기 시작했다. "사람들은 우리가 얼마나 훌륭한 부녀인지 말하곤 했습니다—눈물을 훔치면서 말이에요. 우리는 그냥 연인 같았습니다—그러다가 갑자기 우린 연인이 되었습니다—그 일이 있고 나서 10분 뒤에 총으로 자살할 수도 있었어요—다만 전 염병할, 타락한 사람이라서 그럴 용기가 없었습니다."

"그러고 나서는요?" 돔러는 시카고와 더불어 30년 전 취리히에서 그를 살펴보던, 코안경을 걸친 온화하고 창백한 얼굴의 신사를 다시 생각하면서 말했다. "그 일이 지속되었나요?"

"아, 아뇨! 그 애는 거의—니콜은 바로 얼어붙은 것 같았습니다. 그 애는 그저 '괜찮아요, 괜찮아요 아빠. 상관없어요. 괜찮아요'라고 말하더군요."

"아무 영향도 없었나요?"

"네." 그는 발작적으로 짧게 흐느끼더니 코를 몇 번 풀었다. "이제 와서 많은 영향이 있다는 것만 빼면요."

이야기가 끝나자 돔러는 방의 중심에 있는 중산층 안락의자에 앉아 날카롭게 혼잣말을 했다. "저급한 놈!"—그가 20년 동안 스스로 허락한 몇 안 되는 확고하고 세속적인 평가였다. 이어 그가 말했다.

"취리히의 호텔로 가서 밤을 보내고 아침에 저를 만나러 오시면 좋겠습니다."

"그러고 나서는요?" 돔러는 어린 돼지를 안을 수 있을 만큼 팔을 넓게 벌렸다.

"시카고로 가야지요." 그가 말했다.

4

"그때 우리는 어떤 상황인지 알게 되었네." 프란츠가 말했다. "돔러는 만일 워런이 딸에게서 무기한, 무조건 최소한 5년 동안은 떨어져 있는 것에 동의한다면 환자를 맡겠다고 했지. 워런은 처음 무너지고 난 뒤, 주로 이 이야기가 미국으로 새어 나갈 것인가에 대해 걱정하는 것 같았어.

우리는 그녀를 위해 일과를 짜놓고 기다렸지. 예후는 좋지 않았어—알다시피, 치유의 가능성은, 소위 말하는 사회적 치료라 해도, 그 나이에는 아주 낮으니까."

"처음 온 편지들은 나빠 보이더군." 딕이 동의했다.

"매우 나빴지—아주 전형적이고. 첫 번째 편지를 병원 밖으로 내보내는 것에 대해 망설였어. 그러다 우리가 여기서 치료를 계속 진행하고 있다는 것을 자네에게 알리는 것도 좋겠다고 생각했지. 답장을 해준 건 너그러운 행동이었네."

딕은 한숨을 쉬었다. "그녀는 아주 예뻤거든—자신의 스냅 사진을 여러 장 동봉했어. 그리고 난 한 달 동안 할 일이 없었고. 내가 편지에 적은 말이라곤 '착하게 행동하고 의사들을 배려하라'는 것뿐이었어."

"그것으로 충분했네—그녀에게 밖을 생각하게 해줄 누군가가 생긴 거지. 한동안 아무도 없었거든—매우 친해 보이지 않은 언니 단 한 명뿐이었어. 게다가, 그녀의 편지를 읽는 것은 우리에게도 도움이 되었지—그녀의 상태를 가늠하는데 말이야."

"기쁘군."

"이제 무슨 일이 일어났는지 알겠나? 그녀는 자기 탓도 있다고 생각한 거지—그런 건 그 어느 곳에도 없었어. 우리가 그녀의 궁극적인 안정성과 인격의 강인함을 재평가하고 싶을 때만 빼면. 처음에는 충격으로 다가왔지. 그러다가 그녀는 기숙학교로 가서, 여자애들이 말하는 것을 들었네—그녀는 순전히 자기 보호를 위해 자기 탓이 아니었다고 생각하게 되었지—그리고 그곳에서 모든 남자들은 사악하고, 특히나 더 좋아하고 신뢰하는 남자일수록 더 사악하다는 환상의 세계로 빠져들어 가는 건 쉬운 일이었지—"

"그녀가 시도해 본 적이 있나—끔찍한 일을 직접 이야기하는 것을?"

"아니, 사실 그녀가 평범해 보이기 시작했을 즈, 10월쯤이었는데, 우리는 곤경에 처했네. 그녀가 만약 서른 살이었다면 우리는 그녀가 스스로 적응하도록 내버려 두었을 텐데, 너무 어려서 그모든 것이 그녀 안에서 뒤틀린 채 굳어 버릴까 걱정했네. 그래서 돔러는 그녀에게 솔직하게 말했지. '너의 의무는 너 자신을 돌보는 거란다. 이것은 어떤 이유로든 너의 삶이 끝났다는 것을 의미하지 않아—너의 삶은 이제 막 시작했어.' 같은 말을 계속했지. 니콜은 머리가 매우 좋았기에 돔러는 그녀에게 프로이트를 조금 읽어 보라고 주었네. 매우 관심을 갖더군. 사실 여기서 니콜은 애완동물

같은 존재가 되었지. 하지만 그녀는 말을 잘 안 했어." 그가 덧붙였다. 그리고 망설였다. "우리는 그녀가 최근 취리히에서 자네에게 보낸 편지에 자신의 마음 상태와 미래에 대한 이야기를 했는지 궁금하네."

닥은 생각해 보았다.

"그렇기도 하고 아니기도 해―자네가 원한다면 편지를 여기로 가지고 오도록 하지. 그녀는 희망에 차 있고 또 평범한 삶을 원하고 있어―심지어 로맨틱한 삶을. 가끔 그녀는 '과거'에 관해 이야기해. 마치 감옥에 있었던 사람들이 말하는 것처럼. 하지만 그것이 의미하는 것이 범죄인지, 투옥인지, 모든 경험을 말하는 것인지는 알 수 없어. 결국 나는 그녀의 인생에서 일종의 인형에 불과해."

"물론, 자네의 입장을 정확하게 이해하고 있어. 그래서 다시 한 번 감사를 표하네. 이것이 자네가 그녀를 보기 전에 내가 먼저 자네를 보고 싶어 한 이유였네."

닥이 웃었다.

"그녀가 나한테 멀리서 뛰어오를 거라고 생각하는군?"

"아니, 그건 아냐. 하지만 아주 부드럽게 다가가라고 부탁하고 싶네. 자네는 여자들에게 매력적인 사람이야, 닥."

"그럼, 신이 도와주기를! 그래, 난 부드럽고 역겨운 사람이 될 거야―그녀를 만나러 갈 때마다 마늘을 씹고 수염을 까칠하게 기르고 갈 거야. 그녀가 도망가게 만들겠네."

"마늘은 안 돼!" 프란츠가 진지하게 받아들이며 말했다. "자네 경력을 망치고 싶지는 않을 거 아닌가. 지금 농담을 하고 있군."

"―다리를 약간 절 수도 있고. 내가 사는 곳엔 욕조도 없으니."

"그냥 완전히 농담을 하는 거로군." 프란츠가 긴장을 풀었다―
아니, 긴장을 푼 사람의 자세를 보여 주었다. "이제 자네에 대해 말
해 보게, 앞으로의 계획은 있나?"

"딱 하나 있네, 프란츠. 좋은 심리학자가 되는 거지―어쩌면 역
사상 최고의 심리학자 중 한 사람이 될 수도 있지."

프란츠는 즐겁게 웃었지만, 이번에는 농담이 아니라는 것을 알
았다.

"매우 좋은 생각이군―매우 미국적이고." 그가 말했다. "우리한
테는 더 어려운 일이지." 그가 일어나 프렌치 윈도로 갔다. "난 여
기 서서 취리히를 바라보네―저곳엔 그로스뮌스터 교회의 첨탑이
있지. 그 지하 납골당에는 우리 할아버지가 묻혀 계시고. 그곳에서
다리를 건너면 그 어느 교회에도 묻히지 않으려 한, 내 조상 라바
터가 누워 있네. 근처에는 또 다른 조상인 하인리히 페스탈로치의
동상과 알프레드 에서 박사의 동상도 있고. 그리고 그 모든 것 위
에 언제나 츠빙글리가 있네―난 끊임없이 이 저명한 사람들과 마
주하게 돼."

"그래, 그런 듯 보이는구면." 딕이 일어났다. "그냥 허풍을 떤 것
뿐일세. 모든 것이 이제 막 다시 시작되었을 뿐이야. 프랑스에 있
는 대부분의 미국인은 집에 가고 싶어 미칠 지경이지만 나는 그렇
지 않아―나는 대학 강의만 듣는다면 남은 1년은 군대에서 보수
를 받을 수 있어. 미래의 위인을 알아본 정부가 대폭 선심을 쓴다
고나 할까? 그리고 나서는 아버지를 보기 위해 한 달 동안 고향으

로 돌아갈 거야. 그런 뒤에 돌아올 예정이지—일자리를 제안받았거든."

"어디에?"

"자네 경쟁자들에게—인터라켄에 있는 기슬러 병원."

"거긴 건드리지 말게." 프란츠가 충고했다. "그들은 1년 동안 열 명 정도 되는 젊은이들을 뽑았어. 기슬러 자신은 조울증을 앓고 있고, 그의 아내와 그녀의 애인이 병원을 운영하고 있어—물론, 이건 우리끼리니 말하는 비밀이라는 것을 알고 있겠지."

"미국에 진출하겠다는 자네의 오랜 계획은 어떻게 되었나?" 딕이 가볍게 물었다. "뉴욕에 가서 억만장자들을 위한 최신식 병원을 만들기로 했잖아."

"그건 학창 시절 이야기지."

딕은 구내 한구석에 있는 프란츠의 작은 집에서 그의 신부, 고무 타는 냄새가 나는 작은 개와 함께 식사를 했다. 그는 막연한 압박 감을 느꼈는데, 수수한 절약의 분위기 때문도 아니었고, 어느 정도 예측한 그레고로비우스 부인 때문도 아니었다. 프란츠가 어쩔 수 없이 받아들인 것으로 보이는 갑작스러운 한계의 축소 때문이었다. 그에게는 금욕주의의 경계선이 다르게 표시되어 있었다—그 는 그것을 목적을 위한 수단으로 볼 수 있었고, 심지어 그 자체가 제공하는 영광으로 앞으로 나아갈 수 있다고 생각했지만, 물려받은 옷의 크기로 인해 의도적으로 생활 규모를 줄였다고 생각하기는 힘들었다. 좁은 공간으로 돌아선 프란츠와 그의 아내의 가정적인 행동에는 우아함과 모험이 결여되어 있었다. 전후 프랑스에서 보낸 수개월과 미국의 화려한 보호 아래 이루어진 호화로운 생활은 딕의 인생관에 영향을 미쳤다. 또한 남성과 여성 모두 그를 높이 평가했으며, 어쩌면 그를 위대한 스위스 시계의 중심지로 데려온다는 것은 진지한 사람에게는 그다지 좋지 못한 직감이었을 지도 모른다.

그는 케테 그레고로비우스가 매력적으로 느껴지도록 만들었지만, 만발한 콜리플라워 때문에 점점 더 안절부절못하게 되었다—동시에 그는 그도 몰랐던 이런 천박한 태도가 생겼다는 사실에 자신이 싫어졌다.

'이럴 수가, 나도 결국 나머지 사람들과 같은 건가?'—그는 밤에 일어나 이렇게 생각하기 시작했다—'나도 나머지 사람들과 같은가?'

이것은 사회주의자에게는 좋지 않은 생각이었으나, 세상에서 가장 희귀한 일을 하는 사람들에게는 좋은 생각이었다. 사실 그는 지난 몇 달 동안 아무도 믿지 않게 된 것을 기점으로 죽을 것인지 살 것인지를 결정하는 젊음의 구간을 통과했다. 취리히의 죽은 새하얀 시간 위에서 빛나고 있는 가로등 불빛을 통해 낯선 사람의 식료품 저장실을 바라보며, 착하고, 친절하고, 용감하고 현명하고 싶다고 생각하곤 했다. 그러나 그 모든 것은 매우 어려웠다. 또한 그는 사랑받기를 원했다. 그가 그럴만한 가치가 있는 사람이라면 말이다.

중앙 건물의 베란다는 열려 있는 프렌치 윈도에서 빛을 받아 밝았다. 줄무늬가 있는 벽의 그림자와 글라디올러스 화단으로 미끄러져 들어간 철제 의자의 환상적인 그림자만 제외하면 말이다. 발을 질질 끌며 방들 사이를 지나다니는 형체들 사이로 워런 양이 희미하게 눈에 띄었다가, 그녀가 그를 보자 선명해졌다. 그녀는 문지방을 지나서며 방에 있던 마지막 불빛을 얼굴에 가득 안아 들고 나왔다. 그녀는 리듬에 맞춰 걸었다—열정적인 하늘과 거친 그늘에 관련된 노래들이 일주일 내내 그녀의 귀에 들려왔다. 그가 도착하자 노랫소리가 매우 커져서 그녀는 그 노래를 따라 부를 수 있었다.

"잘 지내셨나요, 대위님." 그녀는 눈이 마치 그에게 얽힌듯 힘들게 떼며 말했다. "여기 밖에 앉을까요?" 그녀는 시선을 이리저리 움직이며 잠깐 가만히 서 있었다. "사실상 여름이네요."

숄을 걸친 땅딸막 한 여자가 그녀를 따라 나왔다. 니콜은 그녀를 딕에게 소개했다. "—부인이에요."

프란츠는 스스로 자리를 떠났고, 딕은 의자 세 개를 한곳에 모았다.

"아름다운 밤이에요." 부인이 말했다.

"너무 예뻐요." 그녀가 동의했다. 그러고 나서 딕에게 말했다. "이곳에 온 지 오래됐나요?"

"전 오랫동안 취리히에 있었습니다, 그걸 물어본 거라면."

"사실상 진정한 봄의 첫날밤이네요." 부인이 물었다. "계속 머무를 건가요?"

"적어도 7월까지는요."

"전 6월에 떠나요."

"이곳은 6월이 아름답죠." 부인이 말했다. "6월까지 머물다가 날씨가 매우 더워지는 7월에 떠나야 해요."

"어디로 가죠?" 딕이 니콜에게 물었다.

"언니랑 어딘가로요―어딘가 신나는 곳이었으면 좋겠네요. 시간을 너무 많이 잃었어요. 하지만 사람들은 아마 제가 처음에는 조용한 곳으로 가야 한다고 생각하겠죠―아마도 코모 같은 곳. 코모로 오시는 게 어때요?"

"아, 코모―" 부인이 말하기 시작했다.

건물 안에서 삼중주단이 주페의 '경기병'을 연주하기 시작했다. 니콜은 이 틈을 이용하여 일어섰고, 그녀의 젊음과 아름다움에 대한 인상이 그의 마음속에서 작은 감정의 발작을 일으킬 때까지 부풀어 올랐다. 그녀는 세상의 모든 잃어버린 젊음처럼 감동적이고 유치한 미소를 지었다.

"음악이 너무 시끄러워서 이야기를 주고받을 수 없네요―좀 돌아다녀요. 안녕히 가세요, 부인."

"잘 자―잘 자."

그들은 길로 이어지는 두 계단을 내려갔고, 곧 그림자가 그 길을 가로질렀다. 그녀는 그의 팔을 잡았다.

"언니가 미국에서 보낸 축음기 음반이 몇 장 있어요." 그녀가 말했다. "다음에 이곳에 오시면, 들려 드릴게요—축음기를 둘 만한 장소를 알고 있어요. 아무도 듣지 못할 장소요."

"그럼 좋겠군요."

"'힌두스탄' 아세요?" 그녀가 생각에 잠겨 물었다. "처음 들어 봤는데, 마음에 들어요. '왜 그들을 베이비라고 부르는가'와 '너를 울릴 수 있어서 기뻐'도 있어요. 파리에선 이 노래들에 맞춰 춤을 추셨겠군요?"

"파리에 가본 적이 없어요."

그녀의 크림색 드레스는 걸을 때마다 파란색과 회색으로 번갈아 가며 바뀌었고, 짙은 금발은 딕을 현혹했다—그가 고개를 돌릴 때마다 그녀는 약간 웃었고, 달로 인해 위아래가 확실한 길가에 도착하자 그녀의 얼굴은 천사처럼 밝아졌다. 그녀는 모든 것을 고마워했다. 마치 그가 어떤 파티에 그녀를 데려가 준 것처럼. 그리고 딕이 그녀와의 관계를 점점 확신하지 못하자, 그녀의 자신감은 더 높아졌다—그녀는 세상의 모든 흥분을 반영하듯 흥분하는 것 같았다.

"저는 어떤 구속도 받지 않아요." 그녀가 말했다. "'소들이 집에 올 때까지 기다리세요'와 '안녕, 알렉산더'라는 멋진 노래 두 곡을 들려줄게요."

일주일 뒤, 딕은 다음 만남에 지각했고, 니콜은 그가 프란츠의 집으로 걸어갈 때 이용하는 길에서 그를 기다렸다. 귀 뒤로 젖힌 그녀의 머리카락은 어깨에 닿았다. 그녀의 얼굴은 마치 숲에서 맑은 달빛 속으로 발을 내딛는 바로 그 순간인 것 같았다. 미지의 존재가 그녀를 굴복시킨 듯했다. 딕은 그녀에게 아무런 내력이 없기를 바랐다. 단지 그녀가 온 밤을 제외하고는 주소 없이 길을 잃은 소녀일 뿐이기를 바랐다. 두 사람은 그녀가 축음기를 놔둔 은신처로 갔다. 작업실 옆 모퉁이로 돌아 바위를 타고 올라가서 낮은 담 뒤에 앉았다. 수 마일에 걸쳐 굽이치는 밤을 바라보았다.

두 사람은 지금 미국에 있었다. 심지어 딕을 너무 매력적인 바람둥이라고 부르는 프란츠조차 두 사람이 그렇게 멀리 갈 거라고는 상상하지 못했을 것이다. 그들은 너무 유감스러웠어, 자기. 그들은 택시를 타고 서로를 만나러 갔어, 여보. 그들은 미소를 지으며 힌두스탄에서 만났어. 그리고 얼마 지나지 않아 서로 말다툼을 했어. 아무도 모르고 아무도 신경 쓰지 않는 것 같았지—하지만 마침내 그들 중 한 명은 떠나갔고, 남은 사람은 울었어. 우울함을 느끼기 위해, 슬픔을 느끼기 위해.

잃어버린 시간과 미래의 희망들을 서로 연결해 주는 가느다란 곡조가 발레의 밤을 뒤틀었다. 축음기 소리가 잠잠해지면 귀뚜라미 한 마리가 하나의 음으로 그 장면을 유지시켰다. 이윽고 니콜은 기계를 멈추고 그에게 노래를 불러 주었다.

"1달러 은화를
땅에 내려놓고
굴러가는 걸 봐
은화는 둥그니까—"
순수하게 갈라지는 그녀의 입술에서는 숨결이 나오지 않았다.

딕은 갑자기 일어섰다. "무슨 일이죠? 마음에 들지 않나요?"

"당연히 마음에 들어요."

"고향에 있는 요리사가 가르쳐 줬어요.

여자는 절대 몰라

자신이 얼마나 좋은 남자를 만났는지

자신이 남자를 거절할 때까지

마음에 들어요?"

그녀는 그에게 미소를 지어 보였다. 그녀 안에 있는 모든 게 그를 향하고 있다는 것이 확실히 보이도록 미소 지었으며, 아주 조금이라도, 그 미소에 화답하는 고동, 그의 안에 추가적인 진동이 확실히 있다면, 자신을 그에게 주겠다는 마음으로 약속하고 있었다. 달콤함은 시시각각 버드나무로부터, 어두운 세상으로부터 그녀에게 스며들었다. 그녀도 일어서서 비틀거리며 축음기 위를 넘어가 잠시 그에게 기댔다. 둥근 어깨의 쏙 들어간 부분에 기대었다.

"레코드가 한 장 더 있어요." 그녀가 말했다. "—'잘 있어, 레티'라는 노래 들어 보셨어요? 들어 보셨을 거라고 생각하는데."

"솔직히, 잘 모르는 것 같은데—난 아무것도 들어 본 적이 없어요."

안 적도, 냄새를 맡아 본 적도, 맛을 본 적도 없어요. 이렇게 덧붙일 수도 있었다. 오직 뜨거운 비밀의 방에 있는 뺨이 뜨거운 여자들뿐. 1914년 그가 뉴헤이븐에서 알던 젊은 여자들은 남자들에게 키스하며, '거기까지!'라고 말했다. 손을 남자들의 가슴에 얹고는 남자들을 밀어냈다. 이제 간신히 구원받은 재앙이라는 길 잃은 아이가 그에게 대륙의 정수를 보여 주고 있었다……

6

덕이 다음에 그녀를 만난 것은 5월이었다. 취리히에서의 오찬은 의회에서 주는 경고 같았다. 그의 삶의 논리가 그녀에게서 멀어져 가도록 한 게 분명했다. 그럼에도 모르는 사람이 근처 테이블에서 그녀를 쳐다보며 눈이 알 수 없는 빛으로 불안하게 타오르는 것을 보면, 그는 그 사람에게 몸을 틀어 세련된 버전의 협박을 하고는 그 시선을 끊어 버렸다.

"단지 엿보는 사람일 뿐이에요." 그가 명랑하게 설명했다. "단지 당신의 옷을 보고 있었어요. 어째서 옷이 그렇게 많은 겁니까?"

"언니가 그러는데 우린 매우 부자라더군요." 그녀가 겸손하게 말했다. "할머니가 돌아가셨으니까."

"그럼 됐어요."

그는 니콜보다 나이가 많았기에 그녀의 젊은 허영심과 즐거움을 즐길 수 있었다. 예를 들어 레스토랑을 떠날 때 복도 거울 앞에서 잠깐 멈추는, 그렇게 썩지 않는 수은이 그녀를 그녀 자신에게 돌려줄 수 있도록 말이다. 그는 자신이 아름답고 부자임을 알게 된 그녀가, 지금 새로운 옥타브를 향해 손을 뻗는 것이 기뻤다. 그는 자신이 그녀를 봉합해 놓은 사람이라는 그 어떤 집착으로부터 그녀를 분리시켜 놓으려고 정말로 애썼다—그녀가 자신과 상관없이 행복과 자신감을 쌓아 가는 것을 보게 되어 기뻤다. 문제는, 결국 니콜은 모든 것을 그에게 가져왔다는 것이다. 희생제에 바쳐지던 암브로시아 같은 선물이나, 숭배하는 마음으로 준 도금양 같은 것 말이다.

여름의 첫 주에 딕은 취리히에 다시 자리를 잡았다. 그는 자신의 논문과 복무 중 작성해 놓았던 작업물들을 정리하여 『정신과 의사들을 위한 심리학』을 개정할 생각이었다. 그는 이 책을 출판해 줄 출판사가 있다고 생각했다. 독일어 오류를 바로잡아 줄 가난한 학생과도 연락했다. 프란츠는 경솔한 사업이라고 생각했지만, 딕은 그 주제의 겸손함 때문에 사람들이 경계하지 않을 것이라고 지적했다.

"이 분야와 관련하여 두 번 다시는 이렇게 잘 알 수 없을 거야." 그가 주장했다. "이것이 기초로 자리 잡지 못한 이유는 이 주제를 인식하지 못해서라는 예감이 들어. 이 직업의 약점은 약간 불구가 되고 망가진 사람들에게 매력적이라는 거야. 직업이라는 벽 안에서 '실용적인' 임상이라는 방향으로 기울며 보상을 받는 거지—투쟁 없이 전투에서 이기는 거야.

반면에 자네는 좋은 사람이야 프란츠. 왜냐하면 운명이 자네가 태어나기도 전에 이 직업을 골라 주었거든. 자네는 '굴곡'이 없었다는 것을 신에게 감사해야 해—난 옥스퍼드의 세인트 힐다에 같은 강의를 듣는 한 여자가 있었기 때문에 정신과 의사가 되었네. 지금 내가 진부한 생각을 하고 있는 걸지도 모르지만, 맥주 몇 잔으로 지금의 생각을 흘려보내고 싶진 않네."

"알겠네." 프란츠가 대답했다. "자네는 미국인이야. 직업적으로 손해 보지 않고 할 수 있을 걸세. 나는 이런 일반적인 것들을 좋아하지 않아. 곧 있으면 '비전문가를 위한 깊은 생각'이라는 짧은 책을 쓰겠구먼. 너무 단순화되어 아무런 사고도 불러일으키지 않는 책 말이야. 만약 내 아버지가 살아 계셨다면 자네를 보고 투덜거렸을 거야, 딕. 냅킨을 잡아서 접은 다음에, 이 냅킨 고리를 들어 올리셨을 거야. 바로 이거 말일세—" 그는 멧돼지 머리가 조각된 갈색 나무 냅킨 고리를 들어 올렸다. "그리고 이렇게 말씀하시겠지. '음, 내가 받은 인상은 말이지—' 그러곤 자네를 보고 갑자기 이렇게 생각하실 거야. '이게 무슨 소용이지?' 그러고 나서 생각하는 것을 그만두시고 다시 툴툴거리시겠지. 그렇게 우리의 저녁 식사가 끝날 걸세."

"오늘은 혼잘세." 딕이 퉁명스럽게 말했다. "하지만 내일은 혼자가 아닐지도 몰라. 그 후에는 자네 아버지처럼 냅킨을 접고 투덜거리겠지."

프란츠는 잠시 기다렸다.

"우리 환자는 어떤가?" 그가 물었다.

"나도 모르네."

"음, 이쯤이면 그녀에 대해 알아야 할 텐데."

"난 그녀가 좋아. 매력적이지. 내가 뭘 했으면 좋겠나—에델바이스가 있는 곳으로 그녀를 데려갈까?"

"아니, 자네가 과학 서적을 좋아하니까 좋은 생각이 있을 거라 생각했어."

"—내 인생을 그녀에게 바칠까?"

프란츠는 부엌에 있는 아내를 불렀다. "맙소사! 제발 딕에게 맥주 한 잔만 가져다줘요."

"돔러를 만나야 한다면 더 이상 마시지 않겠네."

"우리는 치료를 위해 프로그램이 있는 것이 가장 좋다고 생각해. 4주가 지났어—보아하니 그 여자가 자네를 사랑하는 것 같아. 만약 우리가 사회에 있었다면 그건 우리가 신경 쓸 일이 아니지만, 여기 병원에서는 이 문제에 이해관계가 있네."

"돔러 씨가 하라는 대로 하지." 딕이 동의했다. 그러나 그는 돔러가 이 문제에 많은 빛을 던져 주리라는 믿음이 거의 없었다. 그 자신조차 이 일에 관련된 헤아릴 수 없는 요소였다. 자신의 의식적인 의지 없이 이 문제가 그의 손에 떨어졌다. 이것은 어린 시절, 집에 있는 모든 사람이 없어진 은색 벽장 열쇠를 찾던 장면이 떠오르게 했다. 딕은 어머니의 맨 위 서랍에 있는 손수건 아래에 열쇠가 숨겨진 것을 알고 있었다. 그 당시 그는 철학적 분리를 경험하였고, 프란츠와 함께 돔러 교수의 방으로 갔을 때 같은 느낌이 반복되었다.

멋진 고택의 베란다에 무성하게 자란 덩굴 같은 곧은 수염 아래로 보이는 아름다운 교수의 얼굴이 딕의 마음을 누그러뜨렸다. 딕은 뛰어난 재능을 가진 사람들을 알고 있었지만, 돔러보다 질적으로 우수한 부류의 사람은 없었다―6개월 뒤 돔러가 죽었을 때 그는 같은 생각을 했다. 베란다의 불은 꺼졌으며, 덩굴 같은 그의 수염은 뻣뻣하고 하얀 옷깃을 간질였고, 틈 같은 작은 눈앞에서 벌어졌던 많은 전투들은 연약하고 섬세한 눈꺼풀 아래 영원히 고요하게 남았다―

"……좋은 아침입니다, 교수님." 딕은 군대에 있던 시절처럼 의례를 갖추고 서 있었다.

돔러 교수는 그의 고요한 손가락으로 깍지를 꼈다. 프란츠는 자신의 선배가 중간에 말을 끊을 때까지 반은 연락 장교처럼, 반은 비서처럼 말했다.

"우리는 어느 정도 일을 진행했소." 그가 온화하게 말했다. "지금 우리를 가장 잘 도와줄 수 있는 사람은 당신, 다이버 선생이오."

갈피를 잡지 못한 딕은 고백했다. "전 아직 확신하지 못하겠습니다."

"자네의 개인적인 반응에는 관심이 없소." 돔러가 말했다. "하지만 소위 '전이'라고 불리는." 그는 프란츠에게 비꼬는 시선을 던졌고, 프란츠는 같은 시선으로 마주 보았다. "이 일에 관심이 많고 반드시 끝나야 하오. 니콜 양은 잘하고 있지만, 자신이 비극이라고 설명할 수 있는 이 일을 견뎌 낼 만한 상태는 아니오."

프란츠는 다시 말을 시작했지만, 돔러는 그에게 조용히 하라고 손짓했다. "자네가 어려운 입장이었다는 건 알고 있네."

"네, 그랬습니다."

교수는 편안히 앉아서 웃다가, 웃음이 끝나 갈 때쯤 날카롭고 작은 회색 눈을 빛내며 말했다. "어쩌면 스스로 감상적으로 엮인 걸 수도 있지."

자신이 끌려가고 있다는 것을 인지한 딕도 웃었다. "그녀는 아름 다운 여성입니다─누구나 어느 정도 그 점에 반응하지요. 전 전혀 그럴 의도가─"

다시금 프란츠가 말을 하려고 했다─돔러는 딕을 향해 질문하 여 또한번 그를 막았다. "떠나는 건 생각해 봤소?"

"전 떠날 수 없습니다."

돔러는 프란츠에게 얼굴을 돌렸다. "그럼 워런 양을 보낼 수 있 겠군."

"돔러 교수님, 교수님이 가장 잘 알고 계시겠지만." 딕이 인정했 다. "확실히 어떤 상황이 있습니다." 돔러 교수는 마치 다리 없는 사람이 목발에 의지하여 일어서듯 몸을 일으켰다.

"하지만 전문적인 상황이기도 하지." 그가 조용히 말했다. 그는 한숨을 쉬며 의자에 앉아 방 안에 울려 퍼지는 천둥소리가 잠잠해 지기를 기다렸다. 딕은 돔러가 절정에 도달한 것을 보았고, 자신이 살아남을지 확신하지 못했다. 천둥소리가 줄어들자 프란츠가 끼 어들 수 있었다.

"닥터 다이버는 훌륭한 성격을 가졌습니다." 그가 말했다. "저는 그가 상황을 제대로 인식하기만 한다면 제대로 대처할 수 있다고 생각합니다. 제 생각에는 딕이 여기서 우리와 협력하면, 아무도 떠 나지 않을 수 있을 것 같습니다."

"저 말에 관해선 어떻게 생각하는가?" 돔러 교수가 딕에게 물었다. 딕은 이 상황을 무례하다고 느꼈다. 동시에 그는 돔러의 발언이 있은 후 침묵 속에서 무기력하게 보내는 이 상태가 무기한으로 지속될 수 없다는 것을 깨달았다. 갑자기 그는 모든 것을 쏟아 냈다.

"저는 그녀와 반쯤 사랑해 빠졌습니다—그녀와 결혼해야겠다는 생각도 마음속에 스쳐 갔어요."

"쯧! 쯧!" 프란츠가 낸 소리였다.

"기다려." 돔러가 그에게 경고했다. 프란츠는 기다리지 않았다. "뭐! 그렇게 의사이자 간호사가 되어 인생의 절반을 바치겠다고—절대 안 돼! 이게 무슨 상황인지 난 알아. 발작이 한 번 일어나고 끝나는 건 스무 번에 한 번꼴이야—다시는 그녀를 만나지 않는 게 좋겠군!"

"어떻게 생각하나?" 돔러가 딕에게 물었다.

"물론 프란츠가 옳습니다."

7

늦은 오후가 돼서야 그들은 딕이 어떻게 해야 하는지에 대한 토론을 끝냈다. 딕은 반드시 친절하게 굴면서도 자신을 지워 나가야 했다. 의사들이 마침내 일어섰을 때, 딕의 눈은 창문 밖 가벼운 비가 내리고 있는 곳으로 향하였다—니콜이 빗속에서 기대하며 그를 기다리고 있었다. 그는 곧 방수복을 목에 채우고 모자챙을 끌어 내리며 밖으로 나가서 중앙 출입구 지붕 밑에 있는 그녀와 즉시 만났다.

"우리가 갈 수 있는 새로운 장소를 알고 있어요." 그녀가 말했다. "제가 아팠을 때, 저녁에 다른 사람들과 함께 앉아 있는 것이 상관 없었어요—그들이 말하는 건 다른 모든 것과 같았어요. 물론 지금은 그들을 아프다고 보고, 그리고 그—그—"

"니콜은 곧 있으면 떠날 거예요."

"아, 곧. 제 언니 베스, 항상 베이비라고 불렸지만, 언니가 저를 어딘가로 데려가기 위해 몇 주 후에 올 거예요. 그러고 나서 이곳으로 돌아와 한 달 동안 있을 거예요."

"언니?"

"아, 저보다 꽤 나이가 많아요. 언니는 24살이고—완전 영국인 같아요. 고모와 런던에서 살고 있어요. 영국인이랑 약혼했는데 남자가 살해되었어요—전 한 번도 본 적이 없고요."

빗속을 분투하고 있는 흐릿한 석양을 배경으로 그녀의 상앗빛 금색 얼굴에는 딕이 전에 본 적 없는 약속이 담겨 있었다. 높은 광대뼈, 희미하게 느껴지는 창백함, 열이 나기보다는 시원해 보이는 얼굴은 유망한 망아지의 골격을 떠올리게 했다—회색 스크린에 젊음을 투영할 뿐만 아니라 진정한 성장을 약속하는 생물. 그 얼굴은 중년이 되어도 예쁠 것이다. 그렇게 만들어 줄 필수적인 구조와 요소가 그녀의 얼굴에 있었다.

"무엇을 보고 있나요?"

"난 그저 당신이 꽤 행복해질 거라고 생각하고 있었어요."

니콜은 깜짝 놀랐다. "제가요? 그래요—지금보다 상황이 더 나빠질 수는 없으니까요."

그녀가 그를 끌고 간 지붕이 있는 장작 헛간에서, 그녀는 골프화를 신은 채 책상다리를 하고 앉았다. 바바리코트가 그녀를 감쌌고, 뺨은 축축한 공기로 인해 살아났다. 그녀는 진지하게 그의 눈을 바라보았고, 그는 나무 기둥에 반쯤 기댄 채 다소 거만한 자세를 취하고 있었다. 그녀는 항상 기쁨과 조롱에게 외도를 한 후 주의 깊은 진지함이라는 틀로 절제하려고 애를 쓰는 딕의 얼굴을 바라보았다. 그 기쁨과 조롱은 붉고 아일랜드 사람 같은 그의 색에 가장 잘 어울리는 듯했으며, 그녀가 가장 모르는 부분이었다. 그녀는 그것을 두려워했지만, 더 탐색하고 싶어 안달이었다—이것이 그의 남성적인 부분이었다. 다른 부분, 훈련된 부분, 예의 바른 눈에 담긴 배려는 대부분의 여성들이 그러했듯이 의심 없이 수용했다.

"적어도 이 보호 시설은 언어에 도움이 되었어요." 니콜이 말했다. "두 명의 의사와는 프랑스어로, 간호사와는 독일어로, 청소부와 환자 중 한 명과는 이탈리아어 아니면 그 비슷한 말로 대화했고, 다른 환자에게는 스페인어를 많이 배웠어요."

"나쁘지 않네."

그는 어떤 태도를 취하려 애썼지만, 그것을 위한 논리가 마련되지 않은 듯했다.

"—음악도요. 제가 래그타임에만 관심 있다고 생각하지 않으셨길 바라요. 전 매일 연습했어요—지난 몇 달 동안 취리히에서 음악의 역사에 관한 강의를 들었어요. 사실 그러한 것들이 절 버티게 해주었어요—음악과 그림이요." 그녀는 갑자기 몸을 기울여 신발 밑창의 헐거워진 작은 조각을 비틀다 고개를 들었다. "지금 계신 이대로의 모습을 그리고 싶어요."

그녀가 칭찬을 받기 위해 자신이 달성한 일을 말할 때면, 그는 슬펐다.

"부러워요. 지금 저는 일 말고 다른 건 아무런 관심도 없는 것 같아요."

"아, 남자라면 괜찮다고 생각해요." 그녀가 재빨리 말했다. "하지만 여자는 사소한 성취들을 많이 해서 아이들에게 물려주어야 하죠."

"그런 것 같아요." 딕이 일부러 무관심하게 말했다.

니콜은 조용히 앉아 있었다. 딕은 그녀의 기쁨에 찬물을 끼얹는 역할을 편하게 하기 위해 그녀가 말하기를 바랐지만, 지금 그녀는 조용히 앉아 있었다.

"당신은 이제 건강해요." 그가 말했다. "과거를 잊으려고 노력하세요. 1년 정도 무리하지 마시고요. 미국으로 돌아가서 사교계에 데뷔하세요. 그리고 사랑에 빠지고—행복해지세요."

"저는 사랑에 빠질 수 없어요." 그녀는 상처 난 신발로 앉아 있던 통나무의 먼지 고치를 긁어냈다.

"당신은 할 수 있어요." 딕이 주장했다. "1년 안에는 아니겠지만, 조만간." 그러고 나서 잔인하게 덧붙였다. "당신은 집을 가득 채울 아름다운 후손들과 함께 완벽하게 평범한 삶을 살 수 있을 거예요. 당신처럼 어린 나이에 완전히 정상으로 돌아왔다는, 바로 그 사실은 촉발 요소들이 모든 곳에 꽤 가깝게 존재한다는 증거예요. 아가씨, 아가씨는 친구들이 비명을 지르며 휩쓸려 간 뒤에도 한참 동안 제 역할을 할 수 있을 거예요."

—그러나 그 쓴 약, 가혹한 일깨움을 받아들이는 그녀의 눈에는 고통이 역력했다.

"저는 제가 오랫동안 누구와도 결혼할 수 없다는 걸 알아요." 그 녀가 겸손하게 말했다.

딕은 너무 화가 나서 더 이상 말할 수 없었다. 그는 뻔뻔한 태도 를 회복하기 위해 곡식밭을 내다보았다.

"괜찮을 겁니다—여기 있는 모든 사람들이 당신을 믿어요. 닥터 그레고리는 당신이 자랑스러워서 아마—"

"전 그레고리가 싫어요."

"음, 그러면 안 됩니다." 니콜의 세계는 산산조각 났다. 그 세계 는 단지 조잡하고 이제 막 창조되었다. 그 밑에서는 그녀의 감정 과 본능이 싸우고 있었다. 허리에 코르사주를 희망처럼 꼽고 입구 에서 기다리던 것이 한 시간 전이던가?

……드레스는 그를 위해 여전히 주름 하나 없었고, 단추는 그대 로 달려 있으며, 수선화는 활짝 피었다—분위기는 고요하고 달콤 했다.

"다시 재미있게 지내면 좋을 거예요." 그녀는 더듬더듬 말했다. 잠시 동안 그녀는 자신이 얼마나 부자인지, 얼마나 큰 집에 살고 있는지, 자신이 가치 있는 소유물이라고 그에게 말하고 싶다는 절망적인 생각을 품었다—잠시 그녀는 말 장사꾼이었던 할아버지 시드 워런으로 변했다. 그러나 그녀는 모든 가치관을 혼란스럽게 만들고 싶은 유혹을 이겨 내고, 그 문제들을 빅토리아 시대의 곁방에 가두어 버렸다—공허함과 고통을 제외하곤 그녀에게 집이라 할 만한 곳이 없었지만 말이다.

"병원으로 돌아가야 해요. 이제 비가 안 오네요."

딕은 그녀 옆에서 걸으며 그녀의 불행을 느꼈고, 그녀의 뺨에 떨어지는 비를 마시고 싶었다.

"새 레코드가 몇 장 있어요." 그녀가 말했다. "어서 들어 보고 싶어서 참을 수가 없어요. 혹시 이거 알아요—"

그날 저녁 식사 후, 딕은 이 결별을 끝내야겠다고 생각했다. 또한 이 지저분한 일에 그를 끌어들인 프란츠의 엉덩이를 차주고 싶었다. 그는 복도에서 기다렸다. 그의 눈은 베레모를 좇았다. 니콜처럼 기다리다 젖은 베레모가 아니라 최근 수술받은 두개골을 덮고 있는 베레모였다. 그 아래 한 인간의 눈이 주위를 살피더니, 그를 발견하고는 다가왔다.

"안녕하세요, 의사 선생님."

"안녕하세요."

"날씨가 좋네요."

"네, 훌륭하네요."

"지금 여기서 머무르시나요?"

"아뇨, 하루만 있을 겁니다."

"아, 그렇군요. 그럼—안녕히 가세요, 선생님."

또 다른 만남에 살아 있는 것을 기뻐하며 베레모를 쓴 가엾은 사람은 멀어져 갔다. 딕은 기다렸다. 곧 간호사가 아래층으로 내려와 그에게 메시지를 전달했다.

"워런 양이 양해를 구했습니다, 의사 선생님. 누워 있고 싶다고 하네요. 오늘 저녁은 위층에서 먹고 싶대요." 간호사는 그에게서 워런 양의 태도가 병적임을 암시하는 말을 들을 거라고 예상하며 답을 기다렸다.

"아, 그렇군요. 음—" 그는 침을 삼키고 심장 박동을 재조정했다. "괜찮아졌으면 좋겠군요. 고마워요."

딕은 어리둥절하고 불만스러웠다. 어쨌든 그는 그것으로 이제 자유로워졌다. 프란츠에게 같이 저녁을 못 먹겠다고 메모를 남기고 시골길을 지나 전차역까지 걸어갔다. 그가 플랫폼에 도착했을 때, 봄의 황혼이 철로와 슬롯머신의 유리를 따라 미끄러졌다. 그곳에서 그는 병원이 구심력과 원심력 사이에서 맴돌고 있다고 느끼기 시작했다. 그는 겁을 먹었다. 취리히의 단단한 자갈들이 그의 신발 아래서 다시 한번 달그락 소리를 내자 반가웠다.

그는 다음 날 니콜에게서 연락이 올 것이라고 기대했지만 아무 소식도 없었다. 그녀가 아픈지 궁금해서, 병원에 전화를 걸어 프란츠와 이야기를 나누었다.

"그녀는 어제와 오늘 아래층에서 점심을 먹었네." 프란츠가 말했다. "약간 넋을 잃고 구름 속에 있는 듯 보여. 어떻게 된 거야?"

딕은 남녀 사이에 있는 알프스의 크레바스를 뛰어넘으려고 했다.

"우리의 관계는 깊어지진 않은 것 같아―적어도 내가 생각하기엔 그래. 난 거리를 두려고 했지만, 그녀의 태도를 바꿀 무언가가 있었다고는 생각하지 않아. 관계가 깊었다 하더라도 말이지."

어쩌면 그의 허영심은 결정적인 한방을 날리지 못했기에 상처를 받은 것일지도 모른다.

"그녀가 간호사에게 한 말로 보아, 나는 그녀가 이해했다고 생각해."

"그렇군."

"일어날 수 있었던 일 중 최선이었어. 그녀는 심하게 동요하는 것 같지는 않아―단지 약간 구름 속에 있을 뿐이야."

"알겠네, 그럼 이만."

"딕, 조만간 나를 보러 오게."

8

다음 몇 주 동안 딕은 엄청난 불만에 시달렸다. 병에 의해 시작한 그 일이 기계적으로 끝나 지루함과 금속 같은 맛만 남았다. 니콜의 감정이 부당하게 이용되었다―만약 그것들이 자신의 감정이었다면? 필연적으로 그는 잠시 동안 더할 나위 없는 행복에서 멀어져야 한다―그는 꿈속에서 그녀가 넓은 밀짚모자를 흔들며 병원 길을 걷는 것을 보았다……

한 번은 진짜로 그녀를 본 적이 있었다. 그가 팰리스 호텔을 지나쳐 갈 때, 웅장한 롤스로이스가 곡선을 그리며 반달형 입구로 들어왔다. 니콜은 젊은 여성과 앉아 있었는데, 거대한 공간 안에 있으니 작아 보였고, 필요치 않은 백 마력의 힘에 둥둥 떠 있는 것 같았다. 그는 그 사람이 언니라고 예상했다. 니콜은 그를 보았고 순간적으로 놀란 표정을 지으며 입을 다물지 못했다. 딕은 모자를 고쳐 쓰고 지나갔지만, 잠시 동안 그로스뮌스터의 모든 고블린들이 빙글빙글 도는 소리에 주위가 시끄러워진 듯했다. 그는 마음속에 있는 것을 끌어내고자 그녀 앞에 놓인 침통한 생활 태도를 상세히 기록하려고 했다. 세상이 주는 불가피한 스트레스에 시달리는 병자의 또 다른 '발작'의 가능성─글쓴이인 그를 제외하곤 누구나 설득할 수 있는 전체적인 비망록 말이다.

이 노력은 그가 감정적으로 얼마나 깊이 개입되어 있었는지를 다시 한번 깨닫게 해주었다. 그때부터 그는 자신에게 단호하게 해독제를 제공하였다. 하나는 바르쉬르오브에서 만난 전화 교환원으로, 그녀는 지금 니스에서 코블렌츠까지 유럽을 돌아다니며 다시는 돌아오지 않을 휴일에 알게 된 남자들을 끌어모으는 데 필사적이었다. 또 하나는 8월에 정부 수송선을 타고 집으로 돌아가기 위해 준비하는 것이었고, 마지막은 두 번째를 실행하기 위해 올가을 독일어권 정신의학계에 내놓을 책 교정 작업에 박차를 가하는 것이었다.

딕은 그 책보다 성장했다. 그는 이제 더 많은 기초 작업을 할 수 있기를 바랐다. 그가 교환 학술 단체의 회원 자격을 얻는다면 수많은 일상적인 일에도 이용할 수 있을 것이다.

한편 그는 새로운 프로젝트를 기획했다. 크레펠린 이전과 이후의 사례 1500개를 근거로 하여 현대 다양한 학파에서 여러 전문 용어로 진단되고 있는 신경과 조현병의 획일적이고 실용적인 분류를 위한 시도―그리고 또 다른 격조 높은 단락이 적혀 있었다―독자적으로 생겨난 세분화된 의견들의 연대표와 함께.

이 제목은 독일어*로 보면 기념비적으로 보일 것이다.

딕은 몽트뢰로 차를 천천히 몰았고, 가능할 때마다 유겐호른을 쳐다보며 입을 벌렸다. 그리고 해안 호텔의 골목들 사이로 호수가 언뜻 보일 때면 눈부셔 했다. 그는 영국인 집단을 의식하고 있었는데, 그들은 4년 만에 급부상하여 탐정소설 같은 의심을 눈에 품고 다녔다. 마치 이 수상한 지역에서 독일 민병대에게 습격을 당하기 직전인 듯이 말이다. 산의 급류로 인해 쌓인 흙과 모래 위 언덕에는 곳곳에 건물과 각성이 존재했다. 남쪽으로 향하던 중, 딕은 베른과 로잔에서 올해 미국인들이 오는지에 대한 열띤 질문을 받았다. "6월은 아니더라도 8월까지는?"

그는 가죽바지에 군대에서 입는 셔츠, 등산화를 신고 있었다. 그의 작은 배낭에는 면 양복과 갈아입을 속옷이 들어 있었다. 글리

---

* Ein Versuch die Neurosen und Psychosen gleichmässig und pragmatisch zu klassifizieren auf Grund der Untersuchung von fünfzehn hundert pre-Krapaelin und post-Krapaelin Fällen wie siz diagnostiziert sein würden in der Terminologie von den verschiedenen Schulen der Gegenwart--and another sonorous paragraph--Zusammen mit einer Chronologic solcher Subdivisionen der Meinung welche unabhängig entstanden sind.

온의 케이블카에서 그는 자신의 자전거를 점검하였고, 역 뷔페 테라스에서 작은 맥주를 마시며 산의 80도 경사를 기어 내려가는 작은 벌레를 보았다. 자신이 타락한 운동선수라도 되는 양 라투르드페일을 전력 질주할 때 흐른 마른 피가 그의 귀에 가득했는데, 알코올을 부탁하여 귀를 닦는 동안 케이블카가 역으로 미끄러지듯 내려왔다. 그는 자신의 자전거가 실리는 것을 보고 배낭을 아래칸에 던져 넣은 후 그 뒤를 따라 들어갔다.

산을 오르는 케이블카는 남들이 자신을 알아보는 것이 싫어 쓴 모자의 챙과 비슷한 각도의 비탈에 세워져 있다. 케이블카 밑의 공간에서 물이 쏟아져 나올 때 딕은 그 아이디어의 독창성에 감명을 받았다―무료로 운행되는 차는 정상에서 산의 물로 채워졌고, 브레이크가 풀리는 즉시 가벼워진 차를 중력의 힘으로 끌어올릴 것이다. 이것은 분명 큰 영감에서 비롯되었을 것이다. 건너편 좌석에서 영국인 두 명이 케이블 자체에 대해 토론하고 있었다.

"영국에서 만들어진 케이블은 항상 5, 6년은 가. 2년 전 독일인들이 우리보다 낮은 가격을 제시했는데, 독일의 케이블은 얼마나 갈 것 같아?"

"얼마나 가는데?"

"1년 하고도 10개월. 그래서 스위스는 그걸 이탈리아에 팔았어. 이탈리아는 케이블 검사가 엄격하지 않거든."

"케이블이 끊어지면 스위스에게 끔찍한 일이 될 게 뻔히 보이는데."

차장이 문을 닫았다. 그가 물결 속*에 있는 동료에게 연락을 하자, 차는 덜컹거리더니 에메랄드빛 산의 뾰족한 곳을 향해 갔다. 낮은 지붕들을 벗어나니 보와 발레, 스위스 사부아, 제네바의 하늘이 승객들 주위로 파노라마처럼 퍼져 나갔다. 론강의 꿰뚫는 듯한 물살로 시원해진 호수 중심에는 서구의 진정한 중심이 자리 잡고 있었다. 그 위에 배처럼 떠 있는 백조와 백조처럼 떠 있는 배는 무정한 아름다움 속에서 무(無)로 길을 잃었다. 아래쪽의 풀밭과 쿠르잘의 하얀 안마당에서 햇살이 반짝이는 밝은 날이었다. 마당에 있는 사람들은 그림자를 드리우지 않았다.

시용성과 살라뇽섬의 궁전이 시야에 들어오자 딕은 눈을 안쪽으로 돌렸다. 케이블카는 해안에서 가장 높은 집보다 위에 있었다. 양쪽에는 나뭇잎과 꽃이 간격을 두고 얽혀 색의 덩어리가 되어 절정을 이뤘다. 그곳은 철로 옆의 정원이었으며, 케이블카 안에는 표지판이 있었다. 꽃을 꺾지 마시오.

올라가는 길에 꽃을 꺾어서는 안 되겠지만, 케이블카가 지나칠 때마다 꽃들이 따라왔다—도로시 퍼킨스의 장미는 각각의 객차를 끈질기게 쫓아오며 천천히 흔들리다가, 마지막에서야 케이블카를 놓고 자신의 장밋빛 군락으로 돌아갔다. 이 장미들이 계속해서 케이블카 안으로 들어왔다.

딕의 객차 위 칸과 앞 칸에서, 한 무리의 영국인들이 하늘을 배

---

* 충적운을 뜻한다.

경으로 일어서서 감탄하고 있었는데, 그러다 갑자기 그들 사이에 혼란이 생겼다―그들은 사과하며 재빠르게 객차 뒤편으로 이동하고 있는 젊은이들에게 길을 내주기 위해 양옆으로 흩어졌다―딕의 객차였다. 젊은 남자는 라틴계로, 박제한 사슴의 눈을 가지고 있었다. 여성은 니콜이었다.

두 등반가는 잠시 숨을 헐떡거렸다. 그들은 좌석에 앉았고, 웃고 있던 영국인들은 구석으로 향하였다. 니콜이 말했다. "안녕하세요." 그녀는 사랑스러워 보였다. 딕은 즉시 뭔가 달라졌다는 것을 깨달았다. 잠시 후 그는 그녀의 머리가 달라졌다는 것을 알아챘다. 아이린 캐슬처럼 단발이었으며 곱슬거렸다. 그녀는 아주 연한 청색 스웨터와 하얀색 테니스 스커트는 입고 있었다―5월의 첫 아침 같았고, 병원의 모든 얼룩이 사라졌다.

"이런!" 그녀가 숨을 헐떡거렸다. "으으으 저 경비. 다음 정거장에서 우릴 체포할 거예요. 이쪽은 닥터 다이버, 이쪽은 마르모라 백작입니다."

"아―이런!" 그녀는 새로운 머리를 만지며 헐떡거리고 있었다. "언니가 일등석 티켓을 사줬어요―언니에겐 원칙의 문제죠." 그녀와 마르모라는 서로 눈길을 주고받으며 소리쳤다. "그런데 우린 일등석이라는 곳이 차장 뒤편의 영구차 싣는 곳이라는 걸 발견했어요―비가 오는 날에는 커튼을 쳐서, 아무것도 보지 못하죠. 하지만 언니는 매우 위엄 있는 사람이라―" 니콜과 마르모라는 다시금 친밀감을 느끼며 웃었다.

"어디로 가시나요?" 딕이 물었다.

240

"코(caux)요. 선생님도요?" 니콜은 그의 의상을 보았다. "앞에 실어 놓은 자전거 선생님 건가요?"

"네, 월요일에 해안에 갈 거예요."

"제가 선생님 손잡이 위에 올라탄 채로요? 정말 그러고 싶네요―그렇게 하게 해줄래요? 그것보다 더 재미있는 건 없을 것 같아요."

"하지만 제가 당신을 품에 안고 갈 겁니다." 마르모라가 거세게 항의했다. "롤러스케이트에 태울 겁니다―아니면 제가 하늘로 던져 드리지요. 깃털처럼 천천히 떨어지실 테니."

니콜의 얼굴에 나타난 기쁨―추가 아니라 다시 깃털이 되었다는 기쁨, 질질 끌리는 것이 아니라 떠다니는 기쁨이었다. 그녀는 보러 가야 하는 카니발 같았다―때로는 수줍어하고, 포즈를 취하고, 얼굴을 찌푸리고, 손짓을 했다―때로는 그림자를 드리우며 오랜 고통으로 인한 품위가 손가락 끝으로 흘러내렸다. 딕은 그녀에게서 멀리 떨어지고 싶었다. 자신이 이미 떠나온 세상을 상기시킬 것 같아 두려웠다. 그는 다른 호텔에 묵기로 결심했다.

케이블카가 잠시 멈추자, 처음 타본 사람들은 파란 두 하늘 사이에 떠 있는 것에 동요했다. 그러나 멈춘 이유는 단지 올라가는 차의 차장과 내려가는 차의 차장이 알 수 없는 대화를 나누기 위함이었다. 이윽고 케이블카는 올라가고 또 올라가 숲길과 협곡을 지났다―그리고 나서 승객에게서 시작하여 하늘까지 수선화로 덮인 언덕을 올라갔다. 호숫가에서 테니스를 치고 있는 몽트뢰의 사람들은 이제 작은 점이 되었다. 무언가 새로운 것이 공기 중에 나타났다. 신선함―케이블카가 글리온으로 들어서면서 신선함은 음악으로 구체화되었고, 호텔 정원에 있는 오케스트라 소리가 들렸다.

사람들이 산악 열차로 갈아타는 동안 음악은 수압실에서 흘러나오는 물소리에 묻혀 버렸다. 거의 머리 바로 위에 코가 있었다. 저무는 햇빛에 수천 개의 호텔 창문이 붉게 타올랐다.

그러나 전진하는 방식이 달라졌다―가죽 폐를 가진 엔진은 승객들을 태우고 나선형으로 빙글빙글 돌며 올라갔다. 그들은 칙칙 소리를 내며 낮게 떠 있는 구름을 통과했고, 딕은 잠시 동안 기울어진 소형 기관차가 내뿜는 물보라에 니콜의 얼굴을 놓쳤다. 그들은 연속적으로 불어오는 바람을 피해 올라갔고, 한 바퀴를 돌 때마다 호텔이 점점 커졌다. 햇빛의 꼭대기에 있는 호텔에 도착하자 그들은 매우 놀랐다.

도착 직후 혼란 속에서, 딕이 배낭을 메고 자전거를 가지러 플랫폼으로 향하기 시작했을 때, 니콜이 그를 따라왔다.

"우리와 같은 호텔에 머무시는 거 아닌가요?" 그녀가 물었다.

"지금은 절약하고 있어요."

"저녁을 먹으러 내려오시겠어요?" 수하물로 인한 약간의 혼란이 뒤따랐다. "이쪽은 제 언니―이쪽은 취리히에서 온 닥터 다이버예요."

딕은 키가 크고 자신만만한 스물다섯 살의 젊은 여성에게 고개를 숙였다. 그녀는 강하면서도 연약했다. 그는 그렇게 생각하였다. 입이 꽃 같지만 작은 홈이 있는 여성들이 기억났다.

"저녁 식사 후에 들를게요." 딕이 약속했다. "우선 적응을 좀 해야 하니까요."

그는 니콜의 눈이 따라오는 것을 느끼며 자전거를 타고 앞으로 나아갔고, 그녀의 무력한 첫사랑을 느끼며, 자신의 마음이 뒤틀리는 것을 알아챘다. 비탈을 300야드 더 올라가 다른 호텔에 방을 잡았고, 정신을 차려 보니 씻고 있었으며, 이전 10분 동안의 기억이 없어진 것을 깨달았다. 그저 일종의 술에 취한 듯 붉게 달아오른 듯한 꿰뚫는 목소리만 기억났다. 자신이 얼마나 사랑받고 있는지를 모르는 중요하지 않은 목소리였다.

9

그들은 그를 기다리고 있었다. 그 없이는 불완전했다. 그는 여전히 헤아릴 수 없는 존재였다. 워런 양과 어린 이탈리아인도 니콜만큼 기대에 차 있었다. 호텔 살롱은 음향 장비로 유명했는데, 춤을 위해 방을 비워 두었지만, 목걸이와 염색한 머리, 핑크빛 회색 분을 바른 특정한 연령의 영국 여성들이 모여 있었다. 그리고 눈처럼 새하얀 가발과 검은 드레스 그리고 체리 같은 붉은 입술을 가진 특정 연령의 미국 여성들도 있었다. 워런 양과 마르모라는 테이블 구석에 있었다—니콜은 그들에게서 대각선으로 40야드 떨어진 곳에 있었다. 딕이 도착했을 때 그는 그녀의 목소리를 들었다.

"제 말 들려요? 자연스럽게 말하는 건데."

"아주 잘 들려요."

"안녕하세요, 닥터 다이버."

"이게 뭐죠?"

"방 중앙에 있는 사람들은 내 말을 들을 수 없지만, 선생님은 제 말을 들을 수 있다는 것을 눈치챘나요?"

"웨이터가 말해 줬어요." 워런 양이 말했다. "구석에서 구석으로―마치 무선처럼요."

산 위에 있으니 신이 났다. 마치 바다에 떠 있는 배를 탄 것처럼. 이윽고 마르모라의 부모님이 그들과 합류했다. 그들은 워런 자매를 존중하며 대했다―딕은 워런가의 재산과 관련 있는 밀라노의 은행이 그들의 재산과도 관련 있을 거라고 추측했다. 베이비 워런은 딕과 대화하고 싶어 했다. 새로운 남자를 향해 변덕스럽게 다가가고 보는 충동 때문이었다. 마치 비탄력적인 줄에 묶여 있어서 가능한 한 빨리 그 끝에 가보는 편이 낫다고 생각하는 것 같았다. 그녀는 키가 크고 가만히 있지 못하는 처녀들처럼 다리를 꼬고 또 꼬았다.

"―니콜은 선생님이 자기를 돌봐 주었고, 회복하는 데 도움을 많이 주었다고 했어요. 제가 이해하지 못하는 건 우리가 무엇을 해야 하는가예요―요양소에서는 불분명한 말을 하더라고요. 그 사람들은 단지 니콜이 자연스럽고 즐거워야 한다고만 말했어요. 전 마르모라 가족이 이곳에 있다는 것을 알고 티노에게 케이블카로 마중을 나와 달라고 했어요. 그리고 무슨 일이 일어났느냐면― 니콜이 그를 만나자마자 제일 처음으로 한 일은 케이블카의 측면을 기어 다니게 만든 거였어요. 마치 둘 다 미친 것처럼—"

"그 정도면 완벽히 평범하군요." 딕이 웃었다. "좋은 징조라고 할 수 있겠어요. 서로 허세를 떤 것뿐이니까요."

"하지만 제가 그걸 어떻게 알겠어요? 저 애는 취리히에서 제가 알아차리기도 전에 거의 제 눈앞에서 '배니티 페어'에 나온 사진 때문에 머리를 잘랐어요."

"괜찮아요. 니콜은 조현병 환자예요—영원히 괴짜인 거죠. 그걸 바꿀 수는 없어요."

"그게 뭐죠?"

"방금 말한 대로입니다—괴짜요."

"음, 뭐가 괴짜고 뭐가 미친 건지 어떻게 알 수 있죠?"

"어떤 행동도 미친 짓이 되지 않을 겁니다—니콜은 생기 넘치고 행복합니다. 두려워하실 필요 없어요."

베이비는 무릎을 움직였다—그녀는 백 년 전에 바이런을 사랑했던 모든 불만족스러운 여성들의 요약체였다. 그러나 경비대 장교와의 비극적인 사건에도 불구하고, 그녀에게는 뭔가 뻣뻣하고 자기애에 빠진 듯한 면이 있었다.

"책임지는 건 상관없어요." 그녀가 말했다. "하지만 저는 지금 공중에 떠 있는 것 같아요. 우리 집안에 이런 일은 처음이에요—우리는 니콜이 어떤 일에 충격받았다는 걸 알고, 저는 남자에 대한 것이라고 추측하고 있어요. 하지만 우리는 정확히 알 수 없어요. 아버지는 알아낼 수만 있다면 쏴 버렸을 거라고 했어요."

오케스트라는 '가엾은 나비'를 연주했다. 젊은 마르모라는 그의 어머니와 춤을 추고 있었다. 그들 모두에게는 충분히 새로운 노래였다. 머리카락이 키보드 건반처럼 흰 마르모라의 아버지와 대화하고 있는 니콜을 보던 딕은 바이올린의 어깨를 생각했고, 그러고 나서 불명예와 비밀을 생각했다. 아, 나비여―순간들이 흘러 시간이 되었구나―

"사실 저한테는 계획이 있어요." 베이비가 사과하듯이 고집스럽게 말했다. "선생님에게는 완전히 비현실적으로 보일 수 있지만, 사람들 말에 의하면 니콜은 몇 년 동안은 보살핌을 받아야 한다더군요. 시카고에 대해 아시는지 모르겠지만―"

"모릅니다."

"음, 시카고에는 북부와 남부가 있는데 사실상 분리되어 있어요. 북부는 세련되고 그런 곳이라서 우리는 항상 그쪽에서 살았어요. 적어도 몇 년 동안은요. 하지만 많은 오래된 집안들, 시카고의 오래된 집안들은, 제 말이 무엇을 의미하는지 아시겠죠, 여전히 남부에 살고 있어요. 대학도 거기에 있고요. 제 말은 어떤 사람들에게는 그것이 답답하겠지만, 어쨌든 북부와는 다르니까요. 이해하실지 모르겠네요."

그는 고개를 끄덕였다. 약간 집중하니 그녀의 말을 따라갈 수 있었다. "물론 우리는 그곳에 많은 연줄이 있어요―특정 대학의 교수나 연구원 자리 등이 아버지의 손바닥 위에 있죠. 그래서 제 생각은 니콜을 집으로 데려간 후에 그 사람들에게 던져 놓는 거예요―아시다시피 니콜은 음악에 꽤 재능이 있고 다양한 언어를 구사할 수 있어요―니콜의 상태에 훌륭한 의사를 사랑하게 되는 것보다 더 좋은 상황이 뭐가 있겠어요—"

딕은 갑자기 웃음이 터져 나왔다. 워런 가족이 니콜에게 의사를 구해 주려고 하는구나—우리가 사용할 만한 좋은 의사 한 명 있나요? 그들이 니콜에게 젊고 좋은 의사를 사줄 수 있을 정도라면 니콜을 걱정할 필요가 없었다. 그의 기회는 아직 말라붙지 않았다.

"그런 의사가 있나요?" 그가 반사적으로 물었다.

"기회를 노리고 뛰어드는 의사가 많을 거예요."

춤을 추던 사람들이 돌아왔다. 베이비는 재빨리 속삭였다.

"이게 제가 말하던 계획이에요. 자, 니콜이 어디로 갔지—어디로 가 버렸나 보네요. 위층 자기 방에 있나? 제가 어떻게 해야 할까요? 그냥 내버려 두어야 하는지, 제가 그녀를 찾으러 가야 하는지 알 수가 없어요."

"어쩌면 혼자 있고 싶은가 봅니다—혼자 사는 사람들은 혼자인 것에 익숙하니까요." 워런 양이 듣고 있지 않은 것을 보고 그는 말을 멈추었다. "제가 찾아볼게요."

잠시 동안 안개가 낀 모든 외부는 커튼을 친 봄 같았다. 생명은 호텔 근처에 모여 있었다. 딕은 웨이터를 돕는 보조 접객원이 침대 위에 앉아 1리터의 스페인 와인을 마시며 카드놀이를 하는 지하실 창문을 지나쳤다. 그가 산책로에 다가가자 하얗고 높은 알프스의 산마루에 별들이 나타나기 시작했다. 호수가 내려다보이는 편자처럼 생긴 산책로의 두 가로등 사이에 니콜이 꼼짝도 하지 않고 서 있었다. 그는 조용히 풀밭을 가로질러 그녀에게 다가갔다. 그녀는 '오셨군요'라고 말하는 듯한 표정으로 그를 향해 돌아섰다.

그는 나온 것을 잠시 후회했다.

"언니가 궁금해해서요."

"오!" 그녀는 감시당하는 것에 익숙해져 있었다. 그녀는 힘겹게 다음과 같이 설명했다. "가끔 전 좀―좀 견디기 힘들어요. 저는 매우 조용히 살아 왔어요. 오늘 밤은 그 음악들이 너무 벅찼어요. 울고 싶게 만들더라고요―"

"이해해요."

"오늘은 정말 신나는 날이었어요."

"알아요."

"저는 반사회적 행동을 하고 싶지 않아요―전 모든 사람들에게 충분히 문제를 일으켰어요. 하지만 오늘 밤은 벗어나고 싶었어요."

딕은 갑자기, 마치 죽어 가는 사람이 자신의 유언장이 어디에 있는지 말하는 것을 까먹었다는 생각이 떠오른 것처럼, 니콜이 돔러와 그 뒤의 유령 세대에 의해 '재교육'을 받았다는 생각이 들었다. 또한 그녀가 앞으로 들어야 할 말이 매우 많을 것이라는 생각도 했다. 그러나 그는 이 지혜를 자기 안에 기록해 놓고, 상황의 끈질긴 액면 가치에 굴복하여 다음과 같이 말했다.

"니콜은 좋은 사람이에요―자신에 대한 판단을 스스로 계속 내리세요."

"저를 좋아하시나요?"

"물론입니다."

"혹시―" 두 사람은 200야드 앞에 있는 어둑한 편자의 끝을 향해 걸어가고 있었다. "만약 제가 아프지 않았다면, 혹시 선생님은—제 말은, 제가 선생님이 바랄 만한 여자였을까요?—아, 정말, 제 말이 무슨 뜻인지 아시잖아요."

그는 엄청난 불합리성에 사로잡혀 지금 상황을 맞이하고 있었다. 그녀가 너무 가까이 있어서 자신의 호흡이 바뀌는 것을 느꼈을 테지만, 다시금 받았던 훈련을 상기하며 소년같이 웃고는 진부한 말을 해냈다.

"스스로를 놀리고 있군요. 니콜. 한 번은 내가 아는 한 남자가 자신의 간호사와 사랑에 빠졌는데—"그 일화가 장황하게 계속되었고, 그들의 발걸음이 구두점을 찍었다. 갑자기 니콜이 간결한 시카고 방언으로 말을 끊었다. "구라!"

"정말 저속한 표현이군요."

"그게 어때서요?"그녀가 발끈했다. "선생님은 제가 상식 없는 사람이라고 생각하잖아요—아프기 전에는 별로 없었지만, 지금은 있어요. 그리고 제가 지금까지 만난 남자들 중 가장 매력적인 사람이 선생님이란 걸 모른다면, 저를 여전히 미쳤다고 생각하셔야 해요. 이건 제 불운이에요. 좋아요—하지만 제가 모른다는 식으로 행동하지 마세요—저는 선생님과 저에 대한 모든 걸 아니까요."

딕은 더욱더 불리해졌다. 그는 시카고 남부의 지식인 우리에서 젊은 의사를 구매할 수 있다는 언니 워런 양의 발언이 떠올랐고, 잠시 완고해졌다. "당신은 매력적이지만, 난 사랑에 빠질 수 없어요."

"제게 기회도 주시지 않는군요."

"뭐!"

뻔뻔함, 자신에게 처들어갈 권리가 있다는 것을 암시하는 태도에 그는 놀랐다. 니콜 워런이 마땅히 받아야 하는 기회는 혼란을 제외하고는 아무것도 떠오르지 않았다.

"지금 저한테 기회를 주세요."

그녀는 다가오면서 목소리를 낮추고, 그녀의 가슴으로 가라앉혀 심장 위에 있던 꽉 조이는 보디스를 팽창시켰다. 그는 어린 입술을 느꼈다. 그녀를 안고 있는 팔의 힘이 점점 강해지자 그 팔에 기댄 그녀의 몸이 안도의 한숨을 내쉬었다. 딕이 원자가 결합될 수는 있지만 분리될 수는 없는, 분해할 수 없는 혼합물을 자기 마음대로 만들었다면, 더 이상의 계획은 없었다. 모든 것을 버릴 수 있었지만 원자 규모로 다시 되돌릴 수는 없었다. 그가 그녀를 품에 안고 맛보면서, 그리고 그녀가 그를 향해 점점 더 몸을 구부릴 때, 그녀 자신에게도 새로운 그녀의 입술은 사랑에 흠뻑 젖고 휩싸였으며, 동시에 편안해졌으며 큰 성공을 거두었다. 그는 자신이 존재한다는 것에 감사했다. 자신이 그저 그녀의 젖은 눈동자에 비친 존재일 뿐이라고 해도 말이다.

"맙소사." 그는 숨을 헐떡거렸다. "당신과 키스하는 건 재미있어." 그것은 대화였지만, 니콜은 그를 더 잘 붙잡을 수 있게 되었고, 지금은 그를 붙들고 있었다. 그녀는 요부처럼 뒤돌았고, 마치 오늘 오후 공중에 매달려 있던 케이블카처럼 그를 남겨 두고 떠났다. 그녀는 느꼈다. 자, 이제 그도 알 거야. 자신이 얼마나 자만심이 강한지. 나를 어떻게 할 수 있는지. 아, 정말 멋진 일이야! 내가 저 사람을 잡았어, 이제 그는 내 거야. 순서상 이제 도망가야 할 때였지만, 모든 것이 너무 달콤하고 새로웠기 때문에 모든 것을 끌어들이고 싶어 어물거렸다.

그녀는 갑자기 몸을 떨었다. 2천 피트 아래 빛으로 만들어진 목걸이와 팔찌 같은 몽트뢰와 브베가 보였다. 그 너머에는 희미한 펜던트 같은 로잔이 있었다. 저 아래 어디에선가 희미한 댄스 음악이 들려왔다. 니콜의 머리는 이제 냉정해질 만큼 냉정해졌고, 어릴 적 감상적이었던 일들을 떠올려 비교하려고 노력했다. 마치 전투 후에 술에 취하는 남자들처럼. 그러나 그녀는 평소처럼 편자 테두리에 둘려 있는 철제 울타리에 기대고 서 있는 딕이 여전히 두려웠다. 그 모습은 그녀로 하여금 이런 말을 하게 했다. "정원에서 선생님을 기다리며 서 있던 게 기억나요—제 모든 것을 꽃바구니처럼 품에 안고 기다렸죠. 어쨌든 저한테는 그랬어요—저는 제가 다정하다고 생각했어요—그 바구니를 선생님께 건네주려고 했으니."

그는 그녀의 어깨너머로 숨을 쉬었고, 계속해서 그녀를 뒤돌아보게 만들었다. 그녀는 그에게 여러 번 키스했고, 그녀의 얼굴은 다가올 때마다 커졌다. 그녀의 두 손은 그의 어깨를 잡고 있었다.

"비가 많이 오는군."

갑자기 호수 건너편 검붉은 비탈에서 쾅 하는 소리가 들렸다. 우박을 품고 있는 구름을 향해 대포라도 발사한 것 같았다. 산책로의 불이 꺼졌다가 다시 켜졌다. 이윽고 폭풍이 빠르게 다가왔다. 하늘에서 비가 처음으로 떨어졌고, 곧 두 배가 되어 산에 마구 쏟아지기 시작했다. 큰 소리를 내며 길과 돌, 도랑을 쓸고 내려갔다.

그와 동시에 어둡고 무서운 하늘과 몹시 사나운 필라멘트 같은 번개와 세상을 쪼개는 천둥이 다가왔다. 그러는 동안 들쑥날쑥하게 부서진 구름들이 호텔을 지나 도망치고 있었다. 산과 호수가 사라졌다—호텔은 소란, 혼돈, 어둠 속에서 웅크리고 있었다.

이때쯤 딕과 니콜은 베이비 워런과 마르모라 가족 세 명이 불안에 차 두 사람을 기다리고 있던 현관에 도착했다. 젖은 안개 속에서 나오는 것은 기분 좋은 일이었다—문들은 쾅쾅 소리를 내고 있었고, 그들은 웃으며 감격에 겨워 떨고 있었다. 귀에는 바람이 불어왔고, 옷은 비에 젖었다. 이제 무도회장에서는 오케스트라가 슈트라우스의 왈츠를 연주하고 있었다. 높고 혼란스러운 소리였다.

······닥터 다이버가 정신병자와 결혼한다? 어떻게 이런 일이 일어난 것인가? 어디서부터 시작된 것인가?

"옷을 갈아입고 다시 오지 않으시겠어요?" 베이비 워런이 꼼꼼히 살펴보고 나서 말했다.

"반바지 말고는 갈아입을 옷이 없어요."

그는 빌린 우비를 입고 자신의 호텔로 터벅터벅 걸어 올라가는 동안 조롱하는 듯한 웃음이 목 안에서 맴돌았다.

"큰 기회야—오, 그래. 세상에!—의사를 사기로 결심했다고? 음, 누가 되었든 시카고에서 구하게 될 사람을 붙잡아 두는 편이 좋을 거야." 그는 자신이 처한 가혹함에 역겨워져 속으로 니콜에게 보상을 하였다. 그녀의 입술만큼 젊은 것을 느껴 본 적이 없다는 것을 기억했고, 부드럽게 빛나는 그녀의 도자기 같은 뺨에 그를 위해 흘린 눈물 같은 빗방울이 떨어진 것을 기억했다······ 3시쯤 폭풍이 멈춘 뒤의 고요함이 그를 잠에서 깨웠고, 그는 창가로 향하였다. 그녀의 아름다움이 완만한 경사를 올라왔고, 커튼을 통해 바스락거리는 유령처럼 방으로 들어왔다……

그는 다음 날 아침 로쉐 드 나예까지 2천 미터를 등반했다. 전날 보았던 차장도 쉬는 날을 이용해 산을 오른다는 사실이 재미있었다.

그 뒤 수영을 위해 몽트뢰까지 내려갔다가, 저녁 시간에 맞춰 호텔로 돌아왔다. 편지 두 통이 그를 기다리고 있었다.

"어젯밤 일은 부끄럽지 않아요—그건 살면서 제게 일어났던 일 중 가장 좋은 일이었고, 만약 다시는 당신을 보지 못한다 해도, 나의 대위님, 그 일이 일어났다는 것에 기쁠 거예요."

그 편지는 마음을 충분히 누그러뜨렸다—딕이 두 번째 봉투를 열었을 때, 돔러의 짙은 그늘이 물러났다.

닥터 다이버님께

전화를 드렸는데, 안 계시더군요. 큰 부탁 하나 드려도 될까 모르겠네요. 예기치 못한 상황 때문에 파리로 돌아가야 하는데, 로잔을 거쳐 가면 시간을 조금 더 효율적으로 사용할 수 있을 것 같아서요. 월요일에 취리히로 돌아간다고 하셨으니, 니콜과 함께 취리히까지 가주실 수 있나요? 그리고 요양소에 데려다주실 수 있나요? 너무 무리한 부탁인가요?

진심을 담아,
베스 에반 워런

덕은 화가 치밀었다―워런은 그가 자전거를 가지고 있다는 것을 알았음에도 불구하고 거절이 불가능한 편지를 보냈다. 우리를 한데 엮으려고 하다니! 붙어 있는 달콤한 시간과 워런가의 돈!

그러나 그는 틀렸다. 베이비 워런은 그럴 의도가 없었다. 그녀는 세속적인 눈으로 덕을 훑어보았고, 왜곡된 영국 예찬자의 규칙을 통해 그를 측정하였으며 그가 부족하다고 판단했다―그가 매력적이라고 생각했음에도 불구하고 말이다. 하지만 그녀에게 그는 너무 '지적인' 사람이었고, 그래서 한때 런던에서 알았던 초라하지만 고상한 체하던 사람들과 같은 부류라고 생각했다―정말로 올바른 사람이라고 하기엔 너무 많은 것을 쏟아붓고 있었다. 그녀가 가지고 있는 귀족이라는 개념에 어떻게 하더라도 들어맞을 수 없는 사람이었다.

게다가 그는 고집스러웠다―그녀는 그가 도중에 대화를 그만두고는 흔히 사람들이 그러듯이 시선을 아래로 깔고 다른 생각을 하는 것을 대여섯 번 정도 목격하였다. 그녀는 어렸을 때 니콜의 자유롭고 안락한 태도를 좋아하지 않았고, 지금은 니콜을 '절망적인 상태'로 생각하는 것에 익숙해져 있었다. 어쨌든 다이버는 가족으로 받아들일 만한 의사는 아니었다.

그녀는 다른 뜻 없이 단지 편의상 그를 이용하고 싶었다. 하지만 그녀의 요청은 딕이 그녀가 원하던 사람이라고 착각하게 하는 효과를 가져왔다. 기차를 타는 것은 끔찍하고, 침울하거나 또는 재미있는 일이 될 수 있다. 도주의 시도가 될 수 있었다. 또 다른 여행의 전조가 될 수도 있었다. 친구와 함께 보내는 하루가 아침에 서둘러 헤어질 것 같다가도 두 사람 다 배고픔을 깨닫고 음식을 같이 먹을 때까지 이어지는 것처럼 길어질 수 있다. 그러다 여행이 희미해지고 죽어 가는 오후가 다가오지만, 마지막이 되면 다시 빨라지기 시작한다. 딕은 니콜의 미미한 기쁨을 보고 슬펐다. 그러나 그녀가 알고 있는 유일한 집으로 돌아가는 것은 그녀에게 다행이었다. 그날 그들은 사랑을 나누지 않았지만, 그가 그녀를 취리히 호수의 슬픈 문 뒤에 남겨 두고 떠날 때, 그녀는 돌아서서 그를 바라보았고, 그때 그는 그녀의 문제가 영원히 함께 풀어야 할 문제가 되었다는 것을 깨달았다.

10

다이버는 9월에 취리히에서 베이비 워런과 차를 마셨다.

"제 생각엔 경솔하신 것 같아요." 그녀가 말했다. "당신의 동기를 진정으로 이해하지 못하겠어요."

"서로 불쾌하게 굴지 맙시다."

"어쨌든 전 니콜의 언니예요."

"그렇다고 불쾌한 말을 할 권리가 생기는 것은 아닙니다." 딕은 그녀에게 말할 수 없는 것을 너무 많이 알고 있다는 사실에 화가 났다. "니콜은 부자지만, 그렇다고 해서 제가 사기꾼이 되는 건 아닙니다."

"바로 그거예요." 베이비가 고집스럽게 불평했다. "니콜은 부자예요."

"도대체 돈을 얼마나 가지고 있는 겁니까?" 그가 물었다.

그녀는 흠칫 놀랐다. 그는 조용히 웃으며 말을 이어 나갔다. "이게 얼마나 어리석은 대화인지 아시겠죠? 차라리 집안의 남자와 얘기하는 게 낫겠어요—"

"모든 것을 내가 맡고 있어요." 그녀가 고집을 부렸다. "우리는 당신이 사기꾼이라고 생각하는 게 아니에요. 당신이 누구인지 모를 뿐이죠."

"전 의학 박사입니다." 그가 말했다. "아버지는 성직자고 지금은 은퇴하셨습니다. 우리는 버펄로에서 살았고, 과거는 조사해 보셔도 됩니다. 뉴헤이븐에서 학교를 다녔어요. 그 이후에는 로즈 장학생이 되었고요. 제 증조할아버지는 노스캐롤라이나 주지사셨고, 저는 매드 앤서니 웨인의 직계 후손입니다."

"매드 앤서니 웨인이 누구죠?" 베이비가 수상쩍다는 표정으로 물었다.

"매드 앤서니 웨인이요?"

"이 일에 미친 행동은 충분한 것 같은데요."

딕은 절망적으로 고개를 저었다. 때마침 니콜이 호텔 테라스에서 나와 그들을 찾아 두리번거렸다.

"매우 미쳐서 마셜 필드만큼 돈을 남기지 못한 사람입니다." 그가 말했다.

"그건 다 좋은데—"

베이비는 옳았고 그녀는 그것을 알고 있었다. 직접 대면했을 때 그녀의 아버지는 거의 모든 성직자보다 우위에 있는 사람이었다. 그들은 작위만 없었을 뿐이지 사실상 미국의 공작 가문이었다— 그들의 성을 호텔 등록부나 소개장에 쓰거나, 어려운 상황에서 사용할 때면 사람들이 심리적 변화를 일으켰고, 그로 인해 그녀의 위치에 대한 감각을 확고하게 해주었다. 그녀는 이 사실을 200년 이상 자신의 가문을 알고 있던 영국인들로부터 알게 되었다. 그러나 그녀는 딕이 자신의 면전에 두 번이나 결혼 계획을 집어던져 망칠 뻔했다는 것은 알지 못했다. 이번에 그렇게 되지 않은 것은 니콜이 그들이 앉아 있는 것을 발견하고는, 9월의 하얗고 신선하고, 새로움 속에서 빛나고 있었기 때문이었다.

안녕하세요, 변호사님. 우리는 내일 코모로 가서 일주일 동안 있다가 취리히로 돌아올 거예요. 그래서 변호사님과 언니가 정해 주길 바랐어요, 왜냐하면 제가 얼마나 받는지는 우리에겐 중요하지 않으니까요. 우리는 취리히에서 2년 동안 매우 조용하게 살 거고, 딕은 우리를 돌볼 충분한 돈이 있어요. 아니, 베이비, 난 언니가 생각하는 것보다 더 실용적이야—그저 내게 필요한 옷이나 물건들 때문이야…… 아니, 그 이상—우리 재산이 정말로 나에게 그 모든 것을 줄 수 있을 정도야? 난 그 돈을 전부 쓰지 못할 거야. 언니도 그렇게 많이 가지고 있어? 왜 더 많이 가지고 있는 거야—내가 무능해서 그런 거야? 좋아, 그럼 내 몫도 더 쌓이게 해줘……. 아니, 딕은 이 일과 관련해서 그 무엇도 관여하고 싶어 하지 않아. 나는 우리 두 사람 몫의 배부름을 느끼겠네……. 베이비, 언니는 딕이 어떤 사람인지에 대해 그 이상, 이상―아, 제가 어디에 서명하면 되죠? 아, 죄송합니다.

……같이 있는 게 재미있고 외롭지 않나요, 딕. 가까운 곳 말고는 갈 곳도 없고. 우리 그냥 사랑하고 또 사랑할까요? 아, 하지만 내가 가장 사랑하고, 당신이 떨어져 있으면, 조금이라도 떨어져 있으면 알 수 있어요. 다른 사람들처럼, 손을 뻗으면 내 옆에 누워 있는 따스한 당신의 몸이 있다는 건 멋진 일이에요.

……병원에 있는 제 남편에게 전화 좀 해주시겠어요? 네, 그 작은 책은 도처에서 팔리고 있어요―6개국어로 출판하길 원하더군요. 제가 프랑스어 번역을 하려고 했는데, 요즘은 너무 힘들어서요―쓰러질까 봐 두렵고, 몸이 무겁고 무언가 하기에는 너무 힘들어요―마치 똑바로 서지 못하는 오뚝이처럼요. 차가운 청진기가 제 심장에 닿았고, 제가 가장 강하게 느끼고 있는 말, '모든 것에 대해 신경 쓰지 않는다'―아, 파랗게 질린 아기*를 데리고 병원에 있는 그 가엾은 여자, 차라리 죽는 게 낫죠. 이제 셋이서 지내는 것도 괜찮지 않아요?

……그건 말도 안 되는 소리예요, 딕―우리가 더 큰 아파트를

---

* 혈액이 산소를 제대로 공급하지 못하게 막는 심장 결함이 있는 신생아는 피부가 파란색으로 변한다.

구할 이유는 매우 많아요. 어째서 워런가의 돈이 다이버가의 돈보다 많다는 이유로 스스로 벌을 받아야 하죠? 아, 감사합니다, 웨이터. 하지만 우린 생각이 바뀌었어요. 이 영국 성직자가 이 집의 오르비에토산 와인이 훌륭하다고 하네요. 밖으로 안 나가요? 그래서 우리가 와인을 매우 좋아하는데도 들어본 적이 없는 거군요.

호수들은 갈색 점토 속에 가라앉아 있고, 비탈에는 복부처럼 주름이 잡혀 있다. 사진작가는 카프리행 배를 타고 있는 내 사진을 우리에게 주었다. 머리카락이 배의 난간 위로 늘어져 있었다. "잘 가, 파란 동굴." 뱃사공이 노래를 부르고 있었다. "곧, 다시 와아아아." 그 후 장화 모양을 한 이탈리아의 뜨겁고 불길한 정강이를 따라 내려갔다. 섬뜩한 성들 주변을 바람이 쏴쏴 소리를 내며 지나가고 있었고, 죽은 자들이 저 언덕들 위에서 지켜보고 있었다.

……이 배는 좋다. 우리의 뒤꿈치가 갑판에 부딪힌다. 여기는 바람이 센 모퉁이라서 배가 돌 때마다 난 앞으로 기울어지며 바람에 맞서야 했고, 딕과 보조를 맞추어 가며 코트를 잡아당겼다. 우리는 헛소리를 외치고 있었다.

'오-오-오-오-
나 말고 다른 플라밍고들
오-오-오-오-
나 말고 다른 플라밍고들-'

딕과 함께하는 삶은 즐겁다—갑판 의자에 앉아 있는 사람들은 우리를 쳐다보고, 한 여자는 우리가 부르는 노래를 들으려고 했다. 덕은 그 노래를 부르는 것에 싫증이 났다. 그러니 혼자 부르세요, 딕. 당신은 혼자 다르게 걸어갈 거야. 여보, 짙은 대기를 통해, 의자의 그림자를 통해, 배의 굴뚝에서 흘러내리는 연기를 뚫고 나아갈 거야. 당신을 바라보는 사람들의 눈동자에 비친 당신의 모습이 움직이는 것을 느낄 거야. 당신은 더 이상 격리되어 있지 않아. 하지만 삶으로부터 발전하고 싶다면 삶과 맞닥뜨려야만 한다고 생각해.

이 구명선의 지지대에 앉아 바다를 바라보며 머리카락이 휘날리고 빛나게 내버려 두고 있다. 나는 하늘을 배경으로 꼼짝도 하지 않고, 배는 나를 싣고 푸르고 모호한 미래로 나아간다. 나는 갤리선 앞에 경건하게 조각된 팔라스 아테네다. 공중화장실에선 물이 찰랑거리고, 초록 마놋빛 잎 같은 물결이 모양을 바꾸며 선미에 불만을 토로한다.

……그 해에 우리는 여행을 많이 다녔다—울루물루만에서 비스크라까지. 사하라의 변두리에서 우리는 메뚜기 떼와 마주쳤고, 운전기사는 그것들이 호박벌이라고 친절하게 설명해 줬다. 밤에는 하늘이 낮았고, 낯설고 경계심 많은 신이 잔뜩 존재했다. 오, 가엾게도 벌거벗은 울레드 나일. 밤은 세네갈의 북소리와 플루트, 낙타의 울음소리로 시끄러웠고, 원주민들은 낡은 자동차 타이어로 만든 신발을 신고 가볍게 걸어 다녔다. 하지만 이 무렵 나는 다시 사라졌다—기차와 해변은 하나였다. 그것이 그가 내게 여행을 시켜준 이유였지만, 두 번째 아이, 내 귀여운 딸, 톱시가 태어난 뒤로 모든 게 다시 어두워졌다.

……나를 여기에 버리고 무능한 자들의 손에 맡겨야 하는 것이 맞다고 생각하는 남편에게 말을 전할 수만 있다면……. 당신은 내 아기가 흑인이라고 말하지―웃기네, 저질스러워. 우리는 단지 팀가드를 보기 위해 아프리카에 갔어. 왜냐하면 내 삶의 주된 관심은 고고학이거든. 아무것도 모르는 것을, 그 사실을 항상 깨닫는 것에 지쳤어.

……내가 병이 낫게 된다면 당신처럼 좋은 사람이 되고 싶어, 딕―의학을 공부하고 싶어, 너무 늦었지만. 우리는 내 돈을 써서 집을 사야 해―아파트가 지겹고 당신을 기다리는 것이 지겨워요. 당신은 취리히에 싫증이 났고, 여기서는 글을 쓸 시간이 없으며, 과학자가 글을 쓰지 않는 것은 나약함의 고백이라고 말하잖아요. 지식의 모든 분야를 살펴보고, 그중에 하나를 골라 제대로 배우고 싶어요. 내가 다시 부서지더라도 그것에 매달릴 수 있게. 내가 죄책감을 느끼지 않도록 도와주겠죠, 딕. 우리는 함께 몸을 갈색으로 태울 수 있고, 젊어질 수 있는 따뜻한 해변 근처에서 살 거예요.

……여긴 딕의 작업실이 될 것이다. 아, 그 생각이 우리 둘에게 동시에 떠올랐다. 우리는 타름을 여러 번 지나쳤는데 여기까지 와서야 집들이 텅 비어 있다는 것을 알았다. 마구간 두 개를 제외하면 말이다. 우리는 프랑스 사람을 통해 집을 구매하고 일을 진행했지만, 해군은 미국인들이 언덕 마을의 일부를 산 것을 발견하자 재빠르게 정보원을 보냈다. 그들은 건축자재들 사이에서 대포를 찾으려 했고, 결국 베이비가 우리를 위해 파리 외교부에 전화했다.

여름에는 아무도 리비에라에 오지 않기 때문에, 우리는 몇몇 손님이 방문할 때 말고는 일할 수 있을 것으로 예상했다. 이곳에는 프랑스 사람들이 몇 명 있다. 지난주에 호텔이 문을 연 것을 알고 놀란 미스탱게트, 피카소와 『입술은 안 돼요』를 쓴 남자.

······딕, 어째서 닥터와 다이버 부인이라고 쓰지 않고, 다이버 부부라고 등록한 건가요? 그냥 궁금했어요—그냥 내 머릿속을 떠다녔어요—당신은 나한테 일이 모든 것이라고 가르쳤고 난 그 말을 믿었어요. 당신은 사람은 알아야 하고, 아는 것을 멈추면 여느 사람과 같아지며, 요점은 아는 것을 멈추기 전에 힘을 얻는 것이라고 말하곤 했죠. 만약 당신이 상황을 뒤죽박죽으로 만들고 싶다면, 그건 상관없지만, 당신의 니콜이 반드시 물구나무를 한 채라도 당신을 따라가야 하나요, 여보?

······토미는 내가 말이 없다고 한다. 나는 건강해졌기 때문에 처음으로 늦은 밤 딕과 많은 대화를 나누었다. 우리 둘 다 침대에 앉아서 담배를 피우다가 푸른 새벽에서 벗어나 베개 속으로 뛰어들었다. 우리 눈에 들어오는 빛을 막기 위해서. 때때로 나는 노래를 부르고, 동물들과 놀기도 한다. 친구들도 몇 명 있다—예를 들어 메리라던가. 메리와 나는 대화할 때 상대의 이야기는 듣지 않는다. 말은 남자들이 하는 것이다. 나는 스스로 딕이라고 생각하며 말한다. 이미 나는 내 아들이었던 적이 있다. 그가 얼마나 현명하고 느렸는지 기억한다. 나는 가끔 닥터 돔러가 되기도 하고, 한번은 당신의 모습이 될 수도 있다, 토미 바르방 당신. 토미는 날 사랑한다. 내 생각에는 그렇다. 부드럽고 날 안심시켜 주는 사람이다. 하지만 곧 그와 딕은 서로를 못마땅해하기 시작했다. 전체적으로 모든 것

이 이보다 더 좋은 적은 없었다. 나는 나를 좋아해 주는 친구들 사이에 있다. 나는 고요한 이 해변에 남편과 두 아이와 함께 있다. 모든 것이 괜찮다─이 빌어먹을 메릴랜드식 치킨 요리법을 프랑스어로 번역하는 것을 끝낼 수만 있다면 말이야. 모래 속의 내 발가락은 따뜻하다.

"네, 찾아볼게요. 새로운 사람들─아, 그 소녀─그래요. 그 애가 누구랑 닮았다고 하셨더라…… 아뇨, 아직이요. 이곳에선 새로 나온 미국 영화를 볼 기회가 별로 없어요. 로즈메리 누구요? 글쎄요, 7월에는 유행을 따르겠군요─내겐 기묘한 것 같아요. 네, 그녀는 매우 사랑스러워요, 하지만 사람들이 너무 많을 수도 있어요.

11

닥터 리차드 다이버와 엘시 스피어스 부인은 8월 카페 데 잘리에의 서늘하고 먼지 낀 나무 아래 앉아 있었다. 운모의 반짝임은 달궈진 땅 때문에 흐릿해졌고, 해안 아래쪽에서 몇 차례 불어온 미스트랄(프랑스 남부의 거센 국지풍─옮긴이)이 에스테렐산에 스며들고 항구의 어선들을 흔들었다. 돛대들은 특징 없는 하늘을 여기저기 겨누고 있었다.

"오늘 아침에 편지를 받았어요." 스피어스 부인이 말했다. "그 흑인들 때문에 여러분이 얼마나 끔찍한 시간을 보냈을지! 하지만 로즈메리가 그러길 당신은 더할 나위 없이 그녀에게 멋진 사람이라고 하더군요.”

“로즈메리는 연공 훈장을 받아야 합니다. 꽤 끔찍했거든요—유일하게 지장이 없던 사람은 에이브 노스뿐이었어요—그는 해버로 날아갔어요—아직 이 일을 모를 겁니다.”

“다이버 부인이 놀라셨다니, 유감이에요.” 그녀가 조심스럽게 말했다.

로즈메리는 이렇게 썼다.

니콜은 제정신이 아닌 것 같아요. 저는 그 사람들과 남쪽으로 향하고 싶지 않아요. 딕이 신경 써야 할 것들이 이미 충분한 것 같아요.

“지금은 괜찮습니다.” 그가 성급하게 말했다. “그래서 내일 떠나시는군요. 언제 출항하나요?”

“바로요.”

“이럴 수가, 이렇게 떠나신다니 안타깝군요.”

“이곳에 오게 되어 기쁩니다. 덕분에 즐거운 시간을 보냈습니다. 당신은 로즈메리가 처음으로 신경을 쓴 남자예요.”

또 한 차례의 세찬 바람이 라 나플라의 반암으로 된 언덕을 휘감았다. 공기 중에는 지구가 다른 날씨를 향해 서둘러 움직이고 있다는 힌트가 들어 있었다. 시간 밖으로 나와 있던 멋진 한여름의 순간은 이미 끝났다.

“로즈메리가 반한 사람이 몇 있었지만, 머지않아 그 남자들을 내게 넘겼어요—” 스피어스 부인은 웃었다. “해부해달라고요.”

"그러니까 전 그렇지 않았군요."

"내가 할 수 있었던 일은 아무것도 없었어요. 내가 당신을 보기도 전에 그 애는 당신과 사랑에 빠졌으니까요. 나는 계속 밀고 나가 보라고 했어요."

스피어스 부인의 계획에는 자신이나 니콜을 위한 대책이 마련되어 있지 않았다―그리고 그녀의 부도덕성이 도덕성으로부터 물러나 있는 그녀의 태도에서 비롯되었다는 것을 알 수 있었다. 그것은 그녀의 권리였으며, 그녀의 감정이 은퇴하여 받는 연금이었다. 여자들은 생존을 위한 투쟁에서 거의 무엇이든 할 수 있는 능력을 가지고 있고, 인류가 만든 '잔인함'이라는 범죄에서 유죄를 선고받는 일은 극히 드물다. 사랑과 고통의 혼합이 정상적인 벽 안에서 진행된다면, 스피어스 부인은 환관처럼 거리를 두고 재미있게 구경할 수 있었다. 그녀는 심지어 로즈메리가 상처받을 가능성조차 염두에 두지 않았다―아니면 로즈메리가 상처받지 않을 거라고 확신한 것인가?

"부인 말씀이 사실이라면 저는 그것이 로즈메리에게 아무런 해가 되지 않았다고 생각합니다." 그는 로즈메리에 대해 객관적으로 생각할 수 있다는 허세를 끝까지 유지했다. "로즈메리는 이미 잊었을 겁니다. 그리고―인생의 수많은 중요한 시기들은 부수적으로 보이는 것에서부터 시작하죠."

"그건 부수적인 것이 아니었어요." 스피어스 부인이 주장했다. "당신이 첫 번째 남자였어요―그 아이의 이상형이었죠. 모든 편지에 그렇게 적혀 있었어요."

"정말 예의 바르군요."

"당신과 로즈메리는 내가 아는 사람 중 가장 예의 바른 사람이지만, 그 애는 진심이었어요."

"제 공손함은 마음의 속임수일 뿐입니다."

부분적으로 사실이었다. 딕은 아버지에게 남북전쟁 이후 북으로 오는 남부인들의 남을 의식하는 태도를 어느 정도 배웠다. 그는 종종 그것들을 사용하면서 또 그만큼 경멸했다. 왜냐하면 그것들은 이기심이 얼마나 불쾌한지를 나타내는 것이 아니라 얼마나 불쾌해 보였는지에 대해 항의하는 태도였기 때문이다.

"저는 로즈메리와 사랑에 빠졌어요." 그가 갑자기 그녀에게 말했다. "부인에게 이런 말을 하는 것은 일종의 자기 방종이지요."

마치 카페 데 잘리에에 있는 바로 이 테이블과 의자들이 그 말을 영원히 기억할 것처럼 그에게는 매우 낯설고 공식적으로 보였다. 그는 이미 이 하늘 아래에서 그녀의 부재를 느끼고 있었다. 그는 해변에서 햇볕에 그을려 살이 터진 그녀의 어깨만 기억할 수 있었다. 타름에서는 그녀의 발자국을 밟으며 정원을 가로질렀다. 이제 오케스트라는 '니스 카니발 송'을 연주하기 시작했다. 사라져 버린 작년의 흥겨움의 메아리였다. 그 노래는 그녀 주변에 작은 춤을 일으켰다. 그 춤은 계속되었다. 100시간 만에 그녀는 세상의 모든 흑마법을 손에 넣게 되었다. 맹목적인 벨라도나*, 신체적

---

* 유독 식물에서 파생된 식물로, 멀미나 전투로 고통스러울 때 사용한다.

266

인 에너지를 신경 에너지로 변환시키는 카페인, 조화를 강요하는 만드라고라.

그는 거리를 두고 바라보고 있는 스피어스 부인과 나누는 허구를 다시 한번 애써 받아들였다.

"부인과 로즈메리는 많이 닮지 않았죠." 그가 말했다. "그녀가 부인에게서 배운 지혜는 모두 그녀의 페르소나와 세상과 마주할 때 쓰는 가면을 형성하였어요. 그녀는 생각하지 않아요. 그녀의 진짜 속마음은 아일랜드적이고 낭만적이고 비논리적이에요."

스피어스 부인도 로즈메리가 연약한 겉모습을 가진 야생말이라는 것을 알았다. 미국 군의관 호이트 대위의 영향이 드러나는 부분이었다. 로즈메리의 단면도는 커다란 심장, 간, 영혼을 보여 주었으며, 이 모든 것들이 사랑스러운 피부 아래에 빽빽하게 모여 있었다.

딕은 작별 인사를 하면서 엘시 스피어스의 온전한 매력을 알게 되었고, 단지 본의 아니게 포기해 버린 로즈메리의 조각 이상의 의미가 있다는 것을 깨달았다. 그가 로즈메리를 만들어 놓았을 가능성이 있었다―그러나 그녀의 어머니는 그가 만들어 낼 수 없었다. 만약 떠나 버린 로즈메리의 은폐물, 자극제, 훌륭한 것들이 딕이 준 것이 아니라면, 그것들을 자신이 일깨워 준 것이 아니라는 것을 확실히 알면서 그녀의 우아함을 바라보는 것은 대조적으로 좋은 일이었다. 그녀는 마치 그녀 자신보다 더 중요한 일, 전투나 수술 같은 서둘러서도 안 되며 방해받아서도 안 되는 일을 하는 남자를 기다리는 듯한 태도를 보였다. 그 남자의 일이 다 끝났을 때, 그녀는 조바심이나 성급함 없이 고등학교 같은 곳에서 신문을 넘기며 기다리고 있었을 것이다.

"안녕히 가세요—그리고 두 분 모두 기억해 주세요, 니콜과 제가 로즈메리에게 얼마나 많은 애정을 느꼈는지를."

빌라 디아나로 돌아온 그는 작업실로 가서 정오의 눈부신 빛을 막기 위해 닫아 놓았던 덧문을 열었다. 그의 긴 탁자 두 개 위에는 책을 위한 자료들이 혼란스럽지만 질서 정연하게 놓여 있었다. 분류와 관련된 제1권은 출판을 위해 그가 소액의 돈을 지불한 판으로, 약간의 성공을 거두었다. 그는 그 책을 재발간 하려고 협상하고 있었다. 제2권은 그가 처음으로 쓴 책 『정신과 의사들을 위한 심리학』을 크게 확장할 예정이었다. 수많은 사람들처럼 그는 자신이 아이디어가 단지 한두 가지뿐이라는 것을 알게 되었다—현재 독일어로 50번째 판이 나온 그의 작은 팸플릿 모음집에 그가 생각하거나 알고 있는 모든 기원이 들어 있다는 사실을 깨달은 것이다.

하지만 현재 그는 모든 것이 불안했다. 뉴헤이븐에서 낭비한 시간에도 분개했지만, 무엇보다 점점 더 호화로워지는 다이버 부부로서의 삶과 거기에 따를 수밖에 없는 과시의 필요성 사이에서 괴리감을 느꼈다. 그는 루마니아 친구가 이야기해 준 수년 동안 아르마딜로의 뇌를 연구했다는 사람을 떠올리면서, 참을성 있는 독일인들이 베를린과 비엔나의 도서관 근처에 앉아서 냉담하게 그를 기다리고 있다고 예상했다. 그래서 그는 이 작품을 현재 상태에서 간략하게 십만 단어 이하로 만들어, 나중에 출판할 더 학문적인 책들의 머리말 역할을 하는, 본편에 속하지 않는 책으로 출판하기로 결정했다.

그는 작업실에서 늦은 오후의 햇살 주위를 걸으면서 이 결심을 굳혔다. 새로운 계획으로 인하여 봄까지 작업을 끝낼 수 있을 것이다. 그가 보기에 에너지가 흘러넘치는 사람이 늘어나는 의심과 함께 계획을 좇고 있다면, 그것은 그 계획에 어떤 잘못이 있다는 암시였다.

그는 서진으로 사용하는 금박을 입힌 금속 막대를 종이 다발 위에 올려놓았다. 하인은 이곳에 들어 올 수 없었기에 그는 직접 청소를 했다. 세제로 세면장을 대충 닦고, 방충망을 고친 후에 취리히의 한 출판사에 책을 주문했다. 그러고 나서 1:2 비율로 물을 섞은 진을 마셨다.

정원에 있는 니콜을 보았다. 그는 곧 반드시 그녀와 마주쳐야 한다. 그 상황은 마음을 무겁게 하였다. 그녀 앞에서 완벽한 겉모습을 유지해야 한다. 지금도 내일도, 다음 주도, 다음 해도. 그는 파리에서 루미날*의 영향으로 얕은 잠에 빠진 그녀를 밤새도록 품에 안고 있었다. 이른 아침 부드러운 보호의 말로 그녀의 혼란이 형성되기 전에 부숴 버렸고, 그녀는 따뜻한 향기가 나는 머리카락을 그의 얼굴에 대고 다시 잠들었다. 그녀가 잠에서 깨기 전에 그는 옆방에 있는 전화로 모든 것을 처리했다. 로즈메리는 다른 호텔로

---

* 대발작을 치료하기 위해 사용하던 약품.

이동할 예정이었다. 그녀는 〈아빠의 딸〉이 될 예정이었고, 심지어 그들과 작별 인사를 하는 것도 포기했다. 호텔의 소유주인 맥베스는 세 마리의 중국 원숭이가 될 예정이었다. 딕과 니콜은 쇼핑을 많이 하여 쌓인 상자와 박엽지에 둘러싸여 짐을 싸고, 정오에 리비에라로 떠났다.

그런 뒤에 반응이 왔다. 그들이 침대차에 자리를 잡자, 딕은 니콜이 그것을 기다리고 있는 것을 보았다. 그것은 기차가 역을 떠나기도 전에 빠르고 절망적으로 찾아왔다―그의 유일한 본능은 기차가 아직 천천히 가고 있을 때 기차에서 내려 빠르게 돌아가 로즈메리가 어디 있는지, 그녀가 무엇을 하고 있는지 보라고 했다. 그는 책을 열고 그 위에서 코안경을 폈다. 니콜이 맞은 칸 그녀의 베개에서 그를 지켜보고 있는 것을 눈치챘다. 책이 눈에 들어오지 않아 피곤한 척 눈을 감았지만, 그녀는 여전히 그를 지켜보고 있었다. 비록 약 기운 때문에 여전히 잠이 덜 깬 상태였지만, 그가 다시 그녀의 것이 되었다는 사실에 안도하고 행복해했다.

눈을 감으니 상태가 더 안 좋아졌다. 찾고 잃고, 찾고 잃고 하는 박자감이 생겼기 때문이다. 그러나 그는 안절부절못하는 모습을 보이지 않기 위해 정오까지 그렇게 누워 있었다. 점심시간이 되자 상황이 좀 나아졌다―식사는 늘 훌륭했다. 여관과 레스토랑, 침대차, 뷔페, 그리고 항공기에서 먹는 수천 번의 점심 식사는 둘이서 같이 먹기 매우 좋고 간편했다. 기차 웨이터들의 친숙한 서두름, 작은 병에 들어 있는 와인과 광천수, 파리와 리옹을 오가는 메디테라네 철도에서 제공하는 음식은 모든 것이 전과 같다는 환상을 주었지만, 니콜과 함께 어디로 향하는 것이 아니라 어디를 떠나는 이번과 같은 여행은 거의 처음인 듯했다. 그는 니콜에게 한 잔을 남겨 주고 와인 한 병을 다 마셨다. 두 사람은 집과 아이들에 대해 이야기했다. 그러나 그들의 칸으로 돌아오자 룩셈부르크 건너편 레스토랑의 침묵처럼 정적이 감돌았다. 슬픔에서 벗어나기 위해서는, 그들을 이곳으로 오게 만든 과정을 되돌아보는 것이 필요해 보였다. 낯선 조바심이 딕을 사로잡았다. 갑자기 니콜이 말했다.

"이런 식으로 로즈메리를 떠나는 것은 안 좋은 것 같아요—그녀가 괜찮을 거라고 생각하세요?"

"물론이지. 어디에서든 자신을 잘 챙길 거야—"니콜은 그렇게 하지 못한다고 얕보는 것처럼 들리지 않도록 그는 말을 덧붙였다. "어쨌거나 로즈메리는 배우잖아. 비록 그녀의 어머니가 뒤에 있다고 해도, 그녀는 스스로를 돌봐야 해."

"로즈메리는 매우 매력적이에요."

"아직 아기지 뭐."

"그래도 매력적이에요." 두 사람은 목적 없이 각자를 위해 이야기하고 있었다.

"내가 생각했던 것만큼 똑똑하지는 않더라고." 딕이 말했다.

"꽤 똑똑한 편이에요."

"하지만 아주 그런 편은 아냐—유아원의 향기를 계속 풍기더군."

"그녀는 매우—매우 예뻐요." 니콜이 초연하고 단호하게 말했다. "그리고 영화 속에서 연기를 꽤 잘한다고 생각했어요."

"연출이 훌륭한 거겠지. 생각해 보면 그렇게 개성 있지도 않아."

"전 개성 넘치는 것 같던데요. 남자들에게 얼마나 매력적일지 알 것 같아요."

그의 심장이 뒤틀렸다. 어떤 남자들에게? 얼마나 많은 남자들에게?

—커튼을 쳐도 될까?

—쳐줘. 여기는 너무 밝아.

지금은 어디 있을까? 누구와 있을까?

"몇 년 후면 당신보다 10년은 늙어 보일 거야."

"반대죠. 어느 날 밤 극장에서 그녀를 간략히 그려 봤어요. 내 생각엔 오래갈 것 같아요."

밤에는 둘 다 안절부절못했다. 하루 이틀이면 딕은 로즈메리의 유령이 그들과 함께 벽 안에 갇히기 전에 쫓아 버리려고 노력하겠지만, 지금은 그럴 힘이 없었다. 때로는 너무 강하게 사로잡혀 흉내 내는 것 외에는 아무것도 할 수 없는 기쁨이나 추억보다 고통을 빼앗는 것이 더 힘들다. 이것이 더 어려운 이유는 현재 그가 니콜에게 짜증이 났기 때문이다. 많은 시간이 흘렀으니, 그녀는 중압감으로부터 오는 증상을 인식하고 그것들을 경계해야 했다. 2주일간 그녀는 두 번이나 증상이 나타났다. 타름에서 저녁을 먹던 날, 그는 침실에서 미친 듯이 웃으며 매키스코 부인에게 열쇠를 우물 아래로 던졌기 때문에 화장실에 갈 수 없다고 말하고 있는 그녀를 발견했다. 매키스코 부인은 깜짝 놀랐고 동시에 화가 났고, 당황스러웠지만 어떤 면에서는 이해하고 있었다. 딕은 그때 특별히 불안해하지 않았는데, 니콜이 그 후에 뉘우쳤기 때문이었다. 그녀는 고스 호텔에 전화했지만 매키스코 부부는 이미 떠나고 없었다.

파리에서의 붕괴는 또 다른 문제였고, 첫 번째 사건에 다른 의미를 부여했다. 새로운 주기, 새로운 병이 자라날 가능성을 예언하고 있었다. 톱시를 출산한 이후 재발한 병이 오랜 기간 지속되는 동안 그는 전문가답지 못한 고뇌를 겪었기 때문에, 부득이하게 그녀에 관해 마음을 단단히 먹고, 아픈 니콜과 건강한 니콜 사이에 틈을 만들 수밖에 없었다. 이로 인해 이제 그는 전문가다운 자기 방위적 거리 두기와 그의 마음에 새로 생겨난 냉담함을 구별하기 힘들었다. 소중히 여겼거나 위축되도록 내버려 둔 무관심은 공허함이 되었다. 그는 자신의 의지를 거슬러 부정하고 감정을 방치하는 식으로 그녀를 돌보았고, 그로 인해 니콜을 향한 마음이 이 정도까지나 비어 버렸다. 어떤 사람은 치유된 상처를 피부에 생기는 병과 느슨하게 동일시 여기지만, 개인의 삶에는 그런 것이 없다. 벌어진 상처가 있을 뿐이고, 때로는 그 상처가 아주 작게 쪼그라들기도 하지만 여전하다. 그 고통의 자국은 손가락을 잃거나 시력을 잃는 것에 비견할 수 있다. 우리는 1년에 1분조차 아쉬워하지 않을 수 있지만, 만약 아쉬워하게 된다면 그것에 대해 할 수 있는 것이 없다.

12

그는 양팔을 교차해 어깨에 얹은 채 정원에 서 있는 니콜을 발견했다. 그녀는 회색빛 눈으로 궁금한 것을 찾는 어린아이같이 그를 똑바로 바라보았다.

"칸에 갔다 왔어." 그가 말했다. "우연히 스피어스 부인을 만났어. 내일 떠난다더군. 그녀는 당신과 작별 인사를 하러 오고 싶어 했지만, 내가 그 생각을 돌려 버렸어."

"유감이네요. 그분을 보고 싶었는데. 전 그분이 좋아요."

"내가 또 누굴 봤게—바살러뮤 테일러."

"거짓말."

"노련한 족제비 같은 그 얼굴을 잊었을 리가 없어. 치로의 순회 동물원 터를 찾고 있더군—내년에는 모두 내려올 거야. 에이브럼스 부인이 일종의 전초기지인 것 같았어."

"그리고 베이비는 우리가 여기 온 첫 여름에 격분했고요."

"그 사람들은 자신들이 어디에 있든 전혀 관심 없어. 왜 그들이 도빌에 가만히 머물지 않는지 모르겠어."

"콜레라나 어떤 다른 소문을 낼 수는 없을까요?"

"바살러뮤한테 이곳에선 어떤 카테고리들은 파리처럼 죽어 나간다고 말했어—남을 빨아먹고 사는 사람들은 전쟁 중 기관총사수같이 목숨이 짧다고."

"그렇게 말 안 했죠?"

"맞아, 안 했어." 그가 인정했다. "매우 유쾌하더군. 그 친구와 나는 대로에서 악수를 했고, 아름다운 광경이었지. 지그문트 프로이트와 워드 맥칼리스터의 만남 같았지."

닥은 더 말하고 싶지 않았다―그는 일과 미래에 대한 생각이 사랑과 오늘에 대한 생각을 압도하도록 혼자 있고 싶었다. 니콜은 그것에 관해 알고 있었지만 어둡고 비극적인 방향으로 생각했고, 동물적인 감각으로 그를 약간 미워하면서도 그의 어깨에 문지르고 싶어 했다.

"자기야." 닥이 가볍게 말했다.

그는 집으로 들어갔고, 그곳에서 무엇을 하려고 했는지 까먹었다가, 그것이 피아노 연주였다는 것을 기억해 냈다. 그는 앉아서 휘파람을 불며 악보 없이 들었던 것을 바탕으로 연주했다.

"내 무릎에 있는 널 상상해 보네
두 사람을 위한 차 그리고 두 잔의 차를 위한 두 사람
그리고 난 널 위해, 넌 날 위해 ―"

흘러나오는 멜로디를 들은 니콜은 갑자기 그것이 지난 2주간의 향수라는 것을 깨달았다. 그는 건성으로 코드를 연주하여 노래를 끊고 피아노를 떠났다.

어디로 가야 할지 알 수 없었다. 그는 니콜이 지은 집을 바라보았다. 니콜의 할아버지가 돈을 투자한 집이다. 그는 오로지 자신의 작업장과 작업장이 있는 땅만 소유하고 있었다. 1년에 들어오는 돈 3천 프랑과 출판물에서 들어오는 약간의 돈으로 그는 자신

이 입을 옷과 개인 용돈, 지하 저장고 요금, 그리고 아직은 간호사의 임금만큼 나가는 러니어의 교육비를 지불하였다. 자신이 지불해야 하는 값을 계산하지 않고 어떤 일을 생각해 본 적은 한 번도 없었다. 다소 금욕적으로 살았다. 혼자 있을 때 3등석을 타고 여행하고, 가장 싼 와인을 마시며, 옷을 잘 관리했다. 그 어떤 낭비라도 하게 되면 스스로에게 벌을 주는 등 재정적인 독립을 유지하고 있었다. 그러나 어느 시점부터 그것이 어려워졌다—니콜의 돈을 사용하는 일을 같이 결정해야 하는 경우가 계속해서 반복되었다. 당연히 니콜은 그를 소유하고 싶었고, 그가 영원히 가만히 있기를 원했기 때문에, 그가 그 어떤 방식으로든지 느슨해지도록 부추겼다. 그는 계속해서 조금씩 들어오는 재화와 돈의 유입에 의해 다양한 방식으로 말려들었다. 어느 날 그들이 환상으로 정교하게 만들어 낸 절벽 위의 별장이라는 아이디어의 시작은, 그들을 취리히의 첫 소박한 삶으로부터 떼어 낸 힘의 전형적인 예였다.

"재미있지 않을까, 만약—"이었지만 그다음에는 "재미있지 않을까, 이러면—"이 되었다.

그렇게 재미있지 않았다. 그의 일은 니콜의 문제로 인해 혼란스러워졌다. 게다가 최근 그녀의 수입이 빠른 속도로 증가하면서 자신의 일이 하찮게 여겨지는 듯했다. 또한, 그녀의 치료를 목적으로 그는 수년 동안 엄격한 가정생활을 하고 있는 척했지만 그것으로부터 멀어지고 있었고, 노력 없이 꼼짝도 않는 상태에서 이런 위장을 유지하는 것은 점점 더 힘들어졌다. 이런 상황에서 그는 자세히 조사받을 수밖에 없었다. 딕은 더 이상 피아노로 자신이 연주하고 싶은 노래를 연주할 수 없게 되었고, 그것은 삶이 매우 작은 점으로 제련당하고 있다는 증거였다. 그는 전기 시계의 윙윙거리는 소리를 들으며 오랫동안 큰 방에 머물렀다. 시간에 귀를 기울였다.

11월이 되자 파도는 점점 검은빛으로 변하였고, 방조벽을 넘어 해안도로까지 밀려왔다—그때까지 남아 있던 여름 생활은 사라지고 해변은 미스트랄과 비에 젖어 우울하고 적막했다. 고스 호텔은 보수와 증축을 위해 문을 닫았고, 쥐앙레팽에 있는 여름 카지노의 비계는 점점 더 커지고 어마어마해졌다. 칸이나 니스로 향한 딕과 니콜은 새로운 사람들을 만났다—오케스트라 단원, 식당 경영자, 원예 애호가, 선박 업자—딕이 소형 보트를 샀기 때문이다—그리고 관광협회 사람들을 만났다. 이 사람들은 부부의 하인과도 잘 알고 있었고, 아이들의 교육에 관한 말도 몇 마디 해주었다. 12월, 니콜은 다시 건강해진 것 같았다. 긴장감 없이, 꽉 다문 입 없이, 의욕 없는 미소 없이, 불가해한 발언 없이 한 달이 지나자, 그들은 크리스마스 휴가를 위해 스위스 알프스로 향하였다.

13

딕은 안으로 들어가기 전에 모자로 짙은 파란색 스키복에서 눈을 털어 냈다. 20년 동안 구두에 박힌 징에 밟혀 자국이 남은 대강

당은 티 댄스를 위해 비워져 있었고, 크슈타트 주변 학교에 거주하는 80명의 미국 젊은이들이 '룰루를 데려오지 마'에 맞추어 즐겁게 뛰어다니거나 찰스턴의 곡에서 울리는 첫 타악기 소리와 함께 격렬하게 고함을 내기도 했다. 젊고 단순하고 사치스러운 집단이었다―부자들의 돌격대가 생모리츠에 온 것이다. 베이비 워런은 이곳에서 다이버 부부를 만남으로써 포기의 제스처를 취했다고 느꼈다.

딕은 살짝 귀신이 들린 것처럼 부드럽게 흔들리는 방 건너편에서 두 자매를 쉽게 찾아냈다―두 사람은 포스터 속 그림 같았다. 가공할 만한 겨울 옷차림이었다. 니콜은 짙은 청색 차림이었고, 베이비는 붉은 벽돌색 차림이었다. 젊은 영국인이 그들에게 말을 걸고 있었다. 하지만 두 사람은 사춘기 청소년들의 춤에 시선을 멈춘 채 전혀 주의를 기울이지 않았다.

니콜의 하얗고 따뜻한 얼굴은 딕을 보자 더 밝아졌다. "그분은 어디 있어요?"

"기차를 놓쳤대―나중에 만날 거야." 딕은 앉아서 무거운 장화를 무릎 위에 걸쳤다. "둘이 정말 잘 어울려. 가끔은 우리가 일행이라는 것을 까먹고는 당신을 보고 큰 충격을 받아."

베이비는 키가 크고 예쁜 여성으로, 서른이 다 되어 간다는 사실에 열중하고 있었다. 런던에서 두 남자를 데리고 온 것이 그 징후였다. 한 명은 이제 막 케임브리지를 졸업했고, 나이가 든 사람은 빅토리아 시대의 호색가처럼 완고했다. 베이비는 독신녀의 특징을 가지고 있었다―신체 접촉을 낯설어했다. 갑자기 접촉하면 깜짝 놀랐으며, 키스나 포옹 같은 오래 지속되는 접촉은 곧장 그녀의 피부를 거쳐 의식의 중심부로 미끄러져 들어갔다. 그녀는 몸통, 몸의 본체는 거의 움직이지 않았다―그 대신 발을 동동 구르며 머리를 흔드는 거의 구식 방식을 취했다. 그녀는 죽음의 전조를 즐겼다. 그것은 친구들에게 일어난 재앙 같은 예시였다―또 니콜의 비극적인 운명에 대한 생각에 집착하였다.

베이비가 데려온 젊은 영국 남자는 적당한 경사지에서는 여자들의 매니저 역할을 하다가 봅슬레이 트랙에서는 그들을 괴롭혔다. 지나치게 야심만만한 딕은 텔레마크식 회전을 하다가 발목을 접질렸고, '어린이용 슬로프'에서 감사하게 빈둥거리거나 호텔에서 러시아 의사와 크바스를 마셨다.

"좀 행복해해봐요, 딕." 니콜이 그를 다그쳤다. "이 쪼꼬만 여자애들 좀 만나서 오후에 춤이라도 춰보지 그래요?"

"내가 그 애들에게 무슨 말을 하겠어?"

그녀의 낮고 약간 거친 목소리가 몇 음이나 올라가더니 애처롭게 교태를 부리는 척했다. "이렇게 말하세요. '우쭈쭈, 쪼꼬만 아이야, 네가 '때땅'에서 제일 예뻐'라고. 어떻게 생각해요?"

"난 쪼꼬만 여자애들을 좋아하지 않아. 캐스틸 비누하고 페퍼민트 냄새가 나거든. 그 애들하고 춤을 추면 마치 유모차를 미는 것 같아."

위험한 주제였다―그는 조심스러웠다. 스스로 의식할 정도로. 그는 어린 처녀들의 머리 너머 먼 곳을 응시했다.

"일이 많아요." 베이비가 말했다. "우선, 집에서 온 소식이 있어요―우리가 역 소유지라고 부르는 부동산 말이에요. 철도 회사는 처음에 중심 부분만 샀어요. 지금은 나머지 부분도 구매하였는데, 그곳은 우리 어머니의 소유지였어요. 돈을 어디에 투자하느냐에 대한 문제예요."

영국인은 대화가 역겨운 방향으로 바뀌자 혐오감을 느끼는 척하면서 여자들이 있는 곳으로 갔다. 평생 동안 영국을 숭배해 온 미국 여성의 불확실한 눈빛으로 즉시 그를 좇던 베이비는 도전적으로 말을 이었다.

"큰돈이에요. 각각 30만 달러씩이지요. 저는 제가 투자할 곳을 주시하고 있지만, 니콜은 증권에 대해 아무것도 모르고, 당신도 마찬가지라고 생각해요."

"역으로 마중을 가야 해요." 딕은 회피하듯이 말했다.

밖으로 나온 그는 어두워진 하늘로 인해 더 이상은 보이지 않는 축축한 눈송이를 들이마셨다. 썰매를 타고 지나가던 아이 셋이 이상한 언어로 그에게 경고했다. 그는 아이들이 다음 커브에서 고함 지르는 것을 들었고, 조금 더 멀리서는 어둠 속에서 언덕을 올라 가는 썰매 방울 소리를 들었다. 휴일의 역은 기대감으로 반짝였고, 젊은 남녀들이 새로운 젊은 남녀들을 기다리고 있었다. 기차가 도착했을 즘에 딕은 그들의 리듬을 캐치했고, 끝없는 즐거움 속에서 프란츠 그레고로비우스를 위해 30분을 잘라 내어 마중 나온 척을 할 수 있었다. 그러나 프란츠에게는 이 순간 강력한 목적이 있었기 때문에 딕이 어떤 분위기를 덧씌우든 끝까지 맞섰다. "하루 정도 취리히에 갈 수도 있네." 딕은 전에 보낸 편지에서 이렇게 말했다. "아니면 자네가 로잔으로 올 수도 있지." 결국 프란츠는 크슈타 트까지 와주었다.

그는 마흔이었다. 건강한 성숙함 위에 유쾌하고 격식을 갖춘 매너가 있었지만, 대부분 자신이 재교육한 부자들을 경멸할 수 있는 다소 답답하면서도 안전한 집에서 머물렀다. 과학에 대한 유전적 특징은 그에게 더 넓은 세상을 물려줄 수도 있었지만, 그는 의도적으로 겸손한 계층의 관점을 선택한 것 같았다. 이러한 선택은 아내를 고르는 것에서 대표적으로 나타났다. 호텔에서 베이비 워런은 그를 재빨리 살펴보았고, 그녀가 존경하는 전형적인 특징, 특권층이 서로를 알아볼 때 미묘하게 드러나는 미덕이나 공손함을 발견하지 못하자, 한 단계 낮추어 그를 대하기 시작했다. 니콜은 항상 그를 조금 두려워했다. 딕은 자신의 친구들을 좋아하듯이 의구심 없이 그를 좋아했다.

그들은 저녁에 베니스의 곤돌라와 같은 용도로 이용되는 작은 썰매를 타고 언덕을 따라 마을로 미끄러져 내려갔다. 그들의 목적지는 목재로 만들어졌고, 소리가 울려 퍼지며, 시계, 맥주, 큰 맥주잔, 사슴뿔이 있는 구식 스위스 바가 존재하는 호텔이었다. 많은 무리가 긴 테이블에 있었지만 경계가 흐려져 하나의 큰 무리를 이루었고, 퐁뒤를 먹고 있었다—뜨거운 향료주로 완화시킨, 유별나게도 소화가 잘 안 되는 치즈 토스트였다.

큰 방은 흥겨웠다. 젊은 영국인이 이렇게 언급하였고, 딕은 그 말이 매우 적절하다며 인정했다. 딕은 당돌하고 자극적인 와인으로 인해 긴장이 풀리자 피아노 근처에서 오래된 기쁨을 소리치는 백발의 90년대 황금기 출신의 남자들과 소용돌이치는 연기 속에서 방과 톤을 맞춘 젊은 목소리와 밝은 의상으로 인해 세상이 다시 하나가 된 척을 할 수 있었다. 잠시 동안 그는 육지 코앞에 정박한 배 안에 있다는 느낌을 받았다. 모든 여자들의 얼굴에는 지금의 상황과 밤에 대한 수수한 기대가 내재되어 있었다. 그는 그 특별한 젊은 여성이 이곳에 있는지 살펴보았고, 그들 뒤에 있는 테이블에 그녀가 있는 것 같다는 인상을 받았다―이윽고 그는 그 여자를 잊고 길고 두서없는 이야기를 만들어 내 일행이 즐거운 시간을 보낼 수 있도록 노력했다.

"자네하고 반드시 대화를 해야겠어." 프란츠가 영어로 말했다. "이곳에 머물 수 있는 시간이 24시간밖에 없어."

"자네가 뭔가 할 이야기가 있는 것 같다고 생각했지."

"나에게―정말 멋진 계획이 있어." 그의 손이 딕의 무릎 위에 떨어졌다. "우리 두 사람을 성공으로 이끌어 줄 계획이지."

"뭔데?"

"딕―우리가 함께 운영할 수 있는 병원이 있어―추크 호수에 있는 브라운의 오래된 병원일세. 몇 가지를 제외하면 시설은 전부 현대적이야. 브라운은 아프고, 오스트리아로 돌아가고 싶은가 봐. 아마 거기서 죽고 싶은 것 같아. 이건 도저히 다시 오지 않을 기회야. 자네와 나―멋진 짝 아닌가! 내가 말을 끝내기 전까지 아무 말도 하지 말게."

베이비의 눈이 반짝이는 것을 보고 딕은 그녀가 이 대화를 듣고 있다는 것을 알았다.

"우리가 함께해야 해. 자네를 너무 심하게 묶어 두지는 않을 거야─자네에게 근거지, 실험실, 센터가 생기는 거야. 일 년에 반만 있어도 돼. 날씨가 좋은 때 말이야. 겨울에는 프랑스나 미국에 가서 임상 경험을 통해 새로운 글을 쓸 수도 있네." 그는 목소리를 낮추었다. "그리고 가족의 요양을 위해 병원 분위기와 규칙적인 생활을 근처에 두는 게 좋지 않나." 딕의 표정이 그 이야기가 계속되는 것을 격려하고 있지 않았기에, 프란츠는 입술을 빠르게 떠나는 혀를 붙들어 이야기를 멈추었다. "우린 파트너가 될 수 있어. 내가 경영 매니저를 하고, 자네는 이론가, 훌륭한 상담가, 그런 것들이 되는 거지. 난 나 자신을 알아─내게는 천재성이 없지만, 자네는 있네. 하지만 내 입장에서 보면, 나도 꽤 유능하다고. 가장 현대적인 임상법에 완전히 유능하지. 가끔 몇 달 동안 오래된 병원의 실질적인 책임자로 있기도 했네. 교수님도 이 계획이 훌륭하다며, 계속 진행하라고 조언해 주셨네. 자신은 영원히 살 것이며, 마지막 순간까지 일할 거라면서."

딕은 판단을 내리기 전에 그 계획을 상상해 보았다.

"재정 쪽은 어떠한가?" 딕이 물었다.

프란츠는 턱, 눈썹, 일시적으로 자리 잡은 이마의 주름, 손, 팔꿈치 어깨를 높이 들어 올렸다. 다리 근육이 팽팽해져서 바지의 천이 부풀어 올랐고, 심장은 목구멍까지, 목소리는 입천장까지 올라왔다.

"바로 그거야! 돈!" 그가 비통해했다. "난 돈이 거의 없어. 미국 돈으로 계산해 보면 20만 달러야. 혁신─관─" 그는 자신이 만든 신조어를 의심스럽게 음미하였다. "—절차에는, 자네도 필요하다고 동의하겠지만, 미국 돈으로 2만 달러가 들어. 하지만 그 병원은 금광이야—솔직히, 아직 장부는 보지 못했어. 22만 달러만 투자하면 우리가 얻을 수 있는 확실한 수입은—"

베이비의 호기심이 매우 커 보여서 딕은 그녀를 대화에 끌어들였다.

"당신의 경험상, 베이비." 그가 물었다. "유럽인들이 미국인을 매우 절박하게 만나고 싶어 할 때면, 항상 돈과 관련된 일임을 눈치챈 적 있나요?"

"무슨 일이죠?" 그녀가 천진난만하게 말했다.

"이 젊은 객원 강사가 자기와 큰 사업을 시작해서 미국 출신의 신경쇠약 환자들을 끌어들이자고 하네요."

딕이 말을 이어나가는 동안 프란츠는 걱정을 안고 베이비를 바라보았다.

"하지만 우리가 누군가, 프란츠? 자네는 큰 명성을 가지고 있고, 나는 두 권의 교과서를 썼지. 그 정도면 누군가를 끌어당기기에 충분한가? 그리고 나도 그렇게 많은 돈은 가지고 있지 않네—그 10분의 1도 없다네." 프란츠는 냉소적으로 웃었다. "정말로 없어. 니콜과 베이비는 크로이소스(고대 그리스 시대 리디아의 마지막 왕으로, 큰 부자로 알려졌다—옮긴이)만큼 부자지만 나는 아직 그 어떤 것도 손에 넣지 못했네."

이제 모든 사람이 그들의 말을 듣고 있었다—딕은 뒤 테이블의 젊은 여성도 듣고 있는지 궁금했다. 그 계획은 그의 마음을 끌어당겼다. 그는 베이비가 자신을 대변하도록 내버려 두기로 결심했다. 사람들이 종종 자신의 문제도 아닌 것에 여자들이 목소리를 높이는 것을 허용하듯이 말이다. 베이비는 갑자기 멋지고 실험적인 그녀의 할아버지가 되었다.

"제 생각엔 당신이 고려해야 할 제안인 것 같아요, 딕. 닥터 그레고리가 무슨 말을 하는 건지 모르겠지만―내가 보기엔―"

그의 뒤에 있던 여자가 담배 연기 고리로 몸을 숙여 바닥에서 무언가를 집어 들고 있었다. 테이블 건너편에 있는 니콜의 얼굴이 그의 얼굴과 일직선으로 딱 맞아떨어졌다―머뭇거리며 자세를 잡은 채 포즈를 취하던 그녀의 아름다움은 그의 사랑으로 흘러 들어갔고, 그는 언제나 그것을 보호할 준비가 되어 있었다.

"고려해 보게, 딕." 프란츠가 흥분해서 재촉했다. "정신의학에 관한 글을 쓰려면 실제 임상적 접촉이 있어야 해. 융도 글을 쓰고, 블로일러도 글을 쓰고, 프로이트도 글을 쓰고, 포렐도 글을 쓰지만―그들은 계속해서 환자을 접한다네."

"딕 한테는 제가 있잖아요," 니콜이 웃었다. "한 사람에게는 이 정도 정신질환자면 충분하다고 생각해요."

"그건 다르지요." 프란츠가 조심스럽게 말했다.

베이비는 니콜이 병원 옆에 산다면 항상 안심할 수 있을 것이라고 생각했다.

"우리는 신중하게 생각해 봐야 해요." 그녀가 말했다.

딕은 그녀의 오만한 태도가 재미있었지만 부추기지는 않았다.

"그 결정권은 내게 있어요, 베이비." 그가 부드럽게 말했다. "제게 병원을 사주고 싶어 하다니 정말로 친절하시지만."

베이비는 남의 일에 자신이 간섭했다는 것을 깨닫고 황급히 물러섰다.

"물론, 전적으로 당신의 일이지요."

"이런 중요한 결정은 몇 주가 걸릴 겁니다. 니콜과 내가 취리히에 기반을 잡는 그림이 마음에 들지 궁금하군요—"딕은 프란츠가 하려는 말을 예상하고 그에게 말했다. "—나도 알아. 취리히에는 가스와 수도 전깃불이 있지—나도 거기에서 3년을 살았네."

"자네가 생각해 보도록 내버려 두겠네." 프란츠가 말했다. "난 자신 있네—"

5파운드짜리 부츠 백 켤레가 문 쪽으로 향하기 시작했고, 그들은 그 군중에 합류했다. 딕은 바깥의 상쾌한 달빛 속에서 그 젊은 여자가 앞에 있는 말이 끄는 썰매에 자신의 작은 썰매를 묶는 것을 보았다. 사람들은 자신의 썰매로 향했고, 말들은 빳빳하게 갈라지는 채찍에 긴장하며 밤공기를 품에 안았다. 그들을 지나쳐 가는 형체들은 달리거나 서로를 밀쳤고, 어린아이들은 썰매와 활주부에서 서로를 밀치다 부드러운 눈 위로 떨어졌고, 숨을 헐떡거리며 말을 쫓아가다 지쳐 썰매에 쓰러지거나 자신들이 버려졌다고 통곡했다. 양쪽 들판은 관대하고 고요했다. 말들의 행렬이 이어졌던 공간은 높고 광대했다. 시골 쪽은 소음이 적었다. 마치 옛 조상들이 넓은 눈밭에 있는 늑대들의 소리를 들으려고 하는 것처럼.

그들은 자넨에서 시가 주최하는 댄스파티에 쏟아져 들어가 목부, 호텔 종업원, 상점 주인, 스키 강사, 가이드, 관광객, 농부들과 섞여 들었다. 바깥에서 범신론적인 동물적 본능을 느낀 뒤 따뜻한 곳에 들어오자 터무니없이 훌륭한 기사의 이름, 전쟁터의 박차 달린 부츠처럼, 라커 룸 바닥의 시멘트 위를 걸어가는 축구화처럼 우레 같은 이름을 되찾는 기분이었다. 관습적인 요들이 들려왔다. 딕은 이 장면이 처음에는 로맨틱하다고 느꼈지만, 친숙한 리듬은 그러한 기분으로부터 그를 분리시켰다. 처음에 그는 그 젊은 여자를 의식으로부터 쫓아냈기 때문이라고 생각했다. 그러나 이후 그 생각은 베이비가 말했던 '우리는 신중하게 생각해 봐야 돼요—'라는 말의 형태로 그에게 돌아왔다. 그리고 말하진 않았지만 그 뒤에 이어질 대사들. "우리는 당신을 소유하고 있고, 당신은 조만간 그것을 인정하게 될 거야. 독립을 유지하는 척하는 겉모습은 터무니없어."

딕이 생명체를 향해 악의를 품은 것은 몇 년 만이었다—뉴헤이븐에서 1학년 때 '정신 위생'에 관한 인기 있는 에세이를 우연히 보게 된 이후로 처음이었다. 이제 그는 베이비에 대한 평정을 잃었고 동시에 그녀의 차갑고 부자다운 거만함에 분개했으나 그것을 자기 안에 억눌러 두려고 했다. 새로 등장한 여전사는 남자가 자존심 외에는 공격에 취약한 곳이 없지만, 자존심이 관여되면 험프티 덤프티(동화에 등장하는 달걀 모양 캐릭터—옮긴이)처럼 연약해진다는 것을 알아채기까지 수백 년이 걸릴 것이다—그들 중 일부는 조심스러운, 입에 발린 말로 아는 척을 했지만 말이다. 다이버의 직업은 다른 종류의 달걀이지만 어쨌든 깨진 달걀 껍질을 정리하는 일이다 보니 깨지는 것이 두려웠다. 그러나—

"여기는 너무 예의를 차리는군요." 그는 부드러운 썰매를 타고 크슈타트로 돌아오는 길에 말했다.

"음, 전 좋은 것 같은데요." 베이비가 말했다.

"아뇨, 그렇지 않습니다." 딕은 익명의 모피 보따리 같은 상대에게 말했다. "예의는 모든 사람이 연약해서 장갑을 끼고 다루어야 한다는 것을 인정하는 것입니다. 자, 인간을 존경하는 것은—겁쟁이나 거짓말쟁이라고 가볍게 부르지 않는 것입니다만, 만약 평생을 다른 사람의 기분에 할애하고 그들의 허영심을 채워 주는 삶을 살았다면, 사람들은 내면에서 무엇을 존중해 주어야 할지 구별할 수 없게 됩니다."

"미국인들은 자기네 예절을 좀 심각하게 받아들이는 것 같군." 나이가 든 영국인이 말했다.

"그런 것 같습니다." 딕이 말했다. "제 아버지는 먼저 총을 쏘고 그 후에 사과했던 시절로부터 물려받은 예의를 가지고 계셨죠. 무장한 사람들의 예절—여러분 유럽인은 18세기 초 이후로 평상시에 무기를 소지하지 않고 다녔죠—"

"아뇨, 어쩌면—"

"아뇨, 그러지 않았습니다."

"딕, 당신은 언제나 훌륭한 예절을 가지고 있는 사람이에요." 베이비가 위로하듯 말했다.

여자들은 약간 불안해하며 동물원같이 여러 종류의 모피 외투들 너머로 그를 보고 있었다. 젊은 영국인은 이해하지 못했고—그는 마치 그들이 배를 조종하고 있다고 생각하는 것처럼 항상 처마

돌림띠와 발코니 주위를 뛰어다니는 축에 속했다—호텔까지 썰매를 타고 가는 동안 매우 소극적인 태도로 그의 가장 친한 친구와 권투하며 서로 사랑하고 멍들게 했다는 터무니없는 이야기를 했다. 딕은 농담이 하고 싶어졌다.

"그래서 그 친구가 당신을 때릴 때마다 당신은 그를 훨씬 더 좋은 친구로 생각했나요?"

"그를 더 존중하게 됐죠."

"전제를 이해하지 못하겠군요. 당신과 당신의 가장 친한 친구가 사소한 문제로 다투었는데—"

"이해하지 못하신다면, 당신에게는 설명하지 못하겠네요." 젊은 영국인은 차갑게 말했다.

—이게 내 생각을 말했을 때 얻게 될 결과겠지. 딕은 속으로 생각했다.

그는 이야기의 서술 방법은 정교했지만 태도가 미성숙했기에 모순으로 다가왔다는 것을 깨닫고, 그를 희롱한 것이 부끄러웠다.

카니발 분위기가 한창이었고, 그들은 군중과 함께 구운 요리를 파는 음식점에 들어갔다. 튀니지인 남자 바텐더가 대위법에 맞추어 조명을 조종하고 있었다. 그의 다른 조명은 아이스링크 위에서 큰 창문으로 빛을 보내고 있는 달이었다. 그 빛 속에서 딕은 그 젊은 여자가 활력을 잃었으며 흥미가 사라졌다는 것을 발견했다—그는 어둠을 즐기기 위해 그녀로부터 고개를 돌렸고, 담뱃불은 빨간 불빛이 비칠 때 녹색과 은색으로 변했다. 술집 문이 열리고 닫힐 때마다 하얀 띠가 춤추는 사람들을 가로질렀다.

"말해 보게, 프란츠." 딕이 요구했다. "밤새 이곳에 앉아 맥주를 마시고 난 후, 다시 돌아가서 환자들에게 자네가 그 어떤 개성이라도 가지고 있다고 설득할 수 있나? 환자들이 자네를 위 질환을 가지고 있는 사람이라고 볼 것 같지 않나?"

"전 자러 갈게요." 니콜이 말했다. 딕은 그녀와 함께 엘리베이터 문으로 갔다.

"당신과 함께 가고 싶지만, 프란츠에게 내가 임상의를 할 사람이 아니라는 것을 반드시 보여 줘야 해."

니콜이 엘리베이터 안으로 들어갔다.

"베이비는 상식이 많아요." 그녀가 생각에 잠긴 채 말했다. "베이비는一" 문이 닫혔다—윙윙거리는 기계 소리와 마주한 채 딕은 마음속에서 문장을 마무리했다. "—베이비는 하찮고 이기적인 여자야."

그러나 이틀 후, 프란츠와 함께 역으로 가는 썰매를 타면서 딕은 그 문제에 대해 호의적으로 생각한다는 것을 인정했다.

"우리는 제자리걸음을 하고 있어." 그가 인정했다. "이런 규모로 살다 보면 피할 수 없는 일련의 긴장감이 생겨. 니콜은 그걸 견디지 못할걸세. 여름의 리비에라 목장의 질은 어쨌든 변하고 있네—내년에는 그곳도 사람이 많아질 거야."

그들은 빈의 왈츠가 요란하게 울리고 많은 산악 학교의 색이 옅은 푸른 하늘을 배경으로 반짝이는 상쾌한 녹색 아이스링크를 통과했다.

"—우리가 할 수 있기를 바라겠네, 프란츠. 자네 말고는 같이 시도해 보고 싶은 사람이 없어 —"

잘 가라, 크슈타트! 잘 가라, 새로운 얼굴들, 차갑고 달콤한 꽃들, 어둠 속의 눈송이들. 잘 가라, 크슈타트, 안녕!

14

덕은 전쟁 꿈을 오래 꾼 뒤 5시에 깨어나 창가로 걸어가서 추크호를 바라보았다. 그의 꿈은 침울하고 장엄하게 시작되었다. 감청색 군복을 입은 군인들이 프로코피예프의 '세 개의 오렌지에 대한 사랑' 2악장을 연주하는 밴드 뒤의 어두운 광장을 가로질렀다. 곧 재앙의 상징인 소방차들이 나타났고, 응급 치료소에서는 불구가 된 사람들의 무시무시한 봉기가 일어났다. 그는 침대 등을 켜고 꿈의 내용을 꼼꼼히 적은 뒤 반쯤 아이러니한 문구로 끝을 맺었다. '비전투원의 전쟁신경증'.

침대 옆에 앉았을 때, 그는 방, 집, 그리고 밤이 텅 비어 있다고 느꼈다. 옆방에서 니콜은 외로이 무언가를 중얼거리고 있었는데, 그는 그녀가 잠결에 느끼는 외로움이 무엇이든 간에 안쓰러웠다. 그의 시간은 멈춰 있다가, 몇 년마다 영화를 되감듯 빠르게 가속했다. 반면 니콜의 시간은 시계와 달력과 생일을 기준으로 사라지고 있었고, 사멸하기 쉬운 아름다움이 마음 아프게 추가되고 있었다.

심지어 추크호에서의 지난 1년 반은 그녀에게 시간 낭비처럼 느껴졌는데, 계절의 변화는 오로지 도로변 노동자들의 작업복이 5월에는 분홍색으로, 7월에는 갈색, 9월에는 검은색, 봄에는 다시 흰색으로 변하는 데서만 느껴졌다. 그녀는 새로운 희망을 가지고 처음 발병한 병에서 나오면서 많은 것을 기대했지만, 딕을 제외한 어떤 생활 수단도 박탈당했으며, 아이들을 양육하고 있었지만 온화하게 사랑하는 척만 하였다. 그들의 자녀는 부모가 있는 고아인 셈이었다. 그녀가 좋아하는 사람들은 대부분 반항적이고, 그녀를 불안하게 했으며 나쁜 영향을 끼쳤다―그녀는 그들을 독립적이거나 창조적이거나 강인하게 만들어 준 활력을 찾고 있었으나, 헛된 노력이었다―그 비결은 그들이 잊고 있던 어린 시절의 투쟁에 깊이 묻혀 있었기 때문이다. 그들은 니콜의 외관과 조화, 매력 같은 그녀의 병의 이면에 더 관심이 있었다. 그녀는 소유당하고 싶어하지 않는 딕의 삶을 소유하며 외로운 삶을 살았다.

딕은 여러 번 붙들고 있는 니콜을 놓으려고 했지만 실패했다. 그들은 오랫동안 좋은 시간을 함께 보내 왔고, 백야의 사랑들 사이에서 멋진 이야기를 나누었지만, 그는 자신의 내부로 들어갈 때 그녀를 외면하고 그녀를 떠나 버렸다. 그녀는 '무(無)'를 손에 든 채로 그것을 바라보았다. 많은 이름으로 그것을 불렀지만, 그녀는 그것이 단지 그가 곧 돌아올 것이라는 희망일 뿐이라는 것을 알고 있었다.

그는 베개를 돌돌 구긴 뒤 누워서, 일본인들이 혈액순환을 늦추기 위해 하는 것처럼 목덜미를 베개에 올려놓고 다시 잠을 청했다. 나중에, 그가 면도를 하는 동안 니콜은 잠에서 깨어나 여기저기를 걸어 다니다가 아이들과 하인들에게 갑작스럽고 간단한 명령을 했다. 러니어는 아버지가 면도하는 것을 보기 위해 들어왔다―정신 병원 옆에 살면서 그는 아버지에 대한 특별한 신뢰감과 존경심을 갖게 되었고, 다른 대부분의 어른에 대한 지나친 무관심 또한 갖게 되었다. 그에게 환자들은 이상한 측면만 보여 주는 사람이나 생명을 빼앗긴, 과잉 교정된 개성 없는 생물이었다. 그는 잘생기고 장래가 촉망되는 소년으로 딕은 그에게 많은 시간을 쏟아부었다. 서로 공감하지만 엄격한 장교와 존경심을 품은 사병의 관계였다.

"어째서" 러니어가 물었다. "수염을 깎을 때 항상 정수리에 약간의 거품을 남기는 건가요?"

딕은 조심스럽게 거품에 덮인 입을 열었다. "나도 결코 알아내지 못했다. 종종 궁금했어. 내 생각엔 구레나룻을 따라 선을 그을 때 집게손가락에 처음으로 거품이 묻었기 때문인 것 같은데, 어떻게 정수리에 묻게 되었는지는 모르겠단 말이지."

"내일 제가 처음부터 끝까지 지켜볼게요."

"아침을 먹기 전에 물어보고 싶은 질문은 그게 전부니?"

"이걸 질문이라고 부르고 싶진 않아요."

"질문 하나 한 거야."

30분 후 딕은 행정 건물을 향해 출발했다. 그는 서른여덟 살이었다―여전히 수염을 거부하고 있었지만, 리비에라에 있을 때 보다 의사다운 분위기를 풍겼다. 18개월 동안 그는 그 병원에서 살았는데, 확실히 유럽에서 가장 유명한 병원 중 하나였다. 돔러의 병원처럼 현대식이었다—더 이상 어둡고 사악한 하나의 건물이 아니라 작고 흩어져 있지만, 거짓으로 통합된 마을 같은 분위기 였다—딕과 니콜이 취향의 영역을 많이 보태 시설은 아름다워졌고, 취리히를 지나는 모든 심리학자들이 방문하였다. 캐디 하우스 가 추가되었더라면 컨트리클럽이 되었을지도 모른다. 영원한 어둠 속에 잠긴 사람들을 위한 들장미관과 너도밤나무관은 작은 잡목림에 가려져 본관에서는 보이지 않았지만, 숨겨진 주요 거점이 었다. 뒤편에는 시장 판매용 청과물을 기르는 농장이 있었는데, 환자들은 가끔 그곳에서 일을 했다. 에르고 요법*을 위한 치료실은 세 개였고, 모두 한 지붕 아래 자리 잡고 있었으며, 닥터 다이버 는 그곳에서 아침 회진을 시작했다. 햇빛이 가득한 목공실은 톱밥 향, 사라진 목재 시대의 달콤함을 풍겼다. 항상 여섯 명 정도의 남자들이 망치질, 대패질, 톱질을 했다—조용한 사람들로, 그가 지나갈 때면 엄숙한 눈을 들어 올렸다. 딕 자신도 훌륭한 목수였기 때문에 그는 잠시 조용하고 개인적이고, 흥미로운 목소리로 몇 가지 도구의 효율성에 대해 그들과 토론하곤 했다. 인접한 방은 제본실로, 대부분 활동적인 환자들을 위한 공간이었지만, 그렇다고 회복될 가능성이 높은 환자들은 아니었다. 마지막 방은 구슬 세공을 하는 방으로, 직물 작업과 황동 작업을 하는 곳이었다. 여기 있는 환자들은 깊은 한숨을 쉬어 무언가 풀리지 않는 것을 떨쳐 버린

---

* 운동과 신체 활동, 마사지, 뜨거운 물로 하는 목욕으로 이루어진 치료법.

294

표정이었다―그러나 그들의 한숨은 끊임없는 추론의 시작이었으며, 평범한 사람들처럼 일직선이 아니라 반복되는 원이었다. 빙글, 빙글, 빙글. 영원히 돌았다. 그러나 그들이 작업하는 밝은 물건들은 처음 온 사람들에게 마치 유치원처럼 모든 것이 괜찮다는 순간적인 환상을 주었다. 이 환자들은 닥터 다이버가 들어오면 밝아졌다. 그들 대부분은 닥터 그레고로비우스보다 그를 더 좋아했다. 한때 큰 세상에서 살았던 사람들은 한결같이 그를 더 좋아했다. 그가 그들을 무시한다고 느끼거나, 그가 단순하지 않거나, 겉치레를 한다고 생각하는 사람은 소수였다. 그들의 반응은 딕이 일상생활에서 마주하는 반응과 다르지 않았지만, 이곳의 반응은 뒤틀리고 왜곡되어 있었다.

한 영국 여자가 항상 자신의 것이라고 생각하는 주제에 대해 말했다.

"오늘 밤에도 음악을 연주하나요?"

"모르겠네요." 그가 대답했다. "닥터 라디슬라우를 본 적이 없어서요. 삭스 부인과 롱스트리트 씨가 어젯밤에 연주한 곡은 어땠나요?"

"그냥 그랬어요."

"전 괜찮다고 생각했어요―특히나 쇼팽이요."

"그것도 그냥 그랬어요."

"선생님은 언제 우리를 위해 직접 연주해 주실 건가요?"

그녀는 몇 년 동안 그랬듯이 이 질문에 기뻐하며 어깨를 으쓱했다.

"언젠가는요. 하지만 제 실력도 그냥 그래요."

그들은 그녀가 전혀 연주할 수 없다는 것을 알고 있었다―그녀
에게는 뛰어난 음악가였던 자매가 둘 있었지만, 어릴 때 함께 자
랐음에도 그녀는 악보를 익힐 수 없었다.

딕은 작업실에서 나와 들장미관과 너도밤나무관을 방문하러 갔
다. 이곳은 외관상 다른 곳만큼 쾌활했다. 니콜은 격자나 쇠막대
는 숨기고 가구는 고정한다는 필연적인 전제하에 장식과 가구를
디자인했다. 그녀는 매우 풍부한 상상력으로―그녀에게 부족했던
창의성은 문제 자체에서 공급받았다―작업했기 때문에, 교육을
받은 그 어떤 방문객이라도 창문의 가볍고 우아한 선조 세공이 단
단한 사슬의 끝이라는 것을, 현대의 관형적인 경향을 반영하는 조
각들이 에드워드 7세 시대의 거대한 작품들보다 더 견고하다는 것
을 꿈도 꾸지 못할 것이다―심지어 꽃조차 철 손가락들 위에 놓여
있었고, 모든 일상적인 장식과 붙박이 가구들이 고층 건물의 대들
보처럼 필요한 존재였다. 그녀의 지칠 줄 모르는 눈은 방들을 최
대한 효율적으로 만들었다. 칭찬을 받으면, 그녀는 퉁명스럽게 자
신이 숙련된 배관공이라고 말하곤 했다.

나침반의 극성을 잃지 않은 사람들에게는 이 집에 이상한 것들
이 많아 보였다. 다이버는 남성용 건물인 들장미관에서 종종 즐거
움을 느꼈다―이곳에는 작고 이상한 노출증 환자가 있었는데, 그
는 만약 자신이 방해받지 않고 나체로 에투알 광장에서 콩코르드
광장까지 걸어갈 수 있다면 많은 것들을 해결할 수 있으리라 여겼
다―딕은 어쩌면 그가 정말 옳을지도 모른다고 생각했다.

그가 가장 흥미를 느끼는 환자는 본관에 있었다. 그 환자는 병원에 6개월째 입원해 있는 서른 살 여성이었다—미국인 화가로, 오랫동안 파리에 거주한 사람이었다. 그들은 그녀의 과거에 대한 만족할 만한 자료가 없었다. 한 사촌이 우연히 미쳐서 정신이 나가 버린 그녀를 발견했고, 도시의 가장자리에 있는, 마약과 술로 인한 피해자들을 위한 요란한 병원에서 만족스럽지 못한 시간을 잠깐 보내다 간신히 스위스로 왔다. 입원 당시 그녀는 유난히 예뻤다—그녀는 이제 살아 있는 극심한 고통 그 자체였다. 모든 혈액검사에서 양성 반응이 나오지 않았기에, 불만족스럽지만 병명을 신경성 습진으로 분류했다. 그녀는 마치 아이언 메이든*에 갇혀 있듯이 두 달 동안 그 병에 감금되어 있었다. 그녀는 특별한 환각의 범위 내에서는 일관적이고 심지어 똑똑했다.

주로 딕이 그녀를 맡았다. 그녀가 과도한 흥분 상태에 빠졌을 때 그만이 유일하게 '그녀를 어떻게든 다룰 수 있는' 의사였다. 몇 주 전, 잠들지 못하여 고문 같은 날들을 보내고 있던 많은 밤들 중 한 날, 프란츠는 그녀에게 몇 시간 동안의 휴식이 필요하다고 최면을 걸었고 성공했지만, 그 이후로는 단 한 번도 성공하지 못했다.

최면은 딕이 불신하고 거의 사용하지 않는 방법이었다. 왜냐하면 그는 자신의 내부에서도 분위기를 항상 만들 수 없다는 것을 알고 있었기 때문이다—니콜에게 한 번 시도해 본 적이 있었지만,

---

* 여성의 형상을 한 상자로, 안쪽에 못을 박아 놓은 고문 도구다.

그녀는 경멸적으로 그를 비웃었다.

그가 들어왔을 때 20호실 여성은 그를 볼 수 없었다―눈언저리가 너무 퉁퉁 부어 있었다. 그녀는 강하고, 풍부하고, 깊고, 소름 끼치는 목소리로 말했다.

"얼마나 갈까요? 영원히 계속되는 건가요?"

"이제 그리 오래가지 않을 겁니다. 닥터 라디슬라우가 말하길 모든 곳이 깨끗해질 거라고 하더군요."

"내가 무슨 일을 했기에 이런 일을 당해야 하는지 알면 평온하게 받아들일 수 있을 겁니다."

"그것에 대해 신비롭게 생각하는 것은 현명한 일이 아닙니다―우리는 그것을 신경적인 현상이라고 인식하죠. 홍조와 관련 있어요―어렸을 때 얼굴이 쉽게 붉어졌나요?"

그녀는 얼굴을 천장으로 향하게 둔 상태로 누워 있었다.

"사랑니를 빼고 나서는 그런 적이 없었어요."

"사소한 죄라던가 실수를 저질러 본 적이 있지 않나요?"

"제 자신을 책망할 일은 없었어요."

"운이 매우 좋군요." 여자는 잠시 생각에 잠겼다. 붕대를 감은 얼굴 너머로 비밀스러운 선율 같은 목소리가 들려왔다.

"저는 남자들에게 전투로 도전했던 내 나이대의 여성들과 운명을 공유하고 있어요."

"놀랍겠지만, 그건 다른 모든 전투와 똑같습니다." 그는 그녀의 형식적인 용어 선택을 따라 하며 말했다.

"모든 전투와 같다." 그녀는 이 말을 곰곰이 생각했다. "함정을 파거나, 그렇지 않으면 피로스의 승리를 거두거나, 파괴되어 망가지거나—선생님은 부서진 벽에서 들려오는 유령 같은 메아리로군요."

"당신은 파괴되거나 망가지지 않았어요." 그가 그녀에게 말했다. "진짜 전투에 참가해 본 적이 있다고 확신하십니까?"

"날 봐요!" 그녀가 격분해서 외쳤다.

"고통을 겪으셨지만, 고통을 겪은 많은 여성들은 자신을 남자로 착각하곤 하죠." 말다툼이 되어 가고 있었기에, 그는 한발 물러났다. "어떤 경우에서든 한 번의 실패를 최종적인 패배와 혼동하지 말아야 해요."

그녀는 비웃었다. "아름다운 말이네요." 고통의 껍질을 뚫고 올라오는 그 말에 그는 겸손해졌다.

"환자분을 이곳으로 데리고 온 진정한 이유를 말씀드리고 싶습니다—" 그가 말을 시작했지만 그녀가 끊었다.

"나는 어떤 것의 상징으로서 여기 있는 거예요. 선생님이라면 그것이 무엇인지 아실 거라고 생각했어요."

"환자분은 병에 걸렸습니다." 그가 기계적으로 말했다.

"그럼 내가 거의 찾아낸 이것은 뭐죠?"

"더 큰 병이지요."

"그게 다인가요?"

"그게 전부입니다." 그는 혐오감을 느끼며 자신이 거짓말하는 것을 들었지만, 지금 이곳에서 일어나는 주제의 거대함은 오로지 거짓말로 억누를 수밖에 없었다. "그 외에는 혼란과 혼돈만 존재할 뿐입니다. 강의를 하지는 않겠습니다―우리는 환자분의 육체적 고통을 매우 잘 알고 있으니까요. 하지만 매일 그 문제에 당면함으로써 다시 제자리로 돌아갈 수 있는 겁니다. 그 문제가 아무리 하찮고 지루해 보여도 말이죠. 그 이후에는―어쩌면 다시 조사해볼 수 있겠군요―"

그는 피할 수 없는 생각의 끝을 피하기 위해 속도를 늦추었다. "―의식의 경계선을요." 예술가들이 탐구해야 하는 경계선은 그녀가 갈 곳이 아니었다, 결코. 그녀는 섬세했다. 선천적으로―그렇기에 결국 어떤 조용한 신비주의 속에서 안식을 찾을지도 모른다. 탐구는 농부의 피가 흐르는 사람, 큰 허벅지와 두꺼운 발목을 갖고 있어 빵과 소금을 먹듯이 육체와 정신의 모든 곳으로 벌을 감당할 수 있는 자들을 위한 것이다.

―당신이 갈 곳이 아닙니다. 그는 거의 이렇게 말할 뻔했다. 당신이 가기엔 너무 힘든 게임이에요.

그러나 그녀의 고통이 끔찍하고 웅장해질 때면 그는 그녀에게 거리낌 없이, 거의 성적으로 다가갔다. 그는 종종 니콜을 품에 안듯이 그녀를 품에 안고 싶고, 그녀의 실수조차도 소중히 여기고 싶었다. 그것들도 그녀의 일부분이었다. 드리워져 있는 블라인드 사이로 들어오는 주황빛, 침대 위의 석관 같은 그녀의 모습, 얼굴의 반점, 병의 공허함을 찾으며 외딴 추상만을 찾는 목소리.

그가 일어서자 그녀의 붕대로 눈물이 용암처럼 흘러 들어갔다.

"그건 뭔가를 위한 거예요." 그녀가 속삭였다. "무언가 반드시 나와야 해요."

그는 허리를 굽혀서 그녀의 이마에 키스했다.

"우리 모두 착해지려고 노력해야 합니다." 그녀의 방을 나온 그는 간호사를 보냈다. 진찰해야 할 다른 환자들도 있었다. 어린 시절은 그저 재미있으면 된다는 전제로 길러진 열다섯 살짜리 미국 소녀—그가 방문해야 했던 이유는, 그녀가 손톱 가위로 머리카락을 전부 잘라 버렸기 때문이었다. 그녀를 위해 할 수 있는 일은 아무것도 없었다—신경증 가족력이 있었지만, 아이의 과거에는 의지할 수 있는 안정된 기반이 없었다. 정상적이고 성실한 아버지는 인생의 어려움으로부터 신경증을 앓고 있는 아이들을 보호하려고 노력했지만, 삶의 필연적인 놀라움들에 적응할 수 있는 힘을 기르는 것을 막는 데 성공했을 뿐이었다. 딕이 해줄 수 있는 말은 거의 없었다. "헬렌, 의심이 들면 간호사한테 반드시 물어봐. 반드시 조언을 받아들여야 해. 그렇게 하겠다고 약속해 줘."

머리가 병든 사람들에게 약속이란 무엇일까? 그는 캅카스산맥에서 온 허약한 유배자를 보았다. 그는 일종의 해먹 같은 것에 단단히 묶여 있었는데, 그 해먹은 따뜻한 의료용 욕조에 잠겨 있었다. 그리고 불완전 마비가 희미하게 진행되고 있는 포르투갈 장군의 세 딸들을 보았다. 그는 옆방으로 들어가 정신이 무너진 정신과 의사에게 나아졌다고, 늘 나아지고 있다고 말했다. 그 남자는 딕의 얼굴에서 확신을 읽으려 했다. 그에게는 닥터 다이버의 목소리에 있는 공명 또는 공명의 결여에서 찾아낸 안심시키는 말이 현실 세계와 연결해 주는 유일한 통로였기 때문이다. 그 후 딕은 게으른 잡역부를 내보냈다. 그때가 점심시간이었다.

15

환자들과의 식사는 하기 싫은 일이었기에 그는 무관심하게 식사를 하였다. 물론 들장미관이나 너도밤나무관 사람들은 이 식사에 포함되지 않아, 언뜻 보기에 이 식사는 지극히 평범했지만 항상 무겁고 우울했다. 식사에 참여한 의사들은 대화를 이어 갔지만 대부분의 환자들은 아침의 노력으로 지친 듯, 혹은 옆 사람에 의해 우울해진 듯 거의 말을 하지 않고 접시를 들여다보며 식사했다.

점심 식사가 끝나고, 딕은 빌라로 돌아왔다. 니콜은 이상한 표정을 지은 채 응접실에 있었다.

"읽어 보세요." 그녀가 말했다.

그는 편지를 열었다. 의사들의 생각은 회의적이었음에도 불구하고 최근에 퇴원한 여성에게 온 것이었다. 편지는 그녀의 병이 중요한 단계에 있을 때 딕이 자신의 곁에 있던 딸을 유혹했다고 분명한 표현으로 비난하고 있었다. 다이버 부인이 이 이야기를 듣고 남편이 '실제로 어떤' 사람인지 알게 되면 기뻐할 것이라고 추정했다.

딕은 편지를 다시 읽었다. 명확하고 간결한 영어로 적혀 있었지만, 그는 여전히 이 편지가 미친 사람이 보낸 편지라고 인식했다. 딱 한 번 딕은 그녀의 요청 때문에 바람둥이에 흑갈색 머리인 그녀를 취리히로 데려간 적이 있었고, 저녁에는 다시 병원으로 데려왔다. 그는 게으르고 하고 싶은 대로 다 하게 놔두는 태도로 그녀

302

에게 키스를 했다. 이후, 그녀는 그 일을 더 진행시키려고 했지만, 그는 관심이 없었고, 곧이어, 아마 그 결과로 그 여자는 그를 싫어하게 되었고, 어머니를 데리고 떠났다.

"이 편지는 정상이 아닌 사람이 보낸 거야." 그가 말했다. "나는 그 여자와 아무런 관계도 없었어. 마음에 들지도 않았고."

"네, 저도 그렇게 생각하려고 노력했어요." 니콜이 말했다.

"정말 내 말을 못 믿는 거야?"

"나는 여기 앉아 있기만 했어요."

그는 비난의 어조로 목소리를 낮추며 그녀 옆에 앉았다. "터무니없군. 이 편지는 정신병 환자가 보낸 거야."

"저도 정신병 환자였어요." 그는 일어서서 좀 더 권위적으로 말했다.

"이런 말도 안 되는 헛소리는 신경 쓸 필요 없어, 니콜. 가서 애들을 불러와. 출발하게."

딕이 운전하는 차는 호수의 작은 곳을 따라 달렸고, 앞 유리에서 타오르는 빛과 물을 받으며 폭포 같은 상록수를 뚫고 앞으로 나아갔다. 딕의 르노 자동차는 매우 작아서 아이들을 제외하면 모두 튀어나왔으며, 뒷좌석 아이들 사이에 있는 프랑스인 가정교사는 돛대처럼 우뚝 솟아 있었다. 그들은 이 길에 대해 모든 것을 알고 있었다─어디로 가야 솔잎 냄새를 맡을 수 있고, 어디로 가야 스토브의 검은 연기 냄새를 맡을 수 있는지 같은 것 말이다. 얼굴이 그려진 해가 높이 솟아 아이들의 밀짚모자를 맹렬하게 내리쬐고 있었다.

니콜은 조용했다. 딕은 그녀의 똑바로 바라보는 시선이 불안했다. 그는 종종 그녀와 함께할 때 외로웠다. 그리고 가끔 그녀는 그를 위해 남겨 둔 개인적인 이야기를 짧은 홍수처럼 쏟아 내며 그를 지치게 만들었다. "나는 이래요─나는 저런 식이에요." 하지만 오늘 오후는 그녀가 스타카토로 말하며 그에게 자신의 생각을 흘끗 보여 주었다면 기뻤을 것이다. 그녀가 뒤로 물러나 자기 내부로 들어가 문을 닫아 버릴 때가 가장 위험한 상황이었다.

가정교사는 추크에서 내려 그들을 떠났다. 다이버 가족은 그들을 위해서 길을 내주는 거대한 스팀롤러들을 통과하여 아게리 축제에 다가갔다. 딕은 차를 주차했고, 니콜이 움직이지 않고 그를 보고만 있자, 이렇게 말했다. "내려, 여보." 그녀의 입술이 갑자기 벌어지며 끔찍한 미소를 지었고, 그는 속으로 겁을 먹었지만 마치 그것을 보지 못한 척하면서 다시 말했다. "어서 내려, 그래야 아이들도 내리지."

"아, 그럼요." 그녀가 대답했다. 그녀는 내면에서 스스로 돌아가고 있는 어떤 이야기를 뜯어내 그에게 말하고 있었다. 그가 이해하기에는 너무 빨랐다. "걱정하지 말아요. 내릴게요─"

"그럼 내려."

그가 그녀 옆에서 걸어갈 때 그녀는 그를 외면했지만 미소는 여전히 그녀의 얼굴에서 깜빡거리고 있었다. 쌀쌀맞고 조롱하는 듯한 미소였다. 러니어가 몇 번이나 말을 건 뒤에야 그녀는 하나의 대상, '펀치와 주디' 인형극에 관심을 고정시켰다. 그것에 정박함으로써 일정한 방향을 잡을 수 있었다.

딕은 어떻게 해야 할지 생각하려고 했다. 그녀를 바라보는 이중 성—남편이라는 것과 정신과 의사라는 것—때문에 정신적 능력이 마비되고 있었다. 지난 6년간 그녀는 여러 번 그를 데리고 선을 넘어갔다. 흥미진진한 감정적 동정심이나 환상적이고 분열적인 재치를 연속으로 내보이며 그를 무력화시켰고, 그래서 그는 그 사건이 끝난 후에야 자신이 긴장으로부터 이완되었다는 것을 의식하였다. 그녀가 그의 더 나은 판단력을 반박하는 데 성공했다는 것을 깨달았다.

톱시와 손가락 인형극에 대한 토론—작년에 칸에서 보았던 펀치와 지금 보고 있는 펀치가 같은 펀치인가에 대한 토론—이 끝나자 가족들은 다시 열린 하늘 아래 있는 부스 사이를 걸어 다녔다. 벨벳 조끼 위에 놓인 여성용 보닛, 스위스 여러 주의 점점 넓어지는 치마는 마차와 진열장의 파란색과 주황색 페인트에 비하니 얌전해 보였다. 흐느끼고 짤랑거리는 소리가 들렸다. 후치구치(성적으로 자극적인 벨리댄스와 비슷한 춤—옮긴이) 쇼였다.

니콜은 느닷없이 달리기 시작했고, 너무 갑작스러워서 딕은 잠시 그녀가 없어진 지도 몰랐다. 그는 저 멀리서 그녀의 노란색 드레스가 군중들 사이를 비집고 있는 것을 보았다. 현실과 비현실을 잇는 황토색 바늘땀 같았다. 그는 그녀를 뒤쫓기 시작했다. 그녀는 몰래 달려갔고 그는 몰래 따라갔다. 더운 오후는 그녀의 도주로 날카롭고 끔찍해졌으며, 그는 아이들을 잊었다. 그러다가 방향을 틀어 아이들에게 달려갔고, 아이들의 팔을 잡은 채 이리저리로 끌고 다녔다. 그의 눈은 부스에서 부스로 이동하였다.

"부인." 그는 하얀 회전식 추첨기 뒤에 있는 젊은 여성에게 외쳤다. "이 아이들을 이곳에 2분만 놔두고 가도 되겠습니까? 매우 급한 일이에요—10프랑을 드리겠습니다."

"네."

그는 아이들을 부스 안으로 안내했다. "자—이 친절한 부인과 함께 있으렴."

"네, 아빠."

그는 다시 쏜살같이 달려갔지만 그녀를 잃어버렸다. 그는 회전목마가 돌아가는 속도에 맞추어 빙글빙글 돌다가 자신이 항상 같은 말을 쳐다보며, 그 옆에서 달리고 있다는 것을 알아차릴 때까지 계속 달렸다. 그는 간이 술집의 군중을 헤치고 나아갔다. 그러다 니콜이 매우 좋아하는 것을 떠올렸고, 점술가의 텐트 모서리를 낚아채서 안을 들여다보았다. 웅웅거리는 목소리가 그를 맞이했다. "나일강 둑에서 태어난 일곱째 딸의 일곱째 딸—들어오세요, 손님—"

텐트를 내린 그는 호수의 산책로가 끝나는 길을 따라 달렸다. 작은 관람차가 하늘 아래에서 천천히 돌아가고 있었다. 그곳에 그녀가 있었다.

그녀는 잠시 동안 관람차의 가장 높은 칸에 혼자 있었고, 관람차가 아래로 내려오자 그는 그녀가 명랑하게 웃고 있는 것을 보았다. 그는 군중 속으로 슬금슬금 들어갔고, 관람차가 다시 돌아가자 사람들이 니콜이 히스테리를 부리고 있음을 알아챘다.

"저걸 봐!"

"저 영국 여자 좀 봐!"

그녀가 탄 칸이 다시 아래로 내려왔다―이번에는 관람차와 음악이 느려졌고, 십여 명의 사람들이 그녀가 타고 있는 칸 주위로 모여들었다. 그들은 모두 그녀의 웃음에 동조하듯 백치 같은 미소를 지었다. 그러나 니콜은 딕을 본 순간 웃음을 멈췄다―그녀는 그의 옆으로 미끄러지듯 달아나려는 행동을 취했지만, 그는 그녀의 팔을 붙잡았고 자리를 떠나면서도 계속 잡고 있었다.

"어째서 그렇게 자제력을 잃은 거야?"

"왜 그런지 잘 알잖아요."

"아니, 모르겠는데."

"그건 말도 안 되는 소리군요―절 봐 주세요―그건 내 지성에 대한 모욕이에요. 당신을 바라보는 그 여자애를 내가 봤다는 생각은 안 했나요―그 작고 거무스름한 여자애를. 오, 이렇게 웃길 수가―어린애라고요, 열다섯 살도 안 된. 내가 봤을 거란 생각 안 했어요?"

"잠깐 여기 멈춰서 진정 좀 해."

두 사람은 테이블에 앉았고, 그녀의 눈은 깊은 의심에 가득 차 있었으며, 손은 마치 방해물이라도 되는 듯 그녀의 시야를 가로질러 움직였다. "한 잔 마시고 싶어요―브랜디로."

"브랜디는 마실 수 없잖아―원한다면 흑맥주를 마셔."

"난 왜 브랜디를 마시면 안 되죠?"

"그 이야기는 하지 말자고. 내 말 들어 봐―여자에 관한 이 일은 망상에 불과해. 내 말 이해해?"

307

"당신이 내게 보여 주고 싶지 않은 걸 내가 보면 그건 항상 망상이죠."

그는 꿈속에서 의심할 여지없이 자신이 저지른 범죄 때문에 고발당하지만 깨어나 보니 범죄를 저지른 것이 아니라는 것을 깨닫게 되는, 그런 악몽 속의 죄책감을 느꼈다. 그의 눈빛은 그녀의 눈앞에서 불안하게 흔들렸다.

"아이들을 부스의 집시 여자와 남겨 두고 왔어. 데리러 가야 해."

"당신이 뭔데?" 그녀가 물었다. "스벵갈리(소설 『트릴비』에 나오는 최면술사―옮긴이)야?"

15분 전 그들은 한 가족이었다. 그가 마지못해 어깨로 그녀를 구석에 몰아 놓자 어린애든 어른이든, 모든 것이 아주 위험한 재난으로 보였다.

"집에 가야겠어."

"집!"

그녀는 매우 거리낌 없이 고함을 질렀기 때문에 큰 목소리가 불안정하게 흔들리고 갈라졌다. "그리고 집에 앉아서 우리 모두가 썩어 가고 있고, 내가 여는 모든 상자에서 아이들의 유골이 썩어 가고 있다고 생각하라고? 그 불결한 생각을!"

그는 그녀의 말이 그녀를 소독하는 것을 보고 안도감 같은 것을 느꼈다. 진피까지 예민해진 그녀는 그의 얼굴이 물러나는 것을 보았다. 그녀의 얼굴은 부드러워졌고, "도와줘, 도와줘, 딕!" 하고 애원했다.

고뇌의 물결이 그를 엄습했다. 이렇게 훌륭한 탑이 세워지지 않고, 단지 매달려 있다는 것, 그에게 매달려 있다는 것은 매우 끔찍한 일이었다. 어느 정도까지는 그것이 옳았다. 남자는 그것을 위해 존재한다. 기둥과 신념으로, 대들보와 대수로서. 그러나 어떻게 된 일인지 딕과 니콜은 서로 반대도 아니고 상호 보완도 아닌, 하나 같은 존재가 되었다. 그녀는 딕이기도 했다. 그의 골수 속의 가뭄이었다. 그는 그녀가 붕괴되는 것을 지켜보고는 참여하지 않을 수 없었다. 그의 직감은 다정함과 동정심이 되어 실개천처럼 흘러나왔다—중재하기 위해서 오로지 현대적인 수단을 취할 수밖에 없었다—그는 취리히에 있는 간호사를 불러 오늘 밤 그녀를 맡기기로 했다.

"당신은 날 도와줄 수 있어요."

그녀의 달콤한 괴롭힘이 그를 잡아당겼다. "전에도 날 도와줬잖아요—지금도 도와줘요."

"난 단지 예전과 같은 방식으로만 도와줄 수 있을 뿐이야."

"누군가는 나를 도와줄 수 있어요."

"그럴지도 모르지. 당신 스스로가 가장 많이 도와줄 수 있어. 아이들을 찾으러 가자."

하얀 회전식 추첨기가 있는 복권 부스는 수두룩했다—딕은 처음 보이는 부스에 물어보고는 무표정한 부인(否認)을 맞닥뜨리자 깜짝 놀랐다. 니콜은 적의가 담긴 눈초리를 하고 떨어져 서서 아이들을 부정하고 있었다. 그녀가 무정형으로 만들려고 애쓰는 평범한 세계의 일부로서 아이들을 원망했다. 딕은 곧 아이들을 찾았다. 여자들은 아이들을 둘러싼 채로 마치 좋은 상품이라도 되는 양 즐겁게 살펴보고 있었으며, 농부의 아이들도 그들을 둘러싼 채 바라보고 있었다.

"감사합니다, 손님, 아 정말 관대하시네요, 천만에요, 손님, 부인, 잘 가렴, 얘들아."

그들은 자신들에게 흘러내리는 뜨거운 슬픔에 휩싸여 되돌아갔다. 차는 서로에 대한 우려와 괴로움에 짓눌려 있었고, 아이들의 입은 실망으로 무거웠다. 슬픔이 끔찍하고 어둡고 낯선 색으로 나타났다. 추크호 근처 어딘가에서 니콜은 경련을 일으키는 듯한 노력으로, 아직 마르지 않은 그림처럼 보이는 도로에서 떨어진 희미한 노란 집에 대해 전에 했던 말을 되풀이했지만, 그것은 너무 빨리 움직이고 있는 밧줄을 잡으려는 시도일 뿐이었다.

딕은 쉬려고 노력했다—곧 집에서 싸움이 일어날 것이고 그는 오랫동안 앉아서 그녀를 위해 모든 것을 다시 말해야 할지도 모른다. '조현병(schizophrène)'은 분열된 인격이란 뜻으로 잘 알려져 있다—니콜은 어떤 것으로도 설명할 필요가 없는 사람일 때도 있었고, 어떤 것도 설명될 수 없는 사람일 때도 있었다. 적극적이고 긍정적인 고집을 부리며 그녀를 대할 필요가 있었고, 현실로 가는 길을 항상 열어 두면서 탈출로 가는 길은 더 어렵게 만들어야 했다. 그러나 광기의 광휘와 다재다능함은 둑 위와 주위에 스며드는 물의 지략과 유사했다. 그것을 막으려면 많은 사람들로 이루어진 통합 전선이 필요하다. 그는 이번에는 니콜이 스스로를 치료할 필요가 있다고 느꼈다. 그녀가 전에 일어난 일을 떠올리고, 그것에 반박할 때까지 기다리고 싶었다. 이것은 피곤한 방법이었다. 그는 그들이 1년 전에 느슨하게 했던 체제를 다시 재개하기로 계획했다.

그는 병원으로 향하는 지름길에 올라섰다. 산비탈과 평행하게 이어지는 짧은 직선 도로에서 가속페달을 밟자 차는 난폭하게 왼쪽으로 방향이 틀리다가 오른쪽으로 틀리더니, 오른쪽 바퀴 두 개로만 달렸다. 딕은 귓속 가득 울리는 니콜의 비명을 들으면서 운전대를 잡고 있는 미친 손을 진압했고, 차는 스스로 똑바로 섰다가, 다시 한번 쏠리더니 도로 밖으로 튕겨 나갔다. 차는 낮은 덤불을 뚫고 다시 기울었다가 나무에 90도로 박히며 천천히 멈추었다.

아이들은 비명을 질렀고, 니콜도 비명을 지르고 욕을 하며 딕의 얼굴을 찢어 버리려고 했다. 우선 차의 기울어진 정도를 생각해 보았지만, 그 정도를 추정할 수 없던 딕은 니콜의 팔을 구부린 다음 위쪽으로 올라가 아이들을 꺼냈다. 그러자 차가 안정된 자세를 취하고 있는 것이 보였다. 다른 일을 하기 전에 그는 그곳에 서서 몸을 떨며 헐떡거렸다.

"당신─!" 그가 외쳤다.

그녀는 명랑하게, 부끄러워하지 않고, 두려워하지 않고, 무관심하게 웃고 있었다. 현장에 누군가가 왔다면, 그녀가 이 사건의 원인이라고 상상하지 못할 것이다. 그녀는 어린 시절 가벼운 일탈을 하고 난 것처럼 웃었다.

"당신도 무서웠지, 그렇지?" 그녀가 그를 비난했다. "당신도 살고 싶어 했어!"

그녀가 매우 강하게 말했기에, 딕은 충격을 받은 상태에서도 자신이 방금 두려워했는지를 궁금해했다—그러나 그녀와 그를 번갈아 보는 아이들의 긴장한 얼굴을 보고는, 활짝 웃고 있는 그녀의 가면을 갈아서 젤리로 만들어 버리고 싶었다.

바로 위에, 구불구불한 길을 따라 0.5킬로미터를 가면 여관이 있었다. 100야드만 올라가면 됐다. 그 여관의 부속 건물 하나가 우거진 나무 언덕 사이로 보였다.

"톱시 손을 잡아." 그가 러니어에게 말했다. "그렇게, 꽉 잡아. 그리고 이 언덕을 올라가—저 작은 길이 보이지? 여관에 도착하면 '다이버의 차가 고장 났어요'라고 말해. 누군가는 반드시 내려올 거야."

러니어는 무슨 일이 일어났는지 확실하게 몰랐지만 어둡고 전례 없는 일에 의심하며 물었다.

"아빠는 뭐하게요?"

"우린 여기서 차를 지킬 거야."

아이들은 떠나면서 엄마를 쳐다보지 않았다. "위에 올라가서 길을 건널 때 조심해! 양쪽을 다 확인해!" 딕은 아이들의 뒤에 대고 소리쳤다.

딕과 니콜은 서로를 똑바로 바라보았다. 그들의 눈은 같은 집의 마당을 사이에 두고 이글거리는 창문처럼 보였다. 그러더니 그녀는 콤팩트를 꺼내 거울을 들여다보고는 옆머리를 뒤로 넘겼다. 딕은 잠시 동안 아이들이 언덕을 반 정도 올라가 소나무들 사이로 사라질 때까지 쳐다보았다. 이윽고 그는 차 주변을 돌아다니면서 피해 입은 부분을 확인하였고, 어떻게 도로로 올릴지 계획했다. 흙에는 그들이 100피트 이상 흔들거리며 지나온 흔적이 남았다. 그는 분노와 다른 격렬한 혐오감으로 가득 차올랐다.

잠시 후 여관 주인이 달려 내려왔다.

"맙소사!" 그가 소리쳤다. "어쩌다 이렇게 됐어요, 과속이라도 하셨나요? 정말 운이 좋군요! 저 나무가 아니었다면 언덕 아래로 굴러떨어졌을 겁니다!"

에밀의 현실적인 태도, 검은 앞치마, 얼굴의 땀방울을 이용해 딕은 니콜에게 차에서 내릴 수 있도록 도와주겠다는 사무적인 신호를 주었다. 그러자 그녀는 차의 낮은 쪽 측면을 넘어 뛰어내렸다. 그녀는 경사면에서 균형을 잃고 무릎을 꿇었다가 다시 일어섰다. 차를 옮기려는 남자들을 바라보는 그녀의 표정은 반항적으로 변했다. 그런 분위기조차 반가워 딕이 말했다.

"가서 아이들과 함께 기다려, 니콜."

그녀가 가고 난 뒤에야 그는 그녀가 코냑을 원했고, 위쪽에 있는 여관에 코냑이 있다는 것을 떠올렸다—그는 에밀에게 차는 신경 쓰지 말라고 했다. 운전사가 큰 차를 몰고 와 도로로 끌어 올려 주는 것을 기다리자고 했다. 두 사람은 서둘러 여관으로 올라갔다.

16

"떠나고 싶네." 딕이 프란츠에게 말했다. "한 달 정도, 아니면 될 수 있는 한 오래."

"안 될 것이 뭐가 있나, 딕? 그것이 원래 약속이었는데 ―가지 않겠다고 주장한 건 자네였네. 만약 자네하고 니콜이 ―"

"니콜과 가고 싶지 않네. 혼자 떠나고 싶어. 지난번에 일어난 일이 나를 쓰러트렸네―24시간 동안 두 시간이라도 잠을 잘 수 있다면 그건 츠빙글리의 기적 중 하나가 될 걸세."

"진정한 금욕(abstinence) 휴가를 원하는군."

"부재(absence)겠지. 봐, 내가 베를린의 정신의학 학회에 가도, 자네가 이 평화를 유지할 수 있겠지? 3개월 동안 그녀는 괜찮았고, 간호사도 좋아해. 맙소사, 이 세상에서 이런 걸 물어볼 사람이 자네밖에 없네."

프란츠는 투덜거렸다. 딕이 항상 파트너의 최선의 이익에 대해 생각하는 자신을 신뢰하는지 궁금해졌다.

딕은 그다음 주, 취리히에서 공항으로 차를 몰았고, 뮌헨으로 가는 큰 비행기를 탔다. 큰 소리를 내며 하늘로 솟구쳐 오르자 그는 멍해졌고, 자신이 얼마나 피곤했는지를 깨달았다. 설득력 있는 거대한 침묵이 그를 감쌌고, 병은 병자에게, 소리는 모터에게, 방향은 파일럿에게 맡겼다. 그는 학회의 단 한 세션도 참가할 생각이 없었다―학회가 어떨지 충분히 상상할 수 있었다. 블로일러와 포렐의 새로운 팸플릿은 집에서 읽으면 더 잘 이해될 것이고, 환자의 이를 뽑거나 편도선을 지짐으로써 조발성치매를 치료했다는 미국인의 논문은 단지 미국이 돈이 많고 강력한 국가라는 이유로 존경받고 환영받겠지만, 반은 조롱일 것이다. 미국의 다른 대표들―성자 같은 얼굴과 두 세계에 걸쳐 있을 법한 무한한 인내심을 가진 빨간 머리 슈와르츠, 그뿐만 아니라 처량한 얼굴의 상업적인 정신과 의사들. 이 상업적인 의사들은 자신들의 지위를 올리기 위해, 범죄적 업무라는 커다란 과실을 수확하기 위해, 또한 궤변의 전문가가 되어 자신들의 거래에 제품을 끼워 팔기 위해 참여할 것이다. 그 제품들은 모든 가치에 무한한 혼란을 초래할 터였다. 냉소적인 라틴계도 있었고, 빈의 프로이트 쪽 사람도 있었다. 이들 중 분명하게 자신의 의견을 설명할 수 있는 사람은 위대한 융, 온화함과 엄청난 활력으로 인류학의 숲과 남학생들의 신경과민 사이를 돌아다니고 있는 융뿐일 것이다. 처음에는 학회가 미국적으로 진행될 것이다. 거의 로터리 클럽의 형식과 예식을 따르겠지. 그러면 밀접해 있던 유럽인들의 활력이 뚫고 올라오고, 미국은 마침내 비장의 패를 꺼내 들 것이다. 엄청난 선물과 기부금, 훌륭한 새 시설과 훈련 학교를 발표하겠지. 그리고 그 수치의 존재 때문에 유럽인들은 햌쑥해지고 소극적으로 걸어 다닐 것이다. 그는 그 광경을 보기 위해 그곳에 있을 생각이 없었다.

비행기는 포어아를베르크 알프스의 가장자리를 지나 날아갔고, 딕은 마을들을 구경하며 목가적인 기쁨을 느꼈다. 항상 네다섯 개의 마을이 눈에 띄었고, 각 마을은 교회를 중심으로 모여 있었다. 먼 곳에서 바라보는 땅은 단순했다. 인형과 군인들로 암울한 게임을 하는 것만큼 단순했다. 이것이 정치가와 지휘관, 모든 은퇴한 사람들이 사물을 바라보는 방식이었다. 어쨌든, 그것은 안도의 밑그림이었다.

한 영국인이 통로 건너편에서 그에게 말을 걸었지만, 그는 요즘 들어 영국인이 뭔가 성미에 맞지 않는다고 생각했다. 영국은 마치 흥청망청 노는 큰 파티를 즐기고 나서 가정으로 들어가 개개인에게 아첨을 떠는 부자 같았다. 가족들은 그가 단지 자존심을 회복한 이후에 이전 권력을 빼앗기 위해 행동한다는 것을 알고 있음에도 말이다.

딕은 공항에서 구할 수 있는 잡지를 가지고 있었다. 〈센추리〉, 〈모션 픽처〉, 〈릴뤼스트라시옹〉, 〈플리겐데 블래터〉. 그러나 그는 자신의 상상 속 마을로 내려가 시골 사람들과 악수하는 게 더 즐거웠다. 그는 상상 속에서 버펄로에 있는 아버지가 다니는 교회에 앉아 있었다. 반드시 입어야 하는 뻣뻣하고 좋은 옷을 입은 사람들 사이에 말이다. 그는 '근동'의 지혜에 귀를 기울였고, '십자가에 못 박히다', '죽다' 그리고 활기찬 교회에 '묻혔다'. 그리고 뒤쪽 신자석에 앉아 있는 소녀 때문에, 헌금 접시에 5센트를 넣어야 하나 10센트를 넣어야 하나 한 번 더 고민했다.

영국인은 갑자기 약간의 대화와 함께 그의 잡지를 빌렸고, 딕은 기쁜 마음으로 건네주며 그의 앞에 놓인 여행을 생각했다. 털이 긴 오스트레일리아 양의 털을 걸친 늑대처럼 기쁨의 세계를 생각했다―올리브나무 속 달콤하고 오래된 흙이 있는 불멸의 지중해, 채색 된 미사 전서처럼 녹색과 장밋빛을 가진 농부 소녀. 그는 두 손으로 그녀를 낚아채 국경을 넘어가⋯⋯

⋯⋯하지만 그곳에서 그녀를 버렸다―그는 그리스의 섬들, 낯선 항구의 탁한 물, 해변의 길 잃은 소녀, 대중가요 속의 달을 향해

나아가야 했다. 딕의 마음 한 부분은 소년 시절의 싸구려 티가 나는 번쩍이는 기념품들로 이루어져 있었다. 그러나 다소 난잡한 싸구려 잡화점 같은 곳에서도 지능의 고통스러운 불은 가까스로 살아 있었다.

17

토미 바르방은 통치자였고, 영웅이었다―딕은 뮌헨의 마리엔 광장 카페에서 우연히 그를 만났다. 소규모 도박꾼들이 '태피스트리' 매트에서 주사위 도박을 하는 카페 중 한 곳이었다. 정치 이야기와 철썩이는 카드 소리가 가득한 분위기였다.

토미는 테이블에서 그 특유의 군인다운 웃음을 터뜨렸다. "음-바-하-하! 음-바-하-하!" 그는 평상시에 술을 거의 마시지 않았다. 용기는 그의 유희였고, 친구들은 항상 그를 조금 두려워했다. 최근 바르샤바의 외과의사가 그의 두개골을 8분의 1가량 제거했기에 머리카락 밑에서 접합되고 있었다. 그렇기 때문에 카페에서 가장 약한 사람이 묶인 냅킨으로도 그를 죽일 수 있었다.

"―이분은 칠리체프 대공―" 가루를 뿌린 듯 흰머리가 난 쉰 살의 초라한 러시아인이었다. "―그리고 매키번 씨와 해넌 씨―" 해넌은 눈과 머리카락이 검은 활기찬 공 같았다. 그는 광대였다. 그는 딕에게 즉시 이렇게 말했다.

"우리가 악수하기 전에 제일 먼저 해야 할 일은―내 이모와 놀

317

아났다는 것이 무슨 의미죠?"

"전—"

"들었잖아요. 애당초 뮌헨에서는 뭘 하고 있는 거예요?"

"음-바-하-하!" 토미가 웃었다.

"댁은 이모도 없나요? 그 이모들하고 놀아나지 그래요?"

덕은 웃었고, 그 남자는 공격 방식을 바꾸었다.

"자, 이제 이모에 대해서는 더 이상 이야기하지 맙시다. 댁이 전부 지어낸 이야기인지 아닌지 어떻게 알겠어요? 만난 지 30분도 채 안 된 지인들을 제외하면 당신은 완전히 낯선 사람인데, 내게 당신의 이모에 대한 엉뚱한 이야기를 하다니요. 당신에 관해 무엇을 숨기고 있는지 제가 어떻게 알겠어요?" 토미는 다시 웃었고, 친절하고 단호하게 말했다. "그만하면 됐어요, 칼리. 앉으세요, 덕— 어떻게 지냅니까? 니콜은 어떻고?"

토미는 어떤 사람도 그다지 좋아하지 않았고, 사람들의 존재도 크게 여기지 않았다—그는 전투를 위해 완전히 긴장을 풀고 있었다. 어떤 스포츠든 후방 수비를 하는 훌륭한 선수들은 정말로 많은 시간 동안 휴식을 취하는 반면, 그렇지 못한 선수들은 쉬는 척만 할 뿐 지속적이고 자기 파괴적인 긴장 상태에 놓여 있다.

분노를 완전히 숨기지 못한 해넌은 인접한 피아노로 자리를 옮겼고, 덕을 볼 때마다 반복적으로 얼굴에 분노를 보이며 코드를 쳤다. 때때로 '당신의 이모'를 중얼거렸고, 마무리를 짓는 억양으로 말했다. "어쨌든 저는 이모(aunts)라고 말하지 않았습니다. 바지(pants)라고 했지."

"그래서 어떻게 지내요?" 토미가 다시 물어보았다. "전만큼—" 그는 적절한 말을 찾기 위해 분투했다. "전만큼 매우 쾌활해 보이지 않네요, 말쑥해 보이지도. 무슨 말인지 알죠?"

그 말은 활력을 잃어 가고 있다는 짜증 나는 비난들 중 하나처럼 들렸고, 딕은 토미와 칠리체프가 입은 예사롭지 않은 정장을 언급하면서 되받아치려고 했다. 정장의 재단과 패턴은 일요일에 빌 스트리트를 한가로이 걸어도 될 정도로 충분히 환상적이었다—그때 설명이 먼저 튀어나왔다.

"우리 옷을 보고 있군요." 대공이 말했다. "우리는 막 러시아에서 나왔습니다."

"이 옷들은 궁정 재단사가 폴란드에서 만든 겁니다." 토미가 말했다. "사실입니다—피우수트스키의 전속 재단사지요."

"여행 중이었나?" 딕이 물었다.

그들은 웃음을 터뜨렸다. 대공은 과도하게 토미의 등을 쳐댔다.

"네, 우리는 여행을 했죠. 바로 그겁니다, 여행. 우리는 러시아 전체를 돌아다니며 여행했습니다. 당당하게요."

딕은 설명을 기다렸다. 매키번이 두 마디로 설명했다.

"이들은 탈출했습니다."

"러시아에서 죄수였나요?"

"갇혀 있던 건 저였습니다." 칠리체프 대공이 설명했다. 그의 노랗게 죽은 눈이 딕을 바라보았다. "죄수가 아니라 숨어 있었습니다."

"탈출하는데 많이 어려웠나요?"

"약간이요. 우리는 국경에서 홍위병 세 명을 죽였습니다. 토미가 둘―"그는 프랑스 사람처럼 손가락 두 개를 들어 올렸다―"제가 하나."

"그게 제가 이해할 수 없는 부분입니다." 매키번이 말했다. "그 사람들이 어째서 당신이 떠나는 것을 반대한 거지."

해넌은 피아노에서 고개를 돌리더니 다른 사람들에게 윙크를 하며 말했다. "맥은 마르크스주의자가 세인트 마크 학교를 나온 사람이라고 생각하지요."

그것은 최고의 전통에 속하는 탈출 이야기였다―귀족이 전직 하인과 9년 동안 숨어 지내며 정부의 빵집에서 일하는 이야기였다. 파리에 있는 열여덟 살짜리 딸은 토미 바르방을 알게 되었다……. 이야기가 진행되는 도중 딕은 말라붙은 종이 반죽 같은 이 과거의 유물이 세 명의 죽은 젊은이의 목숨보다는 확실히 가치 있다고 판단했다. 누군가 토미와 칠리체프가 겁을 먹었었는지 질문했다.

"추웠을 때는요." 토미가 말했다. "저는 추울 때 항상 겁이 나죠. 전쟁 중에도 추울 때는 항상 무서웠어요."

매키번이 일어섰다.

"전 가야 해요. 내일 아침 아내와 아이들과 차로 인스브루크로 떠나야 해서요―가정교사도."

"저도 내일 그곳에 갑니다." 딕이 말했다.

"오, 그러신가요?" 매키번이 소리쳤다. "저희랑 같이 가실래요? 커다란 패커드인데 제 아내와 아이들, 그리고 저밖에 없어요―가정교사하고—"

"전 그럴 수가……."

"물론 그녀가 정말 가정교사는 아닙니다." 매키번이 다소 애처롭게 딕을 바라보며 말을 맺었다. "사실 제 아내는 당신의 처형을 알고 있어요, 베이비 워런."

그러나 딕은 알지도 못하는 일에 끌려갈 생각이 없었다.

"두 남자와 함께 여행하기로 약속했어요."

"아." 매키번을 고개를 숙였다. "그럼, 잘 가시라고 인사해야겠네요." 그는 근처의 테이블에서 순혈 와이어헤어폭스테리어 두 마리를 풀고 출발하려 했다. 딕은 인스부르크를 향해 쿵쿵거리며 앞으로 나아가는 꽉 찬 패커드를 상상해 보았다. 매키번 부부와 아이들, 짐 그리고 요란하게 짖어대는 개들—그리고 가정교사.

"신문에서는 그를 죽인 범인을 알고 있다고 하던데." 토미가 말했다. "하지만 그의 사촌들은 그것이 신문에 나는 것을 원치 않았어. 왜냐하면 주류 밀매점에서 일어난 일이거든. 어떻게 생각해?"

"가문의 자부심이지."

해넌은 관심을 끌기 위해 피아노를 큰 소리로 연주했다.

"나는 그의 첫 번째 작품이 오래갈 거라고 믿지 않았어." 그가 말했다. "유럽인들을 제외하더라도 노스가 한 일을 할 수 있는 미국인은 여남은 명이나 있어."

마지막 말은 그들이 에이브 노스에 대해 이야기하고 있다는 것을 깨닫게 만드는 첫 번째 지표였다.

"유일한 차이점은 에이브가 처음이었다는 거지." 토미가 말했다.

"나는 그 말에 동의하지 않아." 해넌이 고집스럽게 말했다. "그는 술을 너무 많이 마셔서 그의 친구들이 어떻게든 그를 설명해야 했기에 좋은 음악가라는 명성을 얻은 거야―"

"에이브 노스에 대한 이야기인가요? 그가 어때서요? 무슨 곤경에 처했나요?"

"오늘 아침 〈헤럴드〉를 안 보셨나요?"

"네."

"죽었어요. 뉴욕에 있는 주류 밀매점에서 구타를 당해서요. 간신히 라켓 클럽까지 기어가 그곳에서 죽었다더군요―"

"에이브 노스가요?"

"네, 분명해요, 사람들이 ―"

"에이브 노스가?" 딕이 일어났다. "그가 죽은 게 확실합니까?"

해넌은 매키번에게 돌아섰다. "그가 기어서 향한 곳은 라켓 클럽이 아니었어―하버드 클럽이었지. 그가 라켓 클럽 회원일 리 없어."

"신문에는 그렇게 적혀 있던데." 매키번이 주장했다.

"틀림없이 실수겠지. 확실해."

"주류 밀매점에서 구타를 당해 죽었다고."

"우연히도 난 라켓 클럽 회원을 대부분 알고 있거든." 해넌이 말했다. "분명히 하버드 클럽이었을 거야."

딕이 일어섰다. 토미도 마찬가지였다. 칠리체프 대공은 무(無)라는 쓸모없는 연구를 시작했는데, 어쩌면 러시아에서 빠져나올 수 있는 기회에 관한 것일지도 몰랐다. 너무 오랜 시간 해왔던 연구였기에 지금 당장 포기할 수 있을지 의심스러웠다. 그도 함께 자리를 떴다.

"에이브 노스가 구타를 당해 죽었다니."

호텔로 돌아가는 길, 딕은 돌아가고 있다는 것을 인지하지 못하고 있는데, 토미가 말했다.

"우리는 파리에 가려고 재단사가 양복 몇 벌을 마무리하기를 기다리고 있습니다. 증권 중개업소에 들어가려고 하는데, 이렇게 가면 아무도 받아 주지 않을 거예요. 당신네 나라 사람들은 벌써 수백 달러를 벌고 있어요. 정말로 내일 떠나세요? 우리는 저녁도 같이 못 먹었어요. 대공은 뮌헨에 오래전에 만나던 여자친구가 있는 듯합니다. 그가 그녀에게 전화를 걸었는데 5년 전에 죽었다고 해서 두 딸과 저녁을 먹을 겁니다."

대공은 고개를 끄덕였다.

"아마 닥터 다이버의 자리도 마련할 수 있을 겁니다."

"아뇨, 아뇨." 그가 급히 말했다.

딕은 깊이 잠들었다가 창밖을 지나가는 느린 애도 행진에 잠에서 깼다. 1914년의 익숙한 철모와 군복을 입은 남성들, 프록코트와 실크 모자를 쓴 뚱뚱한 사람들, 시민, 귀족, 평민으로 이루어진 긴 행렬이었다. 고인의 무덤에 화환을 바치러 가는 참전용사 모임이었다. 그 행렬은 사라진 장엄함, 과거의 노력, 잊힌 슬픔을 향해 으스대듯이 천천히 행진했다. 얼굴들은 의례적인 슬픔을 보여 주었지만, 딕은 에이브의 죽음과 10년 전 자신의 청춘에 대한 애석함으로 인해 잠시 가슴이 터질 것 같았다.

18

그는 해 질 녘에 인스브루크에 도착해 가방을 호텔로 보내고 시내로 걸어 들어갔다. 석양 속에서 막시밀리안 황제는 석양으로 인해 구릿빛이 된 문상객들 위에서 무릎을 꿇고 기도하고 있었다. 이제 막 예수회 사람이 된 네 명이 대학 정원에서 어슬렁거리며 책을 읽고 있었다. 오래전의 공성전, 결혼식, 기념일을 새긴 대리석 기념비는 해가 지면서 금세 희미해졌다. 그는 작은 소시지를 잘라 넣은 완두 수프를 먹고, 필스너 맥주 네 잔을 마셨으나, '카이져 슈마렌'이라고 알려진 어마어마한 디저트는 거부했다.

돌출된 산들이 보임에도 불구하고 스위스는 멀리 떨어져 있었다. 니콜도 멀리 떨어져 있었다. 나중에 상당히 어두워졌을 때 정원을 거닐면서 그는 한 발자국 물러나서 생각했다. 그녀의 인생이 앞으로 나아가길 바라며 그녀를 사랑했다. 그는 언젠가 풀이 축축했을 때를 기억했다. 그녀는 이슬에 젖은 얇은 슬리퍼를 신고 서둘러 그에게 다가왔다. 그녀는 그의 신발 위에 서서 품에 안기며 얼굴을 들어 마치 펼쳐진 책처럼 자신의 얼굴을 보여 주었다.

"나를 어떻게 사랑하는지 생각해 봐요." 그녀가 속삭였다. "항상 지금처럼 나를 사랑해 달라는 건 아니지만, 기억해 주길 바라요. 내 안의 어딘가에는 항상 오늘 밤의 내가 있다는 것을."

하지만 딕은 자신의 영혼을 위해 떠나와, 그것에 대해 생각하기 시작했다. 그는 자기 자신을 잃어버렸다―몇 시인지, 며칠인지, 몇 주인지, 몇 달인지, 몇 년인지 알지 못했다. 한때 그는 여러 가지

것들을 잘 헤쳐 나가며, 가장 복잡한 방정식을 그의 가장 단순한 환자들의 가장 단순한 문제처럼 해결하곤 했다. 취리히강의 돌 아래서 피어오르는 니콜을 발견했을 때와 로즈메리를 만난 순간 사이의 새싹은 약해졌다.

가난한 교구에서 아버지의 몸부림을 지켜보면서 본질적으로 소유에 대해 관심이 없던 그의 천성에 돈을 향한 욕망이 결합되었다. 안정을 바라는 건강한 욕구는 아니었다─그는 니콜과 결혼할 때만큼 자신에 대해 확신한 적이 없었고, 철저하게 자신을 소유한 적이 없었다. 그럼에도 불구하고 그는 여자에게 얹혀사는 남자가 되었고, 어떻게 된 일인지 그가 가지고 있던 무기조차 워런가의 귀중품을 보관하는 금고에 넣어 두는 것을 허락한 상태였다.

"유럽 대륙 스타일로 정착했어야 했어. 하지만 아직 끝난 게 아냐. 부자들에게 인간의 기본적인 품위를 가르치는 데 8년을 낭비했지만, 아직 끝나지 않았어. 내 손에는 아직 실행해 보지 못한 패가 들려 있어."

그는 연한 황갈색 장미 덤불과 구별되지 않는 축축하고 달콤한 양치식물 사이를 어슬렁거렸다. 10월 치고는 따뜻했지만 두꺼운 트위드 코트를 입고 목의 작은 고무줄로 단추를 채울 만큼 서늘했다. 나무의 검은 형체에서 한 인물이 떨어져 나왔고, 그는 그 인물이 밖으로 나올 때 로비에서 지나친 여자라는 것을 알았다. 그는 이제 그가 본 모든 예쁜 여자들과 사랑에 빠졌고, 멀리서 보이는 그들의 모습, 벽에 비치는 그들의 그림자를 사랑했다.

그녀는 그에게 등을 보이며 도시의 불빛을 바라보고 있었다. 그는 성냥을 긁었고, 그녀는 반드시 들었을 텐데 아무런 반응도 없었다.

—유혹인 걸까? 아니면 염두에 없다는 표시인 걸까? 그는 단순한 욕망과 그것을 성취하는 세계를 벗어난 지 너무 오래되었고, 서투르고 확신이 없었다. 그가 아는 것이라곤 무명의 온천을 찾는 방랑자들 사이에는 서로를 빨리 찾아낼 수 있는 일종의 코드가 있다는 것이었다.

—어쩌면 다음 행동은 그가 했어야 할지도 모른다. 낯선 아이들이 서로에게 미소를 지으며 '우리 같이 놀자'라고 말하는 것처럼.

그가 가까이 다가가자 그림자가 옆으로 움직였다. 어쩌면 어렸을 때 들었던 개구쟁이 드러머처럼 거절당할 수도 있었다. 그의 심장은 충분히 조사되지 않은, 해부해 보지 않은, 분석해 보지 않은, 설명되지 않은 존재를 접하자 큰 소리를 내며 뛰었다. 갑자기 그는 돌아섰고, 방향을 틀자 그녀는 나뭇잎과 함께 만들고 있던 검은 프리즈에서 나와 적당하지만 단호한 걸음으로 벤치를 돌아 호텔로 돌아갔다.

다음 날 아침, 딕은 가이드와 다른 두 남자와 함께 비르카르슈피체를 등산하기 시작했다. 가장 높은 목초지에서 들리는 워낭소리보다 높은 위치에 있으니 기분이 좋았다—딕은 판잣집에서 보낼 밤을 기대하며, 자신의 피로와 가이드의 주장 역할을 즐겼고, 자신의 익명성에 기쁨을 느꼈다. 하지만 정오가 되자 날씨가 어두워지며 진눈깨비와 우박, 천둥이 산을 뒤덮었다. 딕과 다른 등산객 한 명은 계속 등반하기를 원했지만 가이드가 거절했다. 유감스럽게

도 그들은 내일 다시 출발하기 위해 인스브루크로 힘겹게 돌아갔다.

텅 빈 식당에서 저녁을 먹으면서 독한 현지 와인을 마시자, 그는 알 수 없이 들떴다. 정원에 대한 생각을 시작하기 전까지 말이다. 그는 저녁 식사 전에 로비에 있는 그 여자를 지나쳤는데, 이번에는 그를 바라보며 인정했다. 그럼에도 불구하고 계속 걱정이 되었다. 왜? 내가 요청하기만 하면 내 나이대의 예쁜 여자들을 얻을 수 있는데, 왜 지금에 와서? 생령과 내 욕망의 조각과 함께? 왜?

그는 상상을 앞으로 밀고 나아갔다―오래된 금욕주의, 현실적으로 익숙하지 않음이 승리를 거두었다. 맙소사, 이렇게 된 거 리비에라로 돌아가서 재니스 카리카멘토나 윌뷔헤이지 집안 여자와 자는 편이 낫겠군. 싸고 쉬운 일로 이 모든 세월을 하찮게 만들어야 하나?

그는 여전히 들떠 있었지만, 베란다에서 몸을 돌려 자기 방으로 돌아가 생각했다. 몸과 정신이 혼자가 되면 외로움을 야기하고, 외로움은 더 많은 외로움을 불러온다.

그는 위층에서 그 문제를 생각하며 돌아다니다가 약한 난로 위에 그의 등산복을 올려놓았다. 그는 다시금 니콜의 전보와 마주했다. 여전히 열지 않았다. 그녀는 전보로써 그의 모든 여행 일정에 동행하였다. 그는 저녁을 먹기 전에 열어 보려다 뒤로 미루었다―어쩌면 정원 때문일지도 몰랐다. 버펄로에서 취리히를 통해 전달된 해외 전신이었다.

"자네 아버지가 오늘 밤 평화롭게 돌아가셨어. 홈즈."

그는 충격으로 크게 주춤했고, 그것에 저항하는 힘이 모여들었다. 이윽고 모인 힘들은 그의 허리와 배와 목구멍을 통해 모습을 드러냈다.

그는 전보를 다시 읽었다. 그는 침대에 걸터앉아 숨을 쉬며 바라보았다. 우선 부모의 죽음과 함께 오는 오래되고 이기적인 아이 같은 생각을 했다. 이 최초이자 가장 강력한 보호막이 사라진 지금, 이것이 나에게 어떤 영향을 미칠까?

어린아이의 상태로 돌아가는 것은 지나갔다. 그는 조용히 방을 돌아다녔고, 이따금씩 멈춰 서서 전보를 들여다보았다. 홈즈는 공식적으로는 아버지의 부목사였지만, 사실상 10년 동안 교회의 교구 목사 역을 하고 있었다. 어쩌다 돌아가신 거지? 나이가 많아서—75세셨으니. 오래 사셨어.

딕은 아버지가 혼자 돌아가셨다는 것이 슬펐다—그는 아내보다 그리고 형제자매보다 오래 살았다. 버지니아에 사촌들이 있긴 했지만 그들은 가난해서 북쪽으로 올 수 없었고, 그렇기에 전보에는 홈즈가 서명을 했다. 딕은 아버지를 사랑했다—그는 아버지라면 어떻게 하셨을까, 어떤 행동을 취하셨을까 계속해서 생각하며 판단을 내리곤 했다. 딕은 어린 누나 둘이 죽고 나서 몇 달 후에 태어났고, 아버지는 그 사건이 딕의 어머니에게 어떤 영향을 미칠지 예상하고, 아들의 도덕적 가이드가 되어 그가 망가지지 않도록 도왔다. 그는 몸이 지쳤지만, 자신을 일으켜 세우기 위해 노력을 기울인 사람이었다.

여름이면 아버지와 아들은 신발을 닦기 위해 시내를 함께 걸었다—딕은 풀 먹인 범포로 만든 세일러복을 입었고, 아버지는 항상 아름답게 재단된 성직자복을 입었다—그리고 아버지는 자신의 잘생긴 아들을 매우 자랑스러워했다. 그는 딕에게 자신이 인생에 관해 아는 모든 것을 이야기해 주었다. 많지는 않았지만 대부분은 진실이었고, 간단한 것들이었다. 성직자가 파악할 수 있는 범위 안에 있는 행동의 문제들이었다. "언젠가 나는 처음으로 임명받아 낯선 마을에 도착했지. 사람이 많이 모인 방에 들어갔는데, 누가 여주인인지 헷갈렸단다. 아는 사람 몇 명이 나를 향해 다가왔지만, 나는 그 사람들을 무시했다. 왜냐하면 방 건너편 멀리 있는 창가에 백발의 여자가 앉아 있는 것을 보았기 때문이었지. 나는 그 여자에게 다가가서 자기소개를 했어. 그 뒤로 그 마을에서 많은 친구를 사귀게 되었지."

아버지는 선한 마음에서 그렇게 했다—자신이 어떤 사람인지 확신했고, '선한 본능'과 명예, 공손함, 용기보다 우월한 것은 없다고 믿도록 키워 준 자랑스러운 과부 두 명에게 깊은 자부심을 가지고 있었다.

아버지는 언제나 아내의 작은 재산이 아들의 것이라고 여겨, 대학과 의대에 다닐 때 1년에 4번씩 수표를 보냈다. 도금시대 사람들은 우쭐해 하며 최종적으로 그를 이렇게 평가했을 것이다. "매우 훌륭한 신사였지만, 패기는 별거 없던 사람."

……딕은 사람을 보내 신문을 가져오라고 했다. 책상 위에 여전

히 펼쳐진 전보를 향해 왔다 갔다 하면서 미국행 배편을 골랐다. 그러고선 취리히에 있는 니콜에게 전화를 걸었다. 전화가 연결되기를 기다리면서 그는 많은 것들을 떠올렸고, 항상 자신이 의도했던 대로 착하게 살아왔기를 바랐다.

19

아버지의 죽음으로 인한 엄청난 인상에 묶여 있던 그는, 한 시간 동안은 고국의 웅장한 앞면인 뉴욕 항구가 매우 슬프고 영예롭게 보였지만, 일단 상륙하자 그런 느낌은 사라져 버렸으며, 거리에서도 호텔에서도, 그를 버펄로로 데려다주고 아버지의 시신과 함께 버지니아 남부로 데려다준 기차에서도 다시는 그런 느낌을 받지 못했다. 보통열차가 어기적거리며 웨스트모어랜드 카운티의 숲이 낮게 펼쳐진 점토 지대로 들어가고 나서야 그는 다시 한번 자신의 감정과 주변 환경을 동일시했다. 역에서 그는 자신이 알고 있는 별과 체서피크만을 밝게 비추는 차가운 달을 보았다. 그는 사륜 짐마차의 바퀴가 삐걱거리며 돌아가는 소리, 사랑스럽지만 어리석은 목소리, 부드러운 인디언의 이름을 하고 부드럽게 흐르는 서두르지 않는 원시 강의 소리를 들었다.

다음 날 교회 묘지에서 그의 아버지는 백 명의 다이버, 도로시, 헌터 집안사람들 사이에 안장되었다. 아버지를 모든 친척들 곁에 남겨 둔 채 떠나오니 마음이 안정되었다. 갈색으로 흐트러진 짝 위에 꽃들이 뿌려졌다. 딕은 이제 이곳에 더 이상 연줄이 없었기에 이곳으로 돌아올 일은 없다고 믿었다. 그는 단단한 땅에 무릎을 꿇었다. 이 죽은 사람들, 그는 이 사람들을 모두 알고 있었다. 그들의 풍상을 다 겪은 얼굴과 파랗게 번쩍이는 눈, 극도로 여윈 몸, 17세기의 빽빽한 숲의 어둠 속에서 새로운 흙으로 만들어진 영혼들.

"안녕히 가세요, 아버지―안녕히 계세요, 제 모든 아버지들."

긴 지붕이 덮인 증기선의 부두에 서면 사람은 그 나라에 있지만, 더 이상 그곳에 존재하는 것이 아니고, 그렇다고 아직 그곳에 있는 나라에도 존재하는 것이 아니다. 흐릿한 노란색 아치형 천장은 메아리치는 함성으로 가득했다. 트럭의 우르릉거리는 소리와 트렁크가 닫히면서 나는 쿵 소리, 기중기의 딱딱거리는 소리, 바다의 첫 소금 냄새. 아직 시간이 남아 있지만, 사람들은 서두른다. 과거는, 대륙은, 뒤에 있었다. 미래는 배의 측면에서 빛나는 입을 열고 있었다. 현재는 어둡고 격동적이며 너무 혼란스러운 이 골목이다.

건널 판자 위로 올라가면 세상을 보는 시야가 스스로 조정된다. 좁아진다. 안도라보다 작은 연방국의 시민이 되고, 더 이상 아무것도 확신할 수 없다. 사무장의 책상 근처에 있는 남자들은 선실처럼 기묘하게 생겼다. 항해자들과 그들의 친구들의 눈에는 경멸이 담겨 있다. 이어 크고 애처로운 경적 소리가 있었고, 불길한 떨림, 배, 인간의 생각이―움직이기 시작했다. 부두와 그곳의 얼굴들이 미끄러져 가고, 잠시 동안 배는 그들에게서 우연히 떨어져 나온 조각이었다. 그 얼굴들은 멀어졌고, 목소리가 사라졌다. 부두는 수면을 따라 흐릿하게 보이는 여러 가지 중 하나였다. 항구는 바다를 향해 빠르게 흘러간다.

　신문에서 가장 중요한 화물이라고 딱지가 붙은 앨버트 매키스코도 부두와 함께 흘러간다. 매키스코는 유행하고 있었다. 그의 소설은 당대 최고의 인물들의 작품을 한곳으로 엮은 혼합물이었는데, 폄하할 수 없는 재주였다. 게다가 그는 빌려 온 것을 부드럽게 바꾸고 가치를 떨어뜨리는 재능을 가지고 있어 쉽게 따라갈 수 있었고, 이로 인해 많은 독자들이 매혹되었다. 성공은 그를 개선하였고, 그는 겸손해졌다. 그는 자신의 한계를 모르는 바보가 아니었다—자신이 뛰어난 재능을 가진 많은 사람들보다 더 큰 활력을 가지고 있다는 것을 깨달았고, 자신에게 찾아온 성공을 즐기기로 결심했다. "저는 아직 아무것도 하지 않았습니다." 그는 이렇게 말하곤 했다. "저에게는 진정한 천재성이 없다고 생각합니다. 하지만 계속 노력하다 보면 좋은 책을 쓸 수 있을 겁니다." 엉성하게 만들어진 스프링보드에서 멋진 다이빙이 몇 번 있었다. 지난날의 수많은 모욕은 잊혔다. 사실 그의 성공은 심리학적으로는 토미 바르방과의 결투가 기반이었다. 기반 자체는 그의 기억 속에서 시들었지만, 새로운 자존심을 창조해 낸 것이다.

　둘째 날, 그는 밖에서 딕 다이버를 발견하고는 망설이며 딕을 쳐다보다가, 자신을 친근한 방식으로 소개하고는 자리에 앉았다. 딕은 자신이 읽던 것을 옆으로 치워 두었다. 몇 분 후 그는 매키스코의 변화를 깨달았다. 그의 짜증스러운 열등감이 사라진 것이다. 또

한 그와 이야기하는 것을 즐거워하는 자신을 발견했다. 매키스코는 괴테보다 더 광범위한 분야에 '박식'함을 보였다―그가 자신의 의견이라고 일컫는 수많은 간단한 조합들을 듣는 것은 흥미로웠다. 그들은 친해지기 시작했고, 딕은 그들과 함께 몇 번 식사를 했다. 매키스코 부부는 선장의 테이블에 초대를 받았으나, 그들은 이제 막 생겨나기 시작한 속물근성으로 딕에게 '그 무리들은 견딜 수 없다'고 말했다.

호화로운 양재사에게 치장을 받은 바이올렛은 매우 화려했는데, 교육을 잘 받고 자란 젊은 여자들이 10대 시절에 경험하는 작은 발견에 매료되어 있었다. 그녀는 사실, 보이시에 있는 어머니에게 그것들을 배울 수 있었지만, 그녀의 영혼은 아이다호의 작은 영화관에서 우울하게 태어났으며, 어머니와 함께할 시간 같은 것은 없었다. 이제 그녀는 '소속'되어 있었다―수백만 명의 다른 사람들과 함께―그리고 행복했다. 그녀가 극심하게 순진해질 때면 남편이 여전히 '쉬잇' 소리를 내며 입을 다물게 했지만 말이다.

매키스코 부부는 지브롤터에서 내렸다. 다음 날 저녁 나폴리, 딕은 호텔에서 역으로 가는 버스 안에서 두 소녀와 그들의 어머니로 이루어진 어찌할 바 모르는 비참한 가족을 발견했다. 그는 배에서 그들을 본 적이 있었다. 도움을 주고 싶은, 또는 존경받고 싶은 욕망이 그에게 밀려왔다. 그는 그들에게 기쁨의 조각들을 보여 주었고, 망설이며 와인을 사주기도 했고, 기쁜 마음으로 그들이 적절한 자존심을 되찾는 것을 보았다. 그는 그들이 '이럴 것이다'라고 단정 지으며 자신만의 구성에 빠져들었고, 그 환상을 유지하기 위해 과음을 했다. 그러는 동안 여자들은 내내 이것이 하늘에서 내린 횡재라고만 생각했다. 밤이 끝나갈쯤 그는 기차가 카시노와 프로시노네에서 흔들릴 때 그들에게서 물러났다. 로마 역에서 이상한 미국식 이별을 한 후, 딕은 다소 지쳐 퀴리날 호텔로 갔다.

프런트에서 그는 갑자기 앞을 바라보며 고개를 들었다. 마치 술기운이 도는 것처럼, 위장의 안쪽이 따뜻해지는 것처럼, 뇌가 홍조를 일으키는 것처럼. 그는 그가 만나러 온 사람을 보았다. 그는 이 사람을 만나기 위해 지중해를 건너온 것이다.

동시에 로즈메리도 그를 보았고, 그가 누구인지 인식하고 떠올리기도 전에 그를 알은체했다. 그녀는 깜짝 놀라 뒤를 돌아보았고, 함께 있던 소녀를 남겨 두고 급히 달려갔다. 숨을 죽이고 몸을 똑바로 세운 채 딕은 그녀에게 돌아섰다. 그녀가 로비를 가로질러 오자 그는 충격에 정신을 차렸다. 그녀의 아름다움은 마치 검은 씨 기름을 먹이고 발굽에 광택을 낸 어린 말처럼 완벽하게 다듬어진 상태였다. 그러나 너무 빠르게 일이 진행되었기에 최대한 피로를 감추는 것 외에는 달리 할 수 있는 일이 없었다. 이상적인 그녀의 자신감을 만나기 위해 그는 '네가 여기서 나오다니―세상 모든 사람들 중에서 네가'라고 암시하는 진실되지 못한 무언극을 보여주었다.

장갑을 낀 그녀의 손이 책상 위에 있는 그의 손을 감쌌다. "딕―우리는 〈로마의 장대함〉을 찍고 있어요―적어도 우리는 그렇다고 생각해요. 언제 그만둘지는 모르지만."

그는 그녀를 뚫어지게 쳐다보았다. 그녀의 자의식을 강하게 만들어 자신의 면도하지 않은 얼굴, 입고 자서 주름진 옷깃을 덜 쳐다보도록 만들려고 했다. 다행히도, 그녀는 서두르고 있었다.

"11시면 안개가 끼니깐 우리는 일을 일찍 시작해요—2시에 전화 주세요."

딕은 자신의 방에서 정신을 가다듬었다. 그는 정오에 깨워 달라고 전화하고는, 옷을 벗고 말 그대로 깊은 잠에 빠져들었다.

전화벨 소리도 듣지 못하고 계속 잠을 잤지만, 2시에 깼다. 상쾌했다. 그는 가방을 풀고 정장과 세탁물을 보냈다. 그 후 면도를 한 뒤 따뜻한 욕조에서 30분 동안 누워 있다가 아침을 먹었다. 태양이 나치오날레 거리에 스며들었다. 그는 짤랑거리는 오래된 황동 고리들이 달린 커튼을 통해 햇빛이 들어오도록 내버려 두었다. 정장의 세탁이 끝나기를 기다리며 〈코리에레 델라 세라〉에서 '싱클레어 루이스의 소설 『월 스트리트』에서 미국 소도시의 사회생활을 분석했다'라는 글을 보았다. 그러고 나서 로즈메리에 대해 생각하려고 했다.

처음에는 아무것도 생각하지 않았다. 그녀는 매우 젊고 대단히 매력적이었지만, 그건 톱시도 마찬가지였다. 그는 지난 4년간 그녀에게 연인이 있다고 생각했고, 그들은 사랑했을 것이라고 추측했다. 글쎄, 다른 사람들의 인생에 얼마나 당신이 많은 공간을 차지하고 있는지는 알 수 없는 법이다. 그러나 이 불확실함으로부터 그의 애정이 떠올랐다—가장 좋은 접촉은 장애물을 알고서도 여전히 관계를 유지하고 싶을 때 이루어진다. 과거는 뒤로 물러났고 그는 그녀 자신을 그에게 주겠다는 분명한 표현을 그 귀중한 껍

데기 자체로 끌어안고 싶었다. 모든 것을 에워싸서 그의 외부에는 더 이상 존재하지 않을 때까지. 그는 그녀를 끌어당길 수 있는 모든 것들을 모으려고 노력했다—그러나 그것은 4년 전보다 적었다. 열여덟 살은 피어오르는 사춘기의 안개를 통해 서른네 살을 보겠지만, 스물두 살은 분별력 있는 명료함으로 서른여덟 살을 볼 터였다. 게다가 딕은 이전 만남 당시 감정적으로 절정에 달해 있었고, 그 이후로는 열정에 장애가 있었다.

세탁 담당 직원이 돌아오자 그는 흰 셔츠와 칼라, 진주가 달린 검은 넥타이를 맸다. 그의 독서용 안경에 달린 줄은 같은 크기의 또 다른 진주를 통과해 1인치 정도 아래에서 태평스레 흔들리고 있었다. 잠을 자고 일어나자 리비에라에서 많은 여름을 보내며 얻은 혈색 좋은 갈색 얼굴이 돌아왔고, 정신을 유연하게 하기 위해 만년필과 동전들이 아래로 떨어질 때까지 의자 위에서 물구나무를 섰다. 그는 3시에 로즈메리에게 전화를 걸었고, 올라오라는 말을 들었다. 그는 방금 한 곡예로 인하여 잠시 현기증이 나 진토닉을 마시기 위해 술집에 들렀다.

"안녕하세요, 닥터 다이버!"

단지 호텔에 로즈메리가 있었기 때문에 딕은 그 남자를 즉시 콜리스 클레이라고 생각했다. 그는 오래된 자신감과 성공의 분위기 그리고 갑자기 두꺼워진 턱살을 지니고 있었다.

"로즈메리가 이곳에 있다는 걸 아세요?" 콜리스가 물었다.

"우연히 만났지."

"저는 피렌체에 있었는데 그녀가 여기 있다는 것을 듣고선 지난주에 내려왔어요. 엄마의 작은 딸이 어떻게 될지 모르잖아요." 그는 자신의 말을 수정했다. "제 말은, 그녀가 매우 신중히 자랐고, 이제 그녀는 세상의 여자잖아요—제가 하려는 말이 뭔지 아시겠죠. 저를 믿어 보세요, 그녀는 여기 로마 남자애들 몇 명을 가방에 묶고 다닌다니까요! 그렇고말고요!"

"피렌체에서 공부를 하나?"

"저요? 네, 거기서 건축학을 공부하고 있어요. 일요일에 돌아가요—경마 때문에 머물고 있는 거예요."

딕은 그가 마치 증권 시장 기록표처럼 들고 다니는 외상 장부에 자신의 술값을 추가하는 것을 어렵게 제지했다.

20

엘리베이터에서 내린 딕은 길고 복잡한 복도를 따라가다 마침내 불이 켜진 문밖까지 들려오는 먼 목소리를 향해 방향을 틀었다. 로즈메리는 검은 파자마를 입고 있었다. 오찬 테이블은 여전히 방에 있었고, 그녀는 커피를 마시고 있었다.

"여전히 아름답군." 그가 말했다. "그 어느 때보다 더 아름다워."

"커피 마시겠나, 젊은이?"

"미안해, 오늘 아침에는 누군가에게 내 상태를 보여 줄 만한 처지가 아니었어."

"안색이 안 좋아 보이던데요—지금은 괜찮은가요? 커피 좀 마실래요?"

"괜찮아."

"다시 괜찮아졌군요. 오늘 아침에는 무서웠어요. 다음 달에 어머니가 오실 거예요. 소속사가 여기 머무른다면요. 어머니는 항상 여기서 당신을 봤냐고 물어봐요. 마치 우리가 옆집에 사는 사이인 것처럼. 어머니는 항상 당신을 좋아하셨죠—늘 내가 알고 지내야 할 사람이라고 생각하셨어요."

"음, 여전히 그렇게 생각하신다니, 기쁘군."

"아, 하고말고요." 로즈메리가 재보증했다. "아주 많이 하세요."

"이 영화 저 영화에서 로즈메리를 봤어." 딕이 말했다. "한 번은 나 혼자 보려고 〈아빠의 딸〉을 틀어 달라고 했어."

"이번 영화에서도 좋은 역을 맡았어요. 잘리지만 않는다면요."

그녀는 그의 어깨를 만지며 그의 뒤로 건너갔다. 전화를 걸어 테이블을 치워 달라고 요청한 뒤 큰 의자에 앉았다.

"당신을 만났을 때 난 어린 소녀였어요, 딕. 이제는 여자가 되었어요."

"로즈메리에 관한 모든 것을 듣고 싶어."

"니콜은 어때요—러니어랑 톱시는요?"

"다 잘 지내. 종종 로즈메리 얘기를 하지—"

전화가 울렸다. 그녀가 응답하는 동안 딕은 두 권의 소설을 살펴보았다—하나는 에드나 페버의 소설이었고, 하나는 앨버트 매키스코의 소설이었다. 웨이터가 테이블을 치우러 왔다. 테이블이 사라지자 검은 파자마를 입은 로즈메리는 더 외로워 보였다.

"……손님이 있어요…… 아뇨, 별로 좋지 않아요. 의상 담당자에게 가서 오랫동안 피팅해야 돼요…… 아뇨, 지금은 안 돼요……."

테이블이 사라지자 해방감을 느낀 그녀는 딕을 보고 미소를 지었다―그 미소는 마치 둘이서 함께 세상의 모든 장애물을 해결하고 이제 그들만의 천국에서 평화를 누리고 있는 듯한 미소였다……

"끝났네요." 그녀가 말했다. "내가 지난 한 시간을 당신을 위해 준비한 거 알아요?" 그러나 다시 전화가 울렸다. 딕은 가방 거치대로 모자를 옮기기 위해 침대에서 일어났고, 로즈메리는 놀라서 수화기 아랫부분에 손을 얹었다. "가는 거 아니죠!"

"그래."

통화가 끝나자 그는 오후를 함께 이끌어 가기 위해 말했다. "요즘은 사람들에게서 좀 영양이 있기를 기대해."

"저도요." 로즈메리가 동의했다. "방금 전화한 사람은 제 육촌을 알고 지낸 적이 있었대요. 그런 이유로 아무한테나 전화한다고 상상해 보세요!"

그녀는 사랑을 나누기 위해 불빛을 낮추었다. 그렇지 않다면 어째서 그가 그녀를 바라보는 것을 막으려고 했겠는가? 그는 편지를 보내듯 그녀에게 말을 건넸다. 그녀에게 도착한 말은 그를 떠난 지 꽤 된 것처럼 느껴졌다.

"여기 앉아. 너와 가까이에 있으니 키스를 안 하기가 힘들군." 두 사람은 방 중앙에서 열정적으로 키스했다. 그녀는 그에게 몸을 기댔다가 의자로 돌아갔다.

방 안이 그저 유쾌하기만 할 수는 없었다. 앞으로 가든 뒤로 가든 둘 중 하나였다. 다시 전화가 울리자 그는 침실 안으로 성큼성큼 걸어 들어가 그녀의 침대에 누워 앨버트 매키스코의 소설을 열었다. 곧 로즈메리가 와서 그의 옆에 앉았다.

"당신은 세상에서 가장 긴 속눈썹을 가지고 있어요." 그녀가 말했다.

"고등학교 졸업 파티로 돌아온 것 같군. 참석자들 가운데 속눈썹을 좋아하는 로즈메리 호이트 양—"

그녀가 그에게 키스하자 그는 그녀를 끌어당겨 나란히 눕도록 했고, 둘 다 숨이 가빠질 때까지 키스했다. 그녀의 숨결은 젊고 열정적이고 자극적이었다. 그녀의 입술은 희미하게 텄지만 구석은 부드러웠다. 그들의 팔다리와 옷이 하나일 때, 그의 손과 등이 그녀의 목과 가슴을 향할 때 그녀가 속삭였다.

"아뇨, 아직 안 돼요—그런 건 리듬이 있어요."

자신을 잘 통제하는 그는 열정을 마음 한구석에 짓눌러 놓았지만, 그녀가 그보다 반 피트 위로 올라갈 때까지 그녀의 연약한 몸을 두 팔에 안으며 가볍게 말했다.

"달링—그런 건 상관없어."

그가 그녀의 얼굴을 올려다보자 그녀의 얼굴이 변했다. 그 속에는 영원한 달빛이 있었다.

"당신이라면 시적 정의가 될 거예요." 그녀가 말했다. 그녀는 몸을 비틀어 그에게서 멀어진 후 거울로 걸어가 손으로 헝클어진 머리카락을 정리하였다. 이내 그녀는 의자를 침대 가까이 끌어당긴 뒤 그의 뺨을 어루만졌다.

"너의 진실을 말해 줘." 그가 요구했다.

"전 항상 그래 왔어요."

"어떻게 보면 그랬지 ─ 하지만 아무것도 일관성 있지 않았어."
두 사람은 함께 웃었지만 그는 계속했다.

"정말로 처녀야?"

"아뇨-오-오!" 그녀가 노래를 불렀다. "나는 육백사십 명의 남자들과 잤어요 ─ 이게 당신이 원하는 대답이라면."

"내가 상관할 바는 아니지."

"저를 심리학의 한 케이스로 원하세요?"

"1928년을 살아가고 있는 완벽하게 평범한 스물두 살의 젊은 여자로 너를 바라보면, 사랑을 몇 번 시도했을 거라고 생각했어."

"전부 ─ 수포로 돌아갔어요." 그녀가 말했다.

딕은 그녀를 믿을 수 없었다. 그녀가 의도적으로 둘 사이에 장벽을 쌓고 있는 것인지, 아니면 이것이 최후에 일어날 항복을 더 의미 있게 만들기 위한 의도인지 판단할 수 없었다.

"핀도 언덕으로 산책이나 가자." 그가 제안했다.

그는 몸을 흔들어 옷을 다듬고 머리카락을 매만졌다. 어떤 순간이 다가왔다가 어떻게 된 것인지 지나갔다. 3년 동안 딕은 로즈메리가 다른 남자들을 판단하는 이상적인 기준이었고, 불가피하게 그의 위상은 영웅적인 크기로 커졌다. 그녀는 그가 다른 남자들과 같기를 바라지 않았지만, 그에게도 똑같은 다급한 요구가 있었다. 마치 그가 자신의 일부를 빼앗고 싶어 하는 것 같았고, 그것을 주머니에 넣고 다니고 싶어 하는 것 같았다.

케루빔과 철학자들, 파우누스와 폭포 사이의 잔디밭을 걸어가며 그녀는 그의 팔을 편안하게 잡았고, 마치 그의 팔이 영원히 그 자리에 있을 것이기 때문에 올바르게 잡기를 원하는 듯 몇 번이고 재조정하여 안착했다. 그녀는 잔가지를 꺾어 부러뜨려 보았지만, 안에서 봄을 찾지는 못했다. 갑자기 딕의 얼굴에서 원하는 것을 본 그녀는 장갑을 낀 그의 손을 잡고 입을 맞추었다. 그러고 나서 그가 웃을 때까지 그를 위해 어린애처럼 신나게 뛰어다녔고, 자신도 웃음을 터뜨렸다. 두 사람은 즐거운 시간을 보내기 시작했다.

"오늘 밤에는 같이 못 있어요, 달링. 오래전에 어떤 사람들과 약속을 해놨어요. 하지만 내일 일찍 일어나면 촬영장에 데려가 줄게요."

그는 호텔에서 혼자 저녁을 먹고 일찍 잠자리에 들어 다음 날 6시 반에 로비에서 로즈메리를 만났다. 차 안에서 그의 옆자리에 앉은 그녀는 아침 햇살을 받아 싱그럽고 새롭게 빛났다. 그들은 산 세바스티아노 문을 지나 고대 로마 광장의 세트가 나올 때까지 아피아 가도를 따라갔다. 진짜 광장보다 더 큰 세트장이었다. 로즈메리는 그를 한 남자에게 넘겨주었다. 그 남자는 멋진 소품들을 구경시켜 주었다. 아치와 계단식 좌석, 모래가 덮인 투기장을 구경했다. 그녀는 기독교 죄수들이 갇힌 감방을 재현한 무대에서 일하고 있었고, 곧 그들은 그쪽으로 향하여 니코테라를 보았다. 제2의 발렌티노(이탈리아의 유명 배우―옮긴이)가 될 가능성이 높은 사람 중 한 명인 그가 뽐내며 걸어가 여남은 '포로' 앞에서 포즈를 취하는 것을 지켜보았다. 포로들의 눈은 우울했고, 마스카라로 인해 매우 선명했다.

로즈메리는 무릎까지 오는 튜닉을 입고 나타났다.

"이것 좀 봐요." 그녀가 딕에게 속삭였다. "당신의 의견을 듣고 싶어요. 러쉬를 본 사람들은 모두 이렇게 말—"

"러쉬가 뭐지?"

"전날 찍은 것을 트는 거요. 사람들이 그러길 처음으로 내 성적 매력이 드러났대요."

"난 알아차리지 못하겠는데."

"그렇겠죠! 하지만 저도 그런 걸 가지고 있다고요."

전기 기술자가 감독에게 기대어 무언가를 의논하는 동안 표범 가죽옷을 입은 니코테라는 로즈메리와 정중하게 대화를 나누었다. 마침내 감독이 거칠게 기술자의 손을 밀어내며 이마의 땀을 훔쳤다. 딕을 안내해 주던 사람이 말했다. "또 마약에 취해 있군, 확실해!"

"누가요?" 딕이 물었지만, 남자가 대답하기도 전에 감독이 재빨리 그들에게 걸어왔다.

"누가 취해 있긴—네가 취해 있지." 그는 마치 배심원에게 말하듯 딕에게 격렬하게 말했다. "이 사람은 자기가 마약에 취해 있을 때 항상 다른 사람도 다 그렇다고 생각해요, 틀림없어!" 그는 잠시 동안 안내인을 노려보다가 손뼉을 쳤다. "좋아—모두 위치로."

격동적인 대가족을 찾아온 것 같았다. 한 여배우가 딕에게 다가오더니, 그가 최근에 런던에서 도착한 배우인 줄 알고 5분 동안 대

화를 나누었다. 그러다 자신의 실수를 알아차리곤 당황하여 허둥
지둥 떠나 버렸다. 촬영장의 대다수 인원들은 바깥세상에 비해 자
신들이 매우 우월하거나 매우 열등하다고 느꼈지만, 전자의 느낌
이 우세했다. 그들은 용감하고 근면한 사람들이었다. 10년 동안 단
지 즐거움만을 원했던 나라에서 유명한 위치에 오른 사람들이었
다. 세션은 빛이 안개처럼 흐릿해질 때 끝났다―화가들에게는 좋
은 빛이었지만, 카메라에게는 맑은 캘리포니아 공기와 비교되지
않았다. 니코테라는 로즈메리를 따라 차까지 오더니 그녀에게 뭐
라고 속삭였다―그녀는 미소를 짓지 않고 그를 보며 작별 인사를
했다.

딕과 로즈메리는 카이사리 성에서 점심을 먹었는데, 언제인지
모를 퇴폐의 시기에 폐허가 되어 버린 광장이 내려다보이는 높은
테라스가 있는 빌라 안의 훌륭한 레스토랑이었다. 로즈메리는 칵
테일과 약간의 와인을 마셨고, 딕은 불만족스럽다는 느낌이 사라
질 만큼 충분히 마셨다. 그 후 두 사람은 얼굴을 붉힌 채로 행복해
져서 차를 타고 호텔로 돌아갔다. 일종의 엄청난 기쁨으로 인한
고요였다. 그녀는 그에게 소유 당하고 싶었고, 그렇게 되었다. 해
변에서 아이처럼 시작한 사랑의 열병이 마침내 이루어진 것이다.

21

로즈메리는 저녁에 또 다른 약속이 잡혀 있었다. 회사 동료의 생

일 파티였다. 딕은 로비에서 콜리스 클레이를 우연히 만났지만, 혼자 식사를 하고 싶어 엑셀시어에서 약속이 있는 척했다. 그는 콜리스와 칵테일만 마셨는데, 막연한 불만족스러움은 조급함으로 구체화되었다—그는 더 이상 병원을 무단결근할 핑계가 없었다. 이것은 사랑의 열병이라기보다는 로맨틱한 기억 때문이었다. 니콜은 그의 여자였다—그는 그녀 때문에 자주 속상했지만, 자신의 여자였다. 로즈메리와의 시간은 자기 방종이었다—콜리스와의 시간은 무(無) 더하기 무였다.

그는 엑셀시어 문간에서 베이비 워런과 마주쳤다. 구슬처럼 생긴 그녀의 크고 아름다운 눈이 놀라움과 호기심으로 그를 응시했다.

"난 당신이 미국에 있는 줄 알았어요, 딕! 니콜도 같이 있나요?"

"나폴리를 경유해서 돌아왔습니다."

그의 팔에 있는 검은 띠를 본 그녀는 생각이 나서 말했다. "문제가 있었다고 들었는데, 정말 유감이에요."

불가피하게 그들은 함께 식사를 했다.

"모든 것을 말해 주세요." 그녀가 요구했다. 딕은 그녀에게 사실들만 말해 주었고, 베이비는 얼굴을 찡그렸다. 그녀는 동생의 삶에 일어난 재앙에 대해 누군가를 탓할 필요가 있다고 생각했다.

"애초에 돔러 박사가 그녀를 대하는 방향성이 옳았다고 생각하나요?"

"더 이상 다양한 치료법이 없습니다—물론 특이한 케이스를 다룰 수 있는 적절한 사람을 찾으려고 노력해야 하지만요."

"딕, 당신에게 충고하는 척하거나 많이 아는 척하진 않을게요. 하지만 변화를 주는 게 그 애한테 좋을지도 모른다고 생각하지 않나요?—그런 병든 분위기에서 벗어나 다른 사람들처럼 세상을 살아가는 게?"

"하지만 병원을 주장한 건 당신이었어요." 그가 그녀에게 상기시켰다. "제게 니콜에 대해 절대 안심할 수 없다고 말씀하셨잖아요—"

"그건 당신이 리비에라에서 은둔 생활을 할 때 이야기죠. 아무도 살지 않는 먼 언덕 꼭대기에서요. 그 삶으로 돌아가라는 의미는 아니에요. 제 말은, 예를 들면 런던이요. 영국인은 세상에서 가장 균형 잡힌 사람들이에요."

"그렇지 않습니다." 그가 동의하지 않았다.

"그렇다니까요. 내가 그 사람들을 알아요. 아시잖아요. 내 말은, 봄철에 런던에 집을 얻는 게 좋을 것 같다는 뜻이에요—탤벗 광장에 당신이 얻을 수 있을 만한 비둘기 집 같은 집을 알아요. 가구들도 다 구비되어 있고요. 내 말은 제정신이고 균형 잡힌 영국 사람들과 함께 살라는 거예요."

그가 웃으며 이렇게 말하지 않았더라면 그녀는 계속해서 그에게 1914년의 낡은 선전물에 나오는 이야기를 할 생각이었다.

"마이클 알렌의 책을 읽고 있는데—"

그녀는 샐러드 스푼을 흔들어 마이클 알렌의 이야기를 끝내 버렸다.

"그는 타락한 사람들에 대해서만 글을 써요. 내 말은 가치 있는

346

영국인을 말하는 겁니다."

그녀가 그렇게 친구들을 제외해 버리자, 그들의 모습은 딕의 마음속에서 유럽의 작은 호텔에 거주하는 이질적이고 반응 없는 얼굴들로 대체되었다.

"물론 내가 상관할 일은 아니죠." 베이비가 다음 이야기를 위한 예비 동작으로 말을 반복했다. "하지만 그 애를 그런 분위기에 혼자 내버려 두는 건—"

"아버지가 돌아가셔서 미국에 다녀왔어요."

"그건 이해합니다. 내가 얼마나 유감스러웠는지에 대해 이야기했잖아요." 그녀는 목걸이의 유리 포도를 만지작거렸다. "하지만 지금은 돈이 아주 많아요. 어떤 일에도 사용할 수 있을 만큼 많아요. 그리고 그 돈을 니콜의 건강을 위해 써야 돼요."

"우선 나 자신이 런던에 있는 모습을 상상할 수 없습니다."

"왜죠? 그곳은 물론이고 그 어디에서도 일할 수 있을 것 같은데요."

그는 편안히 앉아 그녀를 바라보았다. 만약 그녀가 부패해 버린 오래된 진실, 니콜 병의 진짜 이유를 생각해 본 적이 있다면, 그녀는 그 진실을 부인하기로 결심한 것이 틀림없었다. 실수로 산 그림처럼 먼지투성이의 벽장에 처박아 두었을 것이다.

그들은 울피아에서 대화를 이어 나갔다. 콜리스 클레이가 그들의 테이블로 넘어왔으며, 재능 있는 기타 연주자가 와인 통이 쌓여 있는 지하실에서 기타를 튕기며 '나의 팡파레를 울려라'를 계속 연주했다.

"내가 니콜에게 맞지 않은 사람이었을 가능성이 있어요." 딕이 말했다. "그렇다 해도 그녀는 아마 나 같은 타입의 누군가와 결혼했을 겁니다. 그녀가 의지할 수 있다고 생각이 드는 사람이요—무기한으로 의지할 수 있는 사람."

"그 애가 다른 사람과 함께라면 더 행복할 거라고 생각하세요?" 베이비가 갑자기 자신의 생각을 큰 소리로 말했다. "물론 지금이라도 그렇게 할 수 있어요."

그녀는 몸을 앞으로 숙여 어쩔 수 없이 웃고 있는 딕을 보고 나서야 자신의 말이 터무니없다는 것을 깨달았다.

"아, 이해하시겠죠." 그녀가 그를 안심시켰다. "지금 이 순간 당신이 여태껏 해준 모든 일에 우리가 감사하지 않는다고 생각하지 말아 주세요. 그리고 당신이 힘든 시간을 보냈다는 것을 우리도 알고 있어요—"

"맙소사." 그가 항의했다. "만약 내가 니콜을 사랑하지 않았다면, 다른 이야기가 되었을 지도 모릅니다."

"하지만 니콜을 사랑하잖아요?" 그녀가 깜짝 놀라 물었다. 콜리스는 이제 대화를 따라잡고 있었고, 딕은 재빨리 대화 주제를 바꾸었다. "다른 이야기를 해보죠—예를 들면, 당신의 이야기라던가. 어째서 결혼하지 않는 건가요? 당신이 로드 페일리와 약혼했다고 들었는데, 그 사람 사촌이—"

"아, 아뇨." 그녀는 자신의 신상에 관해 이야기하지 않으려는 태도였고, 그 주제를 피하려고 했다. "그건 작년 일이었어요."

"왜 결혼하지 않으셨나요?" 딕이 완강하게 물어보았다.

"모르겠어요. 내가 사랑했던 남자들 중 한 명은 전쟁에서 죽었고, 한 명은 나를 찼어요."

"그것에 관해 말해 주세요. 사생활에 관한 이야기를 해줘요, 베이비. 그리고 당신의 의견도. 절대 이야기 안 하잖아요―우린 항상 니콜에 대한 이야기만 했지."

"두 사람 모두 영국인이었어요. 일류 영국인보다 더 고등한 유형은 없는 것 같다고 생각해요, 그렇지 않나요? 만약 있다고 하면 난 아직 만나 본 적이 없어요. 이 남자―아, 정말 긴 이야기예요. 전 긴 이야기를 싫어해요. 당신도 그렇지 않나요?"

"그렇고말고요!" 콜리스가 말했다.

"아뇨―좋은 이야기라면 저는 좋습니다."

"그건 당신이 잘하는 것 중 하나죠, 딕. 당신은 짧은 문장이나 여기저기에 말을 덧붙이는 것만으로 파티를 계속 진행할 수 있어요. 내 생각엔 그건 엄청난 재능인 것 같아요."

"요령이죠." 그가 부드럽게 말했다. 이 말로 인해 그가 그녀의 의견에 반대한 것은 세 가지가 되었다.

"물론 격식을 차리는 것을 좋아해요―저는 일이 그렇게 되는 것을 좋아하고, 웅장한 규모를 좋아하죠. 당신은 그렇지 않다는 걸 알지만, 그게 내 안의 굳건함의 표시라는 건 인정해 주셔야 해요."

딕은 이에 반대할 생각조차 하지 않았다.

"물론 나도 사람들이 하는 말은 알고 있어요. 베이비 워런은 유럽 전역을 돌아다니며 계속해서 새로운 것을 좇고, 인생에서 가장 좋은 것을 놓치고 있다고. 하지만 반대로 저는 가장 좋은 것을 추구하는 몇 안 되는 사람들 중 한 명이라고 생각해요. 저는 이 시대의 가장 흥미로운 사람들을 알고 있어요." 그녀의 목소리는 또 다른 기타의 양철을 두드리는 듯한 소리에 흐릿해졌지만, 그녀는 그 소리에 지지 않고 말했다. "나는 큰 실수를 거의 하지 않았어요ㅡ"

"ㅡ아주 큰 실수만 했죠, 베이비."

그녀는 그의 눈에 농담 기가 있다는 것을 알아차렸고, 화제를 바꾸었다. 두 사람이 어떤 공통점을 갖는다는 것은 불가능해 보였다. 하지만 그는 그녀 안에 있는 무언가에 감탄했고, 그녀를 빛나게 만들 일련의 칭찬을 하고선 그녀를 엑셀시어에 두고 떠났다.

로즈메리는 딕에게 다음 날 점심을 대접하겠다고 고집부렸다. 두 사람은 미국에서 일했던 이탈리아인의 조그만 음식점에 가서 햄과 달걀, 와플을 먹었다. 그 후, 호텔로 갔다. 자신이 그녀를 사랑하지 않고, 그녀도 자신을 사랑하지 않는다는 것을 발견한 딕은 그녀에 대한 열정이 줄어들기는커녕 오히려 더 늘었다. 이제 자신이 그녀의 삶에 더 이상 끼어들지 않을 것을 알았기 때문에, 그녀는 그에게 낯선 여자가 되었다. 그는 많은 남성들이 사랑에 빠졌다고 말할 때 이 이상의 의미는 없다고 생각했다ㅡ영혼의 격렬한 침몰이 아니었고, 니콜을 향한 그의 사랑처럼 모든 색들이 흐릿해지지도 않았다. 니콜에 대한 어떤 생각, 그녀가 죽는다는 것, 정신적인 어둠에 빠진다는 것, 다른 남자를 사랑한다는 생각들은 그를 육체적으로 아프게 했다.

니코테라는 로즈메리의 거실에서 전문적인 문제에 대해 떠들고 있었다. 로즈메리가 그에게 가라는 신호를 보내자 그는 유머러스하게 항의하고, 딕에게 다소 무례해 보이는 윙크를 날린 뒤 떠났다. 여느 때처럼 전화벨이 요란하게 울렸고, 로즈메리는 10분 동안 통화했다. 딕은 점점 조바심이 났다.

"내 방으로 올라가자." 그가 제안하자 그녀는 동의했다. 그녀는 커다란 소파에 앉아 있는 그의 무릎에 누웠다. 그는 그녀의 사랑스러운 앞머리를 손가락으로 쓰다듬었다.

"너를 다시 궁금해해도 될까?"

"뭘 알고 싶으세요?"

"남자에 관해서. 성적으로는 아니고."

"당신을 만난 후 얼마나 걸렸냐 이거죠?"

"아니면 그전이나."

"오, 없어요." 그녀는 충격을 받았다. "전에는 아무도 없었어요. 당신은 내가 신경 쓴 첫 번째 남자였어요. 아직도 내가 정말로 신경 쓰는 사람은 당신뿐이고요." 그녀는 생각했다. "1년 정도였던 것 같아요."

"누구였어?"

"아, 그냥 남자요."

그는 그녀가 얼버무리는 것을 막았다.

"내가 그 이야기를 해보지. 첫 번째 사랑은 불만족스러웠고, 그 후 긴 공백이 있었을 거야. 두 번째는 더 나았지만, 애초에 그 남자를 사랑하지 않았을 거고. 세 번째는 괜찮았는데—"

그는 자신을 고문하며 계속했다. "그러다가 그 자체의 무게 때문에 무너지는 한 번의 진짜 연애를 했고, 그 무렵에는 네가 마침내 사랑하게 된 남자에게 줄 것이 아무것도 없을까 봐 두려워하고 있었어." 그는 점점 빅토리아 시대의 느낌을 받았다. "그 이후부터 현재까지 6건의 이야기가 더 있지. 비슷하지 않아?"

그녀는 즐거움과 눈물 사이에서 웃었다.

"그것보다 더 틀릴 수는 없을 거예요." 그녀가 말했다. 딕은 안심했다. "하지만 언젠가는 누군가를 찾아서 그를 사랑하고 그를 절대 놓아주지 않을 거예요."

이번에는 그의 전화가 울렸고, 딕은 로즈메리를 찾는 니코테라의 목소리라는 것을 알아챘다. 그는 수화기 위에 손바닥을 얹었다. "전화받고 싶어?"

그녀는 전화를 건네받고는 딕이 알아들을 수 없는 이탈리아어로 빠르게 재잘거렸다.

"전화가 시간을 잡아먹는군." 그가 말했다. "4시가 넘었는데 나는 5시에 약속이 있어. 너는 가서 세뇨르 니코테라랑 노는 게 좋겠어."

"바보 같은 소리 하지 말아요."

"그럼 내가 여기 있는 동안은 네가 그 남자를 피하고 있다고 생각할게."

"그건 어려워요." 그녀는 갑자기 울기 시작했다. "딕, 나는 당신을 사랑해요, 당신 같은 사람은 아무도 없어요. 하지만 당신은 날 위해 뭘 해줄 수 있죠?"

"니코테라는 누구에게 무엇을 해줄 수 있는데?"

"그건 다른 문제예요."

―젊음은 젊음을 부르기 때문이겠지.

"그놈은 스페인어를 쓰는 놈이야!" 그가 말했다. 그는 질투심에 사로잡혀 제정신이 아니었고, 다시 상처받고 싶지 않았다.

"그는 단지 어릴 뿐이에요." 그녀가 훌쩍이며 말했다. "당신이 제게 첫 번째라는 것을 알고 있잖아요."

그는 그 반응에 그녀를 팔로 감싸 안았으나 그녀는 지친 듯이 뒤로 물러섰다. 그는 그녀를 잠시 동안 그렇게 안고 있었다. 마치 아다지오가 끝나 가듯이, 그녀는 눈을 감고 있었다. 그녀의 머리카락은 익사한 여자처럼 뒤로 곧게 흘러내렸다.

"딕, 놔주세요. 살면서 이렇게 혼란스러웠던 적은 없어요."

그는 심술궂은 새였다. 그녀가 편안하게 느꼈던 배려와 이해의 자질이 그의 정당하지 않은 질투심으로 가려지자 본능적으로 그녀는 그에게서 물러났다.

"난 진실을 알고 싶어." 그가 말했다.

"알았어요, 그럼. 우리는 자주 함께 했고, 그는 나와 결혼하고 싶어 하지만, 나는 원하지 않아요. 그게 뭐요? 내가 어떻게 행동하길 바라요? 나한테 청혼을 한 적도 없잖아요. 내가 콜리스 클레이 같은 얼간이랑 평생 놀아나길 원하는 건가요?"

"어젯밤에 니코테라와 함께 있었어?"

"그건 당신이 상관할 일이 아니에요."

그녀가 흐느꼈다. "미안해요, 딕, 당신이 상관할 일 맞아요. 이 세상에서 내가 신경 쓰는 사람은 오로지 당신과 어머니뿐이에요."

"니코테라는 어때?"

"내가 어떻게 알겠어요?"

그녀는 가장 덜 중요한 발언에 숨겨진 의미를 부여하는 교묘함을 성취했다.

"파리에서 날 보고 느꼈던 것과 같아?"

"당신과 함께 있으면 편안하고 행복해요. 파리에서는 달랐어요. 하지만 당신도 한때 어떻게 느꼈는지 모르잖아요. 그렇죠?"

그는 일어나서 저녁에 입을 옷을 챙기기 시작했다―만일 그가 세상의 모든 쓰라림과 증오심을 마음에 품어야 하는 것을 알았다면, 다시 그녀를 사랑하지 않았을 것이다.

"난 니코테라 따위는 신경 쓰지 않아요!" 그녀가 선언했다. "하지만 내일 회사와 리보르노에 가야 해요. 아, 어쩌다 이런 일이 일어났을까요?" 새로운 눈물이 펑펑 쏟아졌다. "안타까워요. 여긴 왜 오셨어요? 왜 기억만을 간직할 수 없는 걸까요? 마치 어머니와 다툰 기분이에요."

그가 옷을 입기 시작하자, 그녀는 일어나서 문으로 갔다.

"오늘 밤 파티에 가지 않을 거예요." 그것이 그녀의 마지막 노력이었다. "당신과 함께 있을게요. 어차피 가고 싶지도 않았어요."

조수가 다시 흐르기 시작했지만, 그는 조수로부터 물러났다.

"방에 있을게요." 그녀가 말했다. "안녕, 딕."

"안녕."

"아, 안타까워, 안타까운 일이야. 아, 안타깝다고. 이게 도대체 어떻게 된 일이야?"

"오랫동안 궁금했어."

"어째서 그걸 제게 가져오신 거죠?"

"내가 흑사병인 것 같아." 그가 천천히 말했다. "더 이상 사람들에게 행복을 가져다주지 못하는 것 같아."

22

저녁 식사 후 퀴리날 바에는 다섯 명이 있었는데, 지루해하는 바텐더의 "네…… 네……네"에 맞추어 끈질기게 대화를 나누는 이탈리아 고급 창녀, 외롭지만 여자를 꺼리는 가볍고 속물적인 이집트인, 그리고 미국인 두 명이었다.

덕은 언제나 주변을 선명하게 의식하고 있었지만, 콜리스 클레이는 흐릿하게 살아갔다. 가장 날카로웠던 인상은 일찍이 쇠퇴한 녹음 장치에 녹아들었다. 그렇기에 덕은 이야기를 하고, 콜리스는 산들바람을 맞으며 앉아 있는 사람처럼 이야기를 들었다.

덕은 오후의 사건들로 인해 지쳐, 이탈리아 사람들에게 화풀이를 하고 있었다. 그는 마치 이탈리아 사람이 자기 말을 듣고 화내기 바란다는 듯이 술집을 둘러보았다.

"오늘 오후에 엑셀시어에서 처형과 차를 마셨어. 우리는 마지막으로 남은 테이블에 자리를 잡았는데, 두 남자가 들어오더니 빈자리를 찾더군. 빈자리가 없으니, 그중 한 사람이 우리에게 와서 '오르시니 공주를 위해 예약된 자리 아닌가요?'라고 하더군. 그래서

'아무런 표시도 없었는데요'라고 말했지. 그러자 그가 '하지만 제가 보기엔 오르시니 공주를 위해 예약된 것 같은데요'라고 하지 뭔가. 난 그 사람에게 대답도 할 수 없더군."

"그 사람은 어떻게 됐나요?"

"물러났지." 딕은 의자에 앉은 채 몸을 돌렸다. "난 이 사람들을 좋아하지 않아. 요전 날 내가 2분 동안 로즈메리를 혼자 가게 앞에 내버려 두었는데, 한 장교가 모자를 기울이며 인사하더니 그녀 앞을 왔다 갔다 하더군."

"잘 모르겠군요." 잠시 후 콜리스가 말했다. "매 순간 누군가 소매치기를 하려 드는 파리에 있을 바엔 여기에 있겠어요."

그는 즐기고 있었는데, 즐거움을 지루하게 만들 위험이 있는 그 어떤 일에도 대꾸하지 않았다.

"모르겠어요." 그가 버텼다. "전 여기가 싫지 않아요."

딕은 며칠 전 그의 마음에 각인된 그림을 떠올렸고, 그것을 응시했다. 과자 냄새가 나는 나치오날레 거리를 지나 아메리칸 익스프레스를 향해 걸어가던 것, 더러운 터널을 지나 스페인 계단으로 올라간 것. 그의 영혼은 그곳의 꽃을 파는 노점들과 키츠가 죽은 집 앞을 지날 때 매우 행복했다. 그는 오직 사람들에게만 관심을 가지고 있었다. 그는 날씨 외에는 거의 의식하지 않았다. 인식할 수 있는 사건들로 인해 장소가 색깔을 갖게 될 때까지 말이다. 로마는 그가 꾸었던 로즈메리라는 꿈의 끝이었다.

벨보이가 들어오더니 그에게 쪽지를 건네주었다.

"나는 그 파티에 가지 않았어요." 그렇게 적혀 있었다. "나는 내

방에 있어요. 우리는 내일 아침 일찍 라보르노로 떠나요."

딕은 쪽지와 팁을 소년에게 건네주었다.

"호이트 양에게 나를 찾지 못했다고 전해 줘." 그는 콜리스 쪽으로 몸을 돌려 본보니에리에 가자고 제안했다.

그들은 술집에서 매춘부를 살펴보았고, 그녀의 직업이 요구하는 최소한의 관심을 주었다. 그녀는 환하고 대담한 표정으로 마주 보았다. 그들은 격식 있게 주름 잡히고, 빅토리아 시대의 먼지를 품고 있는 휘장으로 압박한 텅 빈 로비를 지나갔고, 야간 안내원 특유의 태도로 인사를 받아치는 야간 안내원에게 고개를 끄덕였다. 이어 그들은 택시를 타고 생기 없는 거리를 따라 눅눅한 11월의 밤을 달렸다. 거리에 여자는 없었고, 검은 외투의 단추를 목까지 채운 창백한 남자들만이 차가운 돌 옆에 무리 지어 서 있었다.

"세상에!" 딕은 한숨을 쉬었다.

"무슨 일인가요?"

"오늘 오후에 만났던 남자에 대해 생각하고 있었어. '이 테이블은 오르시니 공주를 위해 예약되어 있습니다' 이 오래된 로마 가문들이 어떤 사람들인지 아나? 그들은 노상강도야. 로마가 박살난 뒤 신전과 궁전을 손에 넣고 사람들을 등쳐 먹은 사람들이야."

"전 로마가 좋아요." 콜리스가 주장했다. "경마를 해보는 건 어때요?"

"난 경마를 좋아하지 않아."

"하지만 모든 여자들이 나와서는—"

"여기서는 아무것도 좋아하지 않을 거라는 사실을 알아. 난 프랑스가 좋아. 모두가 자신을 나폴레옹이라고 생각하는—여기 사람들은 모두가 자신을 그리스도라고 생각해."

본보니에리에서 그들은 널판지로 장식된 카바레로 내려갔다. 차가운 돌 가운데서 곧 무너질 듯이 절망적으로 서 있는 곳이었다. 무기력한 밴드가 탱고를 연주하고 있었고, 열 명 정도 되는 커플들이 미국인들의 눈에 매우 거슬리는 정교하고 앙증맞은 스텝으로 넓은 바닥을 휩쓸고 다녔다. 바쁘게 돌아다니는 남자 몇 명만 있어도 만들 수 있는 활발함과 부산함조차 남아도는 웨이터들로 인하여 불가능했다. 활기는 눈앞에 보이는 장면인 춤, 밤, 안정된 힘의 균형이 중단되기를 기다리는 분위기를 풍겼다. 민감한 손님은 무엇을 찾든 여기에서는 찾을 수 없다는 확신을 주는 분위기였다.

이것은 딕에게 아주 명백했다. 상상력 대신 기분이 한 시간 동안 지속될 수 있도록 눈길을 끌 만한 것이 없는지 주위를 둘러보았다. 그러나 눈길을 줄 만한 것은 아무것도 없었고 잠시 후 그는 콜리스에게 돌아섰다. 그는 콜리스에게 현재 가지고 있는 생각 중 일부를 말했지만, 듣는 이의 짧은 기억력과 부족한 반응으로 인해 싫증이 났다. 콜리스와 30분을 보내고 난 후 그는 자신의 활력이 쇠퇴하고 있다는 것을 뚜렷하게 느꼈다.

그들은 이탈리아산 무쇠 와인을 한 병 마셨다. 딕은 창백해지고 다소 시끄러워졌다. 그는 오케스트라 대표를 자신들의 테이블로 불렀다. 그는 바하마 출신 흑인으로, 자만심이 강하고 불쾌한 사람이었다. 몇 분 만에 소동이 벌어졌다.

"당신이 앉으라고 했잖아."

"그래. 그래서 내가 50리라를 줬잖아, 안 그래?"

"그래. 그래. 그래."

"그래, 내가 50리라를 줬잖아, 안 그래? 그러더니 내게 다가와서 호른에 좀 더 넣어 달라고 했잖아!"

"당신이 나한테 앉으라고 했잖아, 안 그래? 안 그랬냐고?"

"내가 앉으라고 했지만 50리라를 줬잖아, 안 그래?"

"그래. 그래."

단장은 불쾌한 표정으로 일어나서 가 버렸고, 딕은 더 사악한 유머에 빠졌다. 그러다 방 건너편에서 한 젊은 여자가 그를 향해 미소 짓는 것을 보았고, 그 즉시 주위에 있던 창백한 로마의 형체들이 점잖고 겸손하게 멀어졌다. 그녀는 금발에 건강하고 예쁜 얼굴을 한 젊은 영국 여자였다. 그녀는 다시금 그에게 초대의 뜻을 전하는 미소를 보냈다. 그도 미소의 의미를 이해했지만, 육체를 제공하겠다는 의미가 들어 있는 행위였음에도 불구하고 그것을 부정했다.

"빠른 속임수라던가 뭔가 다른 게 있을 거예요. 전 브리지(카드놀이의 한 종류—옮긴이)를 할 줄 몰라요." 콜리스가 말했다.

딕은 일어나서 방을 가로질러 그녀에게 걸어갔다.

"같이 춤추실래요?"

그녀와 함께 앉아 있던 중년 영국인은 거의 사과하듯 말했다. "저는 곧 나갈 겁니다."

흥분으로 인해 술이 깬 딕은 춤을 추었다. 그는 여자가 영국의 모든 즐거운 것들이 느껴진다는 것을 발견했다. 그녀의 밝은 목소리에는 바다에 둘러싸인 안전한 정원에 대한 이야기가 내포되어 있었다. 그가 그녀를 바라보려고 몸을 뒤로 젖혔을 때, 그는 매우 진심을 담아 이야기했기에 목소리가 떨렸다. 그녀는 현재 함께 있는 사람이 떠나면 그들이 있는 자리로 와서 같이 앉기로 약속했다. 영국 남자는 거듭된 사과와 미소로 그녀가 돌아온 것을 받아들였다.

테이블로 돌아온 딕은 스푼만테 와인을 한 병 더 주문했다.

"영화에 나온 사람처럼 보이던데." 그가 말했다. "누군지 생각이 안 나." 그는 초조하게 어깨너머로 힐끗 보았다. "뭐가 그녀를 잡고 있기에 안 오지?"

"저도 영화에 출연하고 싶어요." 콜리스는 생각에 잠긴 채 말했다. "아버지 일을 이어받아야 하는데 별로 당기지 않아요. 버밍엄에 있는 한 사무실에 20년 동안 앉아서—"

그의 목소리는 물질주의적 문명의 압박에 저항하고 있었다.

"너무 좋다고?" 딕이 말했다.

"아뇨, 그런 뜻이 아니에요."

"그런 뜻이지 뭘."

"제 말이 무슨 뜻인지 어떻게 아세요? 그렇게 일이 하고 싶으면, 진료를 보지 그래요?"

딕은 이때까지 두 사람을 비참하게 만들었지만, 동시에 그들은 술에 취해 넋이 나가 있었기에 잠시 후 잊어버렸다. 콜리스는 떠나기로 했고, 두 사람은 따뜻하게 악수를 했다.

"잘 생각해 봐." 딕이 점잖게 말했다.

"뭘 잘 생각해요?"

"너도 알잖아." 콜리스가 아버지의 일을 이어받는 것에 관한 것이었다─좋고 건전한 조언이었다. 콜리스는 빈 공간으로 걸어갔다. 딕은 술을 마저 마시고 영국 여자와 다시 춤을 추며 대담하게 회전하고 플로어를 따라 엄격하고 단호하게 행진함으로써 그의 말을 듣지 않는 몸을 제압했다. 갑자기 엄청 놀라운 일이 벌어졌다. 그는 여성과 춤을 추고 있었는데, 음악이 멈췄다─그리고 그 여성이 사라졌다.

"그 여자 봤습니까?"

"누구요?"

"저와 춤을 추던 여자요. 갑자기 사라졌어요. 분명히 건물 안에 있을 거예요."

"아니! 아니! 거긴 여자 화장실입니다."

그는 바 옆에 서 있었다. 그곳에는 다른 두 남자가 있었지만, 그는 도저히 대화를 시작할 방법을 떠올릴 수 없었다. 그들에게 로마에 관한 이야기와 콜론나 가문과 가에타니 가문의 폭력적인 기원에 대해 말할 수 있었지만, 그 내용들은 대화의 시작으로 삼기에는 다소 갑작스럽다는 것을 깨달았다. 담배 카운터에 늘어서 있던 옌치 인형들이 갑자기 바닥에 떨어졌다. 뒤이어 혼란이 일어났고, 그는 자신이 원인이라는 느낌이 들어서 다시 카바레로 돌아가 블랙커피를 한 잔 마셨다. 콜리스는 사라졌고, 영국 여자도 없었다. 호텔로 돌아가 검은 마음을 품은 채 눕는 것 외에는 아무것도 할 일이 없어 보였다. 그는 돈을 지불하고 모자와 코트를 챙겼다.

배수구와 거친 자갈들 사이에는 더러운 물이 있었다. 캄파냐의 습지에서 나오는 증기와 기진맥진한 문화의 땀이 아침 공기를 더럽혔다. 택시 운전기사 네 명이 어두운 눈을 깜빡거리며 그를 둘러쌌다. 딕은 끈질기게 얼굴을 들이미는 한 명을 거칠게 밀어냈다.

"퀴리날 호텔까지 얼마죠?"

"100리라."

6달러라. 그는 고개를 가로저으며 낮 시간 요금의 두 배인 30리라를 제시했지만, 그들은 어깨를 으쓱하고는 자리를 떴다.

"35리라에 팁." 그가 단호히 말했다.

"100리라."

그는 영어로 말하기 시작했다.

"반 마일밖에 안 가는데?" 40리라에 갑시다."

"아, 싫소."

그는 매우 피곤했다. 그는 택시 문을 열고 안으로 들어갔다.

"호텔 퀴리날!" 그가 고집스럽게 창밖에 서 있는 운전사에게 말했다. "얼굴에서 그 조롱 좀 치워 버리고 퀴리날로 데려가 주시오."

"아, 싫소."

딕은 택시에서 내렸다. 본보니에리 문 옆에서 누군가 택시 운전사들과 말다툼을 하고 있었는데, 그 누군가는 딕에게 그들의 태도를 설명하려 했다. 다시금 한 택시 기사가 딕에게 바짝 다가오며, 고집스럽게 손짓했고, 딕은 그를 밀어냈다.

"퀴리날 호텔에 가고 싶소."

"100리라라는데요." 통역가가 설명했다.

"나도 압니다. 오'싯'리라를 주겠소. 어서 갑시다." 이 마지막 말은 다시금 그에게 다가왔던 고집스러운 남자에게 한 말이었다. 그 남자는 그를 쳐다보며 경멸하듯 침을 뱉었다.

그 주의 격정적인 조바심이 딕의 내부에서 울컥 올라오더니, 획하고 폭력의 옷을 입었다. 명예로운, 그의 조국의 전통적인 자원이었다. 그는 앞으로 나서서 그 남자의 뺨을 때렸다. 그들은 그에게 달려들어 위협하고, 팔을 휘두르고, 아무런 효과 없이 그를 둘러싸려고 했다―딕은 벽을 등지고 어설프게 맹공격을 했고, 약간 웃기도 했고, 몇 분 동안은 싸우는 흉내를 냈다. 공격과 방어가 있었고, 살짝 스치는 강타도 있었다. 문 앞에서 앞뒤로 몸을 움직였다. 그러다 발을 헛디뎌 넘어졌다. 어딘가 다쳤지만 애써 일어나 여러 팔들과 다시 다투기 시작했다. 갑자기 팔들이 사라졌다. 새로운 목소리와 새로운 말다툼이 들려왔지만 그는 벽에 기대어 헐떡이며 자신의 치욕적인 자세에 분개했다. 자신을 향한 동정이 없다는 것을 알았지만, 그는 자신이 틀렸다고 믿을 수 없었다.

그들은 경찰서로 가서 해결하기로 했다. 그는 모자를 돌려받았다. 누군가 그의 팔을 가볍게 잡았다. 택시 운전사들과 함께 모퉁이를 돌아 아무 장식이 없는 경찰서에 들어갔다. 경찰관이 희미한 불빛 아래에서 어슬렁거리고 있었다.

책상에는 지구대장이 앉아 있었다. 싸움을 말렸던 참견하기 좋아하는 한 사람이 이탈리아어로 길게 말했다. 때때로 딕을 가리켰고, 택시 기사들이 짧은 욕설과 맹렬한 비난을 하도록 내버려 두었다. 지구대장은 짜증을 내며 고개를 끄덕이기 시작했다. 그가 손을 들자 매우 많은 머리들은 최후의 감탄사를 내뱉고는 조용해졌다. 그러고는 딕에게 돌아섰다.

"이탈리아노 해?" 그가 물었다.

"아니요."

"프랑세 해?"

"네." 딕이 언짢은 얼굴로 그를 바라보며 말했다.

"그럼, 잘 들어. 퀴리날로 가. 이 멍청한 인간아. 당신은 지금 취했어. 기사가 요청하는 값을 지불해. 알아들어?"

다이버는 고개를 저었다.

"아뇨, 그럴 순 없어요."

"뭐라고?"

"40리라를 지불하겠습니다. 그 정도면 충분해요."

지구대장이 일어섰다.

"잘 들어!" 그가 거만하게 외쳤다. "당신은 취했어. 운전기사를 때렸다고 이렇게, 이렇게." 그는 오른손과 왼손으로 기를 쓰고 허공을 쳤다. "내가 당신을 자유롭게 해주는 것만으로도 기뻐해야해. 그가 말한 값을 지불해 ─100리라. 퀴리날로 가라고."

딕은 굴욕을 느끼며 격노하여 그를 마주 보았다.

"좋아." 그는 무작정 문 쪽으로 몸을 돌렸다 ─그 앞에는 그를 경찰서로 데려온 남자가 곁눈질하며 고개를 끄덕이고 있었다. "집에 가지." 그는 소리쳤다. "하지만 이 애송이만 해결하고."

그를 응시하고 있는 경찰관을 지나 싱긋 웃고 있는 얼굴로 다가가 왼쪽 턱을 매우 강하게 쳤다. 남자가 바닥에 쓰러졌다.

잠시 동안 그는 야만적인 승리감에 그를 내려다보았다—그러나 첫 번째 의심의 고통이 그를 꿰뚫는 순간 그의 세상은 비틀거렸다. 그는 곤봉에 맞아 쓰러졌고, 주먹과 신발이 그를 때리며 둥둥 소리를 냈다. 그는 코가 자갈돌처럼 부러지는 것을 느꼈고, 눈은 마치 그들이 고무 밴드라도 달아 놓은 듯 갑자기 당겨지는 것 같았다. 발을 구르는 뒤꿈치에 갈비뼈가 쪼개졌다. 그는 순간적으로 정신을 잃었고, 누군가 앉은 자세로 일으켰을 때 정신을 차렸다. 손목은 수갑에 의해 홱 잡아당겨졌다. 그는 무의식적으로 몸부림쳤다. 그가 쓰러뜨린 사복 차림의 부서장은 일어서서 손수건으로 턱을 두드리며 피가 묻어나는지 살폈다. 그는 딕에게 다가가더니 자세를 잡고 팔을 뒤로 젖히며 그를 강하게 때렸고, 딕은 바닥에 쓰러뜨렸다.

닥터 다이버가 가만히 누워 있자 들통에 들어 있던 물이 그의 위로 쏟아졌다. 손목을 잡힌 채 피투성이의 아지랑이를 헤치며 끌려가던 그의 한쪽 눈은 희미하게 떠졌고, 택시 운전사 중 한 명의 인간적이면서도 섬뜩한 얼굴을 알아보았다. "엑셀시어 호텔로 가," 그가 희미하게 외쳤다. "워런 양에게 말해. 200리라! 워런 양. 200리라! 아, 이 더러운—이 망할—"

그는 여전히 피투성이로 뒤덮인 아지랑이를 헤치며 끌려가고 있었다. 목이 메였고 흐느껴 울었다. 모호하고 불규칙한 땅을 지나 어떤 작은 장소로 끌려간 그는 돌바닥 위에 내팽개쳐졌다. 남자들은 떠났고, 문이 쾅 닫혔고, 그는 혼자였다.

23

베이비 워런은 1시까지 침대에 누워 메리언 크로퍼드의 몹시 지루한 로마 이야기를 읽고 있었다. 그러다 창문으로 가서 거리를 내려다보았다. 호텔의 건너편에는 망토를 기괴하게 단단히 둘러싸고 할리퀸 모자를 쓴 경찰관 두 명이 있었는데, 마치 큰 돛처럼 이곳저곳으로 아주 크게 흔들리고 있었다. 그들을 보고 있자니 그녀는 점심에 자신을 뚫어져라 쳐다보던 위병 장교가 떠올랐다. 그는 키가 작은 민족 가운데 키가 큰 구성원의 오만함을 지니고 있었다. 키가 커야 한다는 것을 제외하면 아무런 의무가 없다는 태도였다. 만약 그가 그녀에게 다가와서 '같이 가실래요, 당신과 나 단둘이서' 이렇게 말했다면 그녀는 '안 될 거 없죠'라고 대답했을 것이다—적어도 지금은 그럴 것 같았다. 그녀는 여전히 익숙하지 않은 배경으로 인해 유체 이탈 상태였기 때문이다.

그녀의 생각은 천천히 위병으로부터 경찰관에게 되돌아갔고, 딕에게로 돌아갔다—그녀는 침대로 돌아가 불을 껐다.

4시가 되기 조금 전, 그녀는 무뚝뚝한 노크 소리에 잠에서 깼다.

"네—무슨 일이죠?"

"안내원입니다, 부인."

그녀는 기모노를 입고 졸린 듯이 그를 바라보았다.

"부인의 친구, 디버라는 사람이 곤경에 처했습니다. 경찰과 문제가 있었고, 그들은 그를 감옥에 가두었습니다. 그가 이곳으로 택시를 보냈는데, 기사 말로는 그가 200리라를 약속했다고 하더군요."

그는 이 점을 확인받기 위해 조심스럽게 말을 끊었다. "기사 말로는, 디버 씨에게 큰 문제가 생겼다고 합니다. 경찰과 몸싸움이 벌어져 심하게 다쳤다더군요."

"바로 내려갈게요."

그녀는 불안한 심장 박동에 맞추어 옷을 입었고, 10분 후 엘리베이터에서 나와 어두운 로비로 들어섰다. 메시지를 가져온 운전기사는 사라졌다. 안내원은 다른 운전기사를 불러 그에게 감옥의 위치를 알려 주었다. 차를 타고 가는 동안 어둠이 걷히며 옅어졌고, 거의 깨지 않은 베이비의 신경은 밤과 낮 사이의 불안정한 균형에 희미하게 움츠러들었다. 그녀는 그날과 겨루기 시작했다. 그녀가 넓은 길에 들어서면 유리한 위치에 올라섰지만, 앞으로 나아가던 것이 잠시 멈추면, 세찬 바람이 이곳저곳에서 성급하게 불어왔고, 빛은 다시금 천천히 다가왔다. 택시는 거대한 그림자 속에서 시끄럽게 물을 튀기는 분수대를 지나 건물들조차 구부러지고 부자연스러워 보일 정도로 휘어진 골목을 따라, 털털거리고 덜커덕거리는 자갈길을 지나 축축한 녹색 담벼락 앞에 밝게 튀어나온 초소에 멈춰 섰다. 갑자기 아치 지붕이 덮인 길의 자줏빛 어둠 속에서 고함과 비명을 지르는 딕의 목소리가 들려왔다.

"영국인 없어요? 미국인은 없습니까? 영국인은 없습니까? 미국인은—아, 망할! 더러운 이탈리아 놈들!"

그의 목소리가 작아지고, 그녀는 문을 두드리는 둔탁한 소리를 들었다. 그러고 나서 그의 목소리가 다시 들려오기 시작했다.

"미국인 없나요? 영국인은 없나요?"

그 목소리를 따라 그녀는 아치를 지나 뜰로 달려갔고, 잠시 혼란에 빠져 빙글빙글 돌다가 외침 소리가 들려오는 작은 감방을 찾았다. 두 경찰관은 깜짝 놀라 일어섰지만, 베이비는 그들을 지나 감방 문으로 갔다.

"딕!" 그녀가 외쳤다. "어떻게 된 일이에요?"

"저놈들이 내 눈을 박살 냈어요." 그가 외쳤다. "수갑을 채운 후 두들겨 팼어요. 빌어먹을—그—"

베이비는 주위를 돌아보다가 두 경찰관에게 다가갔다.

"저 사람한테 무슨 짓을 한 거예요?" 그녀가 작은 목소리로 매우 격렬하게 말하자, 그들은 커져 가는 그녀의 분노 앞에 움찔했다.

"저는 영어를 알아들을 수 없습니다."

그녀는 프랑스어로 그들을 맹렬히 비난했다. 그녀의 사납고 자신감 있는 분노가 방을 가득 메웠고, 그들이 그녀가 입힌 비난의 옷 안에서 움츠러들어 꿈틀거릴 때까지 그녀의 분노가 그들을 감쌌다. "뭔가 해봐요! 뭐 좀 하라고요!"

"명령을 받기 전까지는 아무것도 할 수 없습니다."

"좋아. 조-오-아. 좋다고!"

다시 한번 베이비는 그들이 땀을 흘리며 자신들의 무능함에 대해 사과할 때까지 격노를 불태웠고, 무언가 심하게 잘못되었다는 느낌을 받은 둘은 서로를 바라보았다. 베이비는 감방 문으로 향하여 마치 딕이 그녀의 존재와 힘을 느낄 수 있다는 듯이 그곳에 몸을 기대고 어루만지면서 말했다. "대사관에 가겠어요. 돌아올게요." 경찰관에게 마지막으로 무한한 위협의 눈길을 보내며 그녀는 달려 나갔다.

그녀는 택시를 타고 미국 대사관에 도착했고, 고집을 부리는 운전사에게 돈을 지불하였다. 그녀가 계단을 뛰어 올라가 벨을 눌렀을 때는 여전히 어두웠다. 그녀는 졸린 영국인 수위가 문을 열기 전까지 벨을 세 번이나 눌렀다.

"누군가를 봐야 해요." 그녀가 말했다. "아무나요―지금 당장이요."

"아무도 일어나지 않았습니다, 부인. 우리는 9시에 문을 엽니다."

그녀는 짜증이 나서 손을 저어 시간 이야기를 날려 보냈다.

"이건 중요한 일이에요. 한 남자가―미국인이 심하게 두들겨 맞았어요. 이탈리아 감옥에 수감되었고요."

"지금은 아무도 깨어 있지 않습니다. 9시에―"

"기다릴 수 없어요. 그들이 한 남자의 눈을 작살냈어요―내 제부인데 감옥에서 내보내지 않으려고 해요. 반드시 누구랑 이야기 좀 해야겠어요―모르겠나요? 제정신이에요? 바보인가요? 거기서 그런 표정을 짓고 서 있다니."

"저는 아무것도 할 수 없습니다, 부인."

"누구라도 깨워야 해요!" 그녀는 그의 어깨를 붙잡고 거칠게 홱 잡아당겼다. "삶과 죽음에 관한 문제예요. 만약 당신이 아무도 깨우지 않는다면, 당신에게 끔찍한 일이 일어날 거예요―"

"부디 제게 손대지 마십시오, 부인." 뒤쪽 위편에서 수위의 지친 그로턴식 목소리가 떠내려왔다.

"거기 무슨 일이야?"

수위가 안도하며 대답했다.

"어떤 여성입니다. 저를 잡고 흔들었습니다." 그는 말하기 위해 뒤로 물러났고, 베이비는 현관으로 밀고 들어갔다. 위쪽 층계참에 는 수가 놓인 하얀 페르시아 가운을 입은 특이한 젊은 남자가 서 있었다. 그의 얼굴은 괴상하고 부자연스러운 분홍빛으로 생생하 면서도 죽은 듯 보였으며, 입 위에는 재갈 같은 것이 채워져 있었 다. 그는 베이비를 보자 머리를 뒤쪽의 그림자 속으로 움직였다.

"무슨 일이죠?" 그가 다시 물었다.

베이비는 그에게 이야기했다. 동요하면 계단을 향해 앞으로 나 아갔다. 그녀는 이야기를 하면서 재갈 같은 것이 콧수염 밴드였고, 얼굴은 핑크색 콜드크림으로 덮여 있다는 것을 깨달았다. 이 악몽 에 꽤 잘 들어맞는 모습이었다. 그녀가 열정적으로 이야기했던 것 은, 그가 그녀와 함께 감옥에 가서 딕을 데리고 나오게 하기 위함 이었다.

"안 좋은 일이군요." 그가 말했다.

"네." 그녀가 누그러지며 동의했다. "네?"

"경찰이랑 싸우려고 한 것이요." 그의 목소리에는 개인을 모욕하 는 태도가 담겨 있었다.

"아쉽지만 9시까지는 할 수 있는 일이 없군요."

"9시까지." 그녀가 경악하며 되풀이했다. "하지만 분명 뭔가 하 실 수 있잖아요! 저와 함께 감옥에 가서 그들이 더 이상 그를 해치 지 못하게 만들 수 있잖아요."

"그런 일을 하는 것은 우리에게 허락되지 않습니다. 그런 일들은 영사관에서 처리합니다. 영사관은 9시에 문을 열 예정입니다."

밴드로 인해 무표정한 그의 얼굴은 베이비를 극도로 화나게 만들었다.

"9시까지 기다릴 수 없어요. 내 제부가 그러길 그 사람들이 눈을 작살냈대요—심각하게 다쳤다고요! 난 제부한테 가야 해요. 의사를 찾아야 한다고요." 그녀는 자제력을 잃고 말을 하다가 화가 나서 울기 시작했다. 그가 그녀의 말보다 그녀의 동요에 반응할 것을 알았기 때문이다. "이 문제에 대해 뭐라도 하셔야죠. 어려움에 처한 미국 시민들을 보호하는 것이 당신의 일이잖아요."

그러나 그는 동부 해안에서 왔고 그녀가 감당하기에는 너무 벅찼다. 그의 입장을 이해하지 못하는 그녀의 모습에 참을성 있게 고개를 가로저으며 페르시아 가운을 여민 뒤 몇 걸음 내려왔다.

"이 여성분에게 영사관 주소를 적어 드려." 그가 수위에게 말했다. "콜라조 의사 주소랑 전화번호 좀 찾아서 그것도 드려." 그는 매우 화난 그리스도의 표정을 지으며 베이비에게 돌아섰다. "부인, 외교단은 이탈리아 정부에 미국 정부를 대표합니다. 국무부의 구체적인 지시를 따를 때를 제외하면 시민 보호와는 아무런 관련이 없습니다. 당신 제부는 이 나라 법을 어겨 감옥에 간 겁니다. 이탈리아인도 뉴욕에서 같은 이유로 감옥에 갈 수 있죠. 그를 풀어 줄 수 있는 사람은 이탈리아 법원뿐이고, 당신 제부가 재판을 받게 된다면 미국 시민의 권리를 보호하는 영사관의 도움과 조언을 받을 수 있습니다. 영사관은 9시까지 문을 열지 않고요. 제 동생이었다고 해도 전 아무것도 할 수 없습니다—"

"영사관에 전화해 주실 수 있나요?" 그녀가 끼어들었다.

"우리는 영사관 일에 간섭할 수 없습니다. 영사가 9시에 도착하면—"

"그의 집 주소를 알려 주실 수 있나요?"

그는 잠시 말을 멈춘 후 고개를 저었다. 그는 수위에게 메모를 받아 그녀에게 주었다.

"이제 그만 실례하겠습니다."

그는 그녀를 문으로 안내했다. 순간 보랏빛 새벽이 그의 분홍색 마스크와 콧수염을 지탱해 주는 리넨 주머니에 강렬하게 떨어졌다. 곧 베이비는 현관 계단에 혼자 서 있었다. 그녀는 10분 동안 대사관에 있었다.

대사관과 마주 보고 있는 광장에는 뾰족한 막대기로 담배꽁초를 모으는 노인밖에 없었다. 베이비는 곧 택시를 잡아 타고 영사관으로 갔지만, 계단을 청소하는 가련한 여성 세 명을 제외하곤 아무도 없었다. 그녀는 자신이 영사의 집 주소를 원한다는 것을 그들에게 이해시킬 수 없었다—갑자기 불안이 되살아나 운전기사에게 달려가 감옥으로 데려가 달라고 말했다. 그는 감옥이 어디 있는지 몰랐지만, 그녀는 똑바로, 오른쪽, 왼쪽이라는 말을 사용하여 그를 대략적인 지역까지 안내할 수 있었고, 그곳에서 내려 익숙한 골목들로 이루어진 미로를 탐험하였다. 하지만 건물들과 골목길들은 모두 비슷해 보였다. 한 골목에서 나와 스페인 광장에 도착한 순간 그녀는 아메리칸 익스프레스 컴퍼니를 보았고, 간판의 '아메리칸'이라는 말에 가슴이 뛰었다. 유리창에는 불빛이 보였고, 그녀는 급히 광장을 가로질러 문을 열려고 하였으나 잠겨 있었다. 시계는 7시를 가리켰다. 그녀는 콜리스 클레이를 떠올렸다.

그녀는 그가 머물고 있는 호텔 이름을 기억해 냈다. 엑셀시어 맞은편에 있는 붉은 플러시 천으로 둘러싸인 답답한 빌라였다. 사무실에서 당직을 서고 있는 여자는 그녀를 도와줄 생각이 없었다— 그녀는 클레이를 방해할 권한이 없다고 하였고, 그의 방으로 워런이 혼자 가겠다고 하는 것을 거절하였다. 마침내 이 일이 연애 문제가 아니란 것을 확신한 그녀는 워런과 동행했다.

콜리스는 벌거벗은 채 침대에 누워 있었다. 그는 술에 취해 들어왔으며, 잠에서 깬 지 한참 뒤에야 자신이 나체라는 것을 깨달았다. 그는 지나치게 겸손한 태도로 속죄하려고 했다. 그는 급히 옷을 챙겨 화장실로 들어가 입으면서 혼자 중얼거렸다. "아이고. 분명히 날 제대로 봤을 거야." 전화 몇 통을 건 후에 그는 베이비와 감옥을 찾아, 그곳으로 향하였다.

감옥 문이 열렸다. 딕은 감옥 안 의자에 고꾸라져 있었다. 경찰관이 얼굴의 피를 약간 닦아 냈고, 머리를 빗긴 다음 무언가를 감추려는 듯 그의 머리 위에 모자를 올려 두었다.

베이비는 문간에 서서 떨고 있었다.

"클레이 씨가 당신과 함께 있을 거예요." 그녀가 말했다. "전 영사와 의사를 불러올게요."

"알았어요."

"그냥 가만히 있으세요."

"알았어요."

"돌아올게요."

그녀는 차를 타고 영사관으로 갔다. 8시가 넘었기 때문에 대기실에 앉아 있는 것이 허락되었다. 9시쯤 영사가 들어왔고, 베이비는 무력감과 피로로 인해 히스테리를 부리며 이야기를 되풀이했다. 영사는 매우 불안했다. 그는 그녀에게 낯선 도시에서 싸움에 휘말리지 말라고 경고했지만, 그가 가장 신경 쓰고 있던 것은 그녀가 밖에서 기다려야 한다는 것이었다—그녀는 그의 나이 든 눈에서 그가 이 재앙에 가능한 한 휘말리고 싶어 하지 않는다는 것을 발견하고 절망했다. 그가 조치를 취하기를 기다리면서 그녀는 의사에게 전화를 걸어 딕에게 가라고 했다. 대기실에는 다른 사람들도 있었고, 몇몇 사람들은 영사의 사무실에 들어갔다. 30분 후 그녀는 누군가가 나오는 순간을 틈타 비서를 지나쳐 방으로 들어갔다.

"정말 괘씸하군요! 한 미국인이 구타를 당해 반쯤 죽은 채로 감옥에 내팽개쳐졌는데, 도와주기 위해 아무 행동도 하지 않는군요."

"잠시만 기다리세요."

"난 기다릴 만큼 기다렸어요. 지금 당장 감옥으로 가서 그를 꺼내 줘요!"

"부인—"

"우리는 미국에서 상당한 위치에 있는 사람들이에요—"그녀의 입은 말을 하면서 더욱더 확고해졌다. "수치스러운 일만 아니었어도 우리는—나는 당신이 이 문제에 대해 무관심하다는 것을 적절한 시기에 사람들에게 알릴 거예요. 만약 내 제부가 영국 시민이었다면 몇 시간 전에 자유로워졌을 텐데, 당신은 여기에 있는 목적보다 경찰이 어떻게 생각할지에 더 관심이 있군요."

"부인—"

"지금 모자를 쓰고 즉시 저와 함께 가요." 모자를 언급하자 서둘러 안경을 닦고 서류를 뒤척이던 영사는 깜짝 놀랐다. 그러나 아무 소용이 없었다. 흥분한 미국 여자는 그를 내려다보았다. 그는 인류의 도덕적 중추를 부수고 대륙을 보육원으로 만든 그 압도적이고 비이성적인 분노를 감당하기 힘들었다. 그는 부영사에게 전화를 걸었다—베이비가 이긴 것이다.

딕은 감방 창문을 통해 풍부하게 쏟아지는 햇빛을 받으며 앉아 있었다. 콜리스는 그와 두 명의 경찰관과 함께 있었고, 그들은 무슨 일이 일어나기를 기다리고 있었다. 딕은 한쪽 눈의 좁아진 시야로 경찰관을 볼 수 있었다. 그들은 짧은 윗입술을 가진 토스카나 농민 출신이었고, 어젯밤의 잔인성과는 연관 짓기 어렵다는 것을 깨달았다. 그는 그들 중 한 사람에게 맥주 한 잔을 가져오라고 했다.

맥주를 마시자 머리가 약간 어지러워졌고, 이번 일은 한줄기 냉소적인 유머로 잠시 빛났다. 콜리스는 영국 여자가 이 재앙과 관련이 있다는 인상을 받았으나, 딕은 그녀가 이 재앙이 일어나기 훨씬 전에 사라졌다고 확신했다. 콜리스는 여전히 워런이 나체로 침대에 누워 있던 자신을 보았다는 사실에 사로잡혀 있었다.

딕의 분노는 조금 가라앉았고, 범죄에 대한 엄청난 무책임함을 느꼈다. 그에게 일어난 일은 너무 끔찍해서 그 일을 질식시켜 죽이지 않는 한 아무것도 달라질 것이 없었다. 그러나 그런 일이 일어날 확률은 희박했기에 그는 절망스러웠다. 그는 앞으로 다른 사람이 될 것이다. 그는 원초적인 상태의 새로운 자신이 어떤 사람일지에 대한 기묘한 느낌을 경험했다. 그 문제는 신의 비인격적인 특성을 가지고 있었다. 그 어떤 성숙한 아리아인이라도 굴욕에서 이득을 볼 순 없었다. 그것을 용서하여 삶의 일부가 되었을 때는, 이미 자신을 모욕한 것과 자신을 동일시한 뒤이기 때문이다—그러나 이 경우에는 그런 결과가 불가능했다.

콜리스가 보복에 대해 말했을 때 딕은 고개를 가로저으며 침묵했다. 다림질을 하여 윤이 나는 옷을 입은 활력 넘치는 부서장이 세 사람은 되는 것처럼 방으로 들어오자 경비병들이 차렷 자세를 취하였다. 그는 빈 맥주병을 움켜쥐고는 부하들을 꾸짖었다. 그에게는 어제와 다른 새로운 정신이 깃들어 있었다. 그가 처음으로 한 것은 감방에서 맥주병을 내보내는 일이었다. 딕은 콜리스를 보고 웃었다.

부영사와 스완슨이라는 이름의 과로한 청년이 도착했고, 그들은 법원으로 출발했다. 딕의 양쪽에는 콜리스와 스완슨이 있었고, 두 경찰관은 그들 바로 뒤에 있었다. 노랗고 흐릿한 아침이었다. 광장과 아케이드는 사람들로 붐볐고, 모자를 깊게 눌러쓴 딕은 다리가 짧은 경찰관 한 명이 옆으로 달려와 항의하기 전까지 빠른 걸음으로 걸어가 선두를 차지했다. 스완슨이 상황을 해결했다.

"제가 당신을 망신시켰죠, 그렇죠?" 딕이 유쾌하게 말했다.

"이탈리아인들과 싸우다가는 죽을 수도 있어요." 스완슨이 소심하게 말했다. "이번에는 아마 보내 주겠지만, 맥이 이탈리아 사람이었다면 아마 두세 달 동안은 감옥에 갇혔을 겁니다. 틀림없어요!"

"감옥에 가봤어요?"

스완슨은 웃었다.

"이 사람은 마음에 드는군." 딕이 클레이에게 말했다. "매우 호감 가는 젊은이고 사람들에게 훌륭한 충고를 해주네. 감옥에 가본 적이 있다고 확신하지. 아마 그곳에서 몇 주를 보냈을 거야."

스완슨은 웃음을 터뜨렸다.

"내 말은 조심하라는 뜻입니다. 당신은 이 사람들이 어떤지 몰라요."

"아, 어떤지 알지요." 딕이 짜증스럽게 말했다. "빌어먹을 불쾌한 놈들이지." 그는 경찰관에게 돌아섰다. "알아들어?"

"전 이제 떠나겠습니다." 스완슨이 빠르게 말했다. "당신 처형에게도 말했습니다―위층 법정에서 우리 쪽 변호사를 만날 수 있을 겁니다. 조심하는 게 좋아요."

"안녕히 가세요." 딕은 정중하게 악수했다. "정말 감사합니다. 당신에게는 미래가 있는 것 같군요―"

스완슨은 또다시 웃으며 못마땅하다는 표정을 짓고는 서둘러 자리를 떴다.

이제 그들은 사면의 외부 계단이 모두 위에 있는 방으로 향하는 안뜰로 들어섰다. 그들이 깃발들을 가로질러 걸어갈 때 낮은 탄성

소리, 경멸하는 소리, 야유 소리가 안뜰 주위를 어슬렁거리고 있었다. 분노와 경멸에 가득 찬 목소리였다. 딕은 주위를 둘러보았다.

"뭡니까?" 그가 깜짝 놀라며 물었다.

경찰관 중 한 명이 한 무리의 남자들에게 다가가 대화를 나누었고, 그 소리들은 사라졌다.

그들은 법정으로 들어왔다. 딕과 콜리스가 한쪽에서 기다리는 동안 영사관 쪽의 한 초라한 이탈리아 변호사가 판사와 길게 이야기를 나누었다. 영어를 아는 누군가가 뜰을 향하고 있는 창문에서 고개를 돌려 그들이 지나올 때 들리던 소리에 대해 설명해 주었다. 프라스카티 출신이 다섯 살짜리 아이를 강간한 뒤 살해하였고, 그날 아침 끌려오기로 되어 있었다―사람들은 딕이 그자인 줄 알았던 것이다.

몇 분 후에 변호사는 딕에게 자유라고 말했다―법원은 그가 충분히 벌을 받았다고 간주했다.

"충분히라고!" 딕이 외쳤다. "무엇에 대한 처벌인데?"

"따라오세요." 콜리스가 말했다. "지금은 할 수 있는 게 없어요."

"하지만 내가 뭘 어쨌는데, 택시 기사 몇몇이랑 싸운 거 말고는?"

"저쪽에서는 당신이 형사에게 악수할 것처럼 다가가서 주먹질했다고 주장합니다―"

"그건 사실이 아니야! 난 그자에게 때릴 거라고 말했어―그가 형사인지 몰랐어."

"가시는 게 좋겠어요." 변호사가 재촉했다.

"가요." 콜리스는 그의 팔을 잡고 계단을 내려갔다. "말하고 싶어." 딕이 소리쳤다. "내가 이 사람들에게 어떻게 다섯 살짜리 소녀를 강간했는지 설명하고 싶어. 어쩌면 내가 그랬을지도—"

"따라오세요."

베이비는 택시에서 의사와 함께 기다리고 있었다. 딕은 그녀를 쳐다보고 싶지 않았고, 그에게 엄격한 태도를 드러내는 의사도 싫었다. 그의 태도는 유럽인 가운데 가장 파악하기 힘든 유형, 라틴계 도덕주의자임을 보여 주었다. 딕은 이 재난에 대한 그의 생각을 요약했지만, 아무도 할 말이 없었다. 퀴리날에 있는 그의 방에서 의사는 얼굴에 남아 있던 피와 기름기 많은 땀을 닦아 내고, 부러진 코와 금이 간 갈비뼈, 손가락을 접합해 주었다. 작은 상처들을 소독해 주었으며, 눈에는 좋은 결과를 바라며 드레싱을 해줬다. 딕은 모르핀을 4분의 1그레인 달라고 했는데, 여전히 정신이 멀쩡하고, 긴장감이 가득했기 때문이다. 모르핀을 맞고 그는 잠이 들었다. 의사와 콜리스는 떠났고, 베이비는 영국 요양원에서 한 여자가 도착할 때까지 기다렸다. 힘든 밤이었지만 그녀는 딕이 이전에 어떤 일을 했건, 이제 그들이 그에게 도덕적 우위를 점할 수 있다는 만족감이 들었다. 그가 어딘가에 도움이 된다는 것이 증명되는 한 말이다.

제3부

1

케테 그레고로비우스 부인은 그들이 사는 빌라로 가는 길에서 남편을 따라잡았다.

"니콜은 어땠어요?" 그녀는 부드럽게 물었다. 그러나 숨이 찬 상태에서 말했기 때문에 달려오는 동안 마음속에 그 질문을 품고 있었다는 것이 드러났다.

프란츠는 놀라서 그녀를 쳐다보았다.

"니콜은 아프지 않아. 어째서 그런 걸 물어보는 거야, 여보?"

"그녀를 자주 보잖아요—그녀가 아픈 게 틀림없다고 생각했어요."

"집에서 이야기하지."

케테는 순순히 동의했다. 그의 서재는 저 멀리 행정 건물에 있었고, 아이들은 가정교사와 함께 거실에 있었다. 그들은 침실로 올라갔다.

"잠시만요, 프란츠." 그가 말하기 전에 케테가 말했다. "잠시만요, 여보, 비록 이런 말을 할 권리가 없지만요. 저는 제 의무를 알고 있고 그게 자랑스러워요. 하지만 니콜과 제 사이엔 나쁜 감정이 있어요."

"같은 둥지에 사는 새들은 한마음이야." 프란츠가 매우 크게 소리 질렀다. 그는 자신의 톤이 감정에 부적합하다는 것을 깨닫고는, 자신이 한 말을 깊이 생각하며 간격을 두고 일정한 속도로 반복했다. 그의 오랜 스승인 돔러 박사가 매우 진부한 말에 의미를 부여할 때 사용하는 방법이었다. "같은―둥지에―사는―새들은―한마음이야!"

"그건 알아요. 제가 니콜을 공손하게 대하지 않는 모습을 본 적 없잖아요."

"당신이 상식에서 벗어난 일을 하는 것 같군. 니콜은 반쯤 환자야―그녀는 아마 평생 환자로 남을 수도 있어. 딕이 없으니 내가 책임져야 해." 그는 망설였다. 그는 때때로 온화한 농담으로 케테가 새로운 소식을 접하는 것을 막으려고 했다. "오늘 아침 로마에서 전보가 왔어. 딕이 유행성 감기에 걸렸고, 내일 이쪽으로 출발한대."

안도한 케테는 개인적인 감정이 줄어든 어조로 자신이 생각해 두었던 길로 나아갔다.

"제가 보기에 니콜은 다른 사람들보다 덜 아픈 것 같아요―그녀는 단지 자신의 병을 권력의 도구로 소중히 여길 뿐이에요. 그녀도 영화에 출연해야 해요. 당신의 노마 탈마지처럼—그곳은 모든 미국 여성들이 행복해할 곳이에요."

"영화 속 노마 탈마지를 질투하는 거야?"

"저는 미국인을 좋아하지 않아요. 그들은 이기적이에요, 이기적!"

"딕은 좋아?"

"그 사람은 좋아요." 그녀가 인정했다. "그는 달라요. 다른 사람을 생각한다고요."

—노마 탈마지도 만찬가지야. 프란츠가 혼잣말을 했다. 노마 탈마지는 틀림없이 사랑스러운 모습을 넘어선 훌륭하고 고귀한 여자일 거야. 사람들이 그녀에게 어리석은 역할을 강요하는 게 틀림없어. 노마 탈마지라는 여성을 알고 있다는 것 자체가 큰 특권일 거야.

케테는 노마 탈마지를 잊어버렸다. 취리히의 한 영화관에서 집으로 돌아오던 날 그녀의 생생한 그림자 때문에 몹시 안달이 났던 적도 있었는데 말이다.

"—딕은 니콜의 돈을 보고 결혼한 거예요." 그녀가 말했다. "그게 그의 약점이지요—당신도 언젠가 밤에 그런 암시를 했잖아요."

"당신은 지금 악의적으로 행동하고 있어."

"이 말은 하지 말았어야 했는데." 그녀가 방금 한 말을 철회했다. "당신이 말한 것처럼 우리는 모두 새처럼 살아야 해요. 하지만 니콜이 그렇게 행동할 때는 힘들어요—니콜이 뒤로 살짝 물러나면서, 숨을 참는 것처럼 보일 때는요—마치 나한테서 악취라도 나는 것처럼!"

케테는 중요한 진실을 건드렸다. 그녀는 대부분의 일을 직접 했고, 검소해서 옷은 거의 사지 않았다. 하루에 속옷을 두 번 갈아입어 매일 밤 빨래를 해야 하는 미국 여점원이라면 케테의 몸에서 다시 깨어난 어제의 땀 냄새를 알아차렸을 것이다. 영원한 고통과 부패를 상기시키는 암모니아 냄새보단 덜했다. 프란츠에게는 그 냄새가 케테의 머리에서 나는 진하고 어두운 냄새만큼 자연스러운 것이었고, 그 냄새를 놓치듯이 그녀의 땀 냄새도 놓쳤다. 하지만 태어날 때부터 옷을 입혀 주던 보모의 손가락 냄새조차 싫어하던 니콜에게는 오로지 견딜 수밖에 없는 불쾌한 냄새였다.

"그리고 아이들도요." 케테가 말을 이었다. "그녀는 우리 애들과 자기 애들이 같이 노는 것을 좋아하지 않아요―" 프란츠는 들을 만큼 들었다.

"조용히 해―그런 말은 직업적으로 내게 해를 끼칠 수 있어. 이 병원은 니콜이 돈을 투자해 운영하게 된 거니까. 점심이나 먹자고."

케테는 자신의 감정적 폭발이 경솔한 행동임을 깨달았지만, 프란츠의 마지막 말은 다른 미국인들도 돈을 가지고 있다는 것을 상기시켜 주었고, 일주일 후 니콜에 대한 그녀의 혐오는 새로운 단어들로 표현되었다.

그 일이 일어난 것은 딕이 돌아온 직후 다이버 부부에게 저녁을 대접한 날이었다. 그녀는 다이버 부부의 발소리가 집 앞에 있는 길에서 사라지자마자 문을 닫고 프란츠에게 말했다.

"그의 눈 주위를 봤어요? 그곳에서 방탕하게 생활했나 봐요!"

"말조심해." 프란츠가 말했다. "딕이 집에 오자마자 그 이야기를 했어. 대서양을 횡단하는 배에서 권투를 했대. 미국 승객들은 대서양을 횡단하는 배에서 권투를 많이 해."

"내가 그걸 믿겠어요?" 그녀가 비웃었다. "팔 하나를 움직일 때마다 아파하고 관자놀이에는 회복되지 않은 상처가 있어요—당신도 머리카락이 어디서부터 잘려 나갔는지 봤잖아요."

프란츠는 그런 세부 사항들은 알아차리지 못했다.

"그래서 뭐예요?" 케테가 물었다. "당신은 그런 일이 병원에 도움이 된다고 생각하나요? 오늘 밤 그에게서 술 냄새를 맡았어요. 그가 돌아온 뒤로 몇 번 있었고."

그녀는 하려던 말의 무게에 맞게 속도를 늦춰 말했다. "딕은 더 이상 진지한 사람이 아니에요."

프란츠는 어깨를 흔들어 그녀의 집요함을 떨쳐 버리면서 계단을 올라갔다. 침실에서 그는 그녀에게 쏘아붙였다.

"그는 분명히 가장 진지한 사람이고 똑똑한 사람이야. 최근 취리히에서 신경 병리학 학위를 받은 모든 사람들 중 딕이 가장 똑똑하지—내가 앞으로 똑똑해진다 한들 그보다는 아닐 거야."

"부끄럽지도 않으세요!"

"사실이야—그것을 인정하지 않는 것이 부끄러운 일이지. 난 사건이 심각해지면 딕에게 의지해. 그의 출판물은 그 분야에서 여전히 표준이야—아무 의학 도서관에 가서 물어봐. 대부분의 학생들은 그가 영국인이라고 생각해—그런 철저함은 미국인에게 나올 수 없다고 믿으니깐." 그는 가정적이 되어 베개 밑에서 잠옷을 꺼내며 신음을 토해 냈다. "당신이 왜 이런 식으로 말하는지 이해할 수 없어, 케테―난 당신이 그를 마음에 들어 하는 줄 알았는데."

"부끄러운 줄 아세요!" 케테가 말했다. "당신이 믿을 만한 사람이에요. 일은 당신이 하잖아요. 토끼와 거북이 같은 경우예요―토끼의 경주는 거의 끝났다는 게 제 생각이에요."

"쯧! 쯧!"

"그러시겠죠, 좋아요. 어쨌든 사실이에요."

그는 펼친 손으로 허공을 힘차게 내리눌렀다.

"그만!"

결과적으로 그들은 토론자처럼 서로의 관점을 교환했다. 케테는 자신이 존경하고 경외하던 딕에게 너무 심하게 대했다는 것을 인정했다. 그는 항상 그녀에게 고마워했고 그녀를 이해해 주었기 때문이다. 프란츠는 케테의 생각을 받아들이기 시작했고, 그 뒤로 딕이 진지한 사람이라는 것을 결코 믿지 않았다. 그리고 시간이 흐르면서 자신이 그렇게 생각한 적이 단 한 번도 없었다고 확신하였다.

2

딕은 니콜에게 로마에서 있었던 재앙을 삭제된 버전으로 말해 주었다―그의 이야기 속 그는 술에 취한 친구를 박애주의적으로 구하고 있었다. 그는 베이비 워런이 아무 말도 하지 않을 거라고 믿었다. 진실이 니콜에게 끼칠 처참한 영향을 미리 말해 주었기 때문이다. 그러나 이 모든 것은 이 사건이 그에게 오랜 기간 동안 끼친 영향에 비하면 별것 아니었다.

그 반작용으로 그는 매우 격렬하게 일에 열중했다. 그로 인해 그와 관계를 끊으려던 프란츠는 의견 충돌을 일으킬 만한 근거를 찾을 수 없었다. 이름값이 있는 우정은 살이 찢어지는 듯한 고통 없이는 짧은 시간 안에 깨질 수 없다—그렇기에 프란츠는 딕이 지적으로 그리고 감정적으로 매우 빠르게 움직이기에 그 진동이 자신을 불쾌하게 한다는 믿음을 점차 키워 나갔다—이것은 이전에 그들의 관계에서는 미덕으로 여겨졌던 차이였다. 조잡한 게 필요하다면 작년에 남은 가죽으로 신발을 대충 만들기도 하는 것처럼 말이다.

그러나 프란츠가 첫 쐐기를 박을 기회를 찾은 것은 5월 이전이었다. 어느 날 정오, 딕은 창백하고 피곤한 모습으로 그의 사무실에 들어와 앉으며 이렇게 말했다.

"음, 그녀는 떠났네."

"죽은 건가?"

"심장이 멈췄어."

딕은 녹초가 된 채 문에서 가장 가까운 의자에 앉았다. 3일 밤 동안 그는 사랑하게 된 상처투성이의 무명 여성 예술가의 곁에 머물렀다. 공식적으로는 아드레날린을 투여하기 위함이었지만, 사실은 그녀 앞에 놓인 어둠에 그가 할 수 있는 만큼 희미한 빛을 던져 넣으려는 것이었다.

그의 감정을 반쯤 인식한 프란츠는 재빨리 자신의 의견을 말했다.

"신경성 매독이었어. 우리가 한 모든 바서만 반응은 다르게 나오지 않았어. 척수액이—"

"신경 쓰지 말게." 딕이 말했다. "오, 세상에, 신경 쓰지 마! 만약 그녀가 자신의 비밀을 무덤에 가지고 갈 만큼 충분히 신경 쓴 것이라면, 그대로 내버려 두게."

"오늘은 쉬는 게 좋겠군."

"걱정하지 말게, 그럴 거니."

프란츠는 쐐기를 박을 준비를 했다. 그는 여자의 오빠에게 보낼 전보를 쓰다가 고개를 들어 물었다. "아니면 잠깐 여행을 다녀오겠나?"

"지금은 말고."

"휴가를 의미한 게 아니네. 로잔에 환자가 있어. 아침 내내 어떤 칠레 사람이랑 통화를 했는데—"

"그녀는 매우 용감했어," 딕이 말했다. "그리고 너무 오래 걸렸지." 프란츠는 고개를 저으며 공감했고, 딕은 마음을 가다듬었다. "말을 끊어서 미안하네."

"단지 기분 전환 일세—아들과 아버지에 관한 문제야—아버지가 아들을 이쪽으로 데리고 올 수 없다더군. 누군가 그쪽으로 와주길 바라고 있어."

"무슨 일인데? 알코올 중독인가? 동성애? 자네가 로잔이라고 말할 때면—"

"다 약간씩 있네."

"내가 가도록 하지. 돈은 받을 수 있는 건가?"

"꽤 많이. 2, 3일 정도 그곳에서 머물다가, 지켜볼 필요가 있으면 아이를 이쪽으로 데려오게. 여하튼 천천히 다녀오게. 느긋하게. 일도 하고 재미도 좀 보고 말이야."

기차에서 2시간을 자고 일어나자 딕은 회복되었다는 느낌을 받았다. 그는 기분 좋게 세뇨르 파르도 이 쿠이다드 레알을 면담했다.

이런 면담은 대부분 유형이 있다. 종종 가족을 대표하는 사람의 격렬한 히스테리는 환자 상태만큼이나 심리학적으로 흥미롭다. 이번 경우도 예외는 아니었다. 세뇨르 파르도 이 쿠이다드 레알, 잘생기고 철회색 피부를 가진 스페인 사람으로, 고귀한 태도였으며, 부와 권력을 가지고 있었다. 그는 터와 몽드 호텔의 스위트룸에서 분노한 채 왔다 갔다 하면서 술 취한 여자보다 더 자제력 없이 아들에 대한 이야기를 하였다.

"더 이상 뭘 해야 할지 모르겠소. 내 아들은 타락했소. 해로에서 타락했고, 케임브리지 킹스 칼리지에서 타락했소. 구제할 수 없을 정도로 타락했소. 이젠 음주까지 하니 그 애의 상태가 점점 더 분명해지고 있고, 계속해서 스캔들이 생겨나고 있소. 난 모든 걸 시도해 봤소—의사 친구 중 한 명과 계획하여 둘이서 스페인 여행을 다녀오도록 했소. 매일 저녁 프란시스코는 칸타리스*를 맞았고,

---

* 최음제.

그 두 사람은 평판이 좋은 매음굴에 갔소—일주일 정도는 효과가 있는 것 같았는데 결과적으로는 아무 소용 없었소. 마침내 지난주 바로 이 방에서, 아니 저 욕실에서—"그는 욕실을 가리켰다. "—프란시스코의 상의를 벗기고 채찍으로 그 아이를 때렸소."

그는 감정에 지쳐 자리에 앉았고 딕은 이렇게 말했다.

"그건 어리석은 행동이었습니다—스페인으로의 여행도 헛된 일이었고요—"그는 솟구쳐 오르는 웃음을 참으려고 노력했다—평판이 좋은 의료인이 그런 아마추어 같은 실험에 달려들다니! "—세뇨르, 이런 사례에서는 아무것도 약속할 수 없다는 말씀을 드려야겠군요. 음주의 경우는 저희가 무언가 성취해 낼 가능성이 있습니다—적절한 협조를 받아서요. 우선은 아드님을 만나서 어느 정도 친분을 쌓은 뒤에 이 문제에 관한 통찰력을 가지고 있는지 알아봐야겠군요."

—테라스에 함께 앉아 있던 소년은 스무 살 정도로, 잘생기고 기민했다.

"자네의 사고방식을 알고 싶네." 딕이 말했다. "상황이 점점 더 악화되고 있다고 느끼나? 그리고 이 상황에 대해 뭐라도 하고 싶은가?"

"그런 것 같아요." 프란시스코가 말했다. "전 매우 불행해요."

"음주 때문인 것 같나 아니면 비정상적인 면 때문인 것 같나?"

"제 생각에는 음주가 다른 것들을 불러일으키는 것 같아요." 그는 한동안 진지했다—그러다 갑자기 억누를 수 없는 경박함이 나타났고, 웃으며 말했다. "가망이 없어요. 킹스 칼리지에서 저는 칠레의 여왕으로 알려졌었어요. 스페인 여행—그 여행이 제게 끼친 영향은 여자를 보기만 해도 구역질 나게 되었다는 것뿐이에요."

딕은 날카롭게 끼어들었다.

"자네가 이 엉망인 상태가 행복하다면, 난 자네를 도와줄 수 없네. 내 시간을 낭비할 뿐이야."

"아뇨, 대화를 했으면 좋겠어요—저는 다른 사람들 대부분을 경멸해요." 소년에게는 남자다움이 있었는데, 지금은 그의 아버지에 대한 적극적인 저항으로 변질되어 있었다. 하지만 그의 눈에는 동성애자들이 그 주제를 상의할 때 나타나는 전형적인 악동 같은 모습이 있었다.

"지금은 남의 눈을 피해 숨어 사는 게 최선이라네." 딕이 그에게 말했다. "그렇게 사는 것에 평생을 할애해야 하고, 그 결과로 다른 품위 있는 일이나 사회적 행동을 할 시간이나 에너지가 없을 걸세. 세상을 마주하고 싶다면, 자네의 욕망을 통제해야 해—무엇보다 그것을 자극하는 음주를—"

그는 10분 전에 이번 사례를 포기했기 때문에 무의식적으로 말했다. 그들은 한 시간 동안 칠레에 있는 소년의 집과 그의 야망에 대해 즐겁게 이야기했다. 딕이 병리학적인 관점이 아닌 다른 관점에서 이러한 성격을 가진 사람을 이해하는 일에 이렇게 가까이 다가가 본 것은 처음이었다—그는 바로 이 매력이 프란시스코가 무도한 일을 저지르는 것을 가능케 해주었다는 것을 깨달았다. 딕에게 있어 매력은 항상 독립적인 존재였다. 오늘 아침 병원에서 죽은 가엾은 사람의 미친 용기일 수도 있고, 또는 이 길 잃은 젊은이가 가져온 칙칙한 옛이야기의 용감한 우아함일 수도 있다. 딕은 그 매력을 담아 가기 위해 충분히 작은 조각들로 분해하려고 했다—삶 전체는 그것을 이루고 있는 조각들과 질이 다를 수 있다는 것, 또한 40대의 삶은 오직 조각들을 통해서만 관찰될 수 있는 것처럼 보인다는 사실을 깨달았다.

니콜과 로즈메리에 대한 사랑, 에이브 노스와의 우정, 종전되었을 때 부서진 우주에서 토미 바르방과 나눈 우정—이러한 접촉에서 개성은 그에게 너무 가까이 밀고 들어와 그 자체가 개성이 되어버린 것처럼 보였다—그 개성들을 전부 취하거나 전부 버려야 할 필요가 있어 보였다. 마치 그의 여생 동안 특정한 사람들, 일찍이 만나 일찍 사랑했던 사람들의 자아를 짊어지고 다녀야 하며, 그들 자신이 완전해져야 자신도 완전해진다는 것을 상기시켜 주는 것 같았다. 여기에는 외로움이 관련될 수밖에 없었다—사랑받는 것은 너무 쉽고—사랑하는 것은 너무 어렵기에.

그가 젊은 프란시스코와 함께 베란다에 앉아 있으니, 과거의 유령이 그의 시계 안에서 헤엄을 쳤다.[*] 키가 크고 묘하게 몸을 흔들고 있는 남성이 관목숲에서 떨어져 나와 나약한 결단력을 가지고 딕과 프란시스코에게 다가왔다. 잠시 그는 활기찬 풍경에 유감스러운 부분을 형성했기에 딕은 그를 거의 알아채지 못했다—이윽고 딕은 일어나서 넋을 잃은 채 악수하며 이렇게 생각했다. '맙소

---

[*] 존 키츠의 『채프먼의 호머를 처음 읽고서』를 인용.

사, 문제가 생겼군!' 그러고선 그 남자의 이름을 떠올리려고 애썼다.

"닥터 다이버, 맞죠?"

"이거, 이거—덤프리 씨 아닌가요?"

"로열 덤프리입니다. 언젠가 밤에 선생님의 아름다운 정원에서 저녁을 먹을 수 있어서 즐거웠습니다."

"네." 딕은 덤프리의 열광을 꺾기 위해 개인적이지 않은 연대에 관해 말하기 시작했다. "아마 천구백—이십사 년—아니면 이십오 년—" 그는 가만히 서 있었다. 처음에는 수줍어하더니 친숙해지자 느리게 행동하지 않았다. 그는 프란시스코에게 매우 빠르게 친밀한 태도로 말을 걸었지만, 프란시스코는 그를 부끄럽게 여기며 딕에게 할 말이 없게 만들어 그를 쫓아내려고 했다.

"닥터 다이버—떠나기 전에 하고 싶은 말이 하나 있습니다. 당신 정원에서 보낸 그날 저녁을 한 번도 잊은 적이 없습니다—선생님과 부인이 얼마나 친절했는지를요. 제게 있어서 가장 좋은 기억 중 하나이고, 가장 행복한 기억 중 하나입니다. 저는 항상 그 모임이 제가 아는 사람들 중 가장 교양 있는 사람들의 모임이라고 생각합니다."

딕은 게처럼 계속 옆으로 움직이며 호텔의 가장 가까운 문 쪽으로 물러났다.

"기분 좋게 기억해 주셔서 기쁘군요. 이제 전 만나야 할—"

"이해합니다." 로열 덤프리가 동정하며 말을 이었다. "그분이 살날이 얼마 남지 않았다고 들었습니다."

"누가요?"

"하지 말았어야 하는 말이었나 보군요—하지만 우리는 주치의가 같아서."

딕은 놀라서 잠시 말을 멈추었다. "누구를 말씀하시는 거죠?"

"선생님의 장인이요—어쩌면 제가—"

"제 누구요?"

"제가 보기엔—선생님 반응을 보면 제가 처음으로—"

"제 장인이 여기, 로잔에 계신다는 말입니까?"

"전 선생님이 알고 계신 줄 알았습니다—여기 계신 이유가 그것 때문이라고 생각했습니다."

"주치의가 누구죠?" 딕은 그 이름을 공책에 휘갈겨 쓰고는 실례를 구한 뒤 공중전화 부스로 갔다.

닥터 당죄는 자기 집에서 다이버를 바로 만나는 것이 편했다.

닥터 당죄는 젊은 제네바 사람이었다. 잠시 동안 그는 이득이 되는 자신의 환자를 잃을까 봐 걱정했지만, 딕이 안심시키자 워런이 실제로 죽어 가고 있다는 사실을 털어놓았다.

"그는 겨우 쉰 살임에도 불구하고 간이 회복력을 잃었습니다. 촉진 요인은 알코올 중독이지요."

"차도가 없나요?"

"그는 액체 외에는 아무것도 섭취할 수 없습니다—앞으로 3일, 길어야 일주일일 겁니다."

"장녀인 워런 양도 그의 상태를 알고 있나요?"

"그의 부탁으로 하인 외에는 아무도 모릅니다. 오늘 아침이 되어

서야 저는 그에게 이 사실을 말해야겠다고 느꼈습니다—그는 병을 앓기 시작한 초기부터 매우 종교적이고 체념한 분위기였는데, 매우 흥분하더군요."

딕은 생각했다. "음—" 그는 천천히 결심했다. "어쨌든 가족 쪽은 제가 해결하겠습니다. 하지만 그들이 다른 의사의 진찰을 원할 것 같다는 생각이 드는군요."

"그러시다면야."

"그들을 대신해서 하는 이야기인데, 제가 의사를 요청할 때 호수 주변의 가장 저명한 의사를 데려와 주세요—제네바의 에르브뤼해입니다."

"저도 에르브뤼해를 생각했습니다."

"저는 적어도 하루 정도는 여기 있을 겁니다. 계속 연락하겠습니다."

그날 저녁 딕은 세뇨르 파르도 이쿠이다드 레알을 찾아가 대화를 나누었다.

"우리는 칠레에 넓은 땅을 소유하고 있습니다—" 그가 말했다. "내 아들이 그곳을 잘 돌볼 수 있을 텐데. 아니면 파리에 있는 십여 개 기업 중 어느 한 곳으로 보내던가—" 그는 고개를 저으며 창문을 가로질러 봄비를 맞았다. 매우 쾌적한 비였기 때문에 백조들조차 피하지 않았다. "내 유일한 아들인데! 그 아이를 데려가 줄 수는 없소?"

스페인 사람이 갑자기 딕의 발치에 무릎을 꿇었다.

"내 외동아들을 치료해 줄 수 없소? 나는 선생을 믿소.—저 아이를 데려가실 수 있잖아요. 치료해 주시오."

"그런 이유로 사람을 수용하는 것을 불가능합니다. 할 수 있더라
도 안 할 겁니다."

스페인 사람이 일어섰다.

"내가 성급했소―난 내몰려 있어요―"

딕은 로비로 내려가다 엘리베이터에서 닥터 당쥐를 만났다.

"선생님 방에 전화를 하려던 참이었습니다." 닥터 당쥐가 말했
다. "테라스에서 이야기해도 될까요?"

"워런 씨가 죽었나요?" 딕이 물었다.

"똑같습니다―진찰은 아침입니다. 그는 딸을 보고 싶어 합니
다―선생님의 아내요―매우 간절히요. 뭔가 다툼이 있었던 것 같
은데―"

"알고 있습니다." 의사들은 서로 마주 보며 생각에 잠겼다.

"결정하기 전에 그와 대화해 보는 건 어떻습니까?" 당쥐가 제안
했다. "그의 죽음은 품위 있을 겁니다―단지 힘이 빠지면서 쇠약
해질 겁니다."

딕은 힘겹게 동의했다.

"알겠습니다."

품위 있게 힘을 잃으며 쇠약해지고 있는 데버로 워런의 스위트
룸은 세뇨르 파르도 이 쿠이다드 레알의 스위트룸과 크기가 같았
다―이 호텔 전반에 걸쳐 몰락한 부자들, 정의로부터 도망친 사람
들, 아편이나 바르비탈에 취해 도저히 피할 수 없는 라디오를 들
으며 살아가는 합병된 공국의 왕위 요구자들, 오래된 죄악의 거친

멜로디들을 들으며 사는 방들이 많았다. 유럽의 이 구석은 사람들을 끌어모은다기보다, 불편한 질문 없이 받아 준다. 길들은 이곳에서 만난다—산에 있는 사설 요양원 또는 결핵 환자들의 휴양지로 가는 사람들, 프랑스나 이탈리아에서 더 이상 사람 취급을 받지 못하는 사람들.

스위트룸은 어두웠다. 성스러운 얼굴을 한 수녀가 하얀 시트 위에서 쇠약해진 손가락으로 묵주를 주물럭거리는 남자를 간호하고 있었다. 그는 여전히 잘생겼다. 당죄가 두 사람만 남겨 두고 떠난 후 딕에게 말을 거는 그의 목소리는 굵었으며, r 음을 진동시키는 악센트가 있었다.

"사람은 인생의 끝에서 많은 이해를 얻지. 닥터 다이버, 나는 이제야 그 모든 것들이 무슨 일이었는지 이해했네."

딕은 기다렸다.

"나는 나쁜 사람이었어. 자네는 내가 니콜을 다시 볼 권리가 없다는 걸 알겠지. 하지만 우리 둘보다 더 '큰 분'이 용서하고 불쌍히 여기라고 말씀하시지 않나." 묵주가 그의 약한 손에서 미끄러져 부드러운 침대 커버를 따라 흘러내렸다. 딕은 그를 위해 묵주를 집어 주었다. "니콜을 10분만 볼 수 있다면 행복하게 세상을 떠날 텐데."

"제가 스스로 결정할 수 없는 일입니다," 딕이 말했다. "니콜은 강하지 않아요." 그는 이미 결정을 내렸지만 망설이는 척했다. "함께 일하는 동료에게 물어볼 수는 있습니다."

"동료가 하는 말을 따르겠네—좋아. 내가 자네에게 진 빚이 매우 크다는 말을 하고 싶네―"

딕은 재빨리 일어났다.

"닥터 당죄를 통해 결과를 알려드리겠습니다."

자신의 방에서 딕은 추크호의 병원으로 전화를 걸었다. 한참 후에 케테가 자기 집에서 전화를 받았다.

"프란츠와 대화를 나누고 싶습니다."

"프란츠는 산에 올라갔어요. 저도 올라갈 건데―제가 전달할 수 있는 이야기인가요, 딕?"

"니콜에 관한 이야기입니다―그녀의 아버지가 이곳 로잔에서 죽어 가고 있어요. 프란츠에게 그 이야기를 해주세요. 매우 중요한 일이라고. 그리고 산에서 내게 전화하라고 전해 주세요."

"그럴게요."

"3시부터 5시까지는 호텔의 제 방에 있을 거라고 전해 주세요. 7시와 8시 사이에도요. 그리고 그 이후론 식당으로 연락해서 나를 찾으라고 하세요."

그는 시간들을 계획하면서 니콜에게 말하면 안 된다고 덧붙이는 것을 까먹었다. 이 사실을 떠올린 그는 말을 걸었지만 전화는 이미 끊어졌다. 케테도 그 정도는 확실히 깨달았을 것이다.

……케테는 니콜에게 전화가 왔다는 사실을 전할 의도가 전혀 없었다. 케테는 야생화가 만발하고 은밀한 바람이 부는, 사람이 아무도 없는 산에 기차를 타고 올라가고 있었다. 그곳은 겨울이면 환자들이 스키를 타고 봄이면 등산하는 곳이었다. 기차에서 내리던 그녀는 니콜이 아이들을 인솔하며 어떤 체계적인 장난을 치고

있는 것을 보았다. 그녀에게 다가간 케테는 부드럽게 니콜의 어깨에 팔을 올리며 말했다. "당신은 아이들을 잘 다루네요—여름에 아이들에게 수영을 더 많이 가르쳐야 해요."

그들은 장난을 하여 몸이 뜨거워져 있었고, 케테의 팔에서 멀어지는 니콜의 반사적인 행동은 무례할 정도로 자동적이었다. 케테는 손이 어색하게 공중에 떨어지자, 반응했다. 말로, 개탄스러운 방식으로.

"내가 당신을 끌어안을 거라고 생각했어요?" 그녀가 날카롭게 물었다. "단지 딕 때문이었어요. 그와 통화했는데, 유감스런 내용이어서—"

"딕에게 무슨 문제라도 있나요?" 케테는 문득 자신의 실수를 깨달았지만, 그녀는 이미 요령이 없는 길로 들어섰으며, 니콜이 거듭 묻자 대답할 수밖에 없었다.

"……그럼 왜 유감인 거죠?"

"딕과 아무런 관련 없어요. 프란츠랑 이야기해야 해요."

"딕과 관련된 일이군요."

니콜의 얼굴에는 공포가 감돌았고, 동시에 근처에 있는 다이버의 아이들 얼굴에도 불안이 번졌다. 케테는 무너졌다. "당신 아버지가 로잔에 있는데 아프시대요—딕이 그 문제에 관해 프란츠와 이야기하고 싶어 해요."

"많이 아픈가요?" 니콜이 물었다—바로 그때 프란츠가 병원에서처럼 다정한 태도로 다가왔다. 케테는 고마워하며 남은 짐을 그에게 넘겼다—그러나 니콜은 이미 충격을 받았다.

"로잔에 가야겠어요." 니콜이 말했다.

"잠시만요." 프란츠가 말렸다. "바람직한 일인지 모르겠군요. 먼저 딕과 통화해 봐야겠어요."

"그러면 산을 내려가는 기차를 놓칠 거예요." 니콜이 항의했다. "그렇게 되면 취리히에서 3시에 출발하는 기차도 놓칠 거고요! 만약 아버지가 죽어 간다면 저는 반드시—" 그녀는 마지막 말을 표현하는 것이 두려워 말을 중단하였다. "반드시 가봐야겠어요. 기차를 타기 위해선 달려가야겠군요." 그녀는 말을 하면서도 헐벗은 산꼭대기를 터질 듯한 증기와 소리로 뒤덮고 있는 납작한 기차들 쪽으로 달려가고 있었다. 그녀는 어깨너머로 말했다.

"딕이랑 통화할 때 제가 간다고 말해 주세요, 프란츠." ……

……딕은 호텔 방에서 〈뉴욕 헤럴드〉를 읽고 있었다. 그때 제비 같은 수녀가 황급히 방으로 들어왔다—동시에 전화벨이 울렸다.

"임종하신 건가요?" 딕이 희망 섞인 목소리로 수녀에게 물어보았다.

"선생님, 그분이 떠났어요—사라지셨어요."

"뭐라고요?"

"떠났어요—사람도 짐도 다 사라졌어요!"

믿을 수 없었다. 그런 상태에 있는 사람이 일어나서 떠났다니.

딕은 전화를 받았다—프란츠였다. "니콜에게 말하지 말았어야지." 그가 항의했다.

"케테가 말했네, 매우 어리석게도."

"내 잘못인 것 같군. 끝날 때까지 여자한테 아무 말도 하지 말았어야 하는데. 어쨌든, 내가 니콜을 만나겠네…… 들어 보게 프란츠, 여기서 정말 말도 안 되는 일이 일어났네—그 나이 먹은 소년이 침상을 들고 사라졌어*……."

"뭐라고? 방금 뭐라고 했나?"

"그가 걸었다고. 워런 노인이 —사라졌어!"

"그게 뭐가 어떻다는 건가?"

"그는 완전히 악화되어 죽어 가고 있었단 말일세……. 그런데 일어나서 사라졌어. 시카고로 돌아간 것 같은데, 내 생각에는…….
모르겠네, 간호사도 여기 있는데…… 모르겠네, 프란츠—나도 방금 들었네…… 나중에 다시 전화하게."

그는 2시간 동안 워런의 행적을 추적했다. 환자는 주간 간호사와 야간 간호사의 교대 시간에 기회를 발견하곤 바에 가서 위스키 네 잔을 마셨다. 그는 천 달러짜리 지폐로 호텔비를 지불했고, 거스름돈은 다음에 그에게 보내라고 말한 뒤에 떠났다. 아마도 미국으로. 딕과 당죄는 역에서 그를 잡기 위해 마지막까지 뛰어다녔지만, 그로 인해 딕이 니콜을 만나지 못했다는 결과만 남았다. 그들이 호텔 로비에서 니콜을 만났을 때 그녀는 갑자기 피곤해진 듯했고, 입술을 매우 꽉 다물고 있었기에 그는 불안해졌다.

"아버지는 어때요?" 그녀가 물었다.

"훨씬 좋아지셨어. 막상 보니 기운이 상당히 많이 남아 있었던

---

* 마태복음 9장 6절.

것 같아." 그는 망설이다가 그녀에게 털어놓았다. "사실 일어나서 사라졌어."

추격전을 벌이느라 저녁 시간을 놓쳤기에, 술을 마시고 싶었던 그는 당황한 그녀를 이끌고 식당으로 향하였다. 딕은 그곳에서 가죽 안락의자에 자리를 잡고 앉아 하이볼과 맥주를 주문하면서 말을 이었다. "장인을 돌보던 사람이 예후를 잘못 진찰했다던가, 그런 거겠지 ─잠깐, 나도 직접 생각해 볼 시간이 거의 없었어."

"아버지가 사라졌다니요?"

"파리로 가는 저녁 기차를 탔어." 그들은 아무 말 없이 앉아 있었다. 니콜에게서 매우 비극적이면서도 냉담한 반응이 흘러나왔다.

"그건 본능이야." 마침내 딕이 말했다. "장인은 정말로 죽어 가고 있었지만 리듬을 다시 이어 가려고 했어 ─사실 자신의 죽음으로부터 도망친 사람은 장인이 처음이 아니야─마치 오래된 시계처럼 ─알잖아, 오래된 시계를 흔들면 어떻게 된 것인지는 몰라도 순전히 습관에 의해 다시 움직이곤 하잖아. 당신 아버지도─"

"아, 그만해요." 그녀가 말했다.

"그분의 주 연료는 두려움이었어." 그가 계속 말했다. "겁을 먹고서는 도망간 거지. 아마 아흔 살까지 사실 거야─"

"제발 그 이상 말하지 마세요." 그녀가 말했다. "제발 그만─더 이상 견딜 수 없어요."

"알았어. 내가 이곳으로 진찰하러 온 작은 악마는 가망이 없었어. 내일 돌아가는 게 좋겠군."

"어째서 당신이─이 모든 것과 얽혀야 하는지 모르겠어요." 그녀가 갑자기 말했다.

"오, 그래? 가끔은 나도 모르겠어."

니콜이 자신의 손을 딕의 손 위에 얹었다.

"오, 방금 한 말은 미안해요, 딕."

누군가가 축음기를 바로 가져왔고, 그들은 앉아서 '채색된 인형
의 결혼식'을 들었다.

3

일주일 후 어느 날 아침, 딕은 우편물을 확인하기 위해 책상에
들렀다가 밖에서 일어나고 있는 약간의 소동을 알아차렸다. 환자
폰 콘 모리스가 떠날 준비를 하고 있었다. 그의 부모님은 호주인
으로, 그의 짐을 커다란 리무진에 격렬하게 싣고 있었다. 그들의
곁에서 라디슬라우가 모리스 아버지의 격렬한 몸짓에 맞서 항의
하고 있었지만 효과는 별로 없었다. 그 젊은이는 다이버가 다가가
자 자신의 퇴원에 대해 냉담하고 냉소적인 태도를 보였다.

"이건 좀 갑작스럽지 않나요, 모리스 씨?"

모리스는 딕을 보고 깜짝 놀랐다—그의 불그레한 얼굴과 양복
의 커다란 체크무늬가 전깃불처럼 꺼졌다 켜졌다 하는 느낌이었
다. 그는 마치 딕을 때리려는 듯 그에게 접근했다.

"떠날 시간이 되었죠, 우리랑 우리와 함께 온 사람들도요." 그는
숨을 쉬려고 잠시 말을 멈추었다. "떠날 때가 됐습니다, 닥터 다이

버. 아주 좋은 때죠."

"제 사무실에 와주시겠습니까?" 딕이 제안했다.

"난 싫습니다! 나중에 말하겠지만, 난 당신과 당신 병원에서 손을 떼겠습니다."

"유감입니다." 그는 딕에게 손가락을 흔들었다.

"여기 있는 의사에게도 말하고 있었습니다. 우리의 시간과 돈을 낭비했다고." 닥터 라디슬라우는 몸을 약간 움직이며 희미하게 부정했다. 회피하는 태도를 드러내는 슬라브인 특유의 애매한 신호였다. 딕은 라디슬라우를 좋아한 적이 없었다. 그는 흥분한 호주인을 데리고 간신히 사무실 방향을 따라 걸을 수 있었다. 딕은 사무실 안으로 들어가자고 그를 설득했다. 그러나 그 남자는 고개를 저었다.

"당신 때문입니다, 닥터 다이버. 바로 당신이 문제입니다. 닥터 라디슬라우에게 찾아간 건 당신이 보이지 않았기 때문이고, 닥터 그레고리우스는 밤이 될 때까지 오지 않을 거라던데, 난 그렇게 오래 못 기다립니다. 아뇨, 그렇게는 안 됩니다! 아들이 내게 진실을 말한 이상 이곳에서 1분도 기다리지 않을 겁니다."

그는 위협적으로 딕에게 다가섰다. 딕은 필요한 경우 그를 쓰러뜨릴 수 있도록 손을 편하게 유지하고 있었다. "내 아들은 알코올 중독으로 이곳에 왔는데, 당신 입에서 술 냄새가 났다고 하더군요. 그래요, 선생!" 그는 재빨리 코를 킁킁거렸고, 보아하니 술 냄새는 맡지 못한 듯했다. "본 콘이 한 번도 아니고 두 번이나 당신 입에서 술 냄새가 났다고 했어요. 나 하고 내 아내는 살면서 단 한

방울도 마셔 본 적이 없어요. 우리는 본 콘을 치료하기 위해 당신에게 맡겼는데, 한 달도 안 돼 당신의 입에서 술 냄새를 두 번이나 맡다니! 이게 도대체 무슨 치료법이죠?"

딕은 망설였다. 모리스는 병원 진입로에서 소란을 피울 수 있었다. "하지만 모리스 씨, 어떤 사람들은 아드님 때문에 음식이라고 여기는 것을 포기하지 않을 겁니다."

"하지만 당신은 의사잖아!" 모리스가 극도로 화를 내며 말했다. "노동자들이 술을 마시면, 그건 그들의 불행이지만—당신은 환자를 치료하려고 여기 있는 사람이잖아—"

"말이 너무 지나치시군요. 댁의 아드님은 도벽 때문에 이 병원에 온 겁니다."

"그 원인이 뭔데?" 남자는 거의 악을 쓰고 있었다. "술—검은 술. 검은색이 뭔지는 알아? 검은색이라고! 내 삼촌이 그것 때문에 목이 매달렸다고, 알아들어? 내 아들이 요양원에 왔는데, 의사가 지독한 술 냄새를 풍기다니!"

"떠나 달라고 요청할 수밖에 없군요."

"당신이 요청한다고! 우리가 떠나는 거야!"

"조금만 자제하신다면 지금까지의 치료 결과를 알려 드릴 수 있습니다. 선생님도 지금 그렇게 느끼고 계시니, 저희도 선생님의 아들을 환자로서 원하지 않습니다—"

"당신이 감히 내게 자제라는 말을 쓰는 거야?" 딕은 라디슬라우 박사를 불렀고, 그가 다가오자 말했다. "우리를 대표해서 환자와 그의 가족에게 작별 인사를 해주겠소?"

딕은 모리스에게 살짝 고개를 숙이고 사무실로 들어가 문 바로 앞쪽에 잠시 뻣뻣하게 서 있었다. 그는 그들이 차를 몰고 떠날 때까지 지켜보았다. 역겨운 부모, 특징 없고 타락한 자식. 그 가족이 유럽을 돌아다니며 완강한 무지와 완강한 돈으로 자신들보다 더 나은 사람들을 괴롭힐 것이라는 건 쉽게 예측할 수 있었다. 그러나 그 리무진이 사라진 후 딕을 사로잡은 것은, 그가 이번 일이 일어나도록 얼마나 그들을 자극하였는가에 대한 의문이었다. 그는 매 끼니마다 클라레를 마셨고, 잠자리에 들기 전에도 한 잔씩 마셨다. 보통 따뜻한 럼주였다. 그리고 가끔은 오후에 진을 마셨다―진은 냄새를 감지하기 가장 힘든 술이다. 그는 하루에 평균 0.5파인트를 마셨는데, 그의 몸이 해독하기에는 너무 많은 양이었다.

자신을 정당화하려는 경향을 떨쳐 버린 채, 그는 책상에 앉아 처방전을 작성하듯이 하루 동안 마시는 술의 양을 반으로 줄이는 계획을 세웠다. 의사, 운전기사들, 개신교 성직자들은 화가, 중개인, 기병대 지도자들과 다르게 결코 술 냄새를 풍길 수 없는 사람들이었다. 딕은 단지 자신의 경솔함만을 자책하였다. 그러나 30분 후, 아무런 의미도 없던 이번 일의 의미가 명확해졌다. 알프스산맥에서 2주 동안 시간을 보내서 활기가 되살아난 프란츠가 차를 타고 진입로를 따라 들어왔을 때였다. 그는 일을 재개하고 싶어 너무 안달이 난 채 사무실에 도착하기도 전에 일에 몰두하고 있었다. 딕은 사무실에서 그를 만났다.

"에베레스트산은 어땠나?"

"우리가 올라가던 속도라면 에베레스트산도 올라갈 수 있었을 거야. 생각을 안 해본 것은 아니지. 여긴 잘 돌아가고 있나? 내 아내 케테는 어떤가? 니콜은 어떻고?"

"가정은 모든 게 순조롭네. 그런데 맙소사, 프란츠, 오늘 아침에 끔찍한 소동이 있었네."

"어쩌다? 무슨 일인가?"

프란츠가 자신이 사는 빌라에 전화를 하는 동안 딕은 방 안을 돌아다녔다. 가족 간의 대화가 끝난 후 딕은 이렇게 말했다. "모리스가 부모님에게 끌려갔네—한바탕 소동이 벌어졌고."

자신감에 차 있던 프란츠의 얼굴이 우울해졌다.

"그가 떠날 줄 알았어. 베란다에서 라디슬라우를 만났네."

"라디슬라우가 뭐라고 하던가?"

"그저 젊은 모리스가 떠났다고 말했네—자네가 내게 말해 줄 거라고. 무슨 일인가?"

"늘 그렇듯이 앞뒤가 맞지 않는 이유들이었지."

"다루기 힘든 사람이었네, 그 소년말야."

"무감각증을 가진 사례였지." 딕이 동의했다. "어쨌든, 내가 갔을 때는 아버지가 라디슬라우를 두들겨 패서 식민지 백성으로 만들고 있었지. 라디슬라우에 대해 어떻게 생각하는가? 계속 데리고 있어야 하나? 난 아니라고 말하지—그는 대단한 사람이 아니야. 어떤 것도 대처하지 못하는 것 같아." 딕은 진실의 가장자리에서 망설이다가 내용을 요약하기 위해 잠시 거리를 두었다. 프란츠는 여전히 리넨 더스트 코트와 여행용 장갑 차림으로 책상 가장자리에 앉아 있었다. 딕이 말했다.

"그 소년이 아버지에게 한 말 중 하나는 자네의 뛰어난 협력자가 술꾼이라는 것이었네. 그 남자는 광신도였고, 그 아들은 내게서 뱅 뒤 페이의 흔적을 발견한 것 같더군."

프란츠는 자리에 앉아 아랫입술을 만지며 생각에 잠겼다. "이따가 자세히 말해 주게." 그가 마침내 말했다.

"지금 하면 안 될 이유는 뭔가?" 딕이 제안했다. "자네는 내가 술을 남용하지 않는 사람이라는 걸 알고 있겠지." 그의 눈과 프란츠의 눈이 서로 만나 반짝였다. 두 눈 대 두 눈. "라디슬라우는 그 남자가 매우 흥분하도록 내버려 두었기에 나는 방어적인 태도를 취했네. 환자들 앞에서 일어날 수도 있었던 일이지. 게다가 그런 상황에서 자신을 방어하는 것이 얼마나 힘들지 상상해 보게!"

프란츠는 장갑과 코트를 벗었다. 그러고는 문으로 가서 비서에게 말했다. "우리를 방해하지 마." 그는 방으로 돌아와 긴 테이블에다가가 우편물들을 재미 삼아 둘러보았다. 이러한 행동을 취하는 사람들은 매우 이성적이지 못하다는 특징이 있다. 자신이 해야 할 말을 위해 적절한 가면을 찾고 있는 것이다.

"딕, 나는 자네가 자제력 있고 균형 잡힌 사람이라는 것을 잘 알고 있네. 비록 술 문제에 대해서는 전적으로 동의하지는 않지만 말이야. 하지만 때가 왔네―딕, 솔직히 말하자면, 여러 번 술을 마실 상황이 아니었음에도 불구하고 자네가 술을 마셨다는 것을 인지하고 있었네. 어떤 이유가 있었겠지. 또다시 금욕(abstinence)의 휴가를 가는 게 어떻겠나?"

"부재(Absence)지." 딕은 반사적으로 그의 말을 바로잡았다. "내가 떠나는 것은 해결책이 아냐."

두 사람 다 화가 났다. 프란츠는 자신의 복귀가 망가지고 얼룩진 것에 화가 났다.

"가끔 자네는 상식에 맞지 않을 때가 있어, 딕."

"나는 상식이 복잡한 문제에 적용될 때 도대체 상식이 무엇을 의미하는지 모르겠네—일반의가 전문의보다 수술을 더 잘할 수 있다는 뜻이 아니라면 말이야."

그는 이 상황에 대한 엄청난 혐오감에 사로잡혀 있었다. 설명하고, 수습하는 것—이러한 것들은 그들의 나이에 자연스러운 일은 아니다—귓속에서 들려오는 오래된 진실의 갈라진 메아리를 따라가는 게 더 낫다.

"이건 아니야." 그가 갑자기 말했다.

"그래, 나도 그러한 생각이 들었네." 프란츠가 인정했다. "자네의 마음은 더 이상 이곳에 없어, 딕."

"나도 아네. 떠나고 싶네—니콜의 돈을 차츰차츰 빼내는 것에 대해서는 우리가 이야기하면 되겠지."

"그것도 생각해 보았네, 딕—이러한 일이 일어날 줄 알았거든. 다른 후원자를 주선해 볼 수도 있고, 연말까지는 모든 금액을 다 빼줄 수 있을 것 같네."

딕은 이렇게 빨리 결정을 내릴 생각이 없었고, 프란츠가 결별에 동의하고 준비되어 있다는 것에 대비하지도 못했지만, 안심했다. 그는 오랫동안 자신의 직업윤리가 생명이 없는 덩어리로 분해되는 것을 느꼈다.

4

다이버 부부는 리비에라로 돌아갈 예정이었다. 집이 있는. 빌라 디아나는 여름 동안 다시 세를 놓았기 때문에 그들은 독일의 온천과 대성당이 있는 프랑스의 마을에서 남은 시간을 보내기로 했다. 그곳에서 그들은 항상 행복했다. 딕은 특별한 방법 없이 약간의 글을 썼다. 인생에서 기다림이라고 부를 만한 그런 기간이었다. 물론 여행을 하면서 좋아졌지만, 니콜이 건강해지길 기다리는 것도 아니었고, 일을 기다리는 것도 아니었다. 그저 단지 기다리는 것이었다. 이 시기에 목적을 부여한 요인은 아이들이었다.

아이들을 향한 딕의 관심은 그들이 나이가 들어 갈 때마다 증가했다. 현재 열한 살과 아홉 살이었다. 아이들에게 강요하는 것과 강요에 대한 두려움을 주는 것은 오랜 기간 동안 부적절한 대체물이었기에, 마지막까지 아이들의 본분이 일정 수준 이하로 떨어지지 않도록 주의 깊게 경계하며, 장부를 확인하고 균형을 유지하며 계산한다는 원칙하에 그는 고용인들의 머리 너머로 아이들에게 손을 내밀 수 있었다. 그는 니콜보다 훨씬 더 아이들에 대해 잘 알게 되었고, 여러 나라의 와인을 마시며 개방적인 분위기 속에서 긴 시간 동안 그들과 이야기하고 함께 놀 수 있었다. 아이들에게는 거의 슬픔이라고 느껴지는 애처로운 매력이 있었는데, 일찍이 마음껏 울거나 웃지 말아야 한다는 것을 배운 아이들 특유의 매력이었다. 아이들은 확실하게 극단적인 감정으로 치우치지 않았고, 그들에게 허락되는 단순한 규정과 단순한 즐거움에 만족했다. 아이들은 서구 세계의 전통적인 가문들의 경험 중 바람직하다고 여겨지는 평탄한 방향에 기반을 두고 살았다. 그렇게 키웠다기보다 그렇게 피어나게 하였다. 예를 들어 딕은 아이들의 관찰력을 발달시키는 데에는 의무적인 침묵만큼 더 도움이 되는 것이 없다고 생각했다.

러니어는 비인간적인 호기심을 가진 예측할 수 없는 소년이었다. "흠, 사자를 핥는 데 몇 마리의 포메라니안이 필요할까요, 아버지?" 같은 질문은 딕을 괴롭히는 전형적인 질문이었다. 톱시는 그에 비해 쉬웠다. 일곱 살이었고, 니콜처럼 흰 피부에 외모가 매우 아름다워 과거에 딕은 그것을 걱정했었다. 최근에는 여느 미국 아이들처럼 튼튼해졌다. 딕은 두 아이에게 만족했지만, 그 사실을 암묵적인 방식으로만 그들에게 전달하였다. 아이들이 예의범절을 지키지 않을 때면 그냥 넘어가는 일이 없었다—"집에서 공손함을 배워야 해." 딕이 말했다. "그렇지 않으면 세상이 채찍질하며 가르쳐 줄 텐데, 그 과정에서 상처받을 수 있단다. 톱시가 나를 '흠모' 하든 말든 내게 무슨 상관이 있어? 내가 톱시를 내 아내로 키우는 게 아니잖니."

이번 여름과 가을, 다이버 부부의 또 다른 특징 중 하나는 돈이 충분하다는 것이었다. 병원의 지분을 매매한 돈과 미국에서 진행되는 일들로 인해 돈이 아주 많아져서 돈을 사용하고 소유물을 관리하는 것, 이 두 가지 행동 자체에 열중했다. 그들이 여행하는 스타일은 엄청났다.

예를 들어, 보차노에서 기차가 속도를 늦추었을 때를 보라. 그곳은 2주 동안 시간을 보내기 위해 방문하는 곳이다. 이탈리아 국경에서부터는 침대차로 이동하기 시작했다. 가정부의 하녀와 다이버 부인의 하녀가 이등칸에서 짐과 강아지들을 돌보았다. 벨루아 양은 휴대 가능한 수하물을 관리하였고, 실리엄 테리어는 한 하녀에게, 페키니즈 두 마리는 다른 하녀에게 맡겼다. 여자가 자신의 주변을 생명으로 둘러싸는 것은 반드시 마음이 가난해서가 아니다—과도한 관심일 수도 있다. 니콜은 아플 때를 제외하면 모든 것을 관리하는 게 가능했다. 예를 들어, 매우 많은 양의 무거운 짐들도 그랬다—곧 수하물 칸에서는 옷이 든 트렁크 네 개와 신발 트렁크 한 개, 모자 트렁크 세 개, 모자 상자 두 개, 하인들의 트렁크가 든 휴대용 서류 캐비닛, 의약품 상자, 알코올램프 보관함, 소풍 세트, 케이스에 들어 있는 네 개의 테니스 라켓, 축음기, 타자기를 내릴 예정이었다. 가족과 수행원들을 위해 마련된 공간에는 보조 가방과 책가방, 상자들이 20개 정도 있었는데, 각각의 물건들은 지팡이 상자의 꼬리표에 이르기까지 모두 번호가 매겨져 있었다. 따라서 어떤 역 승강장에서든 2분 안에 이 모든 것을 확인할 수 있었다. 일부는 수하물 칸에 보관되었고, 일부는 '가벼운 여행 목록' 또는 '무거운 여행 목록'에 따라 동행하였다. 그 목록은 지속적으로 수정되었으며 니콜의 지갑에 있는 가장자리가 금속인 판에 담아 놓고 다녔다. 그녀는 어린 시절에 아픈 어머니와 함께 여행을 다니면서 이 체계를 창안했다. 이 체계는 3천 명의 병사들이 사용할 장비와 배를 관리해야만 하는 연대 보급 장교의 체계와 맞먹었다.

다이버 부부와 그 무리들은 기차에서 내려 골짜기에 일찍이 모여든 황혼 속으로 들어갔다. 마을 사람들은 한 세기 전 바이런 경의 이탈리아 순례를 바라보던 것과 비슷한 경외심으로 그들의 도착을 바라보았다. 그들을 맞이한 여주인은 밍게티 백작으로, 최근까지는 메리 노스로 불렸다. 뉴어크의 표구사 가게 위 방에서 시작된 여행이 놀랄 만한 결혼으로 끝난 것이다.

'밍게티 백작'은 단지 가톨릭교에서 사용하는 직함이었다―메리의 남편 재산은 서남아시아의 망간 광산의 소유자이자 지배자라는 자리에서 나온 것이다. 그는 풀먼 열차를 타고 메이슨-딕슨 선의 남쪽을 여행할 만큼 피부색이 충분히 밝지는 않았다. 그는 북아프리카와 아시아를 가로지르는 키블-베르베르-사바-힌두 혈통이었다. 항구에서 보이는 잡종 얼굴들보다는 유럽인이라고 공감받는 쪽이었다.

웅장한 두 집안, 동쪽의 한 가족과 서쪽의 한 가족이 역 플랫폼에서 마주했을 때 다이버 가족의 화려함은 그들에 비해 개척자처럼 소박해 보였다. 그들의 주인은 지팡이를 든 이탈리아인 집사와 터번을 쓰고 오토바이를 탄 하인 네 명, 그리고 베일로 얼굴을 반쯤 가린 채 메리 뒤에서 공손하게 서 있는 여자 두 명을 데리고 왔다. 두 여성은 니콜에게 이슬람식으로 인사했고, 니콜은 그들의 인사에 깜짝 놀랐다.

다이버 가족뿐만이 아니라 메리에게도 그 인사는 약간 우스웠다. 메리는 사과하듯이 낄낄 웃었다. 그러나 아시아식으로 남편을 소개하는 그녀의 목소리에는 자랑스러움이 담겨 있었고 높은 톤이었다.

저녁 식사를 위해 방에서 옷을 갈아입던 딕과 니콜은 경외심을 가지고 서로를 마주 보며 얼굴을 찡그렸다. 사적인 자리에서 민주적으로 보이고 싶어 하는 부자들이 자기들끼리 있을 때는 거만하게 행동함으로써 갑자기 사랑에 빠진 척하기 때문이다.

"메리 노스는 자신이 뭘 원하는지 알고 있어." 딕은 면도 크림을 바른 채 중얼거렸다. "에이브가 그녀를 교육했고, 이제는 부처와 결혼했어. 만약 유럽이 볼셰비키 쪽으로 기운다면 그녀는 스탈린의 신부가 되어 나타날 거야."

니콜은 화장품 가방에서 시선을 떼 주위를 둘러보았다. "말조심해요, 딕. 알겠죠?" 그러나 그녀는 웃었다. "두 사람은 매우 멋져요. 군함들은 그들을 위해 예포를 쏘거나 경례를 하거나 뭔가 그런 걸 한대요. 메리는 런던에서 왕실 버스를 타요."

"그래." 그가 동의했다. 니콜이 문간에서 핀을 가져다 달라는 소리를 들었을 때, 그는 이렇게 말했다. "위스키 좀 마실 수 있을지 궁금하군. 산의 공기가 느껴져!"

"그녀가 알아서 해준대요." 곧 니콜이 욕실 문을 통해 소리쳤다. "역에 있던 여자들 중 한 명이었어요. 지금은 베일을 벗었네요."

"메리가 자기 인생에 대해 당신에게 말한 적이 있어?" 그가 물었다.

"딱히 많이 말하진 않았어요—그녀는 상류 사회에 관심이 있었어요—제게 계보와 그런 것에 관련된 모든 것을 물어보더군요. 마치 제가 그런 걸 다 알고 있다는 듯이. 그런데 신랑 쪽은 이전 결혼에서 피부색이 매우 진한 두 자녀를 둔 것 같더라고요—그중 한 명은 의사들도 진단할 수 없는 아시아에만 있는 무슨 병에 걸렸대요. 아이들에게 조심하라고 해야겠어요. 제게는 매우 이상하게 들리네요. 메리도 우리가 이 문제에 대해 어떻게 느끼는지 알게 되겠죠." 그녀는 걱정하며 잠시 서 있었다.

"이해해 줄 거야." 딕이 그녀를 안심시켰다. "아픈 아이는 아마 침대에 있겠지."

저녁 식사 때 딕은 영국 사립학교에 다녔던 호세인과 대화를 나누었다. 호세인은 주식과 할리우드에 관해서 알고 싶어 했고, 딕은 샴페인으로 자신의 상상력을 자극하면서 터무니없는 이야기들을 해주었다.

"수십억?" 호세인이 물었다.

"수조." 딕이 장담했다.

"그 정도인지는 몰랐는데—"

"음, 어쩌면 수백만일 수도 있겠군요." 딕이 인정했다. "모든 호텔 투숙객에게는 하렘이 할당됩니다—아니면 하렘에 준하는 게."

"배우나 감독 말고도요?"

"모든 호텔 투숙객이요—심지어 출장 중인 영업 사원까지. 나한테도 열 명 정도 후보를 보내라고 했는데, 니콜이 동의하지 않을 것 같아서."

니콜은 방에 단둘이 있을 때 그를 책망했다. "하이볼을 왜 그렇게 많이 마신 거예요? 왜 그 사람 앞에서 스픽(spic, 스페인계 미국인을 조롱하는 말—옮긴이)이라는 단어를 쓴 거예요?"

"미안, 스모크(smoke, 흑인—옮긴이)라고 말하려 했는데 잘못 말했어."

"딕, 이건 당신답지 않아요."

"다시 한번 사과할게. 이제 난 나답지 않아."

그날 밤 딕은 욕실 창문을 열어서 좁은 관 모양의 대저택 뜰을 보았다. 바깥은 쥐처럼 회색이었는데, 그 순간 애처롭고 특이한 노랫소리가 들렸다. 플루트만큼 슬픈 소리였다. 두 남자가 k와 l로 가득 찬 동양의 언어나 방언으로 성가를 부르고 있었다. 그는 창문 밖으로 몸을 내밀었지만 그들을 찾을 수 없었다. 그 소리에는 종교적인 의미가 있는 것이 분명했고, 지치고 감정이 없어진 딕은 그들이 그를 위해 기도하기를 바랐다. 하지만 무엇을 위해 기도해야 하는지, 점점 커져 가는 그의 우울함 속에서 자신을 잃지 않게 해달라는 것을 제외하면 무엇을 위해 기도해야 할지 스스로도 알지 못했다.

다음 날, 그들은 나무가 드문드문 있는 산비탈에서 앙상한 새들을 사냥했다. 자고새의 불쌍한 먼 친척이었다. 사냥은 영국 방식을 어렴풋이 모방한 것으로, 경험 없는 사냥감 몰이꾼들을 동반했는데, 딕은 그들을 맞출까 봐 오로지 머리 위로만 발포했다.

돌아오자 러니어가 스위트룸에서 그들을 기다리고 있었다.

"아버지, 우리가 그 병든 소년 근처에 가게 되면 즉시 말하라고 하셨죠."

니콜은 즉시 경계하면서 주위를 빙글빙글 돌았다.

"—그런데, 어머니," 러니어가 그녀를 향해 말을 이어 나갔다. "그 아이는 매일 저녁 목욕을 하는데, 오늘 밤 제가 목욕을 하기 전에 그 아이가 목욕을 했어요. 그리고 그 아이가 들어갔던 물로 목욕을 해야 했어요. 그 물은 더러웠고요."

"뭐? 그래서?"

"토니를 그 물에서 꺼내는 것을 보았고, 저를 불러서 그 물에 들어가라고 했어요. 물은 더러웠고요."

"그래서—목욕을 했어?"

"네, 어머니."

"신이시여!" 그녀가 딕에게 소리쳤다.

그가 물었다. "왜 루시엔에게 목욕물을 빼라고 하지 않았지?"

"루시엔은 할 수 없었어요. 되게 웃긴 난방기예요—어젯밤에 스스로 켜지더니 루시엔의 팔에 화상을 입혔어요. 그래서 그것을 무서워해서, 두 여자 중 한 명이—"

"지금 당장 이곳 욕실에 들어가서 씻어."

"제가 말했다고 하지 마세요." 문간에서 러니어가 말했다.

딕은 안으로 들어가서 욕조에 유황을 뿌린 뒤, 문을 닫고는 니콜에게 이렇게 말했다.

"메리한테 말하거나 여길 떠나는 게 좋겠어."

그녀는 동의했고 그는 말을 계속했다. "사람들은 자기 아이들이 다른 사람 아이들보다 체질적으로 더 깨끗하며, 질병의 전염성이 덜하다고 생각하지."

닥은 방으로 들어와 디캔터에 있는 것을 마신 뒤, 욕실에서 쏟아지는 물의 리듬에 맞추어 비스킷을 야만적으로 씹어 먹었다.

"루시엔에게 히터에 대해 배우라고 전해—"그가 제안했다. 그 순간 아시아계 여자가 문간에 나타났다.

"백작 부인—"닥은 그녀에게 안으로 들어오라고 손짓한 뒤 문을 닫았다.

"아픈 아이는 좀 나아졌나요?"그가 상냥히 물었다.

"네, 나아졌어요. 하지만 여전히 자주 발진이 생겨요."

"정말 안됐군요—매우 유감입니다. 하지만 당신은 우리 아이들이 그 아이가 목욕한 물에서 목욕해서는 안 된다는 것을 알아야 합니다. 그건 절대 일어나서는 안 될 일입니다—댁이 그런 짓을 했다는 것을 알면 여주인이 틀림없이 화를 낼 겁니다."

"제가요?"그녀는 극도로 놀란 듯 보였다. "전 선생님의 하녀가 난방기에 관해 어려움을 겪는 것을 목격해서—그것에 관련하여 말을 해주고 물을 틀었을 뿐인데요."

"하지만 아픈 사람의 경우 목욕물을 완전히 비우고 욕조를 청소해야 해요."

"제가요?"

여자는 숨이 막힌 듯이 숨을 길게 들이마시고는 경련하듯이 몸을 떨면서 흐느끼며 방으로 달려갔다.

"우리를 희생해서 서양의 문명을 깨우치려고 하면 안 되지."그가 험악하게 말했다.

그날 밤 저녁 식사 때 그는 필연적으로 방문 일정을 줄여야겠다고 결심했다. 호세인은 자신의 나라에 산이 많고 염소와 염소 목동들이 있다는 것만 알고 있는 것 같았다. 그는 내성적인 젊은이였다―그의 말을 끌어내기 위해서는 딕이 가족을 위해 남겨 둔 진지한 노력이 필요했다. 저녁 식사 후 호세인은 메리와 다이버 부부만 남겨 두고 떠났다. 그러나 오래된 단결력은 분열되어 있었다―그들 사이에는 불안한 사교 분위기가 존재했고, 메리는 그것을 정복하려고 했다. 딕은 9시 30분에 메리가 쪽지를 받아 읽고 일어나자 안심했다.

"실례할게요. 남편이 짧은 여행을 떠나서요―남편에게 가봐야겠어요."

다음 날 아침, 커피를 가져오는 하인의 뒤를 바짝 따라 메리가 그들의 방으로 들어왔다. 그녀는 옷을 차려입고 있었지만, 두 사람은 아니었다. 그녀는 깨어난 지 한참 된 듯 보였다. 그녀의 얼굴은 고요하고 맹렬한 분노로 굳어 있었다.

"러니어가 더러운 물에 목욕했다는 이야기가 무슨 소리죠?"

딕이 항의하기 시작했지만, 그녀는 끝까지 말했다.

"제 시누이에게 러니어의 욕조를 청소하라고 지시했다는 건 무슨 소리죠?"

그들은 쟁반의 무게에 눌린 것처럼 침대에 무기력하게 앉아 있었고, 그녀는 서서 그들을 노려보고 있었다. 두 사람은 동시에 소리쳤다. "시누이!"

"당신이 시누이 중 한 명에게 욕조 청소를 명령했다고요!"

"우리는—"두 사람의 목소리는 같은 말을 하고 있었다. "—나는 원주민 하인한테 말했는데—"

"당신은 호세인의 누나에게 말한 거예요."

딕은 "나는 그 두 사람이 하녀인 줄 알았어요."라는 말밖에 할 수 없었다.

"그 사람들이 히마둔이라는 이야기를 들었잖아요."

"뭐라고요?" 딕이 침대에서 일어나 옷을 입었다. "그저께 밤에 피아노 근처에서 설명했잖아요. 너무 즐거워서 이해하지 못했다고 말하지 마세요."

"당신이 한 말이 그거였어요? 초반을 듣지 못해서. 나는 연결을—우리는 그것에 관해 연관 짓지 못했어요, 메리. 음, 우리가 할 수 있는 일은 그녀를 만나서 사과하는 것밖에 없겠군요."

"만나서 사과를 한다고요! 집안에서 나이가 가장 많은 사람이 결혼할 때—가장 나이가 많은 두 여자 형제가 히마둔이 되어 헌신한다고 설명해 줬잖아요. 부인의 시녀가 된다고."

"그게 호세인이 어젯밤 집을 떠난 이유인가요?"

메리는 망설이다가 고개를 끄덕였다.

"그래야만 했어요—모두 떠났어요. 그의 명예 때문에 그렇게 행동해야 했어요."

이제 다이버 부부는 둘 다 일어나서 옷을 입고 있었다. 메리가 말을 이었다.

"그리고 욕조 물에 대한 건 무슨 말이에요. 마치 그런 일이 이 집에서 일어날 수 있다는 건 아니겠죠! 러니어에게 물어봐야겠어

요."

덕은 침대 가장자리에 앉았다. 니콜이 이 문제를 맡으라는 둘만의 신호였다. 그러는 동안 메리는 문으로 가서 이탈리아어로 수행원에게 뭐라고 말했다.

"잠시만요." 니콜이 말했다. "그건 안 돼요."

"댁들이 우리를 책망했어요." 메리가 니콜에게 한 번도 사용하지 않았던 어조로 대답했다. "난 지금 러니어를 볼 권리가 있어요."

"아이를 끌어들이지는 않겠어요." 니콜이 사슬 갑옷이라도 입듯이 재빨리 옷을 입었다.

"괜찮아." 덕이 말했다. "러니어를 데려와요. 이 욕조 문제를 해결하죠―사실이든 거짓이든."

정신적으로나 육체적으로나 옷을 반만 입은 러니어는 어른들의 분노에 찬 얼굴을 바라보았다.

"잘 들어, 러니어." 메리가 요구했다. "어떻게 다른 사람이 전에 사용했던 물로 목욕을 했다고 생각했니?"

"정확히 말하렴." 덕이 덧붙였다.

"그냥 더러웠어요. 그게 전부였어요."

"새로운 물을 받는 소리를 못 들었니? 네 방에서? 옆인데?" 러니어는 그 가능성을 인정하면서도 주장을 되풀이했다―물이 더러웠다고. 그는 약간 두려워하면서 앞을 보려고 애썼다.

"물을 틀었을 리가 없어요, 왜냐하면―"

그들은 아이를 압박했다.

"어째서?"

그는 작은 기모노를 입고 서서 부모의 동정심을 불러일으키며 메리의 조바심을 더욱 자극했다―그러고는 이렇게 말했다.

"물이 더러웠고, 비누 거품으로 가득했거든요."

"네가 하는 말에 확신이 없을 때―" 메리가 말을 시작했지만 니콜이 가로막았다.

"그만해요, 메리. 만약 물에 더러운 거품이 있었다면, 물이 더럽다고 생각하는 것은 논리적이에요. 얘 아빠가 아이에게―"

"물에 더러운 거품이 있었을 리가 없어요."

러니어는 자신을 배신한 아버지를 원망하는 눈으로 바라보았다. 니콜은 아이의 어깨를 돌려 방 밖으로 내보냈다. 딕은 웃음으로 긴장을 깼다. 그러자 그 소리가 과거, 옛 우정을 상기시켜 주듯, 메리는 자신이 그들과 얼마나 멀리 떨어져 버렸는지를 짐작하곤 달래는 목소리로 말했다. "아이들이 항상 그렇죠 뭐."

메리는 과거가 기억나자 더 불안했다. "떠나는 건 바보짓이에요―여하튼 호세인은 이번 여행을 가고 싶어 했어요. 여러분은 내 손님이고 어리석은 실수에 휘말린 거니까요." 그러나 이 완곡한 표현과 어리석은 실수라는 단어를 사용한 것에 더 화가 난 딕은 돌아서서 자신의 물건을 정리하며 이렇게 말했다.

"젊은 여성들에 대한 것은 유감입니다. 여기 오셨던 분께 사과드리고 싶군요."

"피아노 의자에서 내 말을 듣기만 했어도!"

"하지만 당신은 너무 지루해졌어요, 메리. 저는 가능한 한 많이 들었어요."

"조용히 해!" 니콜이 딕에게 말했다.

"칭찬은 돌려드리지요." 메리가 쓸쓸하게 말했다. "잘 가요, 니콜." 그녀가 나갔다.

그런 일이 있었으니 그녀가 배웅을 나올 리가 없었다. 집사가 그들의 출발을 준비했다. 딕은 호세인과 누이들에게 형식적인 메모를 남겼다. 떠나는 것 말고는 할 수 있는 일이 없었고, 그들 모두, 특히 러니어는 이 일에 죄책감을 느꼈다.

"제 말이 맞아요." 러니어가 기차에서 그들에게 주장했다. "그 물은 더러웠어요."

"그거면 됐다." 아버지가 말했다. "잊어버리는 게 좋아—내가 너랑 절연하기를 원하지 않는 이상. 프랑스에 자식과 절연할 수 있는 새로운 법이 생겼다는 것을 아니?"

러니어는 기뻐서 고함을 질렀고, 다이버 가족은 다시 하나가 되었다—딕은 몇 번이나 이렇게 하나가 될 수 있을지 궁금했다.

5

니콜은 창가로 가서 테라스 근처에서 일어난 말다툼을 보기 위해 창턱 너머로 몸을 구부렸다. 4월의 태양은 요리사인 오귀스틴의 성자 같은 얼굴에 분홍빛을, 술 취한 손에 들린 정육점 칼에는 파란빛을 비추었다. 그녀는 그들이 2월에 빌라 디아나로 돌아온 이후부터 함께 있었다.

차양이 방해했기에 니콜은 딕의 머리와 청동 손잡이가 달린 무거운 지팡이를 든 그의 손만 볼 수 있었다. 칼과 지팡이는 마치 검투사의 삼지창과 짧은 칼처럼 서로를 위협했다. 딕의 말이 그녀에게 먼저 들려왔다.

"—부엌에 있는 와인은 얼마나 마시든 신경 안 쓰지만, 샤블리 무톤에 손을 대는 것을 보기만 하면—"

"술에 관해 말하다니!" 오귀스틴은 사브르를 흔들며 외쳤다. "당신도 술을 마시잖아—항상!"

니콜은 차양 위로 소리쳤다. "무슨 일이에요, 딕?" 그가 영어로 대답했다. "이 늙은 여자가 빈티지 와인을 깨끗이 먹어 치워 버리잖아. 해고할 거야—적어도 해고하려고 노력하고 있어."

"맙소사! 어쨌든 그 여자의 칼이 당신 몸에 닿지 못하게 하세요."

오귀스틴은 니콜을 향해 칼을 흔들었다. 그녀의 늙은 입은 작은 체리 두 개가 교차하는 것 같았다.

"할 말이 있어요, 부인. 남편이 자신의 작은 저택에서 마치 날품팔이처럼 술을 마시는 걸 아시면—"

"닥치고 나가세요!" 니콜이 말을 가로막았다. "헌병을 부르겠어요."

"당신들이 헌병을 부른다고! 내 동생이 그 부대에 있는데! 당신들—역겨운 미국인이?"

딕이 영어로 니콜을 향해 소리쳤다. "내가 이 일을 처리할 때까지 아이들에게 집 밖으로 나가 있으라고 해."

"—역겨운 미국인이 이곳에 와서 우리 최상급 와인을 마시다니." 오귀스틴이 이 지역 특유의 목소리로 소리쳤다.

딕은 더 단호한 어조로 말했다.

"지금 당장 떠나! 당신에게 빚진 돈을 다 줄 테니."

"당연히 돈을 줘야지! 그리고 한마디 하자면—" 그녀가 다가와서 칼을 매우 사납게 흔들자 딕은 막대기를 들어 올렸고, 그러자 그녀는 부엌으로 달려가서 손도끼를 보강했다.

상황은 좋아 보이지 않았다—오귀스틴은 힘센 여성이었고 그녀에게 심각한 결과를 초래하는 것을 감수해야만 그녀의 무장을 해제할 수 있었다—게다가 프랑스 시민에게 폭력을 휘두른 사람은 심각한 법적 문제가 생긴다. 딕은 허세를 부리기 위해 니콜에게 외쳤다.

"경찰서에 전화해." 그러고선 오귀스틴이 들고 있는 무기를 가리키면서 말했다. "이건 체포당할 일이야."

"하—하!" 그녀가 악마처럼 웃었다. 그렇지만 그녀는 더 가까이 오지 않았다. 니콜은 경찰서에 전화를 걸었지만 오귀스틴의 웃음소리만이 메아리처럼 들렸다. 그녀는 중얼거리는 소리와 말이 몇 번 오고 가는 것을 들었고—갑자기 전화가 끊어졌다.

창문으로 돌아온 그녀는 딕에게 소리쳤다. "그녀에게 돈을 좀 더 줘요!"

"내가 직접 전화할 수만 있다면!" 그것이 실행 불가능해 보이자 딕은 항복했다. 그녀를 급히 내보내야겠다는 생각에 굴복하여 50프랑에서 100프랑으로 돈을 올렸고, 오귀스틴은 요새에서 물러나며 '개 같은 놈'을 수류탄처럼 마구 던지며 퇴로를 확보했다. 그녀는 조카가 짐을 들어 주러 와야 떠나겠다고 했다. 부엌 근처에서 조심스럽게 기다리던 딕은 코르크 마개가 열리는 소리를 들었지만, 그 문제는 포기했다. 더 이상의 골칫거리는 없었다―조카가 도착하여 모든 것을 사과하자 오귀스틴은 딕에게 쾌활하고 명랑하게 작별 인사를 하였고, 창문에 있는 니콜에게 "다시 만나요, 부인! 행운을 빌어요!"라고 외쳤다.

다이버 부부는 니스에 가서 볼락과 작은 바닷가재에 사프란 양념을 듬뿍 넣은 부야베스와 차가운 샤블리 한 병을 마셨다. 그는 오귀스틴에게 동정을 표했다.

"전 조금도 미안하지 않아요." 니콜이 말했다.

"난 미안해―절벽으로 밀어 버리고 싶긴 했지만."

요즘에는 그들이 감히 말할 수 있는 것이 거의 없었다. 좀처럼 적절한 단어를 찾을 수 없었고, 찾았다 하더라도 항상 늦어 한 사람이 더 이상 다른 사람에게 말을 전달할 수 없었다. 오늘 밤 오귀스틴의 폭발로 인해 그들은 서로 다른 백일몽에서 깨어나게 되었다. 향신료가 강한 수프와 타는 듯한 와인으로 뜨거워졌다 식었다 하던 그들은 대화를 나누었다.

"계속 이런 식으로 살 수는 없어요." 니콜이 제안했다. "아니면 가능한가요?―어떻게 생각하세요?" 이 순간 딕이 부정하지 않는다는 사실에 깜짝 놀라며 그녀는 말을 이었다. "가끔은 제 잘못이라고 생각해요―제가 당신을 망쳤어요."

"그래서 내가 망쳐졌다는 거군, 그런가?" 그가 명랑하게 물었다.

"그런 뜻이 아니었어요. 하지만 당신은 무언가를 창조하고 싶어 했었죠—이제는 그것들을 부수고 싶어 하는 것 같아요." 그녀는 이런 일반적인 용어로 그를 비판하는 것이 두려웠다—그러나 늘 어나는 그의 침묵은 그녀를 더욱 두렵게 했다. 그녀는 침묵 뒤에, 단호하고 파란 눈 뒤에, 아이들에 대한 거의 부자연스러운 관심 뒤에 무언가가 발생하고 있다고 추측했다. 평소답지 않은 분노의 폭발은 그녀를 놀라게 했다—그는 갑자기 어떤 사람, 인종, 계급, 삶의 방식, 사고방식에 대해 경멸의 긴 두루마리를 풀곤 했다. 마치 헤아릴 수 없는 수의 이야기가 그 안에서 혼잣말을 하고 있는 것 같았고, 그녀는 그 이야기가 겉으로 드러나는 순간에만 내용을 추측할 수 있었다.

"당신이 이 일에서 결국 무엇을 얻을 수 있겠어요?" 그녀가 물었다.

"당신이 매일 강해지는 걸 알 수 있지. 당신의 병이 수확체감의 법칙을 따른다는 것도 알 수 있고."

먼 곳에서 그의 목소리가 들려왔다. 마치 매우 멀리서 학구적인 말을 하는 것 같았다. 그녀는 불안 때문에 소리를 질렀다. "딕!" 그녀는 테이블 건너편에 있는 그의 손을 향해 팔을 내뻗었다. 딕은 반사적으로 손을 뒤로 뺐고, 이렇게 덧붙였다. "생각해야 할 전체 상황이 있잖아? 당신만 있는 게 아니라." 그는 손으로 그녀의 손을 감싸면서 즐거움과 장난, 이익 기쁨을 공모하던 예전의 즐거운 목 소리로 말했다.

"저기 있는 보트 보여?"

T.F 골딩의 모터 요트가 나이선 만의 작은 너울들 사이에 잔잔하게 떠 있었다. 실제 움직임에 의존하지 않고 끊임없이 로맨틱한 항해를 하는 배였다. "지금 저쪽으로 나가서 배에 탑승한 사람들에게 무슨 문제가 있냐고 물어보자. 저 사람들이 행복한지 알아보자고."

"그를 잘 알지도 못하잖아요." 니콜이 반대했다.

"우리를 자극하잖아. 게다가 베이비가 그를 알아—사실상 그와 결혼한 거나 다름없잖아. 안 그래—그렇잖아?"

그들이 보트를 빌려 항구를 떠났을 때에는 이미 여름의 황혼이 깔려 있었다. 마르쟁호의 삭구를 따라 불빛이 반짝였다. 그들이 나란히 배를 세우자 니콜의 의심이 다시 올라왔다.

"파티를 열고 있잖아요—"

"그저 라디오 소리일 뿐이야." 그가 짐작했다. 두 사람은 환호를 받았다—하얀색 양복을 입은 거대한 백발의 남자가 그들을 내려다보며 이렇게 불렀다.

"다이버 부부인가?"

"어이, 마르쟁호!" 그들의 배가 갑판 승강구 계단 쪽으로 이동했다. 두 사람이 올라타자 골딩은 니콜에게 손을 건네기 위해 몸을 구부렸다.

"저녁 식사 시간에 딱 맞춰서 오셨군요." 작은 오케스트라가 배의 선미에서 연주를 하고 있었다.

"당신이 요청한다면 난 당신의 것—하지만 그때까지 내게 행동하라고—"

골딩의 강력한 팔이 그들을 건드리지도 않고 선미 쪽으로 밀자, 니콜은 여기에 온 것을 더욱 후회하였고, 딕에게 더 화가 났다. 딕의 일과 그녀의 건강 때문에 돌아다닐 수 없던 시기에, 그들은 여기 있는 명랑한 사람들에게 냉담한 태도를 보였고, 두 사람은 사교를 거부한다는 평판을 받았다. 이후 몇 년 동안 리비에라는 사람들이 교체되었고, 그들에 대해 막연히 인기가 없는 사람들이라는 평판이 떠돌았다. 그럼에도 불구하고 이러한 입장을 취한 니콜은 순간적인 방종과 값싸게 타협해서는 안 된다고 생각했다.

주된 살롱을 지날 때 그들은 앞쪽의 반쯤 밝혀진 원형 선미에서 춤을 추고 있는 듯한 인물을 보았다. 황홀한 음악과 낯선 조명, 그리고 주변에 있던 물에 의해 만들어진 착각이었다. 사실, 바쁜 승무원들을 제외하면, 손님들은 갑판의 곡선을 따라 배치되어 있는 등받이와 팔걸이가 없는 긴 의자에 앉아서 빈둥거리고 있었다. 그곳에는 흰색, 빨간색, 흐릿한 드레스가 있었고, 가슴 부분이 세탁된 옷을 입은 남자 몇 명이 있었다. 그중에 한 명이 그들로부터 떨어져 나와 자신의 신분을 밝혔고, 그 행동은 좀처럼 듣기 힘든 니콜의 기쁨의 외침을 불러일으켰다.

"토미!"

프랑스식으로 그녀의 손을 향해 격식을 갖춰 고개를 숙이는 그의 행동을 무시한 채 그녀는 얼굴을 그의 얼굴에 갖다 대었다. 두 사람은 앉았다. 아니 앉았다기보단 안토니니아누스 시대의 의자에 자신들을 내려놓았다. 그의 잘생긴 얼굴은 너무 어두워서, 흑인들의 푸르스름한 아름다움을 얻지 못한 채 짙은 황갈색의 유쾌함을 잃어버렸다―그저 해진 가죽일 뿐이었다. 알 수 없는 태양에 의해 탈색된 피부가 주는 이질감, 낯선 토양에서 얻은 영양, 많은 방언들로 인해 꼬인 어색한 혀, 이상한 경보에 맞춰진 반응―니콜은 이러한 것들에 매료되었고, 피로가 풀렸다―그를 만나는 순간 그녀는 정신적으로 그의 품에 누워 밖으로, 밖으로 나아갔다……. 그러다 다시 자기보호 본능이 나타났고, 자신의 세계로 돌아와 가볍게 말했다.

"영화 속 모험가처럼 생겼어요―어째서 그렇게 오랫동안 멀리 떨어져 있었죠?"

토미 바르방은 이해할 수 없는 경각심을 가지고 그녀를 바라보았다. 그의 눈동자가 번쩍였다.

"5년." 그녀는 계속해서 아무것도 아닌 척하며 말을 이어 나갔다. "너무 길어요. 그저 일정 수의 사람을 학살하고 돌아와서 잠시 동안 우리와 같은 공기를 마실 수는 없을까요?"

토미는 소중히 여기던 그녀라는 존재에 자신을 재빨리 유럽 사람으로 만들었다.

"하지만 우리 영웅들에게는" 그가 말했다. "시간이 필요해요, 니콜. 우리는 영웅적인 행동을 소규모로 할 수 없어요―대규모로 해야 하죠."

"영어로 말해요, 토미."

"프랑스어로 대화해요, 니콜."

"하지만 의미가 다른걸요―프랑스어로 말하면 당신은 품위 있는 영웅적이고 용감한 사람이고, 당신도 그걸 알잖아요. 하지만 영어로 말하면 조금 터무니없지 않고서는 영웅적이고 용감할 수 없고, 당신도 그것을 알고 있잖아요. 그래서 내가 유리하고."

"하지만 결국—" 그는 갑자기 낄낄 웃었다. "영어로 말한다 해도 저는 용감하고, 영웅적이고, 그렇잖아요."

그녀는 경이로워 하면서 몸을 못 가누는 척했지만, 그는 당황하지 않았다.

"나는 영화 속에서 보이는 것들만 알아요."

"이 모든 것이 영화 같나요?"

"영화는 그렇게 나쁘지 않아요—지금도 로날드 콜먼의—북아프리카 군단에 대한 그의 영화를 본 적 있나요? 전혀 나쁜 영화가 아니에요."

"알았어요, 이제 영화를 보러 갈 때마다 당신이 그 순간에 그런 일을 겪고 있다는 것을 알게 되겠네요."

니콜은 말하면서 금속 같은 머리카락을 가진 작고 창백한 여성의 존재를 깨달았다. 그 여자는 갑판의 불빛을 받아 거의 초록색이었고, 토미 옆에 앉아 두 사람의 대화에 참여하거나 그 옆에서 이루어지는 대화에 참여하고 있는 듯 보였다. 그녀는 분명히 토미를 독점하고 있었던 것으로 보였다. 왜냐하면 현재 그 여자는 한때 불쾌한 우아함이라고 불렸던 태도로 그가 자신에게 관심을 주기 원한다는 희망을 버린 뒤, 화를 내며 초승달 같은 갑판 위를 건너갔기 때문이다.

"어쨌든, 난 영웅이에요." 토미가 차분하게 말했다. 반은 농담이었다. "나는 흉포한 용기를 가지고 있어요. 대부분은 마치 사자 같아요. 술 취한 사람 같기도 하지요."

니콜은 그의 마음속에서 자랑의 메아리가 사라질 때까지 기다렸다─그녀는 아마도 그가 이전에 이런 발언을 해본 적이 없다는 것을 알고 있었다. 이윽고 그녀는 낯선 사람들을 둘러보다가 여느 때처럼, 침착한 척을 하고 있는 극심한 신경증에 걸린 사람을 발견했다. 단지 도시를, 자신의 어조와 음조를 정해 버리는 도시를 두려워하며 시골만을 좋아하는……. 그녀가 물었다.

"흰 옷 입은 여자는 누구예요?"

"내 옆에 있던 사람이요? 레이디 캐럴라인 시블리비어스요."─두 사람은 한동안 건너편에서 들려오는 그녀의 목소리에 귀를 기울였다.

"그 남자는 악당이지만, 줄무늬 고양이예요. 우리는 밤새도록 앉아서 슈맹드페르(카드 게임─옮긴이)를 했는데, 그가 나한테 천 스위스프랑을 빚졌어요."

토미가 웃으며 말했다. "저 여자는 이제 런던에서 가장 사악한 여자입니다─유럽으로 돌아올 때마다, 런던 출신의 가장 사악한 여자들이 새로 생겨나는군요. 저 여자가 가장 최근에 생겨났을 겁니다─지금은 저 여자만큼 사악한 사람이 또 생겼다고 생각하지만요."

니콜은 갑판 건너편에 있는 그 여자를 다시 한번 힐끗 쳐다보았다─그 여자는 연약했다. 결핵에 걸린 것처럼─저렇게 좁은 어깨, 작고 연약한 팔로 타락의 깃발을, 쇠퇴해 가는 제국의 마지막 국기를 하늘 높이 지탱하고 있다는 것이 믿기 힘들었다. 그녀는 전쟁 전부터 화가와 소설가들을 위해 포즈를 취해 왔던 키가 크고 나약하며 금발인 지배층보다는 존 헬드의 납작한 가슴을 가진 신여성과 비슷하게 생겼다.

골딩은 자신의 거대한 몸집에서 나오는 울림에 맞서 싸우며 다가왔다. 그의 몸은 거대한 증폭기처럼 그의 의지를 전달했다. 니콜은 여전히 그를 꺼렸으나 그의 반복되는 요점에 굴복했다. 마르쟁 호는 저녁 식사 직후 칸으로 향한다는 것, 비록 그들이 식사를 했더라도 항상 캐비어와 샴페인을 챙길 수 있다는 것, 어찌 되었든 딕이 지금 통화로 니스에 있는 운전기사에게 칸으로 차를 몰고 가 자신들이 나중에 탈 수 있도록 카페 데 잘리에 주차해 놓으라고 이야기하고 있다는 것에 말이다.

그들은 식당으로 자리를 옮겼고 딕은 레이디 시블리비어스의 옆자리에 앉아 있었다. 니콜은 평상시에 붉은 혈색이 도는 그의 얼굴에서 핏기가 가신 것을 보았다. 그는 독단적인 목소리로 이야기하고 있었는데, 그중 일부만이 니콜에게 들려왔다.

"……영국인, 당신 같은 사람에겐 괜찮아요. 죽음의 춤을 추고 있으니까……. 폐허가 된 요새의 세포이(영국인 밑에 있던 인도 병사—옮긴이)들, 그러니까 제 말은, 성문 근처에 있는 세포이들과 요새의 유쾌함, 그런 것들이요. 녹색 모자, 으스러진 모자, 없는 미래."

레이디 캐럴라인은 말끝마다 점을 찍듯 "뭐요?"라던가 매우 날이 선 "조용히 해요!" 또는 늘 임박한 위험을 함축하고 있는 우울한 "잘 가요!" 같은 짧은 말로 그에게 대답했으나 딕은 이 경고하는 신호를 의식하지 못한 듯 보였다. 그는 갑자기 심히 격한 선언을 했다. 니콜은 이해하지 못했으나 젊은 여자의 안색이 어두워지고 힘줄이 불거지는 것을 보았다. 그 여자의 날카로운 대답도 들었다.

"결국 남자는 남자고 친구는 친구죠."

그가 또다시 누군가를 불쾌하게 했다—조금만 더 입을 다물고 있을 수는 없는 걸까? 얼마나 오랫동안? 죽을 때까지.

피아노에서는 오케스트라 소속인 금발의 젊은 스코틀랜드인이 (드럼에는 '에딘보로의 래그타임 대학 재즈'라고 적혀 있었다) 낮은 코드로 반주하며 데니 디버처럼 단조로운 톤으로 노래를 부르기 시작했다. 그는 가사가 견딜 수 없을 정도로 인상적이라는 듯이 아주 정확하게 발음했다.

"지옥에서 온 젊은 숙녀가 있었다네,
종소리를 듣고 깜짝 놀란,
왜냐면 그녀는 나쁜—나쁜—나쁜
그녀는 종소리에 깜짝 놀랐네,
지옥에서 들려온(붐붐)
지옥에서 들려온(툿툿)
지옥에서 온 젊은 숙녀가 있었네—"

"이게 다 무슨 일입니까?" 토미가 니콜에게 속삭였다.

그의 반대쪽 옆자리에 앉아 있던 소녀가 대답하였다.

"캐럴라인 시블리비어스가 작사했대요. 남자가 작곡했고."

"정말 유치하군!" 토미는 깜짝 놀라는 여자가 또 무엇을 좋아하는지 암시하는 가사가 나오기 시작하자 중얼거렸다. "라신을 암송하는 것 같군!"

레이디 캐럴라인은 적어도 표면상으로는 자신의 작품에 전혀 신경 쓰지 않았다. 니콜은 다시 한번 그녀를 힐끗 쳐다보면서 성격도, 인격도 아닌 태도에서 비롯된 순수한 강인함에 감명을 받았다. 니콜은 그녀가 만만치 않다고 생각했고, 그녀의 일행이 테이블에서 일어날 때 이 점은 확실해졌다. 딕은 이상한 표정을 지으며 자리에 남아 있었다. 그러다 적절하지 않은 거친 말을 했다.

"난 귀를 먹먹하게 만드는 영국인들의 빈정거리는 속삭임이 마음에 들지 않아."

이미 방을 반쯤 나간 레이디 캐럴라인은 뒤를 돌아 그에게 걸어왔다. 그녀는 모든 사람이 들을 수 있도록 의도적으로 낮고 딱 부러지는 목소리로 말했다.

"당신이 나한테 와서 초래한 결과예요—우리나라 사람들을 험담하고, 내 친구인 메리 밍게티를 험담하고. 난 단지 댁이 로잔에서 미심쩍은 사람들과 연관되는 것을 보았다고만 말했어요. 그게 귀를 먹먹하게 만드는 속삭임이었나요? 아니면 그저 댁의 귀만 먹먹하게 만든 건가요?"

"여전히 소리가 충분히 크지 않군요." 딕이 조금 늦게 말했다. "그러니까 내가 사실은 악명 높은 사람—"

골딩이 목소리 내며 딕의 뒷말을 뭉개버렸다.

"뭐야! 뭐야!" 그는 강력한 몸으로 위협하며 손님들을 밖으로 이동시켰다. 문 모퉁이를 돌던 니콜은 딕이 여전히 테이블에 앉아 있는 것을 보았다. 그녀는 터무니없는 발언을 한 그 여자에게 화가 났고, 자신을 이곳으로 데려온 것, 술에 잔뜩 취한 것, 반어법이라는 거친 말의 뚜껑을 열어 버린 것, 굴욕을 받은 것에 대하여 딕에게 똑같이 화가 났다—그들이 이곳에 도착했을 때 그녀가 토미 바르방을 차지해 버린 것이 영국 여자를 짜증 나게 한 첫 번째 이유였다는 것을 알고 있었기에 조금 더 화가 났다.

잠시 후 그녀는 현관문에 서 있는 딕을 보았다. 골딩과 대화를 나누는 그는 명백히 자신을 통제하고 있었다. 그녀는 그 후로 30분 동안 어디에서도 그를 볼 수 없었다. 그녀는 말레이인들이 끈과 커피콩으로 하는 복잡한 게임을 그만두고 토미에게 말했다.

"딕을 찾아봐야겠어요."

저녁 식사 이후 요트는 서쪽으로 이동하고 있었다. 멋진 밤이 양쪽으로 흘러갔고, 디젤 엔진은 부드럽게 쾅쾅 울렸다. 그녀가 뱃머리에 도착하자 봄바람이 갑자기 그녀의 머리 쪽으로 불어왔다. 깃대 근처에 비스듬히 서 있는 딕을 보자, 그녀는 분명한 불안감을 느꼈다. 그녀를 알아본 그의 목소리는 평온했다.

"좋은 밤이야."

"걱정했어요."

"오, 걱정을 했다고?"

"아, 그런 식으로 말하지 마요. 당신에게 해줄 수 있는 작은 일들을 생각하면 정말 즐거워요, 딕."

그는 그녀를 외면하고는 아프리카를 덮은 베일 같은 별빛을 향해 돌아섰다.

"난 그게 사실이라고 믿어, 니콜. 그리고 가끔은 그것이 작을수록 당신이 더 기쁠 것이라고 믿지."

"그런 식으로 말하지 마요—그런 말 마요."

하얀 물보라가 잡아챘다가 다시 눈부신 하늘로 던지는 빛 속에 드러난 창백한 그의 얼굴에는 그녀가 예상했던 짜증의 주름이 하나도 없었다. 그의 눈은 다음에 움직일 체스 말을 바라보듯 천천히 그녀에게 초점을 맞추었다. 똑같이 느린 동작으로 그는 천천히 그녀의 손목을 잡고 그녀를 가까이 끌어당겼다.

"당신이 날 망쳤어, 그렇지?" 그가 단조롭게 물어보았다. "그럼 우리 둘 다 망한 거네. 그러니—"

공포에 휩싸인 그녀는 다른 손목도 그의 손아귀에 넣었다. 좋았다, 그녀는 그와 함께 갈 것이다—그의 말에 완전히 반응하면서 자제하는 순간 그녀는 다시금 밤의 아름다움을 생생하게 느꼈다—좋다, 그러면—

—그러나 그녀의 두 손은 뜻밖에도 자유로워졌고 딕은 한숨을 쉬며 등을 돌렸다. "쯧! 쯧!"

니콜의 얼굴에 눈물이 흘러내렸다—잠시 후 그녀는 누군가 다가오는 소리를 들었다. 토미였다.

"딕을 찾았군요! 니콜은 딕이 배 밖으로 뛰어내렸을 수도 있다고 생각했어요." 그가 말했다. "그 작은 영국 년이 당신에게 막말을 해서요."

"뛰어내리기 좋은 설정인데." 딕이 온화하게 말했다.

"그렇죠?" 니콜이 성급하게 동의했다. "구명조끼를 빌린 다음 뛰어내리죠. 뭔가 굉장한 걸 해야 할 것 같아요. 우리 삶이 너무 구속되어 있었던 것 같아요."

토미는 밤과 함께 이 상황을 파악하기 위해 두 사람의 냄새를 번갈아 가며 맡았다. "레이디 비어 앤드 에일(Beer-and-Ale)에게 가서 뭘 할지 물어보죠—그녀는 최신 노래를 알고 있을 겁니다. 그리고 그녀의 노래를 외우는 겁니다. '지옥에서 온 젊은 숙녀'를요. 제가 번역할게요. 그리고 그 노래로 카지노에서 큰돈을 버는 겁니다."

"자네는 부자인가, 토미?" 딕이 걸어왔던 배의 길이를 되짚어가며 물었다.

"지금은 그렇지 않습니다. 중개업에 싫증이 나서 떠나왔어요. 하지만 좋은 주식을 친구들에게 맡겨 놓았고, 그들이 저를 위해 대신 들고 있습니다. 모든 일이 잘되고 있어요."

"딕은 부자가 되고 있어요." 니콜이 말했다. 그 반응으로 그녀의 목소리가 떨리기 시작했다.

후갑판에서 골딩은 그의 거대한 팔로 세 쌍의 댄서들을 부추겨 춤을 추게 하고 있었다. 니콜과 토미는 그들과 합류하였다. 토미는 이렇게 말했다. "딕이 술을 마시고 있는 것 같군요."

"그냥 적당히요." 그녀가 충성심을 발휘해 말했다.

"술을 마실 수 있는 사람과 마실 수 없는 사람이 있어요. 딕은 당연히 마실 수 없는 부류죠. 마시지 말라고 해야 해요."

"내가!" 그녀가 깜짝 놀라 소리쳤다. "내가 딕에게 무엇을 하고 무엇을 하지 말아야 한다고 말해야 한다고요!"

그들이 칸의 부두에 도착했을 때 딕은 여전히 말없이 흐릿하고 졸린 표정이었다. 골딩이 그를 마르쟁호의 론치로 내려보내자 레이디 캐럴라인이 보란 듯이 자리를 옮겼다. 선착장에서 그는 과장된 형식으로 고개를 숙여 작별 인사를 했다. 잠시 동안 그는 그 여자에게 상스러운 경구를 빠르게 외치려는 듯 보였다. 그러나 토미의 팔뼈가 그의 부드러운 살에 파고드는 바람에 그러지 못하였고, 그들은 수행원에게 말해 놓았던 차를 향해 걸어갔다.

"제가 집까지 태워다 드리지요." 토미가 제안했다.

"걱정하지 마—택시를 타면 돼."

"제가 그러고 싶습니다, 재워 주신다면요." 차 뒷좌석에 있는 딕은 걸프 후안의 노랑 기둥과 카니발이 항상 열려 밤에는 노래와 귀에 거슬리는 여러 언어가 들려오는 쥐앙레팽을 지나갈 때까지 조용했다. 차가 타름으로 향하는 비탈길을 올라갈 때 그는 차의 기울기에 자극이라도 받은 듯 똑바로 앉아 장황한 연설을 했다.

"매력적인 대표자—" 그는 순간적으로 말을 더듬거렸다. "—회사의—내게 가져와 뇌 혼란스러운 영국." 그리고 나서 그는 부드럽고 따뜻한 어둠 속에다 이따금 만족스럽게 트림을 하면서 평화로운 잠에 빠졌다.

6

　다음 날 아침 딕은 일찍 니콜의 방으로 들어왔다. "당신이 일어
나는 소리가 들릴 때까지 기다렸어. 말할 필요도 없지만 어제 저
녁은 기분이 좋지 않았어—하지만 사후 분석은 하지 않는 게 어
때?"

　"동의해요." 그녀가 냉정하게 대답하곤, 얼굴을 거울로 가져갔다.

　"토미가 우릴 집까지 태워다 줬나? 아니면 내가 꿈을 꾼 건가."

　"그가 운전해 줬다는 것을 알면서."

　"그런 것 같더라." 그가 인정했다. "그가 기침하는 소리를 들었거
든. 찾아가 봐야겠어."

　그녀는 그가 떠나는 것이 기뻤다. 인생에 있어서 거의 처음 이었
다—옳은 소리를 하는 그의 끔찍한 능력은 마침내 그를 버린 것
같았다.

　토미는 침대에서 뒤척이다 카페오레를 마시려고 일어났다.

　"괜찮은가?" 딕이 물었다.

　토미가 인후염을 호소하자 그는 직업적인 태도로 그를 대했다.

　"가글 같은 것을 하는 게 좋겠군."

　"양치액은 있나요?"

　"신기하겠지만 나는 없네—아마 니콜이 가지고 있을 거야."

　"그녀를 깨우지 마세요."

　"이미 일어났어."

　"어떻던가요?"

딕은 천천히 돌아섰다. "내가 술에 취했기 때문에 그녀가 죽었을 거라고 생각하나?" 그의 말투는 유쾌했다. "니콜은—이제 왕솔나무로 만들어졌어. 세상에서 가장 단단하다고 알려진 나무지. 뉴질랜드의 유창목을 제외하면 말이야—"

니콜은 아래층으로 내려가다 대화의 마지막 부분을 들었다. 그녀는 알고 있었다. 항상 알고 있었다. 토미가 그녀를 사랑한다는 것을. 그가 딕을 싫어하게 되었다는 것을 알았고, 딕도 토미가 인식하기 전에 그것을 알아차렸고, 토미의 외로운 열정에 어떤 긍정적인 방식으로 반응하리라는 것도 알고 있었다. 이 생각은 순전히 여성적인 만족으로 이어졌다. 위층에서 두 남자가 그녀에 대한 격정을 하고 있을 때 그녀는 아이들의 아침 식탁 위로 몸을 구부린 다음 가정교사에게 명령을 내렸다.

이후 그녀는 정원에서 행복해했다. 아무 일도 일어나지 않기를 바랐고, 단지 두 남자가 그녀를 이 마음에서 다른 마음으로 던지는 상황이 지금처럼 유지되기를 바랐다. 그녀는 오랫동안 존재한 적이 없었다. 심지어 공으로 조차도.

"좋지, 토끼들, 안 그래?—아니면 그런가? 토끼야—이봐 너! 좋지 않니?—어이? 아니면 너한테는 아주 이상하게 들리니?"

토끼는 사실상 양배추 잎 외에는 거의 먹은 것이 없었지만 머뭇거리며 코를 몇 번 움직이며 동의했다.

니콜은 정원 일을 계속했다. 그녀는 나중에 정원사가 집으로 가져갈 자른 꽃들을 지정된 장소에 놓아두었다. 방조벽에 다다랐을 때 그녀는 의사소통을 하고 싶은 기분이 들었지만, 소통할 사람이 아무도 없었다. 그래서 그녀는 멈춰 서서 깊은 생각에 잠겼다. 다른 남자에게 관심이 생겼다는 생각에 다소 충격을 받았다—하지만 다른 여자들은 애인이 있다—나라고 못할 건 뭐지? 화창한 봄날 아침, 남성 세계의 억제가 사라졌고, 그녀는 화사하게 핀 꽃처럼 심사숙고했다. 바람이 그녀의 머리카락을 날려 머리까지 바람에 맞추어 움직일 때까지. 다른 여자들도 애인이 있다—어젯밤 딕에게 굴복하여 죽을 지경까지 몰고 간 똑같은 힘이 지금은 바람을 따라 그녀의 머리를 계속해서 움직이게 만들었다. '나는 왜 안 되지?'라는 논리에 만족하고 행복해하며.

그녀는 낮은 벽에 앉아 바다를 내려다보았다. 그러나 그녀는 다른 바다, 넓게 팽창하고 있는 공상의 바다에서 그녀의 전리품 옆에 놓을 수 있는, 어떤 실체가 있는 확실한 것을 찾았다. 만약 그녀가 정신적으로 어젯밤에 보았던 딕의 모습과 영원히 하나가 될 필요가 없다면, 그녀는 단지 그의 마음속에 있는 메달의 둘레를 영원히 행진해야 하는 죄를 선고받은 존재가 아니라, 다른 존재여야만 했다.

니콜이 벽의 이 부분에 앉기로 정한 이유는 절벽이 경작된 채소밭이 있는 비스듬한 초지로 그늘을 드리웠기 때문이었다. 뭉쳐 있는 큰 가지들을 통해 그녀는 두 남자가 갈퀴와 삽을 들고 가며 대화하는 것을 보았다. 니스의 방언과 프로방스의 방언이 대조를 이루었다. 그들의 말과 몸짓에 이끌려 그녀는 그 의미를 이해했다.

"그녀를 여기 눕혔어."

"나는 저기 덩굴 뒤로 데려갔지."

"그 여자는 신경 쓰지 않아—남자도 그렇고. 신경을 쓴 건 신성한 개였어. 어쨌든, 나는 그녀를 여기에 눕혔는데—"

"갈퀴 챙겼어?"

"네가 챙겼잖아, 이 멍청아."

"음, 난 네가 그녀를 어디에 눕혔든 관심 없어. 나는 결혼한 이후로 그날 밤 전까지 여자 가슴이 내 가슴에 닿는 것을 경험해 본 적이 없어. 12년 전에 결혼한 이후로. 그러니까 이제 그 이야기나 해 봐—"

"개에 관한 이야기나 들어 봐."

니콜은 가지들 사이로 그들을 지켜보았다. 그들의 말은 괜찮아 보였다—어떤 것은 어떤 남자에게 어울렸고, 다른 것은 다른 남자에게 어울렸다. 그러나 그녀가 우연히 듣게 된 것은 남자의 세계였다. 집으로 돌아가면서 그녀는 다시 의심을 품었다.

딕과 토미는 테라스에 있었다. 그녀는 그들을 지나 집 안으로 걸어가서 스케치북을 꺼내 토미의 머리를 그리기 시작했다.

"손이 절대 가만히 있지 않아—실톳대가 움직이는 것처럼." 딕이 가볍게 말했다. 여전히 뺨의 핏기가 가셔서 수염의 붉은 비누 거품이 그의 눈처럼 붉어 보이는데 어떻게 저렇게 하찮은 말을 할 수 있는 거지? 그녀는 토미에게 돌아서서 이렇게 말했다.

"나는 항상 무언가를 할 수 있어요. 전에 작고 활동적인 폴리네시아 원숭이가 있었는데, 사람들이 매우 질 낮고 거친 농담을 하기 전까지 몇 시간이나 여기저기 데리고 다니곤 했어요—"

그녀의 눈은 단호하게 딕을 피하고 있었다. 그는 곧 양해를 구하고 안으로 들어갔다―그녀는 그가 물을 두 잔 따라 마시는 걸 보고는 더 굳어졌다.

"니콜―"토미가 말하기 시작했지만, 목에서 느껴지는 거친 느낌을 없애기 위해 스스로 말을 중단했다. "특별한 장뇌 연고를 가져다줄게요." 그녀가 제안했다. "미제예요―딕이 믿고 쓰는. 금방 올게요."

"정말로 가야 해요."

딕이 나와서 앉았다. "뭘 믿어?" 그녀가 병을 들고 돌아왔을 때 두 남자 모두 움직이지 않았지만, 그녀는 두 사람이 아무것도 아닌 것에 대하여 흥분하며 대화를 나누고 있었다고 짐작했다.

운전사는 전날 밤 토미가 입었던 옷이 든 가방을 들고 문 앞에 있었다. 딕에게 빌린 옷을 입고 있는 토미의 모습은 마치 토미가 그런 옷을 살 여유가 없는 것 같은 거짓된 생각을 불러일으켜 그녀를 슬프게 했다.

"호텔에 도착하면 이걸 목과 가슴에 문지른 다음 숨을 들이마시세요." 그녀가 말했다.

"이봐, 여보." 토미가 층계를 내려갈 때 딕이 중얼거렸다. "토미에게 병을 통째로 주지 마. 파리에서 주문해야 한다고―여기에는 재고가 없어."

토미는 그들의 소리가 들리는 거리까지 돌아왔고, 세 사람은 햇빛을 받으며 서 있었다. 토미는 차 바로 앞에 서 있었기 때문에 몸을 앞으로 기울여 차를 등에 기댄 것처럼 보였다. 니콜은 진입로로 한 걸음 내려갔다.

"자, 받아요." 그녀가 충고했다. "매우 귀한 거예요." 그녀는 딕이 옆에서 점점 조용해지는 것을 느꼈다. 그녀는 그에게서 한 발자국 떨어져서 토미와 장뇌 연고를 신고 멀어지는 차를 향해 손을 흔들었다. 그러고 나서 약을 먹기 위해 돌아섰다.

"그럴 필요는 없었는데." 딕이 말했다. "여기에도 네 명이 있어―그리고 몇 년 동안 기침이 날 때마다―"

그들은 서로를 마주 보았다.

"우리는 항상 새로운 병을 구할 수 있잖아요―" 이윽고 그녀는 용기를 잃고 곧 그를 따라 위층으로 올라갔다. 그는 자기 침대에 누워 아무 말도 하지 않았다.

"점심을 이쪽으로 가져오게 할까요?" 그녀가 물었다.

그는 고개를 끄덕이고 계속해서 조용히 누워 천장을 바라보았다. 의심을 품은 그녀는 명령을 내리러 갔다. 다시 위층으로 돌아온 그녀는 그의 방을 들여다보았다―탐조등 같은 파란 눈이 어두운 하늘에서 놀고 있었다. 그녀는 그에게 저지른 죄를 깨닫고는 문간에 잠시 서 있었다. 안으로 들어가기가 조금 두려웠다……. 그녀는 그의 머리를 쓰다듬으려는 듯 손을 내밀었지만, 그는 의심 많은 동물처럼 고개를 돌렸다. 니콜은 더 이상 이 상황을 견딜 수 없었다. 그녀는 식모라도 된 것처럼 아래층으로 뛰어 내려갔다. 그녀는 반드시 젖도 나오지 않는 그의 여윈 가슴을 계속 빨아야 하는데, 위층의 비탄에 잠긴 남자가 무엇을 먹고살지 두려웠다.

일주일 만에 니콜은 토미에 대한 기억을 잊었다―그녀는 사람

들에 대한 기억이 별로 없었고 쉽게 그들을 잊었다. 하지만 6월의
뜨거운 돌풍이 처음 불어온 날 그가 니스에 있다는 것을 들었다.
토미는 두 사람에게 짧은 편지를 보냈다—그녀는 그들이 집에서
가져온 다른 우편물을 들고 함께 파라솔 아래서 그 편지를 열었
다. 편지를 읽은 후 그녀는 그것을 딕에게 건네주었고, 딕은 그 대
신 해변 파자마를 입고 있는 그녀의 무릎에 전보를 던졌다.

**내일 고스 호텔에 감. 불행히도 어머니 없이. 당신을 만나는 것을
기대하고 있겠음.**

로즈메리

"그녀를 만나면 기쁠 거예요." 니콜이 우울하게 말했다.

7

하지만 그녀는 다음 날 아침 딕과 함께 해변으로 향하였다. 딕
이 어떤 필사적인 해결책을 찾고 있다는 불안을 안고. 그녀는 골
딩의 요트에서 저녁을 보낸 뒤로 무슨 일이 일어나고 있다는 것을
감지했다. 언제나 안전을 보장해 주었던 오래된 발판과 피와 근육
의 화학적 변화로 인해 반드시 착지해야 하는 긴박한 도약 사이에
서 너무나 섬세하게 균형을 잡고 있었기 때문에, 그녀는 감히 그
문제를 의식의 진정한 선두로 가져올 수 없었다. 딕과 그녀 자신

은 변하였지만, 막연한 변화였기에 환상적인 춤에 휘말린 유령처럼 보였다. 몇 달 동안 모든 단어들은 다른 의미를 내포하고 있는 것처럼 보였는데, 딕이 머지않아 결정을 내리면 해결될 듯 보였다. 어쩌면 이러한 정신 상태가 더 희망적일지라도—일찍이 병이 죽여 버려 딕이 도달하지 못한, 순전히 존재만 하던 긴 세월은 그녀의 성격에 생기를 불어넣어 주었다—그의 잘못은 아니었는데, 단지 그 누구의 본성이라도 다른 사람의 본성 안에선 뻗어 나갈 수 없기 때문이다—여전히 불안했다. 그들의 관계에서 가장 불행했던 측면은 딕이 점점 무관심해지는 것이었는데, 현재 지나친 음주의 형태로 구체화되었다. 니콜은 자신이 으스러질지 무사할지 알 수 없었다—진지하지 않게 고동치는 딕의 목소리는 이 문제를 혼란스럽게 했다. 그녀는 도약하는 순간 천천히 풀리고 있는 이 고통스러운 카펫 위에서 그가 어떻게 행동할지, 마지막에는 어떤 일이 일어날지에 대해 추측도 할 수 없었다. 그 뒤에 무슨 일이 일어날까에 대한 불안은 없었다—그 뒤에는 부담이 사라지고, 눈을 크게 뜨게 될 것이라고 예상했다. 니콜은 돈을 지느러미와 날개 삼아 변하고, 날도록 설계했다. 새로운 상황은 가족용 리무진의 차체 밑에 수년간 숨겨졌던 경주용 차대가 허물을 벗고 원래의 자아로 돌아오는 것일 뿐이다. 니콜은 이미 신선한 바람을 느낄 수 있었다—그녀가 두려워했던 것은 고통과 그것이 다가오는 어두운 방식이었다.

다이버 부부는 해변으로 나갔다. 그녀는 하얀 수영복, 그는 하얀 수영 팬츠를 입고 있었는데, 그들의 피부색에 비해 매우 하얬다. 니콜은 딕이 수많은 파라솔의 혼잡한 모양과 그림자 사이에서 아이들을 찾고 있는 것을 보았다. 그의 마음이 일시적으로 그녀를 떠나 그녀를 꽉 움켜쥐는 것을 멈추었을 때 그녀는 거리를 두고 그를 보았다. 그러고는 그가 아이들을 보호하기 위해서가 아니라 아이들로 하여금 자신이 보호받기 위해 아이들을 찾고 있다고 판단했다. 아마도 그가 두려워했던 것은 해변이었을 것이다. 마치 퇴위당한 권력자가 몰래 오래된 궁궐을 방문하는 것처럼. 그녀는 섬세한 농담과 공손함으로 이루어진 그의 세계가 싫어졌고, 수년 동안 그녀에게 열려 있던 유일한 세계라는 것을 잊어버렸다. 그가 보게 하라—그의 해변을, 취향 없는 사람들의 취향으로 비뚤어진 해변을. 그가 하루 동안 찾아보아도 한때 주변에 세워 두었던 만리장성의 돌 하나, 옛 친구의 발자국 하나 찾을 수 없을 것이다.

잠시 동안 니콜은 해변이 이렇게 된 것이 안타까웠다. 그가 오래된 쓰레기 더미에서 갈퀴질로 유리를 골라냈던 일을 기억하면서. 또 니스의 뒷골목에서 산 선원 반바지와 스웨터를 기억하면서—그 옷들은 나중에 실크로 만들어져 파리의 여성복 재단사들 사이에서 유행하였다. 방파제를 올라가며 새처럼 '이것 보세요! 이것 보세요!'라고 외치던 단순하고 어린 프랑스 여자아이들이 기억났고, 아침 시간의 의례, 바다와 태양을 향한 조용한 휴식의 시간이 기억났다—그가 발명해 낸 많은 것들은 얼마 안 되는 지난 몇 년 만에 모래보다 더 깊숙이 묻혀 버렸다…….

이제 수영을 하는 장소는 '클럽'이 되었지만, 그것이 상징하는 국제 사교계처럼 누가 받아들여지지 않는지 말하기 힘들었다.

니콜은 딕이 밀짚 매트에 무릎을 꿇고 로즈메리를 찾는 것을 보고 다시 굳어졌다. 그녀의 눈은 그의 눈을 따라 새로운 개인들의 소지품, 물 위의 그네, 체조용 링, 휴대용 탈의 시설, 물 위에 떠 있는 탑, 지난밤 기념행사를 위한 탐조등, 진부하게 자전거 핸들로 디자인한 현대적인 하얀색 간이식당을 살폈다.

물은 그가 로즈메리를 찾으며 거의 마지막에 살펴본 장소였다. 그 푸른 낙원에서 헤엄치는 사람이 거의 없었기 때문이다. 어린이들과 50피트 높이의 바위에서 멋지게 다이빙하며 아침을 마감한 자기 과시적인 호텔 주차원 밖에 없었다—고스의 손님들은 대부분 한 시에 숙취 해소를 하기 위해 늘어진 살들을 숨겨 주는 파자마를 벗고 잠깐 물에 들어갈 뿐이었다.

"저기 있네요." 니콜이 말했다.

그녀는 뗏목에서 뗏목으로 움직이고 있는 로즈메리를 바라보는 딕의 눈을 보았다. 그녀의 가슴에서 나오는 떨리는 한숨은 5년 전에 남은 것이었다.

"헤엄쳐 가서 로즈메리에게 말을 걸어 보자." 그가 제안했다.

"당신이나 가세요."

"우리 둘 다 갈 거야." 그녀는 잠시 그의 선언에 맞섰지만, 결국 두 사람은 함께 헤엄쳐서, 송어 바늘에 달린 반짝이는 스푼 루어 같은 로즈메리에게 현혹되어 그녀를 쫓는 작은 물고기들처럼 로즈메리가 지나간 길을 따라갔다.

니콜은 딕이 몸을 위로 끌어 올려 로즈메리 옆으로 다가가는 동안 물속에 머물렀다. 두 사람은 마치 서로 사랑하거나 만져 본 적이 없다는 듯이 물방울을 떨어뜨리며 앉아 이야기를 나누었다. 로즈메리는 아름다웠다—그녀의 젊음은 니콜에게 충격을 주었지만, 그 젊은 여자가 자신보다 아주 약간이지만 덜 가늘다는 것에 기뻤다. 니콜은 작은 원을 그리며 헤엄쳐 다니면서 재미, 기쁨, 기대를 연기하고 있는 로즈메리의 목소리에 귀를 기울였다—5년 전에 비해 더 자신감에 차 있는 듯했다.

"어머니가 그리워요. 월요일에 파리에서 만나기로 했지만요."

"5년 전 당신은 여기에 왔었지." 딕이 말했다. "얼마나 재미있고 어렸는지. 호텔 실내복을 입고 있었잖아!"

"그런 것도 기억하시다니! 항상 그랬죠—항상 좋은 것들만 기억했어요."

니콜은 오래된 아첨 게임이 다시 시작되는 것을 보고 물속으로 잠수하였다. 다시 올라왔을 때 이런 말을 들었다.

"5년 전인 것처럼 행동할래요. 다시 열여덟 살인 것처럼. 언제나 저를 그러니까, 그, 있잖아요, 절 행복하게 만들어 주실 수 있어요—선생님하고 니콜이요. 마치 선생님이 아직도 해변에 있는 것처럼 느껴져요. 저 우산들 중 하나에—제가 아는 사람들 중 가장 멋진 사람들이고, 아마 앞으로도 그럴 거예요."

니콜은 헤엄쳐 멀어지다 딕이 로즈메리와 놀기 시작하면서 그의 상실이라는 구름이 조금 물러나는 것을 볼 수 있었다. 딕은 변색된 그의 예술 작품, 사람들을 다루는 그의 오래된 전문 지식을 꺼냈다. 그가 술을 한두 잔 정도 마셨더라면 그녀를 위해 체조용 링에서 묘기라도 부릴 것이라고 생각했다. 한때 쉽게 할 수 있었던 묘기를 더듬으면서 말이다. 그녀는 올여름 처음으로 그가 하이

다이빙을 마다한다는 것을 알아챘다.

잠시 후, 니콜이 뗏목에서 뗏목으로 회피해 가자 딕이 그녀를 따라잡았다. "로즈메리의 친구들 몇 명한테 스피드 보트가 있다는데, 저기 보이는 거. 아쿠아플레인* 탈래? 재미있을 것 같은데."

니콜은 그가 한때 아쿠아플레인의 판자에 있는 의자에서 물구나무를 설 수 있었다는 것을 떠올리며 러니어의 응석을 받아 주듯 그의 응석을 받아 주었다. 지난여름 추크호에서 그들은 즐거운 물놀이 게임을 했는데, 딕은 판자 위에서 200파운드가 나가는 남자를 어깨에 메고 일어섰다. 그러나 여자들은 남편의 모든 재능과 결혼하기 때문에, 나중에는 자연스럽게 그런 재능들에 감동받은 척할 뿐, 진짜 감동받는 것은 아니었다. 니콜은 감동받은 척하지는 않았지만 '네'라고 대답했고, '네, 저도 그렇게 생각했어요'라고도 했다.

그러나 니콜은 그가 다소 피곤하고, 로즈메리의 자극적인 젊음이 근처에 있다는 것이 그의 절박한 노력을 촉진시켰다는 사실을 알고 있었다—그가 자식들의 새로운 몸에서도 같은 영감을 끌어내는 것을 본 적이 있었다. 그녀는 그가 그 자신을 구경거리로 만들지는 않을까 하는 냉담한 의문을 품었다. 다이버 부부는 보트 안의 다른 사람들보다 나이가 많았다—젊은 사람들은 예의 바르고 공손했지만, 니콜은 '이 나이 먹은 사람들은 도대체 누구야?'라는 저의를 느꼈고, 상황을 통제하고 모든 상황을 괜찮게 만드는 딕의 용이한

---

* 스피드 보트에 끌려가며 물 위에 설 수 있도록 만들어진 5~6피트 길이의 평평한 널빤지. 수상 스키로 발전하기 이전에 즐기던 놀이다.

재능이 그리웠다. 그는 자신이 하려는 일에만 집중하고 있었다.

배의 모터는 해안으로부터 200야드 떨어진 곳에서 속도를 낮추었고, 청년들 중 한 명이 가장자리를 뛰어넘어 평범하게 물로 뛰어들었다. 그는 방향을 잃고 돌아가는 판자를 향해 헤엄쳐 가 판자를 안정시킨 뒤 무릎으로 천천히 올라탔다―이윽고 보트가 속도를 내기 시작하자 일어섰다. 그는 뒤로 몸을 기울이고 가벼운 판자를 좌우로 움직였고, 매번 움직임이 끝날 때마다 측면 파도에 타 천천히 숨을 헐떡거리며 힘겹게 호를 그렸다. 그는 보트의 가장 가까운 항적에서 밧줄을 놓고 잠시 균형을 잡다가 뒤로 공중제비를 돌아 물속으로 들어갔다. 영광의 조각상처럼 사라졌다가, 보트가 크게 한 바퀴를 돌아 그에게 돌아가는 동안 시시한 머리가 되어 다시 나타났다.

니콜은 자신의 차례를 거절했다. 그러자 로즈메리가 신중하고 깔끔하게 판자를 탔고, 그녀의 팬들은 경박한 환호성을 질렀다. 그들 중 세 명은 그녀를 보트로 끌어 올리는 영광을 차지하기 위해 이기적으로 재빨리 움직였고, 그 결과 그녀는 보트의 측면에 부딪혀 무릎과 엉덩이에 멍이 들었다.

"이제 선생님 차례입니다, 닥터." 운전대를 잡은 멕시코인이 말했다.

딕과 마지막 청년은 측면 너머로 다이빙한 뒤 판자 쪽으로 헤엄쳐 갔다. 딕은 청년을 들어 올리는 묘기를 시도하려고 했고 니콜은 경멸을 머금은 미소를 지으며 지켜보기 시작했다. 이렇게 로즈메리에게 육체적으로 과시하는 것이 그녀를 가장 짜증 나게 했다.

두 사람은 균형을 잡을 수 있을 만큼 오랫동안 탔다. 딕은 무릎을 꿇고 목을 청년의 사타구니에 넣은 뒤 그의 다리 사이로 밧줄을 찾은 다음 천천히 일어나기 시작했다.

보트에 있는 사람들은 자세히 지켜보면서 그가 어려움을 겪고 있는 것을 보았다. 그는 한쪽 무릎을 꿇고 있었다. 무릎 꿇은 자세를 벗어나며 한 번에 똑바로 서는 것이 요령이었다. 딕은 잠시 쉬다가, 얼굴을 찌푸리며 마음을 단단히 먹고 그를 들어 올렸다. 판자는 좁았고, 그 청년은 몸무게가 150파운드도 안 됐지만 자신의 무게를 다루지 못하고 딕의 머리를 어설프게 잡았다. 딕이 마지막으로 등을 힘껏 펴며 곧게 일어나자 판자가 옆으로 미끄러졌고, 두 사람은 바다에 떨어졌다.

보트에 있던 로즈메리가 소리쳤다. "멋져! 거의 성공했는데."

그들이 수영하고 있는 사람들에게 돌아오는 동안 니콜은 딕의 얼굴을 지켜보았다. 그녀가 예상한 대로 짜증으로 가득 차 있었다. 2년 전만 해도 쉽게 할 수 있던 동작이었기 때문이다.

두 번째는 더 신중했다. 그는 약간 일어나 자신의 짐이 균형을 잡는지 시험한 뒤 다시 무릎을 꿇었다. 그러고 나서 "영차!"라고 외치며 일어서기 시작했다―그러나 그가 똑바로 서기도 전에 갑자기 다리 힘이 풀렸고, 그는 쓰러질 때 부딪히는 것을 피하기 위해 발로 판자를 밀어냈다. 이번에 베이비 가*가 그들에게 돌아갔을

---

* Baby Gar motorboat. 당대 가장 빠른 배 중 하나였다.

때, 그가 화가 나 있다는 것이 모든 승객들에게 분명히 보였다.

"한 번만 더 시도해 봐도 될까?" 그가 선혜엄을 치며 말했다. "이번에는 거의 성공했는데."

"그럼요. 해보세요."

니콜은 그가 하얗게 질려 보였기에 주의를 주었다. "이제 충분하다고 생각하지 않아요?"

그는 답하지 않았다. 첫 번째 파트너는 많이 도전했기에 배의 측면으로 끌어 올려졌고, 모터보트를 몰던 멕시코인이 순순히 그 자리를 대신했다.

그는 첫 번째 청년보다 무거웠다. 배가 움직이기 시작하자 딕은 판자에 엎드려 잠시 쉬었다. 그러고 나서 남자의 밑으로 들어가 밧줄을 잡았고, 일어서려고 노력하면서 몸을 풀었다.

그는 일어날 수 없었다. 니콜은 그가 자세를 바꾸어 다시 일어서려는 것을 보았지만, 파트너의 무게가 온전히 그의 어깨에 몰리자 꼼짝도 할 수 없는 것 같았다. 그는 다시 시도했다—1인치, 2인치 위로 들어 올렸다—니콜은 그와 함께 힘을 주다가 이마의 땀샘이 열리는 것을 느꼈다—이윽고 그는 단순히 자신의 자세를 유지하다가 쿵 하는 소리와 함께 다시 무릎을 꿇으며 쓰러졌고, 이어 두 사람은 떨어졌다. 딕은 머리를 돌려 물 위로 떠오르는 판자를 간신히 피했다.

"빨리 돌아가요!" 니콜이 운전자에게 외쳤다. 그녀는 말하는 순간에도 그가 물속으로 미끄러져 들어가는 것을 보고는 약간의 울음소리를 냈다. 그러나 그는 다시 위로 올라왔고, 멕시코인 샤토가 그의 주변으로 헤엄쳐 가 그를 도와주었다. 보트가 그들에게 도착하기까지 영원이란 시간이 걸릴 것 같았지만 마침내 그들의 옆에 도착했다. 물과 하늘 사이에서 지치고 무표정하게 떠 있는 딕을 보았을 때, 니콜의 패닉은 갑자기 경멸로 바뀌었다.

"우리가 도와드릴게요, 닥터…… 발을 잡아……. 좋아……. 이제 다 같이……." 딕은 숨을 헐떡이며 아무것도 보지 않고 앉아 있었다.

"당신이 시도하지 말아야 한다는 걸 알 줄 알았어요." 니콜은 이렇게 말하지 않을 수 없었다.

"처음 두 번 하면서 지친 거예요." 멕시코인이 말했다.

"어리석은 짓이었어요." 니콜이 주장했다. 로즈메리는 요령 있게 아무 말도 하지 않았다.

1분 후 딕은 숨을 헐떡이며 말했다. "아까는 종이 인형도 들어 올릴 수 없었을 거야."

터져 나오는 작은 웃음소리에 그의 실패로 인한 긴장이 풀렸다. 그들은 딕이 선착장에 내릴 때 주의를 기울였다. 하지만 니콜은 짜증이 났다―그가 한 모든 행동이 지금 그녀를 짜증 나게 했다. 딕이 술을 마시러 뷔페에 가는 동안 그녀는 로즈메리와 함께 파라솔 아래에 앉아 있었다―그는 곧 그들을 위해 셰리주를 들고 돌아왔다.

"태어나서 처음으로 술을 마셔 본 날엔 니콜과 함께였죠." 로즈메리가 말했다. 그러고는 열정적으로 덧붙였다. "오, 당신을 만나서 너무 기쁘고, 괜찮다는 것을 알게 되어 기뻐요. 걱정했거든요ㅡ" 그녀가 말의 방향을 바꾸면서 말이 끊어졌다. "혹시 괜찮지 않을까 봐요."

"내가 악화 단계로 들어섰다는 소식을 들었어요?"

"오, 아뇨. 전 단지ㅡ당신이 변했다고 들었어요. 그리고 그것이 사실이 아니라는 것을 내 두 눈으로 직접 보게 되어 기쁘네요."

"사실이에요." 딕이 그들과 함께 앉으며 대답했다. "변화는 오래 전에 찾아왔죠ㅡ하지만 처음에는 드러나지 않았어요. 정신 상태에 금이 가도 태도는 한동안 온전하게 남아 있거든요."

"리비에라에서 진료하시는 거예요?" 로즈메리가 급하게 물었다.

"그럴 만한 표본을 찾기에 적당한 땅이지요." 그는 황금 모래밭에서 이리저리 뛰어다니는 사람들을 보며 고개를 끄덕였다. "훌륭한 후보들이야. 우리의 오랜 친구 에이브럼스 부인이 메리 노스라는 여왕에게 공작부인 행세를 하고 있다는 걸 알아차리셨나요? 질투할 필요 없어요ㅡ에이브럼스 부인이 손과 무릎으로 리츠의 뒤쪽 계단을 오랫동안 올라갔다는 것과 그 오랜 시간 동안 들이마신 카펫의 먼지를 생각해 봐요."

로즈메리가 그의 말을 가로막았다. "그러면 저 사람이 정말로 메리 노스예요?" 그녀는 그들의 방향으로 한가로이 걸어오고 있는 한 여성에 대해 이야기하고 있었는데, 그 여성의 뒤에는 마치 구경거리가 되는 것에 익숙해진 것처럼 행동하는 작은 무리가 뒤따라오고 있었다. 그들이 10피트 떨어진 곳에 있을 때, 메리의 눈길은 다이버 부부에게 잠깐 향하였는데, 그 부적당한 눈길은 그들을 보았지만 못 본 체하고 지나갈 것이라는 뜻을 나타내고 있었다.

다이버 부부나 로즈메리 호이트라면 평생 누군가에게 그런 시선을 던지는 것을 스스로 허락하지 않았을 것이다. 딕은 메리가 로즈메리를 알아보고는 계획을 바꿔서 다가오는 것을 보고 재미있어 했다. 그녀는 상냥하고 다정하게 니콜과 대화를 나누었고, 딕에게는 마치 그에게 전염병이라도 있다는 듯이 쌀쌀맞게 고개만 끄덕였다—그래서 그도 빈정거리는 태도로 고개를 숙였다—그녀가 로즈메리에게 인사할 동안.

"여기 있다는 걸 들었어요. 얼마 동안 있을 건가요?"

"내일까지요." 로즈메리가 답했다. 그녀 역시 메리가 자신에게 말을 걸기 위해 어떻게 다이버 부부를 지나오는지 보았고, 다이버 부부에 대한 의무감은 냉담한 태도를 취하도록 만들었다. 아뇨, 오늘은 같이 저녁 식사를 할 수 없어요.

메리는 니콜에게 시선을 돌렸다. 그녀의 태도에는 연민과 혼합된 애정이 드러났다.

"아이들은 어때요?" 그녀가 물었다.

그 순간 아이들이 나타났고, 니콜은 수영 장소에 관한 가정교사의 지시를 무효로 만들어 달라는 부탁을 들었다.

"안 돼." 딕이 그녀를 대신해 대답했다. "선생님이 하는 말을 반드시 따라야 해."

니콜은 자신이 위임한 권위를 지지해야 한다는 것에 동의하면서 아이들의 부탁을 들어주지 않았다. 그러자 메리는—그녀는 아니타 루스의 소설 속 여주인공처럼 기정사실들만 상대했고, 프랑스산 푸들조차 길들일 수 없었다—딕이 매우 명백하게 아이들을 괴롭히고 있다는 듯이 그를 바라보았다. 딕은 성가신 연기에 짜증이 나 배려를 가장해 물었다.

"애들은 어때요―그리고 고모들은요?"

메리는 대답하지 않았다. 그녀는 주저하고 있는 러니어의 머리에 동정 어린 손을 올리더니, 그들을 떠났다. 그녀가 가고 나서 딕이 말했다. "저 여자를 위해 투자한 시간을 생각하면."

"난 메리가 좋아요." 니콜이 말했다.

딕의 빈정거리는 태도는 로즈메리를 놀라게 했다. 그녀는 그가 모든 것을 용서하고, 모든 것을 이해해 준다고 생각했다. 그녀는 갑자기 그에 관하여 들은 무언가를 떠올렸다. 배에 타고 있던 국무부 사람들과 대화할 때였는데―그들은 유럽화된 미국인들로 어느 나라에도 소속되지 않는, 비슷한 시민들로 구성된 발칸 같은 나라라면 혹시 몰라도 적어도 강국 소속은 아니라는 말을 듣는 처지까지 가게 된 사람들이었다―어디에서나 유명한 베이비 워런의 이름이 들려왔고, 베이비의 여동생이 방탕한 의사에게 자신을 내던져 버렸다는 말이 언급되었다. "더 이상 아무 곳에서도 그를 받아 주지 않아요."라고 한 여성이 말했다.

그 말은 로즈메리를 불안하게 했다. 비록 그녀는 그러한 사실을, 만약 그 말이 사실이라고 할지라도, 말하고 있는 집단과 다이버 부부가 어떤 관계가 있다고 생각할 수 없었지만, 어떤 의미는 있을 수 있었다. 그럼에도 적대적이고 조직적인 여론의 의견은 그녀의 귓속에 울려 퍼졌다. '더 이상 아무 곳에서도 그를 받아 주지 않아요'. 그녀는 딕이 저택의 계단을 올라가 명함을 제시하자 집사에게 이런 말을 듣는 모습을 그려 보았다. '우리는 더 이상 당신을 받지 않습니다'. 이후 수많은 대사, 장관, 대리 대사의 집사로부터 단지 같은 말을 듣기 위해 길을 내려간다……

니콜은 어떻게 도망칠 수 있을까 고민하고 있었다. 그녀는 경각심에 찔린 딕이 매력적으로 변해 로즈메리가 그에게 반응할 것이라고 짐작했다. 아니나 다를까, 잠시 후 그는 그가 말했던 모든 불쾌한 말들을 완화시킬 말을 하였다. "메리는 괜찮은 사람이야―아주 잘해 왔어. 하지만 자신을 좋아하지 않는 사람을 계속 좋아하는 것은 힘들어."

그 말에 감명받은 로즈메리는 딕에게 몸을 기울이며 감상적으로 읊조렸다.

"오, 정말 멋져요. 당신이 사람들에게 무슨 짓을 했든 간에, 당신을 용서하지 않는 사람은 상상할 수 없어요." 그런 다음 그녀는 자신의 열정이 니콜의 권리를 침해했다고 느껴 정확히 그들 사이에 있는 모래를 바라보았다. "두 분께 제 최근 영화를 어떻게 생각하는지 물어보고 싶어요―만약 보셨다면요."

니콜은 아무 말도 하지 않았다. 한 편을 보았지만 그것에 관해 별생각이 안 들었기 때문이다.

"말하는 데 몇 분 걸리겠군." 딕이 말했다. "니콜이 당신에게 러니어가 아프다고 말했다는 가정을 해보자고. 당신은 살면서 무슨 일을 하고 있지? 사람들은 무슨 일을 하지? 사람들은 연기를 해―얼굴을, 목소리를, 말을―얼굴은 슬픔을 보여 주고, 목소리는 충격을 나타내고, 말은 동정을 나타내지."

"네─이해해요."

"하지만 극장에서는 그렇지 않지. 극장에서는 모든 최고의 여자 코미디언들이 정확한 감정적 반응을 풍자하여 자신들의 명성을 쌓아 올렸지─두려움과 사랑, 공감을 풍자해서."

"그렇군요." 그러나 그녀는 잘 이해하지 못했다.

이야기의 맥락을 잃은 니콜은 딕이 말을 이어 갈수록 짜증이 더 커졌다.

"여배우에게 있어 위험은 반응이야. 다시, 누군가 당신에게 '당신의 애인이 죽었습니다'라고 말했다고 가정해 보지. 현실이었다면 아마 산산조각이 되어 무너져 내렸겠지. 하지만 무대에서는 즐거움을 주기 위해 노력해야 해─관객들은 스스로 '반응'할 수 있기 때문이지. 우선 여배우는 따라야 할 대사가 있고, 그리고 나서 살해된 중국인이든 어떤 것이든 간에 그것으로부터 관객들의 관심을 자신에게 돌려야 해. 따라서 예상치 못한 일들을 해야 하지. 만약 관객들이 그 캐릭터가 단단하다고 생각한다면, 부드럽게 다가가야 해─부드럽다고 생각하면 단단하게 다가가야 하고. 캐릭터로부터 벗어나는 거지─이해해?"

"잘 모르겠어요." 로즈메리가 인정했다. "캐릭터로부터 벗어나야 한다는 게 무슨 말이죠?"

"관객들을 객관적인 사실에서 다시 배우 자신에게로 돌릴 때까지 예상치 못한 일을 하는 거야. 그런 다음 다시 캐릭터로 들어가는 거지."

니콜은 더 이상 견딜 수 없었다. 그녀는 짜증을 감추려 하지 않고 갑자기 일어섰다. 몇 분 전부터 이 사실을 반쯤 의식하고 있던 로즈메리는 달래듯이 톱시를 향해 고개를 돌렸다.

"커서 배우가 되고 싶니? 훌륭한 배우가 될 것 같아."

니콜은 찬찬히 그녀를 쳐다보다가 할아버지 같은 어조로 느릿하지만 또렷하게 말했다.

"그런 생각을 다른 사람의 자녀에게 주입시키는 것은 절대로 안될 일이에요. 잊지 마세요, 어쩌면 우리가 아이들을 위해 매우 다른 계획을 가지고 있을 수도 있다는 것을." 그녀는 딕을 향해 재빨리 몸을 돌렸다. "차를 몰고 집에 갈 거예요. 미셸을 보낼 테니 애들하고 오세요."

"몇 달 동안 운전하지 않았잖아." 그가 반대했다.

"어떻게 하는 것인지 잊지 않았어요."

니콜은 격렬하게 '반응'하고 있던 로즈메리의 얼굴에는 눈길 한 번 주지 않고 파라솔을 떠났다. 그녀는 탈의 시설에서 파자마로 갈아입었다. 그녀의 표정은 여전히 각판처럼 딱딱했다. 그러나 아치를 이룬 소나무 길로 들어서자 분위기가 바뀌었다—다람쥐가 나뭇가지를 날아다니고 있었고, 바람이 나뭇잎을 스치고, 수탉이 멀리 있는 분위기를 쪼갰고, 살금살금 움직이는 햇빛이 움직일 수 없는 세계에 발생하자, 해변의 목소리가 물러났다—니콜은 긴장을 풀었고, 행복과 새로워짐을 느꼈다. 그녀의 생각은 좋은 종소리처럼 선명해졌다—그녀는 새로운 방식으로 치유받았다는 느낌이 들었다. 그녀가 몇 년 동안 헤매던 미로를 힘겹게 되돌아가자 그녀의 자아는 풍성한 장미처럼 피어나기 시작했다. 그녀는 해변이 싫었고, 딕의 태양 아래에서 행성처럼 지냈던 장소들이 원망스러 웠다.

"뭐, 난 거의 완성되었어." 그녀는 생각했다. "난 사실상 혼자 서 있어, 딕 없이." 행복한 아이처럼 가능한 한 빨리 완전해지고 싶었 고, 딕이 이렇게 되도록 계획했다는 것을 막연히 알고 있던 그녀 는, 집에 도착하자마자 침대에 누워서 니스에 있는 토미 바르방에 게 짧고 도발적인 편지를 썼다.

그러나 그것은 낮 동안의 일이었다—저녁이 돌아오자 불가피하 게 신경 에너지가 줄어들었고, 그녀의 마음은 약해졌으며, 황혼 속 에서 화살은 조금밖에 날아가지 못했다. 그녀는 딕의 마음속에 있 는 것이 두려웠다. 다시금 그녀는 그가 현재 하고 있는 행동에 계 획이 깔려 있다고 생각했고, 그 계획이 두려웠다—그의 계획은 잘 작동했고, 니콜이 통제할 수 없는 포괄적인 논리를 가지고 있었다. 그녀는 어찌 된 일인지 그에게 그녀의 생각을 넘겨주고 있었고, 그가 없는 동안 그녀가 한 모든 행동은 자동적으로 그가 좋아할 만한 행동에 지배받고 있는 듯 보였기에, 이제 그녀는 자신의 의 도를 그의 의도와 일치시키는 것이 부적절하다고 느꼈다. 그러나 그녀는 반드시 생각해야 했다. 그녀는 마침내 끔찍한 공상 속에 있는 문의 개수를 알아차렸고, 탈출로 향하는 문턱은 탈출구가 아 니란 것을 알게 되었다. 현재든 앞으로 있을 미래든 그녀의 가장 큰 죄악은 자신을 속이는 것임을 알았다. 긴 교훈이었지만 그녀는 이 교훈을 배웠다. 당신이 생각해라—그렇지 않으면 다른 사람이 당신을 위해 생각해 줄 것이고, 당신으로부터 힘을 빼앗을 것이고,

당신의 타고난 취향을 왜곡하고 억제할 것이며 당신을 교화하고 무미건조하게 만들 것이다.

그들은 평온한 저녁 식사를 했다. 딕은 맥주를 많이 마시고 어둑어둑한 방에서 아이들과 함께 명랑한 시간을 보냈다. 그 후 그는 슈베르트와 미국에서 새로 나온 재즈 몇 곡을 연주했고, 니콜은 거칠고 달콤한 콘트랄토로 그의 어깨 위에서 흥얼거렸다.

고마워요 아버지 ―이
고마워요 어머니 ―이
고마워요 서로 만나 주신 것에 ―

"이건 마음에 들지 않는데." 딕이 말하며 페이지를 넘기기 시작했다. "오, 그냥 연주해요!" 그녀가 외쳤다. "제가 '아버지'라는 말에 움찔거리며 여생을 보내겠어요?"

―고마워 그날 밤 이인용 마차를 끌어 준 말아!
고마워요 두 분 모두 딱 알맞게 술에 취해 주신 것에 ―

후에 그들은 무어식 지붕에 아이들과 함께 앉아 멀리 떨어진 해안에 있는 두 카지노의 불꽃놀이를 구경했다. 두 카지노는 서로 멀리 떨어져 있었다. 서로를 향한 마음이 너무 허전해서 외롭고 슬펐다. 다음 날 아침, 칸에서 쇼핑을 마치고 돌아온 니콜은 딕이 남긴 메모를 발견했다. 혼자서 작은 차를 몰고 프로방스로 며칠

간 다녀오겠다는 내용이었다. 메모를 읽고 있을 때 전화벨이 울렸다—몬테카를로에 있는 토미 바르방이었다. 그는 그녀의 편지를 받았고 이쪽으로 차를 몰고 오는 중이라고 했다. 그녀는 수화기에서 자신의 입술의 온기를 느끼며 그를 환영했다.

8

그녀는 목욕을 하고 기름을 바르고 몸에 파우더 칠을 했다. 발가락으로는 목욕 수건 위에 있는 또 다른 파우더 더미를 밟고 있었다. 그녀는 옆구리 라인을 자세히 바라보며 얼마나 빨리 이 곱고 날씬한 건축물이 땅을 향해 가라앉기 시작할지가 궁금했다. 약 6년 정도 걸릴까, 하지만 지금은 괜찮아—사실 내가 아는 누구보다 괜찮지.

그녀가 과장하는 것이 아니었다. 현재 니콜과 5년 전 니콜 사이의 유일한 신체적 차이는 그녀가 더 이상 젊은 여자가 아니라는 것뿐이었다. 그러나 그녀는 청춘을 숭배하는 현재의 유행에 충분히 사로잡혀 있었고, 영화 속 수많은 소녀들의 얼굴은 단조롭게 세상의 일과 지혜를 나타내는 것으로 그려져 청춘에 대한 질투심을 느끼게 하였다.

그녀는 여러 해 동안 소유하고 있던 발목까지 오는 격식 있는 드레스를 입고 경건하게 샤넬 식스틴을 뿌렸다. 토미가 1시에 차를 몰고 도착했을 때, 그녀는 자신을 정원에서 가장 잘 다듬어진 꽃으로 가꾸어 놓았다.

이렇게 되다니 얼마나 좋은 일인가, 다시 숭배받고, 신비로운 척을 할 수 있다니! 그녀는 예쁜 여자의 삶에서 위대한 오만의 시절 가운데 2년을 잃었다―지금 그녀는 잃어버린 그 시간들을 만회할수 있을 것 같았다. 그녀는 토미가 마치 그녀의 발치에 서 있는 많은 남자들 중 한 명인 것처럼 그를 맞이했고, 정원을 가로질러 파라솔로 향할 때에는 그의 옆이 아니라 앞에서 걸어갔다. 열아홉 살과 스물아홉 살의 매력적인 여성들은 경쾌한 자신감이 비슷하다. 다만 20대의 절박한 자궁은 외부 세계를 중심으로 끌어당기지 않는다. 전자는 오만의 시기로 젊은 생도와 비유할 수 있고, 후자는 전투 이후에 뽐내고 있는 전사에 비유할 수 있다.

그러나 지나친 관심에서 자신감을 얻는 열아홉 살과 달리, 스물아홉 살 여성은 더 미묘한 것에서 양분을 얻는다. 원할 때에는 현명하게 아페리티프를 선택하고, 만족스러울 때에는 잠재적인 힘이 담긴 캐비아를 즐긴다. 통찰력이 종종 패닉과, 멈추는 것에 대한 두려움 또는 계속 가야 하는 것에 대한 두려움으로 인해 흐려지는 세월이 온다는 것을 여자들은 다행히도 예상하지 못하는 것 같다. 이 중 어느 경우가 되었든 말이다. 여자는 열아홉 살이나 스물아홉 살의 층계참에서는 현관에 곰이 없을 것이라고 확신하는 것이다.

니콜은 어떤 막연한 정신적 로맨스를 원치 않았다―그녀는 '정사'를 원했다. 변화를 원했다. 딕의 사고방식으로 생각하여, 피상적인 관점에서 보면 아무런 감정 없이 모두를 위협할 수 있는 방종에 빠져드는 것은 천박한 일이라는 것을 깨달았다. 다른 한편으로는, 현재 일어난 상황이 덕 때문이라고 생각했으며, 솔직히 이러한 실험이 치료적인 가치가 있을 수도 있다고 여겼다. 여름 내내 그녀는 사람들이 유혹에 이끌려 행동하였음에도 그에 대한 어떠한 벌칙도 받지 않는 것을 지켜보며 자극을 받았다―게다가, 더 이상 자신에게 거짓말을 하지 않으려는 의도에도 불구하고, 그녀는 단지 자신의 길을 더듬고 있을 뿐이며 언제든지 물러설 수 있다고 생각하는 쪽을 선호했다…….

토미는 밝은 그늘에서 하얀 즈크천에 싸인 손으로 그녀를 잡은 뒤, 돌려세우고 그녀의 눈을 바라보았다.

"움직이지 말아요." 그가 말했다. "이제부터 당신을 오랫동안 바라볼 거니까요."

그의 머리에서는 약간의 향기가 느껴졌고, 하얀 옷에서는 희미하게 비누의 기운이 느껴졌다. 그녀는 입술을 꼭 다물고 미소도 짓지 않았다. 두 사람은 잠시 동안 단지 서로를 바라보기만 했다.

"눈에 보이는 게 마음에 드나요?" 그녀가 중얼거렸다.

"프랑스어로 말해요."

"좋아요." 그녀가 다시 프랑스어로 물었다. "눈에 보이는 게 마음에 드나요?"

그는 그녀를 가까이 끌어당겼다. "당신에게서 보이는 것은 무엇이든지 좋아요." 그는 망설였다. "당신의 얼굴을 알고 있는 줄 알았는데, 이제 보니 몰랐던 게 있네요. 언제부터 그렇게 사기꾼의 하얀 눈을 갖고 있었죠?"

그녀는 멀리 떨어지면서 충격을 받고 분개하여 영어로 소리쳤다.

"그 말 때문에 프랑스어로 대화하고 싶었던 거예요?" 집사가 셰리주를 들고 오자 그녀의 목소리는 낮아졌다. "그렇게 좀 더 정확하게 모욕적인 말을 하려고?"

그녀는 은실을 넣어 짠 의자 쿠션 위에 자신의 작은 엉덩이를 거칠게 주차하였다.

"여기에는 거울이 없어요." 그녀가 다시 프랑스어로, 하지만 단호하게 말했다. "하지만 만약 내 눈이 변했다면 그건 내가 다시 건강해졌기 때문이에요. 건강하기 때문에 내 본모습으로 되돌아간 거예요—어쩌면 우리 할아버지가 사기꾼이었고, 전 사기꾼 기질을 물려받았나 보죠. 이게 답이에요. 당신의 논리 정연한 마음이 이 답을 듣고 만족했나요?"

그는 그녀가 무슨 이야기를 하는지 거의 모르는 것 같았다.

"딕은 어디 있죠—함께 점심을 먹는 건가요?"

그의 말이 그에게는 상대적으로 별 의미가 없다는 것을 알고는 갑자기 니콜이 웃음을 터뜨렸다.

"딕은 여행을 갔어요." 그녀가 말했다. "로즈메리 호이트가 나타났고, 둘 중 하나겠죠. 둘이 함께 있거나, 딕이 그녀 때문에 속상해서 멀리 떠나 그녀에 대한 꿈을 꾸고 싶어 하거나."

"있잖아요. 당신은 사실 좀 복잡한 사람이군요."

"오, 아뇨." 그녀가 서둘러 그에게 장담했다. "아뇨, 전 그저—난 그저—나는 그저 단순한 사람들 여럿이 모여 있는 것 같을 뿐이에

요."

마리우스는 멜론과 얼음 통을 가지고 나왔고, 니콜은 사기꾼의 눈이라는 말이 계속 떠올라 대답하지 않았다. 이 남자, 토미 바르방은 주워 먹으라고 고기를 조각조각 내던져 주는 것이 아니라 깨서 먹어 보라고 호두를 통째로 던져 주었다.

"어째서 사람들은 당신을 있는 그대로 내버려 두지 않는 거죠?" 토미가 곧 물었다. "당신은 내가 아는 사람 중 가장 극적이에요."

그녀는 대답이 없었다.

"여자를 길들이는 이 모든 것들!" 그가 비웃었다.

"어떤 사회든 어느 정도의―" 그녀는 딕의 유령이 그녀의 팔꿈치를 자극하는 것을 느꼈지만 토미의 말에 함축된 내용에 말을 멈추었다.

"나는 많은 남자들에게 잔인하게 굴어 정신을 차리게 했지만, 그런 여자들이 남자들의 절반만큼 존재한다고 해도 여자들에겐 그렇게 행동하지 않을 겁니다. 특히 이런 '친절한' 괴롭힘은요―이게 누구한데 도움이 되겠어요?―당신이나, 그, 어느 누구에게나?"

그녀의 심장은 쿵쾅거리다가 딕에게 빚진 것을 생각하며 희미하게 가라앉았다.

"아마 저는―"

"당신은 돈이 너무 많아요." 그가 조급하게 말했다. "그것이 문제의 핵심입니다. 딕도 그건 어떻게 할 수 없어요."

멜론을 치우는 동안 그녀는 고민하였다.

"제가 뭘 해야 한다고 생각하죠?"

그녀는 10년 만에 처음으로 남편이 아닌 다른 사람의 성격을 따르고 있었다. 토미가 그녀에게 한 모든 말은 영원히 그녀의 일부가 되었다.

희미한 바람이 솔잎을 흔들었고, 이른 오후의 관능적인 더위가 오찬용 체크무늬 천에 눈부신 작은 반점을 만드는 동안 그들은 와인 한 병을 마셨다. 토미는 그녀의 뒤로 다가와 그녀의 팔에 자신의 팔을 얹고 그녀의 손을 꼭 잡았다. 그들의 뺨이 닿더니 곧 입술이 닿았고, 그녀는 반은 그를 향한 열정 때문에, 반은 그 열정의 힘이 갑작스럽고 놀라워서 숨을 헐떡거렸다…….

"오후에 가정교사와 아이들을 내보낼 수 없나요?"

"피아노 레슨이 있어요. 어쨌든 난 여기 있고 싶지 않아요."

"다시 키스해 줘요."

잠시 후, 니스로 향하는 차 안에서 그녀는 생각했다. 그래서 내가 사기꾼의 하얀 눈을 가졌다는 거지, 그런가? 그래 좋아, 미친 청교도인보다는 차라리 제정신인 사기꾼의 눈이 낫지.

그의 주장은 그녀를 향하고 있는 모든 비난이나 책임을 면제해 주는 것처럼 보였고, 그녀는 자신이 새로운 방식으로 생각할 수 있다는 것에 기쁨의 전율을 느꼈다. 새로운 풍경이 앞에 나타났고, 많은 남자들의 얼굴이 나타났지만 그녀가 순종해야 하거나 사랑해야 할 사람의 얼굴은 없었다. 그녀는 숨을 들이쉬고, 몸을 꿈틀거려 어깨를 구부리며 토미에게 시선을 돌렸다.

"몬테카를로에 있는 당신의 호텔까지 가야 하나요?"

타이어가 끼익 하는 소리가 들렸다. 그는 차를 멈추었다.

"아뇨!"그가 대답했다. "그리고, 세상에, 지금처럼 행복한 적은 없었어요."

그들은 푸른 해안을 따라 니스를 지나 중간 높이의 전망 좋은 절벽가 도로를 오르기 시작했다. 곧 토미는 해안 쪽으로 급히 방향을 틀더니 뭉툭한 반도를 달려 작은 해안 호텔 뒤쪽에 차를 세웠다.

명백히 보이는 호텔에 니콜은 잠시 겁을 먹었다. 접수처에서는 한 미국인이 접수계 직원과 환율에 관해 끝없는 말다툼을 하고 있었다. 그녀는 토미가 숙박계를 작성하는 동안 겉으로는 평온하게, 하지만 속으로는 비참한 기분으로 주위를 맴돌았다―그의 이름은 진짜로, 그녀의 이름은 가짜로. 그들의 방은 지중해식이었지만 거의 금욕적이고 깨끗했는데, 바다의 밝은 빛으로 인해 어두워졌다. 가장 단순한 즐거움―가장 단순한 장소. 토미는 코냑을 두 잔 주문했고, 웨이터가 문을 닫고 나가자 그는 방에 있는 유일한 의자에 앉았다. 까무잡잡하고 상처가 있는 잘생긴 얼굴, 그의 눈썹은 아치 모양을 그리며 위로 말려 올라갔다. 싸우는 픽(영국 민화에 나오는 장난꾸러기 작은 요정―옮긴이), 진지한 사탄.

두 사람은 브랜디를 다 마시기도 전에 갑자기 동시에 움직여 선 채로 만났다. 이내 그들은 침대에 앉았고, 그는 그녀의 단단한 무릎에 입을 맞추었다. 목이 잘린 동물처럼 약간 조용히 몸부림치다가 그녀는 딕과 자신의 새로운 하얀 눈을 잊었고, 토미 그 자체를 잊고선 그 시간 속으로 그 순간 속으로 점점 더 깊이 빠져들었다.

……토미가 셔터를 열어 창문 아래서 점점 커지는 소란스러움

의 원인을 알아내기 위해 일어났을 때, 그의 몸은 밧줄처럼 꼬여 있는 근육을 따라 흘러내리는 강한 빛으로 인해 딕의 몸보다 어둡고 강해 보였다. 그도 순간적으로 그녀를 잊었다—그의 육체가 그녀의 육체로부터 떨어져 나가는 순간, 그녀는 상황이 자신의 예상과는 다를 것이라는 예감이 들었다. 그녀는 기쁨이든 슬픔이든 모든 감정을 앞서는, 폭풍보다 앞서서 다가오는 천둥소리 같은 이름 없는 두려움을 느꼈다.

토미는 발코니에서 조심스럽게 살펴보다가 말했다.

"발코니 아래 보이는 것이라곤 두 여자밖에 없어요. 미국식 흔들의자에 앉아서 앞뒤로 흔들거리며 날씨 이야기를 하고 있군요."

"그렇게 시끄러운 소리를 내면서요?"

"그 소리는 저들보다 더 아래쪽에서 들려오고 있어요, 들어 보세요."

아, 저 아래 남부 목화의 땅에서
거지처럼 호텔에서 사업은 망했고
다른 곳을 보자—

"미국인들이군요."

니콜은 침대에서 두 팔을 활짝 벌리고 천장을 보았다. 파우더는 축축해져서 그녀의 피부 위에서 우윳빛 표면을 이루었다. 그녀는 텅 빈 방이, 파리가 머리 위를 날아다니며 내는 소리가 마음에 들었다. 토미는 의자를 침대 쪽으로 가져와서 옷을 쓸어 내리고는 앉았다. 그녀는 무게가 없는 드레스와 에스파드리유가 그의 즈크 천으로 만든 옷과 뒤섞여 있는 것이 마음에 들었다.

그는 갑자기 갈색 팔다리와 머리가 붙어 있는 길쭉하고 하얀 몸통을 살펴더니 진지하게 웃으며 말했다.

"당신은 갓난아기처럼 모든 게 새로워요."

"하얀 눈과 말이죠."

"그건 내가 고칠게요."

"하얀 눈을 고치는 건 매우 힘들 텐데요—특히나 시카고에서 만든 건."

"옛 랑그도크 농민들의 치료법을 알거든요."

"키스해 줘요. 입술에, 토미."

"정말 미국적이군요." 그는 그렇게 말하면서도 그녀에게 키스했다. "지난번에 미국에 갔을 때 입술로 상대를 찢고 자기 자신들도 찢는 여자들을 봤어요. 입술 주변의 뜯겨진 곳에서 피가 흘러 얼굴이 진홍색으로 뒤덮일 때까지 말이죠—하지만 거기까지였어요."

니콜은 한쪽 팔꿈치로 몸을 기댔다.

"이 방이 마음에 들어요." 그녀가 말했다.

"좀 빈약한 것 같은데. 달링, 당신이 몬테카를로에 도착할 때까지 기다리지 않아서 기뻐요."

"왜 빈약하기만 하죠? 아, 이 방은 멋진 방이에요, 토미—세잔이나 피카소의 그림 속 수많은 빈 테이블처럼."

"모르겠군요."

그는 그녀를 이해하려고 노력하지 않았다. "또 그 소리가 들려오
는군요. 맙소사, 살인이라도 일어날 건가?"

그는 창가로 가서 다시 한번 말했다.

"미국 선원 두 명이 싸우고 있고, 주변에서 사람들이 부추기고
있군요. 해안에서 떨어진 당신네 전함에서 온 사람들이에요." 그는
타월을 몸에 두르고 발코니 밖으로 몸을 더 내밀었다. "그들은 창
녀를 데리고 있어요. 나도 그것에 관하여 들었다고―그 여자들은
배가 가는 곳마다 그들을 따라다녀요. 대단한 여자들이지요! 누군
가는 그 돈으로 더 나은 여자를 찾을 수 있다고 생각할 거예요! 코
르닐로프를 따라온 여자들인가! 우리는 발레리나보다 못한 것은
보지도 않는데!"

니콜은 그가 매우 많은 여자를 알고 있어서 여자라는 단어 자체
가 그에게는 아무런 의미가 없다는 것이 기뻤다. 니콜은 마음속에
있는 자신이 그녀의 몸이라는 보편성을 초월해야 그를 붙잡을 수
있을 것이다.

"다친 곳을 때려!"

"야-아-아-아!"

"이봐, 내가 하는 말을 제대로 들으라고!"

"덤벼, 덜슈미트, 이 개자식!"

"야아-야아!"

"야-예-야!"

토미는 고개를 돌렸다.

"이곳은 쓸모를 다 한 것 같군요, 그렇죠?"

그녀는 동의했지만, 그들은 옷을 입기 전 잠시 끌어안았고, 그러자 한동안 이곳이 여느 궁전만큼 좋게 느껴졌다……

마침내 옷을 입은 토미가 소리쳤다.

"이럴 수가, 우리 발코니 아래 있는 흔들의자를 탄 두 여자는 아직도 움직이지 않았네요. 저 두 사람은 이 문제가 없어질 때까지 이야기를 나눌 거예요. 이곳으로 실속 있는 휴가를 보내기 위해 온 것 같은데, 미국의 모든 해군과 유럽의 모든 창녀들이 온다고 해도 그들의 휴가는 망칠 수 없죠."

그가 부드럽게 다가와 그녀를 감싸고, 슬립의 어깨끈을 입으로 잡아당겨 제자리에 놓았다. 그때 밖에서 큰 소리가 공기를 갈라놓았다. 콰-쾅-펑-펑! 복귀를 알리는 전함의 신호였다.

이제 그들의 창문 아래는 그야말로 대혼란이었다—배가 신호를 울리기 전부터 해안으로 움직이고 있었기 때문이다. 웨이터들은 계산서를 내밀며 계산을 요구했고 욕설과 부인이 들려왔다. 매우 많은 지폐와 매우 적은 잔돈이 왔다 갔다 했다. 술에 취한 사람들은 도움을 받아 옮겨졌고, 해군 헌병의 목소리가 모든 목소리를 잘라 내며 빠르게 명령을 내렸다. 첫 번째 론치가 떠나자 울음소리와 눈물, 비명소리, 약속들이 오갔고 여성들이 부두 앞으로 몰려들어 소리를 지르며 손을 흔들었다.

토미는 한 젊은 여자가 냅킨을 흔들며 발코니로 달려가는 것을 보았고, 흔들의자에 있는 영국 여자들이 마침내 굴복하고 그 여자의 존재를 인지하였는지 확인하기도 전에 그들의 문을 두드리는 소리가 들렸다. 밖에서 흥분한 여성들의 목소리가 들렸기에 그들

은 문을 열어 주었다. 복도에는 젊고, 마르고, 외설적이며 갈피를
못 잡았다기보단 갈피조차 못 찾은 여자 두 명이 서 있었다. 그중
하나는 숨이 막힐 정도로 울고 있었다.

"당신 포치에서 손을 흔들어도 될까요?" 다른 한 여자가 격정적
인 미국어로 애원했다. "제발? 남자 친구에게 손 좀 흔들어도? 제
발. 다른 방들은 모두 잠겨 있어요."

"물론이지요." 토미가 말했다.

여자들은 발코니로 달려갔고, 곧 그들의 크고 높은 목소리가 소
음 너머로 날아갔다.

"잘 가, 찰리! 찰리, 위를 봐!"

"니스에 유치 우편으로 전보를 보내!"

"찰리! 나를 안 보잖아."

한 여자가 갑자기 치마를 들어 올려 핑크색 속옷을 잡아당겨 찢
더니, 상당한 크기의 깃발을 만들었다. 그러고선 "벤! 벤!" 소리치
며 마구 흔들었다. 토미와 니콜이 방을 떠날 때도 깃발은 여전히
푸른 하늘을 향해 펄럭이고 있었다. 오, 그대는 보이는가, 기억 속
육체의 부드러운 색깔이?―전함 선미에서 경쟁하듯이 성조기가
게양되고 있었다.

두 사람은 몬테카를로에 있는 새로운 비치 카지노에서 저녁을
먹었다…… 나중에 그들은 볼리외에 있는 흰색 달빛이 비쳐 드는
지붕 없는 동굴에서 수영을 했다. 창백한 바위들이 인광을 발하는
소량의 물을 원형으로 둘러싸고 있는 곳으로, 모나코와 흐릿한 멘
토네를 마주 보고 있는 장소였다. 그녀는 그가 동쪽이 보이는 이

곳에 데려와 준 것, 바람과 물이 묘기를 부리는 이곳에 데려와 준 것이 마음에 들었다. 서로에게 그랬듯 모든 것들이 새로웠다. 상 징적으로 말하자면, 그녀는 그의 안장 앞가지에 가능한 한 확실히 누워 있었다. 마치 그가 다마스쿠스에서 그녀를 가로채 와 둘이서 함께 몽골 평원을 달리고 있는 것처럼 말이다. 시간이 점차 흐를 수록 딕이 그녀에게 가르쳐 준 모든 것이 사라져 갔고, 그녀는 초 창기의 모습으로 점점 가까워지고 있었다. 그녀의 주변 세계에 숨 어 있던, 이름 모를 검의 초창기 형태가 드러난 것이다. 달빛 속에 서 사랑에 얽힌 그녀는 연인의 무정부 상태를 즐겼다.

그들은 잠에서 깨어났고, 달은 지고 공기가 서늘해졌다는 것을 깨달았다. 그녀는 시간을 물어보며 힘겹게 일어났고, 토미는 대략 3시라고 말해 주었다.

"그럼 집에 가야겠어요."

"몬테카를로에서 잘 줄 알았는데."

"아뇨. 가정교사와 아이들이 있어요. 해가 뜨기 전에 도착해야 해요."

"좋으실 대로."

그들은 잠시 물에 들어갔고, 벌벌 떨고 있는 그녀를 본 그는 기 분 좋게 그녀를 닦아 주었다. 차에 탔을 때도 그들의 머리는 아직 축축했으며, 피부는 산뜻하게 빛나고 있었다. 다시 돌아가는 것이 꺼려졌다. 그들이 있는 곳은 매우 밝았다. 토미가 그녀에게 키스 할 때 그녀는 자신의 뺨과 하얀 치아, 그리고 서늘한 이마를 바라 보는 시선과 그의 얼굴을 어루만지는 손길 속에서 그가 그 자신을 잃고 있는 것을 느꼈다. 그녀는 여전히 딕에게 익숙했기에 해석이나 평가를 기다렸다. 그러나 아무 말도 없었다. 아무 말도 없을 것이라는 생각에 졸리고 행복하게 안심한 그녀는 의자에 깊숙이 앉아 모터 소리가 바뀔 때까지 꾸벅꾸벅 졸았다. 그녀는 빌라 디아나를 향해 올라가는 것을 느꼈다. 정문에서 그녀는 거의 자동적으로 작별 키스를 했다. 걸어가는 그녀의 발소리가 바뀌었고, 정원에서 들려오는 밤의 소리는 갑자기 과거의 일이 되었다. 그럼에도 불구하고 그녀는 돌아와서 기뻤다. 그날은 스타카토의 속도로 진행되었고, 만족감에도 불구하고 그녀는 이런 긴장감에 익숙하지 않았다.

9

다음 날 오후 4시, 역에서 온 택시가 정문에 멈추었고 딕이 내렸다. 갑자기 평정을 잃은 니콜은 테라스에서 달려 나와 그를 만났다. 자신을 통제하려는 노력으로 인해 숨을 가쁘게 쉬고 있었다.

"차는 어디 있어요?" 그녀가 물었다.

"아를에 두고 왔어. 더 이상 운전하고 싶지 않아."

"당신 쪽지를 보고 며칠 있을 줄 알았어요."

"미스트랄과 비를 맞게 돼서."

"재미있었나요?"

"무언가로부터 도망치는 사람이 즐길 수 있을 만큼 즐겼어. 로즈메리를 아비뇽까지 태워다 주고 기차에 태웠어." 그들은 함께 테라스를 향해 걸어갔고, 그곳에 가방을 내려놓았다. "내가 노트에 로즈메리에 관한 것을 적지 않은 것은 당신이 수많은 상상을 할 것 같아서였어."

"정말 사려 깊군요." 니콜은 이제 자신에 대한 확신이 더 강해지는 것을 느꼈다.

"로즈메리가 제안할 게 있는지 알고 싶었어 —유일한 방법은 그녀를 혼자 만나는 것이었고."

"그녀가 —뭔가 제안하던가요?"

"로즈메리는 성장하지 않았어." 그가 대답했다. "어쩌면 그쪽이 더 나을지도 모르지. 당신은 뭐 하고 지냈어?"

그녀는 얼굴이 토끼처럼 떨리는 것을 느꼈다.

"어젯밤 춤을 추러 갔어요 —토미 바르방과 함께. 우린 —"

그는 움찔하더니 그녀의 말을 잘랐다.

"말하지 마. 당신이 뭘 하든 상관없어. 그저 아무것도 확실하게 알고 싶지 않을 뿐이야."

"알아야 할 게 없어요."

"그래, 그래." 그는 마치 몇 주 동안 집을 비운 사람처럼 물었다. "아이들은 어때?"

집 안에서 전화벨이 울렸다.

"날 찾으면 집에 없다고 해," 딕이 재빨리 몸을 돌리며 말했다. "작업실에서 할 일이 좀 있어."

니콜은 그가 우물 뒤로 사라져 보이지 않을 때까지 기다렸다가 집으로 들어가 전화를 받았다.

"니콜, 잘 지내요?"

"딕이 집에 왔어요."

토미가 신음을 토했다.

"여기 칸에서 만나요." 그가 제안했다. "당신에게 할 말이 있어요."

"그렇게 못해요."

"날 사랑한다고 말해 줘." 그녀는 아무 말도 하지 않고 수화기를 향해 고개를 끄덕였다. 그는 반복해서 말했다. "날 사랑한다고 말해 줘."

"아, 그럼요." 그녀가 그에게 장담했다. "하지만 지금 당장은 할 수 있는 일이 없어요."

"당연히 있지." 그가 조급하게 말했다. "딕은 두 사람 사이가 끝났다고 생각해—그가 포기한 게 분명해. 그는 도대체 당신이 어떻게 행동하길 바라는 거야?"

"모르겠어요. 난—"그녀는 '—딕에게 물어볼 수 있을 때까지 기다려야 해요'라고 말하려다 멈추었다. 대신 이렇게 말을 맺었다. "편지하고 내일 전화할게요."

그녀는 자신의 업적에 기대어 다소 만족스럽게 집을 돌아다녔다. 그녀는 장난꾸러기였고, 그것이 만족스러웠다. 그녀는 더 이상 울타리 안의 사냥감을 사냥하는 사냥꾼이 아니었다. 어제가 셀 수 없이 자세히 떠올랐다—어제의 자세한 것들이 딕을 향한 그녀의 사랑이 신선하고 온전했던 비슷한 순간들에 대한 기억을 덮어 버리기 시작했다. 그녀는 그 사랑을 무시하기 시작했고, 그러자 그 사랑이 처음부터 감상적인 습관에 물든 듯 보였다. 여자들이 가지고 있는 기회주의적 기억으로 그녀는 결혼하기 전 한 달 동안 세상의 비밀스러운 구석에서 딕과 그녀가 서로를 소유했을 때 느꼈던 감정을 거의 떠올리지 않았다. 어젯밤 토미에게 거짓말을 했을 때처럼 말이다. 그녀는 그에게 맹세했다. 이렇게 완전히, 이렇게 완벽하게, 이렇게 무결하게……

……그러다가 자기 인생의 10년을 거만하게 경시했던 이 배신의 순간에 대한 회한은 그녀의 발길음을 딕의 성소로 이끌었다.

소리 없이 다가간 그녀는 오두막 뒤에 있는 그를 보았고, 절벽 옆의 덱체어에 앉아 있는 그를 잠시 동안 조용히 바라보았다. 그는 생각하고 있었다. 그는 완전히 자신만의 세계에 살고 있었다. 얼굴의 작은 움직임, 올라갔다 내려갔다 하는 이마, 가늘어지거나 커지는 눈, 닫히거나 열리는 입, 움직이고 있는 그의 손을 본 그녀는 그의 마음속에서 계속되고 있는 그 자신의 이야기가 이 단계에서 저 단계로 이동하는 것을 보았다. 그만의 이야기였다. 그녀의 것이 아니라. 한번은 주먹을 쥐고 몸을 앞으로 기울였으며, 또 한번은 고통과 절망의 표정을 짓기도 하였다―이것들이 지나갔을 때 그의 눈에는 그 흔적이 남았다. 그녀는 살면서 처음으로 그를 안쓰러워했다―한때 정신적으로 고통받았던 사람들이 건강한 사람에게 안쓰러운 마음을 갖는 것은 어려운 일이다. 니콜은 빼앗겨 버린 세계로 다시 이끌어 준 것은 딕이라며 종종 그에게 입에 발린 말을 하곤 했다. 그녀는 그가 정말로 무궁무진한 에너지이며,

피로를 느끼지 못하는 사람이라고 생각했다—그녀를 자극했던 고통을 잊은 순간, 그녀가 그에게 주었던 고통도 잊은 것이다. 그가 더 이상 그녀를 통제하지 못한다는 것을—그가 그것을 알까? 이 모든 것이 그의 의도일까?—그녀는 때때로 에이브 노스와 그의 비열한 운명을 불쌍히 여겼던 것처럼, 무력한 유아와 노인들을 안쓰러워하는 것처럼, 딕에게 안쓰러움을 느꼈다.

그녀는 그의 어깨에 팔을 두르고 머리를 맞대며 이렇게 말했다.

"슬퍼하지 말아요."

그는 차갑게 그녀를 쳐다보았다.

"건드리지 마!" 그가 말했다.

당황한 그녀는 몇 피트 떨어진 곳으로 움직였다.

"미안해." 그가 멍하니 말을 이었다. "내가 당신을 어떻게 생각했는지 생각하고 있었어—"

"당신 책에 새로운 분류를 추가하는 게 어때요?"

"그것도 생각해 봤어—'정신병과 신경증을 넘어선—'"

"불쾌하게 굴려고 여기 온 게 아니에요."

"그럼 왜 왔어, 니콜? 난 더 이상 당신에게 해줄 수 있는 게 없어. 난 나 자신을 구하려고 노력 중이라고."

"제 오염으로부터?"

"직업이 때때로 의심스러운 사람들과 접촉하게 만들거든."

그녀는 그의 날카로운 말에 화가 나서 울었다.

"당신은 겁쟁이예요! 자기 삶을 망치고선 그걸 내 탓으로 돌리고 싶어 해요."

그가 대답하지 않는 동안 그녀는 그의 지성이 오래된 최면술을 거는 것을 느꼈다. 때때론 영향력이 없었지만, 진실의 아래에는 항상 진실의 근본이 있었으며, 그녀는 그것을 부술 수도, 심지어 금이 가게 할 수도 없었다. 그녀는 다시 그것과 싸우기 시작했다. 작고 고운 눈으로, 승자의 사치스러운 오만으로, 이제 막 발생한, 다른 남자에게 이동하고 있는 마음으로, 수년에 걸쳐 축적된 분노로 그와 싸웠다. 그녀의 돈으로 그와 싸웠고, 그를 싫어하는 그녀의 언니가 지금 자기 뒤에 있다는 믿음으로 그와 싸웠다. 그의 빈정거리는 태도로 인해 새로 생겨난 적들을 생각하면서, 천천히 먹고 마시는 그의 행동과 대조적인 재빠른 책략으로, 악화하는 그의 육체와 대조적인 건강과 아름다움으로, 그의 도덕성과 대조적인 부도덕함으로 싸웠다―이 마음속 싸움을 위해 그녀는 자신의 약점까지도 사용하였다―오래된 깡통, 그릇, 병, 그녀가 저지른 죄와 분노, 실수에 대한 속죄로 인하여 비어 있는 그릇을 들고 씩씩하고 용감하게 싸웠다. 그러고는 갑자기 2분이라는 시간 만에 승리를 달성하였고, 거짓이나 속임수 없이 자신에게 자신을 정당화시킬 수 있었으며, 줄도 영원히 끊어 버릴 수 있었다. 그리고 나서 그녀는 다리에 힘이 빠진 채로 차분하게 흐느끼며 마침내 그녀의 것이 된 가정으로 걸어갔다.

딕은 그녀가 보이지 않을 때까지 기다렸다. 그리고 나서 머리를 앞으로 숙여 난간에 기대었다. 이 사례는 종료되었다. 닥터 다이버는 자유였다.

10

그날 밤 2시에 전화벨이 니콜을 깨웠다. 그녀는 옆방에서 딕이, 그들이 잠들지 못하는 침대라고 부르는 침대에서 전화를 받고 있는 소리를 들었다.

"네, 네⋯⋯. 그런데 지금 전화를 주신 분은 누구시죠?⋯⋯ 네⋯⋯." 그는 놀라서 잠이 깬 목소리였다. "하지만 제가 그 여자들 중 한 명과 통화할 수 있을까요, 경관님? 둘 다 명성이 매우 높고, 매우 심각한 정치적 문제를 일으킬 수 있는 연줄을 가지고 있습니다⋯⋯. 사실입니다, 맹세합니다⋯⋯. 좋습니다, 알게 될 겁니다."

그는 일어났다. 자신을 잘 알았기에, 상황을 받아들이며 이 일을 잘 처리할 수 있을 것이라고 확신했다—오래되고 치명적인 남을 기쁘게 하는 능력, 오래된 강력한 매력이 되돌아오며 '날 사용해!'라고 소리치고 있었다. 그는 아주 조금도 관심 없는 일을 처리하러 갈 것이다. 왜냐하면 사랑을 받는 것이 일찍이 습관이 되었기 때문이다. 어쩌면 자신이 쇠퇴한 일족의 마지막 희망이라는 것을 깨달았을 때부터 그랬을 것이다. 거의 비슷한 시기에 취리히에 있는 돔러의 병원에서도 이 힘을 깨달았고, 그는 선택하였다. 오필리아를 선택했고, 달콤한 독을 선택해서 마셨다. 무엇보다도 용감하고 친절해지기를 원했지만, 그것보다도 사랑받고 싶은 마음이 더 강했다. 지금까지 그래 왔고, 앞으로도 그럴 것이다. 그는 전화를 끊는 순간 동시에 전화 부스에서 오래되고 느린 딸랑거리는 소리를 들었다.

긴 정적이 있었다. 니콜이 소리쳤다. "뭐예요? 누구예요?"

딕은 전화를 끊으면서 벌써 옷을 입기 시작했다.

"앙티브에 있는 경찰서야—메리 노스와 시블리비어스를 감금하고 있대. 뭔가 중요한 일이라는데—경관이 무슨 일인지 내게 말을 안 해. 계속해서 '사망자도 없고—교통사고도 아닙니다'라고만 하는데, 다른 모든 것이 될 수 있다고 암시하는 거지."

"도대체 왜 당신에게 전화해요? 제겐 매우 이상하게 들리는데요."

"체면을 지키려면 보석금을 내야 해. 그런데 알프마리팀의 토지를 소유한 사람만이 보석금을 낼 수 있대."

"뻔뻔하군요."

"상관없어. 하지만 호텔에서 고스를 데려갈 거야—"

니콜은 그들이 어떤 범죄를 저질렀을지 궁금해하며 그가 떠난 후에도 깨어 있었다. 그러다 잠에 들었다. 3시가 약간 지나서 딕이 돌아오자 그녀는 완전히 잠에서 깨어 앉아 있다가 그가 마치 꿈속의 캐릭터라도 되는 듯이 "뭐죠?"라고 물었다.

"보기 드문 이야기였어—" 딕이 말했다. 그는 그녀의 침대 발치에 앉아, 알자스인답게 혼수상태에 빠진 것처럼 자고 있는 고스 노인을 어떻게 깨웠는지, 그에게 현금 서랍에 있는 돈을 전부 챙기라고 한 것과, 어떻게 그와 함께 차를 몰아 경찰서로 향하였는지를 이야기해 주었다.

"그 영국 사람들을 위해 뭔가 하고 싶지 않은데." 고스 노인이 투덜거렸다.

프랑스 해군 복장을 한 메리 노스와 레이디 캐럴라인은 우중충한 감방 밖의 벤치에 느긋하게 누워 있었다. 후자는 현재 지중해 함대가 그녀를 돕기 위해 달려올 것이라고 기대하는 영국인 특유의 격분한 기색을 띠고 있었다. 메리 밍게티는 공황에 빠져 쓰러져 있었다―그녀는 이 문제와 그를 연관 짓는 가장 큰 요점인 것처럼 말 그대로 딕의 배에 몸을 던지며 어떻게 좀 해 달라고 애원했다. 한편 경찰 서장은 마지못해 그의 한마디 한마디를 듣고 있는 고스에게 상황을 설명했다. 고스는 서장의 묘사 솜씨를 적절히 고마워할지, 또는 완벽한 하인으로써 그 이야기가 자신에게 충격적인 영향을 미치지 않는다는 것을 보여 줄지 고민하고 있었다. "단지 장난일 뿐이었어요." 레이디 캐럴라인이 경멸하며 말했다. "우리는 휴가 중인 해군 행세를 하다가 어리석은 여자 두 명을 데려왔어요. 그 둘이 만남을 끝내려고 하더니 하숙집에서 끔찍한 소동을 일으켰어요."

딕은 진지하게 고개를 끄덕이며, 고해실의 성직자처럼 돌바닥을 바라보았다―그는 아이러니하게 웃고 싶은 마음과 줄무늬고양이 오십 마리와 2주 치의 빵과 물을 주문하고 싶은 마음 사이에서 갈등하고 있었다. 겁이 많은 프로방스 소녀들과 명청한 경찰이 초래한 악을 제외하고는 레이디 캐럴라인의 얼굴에 어떤 악의식이 없다는 사실이 그를 당황케 했다. 그러나 그는 특정 계층의 영국인들은 반사회적이라는 농축된 정수 속에서 살고 있고, 이 사실과 비교해 보면 뉴욕의 폭식은 어린아이가 아이스크림을 먹고 소화불량에 걸리는 수준에 불과하다고 오래전에 결론지었다.

"호세인이 이 소식을 듣기 전에 나가야 해요." 메리가 간청했다.
"딕, 당신은 언제나 문제를 해결할 수 있잖아요—항상 그래 왔잖
아요. 저들에게 우리가 바로 집으로 가겠다고, 무엇이든 지불하겠
다고 말해 줘요."

"난 그러지 않을 거야." 레이디 캐럴라인이 경멸하듯 말했다.
"1실링도 낼 수 없어. 하지만 칸의 영사관이 이 문제에 대해 뭐라
고 할지 기쁜 마음으로 알아보도록 하지."

"아니, 아니에요!" 메리가 주장했다. "오늘 밤에 나가야 해요."

"제가 할 수 있는 일이 뭐가 있는지 알아보도록 하죠." 딕이 말하
고 나서 덧붙였다. "하지만 돈이 있다면 확실히 상황을 바꿀 수 있
을 겁니다." 그는 그렇지 않다는 것을 알면서도 그들이 무고한 사
람들인 것처럼 바라보며 고개를 저었다. "수많은 미친 행동들 중
에서도 이런 행동을!"

레이디 캐럴라인은 만족스러운 듯이 미소를 지었다. "당신은 정
신이상자를 고치는 의사잖아요. 아닌가요? 우리를 도와주어야 해
요—고스도 반드시 도와야 해요!"

이쯤에서 딕은 고스와 함께 옆으로 빠져 노인이 알아낸 것에 관
해 이야기를 나누었다. 사건은 알려진 것보다 더 심각했다—그들
이 데려간 여자 중 한 명은 명문가의 자녀였다. 그 가족은 몹시 화
가 났거나 몹시 화가 난 척을 하고 있었다. 합의는 그들과 해야 할
것이다. 다른 한 명은 항구의 아이로 쉽게 처리할 수 있었다. 프랑
스에는 유죄판결을 받으면 징역형, 또는 최소한 나라에서 추방당
할 수 있는 법이 있다. 이런 어려움과 더불어, 외국인들의 거주로

인해 이득을 받고 있는 마을 사람들과 그로 인해 물가가 올라 짜증이 난 마을 사람들 사이에는 관용에 대한 차이가 점점 커지고 있다는 것도 생각해야 했다. 고스는 상황을 요약해 딕에게 알려 주었다. 딕은 경찰서장을 불러 대화를 나누었다.

"서장님도 프랑스 정부가 미국인들에게 관광을 장려하고 싶어 한다는 것을 아시겠지요—게다가 이러한 경향이 매우 강해서 이번 여름 파리에서는 매우 심각한 범죄가 아닌 이상 미국인들을 체포할 수 없다는 명령이 내려졌고요."

"이건 충분히 심각한 일입니다, 세상에."

"하지만 보십시오—저 사람들의 신분증을 가지고 계시나요?"

"저들에겐 신분증이 없었습니다. 아무것도 가지고 있지 않았어요—200프랑과 반지 몇 개밖에 없었어요. 자기들의 목에 매달 신발 끈조차 없었다고요!"

딕은 신분증이 없다는 사실에 안도하고 말을 이어 갔다.

"저 이탈리아 백작 부인은 여전히 미국 시민입니다. 그녀의 조부는—"그는 일련의 거짓말을 천천히 그리고 명백하게 말했다. "존 D. 록펠러 멜론입니다. 들어 보신 적 있나요?"

"네, 오 맙소사, 그럼요. 날 보잘것없는 사람이라고 생각하는 건가요?"

"게다가 그녀는 헨리 포드 경의 조카이며 르노와 시트로엥 회사와도 관련이 있습니다—"그는 여기서 말을 멈추는 것이 좋겠다고 생각했다. 그러나 그의 진정성 있는 목소리가 서장에게 영향을 미치기 시작하자, 말을 이었다. "저 여자를 체포하는 것은 영국의 왕족을 체포한 것과 같습니다. 어쩌면―전쟁이 일어날 수도!"

"그럼 저 영국 여자는요?"

"그 말도 하려고 했습니다. 그녀는 웨일스 왕자―버킹엄 공의 형과 약혼한 사이입니다."

"그에게 더없이 훌륭한 아내가 되겠군요."

"이제 우리는―" 딕이 재빨리 계산했다. "그 여자들에게 각각 천 프랑씩 줄 준비가 되어 있습니다―'심각한' 여자의 아버지에게 는 추가로 천 프랑을 더 지급할 거고요. 또한 추가로 이천을 드릴 텐데, 서장님이 최선이라고 생각이 드는 사람에게 나누어 주십시오―" 그는 어깨를 으쓱했다. "―체포한 사람들이라든가, 하숙집 주인 등등 말입니다. 지금 오천을 드리면 즉시 협상을 시작하시리라 믿겠습니다. 그러면 저분들은 치안을 어지럽힌 죄라든가 그런 걸로 처리되어 보석금을 내고 풀려날 수 있겠죠. 그리고 벌금이 얼마가 되었든 내일 치안 판사 앞에서 지불할 것입니다―심부름 꾼을 통해서요."

서장이 말하기도 전에 그의 표정을 본 딕은 일이 괜찮게 해결될 것이라고 생각했다. 서장이 주저하며 말했다. "신분증이 없어서 아직 진행하지 않았어요. 봐야겠어요―돈을 주세요."

한 시간 후 딕과 고스는 그들을 마제스틱 호텔에 내려 주었다. 그곳에서 레이디 캐럴라인의 운전기사는 그녀의 소형 랜도형 차 안에서 자고 있었다.

"기억해요." 딕이 말했다. "여러분은 고스 씨에게 각각 100달러 씩 빚을 지셨습니다."

"알겠어요." 메리가 동의했다. "내일 수표를 드리고—그 밖에 다른 것도 더 드리지요."

"난 싫어요!" 깜짝 놀란 그들은 레이디 캐럴라인에게 돌아섰고, 이제 완전히 회복된 그녀는 정당함으로 부풀어 올랐다. "이 모든 일은 터무니없는 짓이었어요. 이 사람들에게 100달러를 줘야 한다고 말할 수 있는 권한을 결코 당신에게 준 적이 없어요."

차 옆에 서 있던 고스의 작은 눈이 갑자기 이글거리기 시작했다. "내게 돈을 안 주겠다고?"

"당연히 드릴 겁니다." 딕이 말했다.

고스는 갑자기 런던에서 버스 보이로 지내던 시절에 견뎠던 학대의 기억이 확 타올랐고, 달빛을 지나 레이디 캐롤라인에게 걸어 갔다.

그는 그녀에 관련된 비난의 말을 잇달아 내뱉었고, 그녀가 차가운 미소를 지으며 돌아서자 그녀를 향해 한 걸음 따라가서 작은 발을 가장 유명한 표적인 그녀에게 꽂았다. 깜짝 놀란 레이디 캐럴라인은 두 손을 번쩍 들어 올렸고, 그녀는 해군 복장 그대로 보도에 쓰러졌다. 딕의 목소리가 격앙된 그녀의 목소리를 가로막았다. "메리, 저 여자 좀 진정시켜요! 그러지 않으면 10분 안에 두 사람 다 족쇄를 차게 될 거예요!"

호텔로 돌아오는 길에 고스 노인은 재즈가 여전히 흐느끼며 기침을 하고 있는 쥐앙레팽 카지노를 지날 때까지 한마디도 하지 않았다. 그는 한숨을 내쉬며 말했다.

"이런 부류의 여자는 처음 보는군. 세상의 많은 훌륭한 고급 창

녀들을 알고 있었지만, 또 그런 여자들을 존경한 적도 종종 있지
만, 이런 부류의 여자들은 살면서 한 번도 본 적이 없군."

11

딕과 니콜은 함께 이발소에 가서 서로 인접해 있는 방에서 머리
를 자르고 마사지를 받는 것에 익숙해져 있었다. 니콜은 딕 쪽에
서 가위가 싹둑거리는 소리, 잔돈을 세는 소리, '예'와 '실례합니
다' 같은 소리들을 들었다. 그가 돌아온 다음 날 그들은 선풍기의
향기로운 바람을 맞으며 머리를 자르고 마사지를 받기 위해 내려
갔다.

칼턴 호텔 앞, 여름까지 매우 텅 빈 지하 저장실의 문 같은 창문
을 지나가는 차가 있었다. 그 안에는 토미 바르방이 타고 있었다.
니콜은 순간적으로 그의 표정을 보았다. 과묵하게 생각에 잠겨 있
었는데, 그녀를 본 순간 눈을 크게 뜨며 긴장했고, 그녀를 불안하
게 만들었다. 그녀는 그가 가는 곳으로 가고 싶었다. 미용사와 보
내는 시간은 그녀의 삶을 구성하고 있는 낭비되는 시간 중 하나였
다. 또 다른 작은 감옥이었다. 하얀 제복을 입은 미용사와 희미한
립스틱, 그리고 오 드 콜로뉴 향수에서 많은 간호사들을 떠올렸다.

옆방에 있는 딕은 앞치마를 두르고 비누 거품을 바른 채 졸고
있었다. 니콜 앞에 놓인 거울은 남자 구역과 여자 구역 사이의 통
로를 비추고 있었고, 니콜은 토미가 가게에 들어와 빠르게 남자

구역으로 방향을 트는 것을 보고 깜짝 놀랐다. 곧 어떤 마지막 결전이 있을 것임을 알게 되자 기뻤다.

그녀는 그 시작의 단편적인 소리를 들었다.

"안녕하세요, 할 말이 있습니다."

"……진지하군."

"그렇습니다."

"……전적으로 동의하네."

잠시 후 딕이 니콜이 있는 칸으로 들어왔는데, 급히 씻은 얼굴을 가린 수건 뒤에서 짜증을 내며 나타났다.

"당신 친구가 현재 상황을 불러왔어. 그는 우리 둘을 보고 싶어해. 그래서 끝내 버리기로 했어. 따라와!"

"하지만 머리가―반밖에 안 잘랐는데."

"신경 쓰지 마―가자!"

그녀는 화가 난 채로 여자 이발사가 수건들을 치우는 것을 바라보았다.

자신이 엉망이고 꾸미지 않았다고 생각하며 딕을 따라 호텔에서 나왔다. 밖에서 토미가 그녀의 손 위로 허리를 구부렸다.

"잘리에 카페로 가지." 딕이 말했다.

"우리끼리만 있을 수 있다면 어디든지." 토미가 동의했다.

한여름 아치를 이루고 있는 나무 아래에서 딕은 다음과 같이 물었다. "뭐 마시고 싶은 거 있어, 니콜?"

"레몬 스쿼시."

"전 맥주요." 토미가 말했다.

"블랙 엔 화이트 위스키에 탄산수 한 병." 딕이 말했다.

"블랙 엔 화이트는 다 떨어졌습니다. 조니 워커만 남았어요."

"좋소."

그녀는—연결되어 있지 않아—소리에

하지만 조용히

한 번 시도해 봐—

"당신 아내는 당신을 사랑하지 않아요." 토미가 갑자기 말했다.

"그녀는 날 사랑합니다."

두 남자는 자제력 없이 기묘한 표정으로 서로를 바라보았다. 이런 상황이 된다면 두 남자는 서로 거의 대화할 수 없다. 그들의 관계가 간접적이기 때문이다. 그리고 그들 각자가 문제가 되고 있는 여성을 얼마나 소유하였는가 또는 얼마나 소유할 것인가로 이루어졌기 때문이다. 그래서 그들의 감정은 마치 연결이 잘 안 되는 전화선을 통과하듯이 그녀의 분열된 자아를 통과했다.

"잠깐만 기다리게." 딕이 말했다. "진과 탄산수 한 병 주시오."

"네, 손님."

"좋아, 계속하게, 토미."

"당신과 니콜의 결혼 생활이 명을 다했다는 것이 제게는 아주 명백히 보입니다. 그녀는 끝냈고요. 이렇게 되기를 5년 동안이나 기다려 왔습니다."

"니콜은 뭐라고 하던가?"

두 사람은 그녀를 보았다.

"토미를 매우 좋아하게 됐어요, 딕."

그는 고개를 끄덕였다.

"당신은 더 이상 나를 신경 쓰지 않아요." 그녀가 계속해서 말했다. "이 모든 것은 단지 습관일 뿐. 로즈메리를 만난 이후로는 상황이 더 이상 예전 같지 않아요."

토미는 이러한 접근 방식이 마음에 들지 않아 재빨리 끼어들었다.

"당신은 니콜을 이해하지 못합니다. 그녀가 아팠던 적이 있었기에 항상 환자 취급하죠."

그들의 대화는 사악해 보이는 집요한 미국인에 의해 갑자기 중단되었다. 그는 뉴욕에서 막 날아온 〈헤럴드〉와 〈타임스〉를 팔고 있었다.

"없는 게 없어, 친구들." 그가 말했다. "여기 오래 살았나?"

"그만해! 꺼져!" 토미가 외치더니 다시 딕에게 말하기 시작했다. "어떤 여자도 그런 건 견딜 수 없 —"

"친구들." 미국인이 다시 방해했다. "댁들은 내가 시간을 낭비하고 있다고 생각하겠지만 — 다른 많은 사람들은 그렇게 생각하지 않아." 그는 지갑에서 회색 신문 조각을 꺼냈다 — 딕은 그것이 무엇인지 알아보았다. 그것은 수백만의 미국인이 금으로 된 가방을 들고 정기선에서 쏟아져 내리는 만화였다. "내가 이 금의 일부를 얻지 못할 것이라고 생각하나? 아니, 얻을 거야. 난 투르 드 프랑스를 노리고 니스에서 방금 넘어왔어."

토미가 험악하게 "꺼져"라고 말하며 그를 떼어 낼 때, 딕은 5년 전 생트장주에서 자신에게 말을 걸었던 사람이라는 것을 알아보았다.

"투르 드 프랑스는 언제 여기에 도착하죠?" 딕이 남자의 등에 대고 소리쳤다.

"좀 있으면, 친구."

그는 마침내 쾌활하게 손을 흔들며 떠났고, 토미는 딕을 돌아보았다.

"그녀는 당신보다 나와 함께 있어야 합니다."

"영어로 말하게! '나와 있어야 한다'가 무슨 뜻인가?"

"'나와 있어야 한다?' 저와 함께라면 더 행복할 것이라는 뜻이지요."

"서로에게는 새롭겠지. 하지만 니콜과 나는 함께 많은 행복을 누렸어, 토미."

"가족의 사랑." 토미가 비웃으며 말했다.

"자네가 니콜과 결혼한다면 그것은 '가족의 사랑'이 아닐까?" 점점 커져 가는 소란이 그의 말을 끊었다. 이윽고 그 소란은 뱀의 머리 형태로 산책로에 나타났다. 낮잠으로 인해 보이지 않던 사람들이 거리로 나와 연석 위에 늘어서서 무리를 이루더니 군중이 되었다.

소년들이 자전거를 타고 질주했고, 정교하게 술 장식을 한 운동가들로 가득 찬 차는 거리를 미끄러져 나와 경주가 다가오고 있다는 것을 알리며 경적을 울리고 다녔다. 행렬이 모퉁이를 돌자 이

것을 예상하지 못하고 있던 요리사들이 속옷 차림으로 식당 문 앞에 나타났다. 빨간 저지를 입은 선수가 혼자 1등으로 달리고 있었는데, 서쪽을 향하는 태양에서 빠져나와 힘겹지만 열심히, 자신 있게 높고 재잘거리는 환호를 지나 나아가고 있었다. 그 뒤로 색이 바랜 어릿광대처럼 보이는 세 사람이 함께 나타났다. 무릎은 먼지와 땀으로 노랗게 뒤덮였고, 얼굴에는 표정이 없었으며, 무겁고 한없이 피곤한 눈동자를 가지고 있었다.

토미는 딕을 바라보며 이렇게 말했다. "제 생각엔 니콜이 이혼을 원하는 것 같습니다―방해 요소 같은 것은 만들지 않으실 거죠?"

선두 주자를 뒤쫓으며 모인 오십 명 이상의 인원들이 200야드에 걸쳐 뻗어 있었다. 몇몇은 시선을 의식하여 미소를 지었고, 몇몇은 탈진한 것이 분명해 보였고, 대부분은 무관심하고 지쳐 보였다. 조그만 소년들로 이루어진 수행원들, 뒤처졌지만 도전하고 있는 사람들, 사고를 당했거나 포기한 사람들을 실은 소형 트럭이 지나갔다. 그들은 테이블로 돌아왔다. 니콜은 딕이 주도권을 잡기를 원했지만, 그는 반쯤 감은 그녀의 머리와 어울리게 반쯤 면도한 얼굴로 앉아 있는 것에 만족한 듯 보였다.

"나와 함께 있으면 더 이상 행복하지 않다는 건 사실 아닌가요?" 니콜이 말을 이었다. "제가 없다면 당신은 다시 일할 수 있어요―절 걱정하지 않는다면 일을 더 잘할 수 있어요."

토미가 초조하게 움직였다.

"그런 건 상관없어요. 니콜과 저는 서로를 사랑합니다. 그뿐입니다."

"음, 그렇다면," 다이버가 말했다. "모든 게 정해졌으니 우리는 이발소로 돌아가야겠군."

토미는 한바탕 소동이 벌어지길 원했다. "몇 가지 요점이 —"

"니콜과 내가 이야기하겠네." 딕이 공평하게 말했다. "걱정하지 말게 — 나도 원칙적으로 동의하네. 그리고 니콜과 나는 서로를 이해하고. 삼자 토론을 피하면 불쾌감이 줄어들 수도 있고."

딕의 논리를 마지못해 인정한 토미는 우위를 차지하려는 저항할 수 없는 인종적 경향에 따라 움직였다.

"지금 이 순간부터 이해해 주시길 바랍니다." 그가 말했다. "자세한 내용이 정해질 때까지 제가 니콜의 보호자 신분이 된다는 것을. 그리고 당신이 같은 집에서 계속 살고 있다는 사실을 남용하려고 하면 당신에게 엄격하게 책임을 물을 것입니다."

"난 말라 있는 음부와 사랑을 나누려고 한 적이 단 한 번도 없어." 딕이 말했다.

딕은 고개를 끄덕이며 호텔로 걸어갔고, 니콜의 하얀 눈이 그를 따라갔다.

"딕은 충분히 공정했어," 토미가 인정했다. "자기, 오늘 밤은 함께 있는 거지?"

"그럴 것 같아." 이렇게 일이 일어났다 — 최소한의 드라마로. 니콜은 간파당한 것 같았다. 장뇌 연고 사건 때부터 딕이 모든 것을 예상했다는 것을 깨달았다. 하지만 동시에 행복과 흥분을 느꼈고, 딕에게 이것에 관해 모든 것을 말하고 싶다는 이상한 작은 바람도 빠르게 사라졌다. 그러나 그녀의 눈은 그의 모습이 점이 되어 여름 군중들 속의 다른 점들과 섞여 들어갈 때까지 그를 좇았다.

12

닥터 다이버는 리비에라를 떠나기 전 모든 시간을 아이들과 보냈다. 그는 더 이상 자신에 대한 좋은 생각과 꿈을 가진 젊은이가 아니었기 때문에 아이들을 잘 기억하고 싶었다. 아이들은 이번 겨울을 런던에 있는 이모와 함께 보낼 것이고, 머지않아 미국에 가서 딕을 보게 될 것이라는 말을 들었다. 독일인 가정교사는 그의 동의 없이는 내보내지 않기로 했다.

그는 딸에게 많은 것을 주어서 기뻤다―아들에 관해서는 불확실했다―늘 들러붙고, 늘 매달리고, 젖을 찾는 어린 소년에게 무엇을 주어야 하는가에 대한 생각으로 늘 불안했다. 하지만 그가 아이들에게 작별 인사를 할 때, 그는 아이들의 아름다운 머리를 목에서 들어 올려 몇 시간 동안이고 붙들고 있고 싶었다.

그는 6년 전 빌라 디아나의 첫 정원을 만든 늙은 정원사를 껴안았다. 아이들을 돌봐 준 프로방스 소녀에게 입을 맞추었다. 그녀는 거의 10년 동안 그들과 함께 했고, 딕이 그녀를 일으켜 세워 300프랑을 줄 때까지 무릎을 꿇고 울었다. 니콜은 합의된 대로 늦잠을 자고 있었다―그는 그녀와 이제 막 사르데냐에서 돌아와 집에 머물고 있는 베이비 워런에게 쪽지를 남겼다. 딕은 누군가가 그들에게 선물한 10쿼트가 들어가는 3피트짜리 브랜디 병에서 술을 따라 마셨다.

그러고는 칸 역 옆에 가방을 두고 마지막으로 고스 해변을 둘러보기로 결심했다.

그날 아침 니콜과 그녀의 언니가 해변에 도착했을 때에는 선봉대로 나온 아이들만 있었다. 하얀 태양은 하얀 하늘에게 윤곽을 빼앗긴 채 바람 한 점 없는 날 위에 쨍쨍하게 떠 있었다. 웨이터들은 바에 얼음을 추가로 집어넣고 있었다. AP 통신사의 한 미국인 사진작가는 위태로운 그늘에서 그의 장비를 만지며 돌계단을 내려오는 발소리가 들릴 때마다 재빨리 고개를 들었다. 호텔에선 그의 소재가 될 사람들이 새벽에 아편제를 먹고는 어두운 방에서 늦잠을 자고 있었다.

니콜은 해변으로 나갔을 때 위쪽 바위 위에 앉아 있는 딕을 보았다. 수영복 차림은 아니었다. 그녀는 옷을 갈아입는 텐트 그늘로 몸을 움츠렸다. 잠시 후 베이비가 와서 그녀에게 이렇게 말했다.

"딕이 아직도 저기 있는데."

"나도 봤어."

"어쩌면 그에게 섬세함이란 게 있어서 떠나 줄 줄 알았는데."

"여긴 그의 장소야─어떻게 보면. 그가 발견했지. 고스 노인은 항상 딕에게 모든 것을 빚졌다고 말했어."

베이비는 자신의 여동생을 침착하게 바라보았다.

"우리는 저 사람이 자전거 여행에나 전념하도록 내버려 두었어야 했어." 그녀가 말했다.

"사람들은 심연에서 벗어나게 되면 아무리 매력적인 허세를 부리더라도 침착함을 잃고 감정적으로 행동하지."

"딕은 6년 동안 내게 좋은 남편이었어." 니콜이 말했다. "그 시간 동안 나는 그 사람 때문에 1분도 고통받은 적이 없었고, 그 어느 것도 날 상처 주지 못하도록 항상 최선을 다했어."

베이비는 아래턱을 약간 내밀며 이렇게 말했다.

"그것이 그가 교육받은 이유야."

자매는 침묵 속에 앉아 있었다. 니콜은 피곤해하며 궁금해했다. 베이비는 최근에 만난 그녀의 돈과 손을 잡으려는 후보와 결혼할지 말지를 고민했다. 진짜인 것이 증명된 합스부르크가였다. 그녀는 그것에 대해 진심으로 생각하진 않았다. 그녀의 연인들은 오랫동안 비슷한 점이 있었는데, 그녀의 사랑이 식게 되면 그들은 그들 자체보다 대화거리로서 중요해진다는 것이었다. 그녀의 감정은 이야기할 때 가장 진실되게 나타났다.

"갔어?" 니콜이 잠시 후에 물었다. "내가 알기론 기차가 정오에 출발할 텐데."

베이비가 주변을 확인하였다.

"아니. 더 높은 테라스로 올라가서 어떤 여자들과 대화를 나누고 있어. 어쨌든 지금은 사람들이 매우 많으니 우리를 볼 필요가 없지."

그러나 그는 그들이 천막을 떠날 때부터 그들을 지켜보고 있었다. 그리고 그들이 다시 사라지기 전까지 좋았다. 그는 메리 밍게티와 함께 앉아서 아니스를 마셨다.

"당신이 우리를 도와주던 날 밤에는 예전의 당신 같았어요." 그녀가 말했다. "마지막을 제외하면요. 캐럴라인에게 끔찍하게 굴었을 때요. 어째서 항상 그렇게 친절하지 않은 거죠? 그렇게 할 수 있으면서."

그는 메리 노스가 자신에게 이것저것에 관한 이야기를 할 수 있는 위치가 되었다는 것이 환상 같았다.

"당신 친구들은 여전히 당신을 좋아해요, 딕. 하지만 당신은 술을 마시면 사람들에게 끔찍한 말을 하죠. 올여름은 당신을 변호하는데 대부분의 시간을 사용했어요."

"그 말은 엘리엇 의사의 고전 중 하나에서 나오는 말인데."

"사실이에요. 당신이 술을 마시든 말든 아무도 상관하지 않아요―" 그녀가 머뭇거렸다. "심지어 에이브가 술을 매우 심하게 마셨을 때도 당신처럼 사람들을 불쾌하게 한 적은 없었어요."

"다 따분한 사람들이군요." 그가 말했다.

"하지만 당신이 아는 모두가 그런데요!" 메리가 소리쳤다. "친절한 사람이 마음에 들지 않는다면, 친절하지 않은 사람과 사귀어 보세요. 그리고 당신이 얼마나 마음에 들어 할지 보자고요! 모든 사람들은 즐거운 시간을 보내길 원하고, 만약 당신이 그들을 불행하게 만든다면, 당신 스스로 영양 공급을 차단하는 거예요."

"제가 영양을 공급받았었나요?" 그가 물었다. 메리는 몰랐지만, 그녀는 즐거운 시간을 보내고 있었다. 처음에 그와 함께 앉아 있었던 것은 두려움 때문이었다. 다시 한번 그녀는 술을 거절하고 이렇게 말했다. "자기 방종이 이면에 있는 거예요. 물론, 에이브 이후로 제가 그것에 관해 어떻게 느끼는지는 짐작할 수 있겠죠─좋은 사람이 알코올 중독으로 발전하는 모습을 지켜봤기 때문에─"

아래층에서 레이디 캐럴라인 시블리비어스가 연극처럼 태평하게 발을 헛디뎠다.

딕은 기분이 좋았다─그의 하루는 이미 한참 진행되었다. 좋은 저녁 식사가 끝날 때 남자가 도달해야 할 곳에 도착했지만, 그는 단지 훌륭하고 배려심 있고 절제된 부분만 메리에게 보여 주었다. 그의 눈은 잠시 아이처럼 맑아지며 그녀에게 연민을 요구했다. 그는 자신도 모르게 자신이 세상의 마지막 남자이고 그녀가 마지막 여자라는 것을 확신시켜 줄 오래된 필요성을 느꼈다.

……그럼 그는 저 다른 두 사람의 형체를 볼 필요가 없을 것이다. 하늘을 배경으로 흑백과 금속을 띠고 있는 한 남자와 여자를……

"한때 나를 좋아했죠?" 그가 물었다.

"좋아했죠─사랑했어요. 모두가 당신을 사랑했어요. 당신이 부탁했더라면 원하는 누구라도 가질 수 있었을 텐데─"

"당신과 나 사이에는 항상 뭔가가 있어." 그녀가 미끼를 꽉 물었다. "있었나요, 딕?"

"항상 있었죠─난 당신의 어려움을 알았고 그 점에 관해 얼마나 용감했는지 알고 있었어요." 그러나 그의 내부에서 오래된 비밀스러운 웃음이 시작되었고, 그는 더 이상 이것을 계속할 수 없다는 것을 알고 있었다.

"항상 당신이 많은 것을 알고 있다고 생각했어요." 메리가 열정적으로 말했다. "누구보다 나에 대해 더 많이 알고 있다고. 어쩌면 그래서 우리 사이가 좋지 않았을 때 제가 당신을 두려워했나 봐요."

그의 눈길이 부드럽고 상냥하게 그녀에게 머물며 그 밑에 깔린 감정을 드러냈다. 그들의 눈빛은 갑자기 결혼을 하더니 함께 잠을 자고 서로를 꽉 죄었다. 이윽고 그의 안에 있는 웃음소리가 매우 커져 마치 메리가 반드시 들을 수 있을 것 같은 느낌이 들자, 딕은 불을 꺼 버렸고, 두 사람은 리비에라의 태양 속으로 돌아왔다.

"가야겠어요." 그가 말했다. 그는 일어서면서 몸을 약간 비틀거렸다. 그는 더 이상 몸이 좋지 않았다―그의 피는 천천히 흘렀다. 그는 오른손을 들어 높은 테라스에서 교황 십자가를 그리며 해변을 축복했다. 파라솔 몇 군데에서 사람들이 얼굴을 들어 위를 보았다.

"그에게 갈 거야." 니콜이 무릎으로 일어났다.

"아니, 그러면 안 돼." 토미가 그녀를 단호하게 꿇어 앉혔다. "혼자 있게 내버려 둬."

501

13

니콜은 새로 결혼한 후에도 딕과 계속 연락했다. 사업상의 문제와 아이들에 관한 편지가 오갔다. 그녀가 종종 그랬듯이 "나는 딕을 사랑했고 그를 절대 잊지 않을 거야"라고 말하면 토미는 "당연히 잊지 말아야지 —왜 그래야 해?" 하며 대답했다.

딕은 버펄로에 진료실을 열었지만, 성공하지 못한 게 분명했다. 니콜은 무엇이 문제인지 알 수 없었지만, 몇 달 후 그가 뉴욕의 바타비아라는 작은 마을에서 활동하다가, 나중에 록포트에서 같은 일을 하고 있다는 소식을 들었다. 그녀는 우연히 그의 삶에 대해 그가 다른 어느 곳에 있을 때보다 더 많이 들었다. 그가 자전거를 많이 타고, 숙녀들에게 존경을 받고 있으며, 그의 책상 위에는 거의 완성 과정에 있는 어떤 의학 주제에 관한 중요한 논문으로 알려진 서류들이 많이 쌓여 있다는 것을. 그는 아주 예의가 바르다고 여겨졌고, 공중보건 회의에서 마약에 관한 좋은 연설을 했다. 그러나 그는 식료품 가게에서 일하는 한 소녀와 얽히게 되었고, 어떤 의료 문제에 관한 소송에 휘말리게 되었다. 그래서 그는 록포트를 떠났다.

그 후 그는 아이들을 미국으로 보내라고 요청하지 않았고, 니콜이 돈이 필요하냐는 편지를 보냈을 때도 답장하지 않았다. 그녀가 그에게서 받은 마지막 편지에서 그는 뉴욕의 제네바에 개업을 했다고 썼다. 그녀는 그가 집을 돌봐 줄 만한 사람과 정착했다는 인상을 받았다. 그녀는 지도에서 제네바를 찾아보고는, 제네바가 핑

거 레이크스 지역 한가운데 있다는 것을 발견했다. 그리고 즐거운 장소로 여겨진다는 것을 알았다. 어쩌면, 그럼으로써 그녀는 그의 경력이 꽃피울 시기를 기다리고 있다고 생각하고 싶었는지도 모른다. 마치 걸리나에 있는 그랜트*처럼. 그의 최근 편지에는 제네바에서 약간 떨어진 아주 작은 마을, 뉴욕 호넬의 소인이 찍혀 있었다. 어찌 되었든, 그는 그 지방, 어느 마을 또는 다른 마을에 살고 있는 것이 확실했다.

---

* 1854년 미군에서 퇴역한 장군. 수년간 가족이 운영하는 잡화점에서 일하다 61년에 다시 군에 들어가 북부군 사령관 자리까지 올라갔다.